24,90
12,–

Charlie Russell
Maureen Enns

Die Seele des Bären

Charlie Russell
Maureen Enns

mit

Fred Stenson

Die Seele des Bären

Unser Leben mit den Grizzlys
von Kamtschatka

Deutsch
von Roberto de Hollanda

Goldmann Verlag

Die kanadische Originalausgabe erschien 2002 unter dem Titel
»Grizzly Heart« bei Random House, Canada.

Umwelthinweis:
Dieses Buch und der Schutzumschlag
wurden auf chlorfrei gebleichtem Papier gedruckt.
Die Einschrumpffolie (zum Schutz vor Verschmutzung)
ist aus umweltfreundlicher und recyclingfähiger PE-Folie.

1. Auflage

Satz: Uhl + Massopust, Aalen
Druck und Bindung: Kösel, Kempten/Allgäu
Printed in Germany
ISBN 3-442-30993-X
www.goldmann-verlag.de

*Für meinen Sohn Anthony,
der mir als Elfjähriger das Leben rettete,
als zum ersten und einzigen Mal ein Bär
auf mich losging.*

Inhalt

Vorwort 11

ERSTER TEIL (1994-1995)

1. Der Bär dein Freund 15
2. Die Erkundung von Kamtschatka 29
3. Die Geburt des Bärenprojekts 38

ZWEITER TEIL (1996)

4. Liebesgrüße nach Russland 47
5. Schutz 61
6. Ausgeräuchert 69
7. Michio 79
8. Ein höllischer Monat 98
9. Vorzeitiger Schluss 107

DRITTER TEIL (1997)

10. Grizzlyeltern 123
11. Chico, Biscuit und Rosie 139
12. Kopfüber 152
13. Unabhängige Filmemacher und fischende Bären . . 166
14. In fremden Händen 184

15. Ein Marsch ins Herz der Finsternis 191
16. Winterruhe 200

VIERTER TEIL (1998)

17. Russisches Roulette 215
18. Wie man sich Feinde zu Freunden macht 226
19. Überlebensstrategien 237
20. Im Rampenlicht 244
21. High Noon 252

FÜNFTER TEIL (1999)

22. Eine schreckliche Vermutung 265
23. Die Jagd 272
24. Rosies letzte Spur 283

SECHSTER TEIL (2000)

25. Eine großartige Entdeckung 303
26. Grenzenloses Vertrauen 314
27. Das Schutzgebiet 326
28. Was wir von Chico, Biscuit und Rosie lernten 333
29. Geheime Ängste 339

Danksagung 345

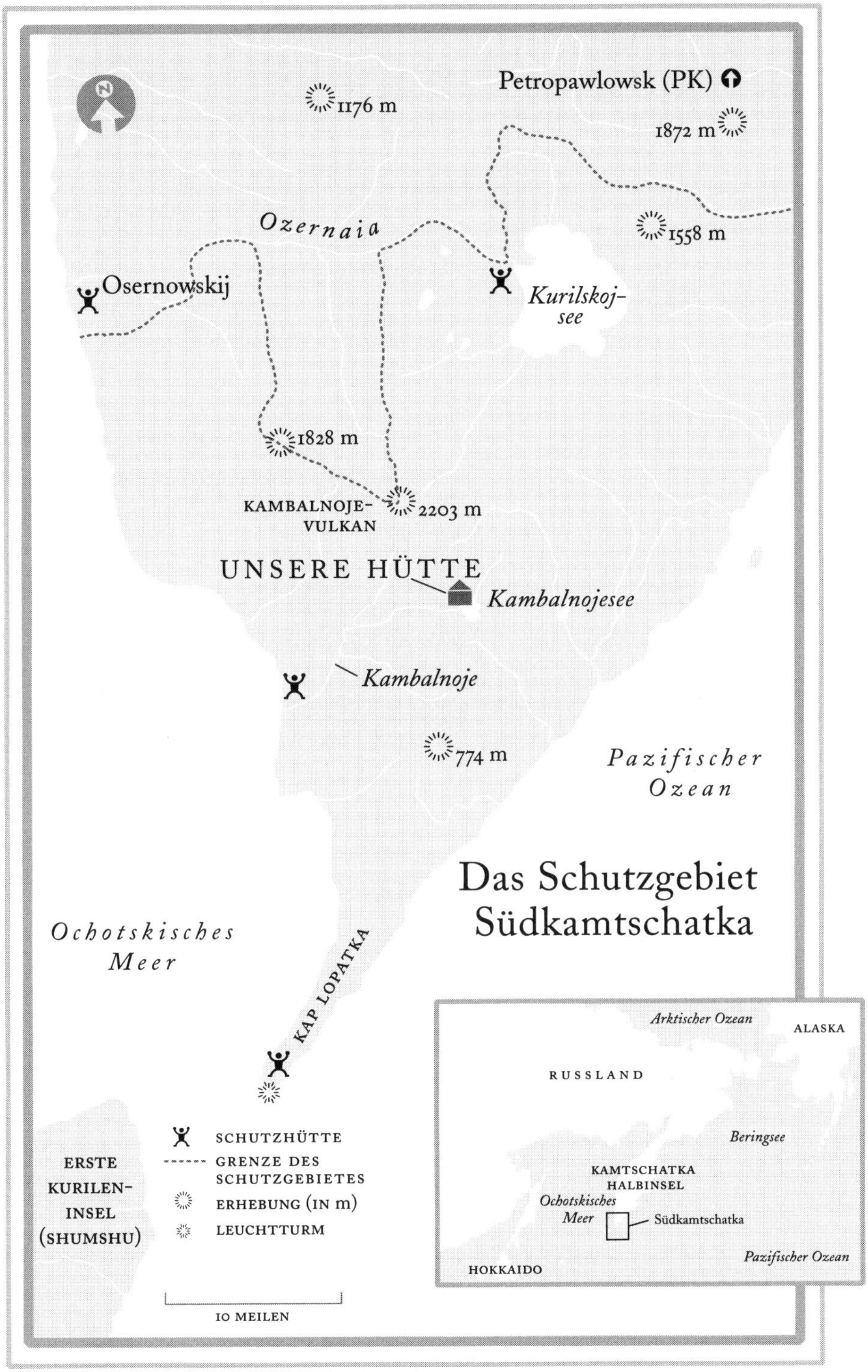

Petropawlowsk (PK)
1176 m
1872 m
Ozernaia
1558 m
Osernowskij
Kurilskojsee
1828 m
KAMBALNOJE-VULKAN
2203 m
UNSERE HÜTTE
Kambalnojesee
Kambalnoje
774 m
Pazifischer Ozean
Das Schutzgebiet Südkamtschatka
Ochotskisches Meer
KAP LOPATKA
ERSTE KURILEN-INSEL (SHUMSHU)
SCHUTZHÜTTE
GRENZE DES SCHUTZGEBIETES
ERHEBUNG (IN m)
LEUCHTTURM
10 MEILEN
Arktischer Ozean
ALASKA
RUSSLAND
Beringsee
KAMTSCHATKA HALBINSEL
Ochotskisches Meer
Südkamtschatka
Pazifischer Ozean
HOKKAIDO

Vorwort

Im Frühjahr 1994 saß ich an der dicht bewaldeten Khutzeymateen-Bucht in British Columbia auf dem moosbewachsenen Stamm einer Sitkafichte, als ich plötzlich eine Grizzlybärin auf mich zukommen sah. Ich wusste, dass sie weitergehen würde, wenn ich mich ganz ruhig verhielt, und beschloss, sie so nahe herankommen zu lassen, wie sie wollte.

Gelegentlich blitzten die Sonnenstrahlen durch den Baldachin der hohen Fichten. Ich befand mich in einer Welt aus Moos und Jade, die ich bis zu diesem Augenblick nur in meiner Phantasie mit einem Grizzlybären geteilt hatte. Dieses Tier jedoch war mir nicht fremd. Seit fünf Jahren führte ich Touristen durch das Khutzeymateen-Gebiet, und immer wieder war mir dabei diese Bärin durch ihre außergewöhnliche Freundlichkeit aufgefallen. Für Touristen war sie längst zu einer der Hauptattraktionen geworden. Als ich ihr jetzt aber in die Augen sah, hatte ich den Eindruck, dass sie ihren Erfahrungshorizont mit Menschen erweitern wollte, so wie auch ich vorhatte, mich mit den Bären auf etwas Neues einzulassen.

Scheinbar gleichgültig kam sie in ihrem wiegenden Gang auf mich zu. Ich bin sicher, dass sie durch ihr Verhalten versuchte, mich zu beruhigen. Und ich revanchierte mich, indem ich so ruhig wie möglich auf sie einredete. Ihr Ausdruck verriet eine gewisse Unsicherheit, die auch ich verspürte.

Schließlich setzte sie sich neben mich. Nach einer Weile wanderte ihre Pranke am Stamm entlang und berührte ganz vorsichtig meine Hand. Ich streckte den Arm aus, legte den Zeigefinger auf ihre Nase und merkte, wie sie die muskulöse Oberlippe hochzog, um meine Hand zu beschnuppern. Ich durfte ihre Zähne betasten, schob ihr, ohne zu wissen, warum, die Finger ins Maul und strich über die kantigen Backenzähne. Dann zog ich den Zeigefinger über die gerippte Wölbung des Gaumens zurück. Sie hätte meine Hand (und auch den Rest) zum Abendessen verspeisen können, verzichtete jedoch.

Noch während all dies passierte, wurde mir bewusst, dass ich gerade eine Erfahrung machte, die wahrscheinlich mein ganzes Leben verändern würde. Wenn es mir gelänge, diesen Augenblick zum Ausgangspunkt einer neuen Einstellung gegenüber den Grizzlys zu machen, könnte dies das Verhältnis zwischen Mensch und Bär verändern. Das mag ein wenig nach Selbstüberschätzung klingen, aber ich glaube nach wie vor daran. Dem Bären eilt der Ruf voraus, eine unberechenbare Bestie zu sein, obwohl der Mensch seit jeher eine von Hassliebe geprägte Angst ihm gegenüber empfindet. Doch beides schließt eigentlich eine Erfahrung, wie ich sie gemacht hatte, aus. Wenn ich also beweisen konnte, dass es weder ein glücklicher Zufall noch eine Anomalie des Tieres oder ein besonderer Tag gewesen war, könnte ein völlig neues Bewusstsein daraus erwachsen. Vielleicht würde der Mensch lernen, anders mit Bären umzugehen. Vielleicht könnten so Konfrontation, Gewalt und die endgültige Ausrottung dieser gefährdeten Spezies verhindert werden.

Mir war sofort klar, dass es kein Zurück mehr für mich gab. Auf diesen Augenblick hatte mein Leben seit Jahrzehnten hingesteuert; jetzt war es zu spät, umzukehren. Ich musste dem neuen Weg folgen, egal wohin.

Er führte mich nach Kamtschatka, in den entlegensten und wildesten Teil Russlands, in einen fast noch unberührten Lebensraum für Grizzlybären auf dieser Welt.

ERSTER TEIL

(1994-1995)

1

Der Bär dein Freund

Jedes Jahr zwischen Mai und Juni zieht es die Bären in British Columbia ins Mündungsgebiet des Khutzeymateen, wo sie frisches Riedgras fressen. Diese Meeresbucht, Kanadas einziges Schutzgebiet für Grizzlybären, gräbt sich zwanzig Meilen tief in ein mächtiges Granitgebirge hinein. Wenn die Bären zum Grasen herunterkommen, sind die Gipfel der Berge noch vom winterlichen Schnee bedeckt. Jenseits der feuchten Niederungen erstrecken sich dicht bewaldete Täler.

Sieben Jahre lang, von 1990 bis Ende 1996, führte ich Touristen zu diesem magischen Fleckchen Erde. Ich arbeitete für Tom Ellison und Jenny Broom, Besitzer der *Ocean Light*, eines sechzehn Meter langen Kutters mit Gaffelsegel, mit dem wir zur Bärenbeobachtung losfuhren. Tom ist ein großer, gut aussehender Mann, der sich sein Studium als Model verdient hatte und seine Verantwortung als Kapitän überaus ernst nimmt. Seit dreißig Jahren schon befährt er die berüchtigte Westküste von Panama bis hinauf nach Yakutat in Alaska, und in dieser Zeit sind sein Schiff und er selbst noch nie in ernsthafte Schwierigkeiten geraten. Lediglich einen einzigen größeren Fehler räumt er ein: Dass er mir freie Hand bei meinen Touren gab.

Wenn wir mit den Besuchern durch die tiefe, von steilen Felshängen gesäumte Bucht des Khutzeymateen fuhren, konnten wir uns dem Ufer bis auf wenige Meter nähern. Die meisten Bären wurden vom Deck aus gesichtet. Während der Flut erkundeten wir mit einem Schlauchboot, in dem jeweils acht Leute Platz hatten, die vielen kleinen Buchten.

Die meisten Bären im Tal hatten Angst vor uns. Außerhalb des Schutzgebietes, im Norden wie im Süden, stellte die Bärenjagd immer noch ein einträgliches Geschäft dar und war völlig legal. Erst im Februar 2001 wurde ein Moratorium erlassen, mit dem in British Columbia jegliche Jagd auf Grizzlys für drei Jahre verboten wurde. Manche Tiere hatten schon genügend Erfahrungen mit Bärenjägern gesammelt, um extrem vorsichtig zu sein. Wir konnten uns glücklich schätzen, wenn wir sie kurz zu Gesicht bekamen. Es gab aber auch andere Bären, die nicht in dieses Verhaltensmuster passten. Das beeindruckendste Beispiel war die Bärin, die ich im Vorwort erwähnte. Wir gaben ihr den Namen Mouse Creek Bear, weil sie meistens an ebenjenem Flüsschen anzutreffen war. Am Mouse Creek waren ihre Mutter und ihr Bruder von einem aggressiven Bärenmännchen getötet worden, als sie gerade ein Jahr alt war.

Jetzt, als erwachsene Waise, war diese Bärin in jeder Hinsicht wild, hatte aber trotzdem beschlossen, Menschen zu mögen. Wenn wir mit einer Gruppe an Land gingen, kam sie in unsere Nähe und führte kleine Kunststücke vor. Sie balancierte auf einem Baumstamm oder bog einen kleinen Baum bis zur Erde und ließ ihn dann wieder zurückschnellen. Wenn wir im Schlauchboot blieben, watete sie auf das Boot zu und suchte im Wasser, bis sie einen passenden Gegenstand gefunden hatte, einen Stock etwa oder einen Stein. Sie legte sich auf den Rücken, rollte ihn auf ihrem Bauch, warf ihn hoch und spielte damit. Liebend gern planschte und spritzte sie im Wasser herum.

Wenn wir Tiere in der Wildnis beobachten, werden wir meistens zu Voyeuren, die nur heimlich einen Blick auf eine fremde Welt werfen können. Diese Erfahrung aber war anders: wechselseitig und erheblich vergnüglicher. Die Bärin suchte ein Publikum. Und wir waren gern bereit, ihr als solches zu dienen.

Die Bärin von Mouse Creek hatte etwas, worüber ich in keinem der vielen Werke über diese Spezies, die in der Bibliothek zu Hause standen, gelesen hatte. Sie überließ es mir, wie nah sie unserer Gruppe kommen durfte. Sobald ich energisch NEIN sagte und auf sie zutrat, blieb sie stehen und hielt auch später diesen Abstand ein. Allerdings hatte sie so gute Manieren, dass ich ihr oft gestattete, ziemlich nah zu kommen. Sie besaß die Gabe, allen Besuchern ihre Angst zu nehmen, und brachte denjenigen von uns, die ihr jedes Frühjahr einige Wochen lang Gesellschaft leisteten, Respekt und vielleicht sogar so etwas wie Zuneigung entgegen.

Die meisten Teilnehmer an unseren Touren begegneten hier zum ersten Mal in ihrem Leben einem Bären in freier Wildbahn. Viele behaupteten, es sei die intensivste Erfahrung gewesen, die sie in ihrem Leben je gemacht hatten. Einmal musste ich beinahe handgreiflich werden, um eine Frau daran hindern, auf die Bärin zuzugehen und sie zu umarmen. Diese Frau hatte sich zuvor derart gefürchtet, dass sie das Boot nicht verlassen wollte. Doch nach einer Stunde warf sie alle Vernunft über Bord. Die Anziehungskraft dieser Bärin war dermaßen stark, dass ich die Frau durchaus verstehen konnte. Wäre sie an mir vorbeigeschlüpft und hätte die Bärin tatsächlich umarmt, wer weiß, vielleicht hätte diese es sogar zugelassen.

Vertrauenswürdigkeit ist nicht gerade eine Eigenschaft, die man den Grizzlys zugesteht. Aber je länger ich diese Bärin beobachtete, desto stärker war ich davon überzeugt, dass es bei ihr vielleicht anders war. In der langen Geschichte unseres Konflikts mit Bären hatte bislang niemand die Möglichkeit eines Waffenstillstandes in Erwägung gezogen. Jetzt wurde mir klar, dass es höchste Zeit dafür war.

Während unsere Gäste lernten, sich mit den Grizzlys zu verbrüdern, sah die Realität außerhalb des Schutzgebietes ganz anders aus. Entlang der gesamten Westküste von British Columbia machte man Jagd auf sie. Zehntausend US-Dollar bezahlten die Jäger für einen Grizzlybären, der als wertvollste Jagdtrophäe überhaupt gilt. Ein Veranstalter solcher Jagdausflüge operierte in unmittelbarer Nähe des Khutzeymateen-Gebiets von einem großen Boot namens *Smuggler* aus. Um von dem Boot an die Küste zu gelangen, benutzten die Jäger Zodiac-Schlauchboote. Gelegentlich tauchte die *Smuggler* in unserer riesigen Bucht auf und warf über Nacht die Anker aus. Es kam nicht oft vor, aber wenn, überwältigte uns jedes Mal tiefe Niedergeschlagenheit.

Zwei Mal nahmen Tom Ellison und ich eine Einladung zu einem Whisky an Bord der *Smuggler* an. Wir wollten erfahren, warum die Bärenjagdveranstalter sich ausgerechnet in unser Schutzgebiet begeben hatten. Waren ihre Jagdgründe so leer geschossen, dass sie nun in das Reservat kommen mussten, um ihren Kunden noch lebende Bären zu zeigen?

Beide Male saßen wir um einen Tisch voller Whiskygläser und unterhielten uns über Bären, und beide Male stand ich vor dem ethnologischen Rätsel, wie zwei Gruppen aus derselben Gesellschaft so unterschiedliche Auffassungen über ein und dasselbe Tier haben können. Die Führer der Jäger sehen in Bären aggressive, unberechenbare und brutale Raubtiere. Sie erzählen eine grausige Geschichte nach der anderen von Menschen, die von Bären zerfleischt wurden. Opfer werden vor allem jene, die dem Bären unbewaffnet gegenüberstehen. Und dann zählen sie unzählige Beispiele für die Tapferkeit der Sportjäger auf, Märchen von echten Kerls, die einen riesigen wütenden Bären nur wenige Meter vor ihrem Gewehrlauf gestoppt hatten. Sie treiben es auf die Spitze, bis ihre Kunden vor Angst schlottern und kaum noch den Mut aufbringen, sich einem so schrecklichen Feind zu stellen. Vermutlich fühlen sich diese Jagdtouristen ungeheuer stark, wenn sie anschließend tatsächlich einen Bären erlegen, als wäre die mächtige Kraft des Tieres durch diese Tat auf sie übergegangen.

Nur die Tatsache, dass ich selbst in einer begeisterten Jäger- und Jagdführerfamilie aufgewachsen bin, hindert mich daran, diese Menschen zu hassen. Dad hatte mir, genau wie meinen drei Brüdern und meiner Schwester, schon vor meinem zehnten Geburtstag die erste Waffe geschenkt. Als Teenager jobbte ich als Führer für so genannte »Großwildjäger«. Die ersten Zweifel, dass ich eigentlich dafür nicht geeignet war, kamen mir, als ich mich fragte, wie es wohl meinen Kunden gefallen würde, wenn sie diejenigen wären, die gejagt wurden. Ich erklärte meinem Vater, dass mir die Tiere lieber seien als reiche Jäger und hängte nach einem Jahr meine Karriere als professioneller Jagdführer an den Nagel.

Zwar wechselte später meine gesamte Familie die Fronten und widmete sich fortan dem Schutz und der Erhaltung der Natur und der Tiere, doch kann ich mich noch gut daran erinnern, wie es war, zum Jäger ausgebildet zu werden und Jäger zu sein. Dieser Hintergrund macht mich bescheiden und realistisch und schenkt mir die Kraft, Geduld aufzubringen. Es ist noch ein langer Weg, bis wir gelernt haben, uns auf sanftere Weise an der Natur zu erfreuen, und bis diese Einstellung auch für die allmächtige Wirtschaft an Bedeutung gewinnt.

Wenn ich meine Tourteilnehmer durch das Khutzeymateen-Gebiet führte und wir uns bis auf wenige Schritte dem Mouse Creek Bear und anderen sanftmütigen Bären näherten, war mir durchaus bewusst, dass ich gegen die Gesetze des Naturparks verstieß. Und so war es am Ende unvermeidlich, dass wir Ärger bekamen – mit den Behörden, nicht mit den Bären. Wenn ich ehrlich bin, hatte ich es förmlich darauf angelegt. Wenn das, was wir da machten, eine breitere Basis finden und ein Umdenken stattfinden sollte, mussten unsere Erlebnisse publik gemacht, diskutiert und vor allem als Tatsache akzeptiert werden.

Das Schlüsselerlebnis ereignete sich, als ich eines Tages eine Touristengruppe zu unserer Bärin vom Mouse Creek führte. Wir schoben das Schlauchboot unweit der Stelle, wo sie graste, an Land und erlaubten ihr, sich uns bis auf wenige Meter zu nähern. Plötzlich hörte sie auf, Riedgras zu fressen, und begann, mit einem kleinen Baumstamm zu spielen. Sie legte sich auf den Rücken und balancierte den Stamm auf ihren vier Tatzen. Dann wirbelte sie ihn im Kreis herum. Die kleine Vorstellung machte der Bärin sichtlich Spaß, und die Touristen und ich lachten, was wiederum die Bärin noch mehr anstachelte. Keiner in der Gruppe ahnte, dass uns vom anderen Ufer der Bucht aus ein Ranger durch sein Fernglas beobachtete.

Die örtliche Ranger-Station war auf einer stählernen Plattform erbaut, die vor der Küste ankerte. Am nächsten Morgen wurde ich dorthin bestellt. Der für das Gebiet (inklusive Naturschutzpark) zuständige Mann, ein Biologe, untersuchte die Auswirkungen des Tourismus auf die Bären. Jetzt schilderte er, was er auf der anderen Seite der Bucht beobachtet hatte, und bezeichnete es als »Einlage, die zirkusreif war«. Damals waren unsere Öko-Touren in dem neu gegründeten Schutzgebiet ein Experiment, das noch auf wackligen Beinen stand, und ich befürchtete nun, dass Tom und Jenny ihre Lizenz verlieren könnten, weil wir die Teilnehmer in eine offenbar gefährliche Situation gebracht haben.

Zwar vertrat ich die Meinung, dass der Ranger das Gesehene missverstanden hatte, nahm aber trotzdem meine Verantwortung ernst. Ich war noch nie der Meinung, dass Bären harmlos sind und man die Menschen ungehindert auf sie loslassen kann. Im Gegenteil, das wäre verheerend. Stattdessen glaubte ich, dass es Regeln geben muss, wenn sich zwei Spezies begegnen. Mein Anliegen war es deshalb, Erkenntnisse zu sammeln, auf deren Basis man solche Regeln aufbauen konnte. Aber jetzt wurde mir eines klar: Ich durfte die Leute, die auf unsere Touren mitkamen, nicht für meine Forschungszwecke missbrauchen. Irgendwie musste ich diese Erfahrungen mit den Bären selbst machen, auf eigenes Risiko und so, wie ich es wollte.

Mein Interesse für Grizzlybären war zu einer Besessenheit geworden, dem übermächtigen Bedürfnis, Antworten auf eine Fülle von Fragen über Bären zu finden. Diese Überlegungen und der glückliche Umstand, dass eine Touristengruppe abgesagt hatte, führten zu der wundersamen Begegnung mit der Bärin von Mouse Creek. An jenem Tag entdeckten wir beide, dass Vertrauen zwischen einem Grizzly und einem Menschen kein Hirngespinst ist.

Ich musste von hier weg und eine Langzeitstudie über Grizzlybären beginnen. Die Frage war lediglich, wo? Es gab nur noch wenig unberührte Wildnis, wenige Bären, und viele Ranger, die meine Meinung nicht teilten. Wo sollte ich die Möglichkeit finden, das zu tun, was ich unbedingt tun wollte?

Während ich als Führer im Khutzeymateen-Gebiet arbeitete, war ich noch an einem zweiten Bärenprojekt beteiligt, ebenfalls an der Westküste von British Columbia. In den Jahren 1992 und 1993 wirkte ich an einem Dokumentarfilm für die BBC mit, den die Filmemacher Jeff und Sue Turner über eine seltene Art von Schwarzbären drehten, die silbern ist und Kermode- oder Spirit-Bär genannt wird. Fast jeder zehnte Bär auf Princess Royal Island an der Nordküste von British Columbia gehört zu der wunderschönen Gattung dieser Spirits, wahrscheinlich weil das für ihre Färbung verantwortliche Gen an diesem entlegenen Ort sehr viel häufiger auftritt. Die Insel ist seit langer Zeit von Menschen unbewohnt. Das ursprüngliche Ziel des Dokumentarfilms bestand darin, die Leute auf den Kermode-Bären aufmerksam zu machen und mit etwas Glück zu verhindern, dass der alte Waldbestand der Insel gerodet wurde. Meine Aufgabe war es, Jeff und Sue beizubringen, wie sie sich während der Dreharbeiten zu verhalten hatten.

Von Anfang an waren die Bären auf Princess Royal Island neugierig, freundlich und nicht aggressiv. Bald wurde es ganz selbstverständlich für sie, ihren Nasenabdruck auf der Linse zu hinterlassen oder sich an unserem Stativ den Rücken zu scheuern. Einer von ihnen suchte genau wie die Bärin von Mouse Creek die Gegenwart der Menschen. Wir nannten ihn Spirit Bear, und so hieß auch das Buch, das ich später über diese Erfahrung schrieb.

Ich möchte nicht allzu viel von dem wiederholen, was ich dort bereits geschrieben habe; es genügt zu erwähnen, dass dieser Bär unser Freund wurde, auf eine Art, die wir uns niemals hätten träumen lassen. Da er ein guter Fischfänger war, aber auch sehr klein, benutzte er uns schamlos als menschliche Schutzschilder, um seine Beute vor einem stärkeren Bären zu verteidigen, der lieber stahl als selbst jagte. »Folge niemals einem Bären« lautet ein durchaus vernünftiger Grundsatz, trotzdem begleitete ich Spirit Bear schließlich ins Landesinnere, um mehr über sein Leben zu erfahren. Ich fand seine Höhle und betrat sie sogar, um ihn bei sich zu Hause zu filmen. Wir spielten Tauziehen mit einem Stock, und ich durfte ihn damit kratzen. Spirit Bear fühlte sich derart wohl mit uns, dass wir gefahrlos über ihn stolpern konnten, wenn er schlief. Wir konnten sogar neben ihm liegen und selbst ein Nickerchen halten. Während dieser beiden Jahre wohnten die Turners und ich in einem Zeltlager mitten in seinem Wohngebiet. Wir lebten wortwörtlich mit Bären zusammen.

Nach dem ersten Drehjahr traf ich auf Princess Royal Island Maureen Enns, eine Fotografin und Malerin, die an einem eigenen Bärenprojekt arbeitete. Auch dazu gehörte ein Dokumentarfilm, für den sie mich interviewen wollte. Sie rief mich im Frühjahr 1993 an. Damals war ich gerade zu Hause in Twin Butte, Alberta, in dem Haus, das wir Hawk's Nest getauft hatten. Dort lebte ich zusammen mit meinem Vater Andy Russell, Naturschützer und ebenfalls Schriftsteller. Ich steckte bis zum Hals in den Vorbereitungen für mein Winterprojekt: ein Ultraleichtflugzeug zusammenzumontieren, das mit einem Schwimmer ausgerüstet war, um den zweiten Teil unserer Dokumentation über die Kermode-Bären zu drehen. Wir wollten in die schwer zugänglichen Winkel der Insel vorstoßen und die Bären auch aus der Luft filmen.

MAUREEN: *Zwei Jahre bevor ich Charlie kennen lernte, hatte ich offiziell die Genehmigung erhalten, durch das Hinterland des Banff Nationalparks zu reiten. Ich wollte Fotos von Grizzlybären und anhand dieser Bilder eine Studie über die Zerstörung der Wildnis in Kanada machen. Damals hatte ich noch furchtbare Angst vor Bären, aber ich war fest entschlossen, mein künstlerisches Schaffen in den Dienst des Naturschutzes zu stellen. Am Ende des ersten Jahres hatte ich ein ähnliches Erlebnis wie Charlie mit Spirit Bear oder der Bärin von Mouse Creek. Mit meinem Lastpferd im Schlepptau ritt ich durch das Cascade*

Valley Richtung Lake Minnewanka nördlich des Banff Nationalparks, als meine Pferde in einer schwer einsehbaren Biegung plötzlich die Köpfe hochwarfen. Ich spähte in die Richtung ihrer gespitzten Ohren und entdeckte eine silberfarbene Grizzlybärin, die neben ihrem einjährigen Nachwuchs nach Wurzeln grub. Die beiden waren keine sieben Meter entfernt. Die Mutter sah auf. Ich hielt die Pferde an. Sie grub ganz ruhig weiter, während ich sie vom Sattel aus filmte. Die Pferde dösten dabei ein, und als das Junge sich näherte, musste ich ihnen einen Stoß geben, um sie aufzuwecken. Erst als der kleine Bär förmlich zwischen ihre Beine lief, traten sie ruhig zur Seite, und das Junge kehrte zu seiner Mutter zurück.

In diesem Augenblick verloren zwei Grundsätze im Umgang mit Bären, über die ich mir den ganzen Sommer lang den Kopf zerbrochen hatte, ihre Gültigkeit. Der erste lautete, dass Pferde eine angeborene Panik vor Bären haben. Der zweite, dass Bären, die keine Angst vor Menschen haben, gefährlich sind. Auf diese beiden Grizzlys traf das nicht zu. Ich war ganz aus dem Häuschen vor Aufregung und wollte unbedingt mehr über Bären erfahren.

Im ersten Jahr meines Projektes waren lauter Bilder mit roten Rahmen und rotem Hintergrund entstanden: Reflexionen meiner Ängste. Im folgenden Winter änderte sich etwas. Das Porträt der Bärin, der ich auf dem Pferd begegnet war, zeigte sie schön und triumphierend, deshalb nannte ich sie »Queen of the Rockies«. Das Rot in den neueren Bildern erinnerte auch nicht mehr an Blut. Und im zweiten Sommer handelte das Projekt weniger von der »großartigen kanadischen Wildnis« als von Bären selbst. Ich hatte weitere interessante Begegnungen erlebt, und als ich an Charlies Tür klopfte, war ich mehr oder weniger zu der Erkenntnis gelangt, dass Bären eine völlig missverstandene Spezies sind.

Als mich Maureen anrief und um ein Interview bat, war ich offen gesagt nicht besonders gesprächig. Seit Monaten bastelte ich an dem neuen Flugzeug, einer Kolb, deren Rumpf mittlerweile fast den ganzen Platz in dem ohnehin kleinen Haus einnahm, das ich mit meinem Vater bewohnte. Ein wenig ungeduldig schleppte ich Maureen und ihr Team später mit zum Haus meines Bruders, wo mehr Platz für ihre Kameraausrüstung zur Verfügung stand. Je länger wir uns allerdings unterhielten, desto mehr hatten wir uns zu sagen. Durch eigene Erfahrung und in wesentlich kürzerer Zeit als ich war Maureen zu dem Schluss gelangt, dass vieles von dem, was wir über Bären zu wissen meinten, fraglich war. Auf dieser Grundlage begannen wir, Interesse füreinander zu entwickeln.

Mehrere Monate nach diesem Interview, als ich wieder auf Princess Royal Island war, kam Maureen zu Besuch. Wir hatten nicht nur Kontakt zu den Kermode-Bären, sondern machten auch Ausflüge in dem mittlerweile fertig montierten Flugzeug. In einem besonders magischen Augenblick überflogen wir eine Gruppe von Buckelwalen. Das Wasser war so klar, dass wir sie aus dreißig Metern Höhe sehen konnten. Die Wale ließen sich von der Maschine nicht stören. Zuerst waren sie nur verschwommene Umrisse in der Tiefe, wurden dann aber immer größer und deutlicher, bis sie plötzlich genau unter uns auftauchten.

Obwohl Maureen und ich in puncto langjährige Beziehungen nicht gerade erfolgreich waren (ich habe drei Ehen hinter mir, sie eine), merkten wir, dass wir uns näher kamen, und wir beschlossen, es miteinander zu versuchen.

Unser erster gemeinsamer Winter war 1993/94. Die meiste Zeit arbeiteten wir an unseren Büchern. Ich schrieb an *Spirit Bear* und versuchte, die paradiesischen Erfahrungen, die ich auf Princess Royal Island gemacht hatte, in Worte zu fassen. Es war die Art von Beziehung zu Bären, von der ich ein Leben lang geträumt hatte. Jetzt, da sie Wirklichkeit geworden war, wollte ich meine Erfahrungen anderen mitteilen in der Hoffnung, das starre, vornehmlich feindselige Verhältnis zwischen Mensch und Bär aufzubrechen. Ich musste fast eine neue Sprache erfinden, um die Beziehung zwischen Mensch und Tier auf eine Art zu beschreiben, die frei von Konflikten und Angst war.

Per definitionem hat jedes wilde Tier Angst vor dem Menschen. Wenn aber ein wildes Tier die Gegenwart des Menschen als angenehm empfindet, wird es zu etwas, das man im Grunde genommen nicht mehr als wild bezeichnen kann. Ich bekämpfte diese anthropozentrische Sicht wegen des negativen Stempels, die sie der Freundschaft von Menschen zu wilden Tieren aufdrückt. Der Mensch bildet sich ein, dass er nicht mehr in die Wildnis gehört, nichts mehr mit ihr zu tun hat. Wir haben Jahrhunderte damit verbracht, eine Rhetorik zu perfektionieren, die uns von der Vorstellung entfernt, dass auch wir Tiere sind; eine Rhetorik, die uns daran hindert zu verstehen, was wir mit den uns verwandten Säugetieren und der übrigen Fauna gemeinsam haben.

Im Bemühen, einen Begriff zu finden, der den Einfluss des Menschen auf wilde Tiere beschreibt, sind Wissenschaftler auf das Wort »Habitualisierung« gekommen, worunter man das Fehlen einer Reaktion nach wiederholten freundlichen Stimuli versteht. Wenn beispielsweise ein Bär zuerst Angst vor dem Menschen hat und wegläuft, beim nächsten Mal nicht mehr so weit und schließlich gar nicht mehr flüchtet, weil seine Erfahrungen mit Menschen keine Bedrohung darstellen, dann sprechen wir davon, dass der Bär habitualisiert ist. Meiner Meinung nach hinkt dieser Begriff gewaltig. Erstens bezieht er sich lediglich darauf, wie Tiere auf Menschen reagieren. Und zweitens schwingt ein negativer Unterton mit. Mit anderen Worten, ein »habitualisierter« Bär ist ein Problembär. Meine Erfahrungen auf Princess Royal Island legten den Schluss nahe, dass Bären von Natur aus weder Angst vor dem Menschen haben noch von Natur aus aggressiv gegen Menschen eingestellt sind. Blieb also nur noch die Angst des Menschen. Ich kam immer mehr zu der Überzeugung, dass sie das eigentliche Hindernis für eine friedliche Koexistenz darstellt.

Ich gab mir Mühe, diese Gedanken in *Spirit Bear* einfließen zu lassen, und das Buch fand eine breite Leserschaft. In British Columbia erregte die Debatte um den Kermode-Bären auf Princess Royal Island in der Öffentlichkeit sogar mehr Aufmerksamkeit als jedes andere Naturschutzthema. Das eigentliche Anliegen meines Buches jedoch, nämlich den Konflikt zwischen Mensch und Bär zu entschärfen, war damit noch nicht erreicht. Zum einen handelt *Spirit Bear* von den Kermode-Bären, einer seltenen Unterart der Schwarzbären, und konnte den Ruf der Grizzlys kaum verbessern. Schwarzbären ist es besser ergangen als Grizzlys, sie haben in größerer Zahl überlebt, weil sie sich schneller vermehren und beim Menschen nicht so viel Angst auslösen. Durch meine Erfahrungen mit den Grizzlys im Khutzeymateen-Gebiet war ich immer mehr davon überzeugt, dass sich auch die Beziehungen zwischen Mensch und Grizzly verbessern ließen. Aber wie sollte ich das beweisen?

Auch Maureens Projekt war mittlerweile abgeschlossen; dennoch hatte sie das Gefühl, aufgrund ihrer Unkenntnis und ihrer Angst vor Bären mit dem Thema noch nicht fertig zu sein. Sie begann, sich Gedanken zu machen, wie sie die Emotionen, die Bären ihr möglicherweise entgegenbrachten, erforschen könnte.

Doch als Maureen und ich Pläne im Hinblick darauf schmiedeten, was wir am liebsten tun würden, schienen wir in einer Sackgasse zu stecken. Denn wir waren uns einig, dass wir unter Grizzlys leben wollten, die genauso wenig Kontakt mit Menschen gehabt hatten wie die Silberbären auf Princess Royal Island.

Wo gab es einen solchen Ort auf der Welt?

Und selbst wenn wir ihn fanden, wie hoch wäre die Wahrscheinlichkeit, dass eine Künstlerin und ein ehemaliger Rancher die Behörden davon überzeugen konnten, ihnen die Genehmigung zu einer langfristigen Studie zu erteilen? Es war so gut wie ausgeschlossen, dass man in Nordamerika eine Studie über die friedliche Koexistenz von Mensch und Bär unterstützte. Denn sie stand im krassen Widerspruch zu der gängigen wissenschaftlichen Auffassung, dass beiderseitige Angst die einzige gefühlsmäßige Beziehung zwischen Mensch und Tier ist. Niemand im Wildlife Management hatte Interesse, an dieser herrschenden Meinung zu rütteln. Das größte Hindernis bestand darin, dass ich häufig eher als Gefahr für die Bären angesehen wurde denn als ihr Beschützer, weil meine Vorstellungen dem Status quo widersprachen. Etliche, selbst gute Freunde, baten mich, meinen allzu persönlichen Ansatz nochmals zu überdenken. Sie hatten Angst, dass das ganze Projekt zum Schutz der Wildnis und der Bären in Gefahr geraten könne, falls Maureen oder mir etwas zustieß.

Ich habe niemals diese Argumente als haltlos verworfen. Nach all den positiven Erfahrungen mit Bären aber kam ich nicht umhin, an meiner Theorie festzuhalten. Dass man Tiere, die zu komplexen Gefühlen fähig sind und die Grausamkeit des Menschen verzeihen, als gefährlich einstufen muss, um ihr Überleben zu sichern, erschien mir damals ebenso falsch wie heute. Hätte die bisherige Angst-Politik die Bären erfolgreich geschützt, hätte ich den Mund gehalten. Aber das war nicht der Fall. Man kann die Öffentlichkeit nicht für die Schönheit und den Schutz eines Tieres begeistern, wenn man ihr gleichzeitig einredet, es sei ein psychopathischer Menschenmörder.

Meiner Ansicht nach ist es viel besser, wenn man aufzeigt, was für faszinierende Wesen Bären sind. Man muss den Menschen einfache, praktische Ratschläge erteilen, wie man mit Bären friedlich zusammenleben kann. Maureen und ich glauben nach wie vor, dass die friedliche Koexistenz ein realistisches Ziel darstellt. Wir waren fest entschlossen, uns auf das Abenteuer einzulassen; wir mussten bloß noch einen Ort finden, um unser Projekt zu realisieren.

Die Suche nach einem geeigneten Ort, die uns schließlich nach Russland führte, geht auf das Jahr 1961 zurück. Damals nahm ich meinen ersten richtigen Job an. Ich war achtzehn Jahre alt, hatte den ewigen Kampf mit dem Schulsystem in Alberta satt und riss nach Pasadena in Kalifornien aus. Dort fand ich einen unglaublich tollen Job bei Ted Heyer, der wenig später mit seiner Erfindung des Shunt-Ventils berühmt werden sollte. Das Shunt-Ventil ermöglicht bei Kindern mit Wasserkopf die Ableitung der blockierten Flüssigkeit aus dem Gehirn und wird noch heute als Behandlungsmethode angewandt.

Für einen Hinterwäldler aus Alberta war die Mitarbeit an einem derart bahnbrechenden Projekt etwas Berauschendes, ebenso Kalifornien in den 60er Jahren. An der Lösung schwieriger Probleme mitzuwirken und mit neuen Materialien wie Siliziumgummi zu arbeiten, gab mir das Vertrauen zurück, das ich verloren hatte, als ich mich mit dem formellen Schulsystem herumschlagen musste. Diese Lehrjahre zeigten mir, dass ich handwerkliches Geschick besaß und auch knifflige Situationen in den Griff bekam. Sie stärkten mein Selbstbewusstsein, so dass ich später auch eigene Projekte in Angriff nehmen konnte, etwa, als ich mir selber das Fliegen beibrachte und anfing, meine eigenen Flugzeuge zu bauen.

Zugleich weckte Kalifornien in mir tiefes Heimweh nach der Wildnis. Unsere Ranch grenzte an die rauen Berge des Waterton Nationalparks im Südwesten von Alberta. Während meiner Kindheit hatte mein Vater sein Geld damit verdient, wohlhabende Familien einen ganzen Monat lang auf Pferden durch die Berge zu führen. Sie lebten wie Nomaden und durften nichts mitnehmen, was nicht auf dem Rücken des Packpferdes Platz hatte. Dad erlaubte uns Kindern, jeden Sommer an diesen Ausflügen teilzunehmen, pro Ausflug ein Kind. Bei mir war es mit sechs Jahren zum ersten Mal so weit.

In unserer Familie gab es mehrere Mitglieder, die besonders geeignet waren, meinen vier Geschwistern und mir alles über diese Umgebung beizubringen. Ganz oben auf der Liste stand unser Großvater mütterlicherseits, Bert Riggall, ein anerkannter Botaniker, Naturschützer, Fotograf und Jagdführer. Als Nächstes folgte mein Vater, Andy Russell, der als Cowboy für Bert gearbeitet hatte, bis er dessen Tochter heiratete und später das Geschäft übernahm. Meine Mutter Kay Riggall Russell war noch hinterwäldlerischer als wir (sie war in einem Zelt zur Welt gekommen!), und auch sie lehrte uns vieles über den Umgang mit der Natur. Meinen ersten Grizzly sah ich vom Rücken eines Pferdes aus, als ich sieben Jahre alt war. So herrlich Pasadena und meine Arbeit dort auch waren – ich zögerte nicht lange, als meine Mutter mich eines Tages anrief und mir sagte, dass mein Vater es gern sähe, wenn ich nach Hause käme. Ich sollte dort an einem Film über Grizzlys mitarbeiten, für den er die finanziellen Mittel aufgetrieben hatte.

Die Behauptung, mein Vater habe um diese Zeit eine Wandlung vom Jäger zum Naturschützer und Schriftsteller durchgemacht, wäre stark untertrieben. Wie er in seinem ersten Buch *Grizzly Country* schrieb, hatte er sich »dem Rückzug der Grizzlys« vor ihrem gemeinsamen Feind, dem Bulldozer, angeschlossen. Bulldozer und Kettensägen waren dabei, unsere geliebte Wildnis derart schnell zu zerstören, dass man Dad und uns die Lebensgrundlage buchstäblich unter den Füßen wegzog. Wie die Grizzlys sah sich auch er in einem immer kleiner werdenden Lebensraum in die Enge getrieben. Als Reaktion darauf wurde er Filmemacher und Schriftsteller. Auf *Grizzly Country* folgten elf weitere Bücher, mit denen er sich einen Namen als Bärenkenner und Naturschützer machte. Im Alter von sechsundachtzig schrieb er immer noch.

1961 hatte mein Vater vor, Grizzlybären in der freien Natur zu filmen. Es war eine Zeit, in der sentimentale Tierfilme aus den Disney Studios Hochkonjunktur hatten. Wir wussten, dass sie mit Tieren gemacht wurden, die in Gefangenschaft gehalten wurden, obwohl man es den Filmen nicht ansah. Tiere, die man als gefährlich einstufte, wurden unschädlich gemacht, indem man ihnen die Zähne oder Klauen zog. Einige Raubtiere durften die Zähne behalten, schließlich mussten sie ja gefährlich aussehen. Diese Tiere wurden scharf gemacht, indem man sie hungern ließ; man sperrte sie in kleinen Käfigen mit anderen Tieren zusammen, auf die sie dann im Film losgehen mussten und die sie anschließend fressen durften.

Mein Vater wollte die Grizzlybären so filmen, wie sie tatsächlich lebten, was noch keiner vor ihm gemacht hatte. Die Gelder wurden von der Frank Taplin Foundation bereitgestellt. Frank war einer von Dads Jagdkunden gewesen und stammte aus New Jersey. Mit diesem Geld kaufte Dad zwei Bolexkameras, die er meinem Bruder Dick und mir in die Hand drückte. Wir waren damals zweiundzwanzig und zwanzig Jahre alt. Zwar hatten mein Bruder und ich von unserem Großvater (der bei seinem Tod achttausend Fotos hinterlassen hatte) eine Menge über Fotografie gelernt, doch das Filmen war etwas ganz Neues für uns.

Zu dritt begannen wir unsere Suche nach Grizzlybären in den Selkirk Mountains im Südosten von British Columbia und im angrenzenden Waterton Nationalpark. Danach wollten wir auf dem Alaska Highway zum Bates River vorstoßen, ein Gebiet, das heute zum Kluane Nationalpark gehört. Wir brauchten nicht allzu lange, um festzustellen, wie schwierig es war, gute Filmaufnahmen von Grizzlys zu bekommen. Damals waren Bären und Wölfe wenig geschützt, selbst in den Nationalparks. Und auch das Interesse an ihnen hielt sich in Grenzen, da man allgemein der Ansicht war, dass Kanada über endlose Wildnis und unzählige Bären verfügte. Als Folge davon erwarteten die Bären, die wir zu Gesicht bekamen, gejagt zu werden, so dass wir es nicht schafften, an sie heranzukommen. So gut wir uns auch tarnten – alles, was wir vor die Linse bekamen, waren Bären, die blitzschnell im Gebüsch verschwanden oder sich über die Berge davonmachten.

Um unseren Film realisieren zu können, stießen wir tiefer in die Wildnis vor auf der Suche nach Bären, die nicht beim ersten Anblick die Flucht ergriffen, und ließen schließlich unsere Gewehre zurück – anfangs lediglich, um weniger Gewicht tragen zu müssen. Doch kaum wanderten wir unbewaffnet durch die Wildnis, schien der erste Schritt zu unserem Erfolg getan. Dad, Dick und ich gelangten zu dem Schluss, dass die Bären irgendwie spüren mussten, was wir vorhatten – trotz all der Ausrüstung, die wir mitschleppten. Da wir keine Waffen mehr trugen, hatten wir auch nicht mehr die Möglichkeit, ihnen etwas anzutun. Und als hätten die Bären diesen Unterschied gerochen, ließen sie uns näher an sich heran.

Als wir Richtung Norden fuhren, um unsere Suche im Yukon Territory fortzusetzen, machten wir einen Umweg über Haines Junction westlich von Whitehorse, um Freunde zu besuchen, die in einer Waldhütte lebten. Schon von weitem sahen wir eine Feuersäule, die aus dem Waldgebiet vor uns aufstieg. Dad sagte: »Zieht eure Stiefel an, Jungs. Eines Tages werdet ihr euren Enkeln erzählen können, wie ihr achtzehnhundert Meilen weit gefahren seid, um in Yukon einen Waldbrand zu bekämpfen.«

Doch bevor die Feuerwehr eintraf, um das Feuer zu bekämpfen, wurde es von einem kräftigen Regen gelöscht. Während Dad praktisch vom Pick-up aus den Einsatz leitete, hatte man Dick und mir Rucksäcke mit Wasserkanistern in die Hand gedrückt, um Schwelbrände auf toten Baumstämmen und Torfhaufen zu löschen.

Bei den Löscharbeiten fiel Dick und mir ein junger Amerikaner auf. Er schien im Wald zu Hause zu sein, und die Art, wie er seinen Rucksack schulterte und sich an die Arbeit machte, zeigte, dass ihm harte Arbeit nicht fremd war. Die Natur hatte das Feuer unter Kontrolle gebracht; daher schlugen wir uns in den Busch und machten ein eigenes Feuer, um uns zu wärmen.

Sollte ich den Namen dieses Mannes je erfahren haben, so muss ich ihn schon lange vergessen haben. Jedenfalls hatte er vor, den ganzen Weg bis nach Kamtschatka zu Fuß zu marschieren, und wartete nur darauf, dass die Beringsee zufror. Dick und ich lauschten seinem Plan, der auf absurde Weise um vieles tollkühner klang als irgendeins unserer Abenteuer. Der Kerl meinte es todernst, und er hatte sich gründlich darauf vorbereitet. Während er jetzt davon erzählte, nahm der östliche Zipfel Russlands in unseren Köpfen allmählich Gestalt an. Ich hatte immer geglaubt, dass das Yukon Territory die wildeste Gegend der Welt sei, aber von Sibirien und Kamtschatka wusste ich so gut wie nichts. Die stereotypen Bilder des Kalten Krieges über Russland, seine Menschen und Landschaften hatten verschleiert, wie wenig Menschen und wie viele Bären es dort gab.

Der Amerikaner zog weiter, wahrscheinlich nach Kamtschatka, und wir fuhren ins Hinterland des Yukon Territory. Bald wurde klar, dass die Bären dort vor Menschen genauso viel Angst hatten wie die Bären in Alberta oder British Columbia. Nach zwei Jahren beendeten wir den Film mit Hilfe der Alaska-Braunbären im McKinley Park. Meinen einundzwanzigsten Geburtstag verbrachte ich in einem Zeltlager am Toklat River. Zur Feier des Tages kletterte ich auf einen Berg und stand plötzlich einem dreijährigen Grizzly gegenüber.

Die Begegnung mit dem Amerikaner im Jahre 1961 brannte mir Kamtschatka und Sibirien für immer in die Erinnerung ein. Und als ich 1993 für das Projekt von Maureen und mir einen geeigneten Ort suchte, fiel mir Kamtschatka wieder ein.

In diesem Winter führte ich die ersten Telefongespräche, um mehr Informationen über Russland zu erhalten. Eine Anfrage führte zu einem überraschenden Angebot der Great Bear Foundation in Montana. Der Leiter der Stiftung, Matt Reid, schlug uns vor, in seinem Auftrag eine Bestandsaufnahme über das Ausmaß der Braunbärwilderei in Kamtschatka durchzuführen. Das war nicht unbedingt das, was wir uns vorgestellt hatten, aber es war eine willkommene Gelegenheit, jenes Russland, das nur in meiner Vorstellung existierte, mit Leben zu erfüllen.

2

Die Erkundung von Kamtschatka

Bald darauf reisten Maureen und ich nach Russland. Offiziell, um die Wilderei zu untersuchen; inoffiziell wollten wir erkunden, ob Russland für unser Projekt in Frage kam. Unsere Reise von Seattle nach Kamtschatka führte an der Küste von British Columbia entlang. Ein erfreulicher Zufall sorgte dafür, dass wir sowohl Princess Royal Island, die Heimat der Kermode-Bären, als auch die Glacier Bay überflogen, wo die blauen Gletscherbären, eine weitere exotische Farbvariante des amerikanischen Schwarzbären, zu Hause sind. Diese Bären leben in einem geschützten Lebensraum, und dennoch sahen wir große Umweltzerstörungen. Als Naturschützer kämpfen wir die ganze Zeit darum, den Bären ihren angestammten Lebensraum zu erhalten und sie vor dem unerbittlichen Vordringen der Zivilisation zu schützen. Da wir diesen Kampf häufiger verlieren als gewinnen, ist es unvermeidlich, dass wir hin und wieder in Pessimismus und Verzweiflung verfallen. Doch jetzt, als sei die Zeit auf wundersame Weise zurückgedreht worden, sollten Maureen und ich in ein Land kommen, in dem es mehr Braunbären gibt als sonst auf der ganzen Welt.

In der Beringsee entstehen die meisten Stürme Nordamerikas, so dass uns die schwarzen und düsteren Wolken nicht überraschten. Mit Hilfe einer primitiven Landkarte im Bordmagazin rechnete ich mir aus, dass wir einige Meilen nördlich der Stadt Anadyr die Küste von Chukotka und damit das russische Festland erreichen würden. Sobald wir wieder über Land flogen, lichteten sich die Wolken, und wir sahen Hunderte von Meilen Tundra, Berge und riesige verschlungene Flüsse. Es gab weder Straßen noch sonstige Markierungspunkte. Meine Erfahrung sagte mir, dass die großen Flüsse Lachsgebiet waren, und das bedeutete Bären. Es dauerte lange, bis wir im Wald die ersten Zeichen menschlichen Lebens erkannten, Fahrspuren von Lastern und Ähnliches. Sie deuteten an, dass wir uns Magadan näherten, einer abgelegenen Hafenstadt am nordöstlichen Rand des Ochotskischen Meeres.

In Magadan machten wir Zwischenlandung, und hier fand unsere erste Berührung mit sibirischem Boden statt. Es ist ein trostloser Ort in einer flachen Landschaft aus Gestrüpp und schlammigen Flüssen. Die Stadt wurde in den 30er Jahren des letzten Jahrhunderts gegründet, nachdem man in der Region Gold entdeckt hatte, und später von den Kommunisten als Gulag benutzt, einem Lager für Zwangsarbeiter. Tatsächlich war Magadan sogar die Verwaltungszentrale für sämtliche Gulags in Sibirien und bis 1989 eine verbotene Stadt gewesen. Die Landepiste war derart holprig, dass unsere Maschine immer wieder hoch hüpfte. Schließlich war sie langsam genug, um auf dem Boden zu bleiben. Die breiten Reifen und besonders robusten Fahrgestelle der russischen Maschinen, die den Runway säumten, ergaben plötzlich einen Sinn. Viele dieser Militär- und Passagiermaschinen waren ausgeschlachtet worden, um Ersatzteile daraus zu gewinnen.

Nachdem einige Passagiere von Bord gegangen waren, starteten wir erneut in Richtung Südwesten. Die Weite Russlands und sein kompliziertes Flugnetz hatten uns bereits weit über unser eigentliches Ziel hinausgeführt. Um nach Kamtschatka zu gelangen, mussten wir nun mehrere tausend Meilen zurückfliegen, nachdem wir in Chabarowsk an der mandschurischen Grenze zu China von Alaska Airlines auf Aeroflot umgestiegen waren. Da Chabarowsk in der Nähe eines russischen Naturschutzgebietes liegt und Sitz eines bedeutenden naturwissenschaftlichen Instituts ist, hatte die Great Bear Foundation ein Treffen mit russischen Wissenschaftlern arrangiert. Hier sollten wir unser Debüt als ausländische Forscher geben, die sich ein Bild von der Bärenwilderei in Russland verschaffen wollten. Ob es der Anblick der ehemaligen Gulag-Stadt war oder dieses erste Treffen, das uns bevorstand – jedenfalls wurden plötzlich alle Vorurteile, die wir gegen Russland hegten, wieder lebendig.

Chabarowsk ist von den mäandernden Sümpfen des Amur-Flusses umgeben, der zum Ochotskischen Meer im Osten fließt. Das flache Land, das weder von Straßen noch Stromleitungen durchzogen wurde, leuchtete in den verschiedensten Abstufungen von sattem Grün unter uns auf. Im glasklaren Wasser der sanft geschwungenen Flusswindungen und Mäanderabschnürungen spiegelten sich das Blau des Himmels und ein paar Wattewolken. Bei der Landung sahen wir nur eine Schaluppe im Wasser und hin und wieder ein Dorf, das durch den Fluss mit der Außenwelt verbunden ist.

Nachdem wir den Zoll passiert hatten, trafen wir die Dolmetscherin und den Fahrer, die unsere Gastgeber uns zugewiesen hatten. Oxana, die Dolmetscherin, befreite uns rasch von einem Teil unserer Paranoia. Sie war eine junge Universitätsstudentin, hervorragend ausgebildet, hübsch und elegant. Die Fahrt zur Zentrale der Wildlife-Stiftung dauerte etwa eine halbe Stunde, eine willkommene Gelegenheit, einen ersten Eindruck von der Stadt zu gewinnen. Als vorletzter Halt der transsibirischen Eisenbahn besaß Chabarowsk ein kosmopolitisches Flair und strahlte die Atmosphäre eines Ortes aus, der viele Landschaften und Kulturen vereint. Unterwegs kamen wir an einem riesigen Markt voller Blumen, Nahrungsmitteln und Textilien aus dem ganzen Fernen Osten vorbei.

Als wir endlich vor dem Verwaltungsgebäude der Stiftung in einer Straße mit überhängenden Bäumen parkten, waren wir seit dreizehn Stunden unterwegs. Wir hatten sechstausend Meilen über drei Länder und ein Meer hinweg zurückgelegt. Wir müssen einigermaßen übermüdet ausgesehen haben, als wir die Stufen zu unserem Treffen mit den Biologen Dr. Juri Dunischenko und Dr. Alexander Chulikow hinaufstiegen.

Unsere russischen Gastgeber machten es uns leicht. Statt gleich auf das Geschäftliche zu kommen, wofür auch am nächsten Tag noch Zeit war, führten sie uns durch die Sammlung der Stiftung. In meinem benommenen Zustand nahm ich nur endlose Reihen von Vitrinen mit Schädeln verstaubter Braunbären und Sibirischer Tiger wahr. Wir verglichen die Schädel. Die der Braunbären waren zwar größer, aber nicht viel größer als die der Tiger. Ich hatte noch nie so große Wildkatzen gesehen. Ich weiß noch, wie ich dachte, dass es in dieser Stiftung mehr Schädel Sibirischer Tiger geben musste als Tiger in freier Wildbahn (damals etwa vierhundert).

Am nächsten Morgen begleitete uns Oxana wieder in die Stiftung. Es regnete in Strömen, und die Straßen glichen Flüssen, durch die wir knöcheltief waten mussten. Außerdem war es heiß. Das Treffen als solches war eine Enttäuschung. Wir konnten lediglich in Erfahrung bringen, dass das Interesse für unsere Studie in Russland gering sei. Warum etwas über Bären in Erfahrung bringen, von denen es hier mehr als genug gab, wenn es doch *wirklich* gefährdete Spezies gab wie zum Beispiel den Sibirischen Tiger?

Immerhin brachte der Besuch die Erkenntnis, dass wir einige Orte, die wir in Betracht gezogen hatten, von der Liste streichen konnten. Man hatte mir erzählt, dass es auf den Schantar-Inseln im Ochotskischen Meer die unberührte Wildnis und hohe Bärenpopulation gäbe, die ich suchte; doch die russischen Forscher klärten mich darüber auf, dass die Schantar-Inseln schon lange kein Bärenparadies mehr waren. Wilderer hatten den Bärenbestand so gut wie ausgerottet.

Eine andere Möglichkeit, die ich in Betracht gezogen hatte, war Primorskij Kri, ein wildes, nicht bevölkertes Gebiet südlich von Chabarowsk und nördlich von Wladiwostok. Auch hier verfügten die russischen Forscher über ganz andere Informationen. Dieser dicht bewaldete Landstrich war zum Holzfällergebiet für kanadische, koreanische und amerikanische Unternehmen ausgewiesen worden. Wir aber brauchten eine Wildnis, die noch ein paar Jahre wild bleiben würde, so dass er nicht mehr in Frage kam. Also konzentrierten wir unsere Hoffnungen auf Kamtschatka.

Wir setzten unsere Reise mit der Aeroflot fort. Menschen, die im Hinterland von Russland unterwegs sind, behaupten gern, dass eine Flugreise mit Aeroflot viel mit einer mexikanischen Busfahrt gemeinsam habe. Haustiere in der Kabine sind keine Seltenheit, und während wir jetzt von Chabarowsk nach Petropawlowsk flogen, sah ich einen Passagier mit einem riesigen Karton auf dem Schoß, der laut Aufschrift einen Hitachi-Fernseher enthielt. Offensichtlich darf man bei Aeroflot so viel Handgepäck mitnehmen, wie auf dem Schoß Platz hat.

Seit 1961 versuchte ich, mir ein Bild der Halbinsel Kamtschatka zu machen; jetzt stand ich kurz davor, sie tatsächlich zu sehen. Nachdem wir zwei Stunden über den Wolken geflogen waren, setzte der Pilot durch die hohe Wolkendecke zum Landeflug an. Wir erblickten eine lange Reihe von schneebedeckten Vulkanen, die sich, so weit das Auge reichte, nach Norden erstreckte. Die Wälder in den Tälern gingen ab etwa siebenhundert Metern Höhe in Hochgebirgswiesen über. Wir flogen eine Schleife um die Awatscha-Bucht. Petropawlowsk liegt nördlich davon in einer hügeligen Landschaft. Die Art, wie der Pilot zum Anflug ansetzte, verriet mir, dass der Flughafen selbst noch etwas entfernt liegen musste. Tatsächlich befand er sich in der Nähe einer völlig anderen Stadt namens Jelisowo.

Befestigte Hangars, neben denen jeweils ein MiG-Kampfjet parkte, säumten auf beiden Seiten die Rollbahn. In Lichtungen, die in den Birkenwald geschlagen worden waren, standen Dutzende von weiteren Kampfjets, alles Relikte des Krieges, der nie stattgefunden hatte. Es war die unglaublichste Ansammlung von Flugzeugen, die ich jemals gesehen habe.

Da wir bereits in Chabarowsk den Zoll passiert hatten, durften wir eine Weile auf dem Rollfeld stehen bleiben und die Gegend in uns aufnehmen: vor allem den einzigartigen Ring von Vulkanen, der Petropawlowsk und Jelisowo umgibt. Unter der heißen Sonne löste sich die Wolkenwand schnell auf. Es versprach ein wunderschöner Sommertag zu werden.

Igor Rewenko, unser Führer, sollte uns am Flughafen abholen, doch bisher war er noch nicht aufgetaucht. Erst als wir uns schließlich allein auf den Weg zu einer Blechhütte machten, um unser Gepäck abzuholen, kam ein freundlich aussehender junger Mann auf uns zu und stellte sich in gutem Englisch vor. Igor war etwa einsachtzig groß und hatte dichtes schwarzes Haar, das ihm immer wieder in die Augen fiel. Ich bemerkte sofort, dass er sich Mühe gab, ruhig zu wirken, und diese Eigenschaft auch von anderen erwartete.

Auf dem Parkplatz führte er uns zu einem kleinen roten Datsun, und eine Weile war es mir ein Rätsel, wie wir uns und das ganze Gepäck darin verstauen sollten. Mit einer Findigkeit, die wir bald selbstverständlich finden sollten, zauberte Igor einen Dachgepäckträger hervor, der sich mit Hilfe von vier Saugknöpfen auf dem Dach befestigen ließ, und wir luden unser gesamtes Gepäck darauf. Jedes Mal, wenn wir durch ein Schlagloch fuhren, fürchtete ich, dass unser Gepäck herabgeschleudert würde, aber so weit kam es nicht.

An die fünfundzwanzig Meilen liegen zwischen Jelisowo und Petropawlowsk, den beiden Städten, in denen vierundachtzig Prozent der Bevölkerung Kamtschatkas leben – etwa dreihundertfünfzigtausend Einwohner. Das war eine sehr gute Nachricht. Es bedeutete, dass weite Teile von Kamtschatka, das etwa so groß ist wie Kalifornien, überwiegend unbevölkert waren. Igor erzählte uns, dass die Bevölkerungszahl in beiden Städten rapide zurückging. Der größte Arbeitgeber war immer das Militär gewesen, und da dessen Präsenz seit 1989 stetig abnahm, verließen die Einwohner die Städte in Scharen.

Er brachte uns zu einem kleinen Hotel, wo wir unsere Zimmer bezogen und unser Gepäck abstellten. Dann fuhren wir zu ihm nach Hause, zum Mittagessen. Er hatte eine Wohnung im zweiten Stock eines Betonklotzes, der auf einem steilen Hang stand. Vom Küchenfenster aus blickte man auf drei hohe Vulkane. Dieses Gebäude mit seiner hässlichen Fassade und dem hässlichen Treppenhaus stand im krassen Widerspruch zu der liebevoll eingerichteten Wohnung, die Igor mit seiner Familie bewohnte. Es war Samstag, deshalb waren seine Frau Irina und seine beiden Kinder, Katja und Egor, sechs und neun, auch zu Hause. Irina war Zahnärztin und aufgrund ihrer Qualifikationen sehr gefragt. Im folgenden September würde Igor zu Hause bleiben, um auf die Kinder aufzupassen, während sie nach Minsk zu einer Konferenz reiste. Sie schienen es sich in diesem gottverlassenen Ort am Ende der Welt einigermaßen bequem eingerichtet zu haben, und ich hatte große Lust, sie näher kennen zu lernen.

Igor erforschte seit 1985 das Verhalten von Braunbären im südlichen Kamtschatka. Die Perestroika hatte ihm unternehmerische Möglichkeiten eröffnet, so dass sich seine Arbeit unmerklich von wissenschaftlichen Untersuchungen auf das Organisieren von Fremdenführungen verlagerte. Wenn man einen Film über Bären oder andere Wildtiere drehen oder sich auch nur etwas umsehen wollte, dann war Igor der richtige Ansprechpartner.

Igor hatte vorgesehen, dass wir uns zunächst das Tal der Geysire im Nationalpark von Kronotskij ansahen. Ein beeindruckender Ort, der zu den Hauptattraktionen ausländischer Touristen gehört. Igor hatte uns einen Mann namens Vitali Nikolaenko als Führer ausgesucht. Vitali war ebenfalls Bärenforscher, und wir gewannen den Eindruck, dass es ein Abkommen zwischen den beiden gab, das bestimmte, wer wo den Führer spielen durfte.

Doch ehe wir zum Tal der Geysire aufbrechen konnten, mussten wir uns noch mit der russischen Bürokratie herumschlagen. Die Nationalparks in Russland sind nicht wie in den Vereinigten Staaten für die Öffentlichkeit gedacht. Während der Sowjetära dienten sie ausschließlich wissenschaftlichen Zwecken und hatten nichts mit Tourismus zu tun. Dass nun ausländischen Besuchern Einlass gewährt wurde, war eine Neuheit, die natürlich lange Verhandlungen und viel Papierkram erforderte.

Am nächsten Tag brachte uns Igor zum Büro des Kronotskij-Reservats in Jelisowo und stellte uns den Leiter vor, Sergei Alexeew. Der Preis für einen Besuch des Reservats war hoch. Pro Tag kostete es etwa genauso viel wie ein gutes Hotel zu Hause in Kanada; hinzu kamen noch die Kosten für unseren Führer, den Dolmetscher, den Hubschrauber und Verpflegung für alle. Trotzdem schien er gerechtfertigt, falls das Geld tatsächlich der Verwaltung und Erhaltung des Schutzgebietes zugute kam und nicht in irgendwelchen Privatschatullen verschwand. Sergei wollte, dass wir den Lohn für unseren Führer und Dolmetscher bei ihm entrichteten, doch wir bestanden darauf, diese Männer direkt zu bezahlen, was er schließlich akzeptierte. Wir entschieden uns für eine zehntägige Reise und wollten aufbrechen, sobald das Wetter es erlaubte. Drei Tage später war es so weit.

Das Tal der Geysire ist das faszinierendste Thermalquellengebiet, das ich je gesehen habe; mindestens so eindrucksvoll wie Yellowstone. Der aktivste Teil des Tals besteht aus einer halben Meile sprudelnder Geysire, manche sind ständig aktiv, andere mit Unterbrechungen; manche speien heißes Wasser, andere Dampf. An den Stellen, wo das heiße Wasser nicht alles verbrüht, wächst saftiges Gras. Hier sprießt im Frühjahr das erste Grün, deshalb ist es ein beliebtes Ziel für Bären, die Ende April und im Mai zum Grasen aus den Bergen kommen. Selbst jetzt im Juli, als das ganze restliche Umland grün war, sahen wir einen Bären in der Nähe eines Geysirs und an den Rändern der brodelnden Schlammquellen viele Bärenspuren.

Wir verließen das Tal der Geysire und wanderten mit Vitali von Hütte zu Hütte, die sich meilenweit durch den Nationalpark ziehen. Überall sahen wir Bären, auch an Orten, an denen ich nie zuvor welche gesehen hatte, wie etwa den schwarzen Sandstränden. In den ausgedehnten Küstenregionen fraßen sie Wicken, während sie auf das Eintreffen der Lachse warteten.

Unser Ziel war Vitalis Privathütte am Fuß des Kronotskij-Vulkans. Dort angekommen brachte er unseren Dolmetscher Stas an den Rand seiner Kräfte, als er uns seine jahrelangen Beobachtungen schilderte. Er berichtete von der Angst der Bären vor Menschen und räumte ein, dass er sogar im Reservat Spuren von Wilderern entdeckt habe. Dann krempelte er das Hosenbein hoch und zeigte uns die Narbe eines Beinschusses, ein ständiges Mahnmal an die Gefahr, der man ausgesetzt ist, wenn man es mit Wilderern zu tun hat. Trotzdem versicherte er uns, dass die Wilderei im Augenblick kein allzu großes Problem im Reservat darstellte.

Gegen Ende der Woche versuchte ich Vitali mit Hilfe unseres Dolmetschers zu erklären, was ich vorhatte. So sehr ich mich auch bemühte, mich präzise auszudrücken, er wollte es einfach nicht als wissenschaftliche Untersuchung anerkennen und wandte immer wieder ein, dass nur Wissenschaftler die Erlaubnis erhielten, im Reservat zu forschen. Obwohl er selbst kein Wissenschaftler war, verzichtete ich darauf, mit ihm zu streiten. Es war allzu deutlich, dass das Kronotskij-Reservat Vitali Nikolaenkos eigenes Territorium war und er trotz dessen Größe nicht der Ansicht war, dass es Platz für uns alle bot.

Der hundertfünfzig Meilen lange Rückflug im Hubschrauber nach Petropawlowsk entpuppte sich als Routineeinsatz, der doppelt so lang dauerte, da der Pilot mit Unwettern zu kämpfen hatte und ständig zwischenlanden musste, um an irgendwelchen Jagdhütten Proviant abzuliefern. Als Jäger gilt in Russland jeder, dem ein Gebiet zugewiesen wurde, in dem er Fallen aufstellen und jagen darf, um seinen Lebensunterhalt zu bestreiten. Was der Jäger tut, ist angeblich legal, aber häufig genug stimmt das gar nicht. Bären wegen ihrer Gallenblasen und Lachse wegen ihres Kaviars zu wildern sind gewöhnliche Schwarzmarktaktivitäten, an denen Jäger beteiligt sind. Über die legalen und illegalen Praktiken der lizenzierten Jäger Bescheid zu wissen war sehr wichtig, wenn wir verstehen wollten, warum Bären gewildert wurden, in welchem Ausmaß und zu welchem Preis.

Von Petropawlowsk flogen wir mit Igor in den Süden von Kamtschatka, in seine eigentliche Domäne. Die riesige Halbinsel war mehr, als wir uns je hätten träumen lassen, und alles, was wir uns erhofft hatten: ein unberührtes Land ohne Straßen oder Stromleitungen, mit ungeheuren Tundren und glasklaren Flüssen voller Lachse. Wir folgten dem gebirgigen Rückgrat der Halbinsel, und je weiter wir in den Süden kamen, desto klarer konnten wir in der Tundra ein Mosaik aus tiefen Trampelpfaden erkennen, die ausschließlich von Braunbären stammten. Schließlich erreichten wir den Kurilskojsee, ein alter vulkanischer

Riesenkrater, wo Hunderte von Bären von üppigen Lachsschwärmen und vielen Beerenarten lebten.

Hier hatte Igor acht Jahre lang als Bärenforscher gearbeitet, Zählungen durchgeführt und für den Schutz der Bären gekämpft. Bis 1984, als der See dem frisch gegründeten Naturpark von Südkamtschatka eingegliedert wurde, waren dort jährlich sechzig bis achtzig Bären zum Zweck der Fleischgewinnung geschossen worden. Naturparks genießen nicht denselben Schutz wie Reservate – etwa das von Kronotskij – und werden auch nicht von Wildhütern bewacht; allerdings wird die Wilderei von den Aktivitäten der Forscher, Fischinspektoren und Filmteams erschwert. Trotzdem fanden wir auf unseren Märschen entlang der Flüsse mehrere Drahtschlingen.

Mit Igors Boot fuhren wir zu den Mündungen der Flüsse, wo sich Schwärme von Blaurückenlachsen sammelten, um zum Laichen flussaufwärts zu ziehen. Unzählige Bären hatten an den Flussmündungen Position bezogen und labten sich an den Fischen. Igor erzählte uns, dass die Bären bald zuhauf in den Beerenfeldern südlich seiner Hütte auftauchen würden. Sie gingen am Ufer entlang; dort bekamen wir dann auch immer welche zu sehen. Es waren unglaublich viele. An einem einzigen Tag zählte ich am Kurilskojsee mehr Bären als im ganzen Khutzeymateen-Gebiet zusammen.

Es war eine völlig neue Erfahrung für mich, geführt zu werden, aber Igor war nicht nur sehr erfahren, sondern auch rücksichtsvoll. Er hatte auf einer Landzunge, die in den Kurilskojsee hineinragt, eine Hütte gebaut, und während der drei Wochen, die wir dort verbrachten, saßen wir oft bis in die frühen Morgenstunden um ein Lagerfeuer und tauschten Erfahrungen aus. Igor war während des Kommunismus in der Ukraine groß geworden, als man der Ausbildung noch große Bedeutung zumaß. Hoch begabte Kinder wurden ermutigt, ihren Interessen so weit wie möglich nachzugehen. Igor war vor allem in Mathematik und Physik begabt und besaß ein reges Interesse an der Natur. Zur Bestürzung seiner Lehrer, die ihm eine große Zukunft im staatlichen Weltraumprogramm prophezeit hatten, beschloss Igor, sich dem Studium der Biologie zu widmen.

Zu der Zeit, als Igor die Universität besuchte, war Kamtschatka für Russen und Osteuropäer noch immer ein fast mystisches Land, ein Ort, der Lichtjahre von Moskau entfernt lag. 1985, kurz nach seinem Examen, bot man Igor eine Arbeit als Wildhüter und Biologe im gerade erst gegründeten Naturschutzgebiet von Südkamtschatka an. Seine Familie war entsetzt, als er die Stelle annahm, angesichts der Vorstellung, wie weit entfernt er nun von ihnen leben würde – neun Zeitzonen! Doch es gab auch einige Vorteile, beispielsweise alle zwei Jahre einen Flug zurück in die Zivilisation, hauptsächlich auf Staatskosten.

Maureen und ich bombardierten Igor mit Fragen zu unserem Forschungsprojekt. Ich beschrieb ihm bis ins kleinste Detail, was wir suchten, und räumte ein, dass es einen Ort wie diesen auf der ganzen Welt vermutlich nur einmal gab: ein Gebiet mit vielen Braunbären, eine unbesiedelte Gegend, die der Mensch gar nicht oder nur wenig verändert hatte. Natürlich brauchten wir die Genehmigung der örtlichen Behörden. Der Kurilskojsee erfüllte fast alle diese Bedingungen, abgesehen von einem kleinen Dorf mit etwa zwanzig Menschen in unmittelbarer Nähe, die eine Lachsforschungsstation betrieben, und einigen ausländischen Filmemachern, die einen Dokumentarfilm über Bären in Russland drehten.

An einem dieser Abende, als wir am Lagerfeuer saßen, erzählte uns Igor von einem Ort weiter südlich, der vielleicht unseren Vorstellungen entsprach. Am Kambalnojesee sei es genauso wie am Kurilskojsee, behauptete er, vielleicht sogar noch etwas rückständiger. Dort lebte niemand, nur Bären, die den reichlich vorhandenen Lachs jagten und im tiefen Schnee ihre Winterruhe hielten. Einige Tage später besuchte uns Alexei Maslow, der Leiter der Lachsstation. Er hatte gerade das Ausmaß der Lachswanderungen in verschiedenen Flüssen untersucht. Bei einer seiner letzten Untersuchungen war er über den Fluss Kambalnoje geflogen, einen steil abfallenden Strom, der vom Kambalnojesee zum Ochotskischen Meer fließt. Auf einer Strecke von zehn Meilen hatte er achtzig Bären gezählt, von denen die meisten unmittelbar am Fluss nach Fischen jagten. Er nannte die Stelle »Kamtschatkas vergessenes Land«.

Maureen und ich planten, auf unserem Rückweg nach Petropawlowsk einen Hubschrauber zu mieten und einen Abstecher dorthin zu machen. Doch als es so weit war, tobte ein Unwetter über der südlichen Halbinsel von Kamtschatka. Wir mussten abreisen, ohne den Ort besichtigt zu haben, der uns am vielversprechendsten erschien.

3

Die Geburt des Bärenprojekts

Als ich im September 1995 mit meinem selbstgebauten Flugzeug von einer Wolfsexpedition in die frostkalten Wälder Albertas zurückkehrte, erwartete mich eine viel versprechende E-Mail von Igor. Er hatte einen vorläufigen Plan für unser erstes Jahr in Kamtschatka erstellt, der für unsere Arbeit den Kambalnojesee vorsah, jenes »vergessene Land«, das wir nicht hatten besuchen können.

Außerdem teilte er uns mit, dass er nach Nordamerika komme, um an einem Treffen von Bärenführern in Juneau in Alaska teilzunehmen. Auch ich war zu dieser Konferenz eingeladen worden. Ich wollte dort einen Diavortrag über meine Touren im Khutzeymateen-Gebiet halten. Ich mischte einige Dias darunter, die meine Gruppe in unmittelbarer Nähe der Bärin von Mouse Creek zeigten. Es war ein taktisches Manöver. Ich wollte herausfinden, ob die anwesenden Führer inzwischen gelassener geworden waren.

Doch ich hätte wissen müssen, dass meine Erwartungen enttäuscht werden würden. Bei den Versammelten herrschte die Meinung vor, dass die Beobachtung von Bären eine gefährliche Sache sei, die kompetente, vor allem aber schwer bewaffnete Führer erforderte. Und erst die Bewaffnung wies sie in ihren Augen als qualifizierte und professionelle Führer aus. In den letzten vier Jahren meiner Tätigkeit als Führer im Khutzeymateen-Gebiet hatte ich keine Waffe mehr getragen. Ich verließ mich auf Pfefferspray, das sich bei vielen offiziellen und zufälligen Tests als wirksame Abwehrmethode gegen einen angreifenden Bären erwiesen hatte. Ich hatte es bisher noch nie benutzen müssen. In Alaska grenzten die meisten Orte, an denen man Bären beobachten konnte, an Gebiete, in denen die Jagd zugelassen war. Mit anderen Worten, dieselben Bären, die sich an Orten wie den McNeill Falls friedlich von Touristen fotografieren ließen, wurden gleichzeitig zweimal im Jahr gejagt. Kann es da verwundern, wenn der Burgfrieden zwischen Menschen und Bären manchmal brüchig ist?

Trotzdem fielen die Reaktionen auf meinen Vortrag nicht gänzlich negativ aus. Larry Aumiller und seine Frau Colleen Matt, die zwanzig Jahre lang verantwortlich für Führungen an den McNeill Falls gewesen waren und nie einen tragischen Zwischenfall erlebt hatten, waren sehr erfreut, dass ich die Frage nach Vertrauen zwischen Menschen und Bären aufgeworfen hatte. Sie erzählten mir, dass es an den McNeill Falls mehrere Bären gab, die dasselbe Verhalten an den Tag legten wie unser Mouse Creek Bear. Bären, die dem Menschen derart zugetan waren, dass Colleen und Larry es aufgegeben hatten, gegenseitige Annäherungsversuche zu verhindern. Allerdings hatten sie eine Stelle eingerichtet, von der aus Touristen die Tiere fotografieren und beobachten konnten, und die Bären hatten verstanden, dass dieses Gebiet tabu für sie war.

Larry und Colleen waren Angestellte bei Alaska Fish and Wildlife. Doch die meisten ihrer Kollegen hielten an einer eher traditionellen Sichtweise fest. Für sie waren Bären in erster Linie Jagdbeute. Sie verrieten sich vor allem dadurch, dass sie von »Ertrag« sprachen. Ich kann mir einfach nicht vorstellen, wie man als Synonym für das Töten eines Tieres, das man angeblich schätzt, einen derartigen Ausdruck benutzen kann. Für mich wäre es ein Unterschied, ob ich ein Tier als »Ertrag« betrachte, also etwas Bereicherndes, oder ob ich es töte. Viele benutzten auch die Ausdrücke »Sau« und »Eber« für weibliche und männliche Grizzlys, was mir ebenfalls absurd erscheint. Dieser ohnehin an den Haaren herbeigezogene Vergleich zwischen Schweinen und Bären war schon immer beliebt bei Menschen, die in Bären nur etwas sehen wollen, was man aus sportlichen Gründen oder aus purer Notwendigkeit heraus tötet.

Igor Rewenko hatte großen Erfolg mit seinem Videofilm über die Bären am Kurilskojsee. Viele der Anwesenden, die ein Leben lang unter Bären gelebt hatten, erfuhren erst jetzt, dass es in Russland wahrscheinlich mehr Braunbären gab als in ihrem eigenen Land. Neben dem Austausch von Ideen über die Sicherheit im Umgang mit Bären sondierte Igor auch die Aussichten für eine ernsthafte Ausweitung des Öko-Tourismus in seinem Land. Und wenn die Begeisterung der anwesenden Geldgeber als Barometer angesehen werden konnte, dann standen ihm rosige Zeiten ins Haus. Keiner hätte das Angebot ausgeschlagen, Kamtschatka zu besuchen.

Am nächsten Morgen hatten Igor und ich endlich Gelegenheit, in einem an einer abschüssigen Straße von Juneau gelegenen Café über unser Projekt zu reden. Obwohl ich von Igors Vorarbeit äußerst angetan war, musste er mich von der Durchführbarkeit seines Plans erst einmal überzeugen. Es war enorm wichtig, dass man uns erlaubte, eine Hütte in dem Naturschutzgebiet zu bauen. In einem Gebiet, wo wir uns mit dem Wetter nicht auskannten und nicht absehen konnten, wie sehr uns die Moskitos zu schaffen machen würden, wollte ich nicht das Risiko eingehen, mehrere Jahre in einem Zelt zu verbringen. Und falls wir die Genehmigung für die Hütte bekamen, welches Baumaterial stand uns zur Verfügung?

Dazu kam die Frage der Kolb. Würde man mir tatsächlich erlauben, mein Flugzeug mitzubringen und in Kamtschatka zu fliegen? Während eines unserer Gespräche am Lagerfeuer hatte ich erwähnt, dass ich mein Ultraleichtflugzeug nach Russland mitbringen wollte. Ich hatte es bereits zweimal bei Projekten in der Wildnis benutzt und wusste, wie wertvoll es war, um Tierspuren in einem Gebiet zu verfolgen, in dem es keine Straßen gab. Zudem wären wir mit dem Flugzeug im Hinblick auf unsere Verpflegung unabhängiger von anderen Transportmitteln. Ich war allerdings nicht sehr zuversichtlich. Ein Flugzeug durch die vielen bürokratischen Hürden nach Kamtschatka zu bringen schien mir ein ziemlich aussichtsloses Unterfangen zu sein.

Doch zu meinem Erstaunen behauptete Igor, er sei optimistisch, dass wir die Genehmigung bekommen würden. Igor hatte sich bereits erkundigt und mit Sergei Alexeew gesprochen, dem Leiter des Kronotskij-Reservats und des Naturschutzgebietes Südkamtschatka. Sergei hatte Igor gesagt, dass wir für jedes Forschungsjahr in seinem Territorium zehntausend US-Dollar bezahlen müssten. Igor ging davon aus, dass diese Summe die Genehmigung für den Bau der Hütte und für die Benutzung des Flugzeugs einschloss, obwohl Sergei dies nicht ausdrücklich bestätigt hatte.

Als ich das hörte, malte ich mir unzählige Probleme mit unseren potenziellen Geldgebern aus. Russischen Behörden Bargeld zu geben, ohne zu wissen, wohin es schließlich floss, würde sich im Finanzierungsplan, den wir unseren Sponsoren vorlegen mussten, nicht besonders gut machen.

Ich bat Igor, mir alles zu sagen, was er über Sergei wusste: wie ernst er seine Arbeit nahm, beispielsweise, oder welche persönlichen Interessen er hatte. Vor allem sollte sich Igor etwas Handfestes überlegen, das wir Sergei statt Geld anbieten könnten und das seinem Schutzgebiet spürbaren Nutzen brächte, etwas, das er in Russland nicht bekommen konnte.

Wir beendeten unser Treffen auf dieser Basis. Igor würde dafür sorgen, dass meine Fragen geklärt wurden, und ich würde nach Hause fahren und das Ganze mit Maureen besprechen. Wenn wir beide hundertprozentig hinter dem Projekt standen, würden wir anfangen, uns um die Geldmittel zu kümmern.

Zu Hause gingen Maureen und ich sämtliche Informationen, die wir gesammelt hatten, noch einmal sorgfältig durch. Wir zogen alle Möglichkeiten und Konsequenzen in Betracht. So etwa musste ich mir die ernsthafte Frage stellen, ob ich für eine derartige Strapaze überhaupt noch fit genug war. Mit vierundfünfzig war ich nicht mehr der Jüngste, und mein Körper hatte schon einiges durchgemacht. Andererseits versprach Kamtschatka Antworten auf die Fragen, von denen ich besessen war. Ich wollte den Rest meines Lebens nicht mit dem Gefühl verbringen, die Herausforderung nicht angenommen zu haben. Ich musste es machen.

Maureen war die treibende Kraft. Während ich mit einem Bier in der warmen Badewanne saß und über die Zukunft nachdachte, war für sie das Ganze längst beschlossene Sache. Sie trainierte bereits dafür.

MAUREEN: *Ich wollte fit genug sein, um notfalls Kamtschatka zu Fuß durchqueren zu können, falls Charlie etwas zustoßen sollte. Aber ich habe nicht den ganzen Tag nur noch trainiert. Ich schrieb mein Testament zum dritten Mal um. Ich erteilte Freunden und Verwandten unzählige Anweisungen, wie sie meine Tiere versorgen sollten. Dabei stand überhaupt noch nicht fest, ob wir tatsächlich aufbrechen würden, denn die Frage der Finanzierung war noch nicht gelöst.*

Ich dachte lange darüber nach, ob ich mein Ultraleichtflugzeug in Russland einsetzen sollte. Ich hatte die Kolb selbst zusammengebaut und ausgiebig getestet, aber es war trotzdem eine kleine und anfällige Maschine. Flugzeuge benötigen eine Menge Pflege, und in Kamtschatka wäre ich weit entfernt von technischen Wartungsmöglichkeiten.

Blieb noch das Wetter. Beim Fliegen ist das Wetter von entscheidender Bedeutung, und ich hatte den vagen Eindruck, dass das Wetter im südlichen Kamtschatka Ähnlichkeit mit dem auf der berüchtigten Alëutenkette hatte. Die Alëuten sind für heftige Stürme und dichten Nebel bekannt, zwei Phänomene, die man meiden sollte wie die Pest, wenn man ein Ultraleichtflugzeug fliegt. Natürlich hätte ich das Flugzeug gern in Russland eingesetzt, aber ich wollte nicht, dass meine Begeisterung mich allzu weit über den gesunden Menschenverstand hinaustrug.

Als ich kurz davor war, mich für das Projekt zu entscheiden, bestellte ich im Verteidigungsministerium der Vereinigten Staaten eine topografische Karte des Kambalnojesees, die ich sehr sorgfältig studierte. Der Kambalnojesee ist viel kleiner als der Kurilskojsee, wo Igor seine Bären beobachtete. Er liegt außerdem dreihundertdreißig Meter höher. Es hatte den Anschein, als könnte er genau das abgelegene, menschenfreie Bärengebiet sein, das wir suchten, aber mit eigenen Augen gesehen hatten wir es nicht. Wir würden die Katze im Sack kaufen.

Blieb schließlich nur noch die Kleinigkeit, neunzigtausend Dollar aufzutreiben. Maureen und ich erzählten unseren potenziellen Geldgebern, dass wir innerhalb unseres isolierten Forschungsgebietes unter völlig anderen Regeln zu leben beabsichtigten, als dies bei ähnlichen Projekten sonst üblich war. Wir würden den Bären erlauben, uns so nah zu kommen, wie sie wollten. Wir wollten versuchen, friedlich mit ihnen zusammenzuleben, und zwar so, dass keiner von uns abgelenkt oder bedroht würde. Wir stellten bald fest, dass wir als potenzielle Finanzierungskandidaten keineswegs so willkommen waren, wie wir es uns erhofft hatten. Die meisten Stiftungen ziehen es vor, mit Organisationen oder mit Teams zu arbeiten, die von Universitäten unterstützt werden. Dafür spricht das Argument, dass Projekte, die von einem einzelnen Forscher geleitet werden, ein zu hohes Risiko darstellen. Wenn sich dieser mitten drin ein Bein bricht, muss alles abgebrochen werden, und das investierte Geld ist verloren. Angesichts dessen, wo die Reise hinging, konnten wir diese Skepsis kaum widerlegen.

Trotzdem gaben wir unsere Bemühungen nicht auf, und erstaunlicherweise führten sie zum Erfolg. Ende März 1996 hatten wir genügend Geld zusammen, um mit dem Projekt zu beginnen. Den größten Posten stellte die Alternative dar, die wir uns für Sergei Alexeew ausgedacht hatten. Sergei fand Gefallen an einem Ultraleichtflugzeug für die Patrouillen der Wildhüter, die Wilderer aufspürten. Also beschlossen wir, ihm statt der zehntausend US-Dollar ein noch nicht zusammengebautes Kolb-Flugzeug mit einem Full-Lotus-Schwimmer-System für zwei Jahre Forschungsaufenthalt anzubieten. Dieses Flugzeug machte sich wunderbar in unserem Budget. Seine endgültige Anwendung würde den Bären zugute kommen, und zudem hatte es den Vorteil, dass es nicht in unbefugte Taschen passte.

Anfang April bekamen wir eine E-Mail von Igor. Darin schrieb er, wie wir unser Baumaterial für die Hütte und den Sprit für das Flugzeug zum Kambalnojesee schaffen konnten. Zunächst sollte es über die einzige Straßenverbindung im Süden von Kamtschatka auf einem Laster zur Westküste transportiert werden. Anschließend wollte er alles auf einen riesigen Geländewagen mit Allradantrieb umladen, der Proviant zu einem Fischerdorf am Ochotskischen Meer brachte. Im April lag zwar noch meterhoch Schnee, aber der Geländewagen hatte genügend PS, um unsere vierzehn Tonnen Material auf dem Landweg zum Kambalnojesee zu transportieren.

Der Haken daran war, dass Igor Bargeld brauchte, um Holz und weiteres Material zu kaufen. Außerdem musste der Transport jetzt schon bezahlt werden. Wenn wir ihm das Geld nicht bald schicken könnten, würden wir diese einmalige Gelegenheit verpassen. Ein vertrauenswürdiger Freund von Igor würde von Seattle aus nach Petropawlowsk fliegen, er könnte ihm das Geld persönlich übergeben. Wenn wir es einem anderen Freund von Igor, einem Amerikaner, überweisen könnten, würde dieser es von der Bank abheben und dem Russen geben. »Schick vierzehntausend Dollar«, lautete die letzte Anweisung.

Wir hatten mühsam daran arbeiten müssen, das Vertrauen unserer Geldgeber zu gewinnen, und jetzt sollten wir einem wildfremden Amerikaner vierzehntausend Dollar schicken, damit er sie einem ebenso wildfremden Russen weitergeben konnte. Wir dachten an jeden Einzelnen unserer Geldgeber und konnten uns ihre Reaktionen lebhaft vorstellen. Jene, die uns sowieso für verrückt gehalten hatten, sähen sich nun bestätigt. Andere könnten es *vielleicht* als Risiko akzeptieren, das man eingehen muss, wenn man eine so komplizierte Angelegenheit bewerkstelligen will. Wenn wir aber bis Juni warteten und das Geld selbst mitbrachten, würden wir uns mit dem Holz begnügen müssen, das bereits von sämtlichen Datschabauern der Halbinsel verschmäht worden war. Wir würden eine Menge Zeit verlieren und doppelt so viel für den Transport zahlen müssen.

Schließlich überwiesen wir das Geld nach Seattle. Igors amerikanischer Freund schien ganz und gar nicht davon angetan, in seinen randvollen Terminplan auch noch einen Gang zur Bank unterbringen zu müssen. Dann tauchte der Russe nicht auf. Noch heute wissen wir nicht, was mit ihm los war. Wir brauchten zwei nervenaufreibende Tage, um den Amerikaner dazu zu bewegen, uns das Geld wieder zurückzuüberweisen.

Kaum hatten wir es auf dem Konto, schickte uns Igor eine weitere E-Mail mit einem neuen Plan, der einen anderen Empfänger und einen weiteren russischen Kurier vorsah, der in Homer, Alaska, wohnte. Dieses Mal ging alles ziemlich reibungslos vonstatten – jedenfalls bis der russische Zoll am Flughafen von Petropawlowsk das Bargeld unseres Kuriers beschlagnahmte. Doch irgendwie gelang es Igor, das Problem zu lösen und jeden einzelnen Dollar, den wir ihm geschickt hatten, in Besitz zu nehmen.

Die Ironie an der Geschichte war, dass nach all den internationalen Verwicklungen um das Geld Igor seinen Plan letztlich doch wieder umwarf und das Baumaterial nicht mit dem Geländewagen zum Kambalnojesee transportieren ließ. Er hatte eine bessere Möglichkeit mit einem riesigen Mi-26 Militärhubschrauber gefunden. Jedenfalls hatte Igor nun das Geld, um in unserem Auftrag Material einzukaufen und alles Weitere in die Wege zu leiten.

Anfang Mai brachte ich meine Kolb zu Doug Murray, einem Freund, der nicht weit von meiner Ranch wohnte, und beauftragte ihn, einen neuen Motor einzubauen. Doug hatte einige Jahre zuvor selbst eine Kolb gebaut und war ein erstklassiger Mechaniker. Der neue Rotax-912-Motor war viel stärker als der, mit dem ich bisher geflogen war, und ich zählte darauf, dass er mich sicher durch die Unwetter und über die weiten Entfernungen in Russland bringen würde.

Mitte Juni luden wir unsere ganze Ausrüstung und die beiden kleinen Flugzeuge auf Dougs Anhänger und machten uns auf den Weg nach Seattle. Ohne große Probleme passierten wir die Berge und schifften meine Kolb und Sergeis unmontiertes Flugzeug auf einem Frachter ein, der am 20. Juni, am selben Tag wie wir, in Petropawlowsk ankommen sollte.

Als das Containerschiff von Seattle auslief, beunruhigte mich nur ein Gedanke: Ich hatte keine Zeit gehabt, den neuen Motor zu testen. Das würde ich nun über einem völlig unbesiedelten Gebiet in einem fremden Land tun müssen.

ZWEITER TEIL

(1996)

4

Liebesgrüße nach Russland

Unsere zweite Reise nach Russland war ein Zuckerschlecken im Vergleich zur ersten. Eine neue Verbindung der Air Alaska, die direkt nach Petropawlowsk flog, ersparte uns Tausende von Meilen Umweg und viel Zeit. Zwölf Stunden nachdem wir gestartet waren, erreichten wir die Bucht von Awatscha und blickten hinunter auf das in Hügel gebettete und fast völlig von Vulkanen umgebene Petropawlowsk, das uns willkommen hieß.

Dieses Mal wusste ich ein bisschen mehr über diese Stadt, die uns während unseres Projektes als wichtigstes Versorgungszentrum dienen würde. Die Awatscha-Bucht liegt hundertachtzig Meilen nördlich des südlichsten Punktes von Kamtschatka an der Pazifikküste und gilt als sicherster Hafen im Fernen Osten von Russland. Fischer und Seeleute haben seit Jahrhunderten Schutz innerhalb ihrer natürlichen Wellenbrecher gesucht. Während des Winters hatte ich Corey Fords Werk *Where the Sea Breaks Its Back* über die Erkundung Alaskas gelesen, in dem auch ein Bericht über die Reise von Vitus Bering enthalten war. Nachdem er 1740 ganz Russland auf dem Landweg durchquert hatte, machte Vitus an der Nordküste des Ochotskischen Meeres Halt, um seine beiden Schiffe zu bauen. Anschließend segelte er um Kap Lopatka zur Awatscha-Bucht, um dort vor seiner historischen Reise nach Alaska ein letztes Mal Proviant an Bord zu nehmen. Er selbst und die meisten Männer seiner Expedition überlebten die Entdeckung Alaskas und der Beringsee nicht; doch die wenigen, die mit dem Leben davonkamen, schwärmten von den reichen Beständen an Seeottern und weckten damit das wirtschaftliche Interesse Russlands an der nordamerikanischen Westküste.

Petropawlowsk verdankt seinen Namen Berings Reise, genau genommen seinen Schiffen *Sankt Peter* und *Sankt Paul* (oder Pavel). Während der wirtschaftlichen Erschließung der nordamerikanischen Küste durch den russischen Pelzhandel diente Petropawlowsk Russland als nordpazifischer Seehafen und Stützpunkt für alle Schiffe, die nach Alaska reisten.

Um 1930 war Petropawlowsk eine Fischerstadt mit annähernd 20.000 Einwohnern. Offiziell war es in Petropawlowsk-Kamtschatskij umbenannt worden, um es von einem anderen Petropawlowsk in Kasachstan zu unterscheiden. Die Bewohner nannten die Stadt fortan PK, und das hat sich bis heute erhalten. Als der Kalte Krieg ausbrach, nutzte die Sowjetrepublik die geschützte Lage der Awatscha-Bucht und deren Nähe zu Nordamerika und baute die Stadt zu einem Hafen für Atom-U-Boote und einem Luftwaffenstützpunkt aus. Die Folge war, dass die Bevölkerung auf über 400.000 Einwohner anschwoll. Für die Außenwelt blieb das sowjetische Petropawlowsk ein geheimer und gefährlicher Ort, der Berühmtheit erlangte, als 1983 eine koreanische Passagiermaschine den sowjetischen Luftraum verletzte und abgeschossen wurde.

Unter der Sowjetherrschaft war das Wohnrecht für PK eingeschränkt. Die Arbeitseinsätze waren zeitlich begrenzt, und die Menschen blieben keinen Tag länger als nötig. Statt das Geld in der Stadt auszugeben, horteten die Einwohner ihren Lohn samt Sonderzulagen für den Tag, an dem sie in die Zivilisation zurückkehrten. Noch heute macht Petropawlowsk einen schäbigen Eindruck, als scherten sich die Menschen nicht um die Stadt. Auch der Betonbunkerstil der meisten Gebäude ist ein Erbe der Sowjet-Ära. Da es sich um eine erdbebenbedrohte Gegend handelt, bauten die Sowjets nur erdbebensichere Gebäude, alle im gleichen hässlichen Einheitsstil, der nichts gemein hat mit der großartigen Architektur von Moskau und Sankt Petersburg.

Man hätte die Stadt genauso gut auf einer Insel bauen oder mit einer riesigen Mauer umgeben können, wenn man bedenkt, wie wenig Bedeutung ihrem Hinterland beigemessen wurde. Nicht einmal auf dem Höhepunkt des Kalten Krieges wurden Mittel bereitgestellt, um ein ordentliches Straßennetz oder eine Eisenbahnverbindung zu bauen, die Kamtschatka mit der übrigen Sowjetrepublik verbunden hätten. Für das Land und seine Tiere war diese Isolation ein Glücksfall. Direkt vor den Toren der Stadt konnten sich Fauna und Flora ungehindert entfalten. Igor zeigte uns die Höhle eines Bären auf einem Gebirgskamm, der zwei Stadtteile voneinander trennte. Der Bär hatte sie erst vor kurzem bezogen. Igor wollte uns demonstrieren, dass die Stadt sich kaum negativ auf die Tierpopulation auswirkte. Es hatte Versuche gegeben, die Thermalkraft für die Stromerzeugung zu nutzen, aber ansonsten glich das Umland von PK einem Nationalpark.

1996, sieben Jahre nach Ende des Kalten Krieges, ging es Petropawlowsk besser und zugleich auch schlechter. Ohne die paranoiden Zwangsmaßnahmen und das Geld vom Militär nahm die Stadtbevölkerung rapide ab. Andererseits lebten diejenigen, die geblieben waren, aus freien Stücken in der Stadt. Der größte Vorteil der Stadt ist ihre überwältigende Lage: eine wunderschöne Bucht, die von fast viertausend Meter hohen aktiven Vulkanen umgeben ist, und sonst nur Wildnis – wilder als die wildeste Gegend von Europa.

Auch das Containerschiff mit unseren beiden Kolb-Flugzeugen war rechtzeitig angekommen. Unsere erste unangenehme, aber notwendige Aufgabe war nun, sie und uns durch den Zoll zu bringen. Erstaunlicherweise war es leichter, die Maschinen abzufertigen als den Kaffee und die paar Weinflaschen, die wir unter die Verpflegung geschmuggelt hatten.

Unsere Planung sah nun vor, dass wir die letzten Nahrungsmittel einkauften und ich das Flugzeug startklar machte, um am 27. Juni in den Süden aufzubrechen. Die Maschinen mussten zunächst auf einen Tieflader gehoben werden, damit sie anschließend auf einer Furcht einflößenden, von Schlaglöchern übersäten Piste zum Flughafen der Krechet-Hubschrauberfabrik transportiert werden konnten, die in einem Randgebiet von Jelisowo lag. Während dieser vierzigminütigen Fahrt im Eiltempo wurden die Flugzeuge stärker in Mitleidenschaft gezogen als während der über fünftausend Meilen zählenden Reise zuvor.

Der Flughafen bestand aus einer seltsamen Mischung von Hangars und Häusern innerhalb eines Hochsicherheitstraktes, der Anatoli Kowolenkow gehörte, einem scharfsichtigen, gerissenen Mann, der dort auch hochwertige Holzhäuser herstellte. Unsere Ankunft sorgte für großes Aufsehen. Russen sind zu Recht stolz auf die Geschichte ihrer Luft- und Weltraumfahrt und nehmen die Fliegerei sehr ernst. Ein kleines Privatflugzeug weckt großes Interesse, da nur wenige Russen sich so etwas leisten können.

Jedermann packte mit an oder sah zumindest zu, als wir meine Kolb und die Kisten mit der zweiten noch nicht montierten Maschine abluden. Allmählich sprachen sich unsere Pläne herum; man konnte förmlich sehen, wie die Skepsis immer größer wurde. Vor allem Anatoli meinte, es sei schierer Unsinn, mit einer derart anfälligen Maschine in die gefährlichste Wildnis Russlands zu fliegen. (Später erfuhr ich, dass er mir nur wenige Wochen Überleben prophezeit hatte.)

Zum ersten Mal machte ich auf russischem Boden einen Teststart. Kaum hatte ich den Motor angeworfen, gab es einen lauten Knall, und er ging wieder aus. Eins der drei Propellerblätter hatte sich verbogen und den Rumpf beschädigt. Das Blatt war hin. Kein besonders rühmliches Debüt, aber zum Glück hatte ich Ersatz dabei. Ein paar Tage später wechselte ich das Propellerblatt aus. Außerdem flachte ich den Rumpf des Flugzeugs ein wenig ab, damit der Propeller mehr Platz hatte. Beim zweiten Anlauf klappte alles auf Anhieb.

Gleichzeitig klapperten Maureen und ich die Märkte der Stadt ab. Wir mussten Proviant für die nächsten vier Monate einkaufen. Aus der Sowjetära gab es noch viel Dosenfleisch. Es schmeckte erstaunlich gut und erinnerte mich an die Zeit, als Dad einen Elch schoss und Mom das Fleisch in Dosen konservierte, weil wir keinen Kühlschrank hatten. Für viele Russen ist ein Kühlschrank unerschwinglich, und wer einen besitzt, muss manchmal monatelange Stromausfälle in Kauf nehmen. Deshalb sind sie Meister im Konservieren. Wir kauften Gemüse in riesigen Einmachgläsern. Sie allein waren kleine Kunstwerke. Unsere schönste Entdeckung aber war die russische Schokolade; seit damals ist sie unser Favorit. Jedes Mal, wenn wir zum Kambalnojesee zurückfliegen, sorgen wir für einen anständigen Vorrat.

Igor organisierte einen Hubschrauber, mit dem unsere Vorräte zum Lagerplatz am Kambalnojesee transportiert wurden. Wir verabredeten, dass Maureen im Hubschrauber mitflog und ich Igor in der Kolb mitnahm. Wir wollten gleichzeitig losfliegen und hofften, noch am selben Tag dort anzukommen.

Doch am 27. Juni war das Wetter im Süden schlecht. Wir warteten ab in der Hoffnung auf Besserung, und tatsächlich klarte es am frühen Abend auf. Da wir wussten, dass es noch bis elf Uhr hell wäre, beschlossen wir, den Versuch zu wagen.

Maureen und die Crew des bis zum Rand voll gestopften Dreitonners hoben ab. Der Hubschrauber war doppelt so schnell wie mein Flugzeug und bald nur noch ein winziger Punkt am Himmel. Zwanzig Minuten nach dem Start ließen Igor und ich die letzten Straßen hinter uns zurück und glitten über die Schneefelder und hohen Vulkane. Plötzlich tauchte mitten in dieser Schneelandschaft auf der Spitze eines Vulkankamms ein Bär auf. Wie ein Wächter, der uns den Weg wies, stand er da und blickte auf das grüne Tal siebenhundert Meter unter sich hinab.

Mir war nach wie vor nicht recht klar, inwieweit unsere Flüge bekannt waren und akzeptiert wurden. Ich wusste, dass Igor die Genehmigung von einigen Behörden eingeholt hatte, aber wahrscheinlich nicht von allen. Bei dem Chaos, das in jenen Jahren in Russland herrschte, war es fast sicher, dass etliche Behörden nichts von uns wussten und auch absichtlich im Ungewissen gehalten wurden. Zu Anfang des Fluges hatte mir Igor Anweisung gegeben, mich hinter einem Kamm zu halten, wo man uns von der »Geheimen Stadt« aus, dem in den Felsen der Awatscha-Bucht gebauten Flottenstützpunkt für Atom-U-Boote, nicht sehen konnte. Ob es dafür einen Grund gab oder es nur eine Gewohnheit aus der Zeit des Kalten Krieges war, weiß ich bis heute nicht.

Igor erklärte auch, wir dürften keine Funksprechgeräte mitbringen. Es sei nicht gut, wenn man in Kamtschatka, auf russischem Territorium, plötzlich Englisch sprechende Stimmen im Äther aufschnappen könnte. Wir waren nicht gerade begeistert, an einem derart entlegenen Ort keine Funksprechgeräte zu haben, hielten uns aber an seine Empfehlung. Wir waren im wahrsten Sinne des Wortes auf uns allein angewiesen, ohne das sonst übliche Sicherheitsnetz, das sonst Abenteurer in der Wildnis fast auf der ganzen Welt begleitet. Unser einziger Schutz bestand darin, keine unnötigen Risiken einzugehen.

Ich landete am Kurilskojsee unweit der Lachsforschungsstation. Einer der Männer, die uns willkommen hießen, war ein Amerikaner namens Bill Leacock, ein schlaksiger Bursche um die Vierzig, der ebenfalls wegen eines Bärenprojektes hier war. Seine Arbeit bestand unter anderem darin, Bären ein Halsband mit einem kleinen Sender anzubringen, und wenn alles klappte, würde ihm diese Arbeit seinen Doktorhut einbringen. Er hatte in Laos und Thailand für die UN-Friedenstruppen und die UNESCO gearbeitet. Seine Frau Tip stammte aus Thailand. Sie hatten zwei Töchter, Nina und Grace, die fünf und acht Jahre alt waren. Die ganze Familie wohnte am Kurilskojsee in einer Metallkiste, die an einen Schiffscontainer erinnerte. Irgendein cleverer Geschäftsmann in Europa stellte die Dinger als Behausungen her.

Während ich aus einem Kanister den Tank der Kolb auffüllte, fragte ich Bill, ob er Maureens Hubschrauber hatte vorbeifliegen sehen. Er nickte, vor etwa einer Stunde. Das machte mich nervös. Ich war ziemlich sicher, dass die Crew sofort zurückfliegen würde, nachdem sie alles am Kambalnojesee abgeladen hatte. Die Männer wollten bestimmt noch am selben Tag nach PK zurück und konnten nur bei Tageslicht fliegen. Das hieß, dass Maureen mutterseelenallein auf die Vorräte aufpassen musste, bis wir eintrafen.

Ich sagte Igor, dass ich mir Sorgen machte, weil Maureen ganz allein mit dem Proviant auf uns wartete. Aber er scherzte nur: »Warum? Hast du Angst, dass sie alles allein aufisst?«

Sobald wir in der Luft waren, beruhigte ich mich wieder. Wir hatten noch fünfundzwanzig Meilen vor uns und nur noch einen einzigen Bergpass auf dem Weg zum Kambalnojesee zu überfliegen. Aber als wir ihn erreichten, tauchte ein Dunstmeer vor uns auf. Eine Nebelwand aus dem Ochotskischen Meer hatte sich über das Kambalnoje-Becken gewälzt. Am leichtesten und wohl auch am klügsten wäre es gewesen, sofort umzukehren und die Nacht in Kurilskoj zu verbringen. Wäre die Crew des Hubschraubers auch auf die Nebelbank über dem See gestoßen, wäre sie wahrscheinlich ebenfalls nach Kurilskoj zurückgekehrt. Genau das aber hatte sie nicht getan, wie ich wusste. Wahrscheinlich war der Hubschrauber vor dem Nebel am Kambalnojesee angekommen, hatte alles ausgeladen, inklusive Maureen, und war dann wieder verschwunden. Das bedeutete, dass Maureen nun dort im Nebel ausharrte, ganz auf sich allein gestellt. Ich malte mir in allen Einzelheiten aus, wie sie mit dem Pfefferspray in der Hand auf den Stapeln unserer Ausrüstung saß.

Es war Viertel nach zehn; über dem wolkenverhangenen See ging jetzt langsam die Sonne unter. Die Berggipfel, die aus dem Dunst herausragten, leuchteten rosa auf. Als wir dem Kamm des Gebirgszuges im äußersten Süden der Halbinsel folgten, entdeckten wir in der Tundra in der Nähe eines Berggipfels eine Bärenmutter mit drei Jungen. Sie bemerkten uns und suchten unterhalb der dichten Wolkenwand Schutz.

Es war nicht schwer, den Kambalnojesee zu finden, weil die Berggipfel, die aus dem Nebel ragten, dort einen Halbkreis bildeten. Wenn sich Maureen irgendwo in dem Dunst da unten befand, würde sie unseren Motorenlärm hören und wenigstens wissen, dass wir in der Nähe waren.

Ich flog eine Schleife über die Ostflanke der Wasserscheide hinweg ins benachbarte Tal, das frei von Wolken war. Danach kehrte ich um und näherte mich dem Kamm aus der entgegengesetzten Richtung. Vom äußersten Rand der Wolken verhüllt, die sich vom Westen her über die Bergkette schoben, entdeckte ich einen kleinen See, kaum mehr als eine Pfütze. Igor meinte, wir seien drei oder vier Meilen vom Lagerplatz entfernt. Wenn ich hier landen könnte, bräuchten wir nur noch zu Fuß über einen niedrigen Pass zum See abzusteigen.

Ich musste mich sofort entscheiden. Wenn ich zu lange zögerte oder einen Rückzieher machte, kämen wir aus der trüben Suppe, die sich jetzt rasch über dem See ausbreitete, nicht mehr heraus. Ich schlitterte haarscharf über das Wasser hinweg und setzte in letzter Sekunde auf. Dann steuerte ich die Maschine zwischen einigen Klippen am anderen Ende hindurch, die aus dem Wasser ragten, und auf die mit Tundra bewachsene Böschung, wo wir schließlich zum Stehen kamen.

Jetzt wurde es schnell dunkel, und mir war gar nicht wohl bei dem Gedanken, die kleine Maschine dem Schicksal neugieriger Bären überlassen zu müssen. Wir hatten etwas Verpflegung und warme Sachen dabei, aber weder ein Zelt noch Schlafsäcke. Ich nahm mir fest vor, in Kamtschatka nie wieder ohne sie zu fliegen.

Doch die Vorstellung, wie Maureen unsere Vorräte verteidigte, half mir, meine Sorge um das Flugzeug zu vergessen. Wir sicherten es mit Eisschrauben am Boden und brachen in die zunehmende Dunkelheit auf. Wenig später stießen wir auf einen tief ausgetretenen Trampelpfad. Offenbar benutzten ihn Bären auf dem Weg zum Pass, der irgendwo im dichten Nebel vor uns liegen musste. Der Pfad würde uns über den Bergkamm zum See führen, behauptete Igor.

Auf dem Pass lag hoher Schnee; wir konnten kaum etwas erkennen, als wir uns einen Weg durch die Schneewehen bahnten. Mit einem Mal waren wir völlig eingehüllt von Dunkelheit, die im Nebel noch finsterer erschien. Wir kamen nur noch im Schneckentempo vorwärts. Schließlich erreichten wir einen Bach, ein gutes Zeichen. Er musste zum See fließen. Zwei Stunden lang folgten wir seinem Lauf, bis wir zum Seeufer gelangten. Igor überlegte eine Weile, und dann gingen wir in Richtung Westen weiter, bis wir schließlich auf den großen Holzstapel stießen.

Erst da wurde uns klar, dass Maureen überhaupt nicht gelandet war. Ihr Hubschrauber war im dichten Nebel abgedreht, allerdings nicht, um am Kurilskojsee zu übernachten. Igor vermutete, dass sie in einem kleinen Fischerdorf namens Osernowskij, sechzig Meilen nordwestlich, gelandet waren.

Es war nur eine Vermutung, aber sie beruhigte mich etwas. Igor und ich zündeten ein Feuer an und hockten uns daneben. In der Morgendämmerung begann es zu regnen. Wir gruben einen Hammer und Nägel aus, die Igor im April unter dem Holzstapel versteckt hatte, und zimmerten uns mit Hilfe von einigen Brettern ein Dach, unter dem wir trocken bleiben würden, solange kein Wind aufkam.

Da ich nichts über dieses Land wusste, ging ich davon aus, dass der Himmel bald aufklaren würde, aber das war ein Trugschluss. Am nächsten Tag hörten wir gegen ein Uhr mittags einen Hubschrauber im Westen. Der Pilot kämpfte im Tiefflug mit dem Nebel. Plötzlich änderte er die Richtung. Er war einem falschen Nebenfluss gefolgt und brauchte einige Zeit, bis er es merkte und wieder umdrehte.

Dann hörten wir den Motor in unmittelbarer Nähe. Die Sichtweite betrug nicht mehr als siebzig Meter. Wir griffen nach den größten Brettern, die wir finden konnten, und fingen an, sie hin und her zu schwenken. Plötzlich tauchte die Maschine genau vor uns aus dem Nebel. Sie wirkte riesig. Der Sog der Rotorblätter war so stark, dass unser improvisiertes Schutzdach davongeweht und zerfetzt wurde, als der Pilot den Hubschrauber direkt neben uns auf den Boden setzte.

Als Maureen ausstieg, war ich heilfroh und beglückwünschte den Piloten zu seinem Mut und seinem Können. Dass er unser Lager in dem dichten Nebel gefunden hatte, zeugte von hervorragenden Flugkünsten. Innerhalb von zehn Minuten hatten wir alles ausgeladen. Wenig später hob der Hubschrauber wieder ab und verschwand im Nebel.

MAUREEN: *Während des Fluges, als sich der Dunst zu einer undurchdringlichen Wolkenwand verdichtete, bis nur noch die Gipfel der Vulkane zu erkennen waren, wirkte unser Pilot Sergei immer besorgter. Er ließ den Hubschrauber senkrecht hinab, um zu sehen, ob die Sicht weiter unten besser war. Vergeblich. Dann hob er die Maschine wieder aus den Wolken, und ich glaubte, wir würden umkehren. Sein gleichnamiger Kopilot und der Techniker sprachen kein Englisch, daher konnte ich nicht fragen, was los war. Etwas später versuchte der Pilot ein weiteres Mal, die Maschine senkrecht herunterzulassen. Dieses Mal durchdrangen wir den Nebel, ich sah Rinder und Schlammwege. Sergei landete, und kaum waren die Rotoren abgeschaltet, tauchte ein großer Armeelaster auf, und uniformierte Männer kamen an Bord. Es war die Küstenwache; sie wollten meinen Pass und die Genehmigungen sehen. Am Ende strahlten alle und forderten mich auf, mich der Crew anzuschließen, die mich in die Stadt bringen würde. Ich hatte keine Ahnung, wo wir waren. Später fand ich heraus, dass wir in Osernowskij gelandet waren. Zusammen stolperten wir durch die schlammige Hauptstraße des Dorfes. Trotz der Dunkelheit brannte nirgendwo Licht. Als wir uns einem großen grauen Gebäude näherten, hörte ich das Wort Hotel. Sergei (Pilot) hatte einen kleinen Koffer dabei, Sergei (Kopilot) schleppte einen Eimer. Ich hatte meine Kameratasche, meine Schminksachen und im letzten Augenblick auch noch eine Dose Pfefferspray eingesteckt. Ich hatte keine Ahnung, ob ich meinen Reisekumpanen trauen konnte. Wie sollte ich wissen, ob sie nicht vorhatten, den Fischern unsere Vorräte zu verkaufen und mich irgendwo in der Wildnis auszusetzen?*

Aber als wir das Hotel betraten, beruhigte ich mich. Mit Kerzen in der Hand tappten wir zu unseren beiden Zimmern mit einem gemeinsamen Bad in der Mitte. Die Männer stellten den Eimer auf einen kleinen Gaskocher, den sie sich in der Küche ausgeliehen hatten. Der Eimer war voll mit verschiedenen, übereinander geschichteten Gerichten. Der Kopilot verschwand und kehrte dann mit einem großen Krebs zurück. Sergei (Pilot) öffnete seinen Koffer und voilà – er war voller Wodka. Unter großem Gelächter machten sie mir mit Händen und Füßen klar, dass sie warten wollten, bis sich das Wetter besserte, wahrscheinlich bis zum nächsten Morgen. Angesichts der Geschwindigkeit, mit der die Wodkaflaschen geleert wurden, war ich erleichtert, dass wir nicht so schnell wieder aufbrechen würden.

Während wir uns in Zeichensprache unterhielten, begriff ich, dass sie mich sicher zum Kambalnojesee bringen wollten, sich aber mehr darüber sorgten, ob Charlie und Igor auch dort wären, wenn wir ankämen. Sie hatten Angst, mich mit dem ganzen Proviant am See allein zu lassen. Um mir die Gefahren klar zu machen, imitierten sie mit Furcht erregenden Gesten Bären, die mir zum Verhängnis werden würden, wenn ich ganz allein in der Tundra blieb. In der Nacht versteckte ich das Pfefferspray unter dem Kissen und schlief unruhig. Während Charlie sich am Kambalnojesee Sorgen um mich machte, lag ich in meinem trockenen und sicheren Bett, hatte mich an frischem Krebsfleisch satt gegessen und sorgte mich um ihn.

Am nächsten Tag flogen wir gegen Mittag an der Westküste entlang Richtung Süden. Ich hatte bereits beschlossen, sie zu überreden, dass sie mich mit dem ganzen Proviant absetzen sollten, egal ob Charlie und Igor bereits dort waren oder nicht. Ich war sicher, dass ich zurechtkommen würde. Unter dem dichter werdenden Nebel folgten wir im Tiefflug dem Lauf eines Baches und drehten dann wieder Richtung Meer ab. Schließlich tauchte eine alte Hütte an der Küste auf, und von da an folgten wir etwas, das aussah wie ein Fluss. Wir befanden uns höchstens sechs Meter über dem Boden, und die Sichtweite betrug zweihundert Meter. Ich konnte kaum sehen, was vor uns lag, als ich plötzlich aus dem Seitenfenster eine Bewegung entdeckte. Es war Igor, der ein Brett schwenkte, und daneben stand Charlie, nass bis auf die Knochen, und machte dasselbe.

Wäre dies ein Roman, hätte sich der Nebel kurz nach Maureens Landung gelichtet. Und während der Dunst in der Hitze der Sonne verdampft wäre, hätte ich eine eindringliche Beschreibung meiner Umgebung geliefert. Die Wirklichkeit war allerdings anders, und der Tag blieb genauso, wie er angefangen hatte: Regen, Nebel und noch mehr Regen, so weit das Auge reichte.

Obwohl wir keine fünfzig Meter weit sehen konnten, entdeckten wir einige Trampelpfade und unbeschreiblich viel Bärenkot. Wir wussten, dass es hier von Bären nur so wimmelte, und sprachen den ganzen Tag von nichts anderem. Wir fragten uns, wie viele es wären und wie nah sie sein konnten; wie lange wie viele Bären wohl brauchten, um derartig tiefe Trampelpfade entstehen zu lassen.

Plötzlich ließ der Regen nach, und der Nebel verdichtete sich. Wir deckten den Proviant und unsere Ausrüstung mit Planen ab und schlugen unsere beiden Zelte auf. Igor aß einen Happen und zog sich anschließend sofort in sein Zelt zurück. Maureen und ich folgten seinem vernünftigen Beispiel in der sicheren Annahme, dass sich das Wetter bald bessern würde.

Mancher Leser wird es für gefährlich halten, dass wir so nah und schutzlos neben dem Proviant schliefen, aber ich machte mir deswegen keine Sorgen. Igor hatte mir erzählt, dass es lange her war, seit Menschen das Tal betreten hatten. Ich habe die Erfahrung gemacht, dass Bären davor zurückscheuen, sich am Proviant zu vergreifen, wenn sie keinen Kontakt zu Menschen hatten. Hätten sie erst vor kurzem Erfolg damit gehabt, hätten sie es probieren können, aber unter den gegebenen Umständen war ich sicher, dass sie uns lieber aus dem Weg gehen würden. Darauf würde ich mich jedenfalls so lange verlassen, bis wir einen Elektrozaun um das Lager gezogen hatten. In den ersten Tagen achteten wir nur darauf, nichts zu kochen, das allzu verführerisch duftete.

Wir hatten nicht vorgehabt, lange zu schlafen, aber die Erschöpfung übermannte uns. Erst am Abend wachten wir wieder auf. Maureen kochte Tee und machte eine Kleinigkeit zu essen. Als sich Igor nach dem Essen immer noch nicht rührte, beschlossen Maureen und ich, einen kleinen Spaziergang zu machen. Wir marschierten vorsichtig durch den dichten Nebel, um nicht die Orientierung zu verlieren. Inmitten einer dichten Wolke entdeckten wir in einem Zwergpinienhain direkt vor uns unseren ersten Kambalnojebären: einen dunklen Schatten, der lautlos durch den Nebel zu schweben schien. Er war sehr nah, konnte uns aber zwischen den Bäumen nicht sehen und hatte obendrein den Wind im Rücken. Wir beobachteten, wie er auf einem der Trampelpfade durch eine von dichten Erlenbüschen gesäumte Tundraschneise trottete und sich dann hinter einer Biegung verlor. Wir folgten ihm eine Weile, bis der Pfad in eine dunstverhangene Wiese mit kleinen Seen überging.

Während wir zum ersten Mal unsere neue Umgebung auskundschafteten, spürte ich Maureens Unsicherheit. Sie fragte sich, wie sie sich in dieser Landschaft, in der es von Bären wimmelte und man kaum die Hand vor Augen sah, zurechtfinden sollte. Maureen ist eine äußerst selbständige Frau, aber einige ihrer Fragen verrieten, dass sie ernsthafte Zweifel hatte, ob sie sich allein in diesem Labyrinth behaupten könnte. Auch ich hatte meine Ängste und versuchte, sie zu unterdrücken, indem ich mich daran erinnerte, wie wohl ich mich immer in der Gegenwart von Bären gefühlt hatte. Wie fremd die Landschaft auch sein mochte, die Bären hier mussten eine Menge mit denen gemein haben, die ich an anderen Orten der Welt beobachtet hatte.

Doch meine Ängste um das Flugzeug konnte ich nicht abschütteln. Je länger sich der Nebel hinzog, desto länger würde ich brauchen, um es wiederzubekommen. Ständig stellte ich mir vor, wie die von Neugier getriebenen Bären es mit Zähnen und Klauen ungerührt auseinander nahmen. Wenn unsere Zeit in Russland Früchte tragen sollte, mussten wir die üblichen Pannen vermeiden. Die Bären durften weder unseren Proviant plündern noch unsere Ausrüstung zerstören. Darauf mussten wir sorgfältig achten und auch darauf, dass Maureen wieder Selbstvertrauen fand und sich hier wohl fühlte. Im Großen und Ganzen machte ich mir allerdings mehr Sorgen um das Flugzeug als um Maureen. Ich war ziemlich sicher, dass sie es schaffen würde.

Ich selbst war nur mit einer einzigen festen Überzeugung ins Kambalnoje-Becken gekommen, nämlich, dass die »gewalttätigen« Bären ein Resultat menschlichen Fehlverhaltens waren. Es wäre unbefriedigend, lediglich zu überleben oder Tricks zu lernen, wie man unter Bären leben konnte, wenn die Erkenntnisse nicht auch anderen zugute kämen. Damit sich das Verhältnis zwischen Mensch und Bär grundlegend verbesserte, brauchten wir einfache Verhaltensregeln, die alle Menschen ohne große Mühe befolgen könnten.

Igor schlief immer noch, als wir von unserem Spaziergang zurückkehrten. Ich suchte die unmittelbare Umgebung nach einer geeigneten Stelle ab, wo wir die Hütte bauen konnten. Dann stellten Maureen und ich einen Plan für die nächsten Tage auf. Zuerst würden wir das Fundament legen und das Gerüst aufstellen, um das Steilwandzelt aufzubauen, damit ein Teil der Ausrüstung geschützt war. Das würde unser Heim sein, bis die Hütte bezugsfertig war.

In der Hoffnung, dass das Flugzeug noch heil und flugtauglich war, überlegte ich, wo ich es sicher unterbringen könnte. Der geeignetste Ort schien eine geschützte Mulde in der Nähe des Ufers zu sein, etwa fünfzig Meter von der Stelle entfernt, wo die Hütte stehen würde. Doch die Mulde war noch völlig verschneit, und es sah so aus, als würde der Schnee dort zuletzt auftauen. Ich beschloss, es in den ersten Tagen mit einem Anker in der Bucht festzumachen und es im Wind und Wasser treiben zu lassen. Später würde ich eine Rampe bauen, so dass die Maschine aus eigener Kraft vom See ans Land gelangen konnte. Die letzte Verteidigungslinie würde ein Elektrozaun bilden – ein kleines Gehege, in dem das Flugzeug sicher wäre, wenn es nicht gerade in der Luft war.

Am selben Abend machten Maureen und ich eine Bestandsaufnahme des Baumaterials. Igor war es gelungen, das beste Holz von ganz Kamtschatka aufzutreiben. Es stammte aus dem Flusstal im Norden der Halbinsel, der einzigen Gegend, die noch dicht bewaldet war. Es war nicht glatt gehobelt, aber das war auch nicht nötig. Ich habe noch nie so präzise geschnittene Bretter und Balken gesehen.

Schließlich senkte sich die Nacht herab, und Maureen und ich verschwanden wieder in unserem Zelt. Ich war so müde, dass nicht mal die Sorge um das Schicksal meines Flugzeuges mich am Einschlafen hindern konnte.

In der Nacht hörte es auf zu regnen, aber der Morgen war genauso dunstig wie der Tag zuvor. Fast achtzehn Stunden waren vergangen, seit Igor in seinem Zelt verschwunden war. Allmählich machte ich mir Sorgen, doch plötzlich streckte er den Kopf heraus und grinste breit. In den letzten hektischen Wochen hatte er nicht nur unsere, sondern auch diverse Probleme von Bill Leacock gelöst und einen japanischen Dokumentarfilm über Bären vorbereitet, der in drei Wochen in Kurilskoj gedreht werden sollte. Außerdem wollte er mit seiner Familie durch ganz Russland in die Ukraine reisen, um Verwandte zu besuchen. Jetzt, nachdem er sich ausgiebig ausgeschlafen hatte, war er wieder ganz der Alte und bereit, es mit der ganzen Welt aufzunehmen.

Noch hinderte der dichte Nebel mich daran, ihn wieder nach Petropawlowsk zu fliegen, doch die Zeit drängte, denn er und seine Familie wollten bald in die Ukraine aufbrechen. Dieses Hindernis schien ihn allerdings ebenso wenig aus der Ruhe zu bringen wie die Möglichkeit, dass mein Flugzeug mittlerweile ein Haufen Schrott sein könnte. »Keine Sorge«, sagte er. »Du bist gut zu den Bären gewesen, dann werden sie auch gut zu dir sein.« Bis das schlechte Wetter vorbei sei, könnten wir nichts machen, es sei denn, ich wollte auf den Pass klettern und solange neben dem Flugzeug Wache schieben. Also machten wir uns daran, das Steilwandzelt zu errichten.

Der schwere Stoff war bereits zugeschnitten und genäht, und wir maßen sorgfältig die Länge des Innensaums aus. Mit diesen Maßen konnten wir das Fundament und den Rahmen bauen. Für den drei Meter langen Boden benutzten wir fünf mal fünfundzwanzig Zentimeter lange auf Balken genagelte Holzplanken, die auf steinernen Sockeln standen. Am Ende war es so stabil, dass man einen Bus darauf hätte parken können.

Wir kamen schnell voran, und bald konnten wir die Zeltplane über das Gestell schieben. Wir befestigten sie am Boden und machten uns daran, einen Tisch und ein Doppelbett zu zimmern. Das Bett sollte möglichst hoch sein, damit wir darunter Stauraum hatten.

Kurz nachdem wir fertig waren, lichteten sich die Wolken. Gegen sechs Uhr abends verließen Igor und ich das Lager. Wir hatten noch fünf Stunden Zeit, um bei Tageslicht den Pass zu überqueren, das Flugzeug zu finden und damit zurückzukommen. Als wir aufbrachen, war Maureen gerade dabei, das Fernglas auf das Stativ zu schrauben, um von ihrem neuen Zuhause aus einen ersten Blick auf die Umgebung zu wagen. Ich beneidete sie darum.

Der Pass lag im Nordosten. Nachdem wir die zwei Meilen bergauf marschiert waren, hatten sich die Wolken über dem Bergsattel verzogen. Mitten auf dem Pass kamen uns zwei Bären entgegen. Sie liefen weg, als sie uns sahen, mir aber blieb trotzdem das Herz stehen bei dem Gedanken, was sie möglicherweise mit meiner Maschine angestellt hatten.

Aber da stand sie, genau da, wo wir sie zurückgelassen hatten, und völlig intakt. Ich war ungeheuer dankbar, dass die Bären nicht einmal das Heck als bequeme Möglichkeit missbraucht hatten, um sich den Rücken zu scheuern. Es war unmöglich von dem kleinen Tümpel, wo ich gelandet war, wieder zu starten, aber der beinahe amphibische Schwimmer ermöglichte es uns, von einem nahe gelegenen Sumpf aus in die Lüfte zu steigen.

Erst als Igor und ich über die Bergkette flogen, konnte ich den Ort, der mein zweites Zuhause werden sollte, zum ersten Mal richtig sehen. Der See lag auf dem Grund eines großen Beckens. Igor meinte, es sei der Krater eines alten Vulkans, der in sich zusammengebrochen war. Später fand ich heraus, dass dies zwar auf den Kurilskojsee zutraf, nicht aber auf den Kambalnojesee. Die berühmte Geologin Vera Ponomarewa, die viele Jahre lang geologische Untersuchungen in dieser Gegend durchgeführt hatte, erklärte mir, dass der See vor sechstausendneunhundert Jahren als Folge eines Erdrutsches entstanden war, wahrscheinlich von einer Eruption des Kambalnoje-Vulkans ausgelöst. Diese war so heftig gewesen, dass die Lava sich über eine kleine Bergkette mehrere Meilen weit ins Tal ergossen und schließlich einen Damm quer durch den Kambalnoje-Fluss gebildet hatte. Der so entstandene See lag dreihundertdreißig Meter höher als der Kurilskojsee, und die sanften Berge zu seinen drei Seiten ragten noch weitere siebenhundert Meter in die Höhe. Sanft, weil sie weder zerklüftet noch felsig waren wie die Berge in meiner Heimat Alberta. Abgesehen von wenigen schroffen Felsen waren die Hänge von Schichten aus Asche und erodierender Lava gerundet worden.

Auf dem Beckengrund neben dem See erstreckten sich ausgedehnte Wiesen von üppiger, fast tropischer Vegetation, wo mehrere Bären grasten. Die Ufer des Sees waren sehr abwechslungsreich mit sandigen Stränden, aber auch Klippen, an denen sich die Wellen brachen. An anderen Stellen wiederum wölbten sich von Tundra bewachsene Felsenbänke über das Wasser. Zwischen den Wiesen zog sich ein Streifen aus sibirischen Zwergpinien bis an den See. In den seichten Buchten gab es kleine Felsinseln. In den Wasserläufen und auf den dem Wind zugewandten Kämmen lagen noch tiefe Schneeverwehungen. Im Winter würden die Schneewehen in den Schluchten fünfzehn Meter und höher sein. Die jetzigen Schneereste schlängelten sich leuchtend weiß manchmal vom Gipfel eines Berges bis zu dessen Fuß hinunter. Und um den Schnee herum war alles saftig grün.

In diesem Becken gab es keine hohen Bäume, die einen schattigen Baldachin bildeten, wie in der Gegend um den Kurilskojsee. Hier im Westen der Gebirgskette, die bis zum südlichen Kap Lopatka reichte, wuchs kein Wald, nur dichtes Gestrüpp aus Zwergpinien und Erlen. Erst mit der Zeit kam ich hinter den Grund für diese Vegetation. Während der harten Wintermonate, von Dezember bis April, muss der ganze Baum von Schnee bedeckt sein, um sich vor der Kälte zu schützen, die alles Leben zerstört. Schneekristalle mit einer Windgeschwindigkeit von hundertsechzig Kilometern in der Stunde können die Borke eines großen Baumes zerfetzen und seinen sicheren Tod bedeuten. Das dichte Gestrüpp aus Zwergpinien und Erlen hat sich den klimatischen Bedingungen des Winters angepasst. Selbst im Sommer wirkt die unsichtbare Schneelandschaft nach, und alles erscheint weich.

Während ich zur Landung neben unserem großen, am Hang errichteten weißen Zelt ansetzte, hatte ich das Gefühl, endlich angekommen zu sein und alles unter Kontrolle zu haben – ein seltenes Gefühl.

Als Igor und ich den Bärenpfad, der zum See führte, wo wir das Flugzeug geparkt hatten, wieder hinaufstiegen, kam uns Maureen übers ganze Gesicht grinsend entgegengelaufen und schwärmte, wir hätten ein wahres Paradies gefunden. Sie zeigte auf die vielen Bären an den Hängen um uns herum, und genau im selben Augenblick sprang eine hellbraune Bärin mit ihren beiden dunklen Kleinen auf einen schneebedeckten kahlen Hang und rutschte mindestens achthundert Meter weit eine lange, sanft geschwungene Schlucht hinunter. Unten bremste sie langsam ab, während ihre beiden Jungen durcheinander purzelten. Das ganze Becken war voller Bären, die spielten, um Weibchen buhlten und sich paarten. Die Jungen und die nicht geschlechtsreifen Weibchen ließen sich von den Romanzen um sie herum nicht beeindrucken und stärkten sich nach der langen Winterruhe an den saftigen Gräsern und reichlich vorhandenen Wildblumen, bevor die ersten Lachse aus dem Ochotskischen Meer zum Laichen die Flüsse hinaufzogen.

Es war in der Tat ein Paradies, und zumindest an diesem Tag schmolz unsere Unsicherheit dahin wie der Schnee.

5

Schutz

Am Morgen des 30. Juni waren die Berggipfel wieder in den Wolken verschwunden, doch wir konnten nicht länger warten. Wenn Igor sein Flugzeug in die Ukraine noch erwischen wollte, musste ich ihn nach Petropawlowsk fliegen. Mir war nicht wohl bei dem Gedanken, Maureen allein lassen zu müssen, doch sie versicherte mir, sie käme zurecht. Ich betankte die Maschine mit Flugbenzin aus einem der fünfzehn Benzinfässer, die man im April zusammen mit dem Holz zum Kambalnojesee geschafft hatte. Einen vollen Reservekanister hatte ich noch vom Hinflug im Rumpf der Maschine verstaut. Dann fuhren Igor und ich auf den See hinaus und hoben ab, sobald der Motor warm gelaufen war.

Wir waren noch keine fünf Minuten in der Luft, als mir schwante, dass irgendetwas nicht in Ordnung war. Der Motor stotterte. Nachdem wir über den tausend Meter hohen Pass geflogen waren und das Tal verlassen hatten, bekam ich Angst, das Gas wegzunehmen, damit die Maschine nicht schon vor dem Kurilskojsee schlappmachte. Igor erklärte mir, er habe das Benzin von zwei verschiedenen Lieferanten gekauft. Er glaubte, dass die Qualität der ersten zehn Fässer besser war als die der anderen fünf. Offensichtlich hatte ich das falsche erwischt. Vermutlich war Wasser im Sprit, und in großer Höhe fror die Benzinleitung zu.

Trotzdem schafften wir es, sicher in Kurilskoj zu landen, und ich füllte etwas Sprit aus meinem Reservekanister nach. Dann starteten wir erneut. Die wärmere Luft und der bessere Sprit sorgten dafür, dass der Motor erheblich sanfter lief. Wir machten unterwegs noch zwei weitere Zwischenlandungen, um nachzutanken.

Wegen der niedrigen Wolkendecke dauerte unser Rückflug in den Norden länger als der Hinflug. Igor lotste mich durch ein Wirrwarr aus Tälern zur Flugschule von Nikolajewka. Da ich wusste, dass ich allein zurückfliegen musste, versuchte ich, mir jede Schleife und Biegung einzuprägen. Wir landeten auf einer überfluteten Schotterpiste, und Igor machte sich zu Fuß auf den Weg ins Dorf, um besseres Benzin aufzutreiben. Ich blieb bei der Maschine und unterhielt mich mit einigen Jugendlichen aus dem Dorf, bis Igor zwei Stunden später mit Benzin und ein paar Kumpeln aus der Flugschule zurückkam. Während sie mir halfen, die Maschine wieder aufzutanken, fragten sie mich aus, wie ich mit dem Fliegen hier zurechtkam. Wenig später hob ich ab und flog zum ersten Mal allein zum Kambalnojesee.

Mittlerweile hingen die Wolken noch tiefer, und ich hatte alle Mühe, den niedrigen Pass zu finden, den wir zuvor überflogen hatten. Manche Täler waren jetzt Sackgassen, die von Wolken verschlossen waren, und ich musste weiter nach Westen ausweichen in unbekanntes Terrain. Mehrmals landete ich auf einem See und studierte meine Karte. Da auch der letzte Pass, der zum Kambalnojesee führte, in den Wolken verborgen war, flog ich eine Schleife bis zum Ochotskischen Meer im Süden und folgte dann dem Lauf des Kambalnoje, bis ich unser Lager erreichte. Es war dieselbe Route, die der Hubschrauber im Nebel genommen hatte, um Maureen zum Lager zu bringen. Als ich endlich landete, betrug der Abstand zwischen dem See und den Wolken, durch die ich glitt, nur noch wenige Meter.

Maureen hatte den ganzen Tag über Bären beobachtet und im Zelt Regale aufgebaut, um unsere Sachen vor dem Sturm in Sicherheit zu bringen, der sich zusammenzubrauen schien. Angesichts des bevorstehenden Unwetters zog ich das Flugzeug auf einen sandigen Flecken am Ufer bis an den Rand des Schnees hoch und machte es mit Eisschrauben am Boden fest.

Der Sturm schlug mitten in der Nacht zu. Der Nordostwind blies so heftig, dass sämtliche Dosen und Küchengeräte aus Maureens Regalen flogen. Die Töpfe und Pfannen, die wir an Nägeln aufgehängt hatten, schwangen hin und her und schepperten gegen die Querverstrebungen. Das Zelt glich einer Trommel, auf der sich gerade ein paar Riesen austobten.

Am Morgen regnete es in Strömen, und der Wind blies noch stärker. Unsere Ersatzkleidung war pitschnass, weil sie ständig gegen die Zeltwand flatterte, und von dem schweren Zeltstoff des Daches kam ein feiner Sprühregen auf uns herab. Wir hatten beide Angst, dass das Zelt reißen und uns dem Sturm preisgeben könnte. Wir verstauten alles, so gut es ging, und lenkten uns ab, indem wir Notizen machten und den Grundriss der Hütte zeichneten. Zum Unterhalten war es zu laut. Ich dachte kurz daran, zum Flugzeug zu laufen, um die Helme und die Bordsprechanlage zu holen, aber dann kam mir das Ganze doch ziemlich lächerlich vor.

Der Sturm dauerte drei Tage, und am Ende waren wir um vieles klüger. Sofort machten wir uns daran, die Hütte zu bauen, um nie wieder ein Unwetter im Zelt verbringen zu müssen.

An dem kleinen Strand, wo ich das Flugzeug festgemacht hatte, fanden wir sauberen Sand für das Fundament. Wir hatten zwanzig Zentimeter dicke Papprohre dabei, in denen wir Angelruten, die Stäbe für den Elektrozaun und Ersatzrohre aus Aluminium für das Flugzeug transportiert hatten. Jetzt würden die Papprohre als Verschalung für die Zementpfeiler dienen, die das eine Ende unserer Hütte stützen sollten.

In mühseliger Arbeit schleppten wir den Sand in Eimern hoch, mischten ihn auf einer Plastikplane mit Wasser und Zement und füllten die Masse in Papprohre, die wir halb in der Erde vergraben hatten. Die hohen Pfeiler würden uns ermöglichen, das eine Ende der Hütte über den Rand des Hanges zu bauen und so ein Stück der kleinen Fläche, die uns zur Verfügung stand, als Garten zu behalten. Mit Teilen von Pappkartons bastelten wir uns kürzere Verschalungen, um zusätzlich kleinere Zementpfeiler für das andere Ende der Hütte zu gießen.

Die Prozedur dauerte zwei volle Tage, und wenn wir während der Arbeit den Kopf hoben, sahen wir hin und wieder einen neugierigen Bären, der uns staunend beobachtete. Es war ein großartiges Gefühl, aus einem Haufen verschiedener Materialien ganz allein ein Haus zu bauen. Während der Zement trocknete, errichteten wir den Elektrozaun. Wir hatten zwei volle, vierzig Kilo schwere Akkus, die von Solarzellen gespeist wurden, mit Strom für mehrere Monate.

Ich maß eine äußere Umgrenzungslinie ab und ließ um Fundament und Steilwandzelt genügend Platz, um ein weiteres Zelt aufschlagen zu können, falls wir Gäste bekamen. An Zaundraht mangelte es uns nicht, aber wir wollten den Bären nicht mehr Land wegnehmen als unbedingt nötig. Wir hatten uns vorgenommen, sie zumindest am Anfang so wenig wie möglich zu stören und ihre Bewegungsfreiheit nicht einzuschränken. An den vier Ecken der Fläche, die für das Zelt und die Hütte vorgesehen waren, hämmerte ich stabile Pfosten in den Boden und setzte in den Zwischenraum Fiberglasstäbe, zwischen die wir jeweils vier Aluminiumdrähte spannten. Dann schlossen wir sie an die Akkus an. Jetzt verfügte unser Lager über allen Schutz, den wir brauchten.

Als Nächstes musste das Fundament der Hütte aus fünfzehn mal fünfzehn Zentimeter dicken Balken gebaut werden. Es umfasste eine Fläche von acht mal vier Metern. Das Innere der Hütte sollte sechs Meter lang sein, so dass vor der Tür noch zwei Meter für eine überdachte Veranda blieben. Dieses Dach allerdings würde noch eine Weile warten müssen.

Nachdem wir auf dem Fundament die vier Wände hochgezogen hatten, bauten wir zehn Dachpfeiler. Das Holzgerüst für die Wände hochzuziehen und die Dachpfeiler anzubringen dauerte sieben Tage, von denen die meisten nebelverhangen und feucht waren.

Als alles fertig war und kein Wind ging, stellten wir die Wände auf und verstärkten sie mit Brettern und Querlatten. Dann setzten wir die Dachbalken auf, fügten auch hier Bretter ein und verstärkten sie mit Teerpappe und Leisten. Als Nächstes folgten Türen und Fenster. Igor hatte für jede Wand ein baufertiges Fenster gekauft. Einige seiner Kumpel aus der Flugschule in der Nähe von Jelisowo arbeiteten in einer Glasfabrik, die hauptsächlich Windschutzscheiben für Autos herstellte; sie hatten uns Fensterscheiben aus robustem, fünf Millimeter dickem Doppelglas geliefert. Sie waren wirklich stabil, allerdings nicht sachgemäß verpackt. Eine Scheibe war zerbrochen, und mir kam es vor wie ein Wunder, dass die übrigen drei noch intakt waren.

Maureen und ich fürchteten uns so sehr vor weiteren Stürmen, dass wir die ersten drei Juliwochen unentwegt schufteten, bis unsere Hütte bezugsfertig war. Vielleicht war es gar nicht schlecht, dass der Sturm uns derart zur Eile getrieben hatte, sonst wäre die Versuchung, spazieren zu gehen und die Gegend zu erkunden, wahrscheinlich unwiderstehlich gewesen.

Jedes Mal, wenn wir uns umblickten, stellten wir fest, dass wir noch nie so viele Bären gesehen hatten wie in diesem Becken. Mitte Juli war der Schnee fast überall weggeschmolzen; die Berghänge schimmerten saftig grün. Bären streiften durch die Schluchten, grasten und paarten sich. Eines Tages beobachteten wir, wie eine Bärin mit drei älteren Jungen, die fast schon so groß waren wie sie selbst, ihren Nachwuchs verließ, um sich mit einem großen fast schwarzen Bären zu paaren. Er war ein imposanter Bursche, so groß wie ein Bison, und immer leicht zu erkennen. Auch die Jungen, die wahrscheinlich drei Jahre alt waren, ließen sich leicht unterscheiden, weil sie so laut waren. Sie brüllten sich an und klangen manchmal richtig wütend. An nebligen Tagen hallten ihre Streitereien noch stärker als sonst über den See. Drei Tage später kehrte die trächtige Mutter zu ihren großen Jungen zurück. Wir beobachteten die Gruppe den ganzen Sommer hindurch, und im Herbst war sie immer noch zusammen. Etwa fünfzehn Prozent aller Bärenmütter bleiben bis zum vierten Sommer bei ihrem Nachwuchs; der Rest trennt sich im dritten Sommer, wenn der Nachwuchs zwei Jahre alt ist. Diese Bärin muss ihre Jungen wirklich sehr gern gehabt haben. Wir fragten uns oft, ob sie auch den kommenden Winter mit ihnen verbringen würde.

Die Arbeiten an der Hütte hielten die meisten Bären davon ab, unsere Uferseite zu benutzen, zumindest bis wir mit dem Hämmern und Sägen fertig waren. Trotzdem hinderte der Lärm die Bären nicht daran, ihre Streifzüge an der anderen Uferseite fortzusetzen. Am Morgen entdeckten wir am Ufer manchmal Bärenspuren im Sand, direkt vor dem kleinen Flugzeug. Ich war ziemlich sicher, dass die Bären klug genug waren, um zu wissen, dass der Aufruhr bei uns nicht gegen sie gerichtet war.

Von Bären abgesehen, schien es außer Vögeln nicht viele andere Tiere zu geben. Es wimmelte von Seeadlern, Wanderfalken, verschiedenen Bussard-Arten und Eulen, und auf dem See gab es Enten, Möwen und Seeschwalben. Die seltsamen kleinen Vögel in den Büschen um die Hütte konnten wir nicht identifizieren, ihre Namen erfuhr ich erst später. Das schmälerte jedoch nicht die Freude, die wir in diesem Sommer an ihnen hatten. Einer hatte eine leuchtend rote Kehle, saß auf dem Wipfel einer Eberesche und sang lautstark. Es müssen extrem widerstandsfähige kleine Kreaturen sein, wenn sie ihren Nachwuchs in einem derart unwirtlichen Klima aufziehen können.

Oft verglichen wir das, was wir sahen, mit unseren Erfahrungen in Nordamerika und staunten, wie weit wir zu Hause hatten reisen müssen, um endlich Bären zu sehen. Hier war es unmöglich, eine Wanderung zu machen, ohne einem Bären zu begegnen. Zwar ist das nicht unbedingt jedermanns Sache, wir aber waren genau deshalb hergekommen.

Der Bau der Hütte verlief natürlich nicht völlig ohne Atempausen. Die erste, am 11. Juli, war die Folge einer falschen Bewegung beim Dachbau, bei der ich mir den Rücken verrenkte. Daraufhin beschloss ich, mir einen Tag frei zu nehmen und die Insel zu erkunden. Ich flog Richtung Kap Lopatka im Süden. Innerhalb einer Stunde zählte ich dreiundvierzig Bären. Ich entdeckte auch die Hütte, von der Maureen mir berichtet hatte, an der Westküste in der Nähe der Kambalnoje-Mündung. Dann kam wieder neuer Nebel auf, und ich schaffte es gerade noch rechtzeitig ins Lager zurück, ehe es richtig dunkel wurde.

Sehr bald wurde deutlich, dass Maureen nie eine begeisterte Fliegerin sein würde, nicht mal an den schönsten Tagen. Am 12. Juli überredete ich sie, sich die Bären anzusehen, die ich am Tag zuvor im Fluss entdeckt hatte. Leider wehte eine leichte Brise, die von der Morgensonne angeheizt wurde und zu starken Turbulenzen führte. Auf dem Rückflug vom Fluss schlug ich vor, einen kleinen Abstecher zu Maslows Forschungsstation zu machen, doch Maureen bat mich, sie am Lager abzusetzen. Hin und wieder ließ sie sich zu einem Ausflug überreden, aber die Abstände dazwischen wurden immer größer.

MAUREEN: *Als wir am Kambalnojesee ankamen, hatte ich Bedenken, in der kleinen Maschine mitzufliegen, aber schließlich siegte die Neugier. Ich wollte mit eigenen Augen sehen, wovon Charlie die ganze Zeit schwärmte. Bei einem dieser frühen Flüge mussten wir dicht unter einer Wolkenwand fliegen, um wieder auf dem See zu landen. Ich kann Höhen sehr schlecht einschätzen und bat Charlie, mitten auf dem See zu landen, um dann gemütlich ans Ufer zu fahren. Leider hat er nicht viel Verständnis für die Ängste der anderen, insbesondere die meinen, und landete wie üblich gerade so weit vom Ufer entfernt, wie er es noch für sicher hielt. Aber diesmal hatte er sich verschätzt. Der Rückenwind war zu stark, und wir kamen erst zum Stehen, nachdem wir bereits drei Meter über den Sand geglitten waren, so dass wir um ein Haar mit der Nase des Flugzeugs in die Erlen gekracht wären. Da der See fast eine Meile breit war, er aber zum Landen bloß die letzten siebzig Meter benutzt und auch noch den Rückenwind falsch eingeschätzt hatte, war Charlie ziemlich zerknirscht. Das änderte allerdings nichts an meinem Ärger. Ich schwor, nie wieder mit ihm zu fliegen.*

Trotzdem habe ich es seitdem mehrmals wieder versucht. Aber jedes Mal überkommt mich dieselbe tief verwurzelte Angst, und dann fühle ich mich erniedrigt, wenn Charlie kein Verständnis dafür aufbringt. Bei ruhigem Wetter steige ich gern in die Luft, zähle die Bären am Fluss und schaue mir die Landschaft von oben an; aber ich weiß nicht, wie ich diese spezielle Angst jemals überwinden soll, da die Wetterbedingungen hier selten gut sind und ich mit einem Piloten fliege, der keine Ahnung hat, was ich durchmache.

Ich flog also allein weiter zur Lachsforschungsstation am Kurilskojsee, um mit den dort ansässigen Leitern, den beiden Wissenschaftlern Katja (Ekaterina Lepskaja) und ihrem Mann Alexei Maslow Tee zu trinken. Ich kannte sie bereits flüchtig von meiner ersten Erkundungsreise 1994 und den Zwischenstopps, die ich auf meinen Hin- und Rückflügen nach Petropawlowsk hier machte. Die beiden Kinder, Lisa und Viktor, lebten bei ihnen.

Die Forschungsstation war bereits 1940 gegründet worden. Der Lachsfischfang am Kurilskojsee gehört zu den meistuntersuchten der Welt. Je nach Wanderungsverlauf kommen jährlich zwischen vierhunderttausend und sechs Millionen Blaurückenlachse, um zu laichen. Katja und Alexei haben die Aufgabe, so präzise wie möglich den jährlichen Rückfluss zu erfassen. Die Fangquoten werden aufgrund ihrer Zählungen festgesetzt. Katja untersucht zudem den Lebenszyklus des Süßwasserplanktons im See, das den jungen Lachsen zwei Jahre lang als Nahrungsquelle dient, bis sie groß genug sind, um sich auf den Weg ins Meer zu machen. Der Lachsbestand hängt letztendlich von der Menge an verfügbarem Plankton ab.

Neben seinen Pflichten als Forschungsleiter führt Alexei aus der Luft eine jährliche Bestandsaufnahme Hunderter von Lachsflüssen in der Provinz Kamtschatka durch, ein Gebiet, das fast so groß ist wie Kalifornien. Es ist eine zermürbende Aufgabe, bei der man viel Zeit in einem lauten Hubschrauber verbringt, aber er liebt seine Arbeit.

Mit der Zeit entwickelten wir ein Tauschgeschäft, von dem beide Seiten gleichermaßen profitierten. Ich machte verschiedene Routineflüge für sie, und im Gegenzug profitierten Maureen und ich von der Fülle an Gemüse in ihrem Garten. Häufig gab es auch einen frischen Lachs dazu. Am 15. Juli, als wir die Hütte fast fertig hatten, beschlossen Maureen und ich, uns einen Tag gemeinsam frei zu nehmen. Um halb sechs nachmittags machten wir einen Ausflug zum Fluss. Mittlerweile wussten wir, dass man in diesem schlammigen Gelände am besten mit hohen Gummistiefeln vorwärts kommt. Das undurchdringliche Gestrüpp aus Zwergpinien und Erlen reicht meistens bis an die Seeufer, und es blieb uns nichts anderes übrig, als immer wieder durchs Wasser zu waten, um es zu umgehen.

Während unseres mehrstündigen Ausflugs sahen wir dreiunddreißig Bären, von denen viele an den Hängen grasten oder an den Flüssen entlangstreiften, wo sie auf die Lachse warteten. Alle Bären, die uns bemerkten, liefen weg. Wir machten einen Bogen um den nördlichen Grenzkamm des Tals und erreichten unser Lager im letzten Licht des Tages gegen elf Uhr nachts. Nach zwei Wochen Bauarbeiten waren wir nach einem solchen Ausflug völlig erledigt.

Aber das, was ich an diesem Tag beobachtet hatte, machte mir Sorgen. Meine Theorie, auf der so viele unserer Hoffnungen und Pläne basierten, ging davon aus, dass Bären keine angeborene Angst vor Menschen haben. Dass diese Bären vor uns weggelaufen waren, konnte zweierlei bedeuten: Entweder lag ich völlig falsch, und es war selbst für die unschuldigsten Bären natürlich, dass sie Angst vor Menschen hatten, oder der Kambalnojesee war nicht mehr das friedliche Bärenparadies, als das man es uns hatte verkaufen wollen. Die zweite Möglichkeit erschien wahrscheinlicher. Die ängstlichen Reaktionen der Bären in einem ausgewiesenen Schutzgebiet und die relative Nähe zu den verrückten asiatischen Märkten für Bärengalle und andere Bärenteile waren eher ein Indiz dafür, dass hier vor kurzem Wilderer am Werk gewesen waren oder jetzt noch immer gewildert wurde. Wenn das der Fall war, hatten wir ein Problem. Wir brauchten ein Gebiet, in dem es außer uns keine Menschen gab. Wir konnten Bären unmöglich beibringen, dass Menschen keine Gefahr darstellen, wenn ihr einmal gefasstes Vertrauen ihren sicheren Tod bedeutete.

Zwei Tage später war unsere Hütte fertig. Als Letztes brachten wir eine Verkleidung aus Metallblech an, um sie während der Monate, in denen wir nicht da waren, vor den Bären zu schützen. Gleichzeitig würde das Metall einen zusätzlichen Schutz vor dem starken Wind und Regen bilden. Als alles fertig war, zogen wir ein.

Am Abend saßen wir auf der offenen Veranda und feierten das Resultat unserer dreiwöchigen Schufterei. Ich packte die zwei Bierflaschen aus, die ich in einer provisorischen Kühltasche gelagert hatte. Es war einheimisches Bier ohne Konservierungsstoffe, dessen Verfallsdatum längst abgelaufen war und das deshalb schal schmeckte. Aber es war kalt und nass, und wir stießen an, als hielten wir Champagnergläser in der Hand.

So saßen wir da und beobachteten zufrieden eine Bärenfamilie auf einem Berghang auf der anderen Seeseite, als die Ruhe plötzlich unterbrochen wurde. Der Boden unter uns hob sich, und die Pinien um den See schwankten vor unseren Augen heftig hin und her. Zum ersten Mal sah ich, wie der See völlig still dalag, fast spiegelglatt, während die ganze Umgebung in Bewegung geriet. Nachdem das Erdbeben vorbei war, untersuchte ich die schmalen Zementpfeiler, die das hintere Ende der Hütte stützten. Sie hatten standgehalten. Es wäre ziemlich peinlich gewesen, wenn die Hütte schon am Tag unseres Einzugs nach hinten abgesackt wäre.

Kamtschatka liegt am ruhelosen Rand des Pazifischen Ozeans, in einer Gegend, in der es viele aktive Vulkane gibt. Den ganzen Sommer und Herbst lang erlebten wir so viele Erdbeben mit so unterschiedlichen Stärken, dass wir uns schließlich daran gewöhnten. Oft ging dem Beben ein unangenehmer Lärm voraus, als käme ein Boot mit einem starken Motor einen Fluss herauf. Dieses innere Rumpeln der Erde endet meistens mit dem ersten Stoß. Von diesem Tag an behielten wir den über zweitausendeinhundert Meter hohen Kambalnoje-Vulkan im Auge und suchten immer nach Zeichen für eine bevorstehende Eruption. Wir konnten die Stelle sehen, an der 1922 die letzte Eruption eine Seite des Kraters aufgerissen hatte und die Lava ins Tal geströmt war. Achtzig Jahre danach sah sie immer noch frisch aus und war kaum bewachsen.

Nach dem Erdbeben spiegelte sich der Himmel auf der glatten Oberfläche des Sees. Hoch im Norden, über dem hartnäckigen Nebel, schimmerte die Spitze des Kambalnoje-Vulkans. Das Tal leuchtete grün und schneeweiß. Bislang hatten wir nur wenig Zeit gehabt, den spektakulären Ausblick zu genießen, aber in dieser Nacht, endlich mit einem Dach über dem Kopf, konnten wir uns den Luxus leisten und taten es ausgiebig. Wir hatten alles aufs Spiel gesetzt, um diesen Augenblick zu erleben. Jetzt mussten wir nur noch dafür sorgen, dass unsere Hoffnung, friedlich mit Bären zu leben, nicht enttäuscht werden würde.

6

Ausgeräuchert

Die Doppelglasfenster der Hütte gingen in alle vier Himmelsrichtungen, als säße man in einem Aussichtsturm für Bären. An klaren Tagen konnten wir von unseren Fenstern aus, die bis zum Boden reichten, mit bloßen Augen oder dem Fernstecher die Bären beobachten.

Am 18. Juli, einen Tag nach unserem Einzug, hatten wir eigentlich auf Entdeckungsreise gehen wollen, verzettelten uns jedoch beim Einrichten unserer Behausung. Maureen machte sich in der neuen Küche zu schaffen und modelte das Steilwandzelt in ein Vorratslager um. In der Zwischenzeit versuchte ich, den Elektrozaun zu Ende zu bauen. Ich stellte die beiden Sonnenkollektoren auf, verband sie mit dem Akku und schloss einen Transformator an. Letzterer wandelte den Strom eines 12-Volt-Akkus in 110 Volt um, und das war die Lösung für alle elektrischen Geräte, die wir von zu Hause mitgebracht hatten. Ganz oben auf der Liste stand die elektrische Kaffeemühle, und wenn wir die Dunkelkammer fertig hatten, würde auch Maureens Vergrößerungsgerät Strom daraus beziehen.

Gegen sechs Uhr abends war die Arbeit getan. Im Westen sank die Sonne am Horizont immer tiefer, als wir im »Schmetterling«, wie Maureen die Kolb getauft hatte, abhoben. Wir flogen etwa zehn Meilen weit den Fluss entlang und landeten in der Nähe der Mündung, wo wir Angeln auswarfen und einen silbernen Blaurückenlachs fingen, der gerade erst aus dem Ozean gekommen sein musste, denn er trug noch ein Halsband aus winzigen Meerestierchen, so genannten Leuchtkrebsen. Es war ein wunderschöner Abend am Strand, der auf uns beide die gleiche eigentümliche Wirkung hatte. Als die Sonne in dem fremden Meer versank, sackte auch in uns allmählich die Erkenntnis, wo wir waren. Die Erregung dieses Abenteuers, seine Einsamkeit, das Frösteln angesichts seines ungewissen Ausgangs überwältigten uns geradezu.

In den nächsten Tagen bauten wir Maureens Dunkelkammer und erkundeten zugleich die Umgebung. Wenn ich am Ende des Tages aufschrieb, was wir alles gesehen hatten, erwähnte ich nur noch selten, wie viele Bären wir gezählt hatten. Sie waren ein so unvermeidlicher Anblick, dass sie praktisch zur Landschaft gehörten. Während einer vierstündigen Wanderung bekam man normalerweise um die fünfzig Bären zu Gesicht.

An die Größe der Kamtschatkabären mussten wir uns allerdings erst gewöhnen. Die Bären, mit denen ich im Khutzeymateen Valley in British Columbia zu tun gehabt hatte, waren groß im Vergleich zu den Grizzlys in den Rocky Mountains, wo ich aufgewachsen war. Zwischen den hundert Meter hohen Sitkafichten wirkten sie jedoch oft kleiner. In der Tundra von Kamtschatka hatte ich genau den entgegengesetzten Eindruck. Die sibirischen Grizzlys waren bereits doppelt so groß wie die Bären im kanadischen Hinterland, erschienen uns in der niedrigen Vegetation der Tundra jedoch noch größer. Ich habe nie einen gewogen, aber nach dem, was ich hörte, kann ein ausgewachsenes Weibchen bis zu vierhundert Kilo schwer werden, ein Männchen fast siebenhundertfünfzig Kilo. Die Höchstgrenze für Weibchen in den Rocky Mountains liegt bei zweihundert, bei Männchen bei vierhundertzwanzig Kilo.

Der stets reichlich vorhandene Fisch hatte diesen Bären ermöglicht, die größten ihrer Art zu werden. Mitte Juli erreichten die ersten Lachsschwärme den Kambalnojesee. Obwohl sie nicht in großen Zahlen auftauchen und auch nicht leicht zu fangen sind, weil die Strömung wegen der Schneeschmelze stark ist, versetzen sie die Bären in fröhliche Jagdstimmung. Wenn die Lachsschwärme eintreffen, haben die hoch gewachsenen, kräftigen Männchen ihre Fettreserven fast abgebaut. Sie sind langbeinig, hager und erinnern mit ihrem eingezogenen Bauch an Windhunde. Diese schlanke Figur lässt sie sehr sportlich erscheinen, vor allem, wenn sie in den seichten Gewässern des Flusses Lachse jagen. In Alberta hatte ich nie solche Bären gesehen.

Kamtschatkabären gibt es in den unterschiedlichsten Farbvarianten: von fast schwarz bis strohblond. Auch hier findet man Silberbären, wie jene Sonderlinge im Südwesten von Alberta, aber sie sind nicht so auffallend, weil die Haarspitzen ihres Fells eher beige statt silbern sind. Manche jungen russischen Bären haben einen ausgeprägt weißen Kragen, den man Chevron nennt und den sie häufig bis zum dritten Lebensjahr behalten.

Gehören die Kamtschatkabären zu den Grizzlybären? Sind sie in Wirklichkeit nicht asiatische Braunbären? Und wenn ja, wie unterscheiden sie sich von den Braunbären in Alaska? Diese Fragen werden mir oft gestellt. In der Vergangenheit teilte man Braunbären in vierzig verschiedene Unterarten auf. Jetzt werden alle unter einem Begriff geführt: *Ursus arctos*. Grizzlys werden zu den

Braunbären gezählt, wie alle anderen auch. Größe und Farbe von Braunbären können je nach Ort stark differieren. Aber derartige Unterschiede lassen sich auch bei Menschen beobachten, die ebenfalls als eine Spezies gelten. Durch die heute weit bessere Ernährung sind unsere Kinder Riesen im Vergleich zu denen unserer Vorfahren. Manche Leute haben mir weiszumachen versucht, Kamtschatkabären seien von Natur aus geradezu harmlos, verglichen mit den Grizzlys in den Rocky Mountains. Wir sollten jedoch die traurige Erfahrung machen, dass dies nicht stimmt.

Ich weiß, dass ich in vieler Hinsicht alles andere als ein Wissenschaftler bin. Beispielsweise gehe ich bei meinen Forschungen grundsätzlich davon aus, dass wilde Tiere klüger sind als ich, auch wenn sie nicht in der Lage sind, mit mir zu kommunizieren. Ebenso nehme ich als gegeben an, dass ihr emotionaler Radius größer ist als meiner. Wissenschaftler gehen normalerweise genau umgekehrt vor. Für sie haben Tiere beschränkte Fähigkeiten. Selbst wenn alles Mögliche das Gegenteil beweist, sind sie nur widerwillig bereit, ihnen diese Fähigkeiten zuzugestehen.

Ein weiterer Unterschied ist das Gefühl der Ehrfurcht, das ich bei meiner Arbeit empfinde. Wenn ich eine Pflanze, einen Vogel oder ein anderes Tier in einem Buch nachschlage und mir die lateinische Bezeichnung einpräge, verspüre ich einen gewissen Stolz, aber ich büße zugleich einen Teil der Ehrfurcht ein, den ich zuvor besessen habe. Ist ein Tier einmal katalogisiert, schaue ich es kaum noch an. Wahrscheinlich hält mich dieser Respekt vor der Natur davon ab, haarspalterische Untersuchungsmethoden anzuwenden.

Es sei dahingestellt, wie Wissenschaftler über meine Arbeit denken. Ich jedenfalls glaube, dass ich größeren Nutzen aus meinen Beobachtungen ziehe, wenn ich nicht alles in irgendwelchen Schubladen ablege. Für meine Arbeit muss ich frei von Vorurteilen sein und brauche meine uneingeschränkte Fähigkeit zu Staunen.

Am Anfang unseres Aufenthaltes am Kambalnojesee war uns unsere Sicherheit am wichtigsten. Nichts hätte unsere Glaubwürdigkeit mehr untergraben, als wenn einer von uns von einem Bären verletzt worden wäre. Die oberste Regel lautete, die Umzäunung nie ohne Pfefferspray zu verlassen. Während unserer ersten Spaziergänge wurde mir klar, warum Maureen immer noch Angst vor Bären hatte. Im Banff Nationalpark hatte sie ein Pferd mit dabeigehabt, als sie Bären beobachtete. Jetzt weigerte sie sich, die Hütte ganz allein zu verlassen. Ich hielt es für ganz natürlich, für eine Angst, die sie mit der Zeit verlieren würde. Dies würde ein wichtiger Indikator für das Gelingen unseres Projektes sein.

Wenn Maureen diese Ängste überwand, hätten wir einen schlagenden Beweis für den Nutzen unserer Ergebnisse.

Nördlich des Sees zwischen der Hütte und dem 180 Meter hohen Gebirgskamm, der das Becken umgibt, erstreckt sich ein Mosaik aus Zwergpinien und Erlen, kleinen Seen und Korridoren von offener Tundra: ein mehrere Quadratmeilen großes Labyrinth. Es schien unausweichlich, dass Maureen und ich während unserer Erkundungsgänge hier plötzlich vor einem Bären stehen würden. Unsere größte Sorge war daher, was passieren würde, wenn wir aus nächster Nähe auf Bären stießen, vor allem auf ängstliche Bären.

Anfangs, als Maureen noch Angst hatte, näherten wir uns unübersichtlichen Stellen ganz vorsichtig und machten uns mit Lärm bemerkbar. Wir schrien und brüllten, obwohl Krach zu schlagen eigentlich gegen all meine Prinzipien verstößt, wenn ich im Wald unterwegs bin. Ich liebe Ruhe und Stille und gehe davon aus, dass Tiere ebenso fühlen. Ein Grund, weshalb ich so bald wie möglich mit dem Lärm wieder aufhören wollte. Ich versuchte, meine Anwesenheit auf diverse andere Arten anzukündigen, die weniger abstoßend waren, und diese Experimente führten zu mehreren unerwarteten Erkenntnissen. Zu meinem Entzücken stellte ich fest, dass ich alle Bären, die wir überrascht hatten, dadurch besänftigen konnte, dass ich sanft auf sie einredete. Selbst wenn mir das Herz bis zum Hals hinaufschlug, musste ich imstande sein, so zu tun, als wäre ich völlig ruhig.

Bereits vor Russland hatte ich die Erfahrung gemacht, dass ich meine Stimme auf diese Weise äußerst wirkungsvoll einsetzen konnte. Trotzdem erstaunte es mich, wie gut das in Kamtschatka funktionierte. Soweit mir bekannt ist, sprechen Bären weder Englisch noch Russisch, also musste es mehr am Tonfall als am Inhalt liegen.

Auch Maureen gelang es von Anfang an, einen fröhlichen Ton anzuschlagen. Es dauerte nicht lange, bis auch sie kritische Situationen entschärfen konnte, indem sie beispielsweise sagte: »Schon gut. Wir tun dir nichts. Wir mögen dich. Was hast du nur für hübsche Jungen!« Das tat ihrem Selbstvertrauen gut, und es zeigte zweifelsfrei, dass die Methode des guten Zusprechens nicht nur bei mir klappte.

In manchen Büchern wird geraten, sich tot zu stellen, wenn man einem Bären begegnet. So etwas würde ich nie tun. Für mich wäre es die allerletzte Option, wenn alles andere versagt hat, auch das Pfefferspray. Ein solches Verhalten funktioniert deshalb so häufig, weil es signalisiert, dass man keine Gefahr darstellt. Ich kenne aber Fälle, bei denen diese Methode nicht funktioniert hat – bei jungen, aufdringlichen, an Futter gewöhnten Braunbären zum Beispiel. Auch bei Schwarzbären würde ich davon abraten, weil sie angreifen, um zu töten. Wer den Angriff eines Schwarzbären überleben will, muss sich ihm entgegenstellen.

Die größte Angst hatten wir bei unseren Wanderungen vor Bärenmüttern mit Jungen. Wir kannten die unzähligen Statistiken, die belegen, wie gefährlich Bärenmütter sein können, wenn sie ihren Nachwuchs verteidigen. Wir waren uns auch darüber im Klaren, dass wir solchen Müttern zwangsläufig einmal begegnen würden. Zum Glück hatten wir genügend Zeit, unsere Methoden zu verfeinern, ehe es dazu kam.

Am 21. Juli, als wir gerade Maureens Dunkelkammer bauten, gingen uns die Nägel aus. Das hatte ich schon kommen sehen. Igor hatte wunderbares Holz für uns aufgetrieben, aber aus unerfindlichen Gründen bei den Nägeln gespart. Nachdem der letzte verbraucht war, saßen wir in der Klemme. Der nächste Laden war hundertsechzig Meilen entfernt.

Und schon zeichnete sich ein weiteres Problem ab. Bald würde auch das Brennholz zur Neige gehen. Ich war davon ausgegangen, dass wir in einer Gegend, in der es kaum Menschen gab, die mit Feuer hantierten, tonnenweise totes Holz vorfinden würden. Dabei hatte ich unterschätzt, wie unglaublich langlebig und widerstandsfähig Pinien und Erlen sind. Sie produzieren so gut wie gar keinen Abfall, und an das wenige, das unter dem undurchdringlichen Gestrüpp verborgen lag, kam ich nicht heran, ohne Kopf und Kragen zu riskieren. Noch konnten wir verbrennen, was von dem Bauholz übrig war, aber es würde bald aufgebraucht sein.

Da ich liebend gern fliege, hatte ich nun den perfekten Vorwand für einen Ausflug: Brennholz und Nägel.

Die Küste des Nordpazifik im Osten und die Küste des Ochotskischen Meeres im Westen waren gleich weit entfernt, etwa zehn Meilen. Die Küste zum Ochotskischen Meer war von Tundra bedeckt, die mich an die Prärie zu Hause erinnerte. Zum Kap Lopatka, dem südlichsten Zipfel der Halbinsel waren es nur etwas mehr als fünfundzwanzig Meilen, aber aus zwei Gründen kam dies nicht infrage. Zum einen war das Wetter dort noch unberechenbarer als am Kambalnojesee, und zum anderen war das Gebiet nach wie vor militärische Sperrzone. Igor hatte mich gewarnt, dort hinzufliegen, weil man mich vom Leuchtturm aus gesehen hätte.

Auf meiner Suche nach Brennholz und Nägeln flog ich Richtung Westen, wo eine verlassene Hütte an der Mündung des Kambalnoje lag. Eine Meile nördlich der Hütte entdeckte ich in einem kleinen Bach ein Durcheinander von angeschwemmtem Holz, das ausgereicht hätte, um unsere Hütte jahrelang zu heizen. Das Problem war, wo ich wassern sollte. Der nächstgelegene See war winzig; dort hätte ich zwar landen, aber niemals mit hundert Kilo Brennholz an Bord wieder starten können.

Ich flog also weiter bis zur Hütte und wasserte auf dem Fluss. Das Meer ist nie so ruhig, als dass man mit einem Flugzeug wie meinem darauf landen könnte. Sogar an einem Tag wie diesem, an dem kein Wind ging, waren die Wellen zweieinhalb Meter hoch.

Auf den ersten Blick sah es so aus, als gäbe es auch hier am Strand genügend Treibholz. Aber zuvor wollte ich in der Hütte nach Nägeln suchen. Alexei und Katja hatten mir erzählt, dass sie für den Wildhüter gebaut worden war, als man 1984 die südlichste Spitze der Halbinsel zum Schutzgebiet erklärt hatte. Kurz darauf war der Wildhüter an einem Herzinfarkt gestorben, und einen Nachfolger hatte es nicht gegeben. Seither hatte die Hütte den Leuchtturmmannschaften von Kap Lopatka und den Militärpatrouillen, die vom Fischerdorf Osernowskij aus nach Süden unterwegs waren, als Unterschlupf gedient. Sollte es in der Gegend Wilderer geben, würde die Hütte sicher auch ihnen gute Dienste leisten. Die Straße zwischen Osernowskij und dem Kap bestand lediglich aus zwei ausgefahrenen Wagenspuren in der Tundra.

Die Hütte war geräumig und ziemlich gut erhalten. Ich durchsuchte sie sorgfältig und wurde mit einer Schachtel rostiger Nägel belohnt, die unter einer Bank auf der Veranda versteckt war.

Ich brachte die Nägel zum Flugzeug, nahm meine Kettensäge und die Segeltuchtasche zum Holzsammeln und ging zum Strand. Die Tasche, in der wir das Steilwandzelt mitgebracht hatten, fasste hundert Kilo Kleinholz. Genau die Größe und Menge, die ich auf dem Passagiersitz des Flugzeugs verstauen konnte. Die Tasche hielt obendrein das Holz zusammen; nicht zu verachten, wenn man bedenkt, was ein Haufen Holzscheite bei mir und dem Flugzeug hätte anrichten können, falls ich in eine Windböe geraten wäre.

Als ich mich mit meiner Kettensäge am Strand an die Arbeit machte, fiel mir ein zehn Meter langer Stamm mit einem Durchmesser von einem Meter auf. Er gehörte zu einer Sitkafichte, jener riesigen Baumart, die einst von Alaska bis zur südlichen Spitze von Vancouver Island wuchs. Der Stamm, der jetzt vor mir lag, war über den ganzen Pazifik bis an diese Küste getrieben worden. Er hätte sogar von Princess Royal Island stammen können. Andere Hölzer kamen mir beinahe exotisch vor. Ich stellte mir vor, wie sie von der Küste des Japanischen Meeres oder noch weiter entfernten tropischen Küsten angetrieben worden waren.

Ich zurrte die volle Tasche auf dem Passagiersitz fest, zögerte den Aufbruch aber noch hinaus. Ich wollte wissen, wie die Bären die weite grünbewachsene

Flachküste nutzten. Einige suchten in der Tundra nach Futter, andere tummelten sich in den Wellen, die sich am Strand brachen. Die Mischung von Meer und flachem Land erinnerte mich daran, wie es wohl ganz früher in Kalifornien gewesen sein musste. In jener Zeit, bevor die Rinderzüchter den Bären den Krieg erklärt hatten, um für sich und ihre Rinder freie Bahn zu haben. Hier beobachtete ich Bären, die nach Wurzeln gruben, die fraßen und sich aufrichteten, um besser sehen zu können, genauso wie es in Kalifornien gewesen sein musste, bevor der Mensch auftauchte.

Am frühen Nachmittag hatte ich am Horizont über dem Meer eine dunkelblaue Linie gesehen. Während ich die Bären beobachtete und den Strand erkundete, war sie näher gekommen, ohne dass ich es merkte. Es war vollkommen windstill, der Himmel wolkenlos, abgesehen von wenigen lang gezogenen Federwolken. Genau diese Zeichen, die mich beruhigten, hätten mich zu Tode erschrecken müssen, aber ich verstand es nicht, sie richtig zu deuten.

Ich setzte mich auf eine mit hohem Gras bewachsene Düne, weil ich von dort mein Flugzeug am Fluss im Auge behalten und gleichzeitig auf der anderen Seite eine Gruppe von jungen Bären am Strand beobachten konnte. Ein Schwarm von Lachsen kämpfte gegen den Strom in der seichten Flussmündung an. Mit jeder Welle wurden Lachse an den Strand gespült. Andere, die im Wasser zappelten, wenn die Wellen sich zurückzogen, waren eine leichte Beute für erregte Jungbären.

Plötzlich sah ich auf und entdeckte, was sich am Horizont zusammenbraute. Die breite Linie explodierender Wellen mit weißen Schaumkronen über dem dunklen Meer markierte die Vorboten eines Sturms, der mit rasender Geschwindigkeit auf mich zukam. Das Flugzeug lag mehrere hundert Meter hinter mir. Ich rannte, so schnell ich konnte. Als ich hineinsprang und den Motor anließ, zerrten bereits die ersten Böen an uns.

Es war unheimlich, mit der Ladung Holz, die mich hinabzog, über das brausende Meer direkt in den Sturm hinein zu starten. Deshalb drehte ich ab, sobald ich konnte, und verschwand nach Hause. Dort landete ich auf dem Kambalnojesee und zog die Maschine auf den morastigen Grund unterhalb der Hütte, wo ich sie festzurrte. Ich wusste, dass das Unwetter jeden Augenblick kommen würde, und warnte Maureen. Dann bereiteten wir uns darauf vor. Glücklicherweise hatte die Stärke, mit der der Sturm auf die Küste geprallt war, inzwischen abgenommen. Trotzdem war er heftig genug, um einen schwer wiegenden Konstruktionsfehler unserer Hütte aufzudecken. Denn kaum hatten wir ein Feuer angezündetet, blies der Südwestwind den Rauch aus dem Kamin zurück in die Hütte.

Ich hatte zwanzig Jahre lang auf einer Ranch gelebt und von Scheunen über Häuser bis hin zu Flugzeugen praktisch alles gebaut, was anfiel. Das Problem mit dem Kamin, so dachte ich, wäre schnell in den Griff zu bekommen. Schließlich hatte ich genug Ofenrohr übrig. Also ging ich bei Wind und Regen hinaus und bastelte so lange an einer Lösung, bis der Schornstein doppelt so hoch wie die Hütte und auf drei Seiten mit Drähten gesichert war.

Doch es nutzte nichts. Der Rauch quoll immer noch in die Hütte, statt nach draußen abzuziehen.

Danach baute ich ein Umlenkblech über den Dachfirst und den Dachvorsprung. Mittlerweile war der Wind abgeflaut, und ich glaubte, das Problem gelöst zu haben. Doch als der nächste Sturm aufkam und wir Wärme bitter nötig gehabt hätten, mussten wir erneut mit brennenden Augen und hustend auf die Veranda flüchten. Und wieder mal blieb Maureen nichts anderes übrig, als das Feuer mit einem Eimer Wasser zu löschen.

Ich war ratlos, und Maureen verlor allmählich das Vertrauen in meine handwerklichen Fähigkeiten. Sie stellte eigene Theorien auf und führte eigene Experimente durch. Wir zogen uns immer wärmer an und stritten darüber, was wir als Nächstes ausprobieren sollten.

Obendrein stellten wir fest, dass unser Dach undicht war. Wenn der Regen senkrecht fiel, gab es keine Probleme, aber sobald die Böen Windgeschwindigkeiten von achtzig Meilen in der Stunde erreichten, wurde das Wasser fast horizontal unter die Leisten gedrückt, mit denen wir die Teerpappe auf das Dach genagelt hatten. Das Wasser sickerte durch die Löcher der Nägel und tropfte von überall gleichzeitig auf uns herab. Einmal mussten wir auf dem Höhepunkt eines Sturms die Plane unseres Reisezelts über das Bett spannen. Ohne den Luxus eines betonierten Fundaments machte uns auch der Zug von unten zu schaffen. Durch die Ritzen zwischen den Balken im Boden drang so viel Wind, dass der Teppich durch das Zimmer wanderte.

Wenn ich nicht gerade etwas an der Hütte ausbesserte, machte ich mich trotz Wind und Wetter draußen am Flugzeug zu schaffen. Es gab endlose Möglichkeiten, wie die Steuerflächen, also sämtliche mit Scharnieren versehene Teile wie Querruder, Landeklappen, Höhen- und Seitenruder, besser vor dem salzigen Wind geschützt werden konnten. Solange der Wind von vorne kommt, ist alles in Ordnung; dafür sind Flugzeuge entworfen. Aber bei Rückenwind klappern die einzelnen Teile bis zum Anschlag hin und her. Ich brauchte eine Weile, bis ich sie so festmachen konnte, dass sie keinen Schaden nahmen.

Oft scheint das Schicksal so etwas wie einen Sinn für Humor zu haben – allerdings einen boshaften. Man fliegt ans vermeintliche Ende der Welt, um mit vierhundert Braunbären zu leben, die angeblich nur darauf warten, einen zu verspeisen, und dann wird man von Qualm und Unwetter geplagt. Noch heute neige ich dazu, darüber zu witzeln, wenn ich von dem Problem mit dem Rauch und dem Wetter erzähle. Aber damals war es alles andere als lustig. Angesichts der Regelmäßigkeit und Stärke der Stürme liefen wir Gefahr, entweder an Rauchvergiftung oder an der Eiseskälte zu scheitern. Allmählich mussten wir uns ernsthaft fragen, ob wir wirklich zäh genug waren, um es in dieser unwirtlichen Landschaft auszuhalten.

Einen Tag nachdem Maureen unter der Hütte die Ritzen verstopft hatte, war es endlich schön genug, um einen weiteren Erkundungsmarsch zu unternehmen. Wir gingen in eine neue Richtung und stießen auf eine Anzahl von Vertiefungen im Boden. Es waren die alten Erdhäuser einer Itelmenensiedlung. Wir wussten, dass es sich um die Reste von jahrhundertealten Behausungen handelte, weil wir am Kurilskojsee eine ähnliche Siedlung gesehen hatten. In der Umgebung von Igors Hütte auf der Landzunge am See finden sich mehrere solcher Vertiefungen. Die Erdhäuser am Kambalnojesee konnte man noch leichter erkennen, weil sie auf einer Anhöhe liegen. Aufgrund des Klimas und der Höhe hatten die Zwergpinien und Erlen es nicht geschafft, die von den Itelmenen zur Gewinnung von Brennholz gerodeten Flächen zurückzuerobern.

Damals wusste ich sehr wenig über diese Ureinwohner von Kamtschatka und wollte unbedingt mehr über sie erfahren. Seit ihrer Blütezeit hat niemand mehr Interesse gehabt, dem rauen Klima zu trotzen und sich hier anzusiedeln. Mich faszinierte vor allem, dass die Itelmenen offensichtlich einen Weg gefunden hatten, das Land gemeinsam mit den Bären zu bewohnen. Damals muss es in dieser Region genauso viele Bären gegeben haben wie heute. Und was noch interessanter ist, sie hatten auch dieselben Nahrungsquellen wie die Bären: Lachse und Seeforellen. Für die Wildhüter heutzutage kommt dies einer wahren Katastrophe gleich, wenn der Mensch mit dem *ursus arctos* um Nahrung konkurriert. Ich konnte zwar nicht herausfinden, wie die Itelmenen mit den Bären ausgekommen waren, aber es war unbestreitbar, dass sie hier Dörfer gebaut und große Teile des Waldes zur Gewinnung von Brennholz gerodet hatten, lange bevor es Feuerwaffen gab.

Damals wusste ich nicht, was aus den Itelmenen geworden war, und auch heute noch sind viele Fragen offen. Ich erfuhr, dass sie diese Gegend mindestens sechstausend Jahre lang besiedelt hatten, bis die Russen in Kamtschatka von den Einheimischen die *iasak* forderten, eine Steuer, die in Zobelpelzen erbracht werden musste. Die Itelmenen, die am Kambalnoje- und Kurilskojsee lebten, waren gezwungen, in den Norden zu ziehen, wo es noch Wälder gab, um Zobel jagen zu können. Hätten sie sich geweigert, die Steuern zu bezahlen, wären sie getötet worden.

Ich machte mir auch Gedanken über den Rauch. Wahrscheinlich hatten diese Menschen bloß ein einfaches Loch über einem offenen Feuer gehabt. Mir dagegen war es trotz unserer technischen Errungenschaften nicht gelungen, das Problem in den Griff zu bekommen. Wenn starker Südwestwind wehte, wurden wir immer noch ausgeräuchert. Einmal habe ich Igor gefragt, warum er uns nicht vor den extrem launischen Wetterverhältnissen gewarnt hatte. Er meinte dazu lediglich: »Weil ihr nur Bären im Kopf hattet.«

MAUREEN: *Während Charlie sich mit dem Kamin und dem Rauch herumschlug, versuchte ich verzweifelt, mit meiner künstlerischen Arbeit voranzukommen. Zuerst hatte mich der Bau der Hütte daran gehindert. Als aber die Dunkelkammer fertig war, konnte ich mich endlich an die Arbeit machen, oder es zumindest versuchen. Ich hatte bereits die ersten Fotos gemacht; als die Dunkelkammer fertig war, entwickelte ich die Filme und machte Abzüge. Die Malerei hinkte hinterher.*

Das größte Hindernis bislang bestand darin, dass die Bären instinktiv vor uns flüchteten. Ich wollte sie so fotografieren und malen, dass die Bilder etwas von ihrer Persönlichkeit und ihren Gedanken widerspiegelten. Ich wollte nicht einfach Postkarten von wilden Tieren in der Landschaft machen. Wie sollte ich mein Wissen erweitern und dieses erweiterte Wissen auf der Leinwand festhalten, wenn ich in den Gesichtern der Tiere nur Misstrauen und Angst entdeckte? Es gab genug Bären, die ich hätte malen können, aber das war nicht mein Ziel. Später sollte mir klar werden, dass meine instinktiven Anstrengungen im ersten Jahr tatsächlich den Grundstein für drei zukünftige Projekte legten, aber damals ahnte ich noch nichts davon. Charlie schien sich viel klarer über seine Ziele zu sein, und ich beneidete ihn um sein Selbstvertrauen.

Viele Leute glaubten, dass wir scheitern würden. Manche spotteten sogar über unsere Ziele. In diesem Stadium, Ende Juli 1996, war keinem von uns beiden klar, ob sie oder wir Recht behalten würden.

Etwas aber hatte ich doch erreicht. Meine Angst vor Bären schwand zusehends. Jeden Tag fühlte ich mich sicherer in ihrer Nähe und konnte schließlich sogar allein losziehen. Charlie hatte ein schlechtes Gewissen, wenn er in seiner Kolb auf Erkundungsflug verschwand und mich allein zurückließ. Aber wir wussten beide, dass das eher mit alten, patriarchalischen Verhaltensmustern zu tun hatte als mit einem echten Schutzbedürfnis meinerseits.

7

Michio

Ende Juli flogen Maureen und ich zum Kurilskojsee, um dort Igor zu treffen, der mittlerweile mit seinem Bruder Andrei im Schlepptau aus der Ukraine zurückgekehrt war. Igor steckte bereits bis zum Hals in seinem nächsten Projekt. Er organisierte die Dreharbeiten einer japanischen Filmproduktion über den bekannten japanisch-amerikanischen Fotografen Michio Hoshino. Ich kannte drei seiner Bildbände und war ein großer Verehrer von ihm, daher hofften Maureen und ich, ihn kennen zu lernen. Aber unsere Reise wurde zu einem Reinfall. Statt Michio zu treffen, der irgendwo auf dem See drehte, mussten wir mit einem Fernsehreporter aus Petropawlowsk vorlieb nehmen, der mit dem Hubschrauber eingeflogen war, um über die Dreharbeiten zu berichten. Er hockte auf einem Turm, der für den Kameramann des Films gebaut worden war, und filmte eifrig ein altes Braunbär-Männchen, das am Fuß des Turmes im Müll wühlte.

Es war genau die Art von Situation, die Maureen und ich verabscheuten, aber es kam noch schlimmer. Derselbe Bär wurde verdächtigt, während Igors Abwesenheit in die verlassene Hütte eingebrochen zu sein und sich an den Vorräten vergriffen zu haben. Da der Bär nun wusste, dass es in der Nähe von Menschen Futter gab, wurde er immer dreister. Mittlerweile verschlechterte sich das Wetter zusehends, und wir mussten schnell aufbrechen. Um ein Haar hätten wir es nicht mehr rechtzeitig zurückgeschafft.

Zwei Tage später flog ich erneut zum Kurilskojsee, um Igor und Michio zu treffen, während Maureen in der Hütte blieb und arbeitete. Aus der Luft entdeckte ich das Filmteam mit Michio und landete vorsichtig auf dem spiegelglatten See, wo sie in einem Motorboot saßen. Sie drehten bei und erzählten mir, dass das Problem mit dem Bären eskaliert sei. Während das Filmteam am Drehort beschäftigt war, hatte der Bär ihren Proviant geplündert. Igor glaubte, die Dreistigkeit des Bären sei zum Teil auf das späte Auftauchen der Lachse in diesem Jahr zurückzuführen. Der Bär musste nach einer alternativen Nahrungsquelle suchen und hatte angesichts seiner erfolgreichen Beutezüge seine Strategie geändert.

Igor war inzwischen dazu übergegangen, Steine zu werfen und Pfefferspray zu benutzen, um den Bären zu vertreiben, aber es hatte wenig gefruchtet.

Während wir uns von Flugzeug zu Boot unterhielten, bekam ich einen ersten Eindruck von Michio Hoshino. Er beteiligte sich auf seine ruhige Art an unserem Gespräch, doch es war interessant, zu beobachten, wie viele andere Dinge er gleichzeitig in sich aufnahm. So studierte er aufmerksam und anerkennend mein Ultraleichtflugzeug und konzentrierte sich dann von einem Motiv dieses wunderschönen Morgens und der außergewöhnlichen Landschaft auf das nächste. Ein hervorragender Beobachter.

An diesem Tag kehrte ich wegen des Problems mit dem Bären am Kurilskojsee besorgt und deprimiert zum Kambalnojesee zurück, vor allem, weil die Männer es so schlecht im Griff hatten. Komischerweise führte meine Ankunft zu einem unerwarteten Durchbruch in Maureens Malerei. Während ich meine Kreise zog, um zur Landung anzusetzen, bemerkte Maureen, dass ein Bär mich beobachtete. Bei jeder Schleife, die ich drehte, folgte der Kopf des Bären dem Flugzeug. Als ich dann endlich auf dem Wasser aufsetzte, ergriff er nicht die Flucht, sondern blieb sitzen und beobachtete das Flugzeug weiter, selbst als ich langsam auf das Ufer zufuhr.

Maureen war begeistert. Endlich ein Bär, dessen Interesse größer war als seine Angst und der sich so benahm, wie wir es von Anfang an gehofft hatten. Maureen machte unzählige Fotos und begann sofort mit einer Serie von Kohlezeichnungen. Es war großartig, sie so engagiert zu sehen.

In der Nacht besprachen wir die Lage am Kurilskojsee. Wir hatten von Anfang an alles anders gemacht. Unser Elektrozaun und unsere disziplinierte Sorge, keine Lebensmittel oder Abfälle außerhalb unserer Umzäunung zurückzulassen, hatten uns vor den Problemen bewahrt, mit denen Igor und sein Filmteam im Moment zu kämpfen hatten. Wir wünschten, wir hätten einen zweiten Elektrozaun dabei gehabt, den wir Igor hätten geben können.

Mittlerweile zog die zweite Welle von Fischschwärmen den Fluss zum Laichen hoch. Es waren Seeforellen. Zwar hätten die Bären sie auf einer Länge von zehn Meilen fischen können, doch sie konzentrierten sich auf die zwei Meilen direkt vor dem See. Die erste Meile führte über den Steinschutt des alten Erdrutsches, der das Tal eingedämmt hatte. Es war äußerst unwegsames Gelände, aber wir hatten vor kurzem eine neue Route ausgemacht, eine Abkürzung. Wir ließen einfach die erste große Biegung des Flusses aus und stießen später zu ihm zurück, dort, wo die Landschaft in ausgedehnte Wiesen überging und uns erlaubte, die Tiere auf beiden Ufern zu beobachten.

Diese Abkürzung kreuzte mehrere Bärenpfade. Als Maureen und ich an diesem Tag unterwegs waren, um die Bären beim Fischen zu beobachten, tauchte etwa zwanzig Meter vor uns plötzlich eine große Bärin aus einem Piniengebüsch auf. Sie erschrak und lief über eine sumpfige Wiese davon. Dann blieb sie stehen. Als ich den Grund erkannte, lief es mir kalt den Rücken herunter. Aus demselben Piniengebüsch traten zwei offensichtlich verwirrte kleine Jungbären heraus. Als ihre Mutter die Flucht ergriffen hatte, waren sie ihr nicht gefolgt. Die Bärin sah sich um und entdeckte, dass wir ihren Jungen erheblich näher waren als sie selbst. Es war genau die Situation, die jeder fürchtet und von der wir wussten, dass sie irgendwann auf uns zukommen würde.

Die Bärin kam auf uns zugerast. Im sumpfigen Gras spritzte das Wasser unter ihren Pranken auf. Ihr Gesicht spiegelte wilde Entschlossenheit. Als die Kleinen ihre wütende Mutter so rasch auf sich zukommen sahen, erschraken sie noch mehr und liefen von ihr weg auf uns zu.

Von dem Augenblick an, da die Bärin aus dem Gebüsch getreten war, hatte ich ruhig auf sie eingeredet. Selbst als sie jetzt grimmig auf uns zustürzte, hörte ich nicht auf. Ich redete weiter auf sie ein und versuchte gelassen zu bleiben. Ich wandte mich sogar halbwegs von ihr ab und tat so, als würde ich seelenruhig Goldrute pflücken, um ihr zu signalisieren, dass keine Gefahr von uns ausging.

Maureen redete auch, bediente sich allerdings keiner Sprache, mit der man Bären besänftigen kann. »Scheiße!«, rief sie. »Um Gottes willen, Charlie, nimm dein Pfefferspray!«

Die Mutter kam immer näher, doch mittlerweile sahen wir, dass sie nicht mehr ganz so panisch war, was auch uns beruhigte. Maureen begann, mit leiser, beruhigender Stimme auf sie einzureden. Die Bärin wurde langsamer und blieb schließlich bei ihren Jungen stehen. Die drei Bären waren nun keine zehn Meter von uns entfernt. Schließlich führte sie ihre Jungen auf dem Bärenpfad davon, weiter in ihre ursprüngliche Richtung. Sie drehte sich nur noch einmal um, als wollte sie entschlüsseln, was Maureen ihr so Nettes über ihre hübschen Jungen sagte.

Der Schreck saß uns tief in den Knochen, aber wir waren auch euphorisch. Dieser Augenblick war ein wichtiger Test für unsere Fähigkeit gewesen, eine gefährliche Situation zu entschärfen – der größte bisher. Da wir Ruhe bewahrt, unsere Stimmen richtig eingesetzt, weder Drohgebärden eingenommen noch der Versuchung erlegen waren zu flüchten – aber natürlich auch dank der besonnenen Bärenmutter –, hatten wir das Ganze heil überstanden. Wir hatten nicht mal das Pfefferspray benutzen müssen.

Zwei Tage nach diesem Zwischenfall beschloss ich, eine Runde im Flugzeug zu drehen. Ich wollte die Gegend nördlich des Schutzgebietes unter die Lupe nehmen und flog sechzig Meilen in diese Richtung. Dabei sah ich zum ersten Mal eine Bärenmutter mit vier Jungen. Später lernte ich vier andere Junge kennen, die alle überlebt hatten, bis ihre Mutter sie entwöhnte. Daraus folgerte ich, dass Vierlinge in Kamtschatka keine Seltenheit sind, im Gegensatz zu Nordamerika. Auf dem Rückflug kam plötzlich ein derart starker Gegenwind auf, dass meine Maschine praktisch in der Luft stehen blieb. Ich gab Vollgas, um Höhe zu gewinnen, wurde aber trotzdem nach hinten gedrückt. Es sah aus, als würde sich die Erde unter mir in die falsche Richtung bewegen. Der Wind war so stark und ungestüm, dass ich ganz offenbar nicht dagegen ankam.

Es war, als sei man in einen wilden reißenden Strom gefallen und versuchte, wieder ans Ufer zu schwimmen. Während ich mich bemühte, der Windböe zu entkommen, hatte eine unsichtbare Macht das Flugzeug gepackt und versuchte, es auf den Kopf zu stellen. Normalerweise gleicht die Steuerung dies aus, aber der Wirbelwind zwang mich zu Manövern, die ich nicht beherrschte. Ich hing praktisch kopfüber nach unten, und alles, was nicht niet- und nagelfest war, flog im Cockpit herum. Irgendetwas traf mich im Gesicht und hätte mir um ein Haar die Brille von der Nase geschlagen. Vielleicht hätte ich das Flugzeug in die Richtung fliegen lassen sollen, in die der Wind uns trieb, aber aus schierer Macht der Gewohnheit kämpfte ich dagegen an.

Während dieses Kampfes verlor ich rapide an Höhe, so dass ich nur noch dreißig Meter über dem Boden war, als es mir endlich gelang, diesen rasenden Wirbel zu verlassen. Draußen war alles wieder ruhig, nicht aber in mir. Ich hatte zwar die Maschine wieder unter Kontrolle, konnte aber nur verschwommen sehen. So schnell wie möglich suchte ich nach einer geeigneten Stelle zum Landen, bevor alles noch schlimmer wurde. Nachdem ich ein natürliches Becken in den Bergen entdeckt hatte, musste ich es drei Mal überfliegen, bevor ich endlich eine Landung im Gras riskierte.

Mehrere Minuten lang saß ich reglos in der Maschine und genoss das Gefühl, noch am Leben zu sein. Ich berührte mein Gesicht und die Brille. Eine weitere Welle der Erleichterung überkam mich, als ich feststellte, dass es nicht an meinen Augen lag, dass ich nichts sah, sondern an der Brille. Was immer mich während dieser unglaublichen Turbulenz getroffen hatte, hatte das rechte Glas herausgerissen. Der hintere Teil des Cockpits war über dem Rücksitz offen, so dass ich zunächst befürchtete, das Glas sei verloren. Aber nachdem ich sorgfältig alles abgetastet hatte, fand ich das Glas und konnte es wieder in die Fassung zurückstecken.

In meiner näheren Umgebung gab es einige kleine Tümpel. Ich beobachtete einen Seetaucher mit schwarzem Hals, der von meinem viel größeren Vogel aufgeschreckt worden war. Nur zögernd näherte sich der Vogel wieder seinem Nest auf einer Erhebung mitten in dem Teich. Teppiche von leuchtend goldenen Trollblumen und ein Gewirr von rosafarbenen Rhododendren hingen von den moosbewachsenen Felsbänken herab. Die Welt erscheint einem besonders schön, wenn man gerade dem Tod entronnen ist.

Es war acht Uhr abends, und die Sonne stand noch hoch über dem Horizont. Hier im Becken regte sich kein Lüftchen, und es waren auch keine Wolken am Himmel zu sehen. Der Wind wurde wie ein Fluss von seinen Ufern in Zaum gehalten, und das nächstgelegene Ufer lag im Süden des Passes. Der Schreck der quirligen Hölle, der ich gerade entkommen war, saß so tief, dass ich mich zwang, anderthalb Stunden zu warten, bis ich endlich den nächsten Versuch machte, heimzufliegen.

Bei Sonnenuntergang hob ich vom feuchten Gras ab und überflog den Pass. Dieses Mal passte ich auf, dass ich nicht wieder in denselben Sog geriet. Mit etwas Erfahrung kann man Luft, die sich rasch bewegt, erkennen, vielleicht wegen der Feuchtigkeit, die sie über dem Ozean aufnimmt. Und richtig, genau unter dieser unsichtbaren Wand schwankten die Erlenbüsche heftig hin und her. »Gutes Urteilsvermögen rührt aus Erfahrung. Erfahrung rührt aus schlechtem Urteilsvermögen«, heißt es. Ein paar Stunden älter und eindeutig klüger flog ich zum Kurilskojsee zurück. Der Gedanke, Maureen mit dem Wind und dem Ofen, den sie wegen der Abzugsprobleme wahrscheinlich nicht benutzen konnte, allein zu lassen, gefiel mir nicht; aber es war besser, als ein zweites Mal durch diesen Windkanal fliegen zu müssen.

Ich war an diesem Tag schon einmal auf dem Kurilskojsee zwischengelandet, um mit Igor zu sprechen, aber er war mit dem Filmteam unterwegs gewesen. Stattdessen hatte ich sechzehn amerikanische Touristen, Korrespondenten und ihre russischen Begleiter getroffen. Der Trupp, der von der Umweltschutzgruppe Friends of the Earth gesponsert wurde, war am Morgen mit einem Hubschrauber eingetroffen. Einige waren eifrig dabei gewesen, ihre Zelte aufzubauen, andere am Ufer entlanggestreift. Ich war nicht geblieben, um mich mit ihnen zu unterhalten. Als ich jetzt zum zweiten Mal am Kurilskojsee ankam, war es schon fast dunkel, und die Gruppe hatte sich neben Igors Hütte um ein Lagerfeuer versammelt. Ich flog über einen steilen waldbewachsenen Hang und wasserte auf einem kleinen Teich in der Nähe des Sees. Dort befestigte ich das Flugzeug mit Nylonseilen an Bäumen zu beiden Seiten des Ufers, um es über

Nacht in der Mitte des Teichs treiben zu lassen, aus Angst vor dem Problembären.

Igor und sein Bruder waren damit beschäftigt, das Camp herzurichten, und stellten mich den Naturfreunden vor. Ich glaube, er wollte mich loswerden, um mit seinem Bruder das Camp so einzurichten, wie er es haben wollte. Ich wusste, dass er sich Sorgen um den Bären machte, obwohl er sich alle Mühe gab, es zu überspielen. Andrei und er waren dabei, die Zelte so nah wie möglich an der Hütte aufzuschlagen, damit keins abseits stand. Wie auch immer, im Nu umgaben mich neugierige Gesichter, die unbedingt wissen wollten, was dieser Fremde in einem so kleinen Flugzeug in der Wildnis von Kamtschatka verloren hatte.

Kurz nach Einbruch der Dunkelheit erhaschte ich einen Blick auf den Bären. Er drehte seine Runde auf der Suche nach Essbarem. In Unkenntnis der Lage hatten die Naturfreunde ihm auch noch eine deftige Belohnung hinterlassen. Zum Essen hatte jemand ein paar Seeforellen ausgenommen und die Köpfe und Innereien in den See geworfen, knapp fünfzehn Meter vom Küchenfeuer entfernt. Jetzt suchte der Bär auf dem Grund des Wassers nach den Leckerbissen, während die Camper sich am Ufer versammelt hatten und ihn mit ihren Taschenlampen beleuchteten.

Ich spürte, wie sich alles in mir anspannte, während ich dieses Schauspiel beobachtete. Keiner schien zu merken, wie ernst die Situation war. Wieder ein Bär, der zum Problembären geworden war, weil er das Pech gehabt hatte, auf Problemmenschen zu stoßen.

Die Gruppe stand nur wenige Meter von dem großen Bären entfernt, lachend, johlend und brüllend. Plötzlich warf einer der Zuschauer einen Stein, der nur wenige Meter neben dem Bären ins Wasser schlug. Der Steinewerfer lachte und lief in die Hütte zurück. Zum Glück beschloss der Bär, den Stein zu ignorieren, als sei es nur ein Lachs, der im Wasser herumplanschte.

Dieser Gipfel an Dummheit bewegte mich einzugreifen, aber noch während ich mich zu den Spaßmachern durchdrängte, trottete der Bär am Ufer entlang weiter und verschwand aus dem Schein der Taschenlampen in die Dunkelheit.

Ich fühlte mich ganz und gar nicht so überheblich, wie es jetzt vielleicht klingen mag. Als Teenager hatte auch ich eine Phase gehabt, in der ich einfach nur »aus Jux« Schwarzbären ärgerte. Meine Brüder und ich machten uns einen Spaß daraus, den Jagdhund meines Vaters auf friedliche Schwarzbären zu hetzen, die in die Nähe unseres Hauses gekommen waren, um Saskatunbeeren zu fressen. Wir haben sie nicht getötet oder verletzt, aber ich schaudere noch heute, wenn ich daran denke, wie wir die armen Bären erschreckt haben müssen, wenn der Hund sie auf die Bäume jagte, nur damit wir unseren Spaß hatten. Damals dachten wir nicht darüber nach, wie wichtig die Nahrungssuche für sie war oder warum sie so grimmig entschlossen waren, sich Fett anzufressen, bevor sie sich in die Winterruhe begaben, und wie sehr unsere Spielchen sie daran hinderten. Zum Glück wurden diese Kindereien später von dem stärkeren Verlangen verdrängt, Tiere friedlich zu beobachten.

Doch das Verhalten dieser so genannten Naturfreunde und ihrer russischen Reisebegleiter ließ sich nicht mit kindlicher Dummheit entschuldigen. Sie waren Erwachsene, die sich alles andere als erwachsen aufführten.

Nachdem der Bär sich in der Dunkelheit verloren hatte, suchte ich mir eine Stelle, von der aus ich sehen konnte, wie mein zerbrechliches Flugzeug im Schein des Feuers glänzte. Der Korrespondent einer amerikanischen Zeitung in Moskau setzte sich neben mich. Er fragte, ob ich etwas dagegen hätte, ihm ein Interview zu geben. Ich war ziemlich verärgert über das, was ich gerade gesehen hatte, und ergriff die günstige Gelegenheit beim Schopf, es anzusprechen.

Die erste Frage des Amerikaners lautete, was mich hierher geführt hatte. Ich erklärte ihm, dass ich herausfinden wollte, ob es möglich sei, mit Grizzlys zu leben. »Aber natürlich ist mir die traurige Möglichkeit bewusst, dass wir vielleicht niemals zivilisiert genug sein werden, um uns besser zu benehmen als diese Leute heute Abend«, erklärte ich ihm.

Als Nächstes wollte er wissen, warum ich diese Untersuchungen nicht zu Hause hatte machen können. Obwohl ich seine Skepsis spürte, erklärte ich ihm, dass Maureen und ich es den Bären überlassen wollten, ob sie mit uns Freundschaft schließen wollten oder nicht. Es sei der einzige Weg, herauszufinden, ob es möglich war, sich näher zu kommen, ohne diese wechselseitige Angst zu empfinden. »Weder die Behörden in Kanada noch in den Vereinigten Staaten haben ein Interesse daran, dass ich die Bären überzeuge, keine Angst vor den Menschen zu haben. Deshalb sind wir hier.«

Der Reporter wollte darüber sprechen, was heute Abend mit dem Problembären passiert war, offensichtlich in der Absicht, eine Verbindung zu dem herzustellen, was ich über die Möglichkeit eines neuen Verhältnisses zwischen Bär und Mensch gesagt hatte. Ich bat ihn, sich in die Lage des armen Tieres zu versetzen. Zuerst bot man ihm Futter an, und dann, wenn es kam, um es sich zu holen, drehten die Leute durch. »Der Bär hat nur ein einziges Ziel: Er muss sich für den Winter Fettreserven anfressen.«

Maureen und ich, so fuhr ich fort, wollten lediglich beweisen, dass man trotz ihres natürlichen Lebenskampfes in unmittelbarer Nähe der Bären leben und arbeiten kann. Der Trick bestehe darin, sie nicht zu stören oder mit unseren Lebensmittelvorräten oder Abfällen in die Irre zu führen.

Als er fragte, warum, erklärte ich, es sei die einzige Möglichkeit für Bären und Menschen, im gleichen Gebiet zusammenzuleben, und meiner Meinung nach die einzige Chance für die Bären zu überleben. Ich erzählte ihm, dass ich achtzehn Jahre lang Farmer in einem von Grizzlys bewohnten Landstrich in Alberta gewesen sei. In all der Zeit seien die Grizzlys häufig gekommen, und ich hätte sie nie daran gehindert. Sie wiederum hätten nie eine Kuh oder auch nur ein Kalb gerissen. Bären und Rinder seien ihrer Wege gegangen und hätten sich nicht vom anderen stören lassen. Es sei nichts Besonderes an meinen Rindern, dem Land oder den Bären, deshalb sei ich fest davon überzeugt, dass mein Erfolg sich überall wiederholen ließe, wenn die Menschen es nur wollten. In Alberta gäbe es Hunderte von Quadratkilometern mit Farmen, die praktisch mitten in der Wildnis standen. Wenn die Menschen sich die Mühe machten, die Bären zu verstehen, könnte all das Land zum Lebensraum auch für Bären werden.

Der Reporter führte mich zurück ins Hier und Jetzt und kam wieder auf den Problembären zu sprechen. Er wollte wissen, was ich tun würde, um die Situation zu retten. Ich erklärte ihm, das sei nicht meine Aufgabe; ich sei mehr daran interessiert, solche Situationen zu vermeiden, statt sie zu lösen, wenn sie bereits eingetreten waren. In Nordamerika, wo man entsprechende Medikamente und das Knowhow hätte, würde man vermutlich versuchen, den Bären umzusiedeln. Wenn das nichts nutzte und er sich immer noch an den Lebensmitteln der Menschen vergriff, würde man ihn erschießen. In Russland, wo es an allem mangelte, würde man wohl gleich zur billigsten Lösung greifen, einer Kugel.

»Das Traurige ist, dass es vermeidbar gewesen wäre. Es ist gar nicht so schwer, Bären von Nahrungsmittelvorräten fern zu halten.«

Zuletzt sagte ich ihm, er solle in ein paar Jahren wiederkommen, dann würde ich ihm zeigen, was man machen könnte. »Jedenfalls gedenke ich, am Leben zu bleiben.«

Das Interview endete, als zwei russische Begleiter sich bis auf die Unterhose auszogen und genau an der Stelle ins Wasser sprangen, an der zuvor der Bär nach den Lachsresten gesucht hatte. Jemand am Ufer warf einen fußballgroßen Stein in ihre Richtung, und als der Stein ins Wasser plumpste und gleich wieder an die Oberfläche trudelte, lachten alle. Es war ein Bimsstein gewesen.

Ich war hundemüde. Bisher war nicht ganz klar, wo ich schlafen sollte, da das Lager überfüllt war. Die Gruppe der Naturfreunde würde in ihren Zelten neben der Hütte schlafen. Die Hütte war mit den japanischen Filmemachern besetzt, die wegen des Bären nicht draußen übernachten wollten. Mit Ausnahme von Michio Hoshino. Er hatte beschlossen, weder in der Hütte noch im Zeltlager zu schlafen. Er hatte ein großes Zelt dabei, das er in einiger Entfernung von den anderen aufgeschlagen hatte. Igor hatte ihn zwar gewarnt, dass es gefährlich sei, ihn aber nicht weiter bedrängt. Michio war eine Legende, berühmt für seinen individuellen Ansatz Bären gegenüber. Er machte, was er wollte.

Als Michio mitbekam, wie ich mit Igor besprach, wo ich schlafen sollte, bot er mir ein Plätzchen in seinem Zelt an. Ich dachte an den Bären und wünschte, ich wäre zu der Bergwiese zurückgeflogen, um dort zu übernachten. Jetzt war ich in eine Lage geraten, die mir nicht behagte – die Nacht in der Nähe des Problembären zu verbringen –, aber vor die Wahl gestellt, in der überfüllten Hütte oder in Michios Zelt zu schlafen, war mir Letzteres lieber. Vielleicht wogen wir alle uns in falscher Sicherheit, weil so viele von uns draußen übernachteten.

Michio und ich zogen uns gegen ein Uhr morgens zurück. Ich war so erschöpft, dass ich glaubte, sofort einschlafen zu können. Stattdessen sah ich mich plötzlich in ein Gespräch über mein Lieblingsthema vertieft: Bären, Bären und nochmals Bären. Begeistert stellte ich fest, wie viel Michio darüber wusste und wie groß sein Interesse war. Er wollte den Menschen mit seinen Fotos beibringen, wie man mit der Natur wieder eins werden konnte.

Michio erkundigte sich auch danach, was ich hier machte. Wir gingen mehr als höflich miteinander um und versuchten beide, den anderen so lange wie möglich reden zu lassen. Michio hielt sich mit seinen eigenen Anekdoten zurück, bis er seine Neugier an den Geschichten seines Gastes völlig befriedigt hatte. Der Mann hatte viele Freunde auf der Welt – von denen ich einige kannte –, und es war unschwer zu erkennen, warum.

Damals arbeitete er an einem Buch über Chukotka, der nördlichen Provinz Russlands, die zwischen Kamtschatka und der Beringsee liegt. Nach Beendigung der Dreharbeiten wollte er damit weitermachen. Es sollte sein zwölftes Buch sein und über das Leben der dortigen Ureinwohner berichten. Er erzählte mir von dem harten Leben der Rentiertreiber, die er sehr bewunderte. Auch ich hatte Interesse an Chukotka. Nachdem wir das Bärenprojekt beendet hatten, wollte ich in meiner Kolb nach Alberta zurückfliegen und hatte gehört, dass es sehr schwierig war, eine Überfluggenehmigung zu bekommen. Er versprach, mich über etwaige Probleme, die sich mit den Behörden in Chukotka ergeben könnten, auf dem Laufenden zu halten.

Wir redeten und redeten. Ich fragte ihn über seine Vergangenheit aus. Er lebte auf Fairbanks in Alaska, trotzdem schrieb er noch immer fast ausschließlich auf Japanisch. Alles hatte vor fünfundzwanzig Jahren begonnen. Er war damals achtzehn, als er im *National Geographic* ein Foto von Shishmaref, einem Dorf in Alaska, gesehen hatte. Daraufhin hatte er den Bürgermeistern mehrerer Städte in der Arktis geschrieben und gefragt, ob er für einen Monat bei einer Familie dort unterkommen könnte. Nur der Bürgermeister von Shishmaref hatte ihm geantwortet. Am Ende war er drei Monate geblieben, und das hatte seinem Leben eine völlig neue Wendung gegeben.

Eigentlich sollte er ins Familienunternehmen einsteigen, doch als seine Eltern merkten, dass er sich zu einem Leben in der Wildnis hingezogen fühlte, unterstützten sie ihn. Er studierte Fotografie und kehrte 1978 nach Alaska zurück, um dort zu leben.

Während unseres Gespräches horchte ich immer wieder auf die Geräusche der Nacht. Einmal fragte ich Michio, ob er irgendetwas aus Richtung des Ufers hörte, und er erzählte mir, wie er mit seiner Frau im Nationalpark Katmai übernachtet hatte. Er war mitten in der Nacht aufgewacht und hatte ein eigenartiges Schnaufen vor dem Zelt gehört. Ein Bär hatte sich direkt neben dem Zelt zum Schlafen hingelegt. Er wusste nicht, ob er seine Frau aufwecken sollte, damit sie das Schnarchen wenige Zentimeter von ihrem Ohr entfernt auch hören konnte. Dann hatte er beschlossen, es nicht zu tun. Mittlerweile musste er so sehr lachen, dass er die Geschichte kaum zu Ende erzählen konnte.

Doch sie brachte ihn darauf, mir zu erklären, wie sehr er die Angst, die Bären in ihm auslösten, auch genoss. In Japan und Nordamerika sei die Natur gezähmt worden, hier in Kamtschatka aber gäbe es so viel Wildnis, dass er seine instinktive Angst noch spüren könne. »Die Vorsicht zwingt uns eine sehr nützliche Bescheidenheit auf«, schloss er.

Obwohl ich ihm gern lauschte, musste ich ihn zwei Mal unterbrechen, weil ich mir einbildete, zu hören, wie ein Bär auf mein Flugzeug zuplanschte. Ich musste raus und nachsehen. Als ich von meinem zweiten Kontrollgang zurückkam, hörte ich an Michios Atem, dass er eingeschlafen war. Ich legte mich auch hin, behielt allerdings die ganze Nacht das Pfefferspray in der Hand.

Am nächsten Morgen sah der Himmel viel versprechend aus. Ich war sicher, dass ich nach Hause fliegen konnte. Die Gruppe der Friends of the Earth war dabei, ihr Lager aufzulösen, um weiter in den Norden zu ziehen. Ich war darüber nicht unglücklich. Während sich alle auf den Aufbruch vorbereiteten, entdeckte irgendwer, dass der Problembär das einzige Benzinfass des Filmteams umgeworfen hatte. Jetzt hatten sie nur noch vierzig Liter für den ganzen Dreh übrig. Ich bot ihnen einige Kanister von dem Benzin an, das mein Flugzeug nicht so gut vertragen hatte. Da sie das Benzin nur für den Generator und das Motorboot brauchten, riskierten sie höchstens, dass der Motor hin und wieder abgewürgt wurde. So verabschiedete ich mich nur kurz von Igor und Michio, denn wir gingen davon aus, dass wir uns in ein paar Stunden wieder sehen würden.

Aber in Kamtschatka läuft nicht immer alles so wie geplant. Das ruhige Morgenwetter hielt nur so lange an, wie ich bis zum Kambalnojesee brauchte. Danach kam erneut ein wütender Sturm auf.

Ich hatte befürchtet, Maureen hätte sich Sorgen gemacht, weil ich über Nacht weggeblieben war, aber alles war okay. Wir hatten vorher über solche Situationen gesprochen, und sie hatte gesagt, ich solle nie ihretwegen zurückkommen, wenn es eigentlich klüger war, irgendwo zu landen und dort zu übernachten. Ich war völlig erledigt und legte mich aufs Ohr, um den bitter nötigen Schlaf nachzuholen. So schlief ich den ganzen Nachmittag durch. Als ich aufwachte, war ich leicht beunruhigt, weil Maureen noch nicht zurück war. Als ich mich hingelegt hatte, war sie aufgebrochen und nun schon seit mehreren Stunden unterwegs. Mit dem Fernglas suchte ich die benachbarten Hänge und Täler ab und fand sie schließlich auf einem Felsvorsprung hoch über dem See, etwa eine Meile östlich von der Hütte entfernt.

Maureen malte. Ich konnte sehen, was sie dort festhielt: Die schrägen Strahlen der Nachmittagssonne fielen durch die schwarzen Wolken in das Becken, und jeder einzelne Wolkenfetzen, der von Süden her über die Berge kam, schien zu glühen. Dann entdeckte ich eine Bärenmutter mit zwei Jungen am Ufer. Sie folgte einem Pfad, der direkt zum Fuß des Hangs führte, auf dem Maureen malte.

Ich trat zu dem stärkeren Fernglas, um zu beobachten, wie Maureen reagieren würde. Als die Bären den Fuß des Hangs keine dreißig Meter unter ihr erreichten, warf Maureen ihnen nur einen kurzen Blick zu. Dann rückte sie zwei Meter zur Seite, hinter einige Erlenbüsche. Nach dieser Vorsichtsmaßnahme, die nur dazu diente, die Bären nicht zu erschrecken, malte sie seelenruhig weiter. In diesem Moment wurde mir klar, welche Fortschritte Maureen gemacht hatte.

Obwohl das eine mit dem anderen nichts zu tun hat, verstärkte Maureens neu gewonnene Fähigkeit, entspannt mit Bären umzugehen, mein Bedürfnis, endlich das viel weniger komplexe Problem mit dem Schornstein zu lösen. An diesem Tag und auch am nächsten konnte ich wegen des Sturms nicht starten, daher machte ich mich daran, einen ausgeklügelten Windschutz für den Schornstein zu bauen. Ich hoffte, er würde dafür sorgen, dass der Kamin richtig zog. Ein paar Blechfolien, mit denen wir die Hütte verkleidet hatten, waren noch übrig. Sie waren schwer und schwierig zu schneiden, aber mehr hatte ich nicht. Mit Nieten aus dem Werkzeugkasten des Flugzeugs heftete ich die Teile aneinander. Nach dreieinhalb Stunden stand der Windschutz.

An diesem Abend aßen wir erst spät. Ich grübelte noch immer über die Ereignisse am Kurilskojsee nach. Mir missfiel die Art, wie man mit dem Problembären umging.

In diesem Sommer waren Maureen und ich oft völlig unterschiedlicher Stimmung, und auch jetzt war es so. Sie war in Hochstimmung. Endlich hatte sie zu malen begonnen. Drei Aquarelle hingen zum Trocknen an der Wand. Sie sprach von der neuen Selbstsicherheit, die sie während ihrer einsamen Spaziergänge durch das Tal empfand. Als wir einschliefen, kam es mir vor, als befänden wir uns auf zwei verschiedenen Planeten, obwohl wir nebeneinander lagen.

Am nächsten Tag ließ der Wind nach. Prompt wälzte sich dichter Nebel über das Tal. Und die ganze Zeit ließ mich der Gedanke nicht los, dass ich Igor und Michio das Benzin versprochen hatte.

Am 9. August kündigte eine strahlende Morgenröte an, dass der Nebel sich allmählich verzog und die Sonne bald die Oberhand gewinnen würde. Erwartungsvoll befestigte ich zwei Benzinkanister an den Rumpfseiten der Maschine und zurrte zwei weitere auf dem Passagiersitz fest. Ich erklärte Maureen, dass ich in ein paar Stunden zurück wäre, und als durch den Dunst die sonnenüberfluteten Berggipfel erschienen, fuhr ich auf den See hinaus und stieg in die diesige Morgenluft auf.

Die meisten Piloten sind sich darüber einig, dass man in kühler stiller Luft am besten fliegt, weil die einzige Turbulenz vom Sog der eigenen Maschine erzeugt wird. Genau so ein Morgen war es, und trotz meiner Last fühlte ich mich völlig sicher, als ich mich den Bergen näherte, über die Kämme und durch die Schluchten flog.

Am Kurilskojsee steuerte ich eine alte knorrige Birke an, die am Rand eines Felsens stand. Hier glitt ich unterhalb ihrer langen Zweige den Hang hinab ins Becken des Kurilskojsees. Über seinem südlichen Ende, da wo die Hütte stand, hing noch eine dünne niedrige Nebelbank. Die Wipfel der höchsten Bäume lugten über den Dunst. Ich konnte die Hütte erkennen und war überrascht. Ich hatte vermutet, dass das Filmteam beim Frühstück sitzen würde, aber nirgendwo regte sich etwas. Ich suchte die Überdachung, unter der normalerweise gekocht wurde, aber sie war verschwunden. Langsam steuerte ich das Flugzeug abwärts und zerbrach mir dabei den Kopf. Es gab mehrere Möglichkeiten. Waren sie abgereist, weil sie kein Benzin mehr hatten? Hatte der Sturm die Plane abgerissen und weggeweht? Waren sie heute vielleicht besonders früh aufgebrochen, um den schönen Tag zu nutzen?

Da der Nebel dicht über dem Wasser hing, war die Landung eine ziemlich brenzlige Sache. Ich konnte nicht sehen, wo der Nebel endete und das Wasser begann, und musste mir langsam einen Weg durch den Dunst bahnen, bis ich das Wasser spürte und wusste, dass ich gelandet war. Nachdem ich die Maschine an einer Weide festgemacht hatte, war mir klar, dass das Team das Lager aus irgendeinem Grund aufgelöst hatte. Ich ging über den schmalen Steg zur Hütte und entdeckte einen Zettel, der mit Reißzwecken an die Tür geheftet worden war. Igor wusste, dass ich irgendwann mit dem Benzin kommen würde, und hatte mir eine Nachricht hinterlassen. Michio war tot. Der Bär hatte ihn getötet.

Plötzlich merkte ich, dass ich lange Zeit reglos dagesessen haben musste. Ich konnte mich nicht erinnern, dass ich mich hingesetzt hatte oder wie viel Zeit vergangen war. Der Morgen war so friedlich, als zollte der Tag selbst dem Menschen Tribut, dessen Leben hier geendet war. Die ganze Caldera glich einer Kirche.

Schließlich stand ich auf und drehte eine Runde. Um die Ecke der Hütte fand ich einen kleinen Steinhaufen, der die Stelle markierte, wo Michios Zelt gestanden hatte. Darauf stand eine Vase voller Wildblumen, deren Blüten noch frisch waren. In der Ferne am Ufer fischte eine Braunbärin mit ihren beiden großen Jungen an der Mündung des Khakjstjn, neben dem Turm, wo der Kameramann bei unserem Besuch vor zwei Wochen den Problembären gefilmt hatte. Im Westen streiften weitere Bären am Ufer entlang.

Vor Jahren hatte ich mir beigebracht, wie man in den Spuren der Tiere Geschichten liest, und genau das versuchte ich jetzt. Es ist schwer zu erklären, was ich in diesem Augenblick empfand. Es war wie ein unwiderstehliches Verlangen, die Angst zu beschwören, die Michio gespürt haben musste, als er merkte, was mit ihm geschah. Ich musste irgendwie meine Lähmung abschütteln. Die Spuren des Bären waren in der üppigen Sommervegetation deutlich zu erkennen. Ich folgte ihnen von der Hütte weg in ein dichtes Wäldchen von Weidenbäumen. Offensichtlich hatte der Bär hier Halt gemacht, um etwas von seinem Opfer zu fressen und anschließend den Rest unter einem Haufen von Gras und Moos zu vergraben.

Später erfuhr ich, dass die Bewohner des Lagers um halb vier Uhr nachts von Michios Schreien geweckt worden waren. Der Bär war auf sein Zelt gesprungen. Igor und Andrei eilten herbei, aber das Zelt war völlig zerfetzt, und der Bär zerrte Michio gerade den Hügel hinunter zu dem kleinen See, wo ich in der Nacht, als ich im Camp geschlafen hatte, das Flugzeug geparkt hatte. Sie hatten Töpfe und Pfannen und eine Schaufel genommen, alles, womit man Krach schlagen konnte, und waren schreiend und brüllend hinter dem Bären hergerannt. Der aber hatte Michio gepackt und verschwand mit ihm im hohen Gras und in der Dunkelheit. Igor hatte keine Waffe, er wollte auch nicht riskieren, dass andere verletzt oder getötet wurden. Nach dem, was er im Schein seiner Taschenlampe gesehen hatte, war Michio bereits tot. Er musste die Hoffnung begraben, seinen Freund retten zu können.

Diese ganze Geschichte war aus den Spuren der Bärenpranken und dem Blut zu lesen. Ich gab mich meinem Abscheu hin in dem Bewusstsein, dass ich das, was ich gerade sah, und die Gefühle, die ich dabei empfand, niemals vergessen würde. Vielleicht klingt es seltsam oder berechnend, aber ich wollte, dass diese Erfahrung an den Grundpfeilern meiner Überzeugungen rüttelte, damit ich alles, was ich über Bären zu wissen glaubte, nochmals auf den Prüfstand stellte. Ich kam mir einsam und verlassen vor und fragte mich, was Michio gesagt hätte, wenn er mit mir hätte sprechen können. Hätte er mir erklärt, dass er einen tödlichen Fehler begangen hatte, dass es von Anfang an falsch gewesen war, Bären zu trauen?

Ich hatte mir viele Gedanken darüber gemacht, wie ich vielleicht einmal sterben würde. Ehrlich gesagt, übte dieses »Zurück-zur-Natur« eine starke Anziehungskraft auf mich aus. Einem Raubtier zum Opfer zu fallen war gewiss eine unumkehrbare Möglichkeit, es zu erreichen. Ich tröstete mich mit dem Gedanken, dass Michio nach dem ersten Schock sein Ende vielleicht akzeptiert hatte. Seine Verbundenheit mit der Natur war mir ungeheuer tief erschienen. Vielleicht hatte er seinen Tod angenommen.

Auch die Spuren, die von der Erhebung wegführten, waren gut erkennbar. Ich folgte ihnen bis zu der Stelle, wo der Bär erlegt und sein Kadaver mit dem Hubschrauber fortgeschafft worden war. Später erfuhr ich, dass Igor und Andrei mit dem Boot über den See zur Lachsstation gefahren waren und mit Bill Leacocks Handy in Petropawlowsk angerufen hatten, um einen autorisierten Jäger anzufordern, der mit dem Hubschrauber kommen und den Bären töten sollte. Sie hatten sich ein Gewehr ausgeliehen, waren ins Zeltlager zurückgekehrt und hatten die Bärenspuren bis zum Weidenwäldchen verfolgt. Anschließend hatten sie in der Hütte auf den Hubschrauber gewartet.

Dieser war um die Mittagszeit mit dem Offizier einer Spezialtruppe und einem Jäger eingetroffen. Igor war in den Hubschrauber gestiegen und mit ihnen zu dem dichten Gebüsch am Ufer des kleinen Sees geflogen. Sie hatten das Tier ausfindig gemacht und den Hubschrauber so lange dicht über dem Gebüsch gehalten, bis es ins offene Gelände gelaufen war. Dann hatten sie es aus der Luft getötet.

Ich machte eine Zwischenlandung in der Forschungsstation, um Näheres über Michios Tod zu erfahren. Anschließend flog ich nach Hause. Es war schwer, Maureen so schlimme Nachrichten überbringen zu müssen und sich vorzustellen, welchen Einfluss diese auf sie haben würden. Sie hatte Michio zwar nicht kennen gelernt, aber begeistert zugehört, als ich ihr von unserer Unterhaltung erzählte. Jetzt war dieser lebendige, kreative und zuversichtliche Mensch nicht mehr da, weil ein Bär ihn getötet hatte.

An diesem Tag hatten wir eigentlich an die Küste fliegen wollen, aber jetzt ließen wir es sein. Stattdessen verbrachten wir fast die ganze Zeit auf der Veranda, dachten nach, tranken Wodka und stritten darüber, was wir hier verloren hatten und ob wir weitermachen sollten. Unsere Vorstellung von dem, was wir erreichen wollten, und auch unsere Auffassung von den Bären waren erschüttert worden. Es kam mir vor, als hätte man uns geknackt wie eine Nuss, uns aus uns selbst herausgerissen und in die Köpfe unserer ärgsten Gegner versetzt, die uns für gefährliche Wahnsinnige oder übergeschnappte Spaßvögel hielten.

Der oberste Grundsatz all unserer Forschungen hatte gelautet, dass Bären nicht gefährlich für Menschen sind, es sei denn, sie haben einen Grund. Dass sie harmlos bleiben, wenn man gewisse fundamentale Verhaltensregeln beachtet. Jetzt forderte Maureen mich auf, auch das Gegenteil in Erwägung zu ziehen, nämlich dass es in der Natur der Bären liegt, Menschen anzugreifen. Egal, wie Recht sie angesichts von Michios Tod auch haben mochte, es war schwer, die eigenen Überzeugungen und die Frucht meiner lebenslangen Erfahrung mit Bären in Frage gestellt zu sehen. Je zutreffender ihre Argumente waren, desto wütender wurde ich.

An diesem schmerzlichen und bitteren Tag war keine Lösung in Sicht. Alles, was ich tun konnte, war, auf den See zu starren, auf die kleinen Hügel mit den wie ausgestanzt wirkenden Pinien und Erlen, auf die sanften, majestätisch aufragenden Vulkane ringsum und natürlich auch auf die Bären. Das alles in der Hoffnung, dass auf irgendeine stumme Art diese wunderbare Gegend das Geschehene wieder gutmachen würde. Das und der raue Beistand des Alkohols brachten mich durch den Tag.

MAUREEN: *Als Charlie sich aufmachte, um Igor und dem japanischen Filmteam das versprochene Benzin zu bringen, blieb ich zu Hause und ging meinen täglichen Arbeitsritualen nach. Ich stieg zum See hinunter und suchte nach Bärenspuren am sandigen Ufer. Das machte ich ein- bis zweimal am Tag. Dann hielt ich Ausschau nach einem »Bärenlager mit Aussicht«. Ich hatte angefangen, nach Lagerstätten der Tiere zu suchen und den Blick zu malen, den man von dort hatte. Das Bärenlager, das ich an diesem Tag fand, ging in Rich-*

tung Kurilskojsee. Als ich mit dem Bild fast fertig war, folgte ich einem Impuls, den ich bis heute nicht verstehe, und malte den Himmel über den Bergen blutrot. Als Charlie von seinem Ausflug zurückkehrte, ging ich ihm entgegen und hielt das blutrote Bild in der Hand.

Charlie erzählte mir, dass Michio Hoshino von einem Bären getötet worden war. Meine erste Reaktion war die Erkenntnis, dass ich nicht sonderlich überrascht war. Dann folgte eine ganze Reihe von Gefühlen: blankes Entsetzen, als ich mir vorstellte, was Charlie da erzählte; Wut, dass niemand es verhindert hatte; Schuldbewusstsein, weil auch ich nichts unternommen hatte. Ich kam mir vor wie ein Feigling, obwohl ich keiner bin. Aber so elend ich mich auch fühlte, ich wusste sofort, dass es für Charlie, der Michio gekannt und gemocht hatte, noch viel schlimmer sein musste.

Es war unvermeidlich und meines Erachtens auch vernünftig zu fragen, was wir eigentlich am Kambalnojesee machten und ob es nicht besser wäre, wenn wir unsere Siebensachen packten und abreisten. Vielleicht war es gar keine Frage von schlechten Fütterungsgewohnheiten. Vielleicht griffen Bären Menschen aus ganz anderen Gründen an, die wir niemals verstehen würden. Wenn es so war, hatten wir hier überhaupt nichts zu suchen.

Seit unserer Ankunft war ich Charlie wie ein Kind gefolgt. Was Bären anging, so war Charlie für mich ein unfehlbarer Gott. Es muss irritierend gewesen sein, wie ich über Stock und Stein hinter ihm herzottelte, in seine Fußstapfen trat, nur sprach, wenn er sprach, seine Worte benutzte und seine Stimme nachmachte. Wenn er eine Blume pflückte, überlegte ich mir, ob ich auch eine pflücken sollte. Jetzt aber vollzog ich eine unerbittliche Kehrtwendung und äußerte Dinge, die er kaum ertragen konnte, nämlich, dass er möglicherweise falsch lag und seine Lebensaufgabe in eine Sackgasse führte. Er ist zwar ein vernünftiger Mensch, aber er war sehr aufgebracht, dabei wusste ich genau, dass ihm ähnliche Gedanken durch den Kopf gingen. Schließlich waren wir nicht hergekommen, um Märtyrer zu spielen. Es entsprach nicht unserer Auffassung von Heldentum.

Ich kann das Bild, das an dem Tag entstand, noch immer nicht betrachten. Der blutrote Himmel verfolgt mich bis heute.

Am nächsten Morgen standen wir in aller Frühe auf. Ich folgte Maureen zu der Stelle, wo sie malen wollte. Sie führte mich am Bach entlang zu einem Platz, wo man die moosbewachsenen, mit Wildblumen übersäten Hänge sah. Der Bach schlängelte sich durch Felsbrocken zum See hinunter. Maureen kletterte bis zu einer Stelle, an der die Bären ein Lager errichtet hatten. Von hier aus hatte man einen Blick auf den Bach und das Tal. Sie begann zu malen, und ich hoffte, dass sie mit jedem Pinselstrich mehr von ihren traurigen Gefühlen loswerden konnte. Es war eine Therapie, um die ich sie beneidete.

Mir dagegen blieb nichts anderes übrig, als mich an die Erfahrungen mit Bären zu erinnern, die mich letztendlich nach Kamtschatka geführt hatten. Es waren die schönsten Erinnerungen meines Lebens; aus ihnen waren die Ideen und der Glaube erwachsen, an die ich mich nun verzweifelt klammerte. Ich blickte auf die Landschaft oder vielleicht durch sie hindurch, dahin, wo die Bärin von Mouse Creek wartete. Bis ins letzte wundervolle Detail rief ich mir unsere Begegnung ins Gedächtnis zurück, als sie es wagte, sich neben mich zu setzen, und ich es riskierte, ihr die Hand ins Maul zu stecken.

Ich dachte an Spirit Bear in seiner leuchtend grünen Jadewelt auf Princess Royal Island, der beschlossen hatte, sein einsames Leben mit unserer Freundschaft zu bereichern, und unsere Dreharbeiten durcheinander gebracht hatte, indem er unter das Stativ krabbelte oder seinen Nasenabdruck auf der Linse hinterließ.

Mit diesen Erinnerungen versuchte ich, meinen Schmerz zu lindern. Es waren keine Hirngespinste. Es waren keine unbedeutenden Kleinigkeiten, zu einer Theorie verdichtet, die nun unter ihrer eigenen Last zusammenbrach.

Im gleichen Augenblick tauchte drüben in der grünen Schlucht ein großer männlicher Bär auf, der seine Nase über den Rand des Tals streckte, als hätten wir ihn mit unseren Gedanken herbeigerufen. Er ließ sich mitten in einem Meer von Trollblumen nieder. Maureen hatte ihre Staffelei bereits eingepackt und wollte gehen, aber nun blieben wir noch eine Weile und beobachteten den Bären. Er schien kein bisschen Angst zu haben. Es war wie Balsam auf unsere Wunden.

Wir kehrten in unsere Hütte zurück, wo ich Maureen überredete, mit mir über die Bergkette an die Ostküste zu fliegen. Sie hatte noch nie gesehen, wie die vielen Bären dort in der Brandung nach Lachsen jagten. Ich war sicher, dass wir heute mit diesem Anblick rechnen konnten. Bereits aus der Luft machte ich die Bären an der Mündung der Gawrilowa aus. Dieser Fluss bildet einen lang gezogenen Teich, bevor er sich über die Sanddünen in den Ozean ergießt. Eine perfekte Stelle zum Landen. Ich konnte hinter den Dünen im Tiefflug anfliegen, außer Sichtweite des Meeres, dessen dröhnende Brandung das Geräusch meines Motors übertönte.

Nachdem wir gelandet waren, spähten wir vorsichtig durch die Sanddünen und entdeckten drei Bären, die in der Mündung fischten. Die blaugrünen Wellen rollten über sie hinweg, bevor sie sich am Sandstrand brachen. Ein junges Weibchen tauchte aus den Büschen auf und kam über die Dünen auf uns zu. Offenbar war sie neugierig auf die Kolb, den großen Vogel, der soeben über sie hinweggeflogen war. Wir blieben in der Nähe des Flugzeugs, aber an einer Stelle, wo sie uns nicht sehen konnte. Sechs Meter von der dem Fluss zugewandten Tragfläche entfernt hielt sie inne, sah sich das Flugzeug ausgiebig an und lief dann quer über den Strand zu den anderen Bären.

Hinter einem großen Treibholzstamm versteckt hatten wir einen ausgezeichneten Blick auf die Bären, die am Strand darauf warteten, dass die Brandung die Lachse anschwemmte. Wenn die Wellen ein paar zappelnde Fische an den Strand spülten, trotteten sie gemächlich hinüber und fraßen sie. Die Fische waren Opfer eines schlechten Timings. Hätte im Fluss, aus dem sie stammten, bei ihrer Ankunft Flut statt Ebbe geherrscht, wäre das Süßwasserbecken also tiefer gewesen, hätten sie es wahrscheinlich bis zu ihren Laichgründen geschafft. Manchmal schwamm ein Bär offensichtlich nur aus Spaß in die Brandung hinaus, um in den Wellen zu spielen. Hin und wieder erkannte man in den schäumenden Wogen Seehunde, die ebenfalls nach Lachsen jagten.

Am Ende dieses Tages hatten wir beide Fortschritte gemacht. Unser Glauben und unsere Zuversicht waren zwar nicht völlig wiederhergestellt, aber zumindest war es ein Anfang gewesen.

Über Michios Tod gilt es noch etwas nachzutragen: Kurz nachdem das Filmteam eingetroffen war, war ich auf den Turm geklettert, von wo aus der Fernsehreporter aus Petropawlowsk den Problembären filmte. Der Bär machte sich gerade über die Essensreste des Mannes her. Wir hatten uns damals gefragt, ob der Reporter sie absichtlich dort vergessen hatte. Vielleicht hatte er den Bären auch anlocken wollen, damit er ihn filmen konnte.

Nachdem ich erneut da gewesen war und von Michios Tod erfahren hatte, war ich zur Forschungsstation weitergeflogen, wo mir Katja den Teil der Geschichte erzählte, den ich nicht kannte. Es war eine haarsträubende Tatsache: Aber nachdem der Bär die Essensreste des TV-Reporters verzehrt hatte, hatte er deren Witterung bis zum Hubschrauber zurückverfolgt und auf der Suche nach weiterem Futter das Fenster zerschlagen. Der Kameramann hatte alles aufgenommen, und nach Michios Tod hatte die Fernsehanstalt ausgerechnet diese Aufnahmen gesendet.

Michios Tod machte mich sehr traurig, aber ich gelobte, etwas daraus zu lernen. So sehr ich Bären liebte und an ihr friedliches Naturell glaubte, niemals würde ich mich so einlullen lassen, dass ich die möglichen Gefahren vergaß. Trotz aller selbstkritischen Fragen war ich nach wie vor davon überzeugt, dass Bären von Natur aus Menschen nicht ohne Grund angreifen. Einen Grund gibt es immer. Aber für Michios Tod hätten so viele Gründe verantwortlich sein können, dass es zwecklos schien, sie aufzuzählen.

Mehr denn je glaubte ich, dass es höchste Zeit war, mit diesen Tieren Frieden zu schließen. Einer musste es tun, sonst würden sehr bald *sämtliche* Beziehungen zwischen Menschen und Bären nicht mehr als eine schwache Erinnerung sein.

Am Ende fühlte ich mich in meiner ursprünglichen Haltung bestärkt. Die kommenden Jahre meines Lebens würde ich dazu verwenden, die Frage zu lösen, ob Menschen vor Bären Angst haben müssen. Bis dahin wollte ich das, was ich tat, nicht mehr rechtfertigen müssen. Ich würde mir nicht mehr den Kopf darüber zerbrechen und mich ständig fragen, was all das zu bedeuten hatte. Dazu wäre in den langen Winternächten in Alberta noch Zeit genug, wenn ich davon träumte, wieder nach Russland zurückzukehren. Jetzt aber, solange ich noch in Kamtschatka war, musste ich das fortsetzen, was ich mir vorgenommen hatte.

8

Ein höllischer Monat

Der August 1996 erwies sich in jeder Hinsicht als höllischer Monat. Erst mussten wir mit Michios Tod fertig werden und dann eine schmerzliche Neubesinnung durchmachen, bevor wir uns entschließen konnten, unsere Arbeit fortzuführen. Schwer war es auch, sich trotz der zermürbenden Gewissensprüfung eingestehen zu müssen, dass unser Projekt irgendwie auf der Stelle trat. Offensichtlich störten wir die Bären, denen wir begegneten, nach wie vor, und das entmutigte mich von Mal zu Mal mehr.

Ich fand, dass Maureen besser damit zurechtkam als ich. Wahrscheinlich weil ich kein Künstler bin und dazu neige, den Prozess selbst mit dem Ergebnis zu verwechseln. Ich sah ihr beim Arbeiten zu, und mir gefiel, was dabei herauskam. Deshalb war ich immer erstaunt, wenn sie unzufrieden mit ihrer Arbeit war.

Weniger als eine Woche nach Michios Tod beobachteten wir, wie sich ein paar unscheinbare Wolkenfetzen zu einer dichten schwarzen Wolkenwand auftürmten. Darunter wurde es dunkel und unheimlich still. Wir hatten dies als Vorboten eines Unwetters zu deuten gelernt, aber der Orkan, der uns an diesem Tag überraschte, übertraf all unsere bisherigen Vorstellungen von einem Sturm. Angepeitscht von einem unbeschreiblichen Wind drang der Regen durch die Ritzen in der Teerpappe und durch die Löcher, die wir für die Nägel ins Holz geschlagen hatten. Erneut spannten wir das Vordach des Zeltes über das Bett, um uns vor dem sintflutartigen Regen zu schützen. Die ganze Nacht verbrachte ich damit, die Verankerungen meines Flugzeuges zu überprüfen und den Rahmen des Vorratszeltes zu verstärken, um die Zeltleinwand vom Druck zu entlasten. Es hätte mich nicht gewundert, wenn der Wind die ganze Hütte aus der Verankerung gerissen und in den See geweht hätte.

Es war ordentlich kalt, und wir betrachteten unseren Ofen mit gemischten Gefühlen. Die Verlängerung des Schornsteins, die das Problem des qualmenden Ofens hatte lösen sollen, war ein Reinfall gewesen, und ich hatte sie wieder entfernt. Mein zweiter Entwurf, einen Aufsatz über den Schornstein zu bauen, hatte besser funktioniert, war aber noch nicht bei einem derart starken Wind getestet worden. Während eines windstillen Augenblicks zündete ich das Holz im Ofen an. Es fing sofort Feuer und begann zu prasseln. Ich freute mich schon auf die zu erwartende Wärme, als eine starke Windböe die Hütte erschütterte und den Rauch durch den Schornstein erneut in den Raum hinabdrückte.

Wir keuchten, husteten und rieben uns die Augen. Ich kippte mit einem Schöpflöffel Wasser auf das Feuer. Dann redete ich irgendetwas von einer neuen Idee, die vielleicht funktionieren könnte, aber Maureen hatte keine Lust mehr auf weitere Erfindungen. Sie fand, dass ich meine Chance gehabt und vertan hatte. Jetzt blieb uns nur noch eine Wahl: uns warm anzuziehen und das Ganze auszusitzen.

Mein Stolz war gekränkt. Ich hielt zwar den Mund, hörte aber nicht auf, mir Gedanken über die neue Idee zu machen. Sollte ich etwa vor einem Schornstein kapitulieren? Gleichzeitig musste ich zugeben, dass das gesamte Bärenprojekt mit all seinen Herausforderungen und Schwierigkeiten nun möglicherweise allein von der Länge eines Schornsteins abhing. Das hiesige Klima war einfach zu rau, um es ohne die Wärme eines Ofens auszuhalten.

An diesem Punkt schien das ganze Projekt vor die Hunde zu gehen, inklusive unserer Beziehung. Schließlich kannten wir uns erst seit zweieinhalb Jahren und waren mit der Vorstellung gekommen, schöne Sommertage inmitten von unschuldigen Bären und Wildblumen zu verbringen. Stattdessen war das Wetter schlechter, als ich je erlebt hatte, und die Bären waren genauso furchtsam und misstrauisch wie die, die ich 1961 mit meinem Vater und Bruder in ganz Kanada und Alaska gejagt hatte. Den überwiegenden Teil des Sommers hockten wir nun zusammen in einem kleinen Raum, der meistens entweder kalt oder verraucht war. Mit Fug und Recht lässt sich behaupten, dass unsere Beziehung in dieser Zeit einer harten Prüfung unterzogen wurde.

Während der zweiten Sturmnacht weckte mich Maureen, weil sie glaubte, ich müsse nach meinem Flugzeug sehen. Als wir eingeschlafen waren, hatte der Wind gerade vorübergehend nachgelassen, doch nun hatte sein Tosen sie wieder wachgerüttelt. Sie hatte bemerkt, dass der Wind die Richtung geändert hatte, und geistesgegenwärtig gefolgert, dass die Verankerung und der Schutz des Flugzeugs entsprechend verändert werden mussten. Ich zog Hose, Overall, Regenmantel und Hut an, nahm die Taschenlampe und verließ die Hütte, um mich den Elementen zu stellen.

Der schlammige Pfad, der zum See hinunterführte, war glatt wie eine Rutschbahn. Vorsichtig tappte ich im Schneckentempo vorwärts, während der Wind mir ins Gesicht peitschte. Bislang hatte das Flugzeug dem Sturm getrotzt, trotzdem machte ich die Spitzen der beiden Tragflächen mit zusätzlichen Eisschrauben am Boden fest. Plötzlich fegte eine heftige Windböe vom Bach über mich hinweg, traf das Flugzeug von hinten am Heck und prallte mit voller Wucht gegen die Steuerfläche. Ich musste also auch die Querruder, Landeklappen, Höhen- und Seitenruder absichern, bis alle beweglichen Teile so straff und fest wie möglich befestigt waren.

Als ich wieder in die Hütte kam, war Maureen mit dem Daunenkissen auf dem Kopf wieder eingeschlafen, um das laute Tosen des Sturms zu dämpfen. Ich trocknete mir mit einem Handtuch das Gesicht ab und schlüpfte ins Bett. Lange Zeit lag ich wach, lauschte dem mächtigen Wind und dachte an die Itelmenen. Ich stellte mir vor, wie sie in ihren Erdhäusern ähnliche Stürme erlebt hatten. Bestimmt hatten sie das Problem des Rauchabzugs besser gemeistert als ich mit meinem Ofen, dem Schornstein, dem Windschutz und dem Aufsatz. An dem Tag, als ich von Michios Tod erfuhr, war ich zu den Erdhäusern der Itelmenen hinter Igors Blockhütte am Kurilskojsee gegangen. Ich hatte davor gestanden und mich gefragt, ob es solche Tage der Trauer auch bei ihnen gegeben hatte oder ob sie einen besseren Weg gefunden hatten, um mit den Bären zusammenzuleben.

Während ich wach lag und der Sturm um mich herum tobte, wurde mir bewusst, dass die Itelmenen meine eigentlichen Vorgänger hier gewesen waren und vielleicht die Einzigen, die wussten, was ich herauszufinden hoffte. Vielleicht hatten sie das wahre Wesen der Bären verstanden. Vielleicht war ihre Ehrfurcht vor diesen Tieren aus ihrer Unfähigkeit erwachsen, sie zu besiegen. Jedenfalls musste ich diese Spur verfolgen, um mehr herauszufinden. Ich hatte Igor bereits gebeten, in Petropawlowsk schriftliche Zeugnisse über die Itelmenen zu suchen. Ich hoffte, dass er mir etwas mitbringen würde, wenn er uns im September besuchte.

Am nächsten Tag wütete der Sturm mit gleicher Macht. Bei dem Wind wagte ich nicht, auf das Dach zu klettern, also konnte ich keinen weiteren Versuch unternehmen, das Problem mit dem Schornstein zu lösen. Ich zeichnete einen neuen Entwurf und suchte mir das Material zusammen, das ich brauchen würde, sprach jedoch nicht darüber.

Als der Sturm endlich nachließ, nahm Maureen ihre Angel und ging zum See hinunter. Ich kletterte aufs Dach und befestigte eine dreiseitige Kiste um den Schornstein einschließlich Aufsatz. Diese Vorrichtung wurde von zwei Pfosten aufrecht gehalten und mit einem Halteseil am Dachfirst befestigt. Es war ein letzter verzweifelter Versuch, nicht perfekt, aber halbwegs brauchbar. Einmal wurde sie vom Wind abgerissen, und wir mussten sie neu bauen, aber von nun an konnten wir uns auf sie verlassen.

Während des Sturmes überlegten Maureen und ich, ob wir das Projekt wirklich noch um ein weiteres Jahr verlängern sollten. Zu diesem Zeitpunkt stand alles auf der Kippe. Sowohl das Wetter als auch die furchtsamen Bären hatten uns mittlerweile ziemlich entmutigt.

Am 19. August wurde ich fünfundfünfzig. Um das einigermaßen schöne Wetter zu nutzen, machten wir eine lange Wanderung, bei der wir fünfundzwanzig Bären zählten. Zu dieser Zeit unternahmen wir häufig lange Wanderungen. Obwohl die meisten Begegnungen mit Bären damit endeten, dass sie die Flucht ergriffen, reagierte hin und wieder einer etwas anders, und das machte uns ein wenig Hoffnung. Der Tag, an dem der blonde Bär sich hingesetzt und mich bei der Landung beobachtet hatte, war immer noch ein besonderes Ereignis. Er hatte seelenruhig zugesehen, wie ich nicht weit von ihm entfernt die Maschine auf die Rampe lenkte. Und als ich ausstieg, war er nicht weggelaufen, sondern hatte gelassen sein Riedgras weitergefressen.

Ein anderes Mal saßen wir am frühen Morgen noch mit einer Tasse Kaffee im Bett und warteten darauf, dass das Feuer die Hütte erwärmte, als wir draußen einen lauten klagenden Schrei hörten. Wir traten auf die Veranda und sahen eine Bärenmutter, die mit ihrem Jungen durch den See schwamm. Das Kleine schwamm zwölf Meter hinter ihr und schrie herzerweichend. Wir brauchten eine Weile, um zu sehen, dass der Grund dafür nicht etwa nur das kalte Wasser war. Mit den Ferngläsern erkannten wir ein weiteres Junges, das trocken und stolz auf dem Rücken seiner Mutter thronte. So schwamm die Bärenfamilie bis zum Ufer, wobei das trockene Bärchen seinen Vorteil sichtlich genoss, während das nasse laut protestierte. Gerechterweise hielt sich auch das trockene Junge nicht lange auf dem Rücken der Mutter; als diese in die dichten Erlenbüsche eindrang, wurde es von einem Ast kurzerhand zu Boden gefegt.

Nachdem ich einige kleine Schrammen am Propeller repariert, Öl gewechselt und die Fluginstrumente getestet hatte, flog ich flussabwärts, um Brennholz zu suchen. Am Fluss fischten mehr Bären als je zuvor, und noch mehr hatten sich auf der Tundra an der Küste versammelt, wo mittlerweile die Beeren reiften. Einmal zählte ich zwischen achtzig und hundert Bären auf einem einzigen Flug.

Leider kehrte das schlechte Wetter zurück und hinderte mich bis Ende August am Fliegen. Maureen und ich gaben aber trotz Regen und Nebel unsere Wanderungen nicht auf. Genauso wie sich die Bären angesichts der vorrückenden Jahreszeit fleißig Fettreserven für den Winter anfraßen, versuchten Maureen und ich verzweifelt, mit unserer Arbeit voranzukommen. Viele Menschen hatten viel Geld in uns investiert. Maureen hatte ein Stipendium für ihre künstlerische Arbeit erhalten, und ich war fest entschlossen, Russland nicht zu verlassen, ohne die Antworten zu finden, um deretwillen ich gekommen war. Wir mussten Ergebnisse vorzeigen, und bislang war keiner von uns mit dem Erreichten zufrieden.

Den ganzen Sommer lang bewegten sich endlose Karawanen von Bären an unserer Hütte vorbei. Eine Woche zogen die Tiere von Ost nach West über die Wasserscheide, und eine Woche später von West nach Ost, als hätten alle gemeinsam eine Versammlung besucht und kehrten nun wieder heim. Der Kambalnojesee war in der Tat ein beliebter Treffpunkt für Bären, und es war äußerst interessant, sie zu beobachten. Aber wenn sie nie lange genug in unserer Nähe blieben, um sich an uns zu gewöhnen, konnte ich schließlich nicht ruhigen Gewissens behaupten, dass wir unseren Zielen näher gekommen waren. Bestenfalls konnte ich vorbringen, dass sie und ich zwar keine Busenfreunde geworden waren, sie aber auch nicht das Tal verlassen hatten, um mir aus dem Weg zu gehen. Ich musste den Prozess irgendwie beschleunigen.

Um diese Zeit machte mir ein Zwischenfall klar, dass das Problem mit der Angst viel komplexer war, als ich angenommen hatte. Um die Bären nicht zu stören, benutzten Maureen und ich die Pfade abseits des Flussufers. Es gab aber eine problematische Stelle, die nicht ohne weiteres umgangen werden konnte. An einem kurzen Flussstreifen wuchsen die dichten Erlenbüsche bis ans Wasser, so dass wir drum herum waten mussten, wenn wir weiterkommen wollten. An dieser Stelle machte der Fluss eine Biegung, so dass wir nicht sehen konnten, was vor uns lag. Normalerweise stießen wir hier einen Warnschrei aus, aber an diesem Tag hatte ich nicht daran gedacht, und prompt stand ich vor einer Bärenmutter mit drei Jungen.

Sobald sie mich witterten, sprangen sie in den Fluss, um zu flüchten. Ich redete ruhig auf sie ein, aber ich bezweifle, dass sie mich überhaupt hörten, so viel Lärm machen vier große Bären, wenn sie laut planschend durch seichtes Wasser rennen. Ohne sich noch einmal umzudrehen, flüchteten sie den Hang hinauf und verschwanden über dem Kamm. Ich ging mit demselben mulmigen Gefühl weiter, das ich jedes Mal hatte, wenn ich mir vorstellte, dass die Bären ohne mich hier erheblich glücklicher wären.

Ich war überzeugt, dass eine solche Angst das Ergebnis eines Lernprozesses war. Es deutete auf eine blutige Vorgeschichte hin. Wenn man dazu die Heftigkeit der Reaktion meiner Bärin bedachte, konnte dieser Vorfall nicht sehr lange zurückliegen. Vitali Nikolaenko, der alte Bärenexperte aus dem Kronotskij-Reservat, hatte mir erzählt, dass Bären ihre Ängste über mehrere Generationen an den Nachwuchs weitergeben können, damit sie solche Gefahrensituationen nicht unbedingt am eigenen Leib erfahren müssen. Für ein Projekt wie unseres war diese Theorie nicht gerade ermutigend.

Als ich später auf dem Rückweg aus der anderen Richtung an diese unübersichtliche Stelle kam und Gegenwind hatte, stieß ich auf eine weitere Bärenmutter mit zwei kleinen Jungen. Der einzige Unterschied zu der ersten Begegnung bestand, abgesehen von der Richtung, darin, dass die Bären und ich uns auf verschiedenen Seiten des Flusses befanden und uns wegen der dichten Erlenbüsche kaum sehen konnten.

Bevor ich mich ducken und in einem Graben verstecken konnte, stellte sich die Bärin auf die Hinterbeine, um zu sehen, was ich war. Sie erblickte genug, um zu erkennen, dass ich kein Bär war. Es sah so aus, als wollte sie davonlaufen. Ich aber hatte wirklich keine Lust, schon wieder eine Bärenfamilie in die Flucht zu schlagen, also fing ich an, ihr genau das zu sagen, laut genug, damit sie und die Jungen es mitbekamen. Eigentlich war es mehr ein Betteln. Ich legte meine ganze Inbrunst hinein und ging sogar auf die Knie, um meinem Appell noch mehr Gewicht zu verleihen. So etwas hätte ich bei Menschen nie getan.

Dieses Schauspiel, das nach menschlichem Ermessen reif für die Klapsmühle gewesen wäre, schien zu wirken. Die Bärin lief nicht nur nicht weg, sondern kam langsam auf mich zu. Ihr Weg führte um eine dichte Erlenwand herum, aber ich konnte ihn an der gelegentlichen Bewegung eines Zweigs verfolgen, bis schließlich alle drei wieder auftauchten.

Ich stand auf einer moosigen Terrasse etwa fünf Meter über dem Fluss. Als die Bären ins Freie traten, waren sie etwa dreißig Meter von mir entfernt. Die Jungen standen rechts und links von ihrer Mutter und hielten mit einer Tatze auf ihrer Flanke das Gleichgewicht. Ich redete weiter auf sie ein und sah die Mutter nur gelegentlich an. Etwas Seltsames und Machtvolles war hier im Gange. Ich spürte, dass die Gefühle, die in meiner Stimme mitschwangen, eine Sprache waren, die sie verstanden.

Die Bärin betrachtete mich aufmerksam. Ich drehte mich langsam um, trat ein paar Schritte zurück und setzte mich hin, ohne zu verstummen. Die Jungen wurden ein wenig mutiger, reckten den Hals und kamen ein paar Schritte näher. Die Entfernung war auf zwanzig Meter geschrumpft, und nur noch der Fluss lag zwischen uns. Die Bärin setzte sich, und die beiden Jungen begannen herumzutollen und miteinander zu spielen. Alle waren völlig ruhig.

Plötzlich wurde mir bewusst, dass das Bild, das die Bärin von mir hatte, nicht vollständig war. Während der ganzen Szene standen wir in einem Winkel zueinander, der verhinderte, dass sie meine Witterung aufnehmen konnte. Ich stand auf und verschwand im Gebüsch in der Hoffnung, die Bärin würde an die Stelle kommen, wo ich zuvor gesessen hatte, und schnuppern. Von einem Versteck aus beobachtete ich, wie sie in den Fluss sprang und an meinem Ufer wieder herauskam. Zielbewusst und ohne ein Zeichen von Angst ging sie auf die Stelle zu, wo ich gesessen hatte, bis sie nur noch einen halben Meter davon entfernt war. Als sie meine Witterung aufnahm, blieb sie plötzlich stehen. Ein Zucken lief durch ihren Körper. Dann sprang sie mit einem Satz wieder ins Wasser, so dass es hoch aufspritzte, und raste an ihren Jungen vorbei, die den plötzlichen Stimmungswechsel ihrer Mutter sekundenlang überhaupt nicht begriffen. Dann rannten auch sie davon. Ohne innezuhalten, kletterten sie den Hang hinauf und verschwanden über dem Kamm.

Eine ähnlich heftige Reaktion wie die auf meinen Geruch hatte ich bisher nur einmal erlebt, als eine Bärin den Elektrozaun berührt hatte, der unsere Hütte umgab. Sie war allerdings nur ein paar Schritte zurückgewichen und dann stehen geblieben, als dächte sie darüber nach, was ihr da gerade passiert war.

Ich habe unzählige Male über diesen Zwischenfall nachgedacht und kann ihn bis heute kaum verstehen. Die Bärin war so nah gewesen, dass sie hätte sehen können, ob ich gut rasiert war, und hatte keine Angst gehabt. Auch vor meiner Stimme hatte sie sich nicht gefürchtet, vielleicht hatte sie ihr sogar gefallen. Mein Geruch aber hatte sie zu Tode erschreckt. Um das zu erklären, konnte man auf Nikolaenkos Theorie zurückgreifen und sich sagen, dass die Mutter dieser Bärin ihr extreme Angst vor dem Geruch von Menschen beigebracht hatte. Sollte das zutreffen, hätte sie nie gewusst, wem oder was sie diesen Geruch zuordnen sollte. Es war aber auch möglich, dass die Bärin im Frühling während ihrer Wanderung an einem Bären vorbeigekommen war, der von Wilderern erlegt worden war und dessen Kadaverreste nach Menschen rochen.

Ich widersetzte mich der Versuchung, voreilige Schlüsse zu ziehen. Ich wusste viel zu wenig über diese Bärin, um sie verstehen zu können. Deshalb wollte ich diese Erfahrung lieber für mich behalten.

MAUREEN: *Ich war mir noch nie so nutzlos vorgekommen wie in diesem August. Ich hatte das Gefühl, meine Zeit zu verschwenden. Die Bären fürchteten sich vor uns, und wir hatten keine Ahnung, wie lange es dauern würde, bis wir ihr Vertrauen gewinnen würden – vielleicht Jahre. Ich wusste nicht, wie wir das unseren Geldgebern erklären sollten oder was ich den Leuten sagen sollte, die mein Kunststipendium finanzierten.*

Im Nachhinein ist es seltsam, darüber zu sprechen, was genau ich damals eigentlich machte, als Frust und Verzweiflung mein ganzes Denken beherrschten. Zweimal am Tag ging ich zu einer bestimmten Stelle am Seeufer, um dort die Spuren der Bären zu untersuchen. Überall wurde mir bewusst, wie unsensibel unsere Gesellschaft gegenüber Geräuschen geworden ist. Ich suchte nach Lagerstätten der Bären, um herauszufinden, was sie sahen, wenn sie sich ausruhten.

Spuren. Geräusche. Der Ausblick von Bärenlagern aus. Das waren die drei Dinge, auf die sich meine Kunst in den kommenden Jahren konzentrieren sollte. Aber damals war mir das nicht bewusst. Intellektuell war ich noch nirgendwo angekommen, im Unterbewusstsein aber machte ich bereits unglaubliche Fortschritte.

Noch ehe der August zu Ende ging, brach der Herbst über uns herein. Die Bären fraßen sich an den größten Lachsschwärmen des Jahres satt. Sie legten sich den üppigen Speckmantel zu, der sie in ihren Höhlen vor der Winterkälte schützen würde. Der erste Schnee hatte die Gipfel der Berge bereits bedeckt und fiel nun auch auf unseren Hang.

Auch ich verspürte den Wunsch, etwas zu tun, um mich auf den Winter vorzubereiten, und begann darüber nachzudenken, wie man einen Elektrozaun um die Lachsforschungsstation am Kurilskojsee bauen könnte. Wegen der reichhaltigen Lachsvorkommen wird die Gegend von vielen Bären aufgesucht. Immer wieder kam es zu Spannungen, weil die Bären ins Dorf und seine Gemüsegärten eindrangen und sich über die Abfälle hermachten. Ich überlegte, ob es möglich wäre, das ganze Dorf mit einem Elektrozaun zu umgeben.

Eine andere Möglichkeit war ein Elektrozaun, um das Wehr zu sichern. Es erstreckte sich am Fluss entlang, an der Stelle, wo dieser aus dem See entspringt. Es zwang die Fische durch eine enge Schleuse, wo man sie leichter zählen konnte. Die Bären, kluge Fischer, die sie sind, platzierten sich genau an dieser Stelle. Das Problem lag darin, dass sie beim Fischen ständig das Wehr beschädigten. Wenn es mir gelang, mit einem Elektrozaun dies zu verhindern, würde ich dazu beitragen, die Spannungen zwischen Bären und Menschen erheblich zu verringern.

Etwa um diese Zeit begannen Maureen und ich, einen Plan auszuhecken. Wie wäre es, wenn wir Jungbären, die von Wilderern zu Waisen gemacht worden waren, aufziehen würden? In Kamtschatka landeten solche Jungen, deren Mütter getötet worden waren, im Zoo von Jelisowo – falls sie überhaupt überlebten. Dort konnten sie aber nur bleiben, solange sie klein waren. Anschließend wurden sie an taiwanesische Bärenfarmen verkauft, wo man ihnen mit Kathetern die Gallenflüssigkeit abzapfte, die dort zu medizinischen Zwecken eingesetzt wird. Diese Bären fristeten ein kurzes grausames Dasein unter erbärmlichen Bedingungen. Jedenfalls wäre es fast menschlicher gewesen, sie zu töten. Doch es gab eine bessere Lösung.

Die Idee, verwaiste Jungbären zum Kambalnojesee zu bringen, war enorm reizvoll. Wir waren überzeugt, dass wir sie mit der Zeit von uns entwöhnen und später auswildern konnten.

Das Projekt mit Bärenjungen hatte zudem den Vorteil, dass es rasch zu Ergebnissen führte. Denn das größte Problem, mit dem wir zu kämpfen hatten, war die Ungewissheit, wie lange es dauern würde, das Vertrauen der Bären am Kambalnojesee zu gewinnen. Wir konnten von unseren Sponsoren nicht erwarten, dass sie jahrelang auf irgendwelche Ergebnisse warteten. Mit den Bärenjungen ließe sich alles schneller bewerkstelligen. Wir konnten nicht garantieren, welche Ergebnisse wir auf diese Weise bekommen würden, aber wir wussten, dass es in absehbarer Zeit welche gäbe.

Es war eine aufregende Idee. Und mehr noch: eine Aufgabe für unser zweites Forschungsjahr. Es bedeutete, dass wir wiederkommen würden. Und dies nicht nur im nächsten Jahr, denn wir würden die jungen Bären noch lange Zeit begleiten.

In Anbetracht der komplexen russischen Bürokratie war uns klar, dass die Adoption von Jungbären eine Vielzahl von Bedingungen enthalten würde. Jedenfalls nahmen wir uns vor, Igor mit Fragen zu löchern und ihn um Unterstützung zu bitten, wenn er im September kam.

So endete der August 1996 mit überraschendem Optimismus und einer Reihe von neuen, aufregenden Plänen, die aus Rauch, Traurigkeit und Stürmen erwachsen waren.

9

Vorzeitiger Schluss

Der September fühlte sich bereits an wie der Schlusspunkt unseres ersten Jahres. Vieles in der Natur neigte sich dem Ende zu. Die letzte Wanderung der Blaurückenlachse, die größte und wichtigste für die Bären, flaute ab. Manche Bären hatten die Lachse bereits aufgegeben und machten sich über die Pinienkerne her, reich an Fett und anderen Nährstoffen, die Bären als Vorbereitung auf die Winterruhe brauchen.

Als sich das Wetter zu Anfang des Monats besserte, flog ich zum Kurilskojsee, um mich an Katjas und Alexeis weitläufigem, momentan jedoch vernachlässigtem Garten gütlich zu tun. Katja war in PK, um ihren Kindern bei der Einschulung zu helfen, und Alexei auf einem seiner Aufklärungsflüge im Norden. Bill Leacock und seine Familie waren bereits in die Staaten zurückgekehrt.

Wegen der vielen Probleme, die Igor nach Michios Tod mit den Behörden hatte, rechnete ich nicht damit, ihn dort anzutreffen. Aber er war da, überholte seinen Außenbordmotor und setzte die Hütte der Leacocks für das nächste Jahr instand. Er konnte nicht sofort mit mir zum Kambalnojesee aufbrechen, versprach aber, in ein paar Tagen nachzukommen.

Die Nachrichten, die er mitgebracht hatte, waren nicht besonders ermutigend. Sergei Alexeew, der mir die Fluggenehmigung erteilt hatte, steckte in Schwierigkeiten. Der FSB, Nachfolger des sowjetischen KGB, hatte Wind davon bekommen und war alles andere als erfreut, dass ein Ausländer sich ohne Beaufsichtigung in ihrem Luftraum herumtrieb. Als sie das erste Mal bei ihm anklopften, behaupteten sie, Maureen und ich säßen bereits im Gefängnis. Nachdem sie an dieser Version eine Weile festgehalten hatten, gaben sie schließlich zu, dass es ein Scherz gewesen sei. Eigentlich waren sie gekommen, um über ein anderes Problem zu reden. Sie wollten, dass ich mit dem Fliegen aufhörte.

Ich war ziemlich besorgt, Igor dagegen überhaupt nicht. Er bezweifelte, dass sie die Mittel für einen Hubschrauber hätten, um selbst zur Hütte zu kommen und uns zu kontrollieren. Wie aber sollten sie sonst erfahren, ob ich flog oder nicht? Er war der Meinung, dass sie seit langem Bescheid wussten und gehofft hatten, dass die Natur sich des Problems annehmen würde. Eine Bruchlandung hätte das Problem am einfachsten und billigsten gelöst. Doch als ich mich hartnäckig weigerte, mich umzubringen, hatten sie sich gezwungen gesehen, aktiv zu werden. Deshalb hatten sie Igor und mich am 6. September zu einem Treffen mit dem obersten Fluginspektor des FSB in die Forschungsstation nach Kurilskoj zitiert.

Aus Petropawlowsk kamen bessere Neuigkeiten. Eugeni, der Ingenieur, der Sergeis Kolb montierte, war schon halb fertig. Das erstaunte mich. Er war schneller als jeder andere Flugzeugbauer, den ich kannte, mich eingeschlossen. Ich hatte zwölf Stunden täglich arbeiten müssen, um mein Pensum einzuhalten. Eugeni dagegen war schneller, obwohl er kein Wort Englisch sprach und die Konstruktionsanleitung in Englisch abgefasst war. Igor hatte ihn beobachtet und erzählte, dass er die Seiten, die er am nächsten Tag brauchte, zu Hause mit Hilfe eines englisch-russischen Wörterbuches übersetzte.

Als ich am 3. September zum Kurilskojsee zurückflog, um Igor abzuholen, war das Wetter völlig umgeschlagen. Die herrlich warmen Tage erinnerten mich an den Altweibersommer zu Hause. Igor war immer noch nicht so weit, also machte ich den ersten Transportflug allein. Höchst erfreut fand ich zwischen dem Proviant und Igors Kameraausrüstung zwei dicke, schwere Bände in alter kyrillischer Schrift. Informationen über die Itelmenen, hoffte ich.

Schließlich holte ich kurz vor Einbruch der Dunkelheit Igor ab. Maureen erwartete uns mit einem wundervollen Abendessen. Erst als wir fast zu Ende waren, bat ich Igor, Maureen den Ärger zu erklären, den der FSB uns wegen der Fliegerei machte. Ich hatte absichtlich nichts erwähnt und es lieber Igor überlassen, bei dem es sich anhörte, als sei das Ganze nicht der Rede wert.

Am selben Abend besprachen wir auch das Projekt mit den verwaisten Bärenjungen. Igor dachte eine Weile nach, stellte ein paar klärende Fragen und sagte schließlich, er hielte es für machbar. Sergei Alexeew sei für verwaiste Bärenjungen verantwortlich und hätte möglicherweise ein offenes Ohr für das Projekt, vor allem wenn es dem Reservat Publicity brachte. Igor vermutete nur, dass einige Tierforscher Bedenken äußern würden, weil sich die Gene der Bären in Nordkamtschatka mit denen der südlichen Population vermischen würden und Bären in ein Gebiet umgesiedelt würden, in dem es bereits eine dichte Bärenpopulation gab. Außerdem hatte er die Befürchtung, dass die Jungtiere von erwachsenen männlichen Bären getötet werden könnten. Ich selbst glaubte auch, dass es viele solcher Probleme geben würde, war aber bereit, all meine Erfahrung mit Bären in die Waagschale zu werfen, um eine Lösung zu finden, falls wir die Genehmigung erhielten.

Der erste schwere Schneefall überzog die obere Hälfte des Vulkans mit einer weißen Decke. Die meisten Bären zogen an die Küste. Wir beschlossen, dasselbe zu tun, um sie weiterhin beobachten zu können. Wir wollten eine Weile in die Hütte am Fluss ziehen. Maureen und ich waren einmal dort gewesen, nachdem ich dort die Nägel für ihre Dunkelkammer gefunden hatte. Mit ein bisschen Arbeit könnten wir die Hütte wohnlich machen.

Zuerst aber mussten wir uns der Bedrohung durch den FSB stellen. Die Forschungsstation, die bei meinem letzten Besuch völlig verlassen gewesen war, glich diesmal einem Bienenkorb. Der FSB-Mann hatte sich die Kosten für den Hubschrauber nur leisten können, weil er mit zwanzig Vulkanologen, die dort Feldforschung betrieben, gekommen war. Unser Fall hatte sich herumgesprochen, und nun war alle Welt gespannt, was bei dem Treffen herauskommen würde, das über mein Schicksal und das meiner Maschine entscheiden sollte.

Während der Begegnung nahm Igor den obersten Fluginspektor beiseite. Danach hielt er mir ein Dokument unter die Nase, das ich unterschreiben sollte. Igor riet dazu, und ich tat, was er sagte. Es hätte auch mein eigenes Todesurteil sein können.

Erst als wir wieder am Kambalnojesee waren und mit Maureen Tee tranken, erklärte Igor, was darin stand. Ich durfte nicht mehr fliegen, bis sie eine neue Bestimmung erlassen hatten. Sollte ich in der Zwischenzeit fliegen müssen, erwartete man, dass ich einen russischen Piloten einstellte und den Flug zuvor genehmigen ließ. Dasselbe galt für meine Aktivitäten im kommenden Jahr.

Für mich hörte es sich an wie ein Alptraum, doch Igor fand es lustig und lachte schallend. Ich hätte ein Dokument unterschrieben, das mir das Fliegen verbot, und sei dann seelenruhig mit einem verbotenen Flugzeug wieder nach Hause geflogen. Das sprach seiner Meinung nach Bände. Igor hatte sich den Wortschwall des Inspektors ruhig angehört und ihm dann erklärt, dass wir für den Rest der Saison natürlich noch weiterfliegen müssten. Der Inspektor hatte ihm zugestimmt. Wenn wir nächsten Sommer wiederkämen, so vermutete Igor, würde es nicht anders laufen: nichts als leere Drohungen.

Also flogen wir an die Küste und richteten uns in der leer stehenden Hütte ein.

Die ganze Woche über hatten wir herrliches Wetter. Der Anblick der Tundra erinnerte mich an die Prärie zu Hause, nur fand ich sie viel eindrucksvoller, weil es überall Bären gab und der Himmel aufgeklart war. Während ich beobachtete, wie die Bären Fische fraßen, erntete Igor einen Korb voller weißer Boletuspilze, die aus dem Boden der Tundra sprossen. Er schnitt sie in Scheiben und legte sie zum Trocknen auf alte Fliegengitter. Maureen und ich wanderten über die Grasdünen, durch Treibholz und Knochen alter Wale und Seeottern und fotografierten die Bären.

MAUREEN: *An der Küste flüchteten die Bären immer noch vor uns, aber bei dem wunderbaren Wetter machte es uns nicht so viel aus. Ich hatte das schlechte Wetter und den spannungsgeladenen Monat, den wir gerade hinter uns hatten, derart satt, dass ich nun hier an der Küste und in der Sonne das Gefühl hatte, wir seien in der Sommerfrische. Wir gewannen eine Menge neuer Erfahrungen, beispielsweise, aus welcher Entfernung die Bären uns sehen konnten. Die Fotos waren viel besser als alle, die ich bislang hatte machen können, und das beruhigte mich hinsichtlich unserer Sponsoren.*

Neben anderen Zeichen, die am Kambalnojesee und an der Küste den Herbst ankündigten, gab es große Schwärme von Gänsen, die den Bären die letzten Beeren in der Tundra streitig machten. Sie bereiteten sich auf ihre Wanderung nach Japan oder noch südlichere Gefilde vor. Auch Schneehühner, die bereits ihr weißes Tarnkleid trugen, tauchten in Scharen auf. Habichte und Falken machten sich die reichhaltige Vogelpopulation zunutze.

Eines Tages, als Igor und ich die Bergkette zwischen beiden Hütten überflogen, sichteten wir direkt am Bergkamm eine siebenköpfige Herde von Schneeschafen. Ich merkte, wie die Maschine sie in Panik versetzte, und flog einen weiten Bogen, damit sie nicht die Klippen hinunterfielen. Gegen Ende unseres Aufenthaltes an der Küste färbten sich die Berghänge tiefrot, die Bärentraube stand vor dem ersten Schnee in voller Blüte.

An einem dieser schönen Abende an der Küste arbeiteten Maureen, Igor und ich das Projekt für die verwaisten Bärenjungen aus, das wir am Ende der Saison Sergei Alexeew vorschlagen wollten. Igor riet uns, unsere Vorstellungen über das Zusammenleben von Mensch und Tier nicht zu erwähnen und gestand uns zugleich zum ersten Mal, dass er diesen Aspekt jedes Mal unterschlagen hatte, wenn er den russischen Behörden unsere Pläne unterbreitet hatte. Er glaubte nicht, dass seine Kollegen für die Idee eines Zusammenlebens zwischen Menschen und Bären empfänglich waren. Was unseren Aufenthalt betraf, so hatte er erklärt, dass wir vordringlich daran interessiert waren, das Verhalten von Bären zu filmen. Die zehntausend US-Dollar, die wir pro Jahr zahlten, waren angeblich für die Dreharbeiten gewesen. Von Bill Leacock hatten wir erfahren, dass er gar nichts hatte zahlen müssen, weil es sich bei ihm um ein wissenschaftliches Projekt handelte. Wir hatten also einen hohen Preis dafür zahlen müssen, dass wir keine Wissenschaftler waren. Eigentlich hatte ich keine Lust, dieses Spielchen mitzumachen. Aber wie es so ist: Wenn man einmal damit begonnen hat, ist es schwer, wieder aufzuhören.

Trotz allem war Igor nach wie vor optimistisch. Wir mussten nur noch Sergei Alexeew überzeugen. Er wusste besser als alle anderen über unser laufendes Projekt und unsere Fähigkeiten Bescheid, abgesehen von Igor. Zudem wollte Igor uns im Winter Untersuchungen von Dr. Valentin Pazhetnow übersetzen, der als Einziger auf der Welt damit beschäftigt war, Braunbärjunge auszuwildern. Sein Sohn und er hatten im Westen Russlands bereits zwanzig junge Bären erfolgreich in die Freiheit entlassen.

Nach einer Woche an der Küste packten wir unsere Siebensachen und verließen die Hütte. Es fiel uns nicht leicht, weil es wirklich wunderbar hier gewesen war – viele Bären, wohlschmeckende Pilze und das beste Wetter, das wir bislang erlebt hatten.

Aber unsere Traurigkeit verflog angesichts der Veränderungen, die wir am Kambalnojesee antrafen. Während unserer Abwesenheit hatten mehrere Bären sich im Wald rings um die Hütte eingefunden, um Pinienkerne zu fressen. Sie zeigten nicht die geringste Angst, als wir drei die Hütte wieder bezogen, verhielten sich aber auch nicht so, als müssten sie ihr Revier vor Eindringlingen verteidigen. Unsere Anwesenheit schien ihnen überhaupt nichts auszumachen. Ich hatte noch nie gesehen, dass Bären Pinienkerne fraßen. Jetzt konnten wir von unseren Fenstern und der Veranda aus beobachten, wie sie es anstellten. Die Nahaufnahmen, die uns bisher verwehrt geblieben waren, ließen sich jetzt machen, ohne dass wir auch nur die Hütte verlassen mussten. Und in stillen Nächten hörten wir beim Einschlafen das Knacken trockener Zapfen zwischen ihren starken Zähnen.

MAUREEN: *Als wir zu unserer Hütte am See zurückkehrten, hatte sich etwas verändert. Es war, als hätten die Bären eine Versammlung abgehalten und beschlossen, uns zu akzeptieren. Sie tummelten sich vor unserer Hütte, fraßen Pinienkerne, und wir konnten direkt von unseren Fenstern aus wunderbare Nahaufnahmen machen. Eines Tages, als ich zum See gehen wollte, um Wasser zu holen, kreuzte ein Bär den Pfad zwischen der Hütte und mir. Ich sprach ihn an. Er blieb stehen, sah mich an und ging dann langsam an mir vorbei. Das Tier war völlig ruhig und erlaubte mir später, ein paar großartige Aufnahmen zu schießen. Für mich war das ein Schlüsselerlebnis. Die Veränderungen, die der September mit sich gebracht hatte, waren überwältigend und für meinen Entschluss wiederzukehren von entscheidender Bedeutung.*

Das gute Wetter verließ uns auch am Kambalnojesee nicht. Von all den Stürmen gezeichnet, sah das Zelt aus, als hätte es nicht einen, sondern zehn Sommer treue Dienste geleistet. Wir mussten es abbauen und errichteten an seiner Stelle eine weitere Hütte für unsere Vorräte. Wir hatten uns nicht vorstellen können, dass ein Zelt nicht widerstandsfähig genug sein würde, um Vorräte zu lagern. Den Anbau nannten wir überschwänglich »Ostflügel« und verbanden ihn durch einen überdachten Gang mit der Hütte. Das Ergebnis war ein L-förmiges Gebäude, das die alte Hütte verstärkte. Durch diese Kombination wurde sie stabiler, und ich war zuversichtlich, dass sie die Winterstürme überleben würde.

Nach einem harten Arbeitstag verbrachten Igor und ich die Nacht mit der Lektüre der altehrwürdigen Bücher, die er in Petropawlowsk aufgetrieben hatte. Sie handelten in der Tat von den Itelmenen und den Korjaken, einer anderen Gruppe von Ureinwohnern, die im Norden von Kamtschatka gelebt hatten. Es waren zwei Bände aus dem achtzehnten Jahrhundert, verfasst von einem gewissen Stepan Kraseninnikow mit dem Titel *Die Erkundung von Kamtschatka, 1735-1741*. Während das Feuer im Ofen prasselte und draußen im Gebüsch die Pinienkerne knackten, übersetzte Igor die Texte fast genauso schnell, wie er sie las. So saßen wir bis spät in die Nacht im Schein unserer einzigen Glühbirne. Manchmal gingen wir erst schlafen, wenn die solarbetriebenen Akkus ihren Geist aufgaben und die Birne zu flackern begann.

Kraseninnikows Geschichte war faszinierend. Er hatte sich 1733 Vitus Berings zweiter Kamtschatka-Expedition angeschlossen. In diesem Jahr hatte er Sankt Petersburg verlassen und vier Jahre später Kamtschatkas Westküste erreicht. Seine Männer und er selbst waren fast umgekommen, als sie in einem morschen, leckgeschlagenen Schiff das Ochotskische Meer überquerten. Kurz vor ihrer Landung an der Mündung der Bolschaia (etwa hundert Meilen nordwestlich von unserer Hütte) waren sie von einer durch ein gewaltiges Erdbeben ausgelösten Flutwelle überrascht worden. Sie verloren alles, auch ihren Proviant für die nächsten zwei Jahre, aber sie gaben nicht auf.

Als ich wieder in Kanada war, fand ich eine Übersetzung von Kraseninnikows Werk, die 1972 von der Oregon Historical Society veröffentlicht worden war. Übersetzung und Vorwort stammten von E.A.P. Crownhart-Vaughan; die folgenden Absätze daraus geben einen anschaulichen Überblick über Kraseninnikows Vorgehensweise:

> Drei Jahre lang reiste Kraseninnikow praktisch allein durch Kamtschatka. In diesem entlegenen Land voller Berge, Lawinen, Sümpfe und Vulkane, bedrängt von feindse-

lig gesinnten Ureinwohnern, Mücken und Hunger, beobachtete, sammelte und notierte er alles, was rings um ihn passierte. Nichts entging seiner Aufmerksamkeit. Er studierte die Einheimischen und hielt bis ins kleinste Detail selbst nebensächliche Dinge fest, etwa, welchen Haarschnitt sie bevorzugten oder wie sie ihre Kleidung nähten. Er beschrieb ihre Religion, ihre Mythen, ihre Überzeugungen, Bräuche und sogar ihre Sprache. Er analysierte ihre Ausdrucksweise und verglich die verschiedenen Stämme miteinander. Er beschränkte sich nicht darauf, ihre Essgewohnheiten zu beschreiben, sondern probierte sie selbst aus. Freimütig gab er zu, wie sich ihm der Magen umgedreht habe, als er einige Zubereitungsarten beobachtete. Tagelang verbrachte er im erstickenden Rauch der unterirdischen »iurts«, um die Festivitäten von Kamtschatka minuziös wiederzugeben.

Während dieser Jahre sammelte er Tiere und Pflanzen und trug eine Menge detaillierter Daten über die Entfernungen auf Kamtschatka zusammen. Mehr als einmal riskierte er sein Leben, um an unzugänglichen Orten eine heiße Quelle, einen Geysir oder einen Vulkan zu untersuchen. Er experimentierte mit Roggen und Gerste, um herauszufinden, ob Kamtschatka als Kornkammer Sibiriens dienen konnte.

Maureen schlief bereits, als wir zu der Stelle mit dem Rauch kamen, doch ich weckte sie auf, damit Igor ihr den Absatz vorlesen konnte. Jetzt hatte ich noch mehr als zuvor das Gefühl, dass wir etwas mit diesen Urvölkern gemein hatten. Natürlich interessierten mich am meisten Kraseninnikows Beobachtungen von Bären. Mit einiger Enttäuschung musste ich zur Kenntnis nehmen, dass Igor lediglich zweieinhalb Seiten fand, auf denen hauptsächlich beschrieben war, dass Korjaken und andere Völker Sibiriens im Norden von Kamtschatka Bären jagten. Nur auf einer halben Seite schilderte Kraseninnikow, wie die Völker im Süden mit den unzähligen Bären auf der Halbinsel von Kamtschatka zusammenlebten. Hier die Übersetzung einer Passage, die Stepan Kraseninnikow Mitte des achtzehnten Jahrhunderts verfasst hatte:

In Kamtschatka gibt es eine Vielzahl von Bären und Wölfen. Während des Sommers grasen die Bären zu Hunderten auf den Wiesen der weiten Tundren in diesem Land. Der Kamtschatkabär ist weder groß noch gefährlich. Er wird einen Menschen niemals angreifen, es sei denn, er wird im Schlaf überrascht. Aber auch dann tötet er den Menschen nur selten, sondern begnügt sich damit, ihm einen Schlag ins Genick oder zwischen die Augen zu verpassen und ihn am Boden liegen zu lassen. Wenn das Tier sehr gereizt wird, reißt es sein Opfer in Stücke, würde es jedoch nicht fressen. In Kamtschatka kann man noch einige Männer antreffen, die ein solches Schicksal erfahren haben. Man nennt sie »dranki« oder »Zerfetzte«. Hervorzuheben ist jedoch, dass

Kamtschatkabären niemals Frauen angreifen. Wenn die Frauen im Sommer auf den Wiesen Beeren sammeln, folgen ihnen die Bären wie Haustiere. Gelegentlich vergreifen sie sich an den Beeren, die die Frauen gesammelt haben, aber mehr Schaden richten sie nicht an.

Wenn die Fischschwärme in der Flussmündung auftauchen, kommen die Bären regelrecht in Scharen von den Bergen zum Meer herunter und suchen sich geeignete Stellen, um Fische zu fangen. Da es so viele Fische gibt, sind sie wählerisch. Sie saugen ihnen nur das Gehirn aus den Köpfen und lassen den Rest am Ufer liegen. Wenn es aber nur wenige Fische gibt und die Tundra ihnen keine Nahrung bietet, zögern die Bären nicht, alles zu fressen, was sie am Ufer finden. Nicht selten brechen sie in die Hütten der Kosaken am Ufer ein und stehlen Nahrung. Man sollte jedoch nachsichtig sein, da sie sich damit begnügen, den Fisch zu fressen, den sie in den Hütten vorfinden, und den Menschen nichts tun. Daher ist es üblich, die Hütten von alten Frauen bewachen zu lassen.

Nachdem ich meine Enttäuschung über die spärlichen Informationen überwunden hatte, konzentrierte ich mich darauf, was die wenigen Absätze denn tatsächlich sagten. Ich hatte erfahren wollen, wie die Itelmenen mit den Bären lebten, und das Buch von Kraseninnikow verriet es mir. Auch früher hatte ich schon davon gehört, dass Bären Frauen nicht angriffen. Ich dachte über die völlig verschiedenen Rollen nach, die Frauen und Männer in diesen Kulturen spielten. Die Männer jagten und entfernten sich am weitesten von den Dörfern. Daher war es auch viel wahrscheinlicher, dass sie in dem unübersichtlichen Gelände unerwartet auf Bären trafen oder diese überraschten, wenn sie im Wald schliefen. Mit anderen Worten, die Wahrscheinlichkeit, dass Männer einen Angriff provozierten, war einfach höher.

Männer verhielten sich vermutlich ohnehin anders als Frauen. Kraseninnikow schildert sie als ziemlich aggressive und brutale Raufbolde, im Gegensatz zu den Frauen. Wenn die Bären auf den Beerenfeldern den Frauen wie »Haustiere« folgten, so deutet dies darauf hin, dass sie keine Angst vor den Frauen hatten und umgekehrt die Frauen möglicherweise auch keine Angst vor ihnen. Bären sind intelligent, deshalb ist es nicht abwegig, dass sie die Frauen Beeren sammeln ließen, um ihnen gelegentlich einen Korb zu stibitzen. Die Frauen hingegen ließen sie gewähren, um sich selbst nicht in Gefahr zu bringen.

Genau diesen Zustand der Entspannung strebte ich an in der Hoffnung, die Aggressionen zu überwinden, die zwischen modernen Menschen und modernen Bären herrschen. Die Tatsache, dass dies vor zweieinhalb Jahrhunderten bei den Frauen der Itelmenen funktioniert hatte, bestätigte mir, dass ich auf dem richtigen Weg war. Als Mann hoffte ich nur, ebenfalls ihr Vertrauen gewinnen zu können.

Immer wieder dachte ich über die Worte dieses russischen Abenteurers und Wissenschaftlers nach und wurde mit immer neuen Fragen und Erkenntnissen belohnt. Die Tatsache, dass er die Bären »nicht groß« fand, faszinierte mich. Die Bären in Kamtschatka sind, wie bereits erwähnt, heute doppelt so groß wie die Grizzlys in den Rocky Mountains und ähnlich groß wie die Riesen auf den Kodiak Islands vor Alaska. Man hatte mir gesagt, dass es in Russland noch größere Bären gibt als die in Kamtschatka, aber das hatte ich für einen Mythos gehalten. Jetzt begann ich es zu glauben.

Die Itelmenen bauten Balagane, Strohdachhütten auf hohen Pfählen, wo sie im Sommer Lachse trocknen und lagern konnten – außerhalb der Reichweite von Hunden und Bären. Es war ein ziemlich ausgeklügeltes System, das auch ihrer Sicherheit diente. Aber mit Einführung der Feuerwaffen verloren sie ihr altes Wissen. Es erschien mir sehr passend, dass Maureen und ich nun in derselben Gegend versuchten, dieses Wissen wieder auszugraben.

Die vielleicht bedeutsamste Schlussfolgerung, zu der ich mit Hilfe dieser historischen Dokumente gelangte, war, dass ich mir nicht so viele Gedanken darüber machen sollte, ob die Angst der Bären vor den Menschen angeboren ist oder nicht. Vielleicht spielte das gar keine Rolle. Viel zutreffender und wichtiger war, dass das enge Zusammenleben zwischen Menschen und Bären beiden Vorteile brachte, wenn sie keine Angst voreinander hatten.

Eins jedoch gab mir noch lange Zeit Rätsel auf. Warum hatte Kraseninnikow in den dicken Wälzern über sein Land den Bären so wenig Platz eingeräumt? Später, als ich in Petropawlowsk recherchierte, fragte ich Irina Witer danach, die Leiterin der historischen Abteilung im Museum von Petropawlowsk. Irina hatte mehrere Bücher über die örtlichen Ureinwohner veröffentlicht, und ich hatte mich mit ihr verabredet, um mehr über die Itelmenen und Korjaken zu erfahren.

»Stellen Sie sich vor, wie man damals durch Russland reiste«, antwortete sie. »Und bedenken Sie, dass es zwischen Sankt Petersburg und der Beringstraße, das ist eine Entfernung von fünftausendsechshundert Meilen, Unmengen von Bären gab, Zehntausende. Bestimmt waren sie ein ganz selbstverständlicher Anblick.« Kraseninnikow wollte als Schriftsteller seine Leser fesseln und widmete sich lieber dem Zobel als den Bären. Damals waren Zobel die wichtigsten Pelzlieferanten für Russland. Seit Beginn des siebzehnten Jahrhunderts galten sie hier als eine Art Währung. Die Zobelfelle in den Schatzkammern des Kreml stellten die Geldreserven der Zaren dar. Daher waren dem Zobel in Krasenin-nikows Werk ganze siebzehn Seiten gewidmet worden.

Irina Witer machte mich auch auf die unterschiedliche Bedeutung aufmerksam, die Bären für die Korjaken und Itelmenen hatten. Die meisten Hinweise auf Bären tauchten im Zusammenhang mit den Korjaken auf, und fast alle hätten mit der Jagd zu tun, da Bären eine ihrer Hauptnahrungsquellen bildeten. Wie die heutigen Jäger und Jagdausrüster liebten die Korjaken Geschichten, in denen sie auf mächtige Bären trafen und als Sieger aus dem Kampf hervorgingen. Die Itelmenen dagegen lebten vom Fischfang und der Schafzucht und hatten deshalb ein ganz anderes Verhältnis zu Natur und Bären. Sie ernährten sich von Lachsen und Beeren. Sogar die Stiefel der Itelmenen waren aus Fischhaut. Bären spielten keine Rolle für ihre Kultur und kamen nicht mal in ihrer Kunst vor. Die Korjaken hingegen lebten von der Bärenjagd und stellten sie in allen kulturellen Insignien zur Schau.

Unaufhaltsam ging die Zeit des guten Wetters, der Blaubeerkuchen und Pilze zu Ende. Am 23. September, als sich der Himmel allmählich zuzog, flog ich mit Igor zum Kurilskojsee, um zu sehen, was der Hubschrauber machte, der Maureen und mich in zehn Tagen vom Kambalnojesee abholen sollte. Wir erfuhren, dass es Probleme gab, man sagte uns aber nicht welche. Später am Nachmittag flog ich Igor zu einem Bach in der Nähe von Osernowskij. Das war einer der Orte, die ich nicht überfliegen durfte, deshalb wollte ich ihm nicht zu nahe kommen. Igor versicherte mir, er würde sich um das Problem mit dem Hubschrauber kümmern, sobald er nach PK kam. Ich konnte nur hoffen, dass es klappte. Zu Fuß machte er sich auf den Weg in die Stadt, und ich hob so schnell wie möglich wieder ab. Ein Unwetter kündigte sich an, aber ich schaffte es gerade noch rechtzeitig zum Kambalnojesee.

Der letzte Sturm unseres diesjährigen Abenteuers dauerte volle neun Tage. Maureen wurde von Tag zu Tag nervöser, weil sie glaubte, Igor würde es nicht rechtzeitig nach Petropawlowsk schaffen und wir müssten den Winter am Kambalnojesee verbringen. Wir nutzten die Zeit, um alles zu packen. Zum Schluss ging uns das Brennholz aus, und wir mussten Grünerlen verbrennen, um uns aufzuwärmen.

Am 2. Oktober klarte es auf, und wir suchten hoffnungsvoll den blauen Himmel ab, auf der Suche nach dem Hubschrauber. Vergebens. Ich flog noch einmal an die Küste, um Brennholz zu sammeln. Auf dem Rückflug zwang mich dichter Nebel zu einer Notlandung. Der kleine See, auf dem ich landete, war nicht weit von unserer Hütte entfernt, trotzdem saß ich fest. Ich hätte die Hütte auch zu Fuß erreichen können, aber ich wollte die Maschine nicht allein lassen. Also baute ich neben dem See mein kleines Zelt auf, um die Nacht dort zu verbringen. Kurz bevor es dunkel wurde, lichtete sich der Nebel. Ich packte alles wieder ein und flog nach Hause.

Auch der nächste Tag war klar, aber der Hubschrauber ließ sich trotzdem nicht blicken. Ich flog zum Kurilskojsee, um zu sehen, ob dort irgendeine Nachricht wartete. Nichts. Mittlerweile machte auch ich mir Sorgen. Die Schneegrenze sank, und bald würde sie uns erreichen. An mehreren Morgen hatte ich Frost auf den Tragflächen der Maschine entdeckt. Wenn man uns nicht abholte und wir auch nicht fliegen konnten, stünde uns ein langer schneereicher Winter bevor, in dem wir Schneehasen und Schneehühner erlegen und Grünerlen verbrennen mussten.

Am Nachmittag des 4. Oktobers tauchte endlich ein kleiner Hubschrauber über dem Kamm des Beckens auf und landete. Es waren Igor und sein Freund Viktor, der Fluglehrer, die uns abholen wollten. Wir flogen zuerst zur Forschungsstation, voll beladen mit all dem Zeug, das wir den Winter über dort lagern wollten. Als wir damit fertig waren, wurde es bereits spät. Igor und ich verließen den Kurilskojsee mit der Kolb; Viktor nahm Maureen im Hubschrauber mit. Es war ein seltsames Gefühl, aufzubrechen und zu wissen, dass ich frühestens in sieben Monaten zurückkehren würde.

Als wir auf der Kuhweide der Flugschule landeten, waren alle überrascht, denn praktisch niemand hatte damit gerechnet, dass ich den Sommer heil überstehen würde.

In Petropawlowsk mussten wir als erstes Sergei Alexeew treffen, um ihm unseren Plan für die verwaisten Jungbären zu erläutern. Wir waren alle drei verblüfft, als Sergei die Idee gefiel. Wir trafen uns sogar mit dem Direktor des örtlichen Zoos, der sich bereit erklärte, mit uns zusammenzuarbeiten, wenn es so weit war.

Auch die Planung für unser zweites Jahr machte Fortschritte, vor allem das Projekt eines Elektrozauns für die Lachsforschungsstation. Wir besuchten Katja und Alexei in ihrer Zentrale in PK. Sie hatten nur einen einzigen Einwand: Sie wollten keine Almosen. Doch ich konnte sie davon überzeugen, dass das Projekt in erster Linie unseren Studien zugute kommen würde, und am Ende lenkten sie ein. Nach diesen beiden Treffen war unser Plan für das zweite Jahr praktisch unter Dach und Fach, obwohl noch kein einziger Cent für die Finanzierung sicher war.

Die letzten Tage in Russland waren für mich sehr schön. Ich besuchte

Freunde, ging einkaufen, traf mich mit Sergei, Alexei und Katja, ohne jedoch dem Reiz der Gefahr ganz widerstehen zu können. Ich verbrachte viel Zeit in der Flugschule im Süden der Stadt und zeigte den Fluglehrern, wie man mit einer Kolb umgeht. Es waren dieselben Burschen, die in Nikolajewka Windschutzscheiben für Autos herstellten und aus den Teilen der alten ausgeschlachteten Militärmaschinen auch kleine Privatflugzeuge bauten, meistens nach eigenen Konstruktionsplänen.

Ich musste fast der Hälfte aller Einwohner in Nikolajewka Flugstunden in meiner Kolb geben, und das nur, weil Eugeni mit der zweiten Maschine beinahe fertig war. Bald würde alle Welt damit herumfliegen wollen. Ehrlich gesagt, bin ich ein lausiger Fluglehrer, ohne jegliche pädagogische Erfahrung – der als krönenden Abschluss mit seiner eigenen Kolb fast noch eine Bruchlandung hingelegt hätte.

An meinem letzten Tag in Kamtschatka rollten wir durch die Straßen von Nikolajewka zu einem großen Schuppen der Windschutzscheibenfabrik, wo die Kolb den Winter untergestellt sein würde. Als endlich alle Tore verschlossen waren, fiel mir ein Stein vom Herzen. Allen Widrigkeiten und vielen Warnungen zum Trotz hatten mein Flugzeug und ich überlebt.

Ich ging direkt zum Straßenmarkt in der Nähe unseres Hotels, um eine Flasche trockenen Champagner zu kaufen. So viel ich auch über Russland und Kamtschatka gelernt hatte, die Sprache gehörte nicht dazu. Jedenfalls verließ ich den Stand mit der Hoffnung, dass die Flasche in meiner Hand wirklich Champagner enthielt, und wenn möglich nicht allzu süßen. Als ich ins Hotelzimmer kam und mich auf die Feier freute, fand ich meine Partnerin in einer schrecklich depressiven Stimmung vor.

Während ich mein Leben und das meiner Flugschüler riskiert hatte, um ihnen das Fliegen in der Kolb beizubringen, hatte Maureen die Ausbeute ihrer Arbeiten gesichtet und war unendlich enttäuscht. Alles, was sie zustande gebracht hatte, kam ihr wie reine Zeitverschwendung vor. Es graute ihr davor, die Leute wieder zu sehen, die ihr das Kunststipendium gewährt hatten, vor allem aber ihre Kollegen im College of Art von Alberta. Sie hatte das Gefühl, dass ihre Karriere als Künstlerin zu Ende war.

Diese Unsicherheit hatte ich schon häufiger beobachtet, und bislang hatten sich die Ergebnisse immer als das Gegenteil von dem entpuppt, was sie befürchtet hatte. Je deprimierter sie über ihre Arbeit gewesen war, umso erfolgreicher war sie. Jetzt, als ich sie so niedergeschlagen sah wie noch nie zuvor, hoffte ich, dass die Arbeiten das Beste waren, was sie je gemacht hatte.

Ich sagte es nicht. Ich akzeptierte, dass es heute Abend nichts zu feiern gab, erwartete aber, dass es nicht so bleiben würde. Am nächsten Tag flogen wir über Alaska nach Kanada zurück.

Nur fürs Protokoll: Unsere Familien, Pferde und Hunde waren alle wohlauf, als wir nach Alberta zurückkehrten. Unsere Sponsoren waren zufriedener, als wir erwartet hatten, und die Reaktionen auf Maureens Arbeiten überwältigend. Bei ihrer Ausstellung im Herbst waren alle Bilder im Nu verkauft, was uns freute und vor allem erleichterte, da wir den Winter über davon leben mussten. Als wir nach Hause kamen, waren wir so gut wie pleite gewesen.

Zu Weihnachten schenkte uns Maureens Bruder Flugtickets nach Mexiko, wo ein großes Familienfest stattfinden sollte. Weniger um unsere Heimkehr als den zweiundneunzigsten Geburtstag ihrer Mutter zu feiern. Als die Familie fragte, was Maureen für Pläne hätte, antwortete sie wie aus der Pistole geschossen, dass wir nach Russland fliegen würden, um dort verwaiste Jungbären aufzuziehen und anschließend auszuwildern. Ich konnte mir ein heimliches Grinsen nicht verkneifen, als ich mich daran erinnerte, wie sie mitten im letzten Sturm am Kambalnojesee gesagt hatte, ich solle sie in die Klapsmühle bringen, falls sie jemals den Wunsch äußerte, nach Kamtschatka zurückzukehren.

DRITTER TEIL

(1997)

10

Grizzlyeltern

Bevor wir nach Kamtschatka zurückkehrten, galt es vorab abzuklären, welche Aufgaben man als Bäreneltern hat – und alle in Frage kommenden Geldressourcen zu mobilisieren, sei es schriftlich oder durch persönlichen Kontakt. Auf einer Bären-Konferenz in Canmore, Alberta, lernte ich Mike McIntosh kennen, der damals in einem dicht besiedelten Gebiet von Ontario etwa fünfundzwanzig zum Teil verletzte Schwarzbären aller Altersgruppen vor dem Verhungern bewahrte. Es gelang ihm, die wilden Tiere gesund zu pflegen und anschließend auszuwildern. Die Art, wie er lieber seinen eigenen Instinkten folgte statt auf die gängigen wissenschaftlichen Erkenntnisse zu vertrauen, kam mir bekannt vor. Ich fragte ihn, ob er glaubte, dass Bären ein für alle Mal abhängig von Menschen blieben, wenn man sie fütterte. Er hatte überzeugende Gegenargumente. Bevor er seine Tiere auswilderte, kennzeichnete er sie. Seinen Erkenntnissen zufolge war keines der über hundert Tiere, die er gefüttert hatte, zu einer Plage für die Menschen geworden.

In Nordamerika verstößt das Auswildern von Braunbären gegen das Gesetz. Man geht davon aus, dass es nicht möglich ist, einen Braunbären zu füttern, ohne dass er anschließend zu einer Gefahr für den Menschen wird. Der einzige Mensch auf der Welt, der legal Braunbären auswilderte, war Dr. Valentin Pazhetnow im Westen von Russland. Das war der Wissenschaftler, dessen Untersuchungen Igor für mich übersetzen wollte.

Doch womit sollten wir die Bären eigentlich füttern? Aufschluss darüber erhoffte ich mir von dem Biologen Lynn Rogers, Leiter des Wildlife Research Institute in Ely, Minnesota. Er ist ungewöhnlich offen für neue Ansätze im Umgang mit Bären, was ihm eines Tages ernsthafte Schwierigkeiten mit seinen wissenschaftlichen Kollegen einbringen könnte. Seiner Meinung nach müssen sämtliche Daten vorurteilsfrei untersucht werden, egal ob sie gegen starre Dogmen verstoßen oder nicht. Nach dreißigjähriger Arbeit hatte er herausgefunden, welches Futter Bären bevorzugen, wenn man ihnen die Wahl lässt. Er machte die verblüffende Entdeckung, dass sie geschälte Sonnenblumenkerne vorziehen, sogar wenn man ihnen Rindfleisch oder Lachs anbietet. Pinienkerne hatte er nicht getestet, weil sie so selten sind, aber Sonnenblumenkerne sind sehr ähnlich und relativ preiswert. Nach diesem guten Tipp machte ich in Norddakota eine Quelle für Sonnenblumenkerne ausfindig und bestellte fünfzehnhundert Pfund, die zum Hafen von Seattle geliefert wurden.

Ich nahm Kontakt zu meinen diversen Bekannten auf, die sich mit Bären befassen. Eine der anregendsten Unterhaltungen führte ich mit Timothy Treadwell. Timothy war weniger eine Koryphäe für die Auswilderung von Bären als der lebende Beweis für eine gelungene Wiedereingliederung in die Gesellschaft. Vor mehreren Jahren vegetierte er als hoffnungsloser Drogenabhängiger in den Straßen von Malibu, Kalifornien. Eines Tages erwischte er eine Überdosis Heroin, an der er fast gestorben wäre. Nachdem er diese Erfahrung überlebt hatte, träumte er davon, in der Wildnis zu überleben, obwohl er eigentlich in jeder Hinsicht ein Stadtmensch war. Also machte er sich nach Alaska auf.

Praktisch ohne Nahrung oder Ausrüstung trieb er sich in den Wäldern von Alaska herum. Dabei hatte er keinerlei Erfahrung, auf die er sich hätte stützen können. Das Verrückteste war, dass er unbedingt unter Braunbären leben wollte, obwohl er davon überzeugt war, dass sie unberechenbare Raubtiere sind. Irgendwie hoffte er, sich von seiner selbstverschuldeten Begegnung mit dem Tod befreien zu können, indem er sich einer natürlicheren Gefahr aussetzte.

Eine der ersten Begegnungen mit Bären hatte er eines Nachts auf einem Pfad in den Wäldern Alaskas. Dort stand er plötzlich einem großen männlichen Bären gegenüber. Bei dem Versuch zu flüchten stolperte er und stürzte. Er lag am Boden, zitterte am ganzen Leib und war sicher, dass sein letztes Stündlein geschlagen hatte. Der Bär kam auf ihn zu, beschnupperte ihn und stieg dann über ihn hinweg. Es war Spätherbst, und Timothy kann sich bis heute erinnern, wie der dicke Bauch über ihn hinwegschleifte.

Aus Erfahrungen wie dieser entwickelte sich Timothys Faszination für Bären. Seitdem verbringt er seine Sommer im Land der Bären in einem kleinen Zelt und ernährt sich von Erdnussbuttersandwiches und Cola. Die Bären, die um ihn herum leben, lassen ihn zumeist in Ruhe. Er wandert mit ihnen an der Küste entlang und begleitet sie wieder zurück in den Wald. Er bezeichnet sie als Freunde.

Bärenexperten warnen mich immer wieder, dass ich unschuldige Opfer dazu verleiten könnte, sich genauso zu verhalten, wie Timothy es tut. Daher betrachte ich es als meine Pflicht festzustellen, dass ich für seine leichtsinnigen Experimente nicht verantwortlich bin. Als Timothy beschloss, sein Leben so zu verbringen, hatte er noch nie von mir gehört. Zugleich aber bin ich froh, ihn zu kennen. Seine Erfahrungen zeigen genau wie meine eigenen eine Seite im Verhalten von Braunbären, die viele lieber ignorieren würden. Keiner von uns, weder Timothy noch Maureen oder ich wollen eine Kommune im Land der Bären gründen. Unser Leben, die Risiken und vor allem unser Überleben sollen beweisen, wie tolerant, vertrauenswürdig und geduldig Bären sind.

Als ich in diesem Winter Timothy kontaktierte, hatte er von Michios Tod gehört. In Alaska, wo er seine besten Tieraufnahmen gemacht hatte, galt Michio als Legende. Sein Tod hatte viele Menschen entsetzt. Da Timothy ganz allein in einem winzigen Zelt ohne jeglichen Schutz unter den Bären lebt, wollte er unbedingt wissen, was schief gelaufen war. Mir blieb nichts anderes übrig, als ihm ernsthaft ins Gewissen zu reden. Vor allem sollte er sich angewöhnen, niemals ohne Pfefferspray loszugehen, und in Erwägung ziehen, einen Elektrozaun um sein Zelt zu bauen. Außerdem wusste ich, dass er sich offen mit Jägern anlegt, sie am Flughafen anpöbelt usw. In Anbetracht des hohen Stellenwerts, den die Jagd in Alaska genießt, riet ich ihm dazu, auch diesen Aspekt seiner Aktivitäten zu überdenken. Ansonsten ermutigte ich ihn und versprach, mich in einem Jahr wieder bei ihm zu melden.

Das merkwürdigste Orakel, das ich in diesem Winter über die Aufzucht von Jungbären befragte, war vielleicht James Capen Adams, auch bekannt als Grizzly Adams, Autor von *Adventures of James Capen Adams*, das 1860 erschien und 1911 nachgedruckt worden war. Diese zweite Ausgabe stand zu Hause in unserer Bibliothek; als Junge hatte ich sie gelesen. Trotz meiner Skepsis gegenüber Adams und seiner Geschichte wusste ich, dass ich viel über die Aufzucht von Grizzlys daraus lernen konnte. Seine Erfahrungen deuteten darauf hin, dass sogar Jungbären, die erst als Einjährige ihre Mutter verloren hatten, zu liebevollen, loyalen Freunden geworden waren und ihm als erwachsene Tiere nicht gefährlich wurden. Diese Information war wichtig. Ich würde unsere Waisenkinder niemals davon abhalten wollen, Freundschaft mit uns zu schließen. Wenn sie in der Nähe unseres Camps bleiben wollten, nachdem sie selbständig geworden waren, konnte es unseren Studien nur nützlich sein.

Adams war Berufsjäger und hatte drei kalifornische Grizzlys aufgezogen. Er hatte sie zu seinen Freunden und Helfern gemacht. In den 50er-Jahren des neunzehnten Jahrhunderts, als er seine Abenteuer erlebte, hatte er die Goldgräber mit Fleisch versorgt. Einer seiner Bären, Lady Washington, transportierte schwere Fleischlasten von Hirschen und Elchen ins Lager. Ein anderer hatte ihm das Leben gerettet, als er von einem verwundeten Grizzly angegriffen worden war.

Dieser Teil seiner Geschichte gab mir Rätsel auf. Die Liebe, die Adams ganz offensichtlich für seine ungewöhnlichen Begleiter empfand, hinderte ihn nicht daran, ihre Artgenossen zu erlegen, sobald sie ihm in den kalifornischen Bergen über den Weg liefen. Die niedrigste Schätzung der Bärenpopulation in Kalifornien, auf die ich gestoßen war, ging von zehntausend Bären aus. 1908 waren bereits sämtliche Bären in Kalifornien ausgerottet.

Kurz vor dem Frühjahr waren Maureen und ich in derselben beunruhigenden Lage wie ein Jahr zuvor. Bis April mussten wir eine Entscheidung treffen, um rechtzeitig unser Visum zu beantragen und die Güter zu verschiffen, die wir mitnehmen wollten. Aber wir lagen noch weit hinter unserem Zeitplan, was die Finanzierung betraf. Trotzdem blieben wir unserem üblichen *modus operandi* treu und setzten auf volles Risiko. Wir kauften auf Kredit und bereiteten alles für den Transport und unsere eigene Reise vor. Wir kauften ein Faltboot mit einem 10-PS-Außenbordmotor und genügend Material für einen Elektrozaun um die Forschungsstation in Kurilskoj. Die Liste unserer Einkäufe nahm kein Ende, bis die Sachen kaum noch in einen Pick-up passten. Am 15. April erreichte uns eine aufregende Nachricht von Igor. Drei verwaiste Jungbären waren soeben in den Zoo von Jelisowo eingeliefert worden.

Ich war gerade in Seattle, um die Einschiffung unseres Containers zu überwachen, als ich hörte, dass auch unsere Finanzierung endlich unter Dach und Fach war. Ein Filmproduzent aus Vancouver wollte einen Dokumentarfilm über unser Projekt drehen und hatte bereits Geld überwiesen. Dank dieses warmen Geldregens war unser zweites Jahr in Kamtschatka gesichert. Jetzt konnte uns nichts mehr aufhalten – zumindest glaubten wir das, als wir Kanada verließen.

Auf dem Flug von Anchorage nach Petropawlowsk versetzten mich das gewaltige Packeis in der Beringsee und die wilde Schneelandschaft an der ostsibirischen Küste schnell wieder in die Stimmung für die Wildnis von Kamtschatka. Wir landeten am 16. Mai. Als Erstes fiel uns auf, dass Jelisowo und Petropawlowsk noch tief verschneit waren. Igor musste immer wieder schmutzigen Schneehaufen ausweichen, als er uns in die Stadt fuhr. Das Hinterland war noch ganz weiß, nur unten in den Talsohlen gab es bereits vereinzelte Streifen von leuchtendem Grün.

Igor erzählte uns, dass die Straßen noch vor einem Monat verschneite Schluchten gewesen seien. Die Alteingesessenen behaupteten, es sei einer der härtesten Winter gewesen, die sie jemals erlebt hätten. Später trafen wir Katja und Alexei, die uns warnten. Wir sollten am Kambalnojesee noch einige Zeit mit Schnee rechnen. Selbst die Forscher in der Station von Kurilskoj, die dreihundertdreißig Meter tiefer lag, stapften noch durch meterhohen Schnee.

Kaum waren wir gelandet, dachten wir an nichts anderes mehr als an die drei Jungbären im Zoo. Wir konnten es kaum erwarten, den Papierkram zu erledigen, um sie in unsere Obhut nehmen zu können. Igor hatte sich mittlerweile an unsere Ungeduld gewöhnt, hielt es aber immer noch für nötig, so oft wie möglich dagegen anzukämpfen. Als Erstes gab er uns eine Saison eröffnende Auffrischungslektion über die russische Arbeitsrealität. Die ersten Nächte sollten wir in einem Hotel verbringen, bis er uns eine preiswertere Wohnung verschafft hatte, die wir mieten konnten. Es sah ganz danach aus, als glaubte er, dass wir noch eine Weile in Petropawlowsk bleiben müssten.

Nur bruchstückweise kam die grausige Wahrheit ans Licht. Igor hatte beim wissenschaftlichen Komitee des Kronotskij-Reservats auf Granit gebissen. Die Mitglieder des Komitees konnten sich ganz und gar nicht mit unserem Plan anfreunden, Jungbären aufzuziehen. Nichts hätte Maureen und mich mehr schockieren können. Den ganzen Winter über hatten wir geglaubt, dass unser Projekt bereits genehmigt war. Wir waren davon ausgegangen, dass das grüne Licht, das Alexeew letzten Herbst vor unserer Abreise signalisiert hatte, das letzte Wort gewesen war.

Wie sich dann herausstellte, war Sergei nicht mal in Kamtschatka. Er befand sich in Moskau, um die Genehmigung zum Fang einer Anzahl von Seeottern am Kap Lopatka zu erhalten. Er wollte sie für harte Devisen an Zoos in aller Welt verkaufen. Mit einem Mal erschienen unsere Pläne wie Kartenhäuser im Wind. War Sergeis Zusage überhaupt weitergeleitet worden? Bedeutete sie etwas? Wir fragten uns sogar, ob er absichtlich abgereist war, um uns aus dem Weg zu gehen.

Diese Nacht im Hotel war alles andere als angenehm. Wenn es uns nicht gelang, das wissenschaftliche Komitee vom Wert unseres Bären-Projektes zu überzeugen, konnten wir einpacken. Die monatelangen Vorbereitungen, die Zusammenstellung der Ausrüstung, die Tausende von Dollar, die wir aufgetrieben hatten – alles wäre umsonst gewesen. Ganz zu schweigen von den drei Jungbären im Zoo. Für sie hatten wir uns eine rosige Zukunft ausgemalt. Jetzt waren sie ihrem Schicksal wieder hilflos ausgeliefert. Das Einzige, was uns trösten konnte, waren die Erfahrungen, die wir in der Vergangenheit gemacht hatten. Auch letztes Jahr hatten wir vor scheinbar unüberwindbaren Hindernissen gestanden und trotzdem immer wieder einen Ausweg gefunden.

Einige Tage nach unserer Ankunft erwartete man uns im Büro des Reservats, um den Wissenschaftler Alexander Nikanorow zu treffen, unseren ärgsten

Widersacher. Igor hatte uns auf das Treffen gut vorbereitet. Nikanorow war Biologe des Reservats und Raubtierexperte. Er sprach Englisch, daher hatte Igor ihm meine beiden Bücher zu lesen gegeben in der Hoffnung, ihn für uns einzunehmen. Igor vertraute darauf, dass die übrigen Mitglieder des Komitees sich Nikanorows Meinung anschließen würden, wenn es uns gelang, ihn von unserer Ernsthaftigkeit und Kompetenz zu überzeugen.

Doch als wir vor ihm standen, wusste ich, dass wir in der Klemme steckten. Er war ein stattlicher Mann mit dunklem, zerfurchtem Gesicht und schwarzem Bart – der Inbegriff eines russischen Wissenschaftlers. Seine dunklen Augen bohrten Löcher in meine Zuversicht. Ohne zu zögern versetzte er uns einen Tiefschlag. Unsere Bücher hätten seinen Verdacht bestätigt, dass wir nichts weiter als »Abenteurer« seien. Falls er damit zum Ausdruck bringen wollte, dass wir keine Wissenschaftler sind, so hatte er Recht. Aber ich hatte den Eindruck, dass »Abenteurer« für ihn noch nichtswürdiger war als »keine Wissenschaftler«. Als Nächstes bemängelte er, dass unser völlig unüberlegter Plan nur mit unserem Tod enden konnte. Entweder würden die Bären am Kambalnojesee uns umbringen oder aber die Jungbären selbst gingen auf uns los. Bestenfalls kämen wir mit schweren Verletzungen davon. Den Jungbären würde wahrscheinlich dasselbe Schicksal blühen wie uns, da sie eine beliebte Beute von älteren Bärenmännchen seien. Er sähe zudem keinen Sinn darin, Bären in einem Gebiet auszuwildern, in dem es bereits von Bären wimmelte. Es sei klüger, sie in einem Gebiet anzusiedeln, wo sie von Jägern ausgerottet worden seien. Wenn die Jungbären dann überlebten, würden sie später wenigstens von Jägern erlegt werden können und damit der Wirtschaft des Landes dienen.

Die Abneigung, die Beleidigungen und der Zynismus, die uns entgegenschlugen, gaben mir das Gefühl, selbst in die Enge getrieben zu werden. Ich musste mich zusammennehmen, sonst war alles verloren. Offensichtlich ging es ihm nur um einen einzigen Punkt, nämlich dass wir keine Wissenschaftler waren. Alles andere diente lediglich dazu, Staub aufzuwirbeln und uns einzuschüchtern. Die Tradition der reinen Wissenschaft ist in Russland allmächtig. Zwar werden Wissenschaftler schlecht bezahlt, genießen jedoch hohes Ansehen. Nikanorow würde nicht zulassen, dass die Grenzen seines Territoriums von irgendwelchen Möchtegernwissenschaftlern ausgefasert wurden.

Im Nachhinein ist mir klar, dass einige Probleme, die zu Nikanorows Haltung geführt hatten, bei diesem Treffen gar nicht angesprochen worden waren. Michio Hoshinos Tod ein Jahr zuvor hatte die Welt und vor allem die Einwohner von Petropawlowsk erschüttert. Die Aufsichtsbehörden der Schutzgebiete von Kamtschatka wollten unbedingt verhindern, dass sich so etwas wiederholte.

Sie befürchteten, dass Maureen und ich die nächsten Todeskandidaten waren. Zudem machten viele Wissenschaftler in Petropawlowsk Igor für Michios Tod verantwortlich. Die Härte, die uns entgegenschlug, rührte zum Teil auch daher, dass wir so eng mit Igor zusammenarbeiteten.

Wir versuchten, einige von Nikanorows Argumenten zu widerlegen, doch es war zwecklos. Wir konnten weder behaupten, dass wir große Erfahrung bei der Aufzucht von Bären hatten, noch dass wir Wissenschaftler waren. Dass Nikanorow ein Bekannter von Dr. Pazhetnow war, dem einzigen Experten, was die Auswilderung von Braunbären betraf, war sogar kontraproduktiv. Wir würden jedenfalls nicht in derselben Liga wie Dr. Pazhetnow spielen, hielt er uns entgegen, und es wäre eine Anmaßung, es auch nur zu versuchen.

Unter diesen Gegebenheiten schien nur ein Zug Erfolg versprechend zu sein. Ich fragte Nikanorow, was mit den Jungen geschehen würde, wenn man sie uns nicht gab. Würden sie nicht bald sterben müssen? Würde man sie nicht töten, sobald sie für den Zoo zu groß wurden, oder in eine Gallenfarm stecken, wo ein noch langsamerer und grausamerer Tod auf sie wartete? Nikanorow blieb ungerührt. Und wenn schon.

Niedergeschmettert verließen wir das Treffen.

Anschließend fuhr Igor uns zum Zoo von Jelisowo. Ich war schon einmal dort gewesen und wusste, dass er einem Schlachthof glich. Zwei Gebäude, durch ein behelfsmäßiges Gatter getrennt. Überall liefen Rentiere, Hasen, Katzen, Hunde und Ziegen herum. In einer Gasse mit Freigehegen sah ich bunt durcheinander gewürfelt Raben, Habichte, Adler, Füchse und einen australischen Dingo.

Um einen der Käfige hatten sich mehrere russische Familien geschart. Sie standen so dicht gedrängt, dass wir nichts sehen konnten und uns durchdrängeln mussten, bis wir das Objekt ihres Interesses erspähten: die drei Bärchen. Einer der Familienväter hatte gerade mit seinem Jagdmesser eine Dose süßer Kondensmilch aufgeschlitzt und ließ die dicke Flüssigkeit durch die Gitterstäbe tropfen, während die Jungbären darum kämpften, ihre rosigen Zungen darunter zu halten. Es war eine lebhafte Balgerei, die keiner für sich entscheiden konnte. Ein Großteil der klebrigen Masse tropfte auf ihr Fell. Gleichzeitig warf ein Kind Popcorn in den Käfig. Beides zusammen sorgte dafür, dass die Bären wie überdimensionale Bonbons aussahen.

Igor murmelte etwas von einem Artikel, den er in der Lokalzeitung gelesen hatte. Darin hatte der Zoodirektor Anatoli Schewljagin die Bürger aufgefordert, die Jungbären zu füttern, um dem Zoo finanziell unter die Arme zu greifen. Im selben Artikel hatte es geheißen, die Tiere seien von Männern in Militäruniform gebracht worden. Wie die Jungen zu Waisen geworden waren, blieb unerwähnt.

Schließlich schlenderten die Familien weiter, und wir traten näher, um zu beobachten, wie die Tiere sich gegenseitig die letzten Tropfen ihres Abendessens vom Pelz ableckten. Obwohl sie klebrig, verfilzt und schmutzig waren, fand ich sie wunderschön. Eins war dunkel, die anderen beiden blond, das eine davon fast silbern. Mir fiel vor allem die kleine Dunkle auf. Sie hatte schelmisch blitzende Augen und schien sich köstlich zu amüsieren, trotz der elenden Gefangenschaft.

Die Bären starrten uns an, bis sie sich davon überzeugt hatten, dass wir nichts zu fressen dabei hatten. Dann begannen sie zu spielen. Abwechselnd kletterten sie auf einen Baumstamm in der Ecke des Käfigs. Sobald einer oben angelangt war, ließ er sich auf die beiden anderen herunterfallen. Maureen trat näher an den Käfig, um sie besser sehen zu können, da machte eines der blonden Jungen einen Satz und warf sich zischend und fauchend gegen die Käfigtür. Maureen wich erschrocken zurück und stolperte. Es war ein Augenblick der Ernüchterung. Während sie sich vom Boden aufrappelte, fragte sie laut, was wir mit diesen Bären anstellen sollten, die von den Menschen bereits völlig verdorben waren.

Da ich sah, wie die Bären im Käfig behandelt wurden, fiel mir keine vernünftige Antwort ein. So sehr Zweifel angebracht gewesen wären, ich hatte keine. Vor der unzähmbaren Lebenslust der Kleinen verblasste sogar die Angst vor dem wissenschaftlichen Komitee. Als dann ein weiterer Vater mit seinem Sohn auftauchte, um die Tiere mit etwas von zweifelhaftem Nährwert zu füttern, sagte ich zu Maureen: »Koste es, was es wolle, ich muss die Kleinen hier rausholen.«

Anatoli Schewljagin saß in seinem Büro in einem der Zoogebäude. Er begrüßte uns mit aufrichtiger Herzlichkeit. Obwohl es das Letzte war, wozu ich in dem Augenblick Lust hatte, führte er uns herum. Wir sahen uns seine exotischen Kostbarkeiten an: Füchse aus der Saharawüste, Affen, Krokodile, Iguanas, Mungos, Fasane. Das meiste hatte ich bereits gesehen, als mich Igor im letzten Herbst hierher gebracht hatte – außerdem bin ich kein Liebhaber von Zoos, vor allem nicht, wenn sie so schmutzig und beengt sind. Ich versuchte, mich auf Anatolis Liebe und Fürsorge für seine Schützlinge zu konzentrieren. Ich versuchte es, aber es gelang mir nicht. Meine Gedanken waren nur bei den Bärchen. Ihre Bilder hatten sich mir eingebrannt. Sobald sich eine Gelegenheit ergab, kam ich höflich auf sie zu sprechen und stellte entzückt fest, dass Anatoli förmlich darauf brannte, sie in unsere Obhut zu entlassen. Das war wirklich großzügig, denn wir hatten beobachtet, wie viele Zuschauer sie anlockten. Trotzdem war er gewillt, sie uns zu überlassen.

Igor fragte, wie lange es dauern würde, bis die Jungen zu groß für den Käfig wären. Anatoli ging von etwa einem Monat aus. Ich hatte das Gefühl, dass wir das Problem spätestens in einer Woche gelöst haben mussten, sonst würde es nie etwas, aber das behielt ich lieber für mich.

Am nächsten Tag schlug Maureen vor, einfach so zu verfahren, als hätten wir die Genehmigung bereits in der Tasche: Diese Strategie des »Augen-zu-und-durch« war unser Markenzeichen. Wir erklärten Igor, was wir benötigten, und wie üblich hatte er einen Plan. Wir brauchten Holz, um eine Hütte für die Kleinen zu bauen, und Eisengitter für die Fenster. Igor führte uns in eine versteckte Seitengasse zu einer kleinen Holzfabrik mit Tischlerei, deren Besitzer nur allzu gern unsere Bedürfnisse befriedigte. Wir zeichneten auch eine Skizze für den Käfig, in dem die Bären transportiert werden und wohnen sollten, bis wir ihre Hütte fertig hatten. Kein Problem, hieß es.

An diesem Tag erreichten wir viel. Das Schiff mit unserem Container lief in die Awatscha-Bucht ein, und ich fuhr nach Nikolajewka, um nach meiner Kolb zu sehen. Als ich am Abend wieder nach PK kam, zogen wir vom Hotel in ein Apartment um. Am selben Tag hatte das wissenschaftliche Komitee zusammentreten sollen, um Alexander Nikanorows Bericht über unser Projekt zu besprechen. Allerdings konnten wir weder erfahren, ob das Komitee wirklich getagt noch wie es entschieden hatte.

In den folgenden drei Tagen teilten wir die Aufgaben auf, um so viel wie möglich zu erledigen. Maureen und Igor kümmerten sich um die Zollformalitäten, und ich fuhr nach Nikolajewka, um das Flugzeug einer eingehenden Wartung zu unterziehen und die nötigen Reparaturen zu erledigen. Aus vorangegangenen Erfahrungen wusste ich, dass man einen ganzen Tag beim Zoll verbringen kann, ohne irgendetwas zu erreichen, und war daher froh, das bessere Los gezogen zu haben. In Nikolajewka öffnete Wolodja Kudrjawsew das Tor zum Schuppen, wo meine Maschine überwintert hatte. Sie war zwar völlig verstaubt, aber intakt. Stundenlang überprüfte ich Zoll für Zoll das gesamte Flugzeuggerippe und zerbrach mir den Kopf darüber, welche Probleme in diesem Sommer noch alle auftreten könnten.

In diesen Tagen verlief eigentlich alles so, wie wir es geplant hatten. Mit Hilfe der Fluglehrer führte ich sämtliche Wartungsarbeiten durch. Maureen und Igor saßen tagelang beim Zoll und machten kleine Fortschritte. Mittlerweile hatten wir auch einen Termin bekommen, um die Entscheidung des Komitees zu erfahren, der zunächst verschoben, dann abgesagt und schließlich auf den 26. Mai festgesetzt worden war.

Am Freitag vor dem Treffen, das am Montag stattfinden sollte, beendete ich die Arbeiten an der Maschine. Die bürokratischen Auflagen, dass ich einen russischen Piloten beauftragen und einen täglichen Flugplan einreichen müsse, hatten sich im Verlauf des Winters in Luft aufgelöst. Im Büro des Kronotskij-Reservats forderte man mich auf, die Gegenden, die ich überfliegen wollte, auf einer Karte zu schraffieren. Ich beantragte ein so großes Gebiet, wie ich gerade noch rechtfertigen konnte, und wurde umgekehrt aufgefordert, Osernowskij und Kap Lopatka zu meiden. Das war alles. Danach begab ich mich zu Maureen und Igor, um an der endlosen Warterei teilzunehmen. Eine halbe Stunde vor Feierabend saßen wir immer noch mit leeren Händen da. Maureen war am Ende ihrer Geduld angelangt. Jetzt fing sie an, die Zollbeamten, die sie mittlerweile ganz gut kannte, zu drängen, vor allem eine Frau, die offenbar viel zu sagen hatte. Maureen flehte sie an, uns endlich abzufertigen, obwohl sie in wenigen Minuten schließen würden. Die Frau ließ jemanden kommen, der uns helfen sollte, und erklärte, es sei unzumutbar, uns noch bis Montag warten zu lassen. Als er sich den Schlüssel zum Container schnappte und einen Gabelstapler bestellte, wussten wir, dass es geschafft war. Was eine ganze Woche lang unmöglich gewesen war, wurde jetzt innerhalb von wenigen Minuten erledigt.

Am Sonntagabend, einen Tag vor unserem Treffen mit dem wissenschaftlichen Komitee, beschlossen Maureen und ich, uns eine Pause vom Kochen zu gönnen, und gingen in ein Restaurant, das Igor empfohlen hatte. Das Essen war sehr gut, aber auch sehr schwer. Am nächsten Morgen wachte ich mit heftigen Bauchschmerzen auf. Ich versuchte, mich zusammenzunehmen, aber die Schmerzen wurden immer stärker. Ich stieg zwar mit ein, als Igor uns mit dem Wagen abholte, musste ihn dann aber doch bitten, mich wieder nach Hause zu bringen. So fuhren Maureen und Igor ohne mich zu dem Treffen.

Ich lag noch immer im Bett, als sie zurückkehrten. Das Treffen war nicht gut verlaufen. Neben Alexander Nikanorow hatte ein weiterer Wissenschaftler namens Wladimir Mosolow daran teilgenommen, der noch vehementer als Nikanorow bezweifelte, dass wir mit unserem Bärenprojekt irgendwelche Resultate erzielen würden. Igor versuchte, uns aufzumuntern, indem er sagte, die Haltung der beiden Wissenschaftler sei nicht repräsentativ für die des Komitees, aber es half nichts. Maureen und ich kannten das Gefühl nur zu gut, wenn man gegen eine Mauer rennt.

Später am Nachmittag kam auf einen Anruf unserer Freundin Katja hin eine Ärztin zu einem Hausbesuch. Sie brauchte nicht lange, um festzustellen, dass ich eine Gallenkolik hatte. Sie verschrieb mir ein Medikament und erklärte, sie werde am nächsten Tag wiederkommen und mich zu einer Ultraschalluntersuchung im örtlichen Krankenhaus abholen.

An diesem Abend saß ich, voll gepumpt mit Schmerzmitteln, mit Maureen und Igor in der Wohnung. Wir redeten darüber, wie wir die Haltung des wissenschaftlichen Komitees beeinflussen könnten. Unsere Chancen waren gleich null. Wir zogen alle anderen Möglichkeiten in Betracht und kamen zu dem Schluss, dass es nur eine Lösung gab. Was würde passieren, fragten wir Igor, wenn wir die Bären mitnähmen und behaupteten, Anatoli, der Direktor des Zoos, hätte es uns erlaubt?

Igor dachte eine ganze Weile nach. Dann fing er an zu lachen. Wahrscheinlich wäre die Hölle los, sagte er, aber die Alternative hieß, das ganze Projekt scheitern und die Bären jämmerlich sterben zu lassen. So beschlossen wir alle drei, es zu versuchen. Petropawlowsk würde seine erste Bärenentführung erleben.

Die Ultraschalluntersuchung am nächsten Tag ergab, dass ich keine Gallensteine hatte. Die Ärztin war sicher, dass die Gallenkolik durch das fette Essen des Restaurants ausgelöst worden war. Das sei auch ohne Gallensteine möglich, erklärte sie. Sie verschrieb mir eine Packung Antibiotika und bestand darauf, dass ich mich eingehend untersuchen ließ, sobald ich wieder zu Hause in Kanada war.

Noch am selben Abend suchten wir im Zoo Anatoli Schewljagin auf. Wir erklärten ihm, dass wir beabsichtigten, die Bären mit zum Kambalnojesee zu nehmen, sobald das Wetter es erlaubte, mit oder ohne Genehmigung des wissenschaftlichen Komitees vom Kronotskij-Reservat. Anatoli verstand, was das bedeutete. Die Behörden von Kronotskij würden ihm das Leben schwer machen. Trotzdem entpuppte er sich als ein wahrer Tierfreund und erklärte, er werde uns die Jungen mitgeben.

Der nächste Tag, es war der 28. Mai, sollte der wichtigste Tag unseres Kamtschatka-Projektes werden. Ich tat die ganze Nacht kein Auge zu, während draußen ein Schneesturm wütete. Der Gedanke, wieder in eine so verschneite und windgepeitschte Welt zu fliegen, erfüllte mich mit Selbstzweifeln. Ich würde im Schnee starten und landen müssen und hatte keine Erfahrung, wie der Schwimmer der Kolb reagieren würde. Zudem hatte man uns gewarnt, dass wir dieses Jahr mit noch stärkeren Stürmen als letztes Jahr rechnen müssten. Wie sollte ich bloß die Maschine im Schnee sichern? Andererseits konnte ich mir nicht vorstellen, ohne mein kleines Prachtstück zum Kambalnojesee aufzubrechen. Merkwürdigerweise machte Maureen keinerlei Bemerkungen zu unserem Plan, die Bären ohne Genehmigung mitzunehmen. Wahrscheinlich gab es dazu nichts mehr zu sagen.

In der Dämmerung des Mittwochmorgens zogen Wolken und Schneeböen von Westen her über die Berge. Wenn das Wetter aufklaren würde, dann vom Süden her, also setzten wir unsere Vorbereitungen fort. Ich manövrierte das Flugzeug durch die Straßen von Nikolajewka zur Piste. Dann machte ich einen Testflug und kümmerte mich nicht um den Krach des Motors. Alles deutete auf schlechtes Benzin hin, aber ich hatte keine Ahnung, wie ich besseres auftreiben könnte. Wolodja hatte mir erklärt, dass die Geschäftsleute von Petropawlowsk in Seattle billigen Sprit kauften und ihn während des Transports über die Beringsee mit noch billigerem Diesel pantschten. Bei starkem Seegang wurde alles schön vermischt. Ich bräuchte lediglich fünfundsiebzig Liter gutes Benzin, um zum Kambalnojesee zu gelangen, erzählte ich ihm, da ich dort in einem Versteck einen ordentlichen Vorrat an gutem Benzin gebunkert hatte. Wolodja versprach, sich darum zu kümmern.

Dann flog ich die Maschine zu Anatoli Kowolenkows Hubschrauberlandeplatz und tauschte das Fahrwerk gegen den Lotus-Schwimmer aus. Dort erwarteten mich bereits Maureen und Igor, nachdem sie unsere Ausrüstung mit einem Lastwagen hatten hertransportieren lassen. Wir alle wurden nervös, als wir dem Wetterbericht entnahmen, dass die Wolken über der Forschungsstation in Kurilskoj sich allmählich auflösten. Der Mi-8-Pilot fand sich bereit, Maureen hinzufliegen, vorausgesetzt wir luden die Sachen sofort ein, so dass er innerhalb der nächsten zwei Stunden starten konnte. Er wollte eine Route nehmen, die erst nach Norden führte und später die Gebirgskette über der einzigen Straße kreuzte, die in Richtung Westküste führte. Obwohl es ein Umweg war, beschloss ich, ihm zu folgen.

Wir baten den Lastwagenfahrer, uns zum Zoo zu bringen. Anatoli wartete bereits auf uns. Er öffnete das Tor des Käfigs und packte jeden kleinen Bären fachmännisch am Schlafittchen, um ihn herauszuholen. Dann steckten wir sie in den kleinen Käfig und hoben diesen auf die Ladefläche des Lasters. Innerhalb kürzester Zeit kehrten wir mit unserem Käfig voller protestierender Bären wieder zum Hubschrauberlandeplatz zurück.

Wir waren mit allen Vorbereitungen so gut wie fertig, als wir einen Telefonanruf bekamen. Es war Tatjana Gordienko, die Leiterin des Umweltkomitees. Sie teilte uns mit, dass sie auf dem Weg zum Hubschrauberlandeplatz sei, um mit uns an den Kambalnojesee zu fliegen. Sie hatte schon letztes Jahr unsere Hütte inspizieren wollen und werde dies jetzt nachholen.

Als wir den Hörer auflegten, erzählte uns Igor, was er über Tatjana wusste.

Sie sei eine knallharte und kluge Frau, und wenn sie mit uns fliegen wolle, so rate er, nichts zu tun, um sie davon abzuhalten. Sie gehörte zwar nicht zum wissenschaftlichen Komitee, das uns die Genehmigung verweigert hatte, doch wussten wir nicht, ob sie dessen Meinung teilte.

Ich musste noch das Benzin umfüllen, das Wolodja mir für die Kolb besorgt hatte. Igor würde mit mir bis zur Forschungsstation in Kurilskoj kommen, um Bill Leacock zu helfen, einigen Bären Sendehalsbänder anzulegen. Wieder einmal mussten wir uns auf Maureens diplomatisches Geschick verlassen. Sie war diejenige, die mit Tatjana im Hubschrauber sitzen würde. Eine Stunde nach Ablauf der Frist, die uns der Pilot gesetzt hatte, beobachteten Igor und ich aus der Ferne, wie der Mi-8 abhob. Das zumindest war ein gutes Zeichen.

Was ich nicht wusste, war, ob Tatjana die Bären bereits bemerkt hatte und Maureen und sie trotzdem zusammen gestartet waren. Oder ob Maureen Tatjana irgendwie an Bord bugsiert hatte, ohne dass diese von den Bären wusste.

Igor und ich hoben ab und folgten dem Hubschrauber Richtung Norden. Kaum hatten wir eine Höhe von 330 Metern erreicht, verwandelte sich der Regen in Schnee, aber ich war erleichtert, als ich bemerkte, dass sich in der Übergangszone nur wenig Eis auf dem Rumpf gebildet hatte. Wir gelangten zu dem Pass, der uns durch die Gebirgskette in die westliche Hälfte der Halbinsel bringen sollte. Er war von hohem Schnee bedeckt und wolkenverhangen. Ich lenkte das Flugzeug haarscharf durch die beiden Berge. Igor und ich waren so dick eingemummelt, dass wir uns kaum bewegen konnten, und trotzdem war uns kalt. Das Problem mit dem kondensierenden Benzin war immer noch ungelöst. Sobald der Motor weniger als viertausend Umdrehungen machte, fing er an zu stottern und drohte auszugehen.

Zum Glück hatte ich Igor dabei, der mir den Weg zeigte. Da die Wolken sehr tief hingen, konnte ich die Vulkane nicht als Wegweiser benutzen. Wir waren Gefangene der Wolken, die die Vulkanlandschaft in einen Irrgarten verwandelten. Immer wieder gerieten wir in eine Sackgasse und mussten umdrehen, um ein anderes Tal zu finden, das uns in den Süden führte. Ohne Igors Kenntnisse hätte ich mich hoffnungslos verirrt. Die alpine Zone glich einem weißen Meer. Nur in den niedrigsten Talsohlen ragten die knorrigen Stämme und die Wipfel der Steinbirken aus dem Schnee.

Meine Gefühle spielten verrückt. Während unter uns eine zauberhaft schöne Landschaft vorbeiglitt, malte ich mir aus, wie Tatjana Gordienko womöglich auf die Bären reagierte. Einerseits versetzte mich das Fliegen und auch der Anblick der Bärenspuren, die ich am Boden sah, wenn ein Lichtstrahl auf die verschneiten Berge fiel, in Euphorie. Doch im nächsten Augenblick verfiel ich in Panik, wenn ich daran dachte, dass Tatjana Gordienko Angestellte des Naturschutzgebiets war und wie alle ihre russischen Kollegen das Recht hatte, eine Waffe zu tragen. Was sollten wir machen, wenn sie die Bären einfach erschoss?

Schließlich kamen wir zum Kurilskojsee. Trotz des harten Winters war der See nicht zugefroren. Er sah aus wie eine preußischblaue Insel inmitten eines weißen Meeres. Ich drosselte die Maschine, um zur Landung anzusetzen, und prompt würgte das wässrige Benzin den Motor ab. So würde ich es nicht bis zum See schaffen, aber zum Glück hatte ich noch genug Höhe, um auf dem Fluss zu wassern, der ebenfalls eisfrei war. Wir ließen uns eine Weile treiben, bis die Wärme des Motors das Eis in der Benzinleitung geschmolzen hatte. Nach etwa zehn Minuten sprang der Motor wieder an, und wir konnten zur Forschungsstation weiterfliegen.

Der Mi-8 hatte unsere Ausrüstung bereits am Kambalnojesee abgeladen und war zur Forschungsstation gekommen, um die Sachen abzuholen, die wir dort den Winter über gelagert hatten. Mittlerweile war er erneut zum Kambalnojesee gestartet. Ich brannte darauf, zu erfahren, was mit den Bären geschehen war, also machte ich mich nach einer kurzen Begrüßung sofort auf den Weg, diesmal ohne Igor. Als ich über den Hang des Kambalnoje-Vulkans flog, konnte ich drei Bärenhöhlen erkennen. Frische Spuren führten von ihnen weg. Vor einem vierten Bau lag ein Bär im Schnee und blickte auf das Tal hinunter. Auf der anderen Seite der Caldera flog gerade der Hubschrauber nach PK zurück. Tatjana Gordienko saß mit Sicherheit auf dem Passagiersitz, aber hatte sie auch den Bärenkäfig im Gepäck?

MAUREEN: *Als Tatjana Gordienko zum Hubschrauberlandeplatz kam, hatte der Pilot die Maschine bereits gestartet und konnte es kaum abwarten, endlich loszufliegen. Das war gut, denn ich wollte wenn möglich die Bären vor Tatjana verbergen. Als sie aus dem Wagen stieg, wusste ich sofort, dass sie eine starke und entschlossene Frau war, genauso wie ich, und das flößte mir mehr Respekt als Angst ein. Ich hielt mir wegen des Lärms die Ohren zu und führte sie beiseite. Die Bärenjungen kreischten vor Aufregung, und ich wollte Tatjana auf Abstand halten, damit der Lärm der Rotoren ihre Schreie übertönte.*

Nach der Begrüßung spielte ich meinen ersten Trumpf aus. Ich sagte ihr, dass die Maschine hoffnungslos überladen sei und wir sie nicht mitnehmen könnten. In perfektem Englisch erwiderte sie, dass ich ohne sie nirgendwohin flöge. Ich widersprach nicht, sondern gab dem Piloten ein Zeichen, dass wir starten könnten, da ich wusste, dass er sofort die Turbinen aufdrehen würde. Der Lärm übertönte das Schreien der Bären, als Tatjana und ich einstiegen. Sie waren weit genug hinten, so dass man sie nicht mehr hören konnte.

Waren wir einmal in der Luft, schien die Gefahr vorerst gebannt, zumindest, bis wir wieder landeten. Natürlich würde sie dann die Bären entdecken, aber ich wollte mich erst mit ihr auseinander setzen, wenn wir angekommen waren.

Der Flug dauerte zwei Stunden. Wie Katja und Alexei vorausgesagt hatten, war das Tal ein einziges Schneemeer, aus dem nur der Schornstein unserer Hütte ragte. Ich bat den Piloten, direkt neben der Hütte zu landen, und dann fing die ganze Crew an, unser Gepäck durch die Ladepforten am Heck hinauszuwerfen. Ich lief derweil mit Tatjana zur Hütte. Gemeinsam gruben wir unter der Tür der Hütte und der Tür des Anbaus Hämmer und Brechstangen aus und machten uns daran, die Bretter zu entfernen, die Türen und Fenster vor dem Winter geschützt hatten. Tatjana wusste genauso gut wie ich, wie man mit Werkzeug umgeht. Ich glaube, wir waren gegenseitig beeindruckt von unserem Können. Es dauerte nicht lange, bis wir in der Hütte standen. Tatjana nahm alles in Augenschein. Die ganze Aktion dauerte eine knappe Minute, dann erklärte sie, dass sie noch nie eine so gut gebaute Hütte gesehen hatte.

Im selben Augenblick, als sie ihre Bewunderung zum Ausdruck brachte und ich mich in ihrem Lob sonnte, hob der Hubschrauber wieder ab, um die zweite Ladung vom Kurilskojsee abzuholen. Der Lärm des Hubschraubers verebbte, und plötzlich hörte man die Bären schreien. Tatjana hielt mitten im Satz inne und starrte mich ungläubig an.

»Was ist das?«

Ich eröffnete ihr, dass wir die drei Jungbären aus dem Zoo mitgenommen hatten. Sie versuchte, sich einen Reim darauf zu machen und folgerte zuerst, dass die Mitglieder des wissenschaftlichen Komitees ihre Meinung geändert haben mussten und sie nicht auf dem Laufenden sei. Aber ich wollte sie nicht mehr hinters Licht führen, sondern klärte sie offen darüber auf, dass dies nicht der Fall sei. Wir hätten die Bären ohne die Genehmigung des Komitees mitgenommen. Aus Sorge um das Wohl der Tiere.

Wir gingen zu dem Haufen, den die Mannschaft abgeladen hatte. Mittendrin stand der kleine Käfig mit den schreienden Bären. Tatjana sah sich den Käfig an, dann die Tiere darin. Sie warf einen Blick auf den See und blickte dann zurück zu mir. Sie war völlig entgeistert. Schließlich sah sie mir in die Augen und sagte: »Sie sind ja völlig verrückt.« Und setzte dann mit einem leichten Lächeln, dem ersten, das ich an ihr sah, hinzu: »Aber ich mag diese Art von Verrücktheit.« Obwohl ihre Kollegen bestimmt anderer Meinung sein würden, respektiere sie unsere Entschlossenheit, den Tieren zu helfen. Wir standen neben dem Käfig mit den Tieren und unterhielten uns ganz offen über die Konsequenzen. Sie sagte, sie werde alles tun, um das wissenschaftliche Komitee zu überzeugen, uns weitermachen zu lassen, aber es würde nicht leicht werden. Mit anderen Worten, wir waren noch nicht über den Berg. Das Kronotskij-Reservat hatte die Verfügungsgewalt über die Tiere, und daran würde niemand so schnell etwas ändern. Am Ende hatte ich das Gefühl, dass Tatjana komplett verstanden hatte, was wir wollten und warum wir uns so engagiert dafür einsetzten.

Der Hubschrauber kam zurück. Die Männer luden den Rest aus und wollten sofort wieder starten. Tatjana und ich schüttelten uns die Hand, und ich bedankte mich bei ihr, dass sie uns eine Chance geben wollte. Dann war sie weg. Nur wenige Minuten später kam Charlie mit seinem Flugzeug. Er sah mich. Er sah die Bären. Er sah, dass Tatjana weg war. Ich erzählte ihm, was passiert war, und er meinte, dass das alles nichts zu sagen hätte und wir unserem Ziel keinen Deut näher gekommen seien. Ich war anderer Meinung und machte keinen Hehl daraus. Etwas sehr Ungewöhnliches und Gutes hatte sich hier zwischen Tatjana und mir abgespielt. Ich vertraute ihr, und sie war die erste Vertreterin der russischen Bürokratie, bei der ich dieses Gefühl gehabt hatte. Ich war sicher, dass unser Projekt eine echte Unterstützerin gefunden hatte und unsere Chancen, die Bären behalten zu können, nun bedeutend besser waren als zuvor.

11

Chico, Biscuit und Rosie

Als ich über dem Kambalnojesee zur Landung ansetzte, flog ich erst einmal im Tiefflug über Maureen und unsere Ausrüstung hinweg, um einen Blick auf den kleinen Käfig werfen zu können. Die Euphorie beim Anblick der Jungen ist die einzige Entschuldigung dafür, dass ich kurz darauf fast eine Bruchlandung hingelegt hätte. Durch die hohen Wolken drang diffuses Licht, das keine Schatten warf, an denen ich die Beschaffenheit des Bodens hätte erkennen können. Ich beschloss, auf dem See zu landen, in der Annahme, die vereiste Oberfläche wäre eben. Doch als ich aufsetzte, wurde ich von einer anderthalb Meter hohen Schneeverwehung wieder in die Luft geschleudert. Dass das Flugzeug keinen Schaden nahm, war ganz und gar nicht mein Verdienst.

Der Schnee im Kambalnoje-Becken lag so hoch, dass wir die Hütte niemals gefunden hätten, wenn sie in einer Senke statt auf einem Hügel gestanden hätte. Die Stelle, an der ich letztes Jahr das Flugzeug geparkt hatte, lag unter einer mindestens zehn Meter hohen Schneedecke. In der Ferne sah ich jede Menge Bären, und alle waren in Bewegung.

Die drei verwaisten Jungen spielten so unbändig in ihrem kleinen Käfig, dass er hin und her schaukelte. Ich begrüßte sie durch die Gitter, und sie hielten kurz inne, um meine Anwesenheit zur Kenntnis zu nehmen. Maureen hatte die Bretter an der Tür und an einem der Fenster abgenommen. Auf dem Ofen kochte Wasser für Tee. Das Innere der Hütte sah gut aus. Der Schnee hatte sie ganz unter sich begraben und so vor Schaden geschützt. Mit einer Ausnahme: Wühlmäuse hatten ein Loch durch die zweieinhalb Zentimeter dicke Tür genagt und einen kleinen Haufen Mäusekot in der Hütte hinterlassen.

Vor Einbruch der Dunkelheit gab es noch eine Menge zu tun. Als Erstes mussten die Jungen gefüttert werden. Ohne groß zu überlegen hatten wir ihnen bereits Namen gegeben, nur um sie notfalls einzeln rufen zu können. Es waren drei Weibchen. Die Dunkle mit den lebhaften Augen nannten wir Chico. Erst später, als sie bereits auf ihren Namen hörte, wurde uns bewusst, dass sie eigentlich eine Chica hätte sein müssen. Die größere Blonde nannten wir Biscuit und die kleinere, die überhaupt die Kleinste von allen war, Rosie.

In dem Käfig gab es nicht genug Platz, um jedem Tier seinen eigenen Fressnapf zu geben. Deshalb schoben wir eine große Plastikschüssel in den Käfig und füllten sie aus einem Eimer mit Haferflocken und Milch. Ein riesiger Tumult war die Folge. Im Bruchteil einer Sekunde hatte Biscuit Rosie kopfüber in die Schüssel mit den Haferflocken geschubst, während Chico daneben stand und ihren Anteil aufschlabberte. Sie hörte sich an wie die Pfeife einer Dampflokomotive, die voll aufgedreht ist. Das waren keine Hauskatzen, die höflich aus demselben Napf fressen.

Nach diesem Schauspiel begannen wir, unsere Vorräte, die Ausrüstung und die Sonnenblumenkerne in Sicherheit zu bringen. Nicht auszudenken, was passiert wäre, wenn sich ein neugieriger Bär gleich in der ersten Nacht am Kambalnojesee darüber hergemacht hätte.

Am Ende des Tages herrschte Hochstimmung. Wir waren begeistert, wieder da zu sein, begeistert, die Jungen bei uns zu haben, und zugleich war uns klar, was für ein Riesenglück wir mit den Umständen und den Leuten gehabt hatten, die dafür verantwortlich waren, dass wir jetzt alle fünf hier gelandet waren.

Der nächste Morgen war ruhig und klar, und an Arbeit mangelte es nicht. Wir hatten den Proviant und die Ausrüstung über Nacht mit einer Plane zugedeckt, aber jetzt mussten wir alles in die Vorratshütte räumen. Als Erstes dichtete ich das Loch in der Tür ab, um der Parade von Wühlmäusen Einhalt zu gebieten.

Nach dem Frühstück schnappte sich Maureen eine Schaufel und legte eine Fläche in den Maßen der zukünftigen Bärenhütte frei. Ein zweieinhalb Meter tiefes Loch in den nassen, schweren Schnee zu graben ist nicht leicht. Erst als sie mehrere Tonnen von Schnee weggeschaufelt hatte, jedenfalls sah es so aus, konnte ich sie überreden, eine Pause zu machen und sich anschließend einer weniger strapaziösen Aufgabe zuzuwenden.

Die Hütte für die Jungen war natürlich das Wichtigste, was erledigt werden musste, da es in dem kleinen Käfig für die Tiere zu eng war. Meine Kettensäge erwachte nach der langen Winterpause zu kreischendem Leben, und wenig später machte ich mich daran, in der warmen Sonne die Bärenhütte aufzustellen. Ich wollte sie vor Einbruch der Dunkelheit fertig haben. Jedes Mal wenn ich einen Blick auf die Kleinen warf, quetschten sie ihre Tatzen und Nasen zwischen die Eisengitter und erkundeten ihre neue bergige Heimat. In meiner blühenden Phantasie malte ich mir aus, dass sie bestimmt nur deshalb so aufgeregt waren, weil sie ahnten, welche Freiheit sie hier erwartete.

Es war stockdunkel, als ich schließlich die schwere Teerpappe auf dem Dach befestigt und zwei vergitterte Fenster und eine Tür eingebaut hatte. Wir schoben den Käfig bis an die Hütte und überlegten, wie wir sie am besten umquartieren könnten. Auf keinen Fall durften sie uns in der Dunkelheit entkommen. Ich beschloss, Anatolis Technik nachzuahmen. Ich würde in den Käfig greifen, ein Junges am Nacken packen, es in die Hütte hieven und schnell die Tür wieder schließen. Trotz der Handschuhe war es mir nicht ganz geheuer, in den dunklen Käfig zu greifen. Ich tastete herum und stieß schließlich auf eins der Jungen, das sich in eine Ecke drückte. Ich suchte nach seinem Kopf und packte ihn an dem lockeren Nackenfell, aber es war zu glatt, und ich konnte nicht richtig zupacken. Ich zog die Handschuhe aus und versuchte es erneut. Dieses Mal klappte es. Rosie wand sich und schrie gotterbärmlich, als ich sie aus dem kleinen Käfig in die Luft hob und in ihr neues Heim bugsierte. Auch Chico machte keine allzu großen Schwierigkeiten. Biscuit dagegen merkte, dass sie allein war, und wich meiner Hand immer wieder aus. Sie brüllte vor Wut und hatte viele Gelegenheiten, mich zu beißen, tat es aber nicht. Schließlich hatte ich auch sie in die Hütte gehievt. Nach all dem Greifen und Heben hatte ich jetzt eine vage Vorstellung, wie schwer sie waren. Etwa fünfzehn Pfund.

Die neue Hütte war ein Volltreffer. Biscuit brachte ihre Begeisterung zum Ausdruck, indem sie sofort auf das vergitterte Fenster kletterte und im hohen Bogen auf die Sägespäne sprang, die wir aus der Schreinerei mitgebracht hatten, um das Lager auszupolstern. Als wir an diesem Abend schlafen gingen, hörten wir die Jungen noch immer in ihrem neuen Heim herumtoben.

Erst viel später fiel uns übrigens auf, dass sich die Jungen nie gegenseitig in die Tatzen bissen, was auffallend war, weil sie sich sonst überall bissen und schlugen. Vielleicht war das auch der Grund, warum sie mir nicht in die Hand gebissen hatten, als ich sie aus dem Käfig fischte.

Am nächsten Tag nutzte ich das gute Wetter und flog auf der Suche nach Brennholz an die Ostküste. Maureen räumte währenddessen die Vorratskammer um, um Platz für das Holz zu schaffen, das ich bringen würde. Sie hatte beschlossen, sich in einer Ecke der Vorratskammer einen kleinen Arbeitplatz einzurichten, um sich notfalls von dem zweiten menschlichen Bewohner des Lagers zurückziehen zu können – so wie sie es von zu Hause gewohnt war. Doch zuerst musste alles andere darin Platz finden.

Kaum hatte ich den Bergkamm nach Osten überflogen, war die Luft ruhig, obwohl das Meer noch vom letzten Sturm aufgewühlt war. Dunst hing über der Küste, wo sich die Wellen an den Klippen brachen. Eine Weile flog ich die Klippen entlang, in der Hoffnung, Bären zu sehen. Die Berggipfel waren noch von Schnee bedeckt, während in den tieferen Schluchten bereits frisches Gras wuchs. Ich sah einige Weibchen mit ihren ein- oder zweijährigen Jungen, die an steilen Hängen grasten und jeden Augenblick abzustürzen drohten. Es waren noch relativ wenige Bären unterwegs, was nahe legte, dass es entweder andere Futterquellen geben musste oder die meisten ihre Winterruhe noch nicht beendet hatten.

Die Winterstürme hatten uns eine Menge Brennholz beschert. Das Gebiet um die Mündung der Gawrilowa, das ich letztes Jahr geplündert hatte, war nun wieder voller Treibholz. Ich landete unweit der Mündung in ruhigem Gewässer, warf die Kettensäge an und sammelte Holz für eine ganze Woche. Obwohl die Hütte nur ein Dutzend Meilen entfernt war, lag hier kein Schnee mehr, und die angenehm warme Luft duftete süß nach frischem Gras.

Um das Brennholz zur Hütte zu transportieren, brauchte ich den ganzen Tag. Meine Kolb diente als Schubkarre. Auf einem der Flüge sah ich ein Seeadlerpärchen mit zwei Jungen in einem Nest auf dem Wipfel einer knorrigen Steinbirke. Eines der Eltern flog auf mich zu, und ich drosselte die Geschwindigkeit, um es näher kommen zu lassen. Der Blick in seinen Augen war tapfer und wild, als würde es sich auf meine Tragflächen stürzen, wenn ich es nah genug heranließ.

In den ersten Tagen beschränkte sich unsere Arbeit mit den Bärenjungen darauf, sie zu füttern. Wir hatten mit dem Haferbrei begonnen, den Dr. Pazhetnow in einem von Igor übersetzten Aufsatz empfahl. Im Wesentlichen bestand er aus Haferflocken und Rosinen. Jeden Morgen bereitete Maureen eine große Schüssel davon zu, die für beide Mahlzeiten am Tag ausreichte. Bevor sie Öl und Zucker hineinrührte, stibitzte ich eine Schale für mich. (Maureen hasst Haferbrei und rührt ihn nicht an.) Die Jungen bekamen ihn mit Milch. Von Anfang an mischten wir auch Sonnenblumenkerne unter, deren Anteil wir vergrößern wollten, je mehr die Kleinen heranwuchsen.

Die erste Aufgabe bestand darin, sie daran zu gewöhnen, dass jeder Bär aus seinem eigenen Napf fraß. Da sie im Zoo alle aus einem gefressen hatten, stürzten sie sich auch jetzt alle auf den ersten, den wir ihnen anboten, und veranstalteten eine wilde Rauferei um das Futter. Rosie gewöhnte sich als Erste an das Prinzip »Ein Bär, ein Napf«. Schon nach kurzer Zeit zog sie sich auf ihren Platz zurück und wartete, bis sie dran war. Erst wenn der Napf vor ihr stand, wurde er verteidigt. Sie war zwar die Kleinste, zugleich aber die Aggressivste, wenn es um das Futter ging. Es dauerte jedoch nicht lange, bis die Fütterung einigermaßen ruhig vonstatten gehen konnte.

Die Frage, wie wir die Jungen füttern sollten, hatte uns schon viel Kopfzerbrechen gekostet. Wir wollten nicht, dass unsere Fütterungsmethoden die Bären später gefährlich machten. Meine Beobachtungen, die von roten Eichhörnchen bis hin zu Kängurus reichen, legten nahe, dass Tiere, die aus einem Napf oder einem Zuführapparat gefüttert werden, sich Menschen gegenüber besser benehmen als jene, die man mit der Hand füttert. Deshalb benutzten wir die Näpfe. Maureen und ich hatten uns darauf geeinigt, sie ausschließlich so zu füttern.

Ein weiterer Grundsatz unserer Fütterungsmethoden stammte aus meiner Erfahrung als Rancher. Ich hatte herausgefunden, dass man Rinder darauf konditionieren kann, einen Pfeifton mit der Fütterung zu assoziieren. Ich konnte sie mit einer Trillerpfeife zum Essen rufen. Wir sagten uns, dass es eine gute Methode wäre, die Jungen später wieder zu finden, falls sie uns einmal abhanden kommen sollten. Vom ersten Tag an ging jeder Fütterung daher das lautes Trillern einer Pfeife voraus, die Maureen in ihrer Überlebensausrüstung gefunden hatte.

Der nächste Schritt bestand darin, die Bären zum ersten Mal aus der Hütte zu lassen, damit sie ein bisschen Freiheit schnupperten. Doch ehe wir das wirklich angehen konnten, mussten wir uns ein paar Tage Mut machen.

Wir beschlossen, es am 2. Juni zu versuchen – dem fünften Tag im Lager. Es war ein großer Augenblick im Leben der Jungen und auch in unserem. Wir beschlossen, zunächst nur eins herauszulassen. Vielleicht brauchten wir die anderen beiden als Köder, um es wieder in die Hütte zu bekommen. Chico war die Erste. Einen Augenblick blieb sie stehen und überschaute die Lage. Ihre beiden Schwestern hingen an den vergitterten Fenstern der Bärenhütte und schnauften stellvertretend für sie mit. Dann lief sie los. Sie rannte im Kreis um die Bärenhütte, und ihre Schwestern sprangen von Fenster zu Fenster, um sie nicht aus den Augen zu verlieren. Sie war schnell, entfernte sich aber nicht weit von der Hütte, offensichtlich wollte sie innerhalb eines bestimmten Radius bleiben. Außerdem sprang sie von ein paar Schneewehen herunter und buddelte neben ihrer Hütte ein Loch in den Schnee. Als ich sie in die Hütte zurückverfrachtete und das nächste Bärenjunge herausließ, war sie völlig außer Atem. Jedes bekam fünfzehn Minuten Auslauf und jedes schien genau das nachzuahmen, was die anderen ihm vorgemacht hatten.

Der erste Auslauf war also ein voller Erfolg. Am nächsten Tag ließen wir alle drei auf einmal frei. Dieses Experiment fand kurz vor ihrer Fütterung statt. Wir öffneten die Tür und riefen sie beim Namen. Sobald sie sich ein wenig von den Hütten entfernt hatten, liefen sie los. Wie zuvor rannten sie im Kreis, nur stand diesmal nicht ihre Hütte im Zentrum, sondern wir. Gelegentlich blieben sie stehen und untersuchten etwas, das ihre Aufmerksamkeit erweckt hatte, doch dann liefen sie weiter. Ihre Kreise wurden immer größer, bis sie auch den nächstgelegenen Pinienhain einschlossen. Um einige Pinien herum war der Schnee geschmolzen, so dass sie wie grüne Inseln inmitten eines weißen Meeres erschienen. Wir rechneten uns aus, dass wir keine Mühe hätten, die Jungen aufzuspüren, falls ihnen die Freiheit zu Kopf steigen sollte. Sie verschwanden in Höhlen und hinter Büschen und tauchten dann wieder auf, immer im Eiltempo. Trotzdem schienen sie die Hütte stets im Auge zu behalten. Während sie herumtollten, hatten wir am meisten Angst davor, dass sie im Dickicht einem ältern Bären über den Weg laufen könnten, aber man konnte sie nun mal nicht an die Freiheit gewöhnen, wenn man nicht auch ein gewisses Risiko einging.

Schließlich verirrten sich die drei in einem kleinen Pinienhain, und Maureen fand, dies sei eine gute Gelegenheit, unsere Trillerpfeife auszuprobieren. Sie blies einmal laut hinein, und es wirkte Wunder. Im nächsten Augenblick waren die Jungen wieder da und stürzten sich in der Hütte auf ihr Futter.

Es war ein wunderbarer Tag für uns alle. Danach entspannten wir uns etwas in unserer Rolle als Grizzlyeltern. Zweimal am Tag versuchten wir mit den Tieren auszugehen, jeweils mindestens eine Stunde. Nur wenn es allzu stark stürmte, ließen wir sie in der Hütte.

Am 6. Juni beobachteten wir, wie eine Mutter mit ihrem einjährigen Jungen aus einer Höhle kam und den ganzen Tag damit verbrachte, einen verschneiten Hang herunterzurutschen. Erstaunlich, dass Bären, wenn sie aus ihrer sechsmonatigen Fastenzeit erwachen, an irgendetwas anderes denken können als an Futter. Wer hätte gedacht, dass sie nur spielen wollten? Aber da sahen wir mit eigenen Augen, wie sie die langen Hänge hinunterrollten. Und nicht etwa, weil es so eine praktische Art der Fortbewegung war, denn jedes Mal kletterten sie den Hang wieder hoch und rutschten erneut hinunter. Stundenlang spielten sie so, und der Mutter schien es noch größeren Spaß zu machen als dem Kleinen.

Unsere eigenen Bärchen waren voller Tatendrang und Lebenslust, mit denen sie Maureen und mich ansteckten. Angesichts des guten Wetters und der Freude, die wir an ihnen hatten, waren wir in diesem Frühjahr am Kambalnojesee glücklicher, als wir es je für möglich gehalten hatten. Die anfängliche Sorge, dass uns die schlechten Gewohnheiten, die die Jungbären im Zoo angenommen hatten, zu schaffen machen könnten, erwies sich als völlig unbegründet.

Wenn wir nicht mit den Bären spazieren gingen oder sie fütterten, saßen wir auf der Veranda in der Sonne und griffen zum Fernglas. Am Austritt des Flusses aus dem See war ein Loch in der Eisdecke entstanden; dort sichteten wir die ersten Enten der Saison. In der Nähe der Hütte führten Bergschneehühner, noch im weißen Winterkleid, ihre Balzrituale auf. Rotfüchse nutzten diese Ablenkung, um Jagd auf sie zu machen. An einem anderen Tag beobachteten wir, wie ein Otter behäbig den Fluss durchschwamm und auf Nimmerwiedersehen in den dichten Erlenbüschen verschwand.

Fast jeden Tag kam ein Fuchs an unserer Hütte vorbei. Eines Morgens folgten wir ihm und fanden seinen Bau am Seeufer inmitten einer dichten Erlengruppe. Wir sahen die Fähe, aber keine Jungen. Sie waren wahrscheinlich im Bau und fraßen die Beute, die der Vater mitgebracht hatte. Manchmal hatte er ein Schneehuhn gefangen, doch in letzter Zeit hatten wir öfter beobachtet, wie er ein Nagetier von der Größe eines Eichhörnchens im Maul trug. Lebendig hatten wir es noch nie gesehen. Maureen verfolgte die Spuren des Fuchses zurück und fand heraus, dass er über das Gebirge am Ende des Sees gekommen war. Wie auch immer dieses Tier heißen mochte, das der Fuchs als Beute nach Hause brachte, dort lebte es.

An einem anderen Morgen stand die Sonne so, dass jeder Umriss und jede Kante in der Schneelandschaft Schatten warf. In diesem außergewöhnlichen Licht beobachtete ich den Hang auf der anderen Seite des Sees und sah, wie zwei grapefruitgroße Schneebälle an ihm herunterrollten. Ich folgte der Spur, die sie gekommen waren, bis ganz nach oben und sah einen Grizzly, der den Kopf aus dem Schnee streckte. Ich rief Maureen, damit wir gemeinsam beobachten konnten, wie er ganz herauskam. Eine Weile sah man nur seinen Kopf aus dem Schnee lugen, der die funkelnden Berge, den zugefrorenen See und den wolkenlosen Himmel in sich aufnahm. Schließlich kam er ganz aus seiner Höhle heraus. Ohne sich noch einmal umzuschauen, ging er zu einem felsigen Vorsprung. Dort blieb er fast eine Stunde lang liegen und sonnte sich. Am Ende kletterte er den Hang ganz hoch und verschwand über den Bergkamm. Es war großartig, das zu beobachten, eine wunderbare Gelegenheit, sich in einen Bären hineinzuversetzen, in einem Augenblick, den er selbst während seines langen Lebens höchstens dreißig Mal erleben würde. Den letzten Bär, der in diesem Frühjahr seine Winterhöhle verließ, beobachteten wir am 17. Juni. Wenn er die Winterruhe wie üblich Mitte November angetreten hatte, so hatte er seitdem sieben Monate unter dem Schnee verbracht.

In diesem Spätfrühling nutzte ich die Gelegenheit und kroch in die verlassenen Bärenhöhlen, um mehr über die Gewohnheiten der Tiere zu erfahren. Manche waren ziemlich flach, andere dagegen geräumig und tief. Ein besonders fauler Bär hatte sich lediglich eine Senke unter den Wurzeln einer Pinie ausgesucht und darauf spekuliert, dass sie vom Schnee bedeckt werden würde. Die Vulkanasche ist so locker, dass die Tiere leicht graben können, und das ist wohl einer der Gründe, warum es hier so viele Bärenhöhlen gibt. Auch das dichte Wurzelwerk der Erlen und Pinien, das die Dächer der Höhlen vor dem Einsturz bewahrt, trägt dazu bei. Manchmal bilden sich richtige kleine Seen in den Löchern, wenn im Frühjahr der Schnee schmilzt. Dann graben die Bären im tiefen Schnee neben der Höhle ein neues Loch, wo sie bis Anfang Juni weiterschlafen. Eine Bärin, die wahrscheinlich mehrere größere Junge aufzog, hatte ihren Bau vier Meter tief in einem Berghang gebaut. Der Gang verlief zunächst gerade, stieg dann an und endete in einer geräumigen Höhle, die mit Gras ausgelegt war. So, wie sie gebaut war, konnte sie niemals überflutet werden, stellte also ein besonders durchdachtes Design dar. Abzüge, die aussahen wie Ofenrohre aus Eis, versorgten die Höhlen mit Frischluft. Diese Schächte hatten jedoch nicht die Bären gebaut, sie waren durch ihren warmen Atem entstanden.

Den überwiegenden Teil unserer Zeit verbrachten wir natürlich mit den Jungen, und es war eine einzige Freude. Maureen liebte es, mit den Kleinen um die Wette zu laufen, und diese genossen es auch. Sie lief los und rief sie mit der hohen piepsigen Stimme, die sie nur benutzte, wenn sie mit ihnen sprach. Manchmal übertrieben sie es, packten einen von uns und schüttelten ihn so heftig, wie sie es untereinander machten. Wir mussten ihnen irgendwie beibringen, dass wir zerbrechlicher waren als sie. Ich tat es, indem ich ihnen einen Knuff versetzte und NEIN sagte. Bei Maureen genügte es, wenn sie mit ihrer normalen Stimme NEIN sagte, sobald sie merkte, dass die Jungen nach ihren Stiefeln schnappten oder ihre Beine umschlingen wollten.

Bald lernten die Kleinen, dass wir erheblich langsamer waren als sie. Doch das Leben war viel zu aufregend, um es in unserem Schneckentempo zu entdecken, deshalb rannten sie stets mit Volldampf vor uns her. Dabei hielten sie auf zwei Arten Kontakt zu uns. Entweder liefen sie in großen Kreisen um uns herum oder sie stürmten hektisch vor und zurück, um uns nicht zu verlieren. Oft wälzten sie sich aber auch ineinander verbissen und verschlungen wie ein einziges Fellknäuel mit fletschenden Zähnen herum.

Da sie so offensichtlich darauf achteten, wo wir waren, konnten wir mit ihnen Schritt halten und eine gewisse Kontrolle ausüben. Zweimal am Tag durch den weichen Schnee zu stapfen stellte eine beachtliche körperliche Leistung dar, vor allem für mich, weil mir sportliche Anstrengungen nicht gerade liegen, aber meine Kondition wurde immer besser.

Die drei Schwestern spielten auch gern in der Umgebung der Hütte. Wenn wir etwas anderes zu tun hatten, tobten sie sich stundenlang in der Nähe aus. Am nördlichen Ende gab es eine große Schneeverwehung, auf die sie gern kletterten, um anschließend durcheinander purzelnd wieder herunterzurutschen. Manchmal gruben sie auch einen Tunnel hinein. Wenn ich ein Loch in den Schnee schaufelte, gruben die Jungen stundenlang weiter, als übten sie das Ausgraben einer Höhle. Alles war ein großes Spiel für sie. Unweigerlich fing irgendwann eine an, der anderen beim Höhlengraben ins Hinterteil zu beißen, und alles endete in einer wilden Rauferei. Danach dauerte es eine Weile, bis sie sich wieder ihrem Tunnel zuwandten. Manchmal gruben sie einen Tunnel und kamen dann irgendwo anders heraus. Anschließend spielten sie Nachlaufen durch den Tunnel. Sie spielten in der Schneeverwehung genauso, wie kleine Kinder es getan hätten. Ich hatte noch nie zuvor gesehen, dass Tiere einen solchen Spaß haben können.

Auch als wir ziemlich sicher waren, dass sie nicht ausreißen würden, behielt ich sie stets im Auge, wenn sie Auslauf hatten. Der tiefe Schnee hatte mich daran gehindert, einen Elektrozaun um das kleine Flugzeug zu bauen, also hielt ich es für das Beste, es in der Nähe der Hütte zu parken. Ich musste aufpassen, dass die Kleinen nicht auf die Idee kamen, damit zu spielen. Meistens brauchte ich jedoch nur nein zu sagen. Allein eine Veränderung des Tonfalls genügte, um sie zurechtzuweisen.

Draußen im Wald war es anders. Dort mussten wir uns damit abfinden, dass sie sich Gefahren aussetzten und wir sie nicht davor bewahren konnten. Beispielsweise liefen sie gern auf den zugefrorenen See, um auf dem Eis zu spielen. An den meisten Stellen war die Eisdecke noch dick, aber manche dunkle Flecken deuteten an, dass sich bereits brüchige Stellen gebildet hatten. Sie entstehen in einer mysteriösen Phase der Frühjahrsschmelze, bei der sich vertikale Eiskristalle bilden. Die kerzenähnlichen Stellen haben einen Durchmesser von etwa zweieinhalb Zentimetern und stehen einigermaßen gerade und stabil, bis irgendetwas sie aus dem Gleichgewicht bringt. Was wie solides Eis aussah, zersplittert mit einem Mal in tausend Stücke. Wenn die Kleinen außerhalb unserer Reichweite auf dem See herumtollten, konnten wir nicht verhindern, dass sie solche Stellen erwischten und einbrachen. Dann folgte ein langer Kampf und einiges Geschnaufe, wenn sie im kalten Wasser umherschwammen und immer mehr brüchige Stellen einrissen, bis sie eine Scholle gefunden hatten, an der sie herausklettern konnten.

Das Einzige, was wir zu ihrem Schutz tun konnten, war, sie vom Fluss fern zu halten. In manchen Abschnitten war das Eis bereits geschmolzen, und die

Kleinen hätten mit Leichtigkeit von der starken Strömung mitgerissen werden können. Wären sie dann unter die Eisdecke geraten, hätten sie ertrinken können. Ich bekam einige graue Haare bei der Vorstellung, wie viele Gefahren auf unsere Jungbären lauerten.

Bald stellten wir fest, dass unsere Jungen nicht nur verschiedene Persönlichkeiten hatten, sondern auch verschiedene Rollen übernahmen. Chico war die Anführerin und wurde als solche von den anderen beiden akzeptiert. Als die drei zum ersten Mal gemeinsam ihre Hütte verlassen durften, setzte sie sich an die Spitze. Rosie und Biscuit wagten nur selten, allein loszuziehen, wenn sie nicht von Chico angeführt wurden. Wir waren über diese Rollenverteilung froh und machten sie uns zunutze. Wenn wir die Bären vor einer Gefahr warnen wollten, wandten wir uns zuerst an Chico.

Chico war auch diejenige, die am meisten an einer Beziehung zu Maureen und mir interessiert war. Ich hatte nie den Eindruck, dass sie in uns einen Ersatz für ihre Mutter suchte, aber sie schien unsere Gesellschaft zu mögen. Sie sah es gern, dass wir an ihrer Welt teilhatten.

Biscuit spielte die Rolle der Mutter. Ständig sah sie nach den beiden anderen. Sobald eine ihrer Schwestern für einen Augenblick aus dem Blickfeld verschwand, wurde sie nervös und machte sich heftig schnaufend auf die Suche nach der Vermissten. Wenn sie etwas Verdächtiges entdeckte, und meistens war sie diejenige, die am besten aufpasste, stieß sie einen Schrei aus, der so ähnlich klang wie »Chiia, chiia, chiia«, und alle drei ergriffen die Flucht.

Rosie war in vielerlei Hinsicht die Eigenwilligste von ihnen. Sie war immer in ihrer eigenen Welt versunken und interessierte sich für Dinge, die ihre beiden Schwestern überhaupt nicht beachteten. Sie stürmten voraus, bis ihnen plötzlich auffiel, dass Rosie fehlte. Dann blieben sie stehen und warteten oder liefen zurück, um ihre Schwester zu suchen. Maureen nannte Rosie die Künstlerin in der Familie.

Interessant an Rosie war auch, dass sie ein bärengemäßes Äquivalent für das Daumenlutschen gefunden hatte. Tag und Nacht, immer, wenn die Bären ein Nickerchen machten, ging Rosie zu Biscuit und nuckelte an ihrem Pelz. Wir glauben nicht, dass dieses Verhalten typisch für Bären ist, sondern dass sie es irgendwie brauchte, vielleicht als Trost für die verlorene Mutter. Sie machte dabei dieselben glucksenden Geräusche, wie kleine Bären sie beim Saugen machen. Nachts hörten wir dieses Geräusch oft aus ihrer Hütte. Biscuit mit ihrem Mutterinstinkt ließ sie gewähren. Chico dagegen erlaubte es nicht.

Von Anfang an hatten die Jungen mehr Angst vor anderen Bären als vor allem anderen. Immer wenn sie glaubten, dass ein anderer Bär in der Nähe war, ergriffen sie die Flucht. Während unserer Wanderungen bestand die Gefahr, dass sie sich zu weit entfernten und die Orientierung verloren, so dass sie uns nicht wieder erkannten. Wenn sie uns für Bären hielten, würden sie instinktiv so weit wie möglich weglaufen. Wir lernten rasch, diese Situation zu erkennen, sobald sie sich ankündigte. Meistens riefen wir sie dann sofort beim Namen, und sie beruhigten sich. Wir waren heilfroh, dass sie unsere Stimmen erkannten und sich von uns beschwichtigen ließen.

Manchmal erschreckten sie sich auch gegenseitig. Wenn eine im Gebüsch verschwand und an einer anderen Stelle unerwartet wieder auftauchte, ergriffen die beiden anderen panikartig die Flucht. In dieser Hinsicht kommunizierten Maureen und ich besser mit ihnen als sie untereinander. Sie hatten keine linguistischen Möglichkeiten, um sich gegenseitig mitzuteilen, wer sie waren.

Angesichts der vielen Bären in Kambalnoje und der Nähe unserer Hütte zu einem häufig frequentierten Bärenpfad würden die Jungen unweigerlich auf andere Bären treffen. Zur ersten Begegnung kam es am 7. Juni, als sie in der Schneeverwehung neben der Hütte spielten. Ein älterer Bär kam vorbei. Als die Jungen ihn witterten, verkrochen sie sich unter der Hütte und kamen erst nach einer Stunde wieder heraus. Es war der erste Hinweis auf die angeborene Angst vor anderen Bären, die für ihr Überleben von höchster Bedeutung ist. Wir wussten, dass wir sie nicht davor schützen konnten, anderen Bären zu begegnen, und hofften nur, Alexanders Prophezeiung, dass sie im Magen eines fremden Bärenmännchens enden würden, werde nie eintreffen.

Im vergangenen Winter hatte ich mir viele Gedanken über ihre Ernährung gemacht und wie verwaiste Junge ohne ihre Mutter lernen sollten, welches Futter die Natur für sie bereithält. In meiner blühenden Phantasie hatte ich mich als ihr Held und Lehrmeister gesehen und mir ausgemalt, wie Maureen und ich die armen Waisenkinder zu den Futterplätzen führten und welch bedeutende Rolle wir damit bei ihrem Wachstum und der Bildung von Fettreserven für den Winter spielen würden.

Das war allerdings völlig unnötig! Die Jungen schienen genau zu wissen, was sie brauchten. Statt unbeholfen abzuwarten, dass wir ihnen etwas zeigten, stürmten sie allein los. Wenn es einen schneefreien Flecken auf einem sonnigen Hang gab, wo zartes Grün durch das tote Geflecht spross, liefen sie hin. Bis wir dann endlich nachkamen, hatten sie bereits alles probiert, was überhaupt essbar war.

Teufelsauge ist eine Pflanze, die sowohl in Kamtschatka als auch im Süden von Alberta wächst. Ich machte mir Sorgen, weil die Blüten bis zum ersten

Herbstfrost extrem giftig sind. An einem Tag im Spätsommer entdeckte ich zu meinem Entsetzen, dass Biscuit gerade einen solchen Stängel abgebissen hatte, ihn aber genauso schnell wieder ausspuckte. Offenbar hatte sie am Geschmack erkannt, dass er nichts für sie war.

Was die Jungen mochten oder nicht mochten, stimmte nicht unbedingt mit unserem Geschmack überein. Im vergangenen Herbst hatten Maureen, Igor und ich uns an den wunderbaren Boletuspilzen satt gegessen. Irgendwann beobachtete ich, wie Rosie einen großen Boletuspilz fraß, und folgerte, dass die Pilze im Herbst, wenn sie überall aus dem Boden sprossen, zu einem wichtigen Bestandteil der Bärennahrung werden würden. Von wegen! Als es Anfang Herbst von Pilzen nur so wimmelte, fraß keins unserer Jungen davon, auch Rosie nicht.

Nicht einmal unsere Vorliebe für wilden Knoblauch teilten sie. Igor hatte uns beigebracht, wie er aussah, denn Maureen und ich hielten ihn für das leckerste wilde Kraut, das wir jemals probiert hatten. Wir pflückten es büschelweise und machten es manchmal zum Hauptbestandteil einer Mahlzeit. Zu unserer Überraschung mochten die Kleinen ihn ganz und gar nicht. Als wir mehr darauf achteten, stellten wir fest, dass auch die anderen wilden Bären ihn nicht anrührten.

Um zu sehen, was die Jungen fraßen, musste ich mich manchmal hinlegen und sie aus nächster Nähe beobachten. Meistens stiegen sie dann über mich hinweg, um auf die andere Seite zu gelangen. Eines Junitages befanden wir uns auf einer kleinen grasbewachsenen Lichtung, als Chico auf eine knorrige Erle kletterte und auf mich heruntersah. Sie stieß das schnaufende Geräusch aus, das Gefahr bedeutet. Dann folgte sogar das knallende Geräusch, das noch größere Gefahr ankündigt. Biscuit und Rosie, die neben mir standen, schlossen sich an und umkreisten mich. Biscuit war besonders laut und wirkte sehr aggressiv. Dann sprang Chico vom Baum, und alle drei kamen gleichzeitig auf mich zu. Zugegeben, es war ziemlich gruselig. Ich lag noch auf dem Boden, und die drei kreisten um mich herum und rempelten mich absichtlich an. Dann hörten sie genauso plötzlich wieder damit auf und wandten sich wieder ihrer Futtersuche zu. Später erlebte ich dasselbe noch einmal, und ich hatte den Eindruck, dass es eine Art Machtspiel war. Es müsste ziemlich beängstigend sein, wenn sie so etwas später, mit vierhundert Kilo Gewicht, wiederholten.

Den ganzen Sommer über fütterten wir die Jungen in der Hütte, aber nur so viel, dass sie das Interesse an natürlicher Nahrung nicht verloren. Sobald sie nicht mehr gierig fraßen, nahmen wir den Napf wieder weg. Das war die richtige Menge.

Am 16. Juni, während eines unserer Morgenspaziergänge mit den Bären, hörten wir einen Hubschrauber. Das Geräusch wurde lauter, dann wieder leiser, bis der Hubschrauber schließlich den nördlichen Bergkamm überflog und in der Nähe unserer Hütte landete. Mittlerweile war es Zeit zum Frühstücken für uns alle, also machten wir uns auf den Heimweg.

Meine Glieder waren schwer wie Blei, als trüge ich eine unsichtbare Last. Ich hatte Angst, dass es sich bei den Besuchern um Vertreter der Behörden handelte. Wahrscheinlich wollten sie uns darüber aufklären, wer überhaupt berechtigt war, mit Jungbären zu arbeiten, und auf welchem Wege wir eine Genehmigung beantragen konnten. Gut möglich, dass unsere gesetzeswidrige Adoption nun bestraft würde. Bei der Vorstellung, die Kleinen zu verlieren, fühlte ich mich ganz krank.

Maureen blieb mit den Jungen zurück, während ich den Besuchern entgegenging. Sie waren zu viert und standen alle auf einer hohen Schneewehe neben der Hütte. Der Pilot Anatoli Kowolenkow war einer von ihnen. Der andere war Igor. Tatjana Gordienko war Nummer drei. Den Vierten kannte ich nicht, aber als ich sah, dass alle grinsten, fiel mir ein Stein vom Herzen.

Der unbekannte Vierte im Bund war ein Kameramann der Fernsehanstalt von PK. Offensichtlich hatte sich Tatjana etwas einfallen lassen, um die Wogen in der Stadt wieder zu glätten. Wenn das Fernsehen einen kleinen Bericht über uns und die Bärenjungen zeigte, in dem erklärt wurde, was wir vorhatten, würde die öffentliche Meinung vielleicht umschwenken, und man würde erkennen, dass wir die Bären aus ehrenwerten Gründen aus dem Zoo entführt hatten.

In der ersten Einstellung sah man, wie Maureen in Begleitung der Bären zur Hütte kam. Ich war sehr stolz, weil sich die Kleinen tadellos benahmen und wie üblich eins nach dem anderen in die Hütte gingen, um zu fressen. Danach interviewte Tatjana uns. Wir gaben uns große Mühe, unseren Plan mit den Jungen zu erläutern. Wir achteten darauf, den Russen keine Lektion über russische Bären zu halten, sondern gaben uns bescheiden und bedankten uns für das Privileg und die Möglichkeiten, die man uns gewährte. Das fiel uns nicht schwer, denn es war die Wahrheit.

Dann brach die Gruppe auf, und Ruhe und Frieden kehrten wieder ein. Maureen sagte, sie habe von Anfang an recht daran getan, Tatjana zu vertrauen. Jetzt, nachdem ich sie selbst getroffen hatte, pflichtete ich ihr gern bei. Wir hatten eine echte Freundin gewonnen, die einiges in die Wege geleitet hatte, um unsere Sache zu unterstützen.

12

Kopfüber

Im Juni flog ich mehrere Male an die Küste, um Holz zu sammeln, und zur Forschungsstation am Kurilskojsee. Einmal war es so windstill, dass ich zwischen den dampfenden Wolken eines Geysirbeckens an der Nordflanke des Kambalnoje-Vulkans landen konnte. Obwohl in dieser Höhe noch Schnee lag, wuchs um die heißen Quellen herum bereits üppiges Grün. Mehrere Bären taten sich am Riedgras gütlich. Es war ein beeindruckendes Fleckchen Erde, von dem aus man einen guten Teil der Vulkankette sehen konnte, die sich hundertsechzig Meilen weit nach Norden erstreckte. Die Ozernaia schlängelte sich gen Westen. Dahinter konnte ich das Ochotskische Meer erkennen.

Als ich noch am selben Tag von meinem Ausflug zum Kurilskojsee zurückkehrte, stellte ich fest, dass sich im Kambalnoje-Becken dichter Nebel gebildet hatte. Ich flog in großer Höhe über den Wolken und entdeckte plötzlich etwas sehr Merkwürdiges. Am anderen Ende des Sees, direkt gegenüber dem Ufer, wo unsere Hütte stand, klaffte ein Loch im Nebel. Ich überflog es mehrere Male und kam dann zu dem Schluss, dass es durch einen Fallstrom über dem Berg entstanden sein musste. In einem Anflug unerklärlicher Waghalsigkeit stellte ich mir vor, dass es möglich sein müsste, durch dieses Loch ins Tal hinunterzufliegen. Also fuhr ich die Landeklappen voll aus und flog spiralförmig abwärts.

Gleich nach dem Eintritt in das Loch hatte ich das Gefühl, durch einen Aufzugsschacht zu fallen. Jetzt musste ich schnell handeln, wenn ich nicht ziemlich unsanft auf dem See aufprallen wollte. Die Stelle, wo der Fallstrom vom See abgefedert wurde, wirkte wie ein großes Kissen, so dass mein plötzlicher Steilflug abgefangen wurde und ich sacht aufsetzen konnte. Mit Hilfe eines Kompasses lenkte ich die Kolb dann weiter durch den dichten Nebel, bis ich die Stelle gefunden hatte, wo unsere Hütte stand. Maureen war überrascht. Sie hatte nicht damit gerechnet, mich zu sehen, bevor der Nebel sich gelichtet hatte. Es war das erste von vielen Malen, dass ich »das Loch« zur Landung auf dem See nutzte.

Bei einem meiner vielen Flüge zum Kurilskojsee, wo ich frisches Gemüse abholte, das Katja aus Petropawlowsk für uns mitgebracht hatte, fiel mir auf, dass der Schnee hier schneller taute als am Kambalnojesee. Also sagte ich mir, dass es allmählich Zeit wurde, den Elektrozaun zu bauen. Im Winter hatte ich mit dem amerikanischen Forscher Bill Leacock abgemacht, das Wehr und die Forschungsstation damit zu schützen. Er hatte sich bereit gefunden, einen Teil des Materials zu besorgen. Ich hatte mir angesehen, was er mitgebracht hatte. Zusammen besaßen wir genug Material, um die Station und auch Igors Waldhütte am See mit einem Zaun zu umgeben.

Am 24. Juni belud ich das kleine Flugzeug mit Draht, Isolatoren und Pfosten und flog über die Flanke des Vulkans Richtung Norden. Bei der Landung im Kurilskojsee ging mir das Herz auf. Die Menschen dort liebten ihre Arbeit und schienen sich immer zu freuen, wenn ich kam. Dieses Dorf war, soweit ich wusste, einer der wenigen Orte auf der Welt, an dem Menschen und Bären fast friedlich und frei von gegenseitiger Angst zusammenlebten. Manche Bären, die sich als vertrauenswürdig erwiesen hatten, durften sogar unbehelligt durch die Straßen des Dorfs wandern. Selbst die Hunde schienen zu wissen, dass sie etwas Besonderes waren, und stellten ihnen nicht nach.

Offensichtlich aber hatte sich die Lage seit dem Tod von Michio Hoshino im letzten Sommer verändert. Hatten die Bewohner noch ein Jahr zuvor gemeint, dass es nicht nötig sei, sich von den Bären abzugrenzen, wirkten sie nun aufgeschlossener gegenüber dem Vorschlag mit dem Elektrozaun. Tatsache war, dass die Tiere in die Gemüsegärten eindrangen, sich über den Abfall hermachten und auch die Räucherkammer plünderten. Zudem beschädigten sie regelmäßig das Wehr.

Als ich an diesem Tag in Kurilskoj landete, waren Katja und Alexei sehr beschäftigt. Katja arbeitete in ihrem weitläufigen Garten, und Alexei brachte die Forschungsstation auf Vordermann, bevor er zu einem seiner Überwachungsflüge aufbrach, um Lachse zu zählen. Im Augenblick war er dabei, einen Windgenerator zu reparieren und den Abriss eines alten Gebäudes zu überwachen.

Doch als er mich sah, ließ er sofort von seiner Arbeit ab, und zusammen drehten wir mehrere Runden um die Station, um zu bestimmen, wo der Elektrozaun verlaufen sollte. Die Forschungsstation befand sich in einer Gegend, in der sich mehrere Wanderpfade von Bären kreuzten. Wir planten, den Zaun so zu verlegen, dass ihre Hauptwege nicht versperrt wurden. Außerdem wollten wir einen Korridor stehen lassen, damit die Bären weiterhin an beiden Flussufern und an einem kleinen Bach, der sich im Osten um das Dorf schlängelte, fischen konnten. Wir schätzten, dass wir mit circa tausend Meter Draht auskommen würden.

Als Nächstes stellten wir einen Trupp aus Studenten und Mitarbeitern der Lachsstation zusammen, der am nächsten Tag entlang des Zauns Gestrüpp und Gras roden sollte. Schließlich verließ ich Kurilskoj gegen halb elf Uhr abends, als es schon beinahe dunkel war. Nicht ohne meine übliche Belohnung, einen sechseinhalb Pfund schweren Blaurückenlachs.

MAUREEN: *Als Charlie vom Kurilskojsee zurückkehrte, lief ich ihm entgegen und half ihm, das Flugzeug zu vertäuen. Ich musste ihm etwas Wichtiges erzählen.*

Als ich an diesem Abend zum zweiten Mal mit den Jungen spazieren gegangen war, hatte ich plötzlich festgestellt, dass Chico verschwunden war. Ich war stehen geblieben, um zu horchen, und hatte die beiden anderen aufgefordert, dasselbe zu tun. In der Stille konnte ich Chico schreien hören und ging auf das Geräusch zu, obwohl ich sie nicht sehen konnte. Scheinbar kam es von irgendwo aus dem Schnee. Als ich näher kam, sah ich, dass das Schmelzwasser ein Loch in einer Schneeverwehung ausgewaschen hatte, das jetzt drei Meter tief bis ins Flussbett des Forellenbaches reichte. Die arme Chico war hineingefallen. Jetzt krallte sie sich mit den Vordertatzen an einem Felsvorsprung fest und schrie verzweifelt um Hilfe, während das Wasser über sie hinwegrauschte. Der Bach war stark angeschwollen, die Strömung reißend. Ich packte sie am Nacken und zog sie heraus. Biscuit und Rosie standen aufgeregt neben mir und begrüßten die Rettungsaktion mit vernehmlichem Schnaufen.

Ich hatte von Anfang an die intensivste Beziehung zu Chico gehabt, und ich glaube, in gewisser Hinsicht beruhte dieses Gefühl auf Gegenseitigkeit. Jetzt lief es mir kalt über den Rücken, als ich Maureens Geschichte hörte, vor allem aber, nachdem ich das Loch und den rasch dahinwirbelnden Strom darunter mit eigenen Augen gesehen hatte.

Am nächsten Morgen flog ich erneut zum Kurilskojsee, um den Zaun zu errichten. Alexeis Studenten und Mitarbeiter hatten alle Stellen gerodet, an denen der Elektrozaun verlegt würde. Wir machten uns sofort an die Arbeit, schlugen die Pfosten in den Boden und verlegten den Draht. Dort, wo die Einwohner ein und aus gingen, bauten wir Schwingtore ein, die von allein zufielen, damit keiner sie versehentlich offen stehen ließ. Der große Hammer, mit dem wir die Pfosten in den Boden schlugen, war ein Meisterwerk alter Handwerkskunst, den der Bastler des Dorfes, Sergei Bezrukow selbst angefertigt hatte. Er nahm ein fünfzehn Zentimeter dickes, solides Stück Grünerlenholz, verstärkte es mit Stahlbändern und versah es mit einem Griff, damit es weder splittern noch sich lösen konnte.

Die einzige Schwierigkeit, die ich an diesem und dem nächsten Tag mit meiner Zaunmannschaft hatte, bestand darin, sie davon zu überzeugen, dass sie den untersten Draht tief genug anbrachten. Im Allgemeinen geht man davon aus, dass ein Elektrozaun hoch sein muss, damit die Bären nicht darüber klettern oder springen können. Meine Erfahrung aber sagte mir, dass Bären das gar nicht erst versuchen, sondern lieber unter ihm hindurchkriechen. Normalerweise baute ich solche Zäune mit drei Drähten. Um auf Nummer sicher zu gehen, setzte ich diesmal noch einen zusätzlichen Draht obendrauf.

Während der Arbeit erzählte mir Bill Leacock von den vielen Problemen, die er mit seinem Projekt hatte. Er benutzte einen Mi-2-Hubschrauber, um die Bären ausfindig zu machen, sie zu betäuben und anschließend mit dem Sendehalsband zu versehen, und er hatte sowohl mit dem Hubschrauber als auch mit dem unerfahrenen Piloten Schwierigkeiten. Zudem musste man aus dem Mi-2 heraus die Tiere von der Heckklappe aus betäuben, was gefährlich ist, weil es keine Sicherheitsgurte an Bord gibt. Alles in allem machte er keine großen Fortschritte. So sehr ich Bill auch mochte und das Ziel seiner Untersuchung billigte, konnte ich mir die klammheimliche Freude für die Bären nicht verkneifen, wie so oft bei solchen Machtkämpfen.

Eine weitere, noch größere Herausforderung stellte Alexander Nikanorow dar, der Wissenschaftler, der Bills Projekt überwachte. Bill konnte ihn nur daran hindern, sich allzu sehr einzumischen und ihm ständig Ratschläge zu erteilen, indem er behauptete, dass das zulässige Höchstgewicht für den Hubschrauber bei drei Mann an Bord überschritten würde. Um Bill eine Atempause zu verschaffen, lud ich Alexander ein, mit mir zum Kambalnojesee zu fliegen und sich die Landschaft von oben anzusehen. Es war etwas riskant, da Alexander nicht gerade ein Befürworter unserer Aktion mit den Bärenjungen gewesen war, obendrein hatte er uns noch nie mit ihnen gesehen. Aber genau deshalb lud ich ihn ein – damit nicht seine Phantasie mit ihm durchging und er sich irgendwelche wilden Dinge ausmalte, die es gar nicht gab.

Der Ausflug sollte am 28. Juni stattfinden. An diesem Tag war es besonders windstill, so dass ich der Versuchung nicht widerstehen konnte, auf dem Weg zu Alexander bei den heißen Quellen am Vulkanhang eine Zwischenlandung zu machen. Vor allem weil ich eine Startmöglichkeit ausfindig gemacht hatte, die der Traum eines jeden Bergpiloten ist. Nachdem ich mir an den heißen Quellen ein wenig die Füße vertreten hatte, stieg ich wieder ein und fuhr langsam über einen schmalen Kamm auf dem Gipfel eines steilen, schneebedeckten Hangs, der in einem Felsvorsprung endete. Ich wollte ohne Motor starten und die ganze Strecke bis zur Forschungsstation hinuntersegeln. Aus Sicherheitsgründen startete ich den Motor trotzdem, um genug Schwung zu bekommen, bevor ich ihn wieder ausschaltete. Der morgendliche Aufwind trug mich über die Bergkette, und dann konnte ich seelenruhig die letzten fünf Meilen zum See hinabgleiten. So landete ich absolut geräuschlos.

Alexander Nikanorow hatte keinerlei Bedenken, in meinem Flugzeug mitzufliegen. In Anbetracht der Vorbehalte, die er uns gegenüber hatte, erstaunte mich sein Vertrauen. Auf dem fünfundvierzigminütigen Flug zum Kambalnojesee zeigte ich ihm alle Bärenlager, die ich zwischen der Forschungsstation und unserer Hütte gefunden hatte. Aber ich merkte bald, dass Vögel meinen Biologen mehr interessierten. Einen der Vögel, die wir sahen, fand auch ich sehr aufregend. Es war ein vollkommen weißer Geierfalke, wie ich ihn bisher nur einmal im Leben gesehen hatte.

Alexander war sehr angetan von der Aussicht aus der Kolb und bombardierte mich in seinem gebrochenen Englisch mit Fragen. Er wollte alles über die Pflanzen und Tiere wissen, die ich in dieser Region gesehen hatte. Doch nur wenige Fragen handelten von Bären.

In der Hütte zeigten Maureen und ich ihm die Notizen, die wir uns von allen Beobachtungen gemacht hatten, in der Hoffnung, ihn damit überzeugen zu können, dass wir wissenschaftlich vorgingen. Doch von der Grobheit, mit der er uns in Petropawlowsk empfangen hatte, war nichts mehr zu spüren. Er war jetzt ausnehmend freundlich und ließ uns sogar eine Federwaage da, mit der wir die Jungen wiegen konnten, bis sie zwanzig Kilo schwer wurden. Wir befestigten ein Netz an dem Haken und setzten Chico hinein. Sie war genau vierzehn Pfund schwer. Alexander erklärte uns, dass sie sechs Pfund auf die Waage gebracht hatte, als er sie im Zoo zum ersten Mal gewogen hatte.

Auf dem Rückflug nahmen wir eine Route, die Alexander sich gewünscht hatte, und wurden an der Mündung des Kambalnoje mit dem Anblick von mehreren Minkwalen belohnt. Vom diplomatischen Standpunkt aus gesehen hatte sich der Tag gelohnt, und abgesehen davon hatte ich festgestellt, dass ich mit Alexander eigentlich ganz gut zurechtkam. Ich bezweifle, dass er uns die Entführung der Jungen aus dem Zoo bereits verziehen hatte, glaube aber, dass unsere Kenntnisse und der Beitrag, den wir zum Verständnis der Natur rings um uns leisteten, ihn am Schluss doch etwas versöhnlicher gestimmt hatten.

Am nächsten Morgen führten wir wie üblich die Jungen spazieren. Wir sahen einen Vielfraß, der am Fuß eines Hangs im Schnee grub. Um ihn lag ein Haufen Fellreste. Er witterte zuerst die Jungen und ließ sich dadurch nicht vom Graben abhalten. Als er aber mich entdeckte, lief er den Berg hoch und verschwand. Ich untersuchte die Stelle, an der er gegraben hatte. Er hatte versucht, den Bau eines Braunbären auszubuddeln, der im vergangenen Winter gestorben sein musste. Es war der erste Vielfraß, den Maureen und ich in diesem Gebiet gesehen hatten. Im Norden von Kamtschatka gibt es eine größere Anzahl, weil dort auch Karibus und andere Huftiere leben, die zu seinen Beutetieren gehören.

Um die Mittagszeit verzog sich der Nebel, aber am Nachmittag verdüsterte sich der Himmel erneut. Es war jene bedrohliche dunkle Stille, die unweigerlich ein größeres Unwetter ankündigt.

Zwei Stunden nachdem wir zu Bett gegangen waren, kam ein Ostwind auf. Ich stand widerwillig auf und ging hinaus, um nachzusehen, ob ich das Flugzeug fester anbinden sollte. Ich hatte es in einer kleinen Lichtung vertäut, in der die Maschine nach allen Seiten vor dem Wind geschützt war, bloß nicht nach Osten. Eine bessere Stelle gab es einfach nicht. Ich schlug noch drei weitere Eisschrauben in den weichen Boden und hoffte auf das Beste. Die Erde bestand hier nicht aus dem dichten Wurzelwerk der Zwergweiden, das ich für die Eisschrauben bevorzugte. Da aber der Ostwind nicht besonders stark war und das Barometer noch relativ hoch stand, ging ich wieder ins Bett.

Um vier Uhr morgens peitschte der Regen gegen die Hütte, und die Stärke des Windes nahm spürbar zu. Ich warf mir den Regenmantel um, nahm die Taschenlampe und ging wieder hinaus, um zu sehen, ob die Vertäuung noch hielt. Die Seile hatten sich gelockert; ich musste sie neu platzieren und festzurren. Das Barometer hatte sich nicht verändert. Ich legte mich erneut hin, konnte aber nicht einschlafen.

In der frühen Morgendämmerung stand ich wieder auf. Der Wind hatte nicht gedreht, aber ich hatte das Gefühl, dass uns Schlimmeres bevorstand. Ich brauchte etwas Schweres, um die Vertäuung des Flugzeugs zu verstärken, und entschied mich für die beiden Solar-Akkus. Jeder von ihnen wog vierzig Kilo und wurde an einem der Stützschwimmer am Ende der Tragflächen befestigt. So hatte das Flugzeug hoffentlich mehr Stabilität und Halt. Jetzt konnte ich ruhiger schlafen.

Ich wachte erst wieder auf, als Maureen rief, mein Flugzeug habe sich überschlagen. Ich hatte das Gefühl, die Augen gerade erst geschlossen zu haben, und hielt es für einen Alptraum. Trotzdem sprang ich auf und blinzelte ins Halblicht des Morgens. Es stimmte. Mindestens dreißig Meter von der Stelle entfernt, an der ich es festgebunden hatte, lag mein wunderbares Flugzeug auf dem Rücken.

Maureen und ich liefen hinaus. Wenn wir uns beeilten, konnten wir vielleicht verhindern, dass es sich noch einmal überschlug. Genau in diesem Augenblick überschüttete uns eine starke Windböe mit so viel Wasser aus dem See, dass wir fast weggespült wurden.

Als ich das Flugzeug aus der Nähe sah, blieb mir das Herz stehen. An einer der Tragflächen klaffte ein Riesenloch. Der Wind hatte die Kolb hochgeschleudert, und der Akku hatte ein Loch in eine der Tragflächen gerissen. Dann hatte sich die Maschine überschlagen, das Heck schien schwer beschädigt zu sein. Ein Querruder war gebrochen. Das einzig Gute war, dass der Akku, der an dem anderen Stützschwimmer befestigt gewesen war, das Flugzeug nicht getroffen hatte, als es vom Wind hochkatapultiert worden war.

Wir machten uns sofort an die Arbeit. Die Eisschrauben hatten sich gelöst. Wir benutzten sie nun, um das auf dem Rücken liegende Flugzeug am Boden festzumachen. Der Wind, so hofften wir, würde es dann nicht mehr so leicht hochheben und herumschleudern können.

Als wir in die Hütte zurückkamen, war ich am Boden zerstört. Maureen versuchte mich zu trösten, indem sie sagte, wir könnten von Glück reden, es sei wenigstens kein Flugunfall gewesen. Doch das half nicht viel. Ich wollte einfach nicht wahrhaben, dass dieses Flugzeug jemals einen Unfall haben könnte, weder am Boden noch in der Luft.

Jetzt nahm das Unwetter Ausmaße an, die wir niemals für möglich gehalten hätten. Windböen peitschten über das Wasser des Sees und jagten es in riesigen Flutwellen den Fluss hinunter. Ein atemberaubendes Schauspiel von der Macht der Natur!

Ich sah nach den Jungen. Sie lagen eng aneinander gekuschelt in der Ecke der Hütte und beschwerten sich nicht, dass sie auf ihren morgendlichen Spaziergang verzichten mussten. Kluge Tierchen, sagte ich mir. Dann ging ich zurück zu meiner Maschine, um eine Bestandsaufnahme der Schäden vorzunehmen.

Bereits während der Begutachtung des Schadens schöpfte ich neuen Mut. Vielleicht bestand eine winzige Chance, dass ich doch das Werkzeug und Material dabei hatte, das ich für die Reparatur brauchte.

Ich kehrte in die Hütte zurück und verbrachte die nächsten paar Stunden damit, bis zur kleinsten Niete eine genaue Liste der Schäden, Werkzeuge und sonstigen Teile zusammenzustellen, die ich brauchen würde. Maureen war eine große Hilfe, denn sie hatte viele Ideen, wie man aus allerlei Gebrauchsgegenständen die benötigten Ersatzteile basteln könnte.

Der nächste Morgen war völlig windstill. Am liebsten wäre ich sofort zur Maschine gelaufen und hätte mit der Reparatur begonnen, doch zuvor hatten wir Wichtigeres zu tun. Der Schnee war größtenteils aufgetaut, so dass es nun einfach war, mit den Jungen hinauszugehen, und das hatte eindeutig Vorrang. Wenn wir die letzten Schneereste wegschippten, könnten wir einen Elektrozaun bauen, damit die Bären endlich im Freien wären. Mit dem übrigen Draht würden wir einen weiteren Zaun um unsere Hütte bauen, um sie davon fern zu halten. In letzter Zeit hatten sie angefangen, sich an der Teerpappe des Anbaus zu schaffen zu machen.

Obwohl sie sich in Zukunft im Freien aufhalten konnten, wollten wir weiterhin zweimal am Tag mit ihnen spazieren gehen. Da Frühling und Sommer so kurz waren, vollzog sich die Phänologie der einheimischen Flora in einem rasenden Tempo, und die Bären sollten alle Pflanzen kennen lernen, die ihnen als Nahrungsquelle dienen könnten. In der Tundra blühte jede Menge Blumen. Wir stellten fest, dass die Bären kleine Leckermäuler waren. Vom cremefarbenen Rhododendron in der Nähe der Hütte blieb nichts übrig. Die Jungen fraßen ihn vollkommen kahl. Nicht besser erging es den Trollblumen – in der Blütezeit verschlangen die Bären sie büschelweise.

Die nächsten Tage vergingen damit, dass wir den Zaun bauten und das Flugzeug reparierten. Wir zäunten ein vierzig mal sechzig Meter großes Gehege ein, das zwei kleine Haine mit knorrigen Erlen einschloss, an denen die Kleinen klettern konnten. So hatten sie genügend Auslauf. Am Abend des 8. Juli war es so weit. Wir setzten sie hinein. Wieder ein Volltreffer. Sie tobten herum, bis es dunkel wurde und verzichteten sogar auf den üblichen Mittagsschlaf nach der Fütterung. Die Nacht verbrachten sie im Gebüsch.

Wie nicht anders zu erwarten, bekamen die Bären einige Stromschläge ab, bevor sie die Grenzen ihrer Freiheit akzeptiert hatten. Noch mehr Zeit brauchten sie, um zu verstehen, dass der Zaun auch ihrem Schutz diente. Zwei Tage später entdeckten wir die Spuren eines großen Männchens, das bis an das Gehege gekommen war. Als wir die Jungen an diesem Morgen spazieren führten, waren sie durch den Geruch des Männchens derart eingeschüchtert, dass sie nicht von unserer Seite wichen. Am Abend gruben sie sich ein Loch auf der nördlichen Seite ihres Geheges und schliefen dort. Doch bald hatten sie verstanden, dass andere Bären nicht durch den Zaun in ihr Gehege kommen konnten.

Während dieser Phase waren unsere Bärchen so possierlich, dass wir mit unseren sonstigen Aufgaben kaum nachkamen. Sie konnten mich sogar von der Reparaturarbeit an dem Flugzeug ablenken und Maureen von ihrer Kunst – Dingen, die uns normalerweise wichtiger waren als alles andere. Am Morgen, wenn wir sie aus dem Gehege ließen, liefen sie als Erstes zum See, eine Strecke von fünfzig Metern. Danach strolchten sie herum und führten Maureen und mich zu Stellen, die wir selbst nie entdeckt hätten. Oft mussten wir bei ihrer Verfolgung auf allen vieren durch Erlengebüsch kriechen oder wir stolperten über die harten Wurzeln der Pinien, bis wir unerwartet auf einer wunderschönen, mit Gras bewachsenen Lichtung oder an einem moosbewachsenen Bach standen, der sich durch die Landschaft schlängelte.

Diese Entdeckungen erinnerten mich sehr stark an meine Kindheit. Genauso zufällig hatten meine Geschwister und ich unser Haus und unsere Ranch erforscht, alte Stellen aufgesucht, neue erkundet und uns durch kein Hindernis abschrecken lassen.

Zur Entdeckung der Welt gehörte auch, dass sie schwimmen lernten. Ich bin sicher, dass junge Bären, die ihrer Mutter folgen, sehr früh gezwungen sind, schwimmen zu lernen, wenn die Mutter eine kleine Bucht oder einen Fluss überquert. Unsere Schützlinge blieben aber lange Zeit nur am seichten Ufer stehen. Bis ich eines Morgens sah, wie Biscuit die anderen beiden in tieferes Wasser führte. Chico und Rosie machten sofort kehrt, als sie keinen Boden mehr unter den Füßen spürten. Biscuit zog einen Kreis und schwamm dann erneut hinaus. Dieses Mal folgte ihr Rosie. Chico schien ziemlich aufgewühlt, da normalerweise sie diejenige war, die die Gruppe anführte, aber tiefes Wasser war nicht ihre Stärke. Sie lief am Ufer entlang und sah sich immer wieder um, als hoffte sie, dass die anderen beiden nachkämen, aber deren neu entdeckte Fähigkeit, durchs Wasser zu laufen, war viel zu aufregend. Schließlich kam Chico zurück und überwand ihre Scheu. Bald schwammen alle zu einer Insel fünfzehn Meter entfernt und begannen dort zu spielen. Ich bin ziemlich sicher, dass sie mich am liebsten auch dorthin gelockt hätten.

MAUREEN: *Ich sagte mir, dass die Bären gut schwimmen lernen sollten, um ohne Angst den See überqueren zu können. Deshalb lockte ich sie so oft ich konnte ins Wasser, damit sie hinter meinem Kajak herschwammen. Außerdem fand ich es cool, in Begleitung von drei Bärenjungen durch die Gegend zu paddeln. Bei unseren Wanderungen schwammen sie bereits durch kleine Seen, aber im Kajak waren sie mir noch nie gefolgt.*

Wenn ich allein im Kajak unterwegs war, versuchte ich, auch fremde Bären schon von weitem zu rufen, sobald ich auf sie zupaddelte, um sie zu fotografieren. Erstaunlicherweise liefen sie dann nicht sofort weg. Damit meine Stimme so weit reichte, musste ich eine ganze Oktave höher gehen. Mir fiel auf, dass die Bären diese hohe Stimme sehr mochten, unsere Jungen übrigens auch. Sie spitzten aufmerksam die Ohren. Manchmal sprangen die Bären sogar ins Wasser und schwammen auf mich zu, um festzustellen, was ich war. Es funktionierte so gut, dass Vorsicht geboten war. Das heißt, ich musste aufpassen, dass sie mir nicht zu nahe kamen. In diesem Jahr lernte ich, dass ich mit hoher Stimme sprechen musste, wenn ich einen Bären glücklich machen oder ernsthaft mit ihm kommunizieren wollte. Charlie nennt es meine »Bärenpiepsstimme«.

Anfang Juli, als ich eines Morgens mit den Jungen spazieren ging, gerieten wir in eine dichte Nebelbank. Maureen hatte beschlossen, in der Hütte zu bleiben, sie wollte später zu uns stoßen. Damals gehörten Walkie-Talkies zu unserer Ausrüstung, so dass wir keine größeren Probleme hatten, uns zu finden, auch nicht im Nebel.

Mit der üblichen unbekümmerten Begeisterung tollten die Jungen im Schnee am See herum, als plötzlich ein erwachsenes Männchen am anderen Ende der Schneewehe auftauchte. In dem dichten Nebel, der Größenvergleiche unmöglich machte, wirkte er riesig, und die Kleinen erschraken sich zu Tode. Blitzschnell zogen sie sich zurück und suchten hinter mir Schutz. Während ich noch überlegte, was ich tun sollte, ließ sich der Bär von der Höhe der Schneewehe aus mit lautem Platschen in den See fallen und schwamm durch die Bucht. Als ich mich umdrehte, sah ich gerade noch, wie die Kleinen sich davonmachten. Offenbar hatten sie beschlossen, sich nicht auf meinen Schutz zu verlassen, sondern die Beine in die Hand zu nehmen. Einen Augenblick später hatte der Nebel sie verschluckt. Um einiges langsamer folgte ich ihren Spuren.

Wir hatten uns gefragt, wie die Jungen reagieren würden, wenn sie plötzlich einem erwachsenen Tier gegenüberstanden. Jetzt wussten wir es. Während ich weiterging und mich fragte, wie weit sie wohl laufen würden, musste ich an Alexander Nikanorows düstere Prophezeiung denken. Er hatte die Gefahr zwar übertrieben, um seine These zu untermauern, aber ich wusste aus eigener Erfahrung, dass erwachsene Männchen gelegentlich Jungbären, den Nachwuchs anderer Bären, töten und auffressen. Und es traf zu, dass Jungbären eine angeborene Angst vor erwachsenen Bären haben. Solange die Kleinen in Panik durch den Nebel rasten, bestand die Möglichkeit, auch wenn diese eher gering war, dass sie einem Bären über den Weg liefen, der ihnen tatsächlich enorm gefährlich werden konnte.

Bald kam ich an eine Stelle, wo sie plötzlich die Richtung geändert hatten, wieder eine fluchtartige Reaktion. Ich bat Maureen, die gerade dabei war, die Hütte zu verlassen, um Hilfe. Wenn die Jungen ihre jetzige Richtung beibehielten, konnte sie ihnen den Weg abschneiden. Die Schnelligkeit, mit der sie in ihrer Panik die Flucht ergriffen hatten, machte uns ernsthafte Sorgen. Es war eine weite nebelverhangene Welt da draußen, und wir hatten keine Ahnung, wo sie schließlich landen würden.

Nach einer halben Stunde entdeckte Maureen die drei Ausreißer auf dem Gipfel eines Hügels, an einem ihrer Lieblingsplätze. Wir näherten uns ihnen sehr vorsichtig und riefen sie schon aus der Ferne. Als wir endlich wieder alle zusammen waren, dauerte es noch weitere zwei Stunden, bevor ich sie dazu bewegen konnte, mit uns in die Hütte zurückzukehren.

Das war unsere erste Bärchensuchaktion, aber keineswegs die letzte. In den nächsten drei Wochen musste ich des Öfteren die Reparaturarbeiten an meinem Flugzeug unterbrechen, um unsere neugierigen Schützlinge zu suchen. Bald war uns klar, dass wir die Spaziergänge mit ihnen keinesfalls ausfallen lassen durften. Eines Tages wollte ich die Arbeit an der Kolb nicht unterbrechen, und sie fingen an, eine Stelle zu suchen, wo sie unter dem Zaun hindurchkriechen konnten. Dieses Verhalten machte mir Sorgen, denn ich konnte keine weitere Leitung anbringen, ohne dass sie das Gras berührte und der Akku sich entlud. Am Ende spannte ich einen Draht, durch den kein Strom floss. Die Jungen hatten ihre Lektion aber so gut gelernt, dass sie ihn lieber nicht testeten.

An einem anderen Tag ging Maureen mit ihnen spazieren und verlor sie im dichten Gestrüpp. Sie kam wortwörtlich nur im Schneckentempo voran, während die Kleinen immer weiter vorausliefen. Als sie endlich aus dem Dickicht herausfand, waren die Jungen verschwunden. Sie versuchte es mit der Pfeife, aber ohne Erfolg. Mittlerweile hatten sie herausgefunden, dass die Trillerpfeife nicht mehr allein den Beginn der Fütterung ankündigte, so wie früher, sondern auch zum Einsatz kam, wenn wir uns um sie sorgten.

Anfangs nahm ich an der Suche nicht teil. Ich reparierte gerade eine heikle Stelle und wollte erst damit fertig werden. Gegen Mittag jedoch wurde offensichtlich, dass die Jungen sich diesmal sehr weit von der Hütte entfernt haben mussten. Während des Mittagessens dachten wir uns eine Strategie aus. Maureen war die ganze Zeit unterwegs gewesen, also war jetzt ich dran. Ich wollte einen weiten Bogen schlagen, um ihnen dann den Weg abzuschneiden, falls ich sie sah. Der Schnee war mittlerweile fast überall getaut, und sie in der blühenden Tundra ausfindig zu machen würde gar nicht so einfach sein. Wenn ich ihre Spuren nicht fand und mir auch sonst nichts mehr einfiel, wollte ich Maureen anrufen und um Hilfe bitten.

Die Runde, die ich nach dem Mittagessen drehte, hatte einen Radius von etwa einer halben Meile um die Hütte. Ich ging am Seeufer los und hielt mich an die schneebedeckten Stellen, soweit das möglich war. Die Jungen wanderten am liebsten im Schnee, wenn es welchen gab. Ich hatte die Runde fast beendet, als ich auf ein paar kaum sichtbare Spuren stieß, die zum Fluss hinunterführten. Diese Richtung würde die Jungen noch mehr von der Hütte entfernen und in eine Gegend führen, die sie nicht kannten. Sie waren über einen Hang Richtung Südwesten gewandert. An diesem sonnigen Tag schmolzen ihre Spuren sozusagen vor meinen Augen dahin. Bald waren sie völlig verschwunden. Ich machte einen weiteren Bogen und fand ihre Spuren wieder. Sie führten immer noch von der Hütte weg Richtung Fluss.

Mittlerweile hatte Maureen beschlossen, sich der Suche anzuschließen. Sie musste eine Stunde stramm marschieren, um mich einzuholen. Wir hatten uns fast drei Meilen von der Hütte entfernt. Um sechs Uhr abends hatten wir ihre Spuren endgültig verloren. Mehr als einmal kehrten wir zur letzten Fährte zurück und versuchten, sie wieder aufzunehmen, aber die weiten, mit dichtem Gebüsch bewachsenen Flächen und der fehlende Schnee verhinderten es.

Wir teilten uns wieder auf, um schneller voranzukommen. Ich machte einen großen Bogen nach Norden, während Maureen langsam zur Hütte zurückging. Es bestand immerhin die Möglichkeit, dass der innere Kompass der Bären funktionierte und die Jungen nach Hause führte.

Innerhalb des Kreises, den ich abgelaufen war, hatte ich einige zusammenhängende schneebedeckte Stellen gesehen, wo sie meiner Meinung nach sein konnten. Um mich zu versichern, dass ich ihre Spuren nicht übersehen hatte, ging ich die Strecke erneut ab. Nichts. Es war ein ziemlich weiter Weg, für den ich eine halbe Stunde brauchte. Mittlerweile hatte ich ein ganz gutes Gespür für die geographische Beschaffenheit der Landschaft. Es schien mir so, als seien die Jungen in einen etwa fünfzig Morgen großen Pinienwald gelaufen, um dort nach einer geeigneten Schlafstelle zu suchen. Ich stieg auf einen kleinen Hügel hinter dem Pinienhain und rief immer wieder: »Hallo, Bärchen!«

Etwa dreihundert Meter entfernt reckten sich drei Köpfe aus dem Wald. Ein hinreißender Anblick. Wenig später bewegten sie sich mühsam durch die dichten Pinien auf mich zu. Chico erreichte mich als Erste. Ich kniete nieder, damit wir die Nasen aneinander reiben konnten, eine Begrüßung, die sie mochte. Normalerweise machte ich das nur mit Chico, aber heute wollten Biscuit und Rosie auch ihren Teil abhaben. Es war ein freudiges Wiedersehen; ich rief sofort Maureen an, damit sie daran teilhaben konnte. Auf dem Rückweg blieben die Kleinen dicht hinter mir. Erst als wir wieder vertrautes Terrain erreicht hatten, ging Chico voran und führte die ganze Parade nach Hause.

Nach diesem Schreck änderte sich das Verhalten der Jungen merklich. Sie achteten viel mehr darauf, wo sie waren und was um sie herum geschah. Das hieß aber nicht, dass es nicht weitere aufregende Momente gab. Immer wenn die Nähe eines erwachsenen Tieres sie in Panik versetzte, folgte eine mehr oder weniger längere Zeit des Umherirrens. Zu ihrer Rechtfertigung versuchte ich mir immer wieder zu sagen, dass andere Jungen in ihrem Alter sich normalerweise keine Sorgen zu machen brauchten, was ihre Orientierung oder gar Sicherheit anging. Darum kümmerten sich ihre Mütter. Unsere Jungen mussten einfach einfallsreicher sein als ihre Artgenossen, und das lernten sie auch tatsächlich in einem sehr zarten Alter.

In den ersten beiden Wochen nach dem Sturm wunderten wir uns, dass niemand vom Kurilskojsee kam, um nach uns zu sehen. Ich hätte gedacht, dass sie sich Sorgen machen müssten, vor allem, weil ich erklärt hatte, ich würde bald zurückkommen, um den Zaun an den Strom anzuschließen. Nach dem heftigen Sturm und den darauf folgenden klaren Tagen mussten sie sich fragen, was mit uns los war. Der Hubschrauber, den Bill Leacock benutzt hatte, war wieder nach PK geflogen, darauf konnten sie also nicht zurückgreifen. Ich sagte mir, dass sie wahrscheinlich warteten, bis Alexei von einem seiner Erkundungsflügen zurückkam, und das konnte dauern.

Erst am 15. Juli war es soweit. Alexei war mit seinem Hubschrauber zurückgekehrt, und das ganze Forscherteam der Station einschließlich Igor, mehrere Kinder und Hunde hatten sich hineingequetscht, um nach uns zu sehen. Als sie uns gesund und munter antrafen, wollten sie unbedingt feiern, und am Ende gaben wir so etwas wie eine Party. Wir zeigten ihnen die Bärenjungen. Die Kleinen fanden großen Anklang, vor allem bei den Kindern und Bill Leacock, der seine Augen nicht von ihnen nehmen konnte. Auch Maureens Bilder stießen auf große Begeisterung bei unseren Freunden. Die gute Nachricht: Sie hatten den Zaun mittlerweile ohne mich angeschlossen, und alles funktionierte. Die Bären hatten bereits neue Pfade gefunden, um die alten zu ersetzen, die der Zaun versperrte.

Igor berichtete, dass ein kanadisches Team, das einen Dokumentarfilm drehen wollte, in etwa einer Woche zu uns in den Süden stoßen würde. Es war schon in PK, und er wollte so schnell wie möglich hin, um ihnen bei den Zollformalitäten zu helfen.

Es war ein phantastischer Tag. Angesichts der vergnüglichen Gesellschaft unserer Bärenjungen wäre es gelogen zu behaupten, wir wären in den zwei Wochen einsam gewesen. Trotzdem war es wunderbar, all diese Herzlichkeit zu genießen. Die Zeit zwischen dem Sturm und diesem Besuch nun hatte uns auf ernüchternde Art vor Augen geführt, wie sehr wir auf uns allein gestellt waren. Da wir kein Funksprechgerät besaßen und sie keinen Hubschrauber, hatten unsere Freunde nichts anderes tun können, als sich um uns zu sorgen. Falls tatsächlich einmal etwas Schlimmes passierte, wären zwei Wochen eine lange Zeit.

13

Unabhängige Filmemacher und fischende Bären

Als unsere Freunde aus der Forschungsstation zu Besuch kamen, waren wir schon seit zwei Monaten in Russland. Wir hatten jede Menge Abenteuer erlebt, aber der eigentliche Höhepunkt eines jeden Sommers am Kambalnojesee stand erst bevor. Wir hatten bereits die ersten Lachse gesichtet, und wenn der Sommer genauso verlief wie der im Jahr zuvor, würde der Forellenbach hinter unserer Hütte seinem Namen bald alle Ehre machen. Wir waren genauso aufgeregt wie die Bären bei dem Gedanken, uns bald den Bauch mit Seeforellen voll schlagen zu können und zu sehen, wie Hunderte von Bären die Ufer säumten, um ihrer alljährlichen aufregenden Jagd nachzugehen.

Maureen und ich dachten ständig darüber nach, was unsere Zöglinge lernen mussten. Am meisten zerbrachen wir uns den Kopf darüber, was eine Mutter den Jungen beibringt und was sie instinktiv erlernen. Beispielsweise die Frage, ob die Jungen von Natur aus wussten, wie man Fische fängt oder wie man einen Berghang als Rutschbahn benutzt. Bisher hatten unsere Kleinen keine Anstalten gemacht, auf irgendwelche Eishänge zu klettern, um herunterzurutschen. Eines Tages jedoch führten wir sie an das Ostufer des Sees, wo es die höchsten schneebedeckten Hänge gab. Dort brauchten wir ihnen bloß einen steilen, fast dreißig Meter langen Abhang zu zeigen, und schon waren die drei nicht mehr zu bremsen. Aufgeregt kletterten sie die Steilwand hinauf. Wir sahen ihnen von unten zu und machten uns Sorgen. Das könnte ganz schön gefährlich werden.

Als die Jungen bis zur höchsten Stelle kletterten, statt in der weniger gefährlichen Mitte zu bleiben, musste ich an meine eigene tollkühne Jugend denken. Im nächsten Augenblick waren sie schon auf dem Weg nach unten, ohne Rücksicht auf Verluste. Sie glitten in rasender Geschwindigkeit über den Schnee hinweg und purzelten das letzte Stück des Hangs über das Geröll. Sie hatten Glück, dass es dort keine größeren Felsen gab. Ältere Bären legen sich auf den Bauch und bremsen mit den Klauen ab, wenn sie anhalten wollten. Nicht Rosie, Biscuit oder Chico. Zumindest nicht an diesem Tag. Immer wieder stiegen sie auf den Gipfel, prallten beim Herunterrutschen auf Steine und stürzten über Felsen. Am Ende des Tages hatten sie Fortschritte gemacht, aber Rutschpartiemeister waren sie noch nicht.

Außerdem mussten sie lernen, wie man Felsen hinaufklettert, was ein weiteres gefährliches Unterfangen war. Biscuit war die Mutigste von den dreien, folglich auch die Erste, die in richtige Bedrängnis geriet. Wie viele Anfänger musste sie die Erfahrung machen, dass es bergauf leichter geht als bergab. Einmal war sie bis zu einer Stelle geklettert, von der sie weder weiterklettern noch wieder absteigen konnte. Stattdessen jammerte sie so verzweifelt, dass ihre Schwestern zu einem etwas tiefer liegenden Felsvorsprung kletterten. Rosie und Chico spornten sie unentwegt an, aber Biscuit rührte sich nicht von der Stelle.

Schließlich sah ich mich gezwungen einzuschreiten und stieg zu Rosie und Chico auf den Felsvorsprung. Besonders sicher war man da oben nicht. Maureen sagte später, es sei ein herrliches Bild gewesen, wie ich mich zu Biscuit hinaufreckte, mit Chico und Rosie neben mir auf Zehenspitzen, die ebenfalls nach oben langten. Wir redeten alle drei durcheinander. Dieses Schauspiel schien eine Veränderung bei Biscuit zu bewirken. Vielleicht glaubte sie tatsächlich, ich könne sie auffangen, wenn sie fiel, und fing an, sich ganz langsam rückwärts zu bewegen. Als sie nah genug war, packte ich sie am Kragen und hob sie auf den Felsvorsprung herunter.

Diese ersten Versuche waren vielleicht noch nicht beeindruckend, aber im Lauf dieses Sommers entwickelten sich die Jungen zu geschickten Kletterern. Schließlich waren sie so gut, dass sie auch jene Felsen mühelos meisterten, die anderen Bären zu gefährlich waren.

Drei Wochen nach dem Unglück mit unserem Flugzeug hatten wir fast kein Brennholz mehr. Im Falle eines Sturmes würden wir im Kalten sitzen. Ich versuchte, so schnell wie möglich zu arbeiten, aber diese Eile hatte auch Grenzen. Die Reparatur eines Flugzeugs ist nicht unbedingt etwas, das man auf die Schnelle erledigen sollte.

Am 19. Juli war ich fast fertig, wollte aber die Tragflächen noch nicht wieder montieren. Das Wetter hatte sich verschlechtert, es wehte ein starker Wind, und im Moment war die Kolb in Einzelteile zerlegt sicherer als fertig zusammengebaut. Wir waren mal wieder so weit, dass wir Grünerlen verbrannten, was ich hasse. Erstens, weil das Holz schlecht brennt und stark qualmt, und zweitens, weil es verboten ist, langsam wachsende Hölzer zu roden. Wir hatten aber kein Brennholz mehr und mussten uns irgendwie warm halten.

Ian Herring und sein Filmteam sollten am nächsten Tag zu uns stoßen, aber es war neblig – der vierte Nebeltag in Folge. Wir nutzten ihn, um das Schlauchboot, das wir aus Kanada mitgebracht hatten, zusammenzubauen. Wir ließen es zu Wasser, montierten den Außenbordmotor und machten eine Tour über den See. Die drei Bären und die Flugzeugreparatur hatten uns derart in Beschlag genommen, dass wir alles andere vernachlässigt hatten. Wir fuhren durch mehrere große Buchten und bemerkten, dass schon viele Lachse zu ihren Laichgründen unterwegs waren. An den Ufern standen Bären und machten Jagd auf sie. Das hieß, dass es am Fluss jetzt bald von Bären nur so wimmeln würde. Unbemerkt war es vor unserer Nase Sommer geworden.

Während des Ausfluges hörten wir einen Hubschrauber, konnten ihn aber nicht sehen. Wir vermuteten, dass der Pilot und das Filmteam wegen des dichten Nebels beschlossen hatten, nach Kurilskoj zurückzukehren und dort abzuwarten. Kurz vor Einbruch der Dunkelheit fuhren wir zurück, vertäuten das Boot und gingen zur Hütte. Plötzlich entdeckten wir eine Gestalt im Nebel. Seit wir am Kambalnojesee wohnten, hatte uns niemand je zu Fuß besucht.

Igor rief uns eine Begrüßung zu, und bald saßen wir alle zusammen in der Hütte. Wie wir uns gedacht hatten, waren Igor und das Filmteam im Hubschrauber gewesen. Das Team war nach Kurilskoj zurückgeflogen. Igor hatte den Piloten gebeten, ihn an der Stelle abzusetzen, an der ich mit ihm gelandet war, als wir zum ersten Mal mit der Kolb zum Kambalnojesee kamen, und war dann über denselben Pass zu Fuß gekommen. Er brachte erstaunliche – aber auch irritierende – Nachrichten.

Da Ian Herrings Budget einen weiteren Transportflug nicht zuließ, hatte Igor den Piloten angewiesen, die ganze Ausrüstung in Kurilskoj auszuladen, bevor er nach PK zurückkehrte. Als ich fragte, was wir mit der Ausrüstung in Kurilskoj sollten, wenn wir am Kambalnojesee filmen wollten, eröffnete mir Igor seinen Plan: Ich sollte alles einfliegen – das ganze Team, zwei Tonnen Kameraausrüstung und Proviant für einen Monat. Mit der Kolb! Wie Igor, der noch eine Woche zuvor mein in Einzelteile zerlegtes Flugzeug gesehen hatte, auf so eine Idee gekommen war, konnte ich mir nicht erklären. Meine erste Reaktion war ein Wutanfall. Wenn Ian Herring nicht genug Geld hätte, um seinen Film zu drehen, dann sollte er von mir aus mit dem Rest seines Geldes wieder nach Hause fliegen.

Der folgende Morgen war genauso neblig wie die letzten vier Tage. Igor begleitete uns auf dem morgendlichen Spaziergang mit den Jungen, die uns ihre neue Vorliebe für das Wasser zeigten. Wenn wir an einen See kamen, schwammen die Jungen ans andere Ufer, während wir ihn umrundeten. Sie durchquerten mittlerweile auch tiefere Bäche, die zuvor unüberwindliche Hindernisse gewesen waren. Chico, die unangefochtene Anführerin an Land, musste im Wasser passen: Dort übernahm Biscuit die Führung.

Der Spaziergang mit Igor verlief ohne Zwischenfälle. Die Jungen zogen trotz seiner Anwesenheit keine Show ab. Das war ein gutes Zeichen angesichts der Arbeit, die uns mit dem Filmteam bevorstand.

Am Nachmittag montierten wir mit Igors Hilfe die Tragflächen wieder an den Rumpf der Maschine und brachten die Kolb zu der Stelle, wo ich sie auch letztes Jahr geparkt hatte. Mittlerweile war der Schnee dort geschmolzen. Maureen hatte gesehen, dass die Seeforellen zum Forellenbach zurückgekehrt waren, und fing ein paar, die sie uns zum Abendessen servierte.

Der 22. Juli war ein klarer und windstiller Tag, einer der schönsten in diesem Sommer. Die Luft lud förmlich zum Fliegen ein. Ich schob das Flugzeug ins Wasser und startete zu meinem ersten Testflug seit dem verheerenden Sturm. Die Maschine ließ sich wunderbar steuern. Besser sogar als zuvor, weil nun auch anfängliche Konstruktionsfehler beseitigt worden waren. Dass es mir gelungen war, das Flugzeug in der Wildnis zu reparieren, ohne jede Unterstützung von außen, nur mit ein paar selbst zusammengebastelten Ersatzteilen, erfüllte mich mit großer Befriedigung. Es war der schönste Testflug, den ich jemals gemacht hatte, schöner noch als mein Jungfernflug mit der Kolb.

Nach einer Weile landete ich, um Igor abzuholen. Er stieg ein, und wir flogen flussabwärts und hielten Ausschau nach Bären. An einer Stelle, die zum Fischen geeignet war, zählten wir siebzehn Tiere. Dahinter hing noch Nebel über dem Fluss, der sich bis zum Ozean ausdehnte. An den Stellen, wo sich der Nebel gelichtet hatte, war die Sicht so klar, dass wir sogar sehen konnten, welche Fische die Bären erbeuteten. Es waren keine Lachse, wie ich zunächst vermutet hatte, sondern Seeforellen. Zum ersten Mal wurde mir bewusst, dass auch Seeforellen zum Meer wandern.

Schließlich drehten wir ab und flogen zum Kurilskojsee. Wie es der Zufall wollte, lag auch hier dichter Nebel über dem Tal. Ich flog am Wolkensaum entlang und sah, dass der östliche Teil des Sees frei war. So mogelten wir uns die sechs Meilen bis zu Igors Hütte unter der Dunstglocke durch.

Ian Herring und sein Kameramann Mike Herd warteten auf uns. Wir gingen in die Hütte, um einen Tee zu trinken. Ian war siebenunddreißig und stammte aus Vancouver, wo ich ihn auch kennen gelernt hatte. Er wollte Filme über die Beziehung des Menschen zur Natur drehen und hatte deswegen unter anderem Literatur studiert. Ich mochte ihn und war ziemlich sicher, dass wir gut zusammenarbeiten konnten.

Mike Herd war ganz anders, ein Schotte von Mitte fünfzig. Er war ein alter

Hase im Filmgeschäft und eine Legende, was seine Naturfilme über Afrika anging. Das ließ er einen auch sofort spüren. Maureen, Ian und ich hatten uns bereits auf ein Konzept für den Film geeinigt, aber Mike hatte ganz andere Vorstellungen. Er wollte seinen eigenen Film drehen, und das war nicht das, was wir abgemacht hatten.

Wir konnten nicht lange darüber diskutieren, weil es jede Menge anderes zu tun gab. Mittlerweile hatte ich mich breitschlagen lassen, den Fährmann zu spielen. Ich wusste, dass ich Dutzende Male hin und herfliegen musste, um alles zum Kambalnojesee zu transportieren. Deshalb bat ich Igor, in Kurilskoj zu bleiben und die einzelnen Ladungen vorzubereiten. Dann stopfte ich den Passagiersitz voll, zurrte alles fest, füllte meinen Holzsack mit Ausrüstung und packte ihn in den Rumpf. Zum Glück waren die diversen Teile weder zu schwer noch zu groß für das kleine Flugzeug.

An dem Tag konnte ich meine Fliegersehnsucht wirklich stillen. Gegen acht Uhr abends hatte ich zehn Ladungen befördert, auch Ian und Mike waren zwischenzeitlich am Kambalnojesee. Der Nebel zog sich allmählich vom Meer auf das Land zurück, und so ließ ich Igor mit den restlichen drei Ladungen in der Hütte am Kurilskojsee zurück.

Ian und Mike hatten auf ihrem Flug so viele Bären gesehen, dass sie völlig aus dem Häuschen waren. Mittlerweile hatte Maureen im Anbau etwas Platz für unsere Gäste geschaffen. Während des Unwetters vor einem Monat hatten wir dort auch zwei Betten gebaut.

In den nächsten zwei Tagen löste sich der Nebel nicht auf. Ich beobachtete unsere Gäste und merkte bald, dass ihre Geduld Grenzen hatte. Auch ich wurde allmählich nervös. Als dann um die Mittagszeit auch noch eine leichte Brise von Südosten aufkam, musste ich an das Loch denken, das durch den Fallstrom entstanden war. Ich überlegte, ob ich auf diese Weise genauso leicht aus dem Nebel hinausfliegen könnte. Falls ja, könnte ich los und Igor und die übrigen Ladungen abholen.

Ich versuchte, den anderen die Sache mit dem Loch zu erklären, aber sie konnten es sich nicht richtig vorstellen. Sie sahen nur einen Piloten in einem sehr kleinen Flugzeug. Er steuerte auf einen Nebel zu, der dick wie eine Erbsensuppe war und ihn sofort verschluckte. Scheinbar der Gipfel des Leichtsinns! Ich aber folgte strikt dem Kurs, den der Kompass mir wies, und hielt mich fast eine Meile daran. Allmählich lichtete sich der Nebel, und die Helligkeit führte mich zu dem Loch. Sonne. Klarer Himmel über mir.

Offen blieb, ob der Motor der Maschine stark genug war, um trotz des Abwinds zu steigen. Ich konnte ihn sogar sehen: Ein Wolkenwasserfall ergoss sich auf der gegenüberliegenden Seite des Wirbels nach unten. Wolkenfetzen tanzten über das Wasser und wurden auf der anderen Seite wieder hochgeschleudert. Viel Platz, um sich hochzuschrauben, gab es nicht.

Ich richtete die Nase des Flugzeugs gegen den Wind und gab Gas. Ich fand die Stelle, wo der Abwind auf die Wasseroberfläche prallte und dann wieder aufstieg. Mit meinem 80-PS-Motor folgte ich, so gut es ging, dem Zug nach oben, schraubte mich hoch und bahnte mir so allmählich einen Weg aus dem Nebel.

Vollbeladen wieder durch das Loch hineinzufliegen war eine haarsträubende Angelegenheit. Es fühlte sich an, als würde man hinabgesogen. Ich fuhr die Landeklappen aus, flog eine Spirale und suchte den nach oben strömenden Luftzug. Dieser federte meinen Sturz ab, genau wie letztes Mal. Knapp über dem Wasser folgte ich dem Kompass in die entgegengesetzte Richtung bis zur Hütte. Als ich schließlich aus dem Nebel auftauchte, war die Reaktion dieselbe wie vorher: ungläubiges Staunen. Ian und Mike hatten die Hand nicht vor Augen sehen können, solange ich weg war, und trotzdem hatte ich es geschafft, zu starten und wieder zu landen.

Igor brachte ich bei der letzten Fuhre mit. Normalerweise hatte Igor keine Angst, wenn wir gemeinsam flogen. Doch als wir jetzt in das Loch fielen, rief er plötzlich: »Sei vorsichtig, Charlie. Bring mich hier bloß nicht um!«

Solange der Nebel uns zur Untätigkeit verurteilte, nutzten wir die Zeit, um dem Team die Regeln für die Arbeit mit den Jungen oder anderen Bären zu erklären. Als am 26. Juli die Sonne endlich herauskam und wir mit den Dreharbeiten beginnen konnten, grasten die Bärenjungen im Riedgras und spielten in den Schlammpfützen, als gäbe es das Team gar nicht. Ich hatte für den Fall, dass sie zu viel Interesse an den Menschen oder deren Ausrüstung zeigten, allen eingeschärft, in einem Ton, den die Kleinen verstanden, nein zu sagen. Das Schnappen nach Stiefeln war verboten. Schnappen war generell verboten.

Beim Spielen packen sich die Jungen gelegentlich am Nacken und schütteln sich gegenseitig, und wir hatten ihnen mühsam beigebracht, dass wir zu zerbrechlich dafür sind. Zugleich hatte ich bewusst und ausschließlich Chico noch ein anderes Spiel beigebracht. Dabei kommt sie mit gesenktem Kopf auf mich zu, und ich packe sie zwischen den Ohren am Fell. Sie drückt sich gegen mich versetzt mir mit der Vordertatze einen Hieb. Nicht fest. Sie versucht nicht, mich zu verletzen, und es besteht auch keine Gefahr, dass sie selbst verletzt wird. Wir hatten dieses Spiel bestimmt schon tausendmal gespielt. Ich halte sie auf Abstand, indem ich fest zupacke und den Arm ganz ausgestreckt halte. Am Ende legt sie die Tatze auf meine Hand und bohrt mir ihre Klauen in den Handrücken, bis ich sie loslasse. Manchmal kommt es mir vor, als müsste sie mich an ihre wahre Stärke erinnern.

Gleichzeitig wusste Chico ganz genau, dass sie Maureen nicht anrühren durfte. Wenn ihr nach einem besonders lustigen Streich zumute war, schlich sie sich bis auf wenige Zentimeter mit gebleckten Zähnen an Maureens heruntergerollte Watstiefel an. Dann wartete sie, dass Maureen nein sagte und drohte, sie zu schlagen, und die ganze Zeit funkelte ein kleiner Teufel in ihren Augen.

Ich machte Chico unmissverständlich klar, dass auch das Team für sie tabu war, und sie hielt sich daran. Überhaupt war das Verhalten der Jungen dem Team gegenüber von Anfang bis Ende vorbildlich.

Ich muss gestehen, dass ich für diesen Dokumentarfilm nie besonderes Interesse aufgebracht hatte. Ich habe einfach zu große Bedenken gegen Naturfilme. Da ich Tiere und die Natur liebe, erfreue ich mich wie jeder an den schönen Bildern, trotzdem hege ich Zweifel, was das Ziel des Ganzen betrifft. Oft habe ich den Eindruck, dass die Bilder den Zuschauer nur einlullen sollen. Die Botschaft ihrer Schönheit suggeriert, dass alles in Ordnung ist, dass es noch reichlich unberührte Natur und wilde Tiere gibt und wir ganz beruhigt sein können. Deshalb muss ein Dokumentarfilm, an dem ich mitarbeite, einem klaren und sinnvollen Zweck dienen. Ich hatte Angst, dass Ian Herrings Film auch einer dieser nichts sagenden Naturfilme werden sollte, und wenn ja, wollte ich nichts damit zu tun haben. Es wäre nur Zeitverschwendung gewesen.

Maureen war anderer Meinung. Sie selbst hatte oft bei Dokumentarfilmen mitgewirkt und glaubte fest an die Macht der Medien, um eine Botschaft in der Welt zu verbreiten. Wenn wir das Verhalten der Menschen gegenüber den Grizzlys verändern wollten, dann konnte ein Film uns dabei enorm helfen. Deshalb engagierte sich Maureen für diesen Film deutlich mehr als ich.

Das Ironische aber war, dass Mike Maureen von Anfang an nicht mochte und sich während des ersten Teils der Dreharbeiten praktisch weigerte, die Kamera auf sie zu richten. Er behandelte sie wie eine Angestellte, die zu parieren hatte. Mich wollte er auch nicht unbedingt im Bild haben. Am liebsten hätte er überhaupt keine Menschen aufgenommen. Da für uns aber die Beziehung der Bären zu den Menschen von grundlegendem Interesse war, passten unsere beiden Ansätze nicht zusammen.

Ian saß zwischen allen Stühlen. Einerseits war er an unserem Film interessiert, andererseits wollte er sich nicht mit seinem erfahrenen Kameramann anlegen. Am Ende hatten sie mit Mühe und Not genügend Material zusammen, um den Film zu schneiden. Oft war es ein unschönes Gezerre und sicher keine

Zeit, auf die wir während dieses zauberhaften Sommers am liebsten zurückblickten.

Ebenfalls komisch war Mikes übersteigertes Interesse an meiner Kolb. Wir bauten sein Teleskoptripod zu einem Kamerastativ für das Flugzeug um und machten Luftaufnahmen. Mike war so begeistert, dass Ian dem Ganzen schließlich ein Ende bereiten musste, sonst wäre ihnen das Filmmaterial ausgegangen.

Wenn sie mit dem Dreh am Kambalnojesee fertig waren, sollten sie ein paar Wochen lang zum Kurilskojsee zurückkehren. Allmählich versammelten sich zur größten Fischfangsaison des Jahres die Bären an den Mündungen der vielen kleinen Flüsse dort, und das war genau das, was Ian eigentlich wollte.

Am Tag bevor Ian, Mike und Igor uns verließen, probierten Maureen und ich ein Experiment für die Kamera aus, in dem es ums Fischen ging. Zwar hatten unsere Bären gelernt, die toten Fische, die ans Ufer geschwemmt wurden, aufzusammeln, doch es hatte nicht den Anschein, dass sie noch in diesem Sommer lernen würden, lebende Lachse oder Seeforellen zu jagen. Maureen und ich waren davon überzeugt, dass sie diese wertvolle proteinhaltige Nahrung dringend brauchten, um sich Fettreserven für den Winter zuzulegen.

Wir wussten nicht, ob die Bären in der Lage waren, so früh in ihrem Leben die Kunst des Fischfangs zu erlernen. Erwachsene Bären müssen eine Menge Erfahrung und Geschick aufbringen, um lebende Fische zu fangen, und ich hatte noch nie beobachtet, dass ein Einjähriges es überhaupt versucht hätte. Jungen im Alter unserer Bären warteten normalerweise darauf, dass ihnen ihre Mutter die erbeuteten Fische brachte. Sie verhielten sich so, bis sie im Alter von etwa zweieinhalb Jahren entwöhnt waren. Es kommt nicht selten vor, dass Jungbären erst im Alter von dreieinhalb Jahren ihre Mutter verlassen. Mit anderen Worten, es war uns klar, dass wir unseren Kleinen, die erst vor ein paar Monaten zum ersten Mal ihre Höhle verlassen hatten, eine Menge abverlangten.

Igor, Maureen und ich suchten uns einen kleinen Fluss mit steinigem Grund aus. Wir wollten darin Fische fangen und sie an einer Stelle freilassen, an der die Bären versuchen könnten, sie zu fangen. Zwischen zwei kleinen Seen fanden wir die Stelle, die wir brauchten. Wir fingen einige dreißig Zentimeter große Seeforellen und transportierten sie in dem großen Trog, den wir sonst zum Wäschewaschen benutzten, dorthin.

Der angeborene Jagdinstinkt der Bärchen offenbarte sich nicht sofort. Zuerst legten wir ein paar tote Fische auf den Grund, damit sie lernten, ihre Gesichter ins Wasser zu tauchen und sich die Fische zu holen. Nachdem sie ein paar tote Fische gefressen hatten, begannen sie, auch die lebenden Fische, die sich in dem Becken befanden, zu jagen.

Rosie lernte am schnellsten. Sie hatte keine Probleme, ihren Kopf bis zu den Ohren ins Wasser zu stecken und die überhängende Böschung des Ufers abzusuchen. Sie fing auch als Erste einen lebenden Fisch, den Chico ihr prompt wegnahm. Sie fing noch einen, und diesmal war Biscuit diejenige, die ihn stibitzte. Schließlich fing sie auch einen für sich. Nach einer Weile hatten die Bären sich satt gefressen, und Ian und Mike hatten alles im Kasten.

Am 2. August wurde das Filmteam von einem Hubschrauber abgeholt. Um unsere wiedergewonnene Zweisamkeit und Unabhängigkeit zu feiern, machten wir einen ausgedehnten Spaziergang mit den Jungen. Die Bären liefen geradewegs auf den kleinen Fluss zu und konnten es nicht erwarten, da weiterzumachen, wo sie am Tag zuvor aufgehört hatten. Wir füllten die Stelle immer wieder mit neuen Fischen nach, bis wir überzeugt waren, dass alle drei den Dreh raushatten. Sie waren zwar noch keine Experten, aber ihren nicht verwaisten Gleichaltrigen immerhin zwei Jahre voraus.

Angesichts all dessen war es kein Wunder, dass Maureen und ich uns wie richtige Eltern fühlten. Wir platzten förmlich vor Stolz auf unsere hübschen Waisenkinder. Und jedes Mal, wenn sie etwas Neues gelernt hatten, waren wir aus dem Häuschen. Ob die Jungen uns für eine unbehaarte Version ihrer Mutter hielten, wage ich zu bezweifeln. Wir waren viel zu langsam, ungeschickt und träge, um eine so ehrenvolle Rolle zu übernehmen. Manchmal hatte ich sogar das Gefühl, dass sie uns bemitleideten, wenn wir an Hindernissen scheiterten, die für sie ein Klacks waren. Doch zugleich genossen sie unsere Gesellschaft.

Unsere Gefühle waren eine Mischung aus Liebe, Freude und Ängsten. Ständig waren wir auf der Hut vor irgendwelchen Gefahren und hätten unsere Kleinen bis zum letzten Atemzug verteidigt. Aber die Ängste nahmen mit der Zeit kontinuierlich ab. Die erwachsenen Weibchen am See schenkten den Jungen wenig oder gar keine Aufmerksamkeit. Sie verfolgten unser Treiben mit einem gewissen Staunen oder mit Belustigung. Manchmal stellten sie und ihre Jungen sich sogar auf die Hinterbeine, um das merkwürdige Schauspiel besser verfolgen zu können.

Die größte Gefahr bestand nach wie vor darin, dass sich die Jungen verirrten. Da unsere Expeditionen aber immer weiter von der Hütte wegführten, nahm auch diese Angst allmählich ab. Die Jungen kannten sich mittlerweile in der Umgebung sehr gut aus, vor allem Chico. Wir mussten uns an den Gedanken gewöhnen, ihnen mehr Freiheit einzuräumen, je besser sie in der Lage waren, damit umzugehen. Am 12. August fassten wir uns ein Herz und öffneten beide Tore des Geheges mit dem Elektrozaun. Die Jungen waren frei.

Es war rührend zu sehen, wie sie zuerst losliefen, dann aber stehen blieben, um zu sehen, ob wir nachkamen. Als wir keine Anstalten machten, ihnen zu folgen, liefen sie hinunter zur Bucht und spielten eine Weile im flachen Wasser. Dann kehrten sie wieder in ihr Gehege zurück, in großen Sprüngen, so als wollten sie sagen, dass sie freiwillig kamen.

Als hätten sie schließlich verstanden, dass ihre Grenzen sich erweitert hatten, verließen sie das nächste Mal das Gehege durch das Tor im Norden. Wir stiegen aufs Dach, um sie zu beobachten. Die Bären schwammen und spielten eine Weile in einem kleinen Wasserfall, der sich in den Forellenbach ergoss. Schließlich stellte sich Chico auf die Hinterbeine und blickte ein letztes Mal auf die Hütte zurück. Als sie sich vergewissert hatte, dass wir nicht kamen, machte sie sich auf den Weg zu einem großen weitläufigen Sumpf, den sie alle drei heiß und innig liebten.

Nach einer halben Stunde folgten Maureen und ich. Wir stiegen auf einen kleinen Hügel, von dem aus wir sie unerkannt beobachten konnten. Sie spielten fröhlich im sumpfigen Moos und fraßen Schachtelhalm und gelbe Orchideen. Es war ein überwältigendes Gefühl, etwa so, als sähe man seinem Kind nach, das sich zum ersten Mal auf den Weg in die Schule macht. Nach einer Stunde kamen sie wieder nach Hause. Den Rest des Tages verbrachten sie innerhalb des Geheges, dessen Tore offen standen. Ein paar weitere Tage schlossen wir nachts die Tore des Geheges. Vermutlich waren sie längst für die Freiheit rund um die Uhr bereit, wir selbst aber waren es noch nicht.

In den nächsten Tagen versuchten die Jungen mehrmals, Lachse zu fangen, die ans Ufer geschwemmt worden waren. Doch jedes Mal wurden sie von einem großen Furcht einflößenden Männchen erschreckt, das ebenfalls auf leichte Beute aus war. In der Tundra reiften die schwarzen Krähenbeeren, und wir fütterten sie weiterhin mit Sonnenblumenkernen, so dass sie keinen Hunger litten, trotzdem fragten wir uns, wie sie die Fettreserven anlegen sollten, die sie für den Winter brauchten, wenn sie sich nicht an den Fischen satt fressen konnten, die allen anderen Bären zur Verfügung standen.

Schließlich beschlossen wir, die Fische für sie zu fangen. Wir hatten gesehen, wie andere Bären sozusagen vor unseren Augen groß und fett wurden, und wollten nicht, dass unsere Jungen benachteiligt wurden, weil sie keine Mutter hatten. Je größer sie waren, umso besser würden sie überleben können, weil es sie in die Lage versetzte, leichter durch die dichten, niedrigen Pinienwälder zu wandern. Die Fettreserven würden dafür sorgen, dass sie die Winterruhe in ihrer Höhle bis zum Schluss gut überstanden. Jeden Tag fuhren wir mit dem Motorboot auf den See, sammelten die toten Lachse ein und fingen lebende

Seeforellen. Wenn die Jungen dann von einem ausgiebigen Auslauf in die Hütte zurückkehrten, wartete eine proteinreiche Mahlzeit auf sie. Danach nahmen sie genauso schnell zu wie alle anderen Jungbären auch.

Je größer sie wurden, umso mehr wuchs auch ihr Selbstvertrauen. Eines Tages war Maureen mit den Jungen am Seeufer, als ein großes Weibchen den Pfad, der über den Pass führte, in die Bucht herunterkam. Die Jungen kletterten sofort auf einen Felsvorsprung, wo sie öfters Mittagsschlaf hielten. Als die große Bärin unter ihnen vorbeiging, fühlten sie sich sicher und wurden sogar ein wenig übermütig. Als die Bärin sich dann Maureen näherte, stießen die Jungen ihre warnenden Laute aus, um sie auf die Gefahr aufmerksam zu machen. Maureen war gerührt angesichts ihrer Besorgnis um sie.

Der 25. August markiert den Tag in der Geschichte unseres Projektes, an dem die Jungen völlige Unabhängigkeit erlangten. An diesem Abend ließen wir die Tore ihres Geheges offen, nachdem sie von ihrem Spaziergang zum Füttern zurückgekehrt waren. Wir hatten den Eindruck, sie wussten, dass sich etwas Grundlegendes verändert hatte. Gegen neun verließen sie das Gehege, obwohl es allmählich dunkel wurde. Wir sagten uns, dass sie irgendwann zum Schlafen wiederkommen würden, schon deshalb, weil es in ihrem Gehege viel sicherer war, aber da hatten wir uns getäuscht.

Um Mitternacht merkten wir, dass wir beide noch wach lagen, und fragten uns, wo die Jungen wohl waren und was sie machten. Wir stellten uns alle möglichen Gefahren vor. Wo würden sie schlafen? Waren sie in Sicherheit? In dieser Nacht tat keiner von uns ein Auge zu.

Als die ersten Sonnenstrahlen die Berggipfel in Licht tauchten, stand ich auf und kochte Kaffee. Ich ging nach draußen und füllte wie jeden Morgen die Näpfe der Jungen mit Sonnenblumenkernen. Danach kroch ich wieder ins Bett, wo wir unseren Kaffee tranken, immer noch besorgt, aber ruhig. Um Viertel vor acht hörten wir sie kommen. Sie liefen in ihre Hütte und machten sich über ihr Futter her. Sie sahen alle gut aus, man merkte ihnen nicht an, dass sie sich die Nacht um die Ohren geschlagen hätten. Im frischen Tau konnte man sehen, woher sie gekommen waren. Maureen und ich verfolgten ihre Spuren zurück und fanden ihr Nachtlager. Die Spuren führten schnurgerade in ein dichtes Erlengebüsch. Dort hatten sie in einer gemütlichen Mulde geschlafen. Auf dem Heimweg fühlten wir uns ein bisschen schuldbewusst, wie die Eltern von Teenagern, die ihrem Nachwuchs nachspionieren, weil sie ihm nicht trauen, und dann nichts finden.

Wie um ihre neugewonnene Freiheit unter Beweis zu stellen, verbrachten die

Bären mehrere Nächte hintereinander im Freien. Nachdem sie ihre Unabhängigkeit unter Beweis gestellt hatten, schliefen sie von nun an abwechselnd in der Hütte und im Freien. Mittlerweile besaßen die Hütte und das Gehege für sie nur noch nostalgischen Wert. Wenn sie sich unsicher fühlten, kamen sie nach Hause, um in der vertrauten Umgebung und bei den vertrauten Menschen, Maureen und mir, neues Selbstvertrauen zu tanken. Hin und wieder gingen sie auch in ihre alte Hütte, die sie, nachdem sie ihre Freiheit bekommen hatten, eine Weile verschmäht hatten. Wir fanden es tröstlich, dass die Bärenhütte, das Gehege und auch wir für die Jungen immer noch so etwas wie eine Familie waren.

Während Ian und Mike in Kurilskoj drehten, flogen Maureen und ich zweimal zu Aufnahmen hin. Beide Male machten wir uns Sorgen, dass irgendein Unwetter uns längere Zeit von den Jungen trennen könnte. Bei einer der Aufnahmen sollten wir am Ufer stehen und die Bären bei der Lachsjagd beobachten. Im fertigen Film geschieht das, was wir zu beobachten vorgeben, etwa fünfundzwanzig Meilen weiter weg, aber manches von dem, was man sieht, hat sich tatsächlich genauso zugetragen. Wie die Sache mit dem riesigen Männchen, das Maureen und ich seit unserer Ankunft im Süden von Kamtschatka beobachtet hatten. Eine Aufnahme, die Michio Hoshino 1996 von demselben Tier gemacht hatte, ist seitdem ein beliebtes Motiv in Tierkalendern. Es war nicht nur die imposante Größe des Bären, die uns beeindruckte, es war auch sein Verhalten. Es war nicht zu übersehen, dass es sich in Gesellschaft von wohlmeinenden Menschen wohl fühlte.

Im Film sieht man, wie der Bär auf der Jagd nach Fischen am Ufer entlangstreift und sich mit einem dicken Lachs im Maul in die Büsche schlägt, um ihn dort zu verspeisen. Er kommt Maureen und mir dabei so nah, dass wir sein Fell mit ausgestreckter Hand hätten berühren können. Auf diese Szene werden wir immer wieder angesprochen, denn sie zeigt eindringlich, wie sehr wir uns an die Nähe von Bären gewöhnt hatten.

Mir gefällt an dieser Szene am meisten, dass man einen Bären sieht, der Menschen vertraut und ruhig bleibt. Immer noch herrscht die stereotype Meinung vor, männliche Tiere seien von Natur aus aggressiv und unberechenbar. Die Szene im Film widerlegt dies, ebenso wie das Buch, das mein Freund Timothy Treadwell im selben Jahr veröffentlichte. Darin geht er ausgiebig auf das sanftmütige Naturell der männlichen Braunbären ein, mit denen er den Sommer in Alaska verbringt.

Eine weitere interessante Sequenz zeigt ein junges weibliches Tier, das sich spektakulär auf die Hinterbeine stellt, um eine Weide herabzuziehen und wieder hochschnappen zu lassen. Es macht ihr sichtlich Spaß, sich für mich in Pose zu werfen. Meiner Erfahrung nach sind begabte Darsteller wie diese Bärin früher Einzelkinder gewesen. Während unsere Jungen miteinander spielten, müssen Einzelkinder sich selbst unterhalten – oder aber ihre Mütter. Sie entwickeln einsame Spiele und eine Vorliebe für menschliche Zuschauer.

Im September sollte das Team wieder zum Kambalnojesee kommen, aber das schlechte Wetter machte uns einen Strich durch die Rechnung. Erst am 5. September klarte es auf, und ich konnte nach Kurilskoj fliegen, um herauszufinden, wie Ian Herrings Pläne aussahen. Als ich ankam, waren sie gerade dabei, die Ausrüstung in den Hubschrauber zu laden, der sie zum Kambalnojesee bringen sollte. Ian beschloss, mit mir zu fliegen. Aber dann landete kurz vor unserem Start ein zweiter Hubschrauber in Kurilskoj. Wir warteten, um zu sehen, wer es sein könnte.

Aus dem Cockpit des Hubschraubers kletterte Tatjana Gordienko in Begleitung von zwei Männern in Anzug und Krawatte, eine absolut unpassende Aufmachung in dieser Gegend. Tatjana fragte mich, wo Igor sei, und ich antwortete, er sei bereits mit dem Hubschrauber auf dem Weg zum Kambalnojesee. Was sie mir dann eröffnete, war niederschmetternd. Sie sei mit den Beamten in den Süden gekommen, weil Igor großen Ärger mit den Behörden hätte. Er betreibe seit einem Jahr ein Touristikunternehmen ohne Genehmigung, und das bedeutete, dass er Steuern hinterzogen habe. Es schockierte mich weniger, dass Igor keine Genehmigung besaß, sondern dass dies so gravierend sein sollte. Igor hatte mir erzählt, dass Russen alles Mögliche anstellen, um keine Steuern zu bezahlen, die bis zu sechzig Prozent des Einkommens betragen können. Man arrangiert sich mit dem Fiskus. Ich hatte das Gefühl, dass Igor mehr oder weniger dasselbe getan hatte wie die meisten Unternehmer in Russland.

Aber die Besucher wirkten sehr ernst. Es waren ein Staatsanwalt und sein Dolmetscher. Igor hatte gegen Gesetze verstoßen; sie seien gekommen, um Beweise für eine Anklage zu sammeln. Sie nahmen Ian und mich beiseite und quetschten uns über unsere Abmachungen mit Igor aus. Was war seine Aufgabe? Wie viel bezahlten wir ihm?

Nachdem sie mit uns fertig waren, flogen sie zum Kambalnojesee. Ian und ich folgten ihnen in der Kolb. Als wir ankamen, war die Stimmung in der Hütte seltsam fröhlich, angesichts dessen, was vor sich ging. Maureen hatte die schlechte Laune unserer Gäste schnell durchschaut und beschlossen, dies sei der richtige Augenblick, um die wertvolle Flasche Scotch zu opfern, die wir uns für ein besonderes Ereignis aufgehoben hatten. Der Staatsanwalt stellte Igor ein paar Fragen und stieß anschließend mit uns an. Ich beobachtete Igors Reaktion auf seine missliche Lage, doch es war nicht leicht, seine Gedanken zu lesen. Er lächelte nicht, aber am Boden zerstört schien er auch nicht gerade zu sein. Der Scotch war nicht unbedingt ein Erfolg. Die Russen hatten noch nie welchen getrunken und zogen Grimassen über seinen Geschmack. Trotzdem waren sie ganz vergnügt, als sie wieder abflogen.

Wir tranken die Flasche aus und versuchten den Rest des Abends herauszukriegen, wie viel Ärger Igor tatsächlich hatte und welche Auswirkung es auf unser Projekt haben könnte. Igor gab sich Mühe, das Ganze vor uns herunterzuspielen, aber wir waren uns nicht so sicher, er sich selbst übrigens auch nicht.

Am nächsten Tag war das Wetter immer noch gut. Wir konnten mit den Aufnahmen beginnen. Ian wollte noch drehen, wie ich an die Küste flog, um Brennholz zu sammeln. Am 9. September brachen Mike und ich zu dieser Mission auf. Wir waren kaum fünf Meilen dem Flusslauf gefolgt, als ich etwas sah, das ich kaum glauben konnte. Ein riesiger Geländewagen, ein richtiges Monster, rollte flussaufwärts und fuhr alles, was ihm im Weg stand, über den Haufen, egal ob Erlen oder Pinien. Er preschte durch kleine Flüsse, flache Seen, durch Tundren und Wälder und hinterließ eine hässliche Spur der Zerstörung, so weit das Auge reichte.

Das Verdeck des Führerhauses war nach hinten geklappt und gab den Blick auf fünf Männer frei, jeder mit einem Gewehr. Das Ungetüm schleppte noch einen Anhänger mit, der halb so groß war. Der hintere Teil des Geländewagens und der ganze Anhänger verschwanden unter einer Plastikplane, die an Metallhaken festgemacht war, so dass ich nicht sehen konnte, was sie transportierten. Während wir ihn verfolgten, bog er ab und fuhr einen südlich vom Kambalnojesee gelegenen kleinen Fluss entlang. Er drosch sich im wahrsten Sinne des Wortes einen Weg durch die jungfräuliche Flusslandschaft, er vergewaltigte sie. Fünfzig Jahre, dachte ich: So lange würde es dauern, bis sich die Natur von diesem Frevel erholt hätte. Ihren Gewehren nach zu urteilen, befanden sich unter den Planen abgeschossene Schneeschafe und Bären. Das kamtschatkische Schneeschaf hat große Ähnlichkeit mit dem Dickhornschaf im Norden Kanadas und Alaskas und ist wegen seiner langen gebogenen Hörner bei Trophäenjägern äußerst begehrt.

Ich hockte in meinem Cockpit und verfluchte sie. Ich kann kaum beschreiben, welche Wut mich packte, als ich diese Zerstörung sah und mir klar machte, dass Wilderer Bären und Schafe in unmittelbarer Nähe unseres Lagers töteten. Bei diesem Anblick schienen mir all unsere Anstrengungen sinnlos. Mike starrte mich an, als wäre ich plötzlich verrückt geworden, was gar nicht so abwegig war. Da ich mich nicht so schnell beruhigen würde, schaltete ich die Sprechanlage aus, damit er mich nicht hören musste.

Ich flog an die Küste, aber mein Interesse an dem, was wir dort vorhatten, war gleich null. Ich sammelte Holz und lud es ins Flugzeug, brachte jedoch wenig Geduld für Mikes Anweisungen auf, wie ich stehen und was ich machen sollte, erst recht nicht, wenn ich es ein ums andere Mal wiederholen musste. Ich starrte ständig auf die Hütte, in der Maureen, Igor und ich letztes Jahr gewohnt hatten. Rauchschwaden stiegen aus dem Schornstein. Offensichtlich hatten die Frevler die Nacht dort verbracht. Ich musste die ganze Zeit an sie und ihr rücksichtsloses Tun denken. Dass sie unserer Hütte so nah gekommen waren, zeigte, dass sie keine Angst davor hatten, entdeckt zu werden. Es war unvermeidlich, dass wir sie bemerkten und es den Behörden meldeten. Warum war es ihnen so gleichgültig?

Schließlich verlor Mike die Geduld mit mir. Wir stiegen wieder ins Flugzeug und flogen zum Kambalnojesee zurück. Als wir in dreihundert Metern Höhe über der Stelle waren, an der sich der Kambalnoje und der kleine Fluss, an dem wir die Wilderer beobachtet hatten, vereinigten, entdeckte ich wieder die Spur des Geländewagens. Ich habe in meinem Leben eine Menge Umweltsünden gesehen, doch diese war eine der schlimmsten.

In wenigen Minuten waren wir wieder am Kambalnojesee gelandet, und Igor sagte, ich solle mich beruhigen, damit ich ihm erzählen konnte, was ich gesehen hatte. Als ich ihm das Fahrzeug beschrieb, wusste er sofort, dass es sich um den Vityaz handelte, einen 500 PS starken Geländewagen mit Allradantrieb. Es war der Wagen, den er 1996 hatte mieten wollen, um unser Baumaterial durch die verschneite Landschaft zum Kambalnojesee zu transportieren. Auf ganz Kamtschatka gab es nur einen einzigen solchen Wagen. Auch er glaubte, dass die Gruppe Bären und Schneeschafe gewildert hatte.

Ich wetterte wieder los. Daraufhin wurde Igor wütend und sagte: »Charlie, du bist so naiv, dass es ein Wunder ist, dass du noch lebst.«

Als ich ihn fragte, was an meiner Empörung naiv sei, antwortete er, dass die Wilderer vermutlich Gäste von Valery Golowin seien, des Direktors des Naturparks Südkamtschatka. Vielleicht war er mit seinen Freunden auf die Jagd gegangen. Jetzt war ich noch mehr schockiert und ging erst recht in die Luft. Ich fragte Igor, wieso ausgerechnet er jetzt wütend auf *mich* wäre, immerhin sei er es gewesen, der Maureen und mir den Kambalnojesee für die Aufzucht der Jungen vorgeschlagen und obendrein versichert hatte, hier sei es ungefährlich. Wenn irgendwer das Recht hätte, wütend zu sein, dann wir.

Igor versicherte mir, dass er nicht auf mich wütend sei, sondern auf die ganzen Umstände. Wir mussten beide daran denken, wie absurd sich der Besuch des Staatsanwaltes vor diesem Hintergrund ausnahm. Während die Behörden in der Arbeit von Menschen wie Igor, Maureen und mir herumschnüffelten, denen das Land und die Tiere am Herzen lagen, konnten Barbaren unbehelligt die ganze Tundra umpflügen und Bären und Schneeschafe abschießen.

Als Erstes riefen wir mit Ians Handy das Umweltkomitee in Petropawlowsk an. Wir benachrichtigten auch die Zentrale des Kronotskij-Reservats. Vielleicht war es töricht, auf alle Fälle eine Zeitverschwendung. Wir erreichten niemanden, der etwas hätte unternehmen können. Während ich versuchte, aus meinem Dornröschenschlaf zu erwachen, musste ich mit der Möglichkeit rechnen, dass sie wussten, wer dahinter steckte, und sich deshalb nicht einmischen wollten. Der oberste Verantwortliche aller Naturschutzgebiete in Kamtschatka, Sergei Alexeew, war wie üblich verreist. Schließlich gaben wir die Hoffnung auf, auf dem Behördenweg etwas zu erreichen, und dachten uns einen besseren Plan aus. Igor hatte seine Videokamera dabei. Wir beschlossen, die Wilderer zu verfolgen und sie zu filmen. Seit Michios Tod besaß Igor ein Gewehr, das er auch jetzt mitnahm.

Wir flogen Richtung Norden. In zweitausend Metern Höhe drehte ich ab und hielt Kurs auf den kleinen Fluss. Sogar aus dieser Höhe konnten wir die Narbe deutlich sehen, die der Vityaz hinterlassen hatte. Sie folgte der Windung des Flusstals in südliche Richtung, bog dann scharf nach Westen ab und führte einen steilen, mit Pinien bewachsenen Hang empor. Auf dem Kamm dieses Hangs parkte mittlerweile der Wagen an einer schmalen Böschung. Ich drosselte den Motor, damit man uns nicht hörte, und sagte Igor, er solle sich bereithalten.

Dann öffnete ich die Landeklappen so weit es ging und flog fast im Sturzflug auf sie zu. In einer lautlosen Spirale näherten wir uns. Igors Vertrauen in meine Flugkünste hatte mich schon immer erstaunt, aber das hier war das Nonplusultra. Er wirkte vollkommen entspannt, als er in seinem Sicherheitsgurt hing und aufmerksam beobachtete, wie sich die Welt vor unseren Augen drehte. Zwei Männer mit Gewehren standen auf einem Felsvorsprung, von wo man den langen Hang überblickte, der sich bis zum Meer erstreckte. Er lag auf der anderen Seite des Berges, über den sie gekommen waren. Knapp außer Reichweite ihrer Kugeln sonnte sich ein Bär.

Die anderen drei Wilderer standen um das Fahrzeug herum. Der schwarze Auspuffrauch verriet, dass der Motor lief und sie das Flugzeug nicht hören würden. Im Tiefflug sauste ich über die beiden Kerle mit den Gewehren und anschließend über die Dreiergruppe hinweg. Es klappte bestens. Keiner sah uns, bis wir genau über ihren Köpfen waren. Ich konnte sogar ihre überraschten Gesichter sehen. Sekunden später glitten wir über das Tal und verschwanden hinter einem Gebirgszug.

Ich grinste von einem Ohr zum anderen und wollte schon einen Freudenschrei ausstoßen, als ich merkte, dass es Igor nicht nach Grinsen zumute war. Er fummelte auf eine Art mit der Kamera herum, die Bände sprach. Die Sprechanlage brachte es an den Tag, er hatte die Aufnahme verpatzt und wollte, dass wir es noch einmal versuchten. Das Risiko war nun um vieles höher, und ich wusste nicht, ob er sich dessen bewusst war. Ein zweites Mal würde ich sie nicht überraschen können. Sie würden uns kommen sehen, und sie waren bis an die Zähne bewaffnet. Wenn sie uns daran hindern wollten, zu dokumentieren, was sie da machten, blieb ihnen nichts anderes übrig, als uns abzuschießen.

Wir würden unser Glück allzu sehr herausfordern, also nahm ich Kurs auf den Kambalnojesee. Aber irgendwie drehte das Flugzeug wie von selbst wieder ab, und bevor ich mich versah, flogen wir erneut das stille Flusstal entlang. Als einziges Zugeständnis an die Sicherheit hielt ich dieses Mal einen größeren Abstand. Ich tauchte hinter dem Bergkamm auf und stieß dann auf sie herab. Als ich sah, dass mittlerweile alle Gewehre in den Händen hielten, war mir klar, dass ich gerade den gefährlichsten Augenblick meines russischen Abenteuers erlebte. Soweit ich beurteilen kann, schossen sie nicht auf uns, und dieses Mal nahm Igors Kamera alles auf.

Nach dem zweiten Pass bat Igor, ich solle ihn in der Nähe absetzen. Ich weigerte mich zunächst, doch dann gab ich nach. Auf dem Gipfel eines Bergkamms hatte ich eine grüne Stelle entdeckt. Igor erzählte mir, dass er beim ersten Anflug Golowins wütendes Gesicht deutlich gesehen hatte. Er wollte nun den Rest des Tages mit der Kamera hier bleiben und beobachten, was die Wilderer vorhatten. Wir einigten uns darauf, dass ich ihn gegen halb acht abends von einem kleinen See im Tal abholen würde.

Als ich zur verabredeten Zeit an die verabredete Stelle kam, wartete Igor bereits auf mich. Die Wilderer hatten kehrtgemacht und den Berg verlassen, nachdem ich abgedreht war. Er hatte gefilmt, wie sie das Tal durchquert und auf einen anderen Berg gefahren waren. Ihr Fahrzeug stand immer noch dort, unter einer dichten Wolkendecke, an einem Ort, wo ich immer viele Schneeschafe beobachtet hatte. Wir überflogen sie noch einmal aus sicherer Entfernung, damit sie wussten, dass sie immer noch beobachtet wurden. Dann senkten sich die Wolken über sie, bevor wir näher kommen konnten. So endete unser schwacher Versuch, sie zu piesacken, und wir flogen nach Hause.

Im folgenden Winter wurde anhand unserer Beobachtung das Vorgehen der Wilderer in dem Geländewagen Gegenstand eines bedeutenden Prozesses. Er fand in Petropawlowsk statt im Rahmen einer breit angelegten Aktion, bei der es um diverse andere mutmaßliche Gesetzesverstöße in Südkamtschatka ging. Dazu gehörte auch die Beschlagnahme eines Videos, das die Wilderer selbst gemacht hatten. Dank unserer Aufnahmen und der »Weitsicht« der Wilderer hatte die Staatsanwaltschaft leichtes Spiel: Sie hatte zwei Beweisstücke vom selben Verbrechen in der Hand.

Der folgende Absatz über den Prozess aus einer Zeitung in Petropawlowsk enthält die Schilderung dessen, was an dem Tag auf der anderen Front unserer kurzen Luftschlacht geschah:

> Der Vityaz Geländewagen kletterte die *sopkas* [Berge] hinauf und bahnte sich einen Weg durch die niedrigen Zwergpinien. Es war ein Leichtes für dieses Monstergefährt. Das Dröhnen des Motors und das laute Geräusch der Reifen übertönten das Krachen splitternder Äste. Das Harz klebte an der Windschutzscheibe wie Blutstropfen, so dass der Fahrer nicht sehen konnte, wohin er fuhr. Ein Mann stieg aufs Verdeck und kratzte mit einem scharfen Gegenstand aus Metall die klebrige Masse weg. Später sagte er [Valery Golowin]: »Ich verstehe nicht, wie das alles passieren konnte. Ich muss einen Blackout gehabt haben.« Plötzlich tauchte ein kleines Wasserflugzeug aus den tiefen Wolken auf und umkreiste die Männer hartnäckig. »Wenn es noch eine einzige Schleife fliegt, schießen wir«, sagten sich die Männer. Doch der Nebel auf den Gipfeln der *sopkas* verhüllte den Geländewagen, [der] vor Waffen strotzte. »Schade, dass das Fahrzeug in den Wolken verschwunden ist«, meinte der Pilot des Wasserflugzeugs.

Als ich diesen Bericht las, sträubten sich mir die Nackenhaare. Es ist eine Sache, sich vorzustellen, dass auf einen geschossen werden könnte, eine ganz andere, zu wissen, dass die Schurken es tatsächlich getan hätten.

Tatsache ist, dass unsere hartnäckige Verfolgung die Wilderer keineswegs vertrieben hatte. Sie waren noch zwei weitere Tage geblieben. Vor Gericht hatte Direktor Valery Golowin erklärt, er habe einen Blackout gehabt. Es muss einer der längsten Blackouts in der Geschichte der Psychiatrie gewesen sein.

14

In fremden Händen

Am 12. September waren die Dreharbeiten endlich beendet. Ian Herring, Mike und Igor wurden von einem Hubschrauber abgeholt. Igor sagte, er würde versuchen, die Aufmerksamkeit des Staatsanwaltes auf Direktor Valery Golowin zu lenken.

An dem Tag, als das Team abreiste, machten sich auch Chico, Biscuit und Rosie aus dem Staub. Seit wir das Tor offen ließen, waren sie immer selbständiger geworden und ließen hin und wieder sogar eine Mahlzeit ausfallen. Doch diesmal war es anders. Am Mittag des 14. September waren sie bereits seit über sechsunddreißig Stunden fort. Maureen und ich waren besorgt, dass ihnen irgendetwas Schreckliches zugestoßen sein könnte. Es war eine komplizierte Situation. Einerseits wollten wir, dass sie selbständig wurden, andererseits machten wir uns trotzdem Sorgen.

Nach dem Mittagessen unternahmen wir einen Spaziergang. Im Jahr zuvor hatten wir hier fröhlich Hunderte von Meilen zurückgelegt. Jetzt, ohne die Bären, kam uns alles einsam und trostlos vor. Plötzlich entdeckten wir sie rein zufällig am anderen Ende eines Gebirgskamms, etwa drei Meilen von der Hütte entfernt, als wir mit dem Fernglas die Hügel absuchten. Wir beschlossen, uns näher an sie heranzupirschen, um sie besser beobachten zu können, wollten aber nur eingreifen, wenn etwas nicht in Ordnung war.

Von einem Hügel aus konnten wir beobachten, wie die Bären grüne Pinienkerne fraßen und im dichten Unterholz eines Pinienwaldes spielten. Manchmal kletterten sie die Baumstämme empor, manchmal verschwanden sie im Gebüsch. Sie schienen sich prächtig zu amüsieren, und wir waren erstaunt, wie groß sie geworden waren. Nur widerwillig verließen wir sie, ohne sie zu rufen. Mit gemischten Gefühlen kehrten wir wieder in die Hütte zurück. Einerseits fanden wir es umwerfend, dass die Bären so selbständig waren, doch zugleich fühlten wir uns auch verraten. Wie konnten sie nach allem, was wir zusammen durchgemacht hatten, ohne uns so glücklich sein?

Am nächsten Tag flog ich die Schneise ab, die der Geländewagen gerissen hatte, und schätzte sie auf etwa fünfundsiebzig Meilen. Während ich diesen deprimierenden Anblick vor mir hatte, hielt ich auch nach Bären Ausschau. Obwohl die Pinienkerne noch nicht reif waren, hatten bereits viele Bären sie entdeckt, so wie auch unsere Jungen. Auf dem Vulkan lag schon hoher Schnee.

Am 18. September landete ein Hubschrauber in der Nähe unserer Hütte. Es war schon wieder der Staatsanwalt, dieses Mal wurde er von Tatjana, Katja (unserer Freundin aus der Forschungsstation) und einer grimmig wirkenden Forstbeauftragten begleitet. Offensichtlich wollten sie den Zwischenfall mit dem Geländewagen untersuchen, und ich wollte ihnen nur allzu gerne dabei helfen. Unter anderem zeichnete ich die Spur der Zerstörung auf der Karte des Hubschrauberpiloten ein, damit sie sich selbst davon überzeugen konnten. Aber der Staatsanwalt war auch wegen der alten Sache mit Igor gekommen. Diesmal quetschte er Maureen aus und wollte wissen, wie viel wir ihm bezahlten und so weiter, um zu sehen, ob sich unsere Aussagen deckten. Angesichts der erheblich schlimmeren Schäden durch die Wilderer und den Geländewagen war ich verdutzt. Noch schlimmer war die Forstbeauftragte. Sie schikanierte uns und wandte eine Menge Zeit auf, um jeden Erlenzweig zu untersuchen, den wir beim Bau des Elektrozauns abgebrochen hatten. Außerdem maß sie den Grundriss unserer Hütte und des Anbaus nach.

Maureen und ich konnten trotzdem kurz mit Tatjana sprechen. Sie erzählte uns, dass es nicht nur so aussah, als stecke Golowin hinter der Sache mit dem Geländewagen, sondern dass der Vorfall auch dazu benutzt werden sollte, um Golowins Chef, Sergei Alexeew, zu entlassen. Obendrein saß Igor in der Klemme. Die Art wie Tatjana nur mich ausdrücklich dafür lobte, dass ich die Wilderer gefilmt hatte, und Igor mit keinem Wort erwähnte, zeigte ganz deutlich, in welcher Lage sich Igor befand. Was uns Tatjana allerdings verschwieg, war, dass man Sergei unter anderem vorwarf, er habe uns die Erlaubnis erteilt, die Hütte zu bauen und unser Experiment durchzuführen.

Einen Tag später flog ich zum Kurilskojsee. Ich wollte Katja helfen, in drei vulkanischen Seen Planktonproben zu sammeln. Seit Jahren hatte sie diese Seen untersuchen wollen. Jetzt, mit meiner Kolb, konnte sie es endlich in Angriff nehmen. Dieser Plan scheiterte jedoch, als ich erfuhr, dass Igor und drei Fotografen aus Moskau, die zu Besuch gekommen waren, unmittelbar in der Nähe von Igors Hütte und an den Ufern des Sees mehrere tote Bären gefunden hatten. Igor war auf das Problem aufmerksam geworden, nachdem ihm Bill Leacock erzählt hatte, dass einer seiner mit einem Sendehalsband ausgestatteten

Bären sich offenbar nicht mehr bewegte. Igor und er hatten das Signal geortet und den toten Bären gefunden. Alle Bären waren auf dieselbe Art getötet worden: Man hatte ihnen aus nächster Nähe mit einer Schrotflinte in den Kopf geschossen und dann die Gallenblase entfernt. Zudem sprach einiges dafür, dass diejenigen, die für die Tötung der Bären verantwortlich waren, auch illegal Lachskaviar sammelten.

Diese düstere Entwicklung und die Ereignisse um den Kambalnojesee verärgerten mich. Nur zwanzig Meilen hinter dem Berg, wo Maureen und ich verzückt beobachteten, wie drei kleine Bären in der Wildnis aufwuchsen, hatten Wilderer wahllos sämtliche Bären getötet, die ihnen über den Weg gelaufen waren. Und das in einem Schutzgebiet, das der Erforschung der Lachse und Bären diente. Ich hatte das Gefühl, dass überall Gefahren lauerten.

In ein paar Wochen würden Maureen und ich abreisen müssen. Ursprünglich hatte ich vorgehabt, so lange zu bleiben, bis wir sicher waren, dass unsere Jungen ihre Winterruhe begonnen hatten, aber dann war es zu Problemen mit meinem Visum gekommen, das in Kürze auslief. Da man ein Visum nicht in Russland beantragen oder verlängern kann, musste ich nach Kanada zurück, ein neues beantragen, und konnte erst dann wieder nach Russland zurückkehren. Auch Maureens Visum würde bald auslaufen. Sie hatte beschlossen, eine Ausstellung ihrer Arbeiten in Petropawlowsk zu eröffnen und dann den Winter über nach Hause zurückzufliegen.

Meine größte Sorge bestand darin, jemanden zu finden, der während meiner Abwesenheit die Jungen fütterte und im Auge behielt. Ich war die ganze Zeit davon ausgegangen, dass Igor diese Aufgabe übernehmen würde, aber wegen seiner Schwierigkeiten mit den Umweltbehörden war dies im Augenblick völlig ausgeschlossen. Zu meiner großen Überraschung jedoch fand sich Bill Leacock dazu bereit. Die meisten Bären, die er mit Sendehalsbändern ausgestattet hatte, wurden per Satellit überwacht. Dieser Umstand und die Faszination, die seine ganze Familie für die drei Bärenjungen hegte, führten dazu, dass sich seine Frau Tip und die Töchter Grace und Nina bereit fanden, in die Hütte am Kambalnojesee zu ziehen, solange ich in Kanada war. Damit erwiesen sie mir in größter Selbverständlichkeit einen riesigen Gefallen.

Den restlichen September über arbeitete Maureen fieberhaft an ihrer Ausstellung, und gemeinsam ließen wir uns von den letzten Freuden und Nöten über die Jungen hinreißen. Diese verbrachten nun die meiste Zeit draußen und bevorzugten offenbar die Hänge des nächstgelegenen Bergs im Osten. Da er keinen Namen hatte, tauften wir ihn Biscuit Mountain. Drei Tage lang bekamen wir die Jungen nicht zu Gesicht, bis ich sie auf dem Gipfel von Biscuit

Mountain entdeckte. An diesem Abend kamen sie zu Besuch. Die Sonnenblumenkerne rührten sie kaum an, so dass ich mir gern einbilde, dass sie nur unseretwegen gekommen waren.

Am nächsten Tag waren sie immer noch da, und wir gingen gemeinsam spazieren. Es war ein herrlicher Tag. Die Jungen führten uns zu wunderschönen Stellen. Eine davon war ein von kleinen Bächen gespeistes Tal mit dem weichsten Moos, das ich je gesehen habe. Die Jungen sahen blendend aus mit ihrem buschigen, sauberen Winterpelz. Ihre Farben hatte sich kaum verändert: Chico war immer noch dunkel, Rosie und Biscuit glänzten in zwei verschiedenen Blondtönen. Und jedes Tier wog mehr als fünfzig Kilo.

Die frisch entdeckte Wilderei um Kurilskoj und an den Ufern des Flusses in der Nähe unserer Hütte bereitete Maureen und mir allergrößte Sorgen. Wir quälten uns mit der Vorstellung, dass unsere Jungen den Wilderern geradezu in die Arme laufen würden, weil wir ihnen beigebracht hatten, Menschen zu vertrauen. Anscheinend war es uns bestimmt, dass wir uns mit immer neuen Sorgen herumschlagen mussten. Am meisten machte es Maureen zu schaffen, die schon bald, sobald die Leacocks bei uns eingezogen waren, das Land verlassen und erst im Frühjahr wiederkehren würde. Für sie war es möglicherweise ein endgültiger Abschied von den Jungen, die wir im Lauf des Sommers immer mehr ins Herz geschlossen hatten.

Die Leacocks und Alexander Nikanorow kamen am letzten Septembertag. In dieser Nacht platzte das Lager aus allen Nähten. Acht Mann quetschten sich in die Hütte und den Anbau. In den letzten Tagen hatte ich an der Küste eine Menge Holz gesammelt; jetzt flog ich mit dem Hubschrauberpilot hin, um es abzuholen. Drei große Ladungen würden uns durch den bevorstehenden kalten Herbst bringen.

Am nächsten Morgen wurde der Pilot unruhig. Er hatte nur wenig Sprit und musste noch Igor und die drei Fotografen aus Moskau am Kurilskojsee abholen. Er konnte es nicht riskieren, wegen schlechten Wetters umkehren zu müssen. Gegen halb zehn war der Frost auf den Tragflächen meines kleinen Flugzeugs aufgetaut; ich flog zum Kurilskojsee, um zu sehen, wie die Wetterbedingungen an diesem Tag waren. Als ich zurückkehrte und grünes Licht gab, hatten sie Maureens Sachen bereits eingeladen. Der Pilot, Maureen und Alexander brachen sofort auf.

Die Leacocks und ich verbrachten den Tag damit, Holz zu hacken und im Anbau zu stapeln. In dieser Nacht kamen die Jungen nicht nach Hause, und die Familie war ziemlich enttäuscht. Ich suchte lange Zeit mit dem Fernglas die

Lieblingsplätze der Bären ab und entdeckte sie am nächsten Tag nachmittags um zwei auf einem Felsvorsprung von Biscuit Mountain hoch über dem See. Sie schliefen. Als sie anfingen, sich zu regen, ging ich mit Bill zu ihnen. Wie ich gehofft hatte, folgten sie uns nach Hause. Grace und Nina waren außer sich, als sie die Bärchen sahen, und auch die schienen ganz begeistert von den neuen Spielgefährten zu sein. Sie hatten so viel Fisch gefressen, dass sie die Sonnenblumenkerne keines Blickes würdigten. Unter anderen Umständen hätten sie uns wieder bald verlassen. Aber jetzt waren die Kinder da, und sie blieben.

Kurz bevor es dunkel wurde, warf ich einen Blick aus der Hütte und sah, wie alle drei Jungen vor dem Elektrozaun lagen. Ihre Nasen waren nur wenige Zentimeter von dem Draht entfernt. Auf der anderen Seite des Zauns lagen die beiden Mädchen und hatten ebenfalls die Köpfe dicht an den Zaun geschoben. Keine dreißig Zentimeter lagen zwischen den Nasen der Bären und denen der Mädchen.

Auch der nächste Tag war wunderschön, trotzdem wollte ich unbedingt bald von hier weg. Die Herbststürme brechen hier gelegentlich urplötzlich los und halten dann bis zu zehn Tagen an. Vor meinem Abflug musste ich den Erwachsenen und Kindern jedoch noch beibringen, wie sie sich mit den Bären verhalten sollten. Auch Chico, Biscuit und Rosie, so komisch das klingen mag, mussten lernen, wie sie sich den neuen Menschen gegenüber zu benehmen hatten.

Ich hatte mir sehr viele Gedanken gemacht, wie die Leacocks mit den Bären umgehen sollten, damit sie sicher waren. Es war eine Sache, wenn Maureen und ich das Risiko eingingen, dass ich Unrecht mit meinen Theorien hatte, aber eine ganz andere, wenn man Fremde diesem Risiko aussetzte, vor allem Kinder.

Chico machte mir die größten Sorgen. Zwar verstand sie sehr gut, dass sie Maureen nicht anrühren durfte, doch jetzt musste ich sicherstellen, dass auch die Leacocks für sie tabu waren. Vor allem die sechsjährige Nina hatte es Chico angetan. Sie war zwar vorsichtig, aber sobald ich sah, dass sie hinter Nina herzockelte, in der Bärensprache eine Aufforderung zum Spielen, ging ich dazwischen. Ich brachte Bill und Tip bei, wie sie etwas, dass sie nicht mochten, mit einem energischen NEIN stoppen konnten. Bill lernte schnell, wie man mit den Bären sprach und ihren Spielchen Grenzen setzte. Beide Eltern hatten es rasch heraus, wie man sie unter Kontrolle hielt, wenn sie in der Nähe der Kinder waren, und das erleichterte mich ungemein. An diesem Tag machten wir einen Spaziergang am Seeufer, und die Leacocks konnten sich selbst überzeugen, wie gut die Bären zu fischen gelernt hatten. Wir setzten uns hin und beobachteten eine Weile, wie sie Pinienkerne fraßen. Am Ende des Tages war ich verhältnismäßig sicher, dass alles gut gehen würde. Die Bärenjungen waren freundlich zu den Leacocks und umgekehrt. Diese Menschen würden das Verhalten unserer Bären anderen Menschen gegenüber nicht negativ beeinflussen.

Am Morgen des 4. Oktobers wurde es offensichtlich, dass ein Wetterwechsel bevorstand. Ich wollte eigentlich sofort aufbrechen, aber ich musste Bill, der bereits mit den Jungen unterwegs war, noch ein paar Dinge erklären. Vom Dach der Hütte aus entdeckte ich ihn an einem Sumpf und machte mich so schnell wie möglich auf den Weg zu ihnen. Ich verabschiedete mich von den Jungen und kraulte Chico ein letztes Mal hinter den Ohren. Dann sprangen die Bären in den See, schwammen ans andere Ufer und verschwanden im Pinienwald. Nachdem ich mit Bill alles andere besprochen hatte, stieg ich in mein Flugzeug.

Gut dass ich nicht länger gewartet hatte, denn ein aufkommender Sturm trieb mich immer weiter in Richtung Osten. Fünfzig Meilen von Petropawlowsk entfernt hatte er mich bis an die Ostküste abgetrieben, das einzige Gebiet, wo ich auf Sicht fliegen konnte. Das allerdings bedeutete, dass ich geradewegs auf die falsche Seite des Atom-U-Boot-Hafens zuflog, die so genannte »Geheime Stadt«. Wenn man mich entdeckte, würden wir noch mehr Ärger bekommen, als wir ohnehin schon hatten. Ich flog so tief wie möglich westlich der Bucht entlang und wich dann in ein schmales Tal aus, in der Hoffnung, es würde mich im Schutze eines Bergkamms direkt zum Dorf Nikolajewka führen. Zum Glück lag ich richtig.

Als ich endlich auf dem feuchten Rasen neben der Flugschule aufsetzte, fiel mir ein Stein vom Herzen. Den Rest des Jahres würde ich nur noch im Hubschrauber zum Kambalnojesee fliegen, mit anderen Worten: Das war die letzte Landung der Saison 1997 gewesen. Wieder hatte ich ein Jahr überlebt. Jetzt war es Zeit, die Maschine für den kommenden Winter unterzustellen.

Zufälligerweise waren meine Freunde in der Flugschule gerade dabei, Testflüge mit einem selbst entwickelten Flugzeug zu machen, einem rasanten Zweisitzer aus Fiberglas, der von einem Subarumotor angetrieben wurde. Sie wollten die Testflüge nicht unterbrechen, was ich nur allzu gut verstehen konnte. Erst nach Einbruch der Dunkelheit, als sie gezwungen waren, die Flüge einzustellen, nahm mich einer der Flieger mit. Er sollte mich in die Stadt fahren, musste aber kurz bei sich zu Hause vorbei, um zu telefonieren und herauszufinden, wo die Wohnung lag, die unsere Freundin Katja für uns gemietet hatte. Während er telefonierte, warf ich einen Blick ins Wohnzimmer, wo seine Frau vor dem Fernseher saß. Auf dem Bildschirm war Maureen zu sehen, die mit Hilfe eines Dolmetschers über ihre Ausstellung sprach und die Bewohner von Petropawlowsk zur Eröffnung in die wissenschaftliche Bibliothek einlud.

Maureens Ausstellung war ein großer Erfolg, nicht zuletzt dank der positiven Berichterstattung von Seiten der lokalen Medien. Die Einwohner von Petropawlowsk drängten sich in die Bibliothek, um sie zu sehen. Mittlerweile waren Maureen und ich in der gesamten Umgebung berühmt-berüchtigt: Die Leute, die drei Bärchen aus dem Zoo entführt hatten, die Frau, die wilde Bären malte, der Mann, der in einem winzigen selbst gebastelten Flugzeug den Süden von Kamtschatka überflog. Ich übertreibe nicht, wenn ich sage, dass wir am Ende unseres zweiten Jahres in Petropawlowsk bekannt waren wie bunte Hunde.

MAUREEN: *Der Titel meiner Ausstellung in Petropawlowsk lautete* Der Ausblick vom Bärenlager (Der Bär und die Schönheit seiner Umgebung). *Ich hatte entdeckt, dass die Bären in der Tundra kleine Mulden graben, um sich schlafen zu legen. Tierkundler nennen diese Stellen »Tageslager«. Was für ein langweiliger Begriff für dieses Phänomen – und wie falsch, denn sie werden tagsüber ebenso wie bei Nacht benutzt.*

Was mich erstaunte, war, dass die Lagerplätze stets einen herrlichen Ausblick auf die Landschaft hatten. Manche lagen ganz hoch über dem Kambalnojesee, andere auf felsigen Vorsprüngen an seinem Ufer. Ich hatte mehrere dieser Nester, wie ich sie taufte, aufgesucht und die Aussicht gemalt, aus derselben Perspektive, wie die Bären sie sehen. Es waren an die zwanzig Landschaften entstanden, die alle von verschiedenen Plätzen aus gemalt worden waren.

Die Besucher teilten die Ansicht, dass sich Bären an der Schönheit der Natur erfreuen können. Warum auch nicht? Aber sehen sie auch all diese wunderschönen Farben, die Sie sehen, Maureen?, fragten sie mich. Und ich antwortete, dass Bären das Leben ungemein aufmerksam wahrnehmen, so dass sie das, was sie mögen, bestimmt genießen können.

Die Ausstellung umfasste auch Bilder von Chico, Biscuit und Rosie, als sie noch ganz klein waren und oft in eigenen kleinen Nestern mit Aussicht lagen. Nur solche, bei denen sie versucht hatten, meine Farben zu fressen, hatte ich weggelassen!

Während der Ausstellung trafen wir alte Freunde wieder und schlossen neue Bekanntschaften. Vielleicht bilde ich es mir nur ein, aber ich hatte das Gefühl, dass man uns die Entführung der Bärenjungen aus dem Zoo nicht mehr übelnahm. Am 10. Oktober endete die Ausstellung, und wir motteten die Kolb für den Winter ein. Dann gingen wir an Bord unserer Passagiermaschine und flogen nach Hause.

15

Ein Marsch ins Herz der Finsternis

Dreizehn Tage später war ich schon wieder zurück in Petropawlowsk. Die Schneefallgrenze in den Bergen war jetzt viel tiefer gesunken. Ich brannte darauf, Bill und seine Familie zu sehen, doch gegen das schlechte Wetter kam ich nicht an. Dafür gelang es Bill, mich über sein Handy zu erreichen; so wusste ich zumindest, dass alles in Ordnung war. Der nervenaufreibendste Zwischenfall hatte sich ereignet, als Rosie sich aus irgendeinem Grund von den anderen beiden Bären getrennt hatte und drei Tage verschwunden war. Am Ende war sie auf der Klippe über dem See aufgetaucht, und Bill hatte es geschafft, Chico und Biscuit dazu zu bewegen, ihm dorthin zu folgen. So waren die Bärenjungen glücklich wieder vereint worden.

Am 28. Oktober erklärte sich der Hubschrauberpilot schließlich bereit, mich hinzubringen, obwohl die Flugbedingungen nicht gerade optimal waren. Er hatte den Ruf, einer der besten Piloten von Kamtschatka zu sein. Zu Recht, denn er verließ sich auf dem Weg durch die nebligen Täler größtenteils auf seine Intuition. Je weiter wir nach Süden kamen, umso besser wurde das Wetter, so dass wir uns ein wenig entspannen konnten.

Da ich die Leacocks nicht hatte benachrichtigen können, wann ich bei ihnen eintreffen würde, waren sie nicht auf die Abreise vorbereitet gewesen. Der Pilot war ungeduldig, weil er befürchtete, vom Wetter eingeschlossen zu werden. Er erklärte, dass er um 16.15 Uhr starten würde, mit oder ohne die Leacocks. Wir mussten die Ausrüstung buchstäblich in den Hubschrauber hineinstopfen und die Familie obendrauf. Dann waren sie plötzlich weg, zurück an den Kurilskojsee.

Erst als der Hubschrauber über dem nördlichen Kamm verschwand, fiel mir ein, dass ich vergessen hatte, Bill etwas zu sagen. Wir hatten vorgehabt, am 23. November zusammen einen Hubschrauber zu chartern, der uns aus Südkamtschatka herausbringen sollte. Es war ein Deal, der uns beiden eine Menge Geld erspart hätte. Doch in PK hatte Anatoli Kowolenkow angeboten, uns zu einem erheblich niedrigeren Preis auf einem seiner Versorgungsflüge abzuholen. Jetzt würden zwei Hubschrauber kommen, weil ich Bill nichts gesagt hatte, und erreichen konnte ich ihn nun auch nicht mehr.

Von diesen Sorgen wurde ich vorübergehend abgelenkt, als plötzlich die drei Bären ins Gehege gerannt kamen. Sie sahen groß und beeindruckend aus. Nachdem sie ein paar Sonnenblumenkerne gefressen hatten, ging ich hinaus und beobachtete mehrere Stunden lang, wie sie Pinienzapfen knackten. Beim letzten Mal hatten sie sich noch ziemlich ungeschickt angestellt. Mittlerweile waren sie Experten.

Die Art und Weise, wie Bären Pinienzapfen fressen, ist eine Beschreibung wert. Zuerst suchen sie sich einen Platz im Wald, wo es viele Pinienzapfen in Reichweite gibt. Dann setzen sie sich ins Unterholz, oder besser gesagt, sie lassen sich hineinplumpsen und haken die Klauen der Vordertatze über einen Ast, um über dem Bauch eine Art Arbeitsfläche zu schaffen. Gleich hinter dem letzten Knöchel auf der Rückseite der Tatze befindet sich eine kleine Vertiefung. Mit den Klauen der anderen Tatze halten die Bären den Pinienzapfen in dieser Mulde fest und beißen hinein. Im Maul lösen sie die Kerne heraus und lassen die Schuppen einfach herausfallen. Dann drehen sie den Zapfen auf der Tatze herum und wiederholen das Ganze. Nach drei oder vier Bissen sind sie mit dem Zapfen fertig.

Die wenigen Kerne, die mit den Schuppen aus dem Maul der Bären fallen, landen auf ihren Bäuchen und verfangen sich im Pelz. Haben sie einen abgefressenen Zapfen weggeworfen, schlecken sie die Kerne mit der Zunge rasch vom Bauch auf. Die Zunge der Bären ist so geschickt, dass sie niemals eine Schuppe statt eines Kerns erwischt. An guten Stellen kann ein Bär etwa zehn Zapfen ernten. Hat er einen solchen Ort abgegrast, geht er weiter und sucht sich eine neue Stelle, doch wenn er ein besonders bequemes Plätzchen gefunden hat, zieht er auch schon mal los, füllt sich das Maul mit Zapfen und bringt sie zurück, um sie in aller Ruhe zu genießen.

Unter idealen Bedingungen, wenn die Zapfen so trocken und reif sind, dass die Kerne sich ganz leicht lösen, können Bären Pinienkerne sogar im Laufen fressen. Sie stecken sich dann den ganzen Zapfen ins Maul und drehen ihn hin und her. Offenbar fallen die Kerne dann heraus und rollen unter die Zunge. Wenn sie fertig sind, spucken sie den abgeernteten Zapfen aus.

Am Morgen nach meiner Ankunft lag Chico neben dem Zaun, als wartete sie darauf, gefüttert zu werden. Die anderen beiden Jungen schliefen noch im Wald. Ich ging hinaus zum Tor, doch sie rührte sich nicht. Sie blieb, wo sie war, ohne den Blick von der Tür der Hütte zu wenden. Es interessierte sie nicht im Ge-

ringsten, was ich tat. Es war ein seltsames Verhalten, und ich brauchte eine ganze Weile, bis ich herausgefunden hatte, was los war. Dann fiel mir ein, was Tip erzählt hatte: Grace und Nina hatten ein Ritual daraus gemacht, jeden Morgen über den Zaun hinweg ein Schwätzchen mit den drei Jungen zu halten. Da war mir plötzlich alles klar. Chico wartete, dass die Mädchen aufstanden und herauskamen, um sich mit ihr zu unterhalten. Erst nach einer Stunde akzeptierte sie, dass sie nicht mehr da waren.

Die Empfindsamkeit der Bären, ihr Einfühlungsvermögen waren uns in diesem Sommer schon häufiger aufgefallen. Jedes Mal hatte es uns berührt oder erheitert. Im September hatten Maureen und ich uns einmal heftig darüber gestritten, was es für uns bedeuten könnte, in die Anklage gegen Sergei Alexeew verwickelt zu werden. Mit anderen Worten, ob es möglich war, dass wir selbst strafrechtlich verfolgt würden. Wütend war Maureen davongelaufen, um sich auf einen ihrer Lieblingsfelsen am Forellenbach zurückzuziehen. Als die Jungen, die den Pfad entlangstreiften, sie entdeckten, kamen sie zu ihr, um sie zu begrüßen. Sofort bemerkten sie ihre düstere Stimmung. Sie hörten auf zu spielen, legten sich vor den Felsen und schauten zu ihr hoch. Nachdem Maureen sich wieder beruhigt hatte, waren sie zu viert losgezogen, um nach Lachsen Ausschau zu halten.

Auch untereinander waren die Bären aufmerksam und fürsorglich. Kaum waren sie mehr als einen Augenblick voneinander getrennt, wirkten sie beunruhigt. Besonders Biscuit neigte dazu, Alarm zu schlagen, wenn sie ihre Geschwister nicht mehr sehen oder wittern konnte. Je älter sie wurden, umso mehr verwandelte sich ihr hohes, eher piepsiges Notsignal in ein erwachsenes Schnaufen. Man konnte es hören, wenn sie hin und her liefen und die vorübergehend verlorene Schwester suchten.

Was mir an diesem ersten Tag wieder zurück am Kambalnojesee sofort auffiel, war die gesunkene Schneefallgrenze. Es sah so aus, als würde der nächste richtige Sturm den Winter bis an die Hütte und den See bringen. Angesichts dieser Aussicht verbrachte ich den Tag damit, unser Lager auf den Winter vorzubereiten. Ich verstärkte den Zaun und flickte einen Riss in der Teerpappe auf dem Dach. Während der Arbeit grübelte ich über das Dilemma mit den beiden Hubschraubern nach und kam schließlich zu dem nicht gerade erbaulichen Ergebnis, dass die einzige Lösung darin bestand, zu Fuß die fünfundzwanzig Meilen über die Berge zum Kurilskojsee zu marschieren und Bill Leacock persönlich zu informieren.

Am Abend packte ich alles für den Ausflug zusammen. Ein Zelt war nicht dabei, weil mein Reisezelt sich im Flugzeug befand. Stattdessen packte ich eine durchsichtige Plastikplane ein, außerdem meinen Schlafsack und ein paar Stücke leichte Vliesunterwäsche in einem wasserdichten Beutel. Das alles verstaute ich im Rucksack. Auf Proviant verzichtete ich weitgehend, weil ich das Gepäck so klein wie möglich halten wollte. Ich würde unterwegs durch dichtes Gestrüpp marschieren, ein dicker Rucksack wäre da eine Tortur gewesen.

Am nächsten Morgen stand ich zwei Stunden vor Morgengrauen auf. Die Jungen mussten im Gehege geschlafen haben, denn sie waren auf und warteten schon auf mich, als ich frühstückte. Ich fütterte sie und stellte ihnen noch eine Extraportion Sonnenblumenkerne für später hin, während sie zum Bach gingen, um zu trinken. Dann schulterte ich meinen Rucksack und brach auf. Ich wollte dem Tag etwas voraus sein, indem ich den Teil, den ich am besten kannte, vor Sonnenaufgang hinter mich brachte. Es gab keinen Wind und keine Wolken, die Sterne funkelten noch hell. Die Bären holten mich ein und begleiteten mich, bis ihnen klar wurde, dass es da, wo ich hinging, nicht besonders interessant für sie wäre.

Nach einem anderthalbstündigen Marsch stand ich auf der Spitze des nördlichen Kamms, stieg auf der anderen Seite ab und durchquerte das kleine Tal, das der Krater des Vulkans auf dieser Seite bildet. Ich folgte einem tief ausgetretenen Bärenpfad, der, wie ich wusste, zum Kurilskoj-Pass führte. Ich lag gut in der Zeit, obwohl ich mich durch dichtes Erlengebüsch winden und zwängen, einmal sogar kriechen musste. Unterwegs kam mir eine Gruppe von Bären aus der entgegengesetzten Richtung entgegen, die mir den Vortritt ließ. Nachdem ich den Pass überwunden hatte, erreichte ich ein hübsches hochgelegenes Becken. Es war herrlich, trocken und ungehindert durch die sonnige Landschaft zu laufen. An einem kleinen Fluss entdeckte ich eine Familie von vier beinahe schwarzen Braunbären.

Das alpine Zwischenspiel endete, als die Wiese zu bewaldeten Schluchten abfiel. Ich wusste von meinen Flügen über dieser Region, dass man den Erlenbüschen nicht ausweichen kann, bis der Wald in der Nähe des Sees in Weidenhaine übergeht. Das würde ein anstrengender Abschnitt werden. Das erste schwierige Hindernis war der Fluss Khakjstjn, der schließlich unweit von Igors Hütte in den Kurilskojsee mündet. Meilenweit gab es keine guten Möglichkeiten, diesen Fluss zu überqueren, deshalb entschied ich mich für diejenige, zu der der Bärenpfad führte; unter den vielen schlechten Optionen war das wahrscheinlich die beste. Das Wasser war hoch, die Strömung stark und der Grund des Flusses steinig und glatt. Wenn ich das Gleichgewicht verlor, könnte ich leicht mitgerissen und die schäumende Rutschbahn voller Felsbrocken hinuntergeschwemmt werden.

Um meine Chancen zu verbessern, schnitt ich mir mit meinem Taschenmesser einen geraden Stock von einer Grünerle, watete ins Wasser und stieß ihn zwischen den Steinen in den Grund. Ich stützte mich ab und tastete erst mit einem, dann mit dem anderen Fuß nach einem sicheren Halt in der Strömung. Das rasch dahinwirbelnde Wasser reichte mir bald bis an die Hüften. Natürlich war es eiskalt. Trotz flatternder Nerven schaffte ich es ohne Zwischenfälle. Da ich es mir nicht leisten konnte, während es noch hell war, ein Feuer zu machen und meine Kleider zu trocknen, marschierte ich tropfnass weiter. Doch zuerst versteckte ich den Stock, um ihn auf dem Rückweg nochmals benutzen zu können.

Der mühsame Weg durch Schluchten voller Unterholz und Gestrüpp setzte sich fort. Strapaziös und ermüdend, mehr kann man dazu nicht sagen. Bald war mir klar, dass ich es bei Tageslicht nicht bis Kurilskoj schaffen würde, nicht mal bis zu Igors Hütte, ganz zu schweigen von der Forschungsstation, die vier Meilen weiter lag.

Als die eigentliche Dunkelheit einsetzte, durchquerte ich gerade ein großes Beerenfeld. Nach meiner Schätzung lagen noch etwa eineinviertel Meilen vor mir. Eine Lagune, schmal und sumpfig, aber tief, erstreckte sich vor mir, so dass ich nicht einfach geradeaus gehen konnte, sondern einen Schlenker um das Ende herum durch dichte Weiden machen musste. Ich hatte bereits den größten Teil des Weges hinter mir und kämpfte mich im Dunkeln vorwärts, als ich plötzlich das Brüllen eines ziemlich aufgebrachten Bären hörte. Um die Spitze der Lagune zu umrunden, musste ich auf dieses Geräusch zugehen. Ich schauderte bei jedem neuen Schrei, bis ich seiner Quelle ganz nah war. Dieses Geräusch habe ich nur selten gehört, und ich konnte mir einfach nicht vorstellen, was einen Bären dermaßen in Rage bringen konnte.

Schließlich erkannte ich im schwachen Licht einen großen männlichen Bären. Er hatte sich in einer Schlingenfalle verfangen und kämpfte um sein Leben, indem er an allem riss und zerrte, was in seiner Sichtweite war. Wenn er sich befreite, solange ich in der Nähe war, würde ich ihn wohl kaum davon überzeugen können, dass ich mit seinen Qualen nichts zu tun hatte.

Der Anblick machte mich ganz krank. Ich wusste sofort, was los war. Wilderer hatten diese Drahtschlinge ausgelegt, und jetzt sahen sie zu, wie der große Bär die ganze Nacht tobte und kämpfte, weil seine Wut die Gallenblase anschwellen ließ, und die war alles, was sie von ihm wollten. Der Bär würde kurzen Prozess mit mir machen, wenn ich auch nur in die Nähe der Falle kam, daher gab es nichts, was ich für ihn hätte tun können. Hätte ich ein Gewehr dabei gehabt, hätte ich seiner nächtlichen Qual auf der Stelle ein Ende gemacht.

Schließlich passierte ich die Stelle zwischen dem rasenden Bären und der Lagune. Als ich ihre Spitze hinter mir hatte, kam ich zum Ufer des eigentlichen Sees. Ich wollte gerade in Richtung von Igors Hütte gehen, als ich im Dickicht an der Mündung des Khakjstjn den Schein eines Feuers entdeckte. Mittlerweile war ich völlig erschöpft, kalt, nass, und brauchte dringend eine Pause. Trotzdem zögerte ich. Schließlich trieb mich eine Empfindung, die an puren Hass grenzte, auf das Licht zu. Ich bahnte mir einen Weg, bis ich das Lagerfeuer sehen konnte. Neben einem alten Zelt saßen zwei Wilderer auf Baumstümpfen und starrten ins Feuer. Ein paar Meter entfernt lehnte ein Gewehr an einem Baum. Es war eine Schrotflinte; als ich sie mit meinem Fernglas betrachtete, sah ich, dass der Kolben mit einem Draht zusammengehalten wurde. Mit dieser primitiven Waffe würden sie dem Leben des Bären ein Ende machen, wenn er genug gelitten hatte, um sie zufrieden zu stellen.

Ich beobachtete diese Männer eine ganze Weile. Es sprach einiges dafür, dass sie auch all die anderen Bären getötet hatten, die Igor hier im Beerengestrüpp und am See gefunden hatte. Es waren schmuddlige Kerle, rau und bärtig. Die zerlumpten Kleider und ausgezehrten Gesichter waren von wochenlangen Aufenthalten im Wald gezeichnet. Die Oberteile ihrer Watstiefel hatten sie abgeschnitten und weggeworfen. Ich versuchte mir zu sagen, dass es nur zwei von vielen Menschen auf der Welt waren, die verzweifelt versuchten, im endlosen Wirtschaftschaos des post-sowjetischen Russlands sich selbst und vielleicht auch ihre Familien durchzubringen, arme und ungebildete Leute, denen man für die angeblich wertvollen Organe dieser Bären einen Hungerlohn zahlte. Das heißt, ich versuchte, es so zu sehen, doch alles, was ich tatsächlich empfand, war tiefer Abscheu.

Ich starrte auf ihr Gewehr und überschlug die Entfernung. Mehrere Szenarien spukten mir durch den Kopf. Wahrscheinlich käme ich schneller dran als sie. Doch dann fiel mir etwas Besseres ein. Ich würde warten, bis sie sich im Zelt verkrochen hatten, und mir einen guten starken Erlenast suchen, den ich als Knüppel verwenden konnte. Dann würde ich mich leise anschleichen und eine Ladung Pfefferspray in das Zelt sprühen. Wenn sie hustend und keuchend herauskamen, wollte ich ihnen die Schädel einschlagen. Ich hatte tatsächlich die Absicht, sie umzubringen.

Ich halte mich nicht gerade für einen Pazifisten, ganz sicher aber für friedliebend. Eine Welt ohne Gewalt würde mir gefallen. Doch die Ereignisse der vergangenen beiden Monate, der Verrat des Naturparkdirektors an seinem Auftrag, die bereits von diesen Männern getöteten Bären, das Tier draußen im Unterholz, das verzweifelt um sein Leben kämpfte, während diese beiden gleichgültig an ihrem Feuer saßen und vor sich hin brüteten – vor allem aber die Gefahr, dass sie und ihresgleichen Chico, Biscuit und Rosie töten könnten –, all das hatte dazu geführt, dass ich gewisse Tabus brechen wollte.

Völlige Erschöpfung war schließlich der Grund dafür, dass ich nicht einmal den Versuch machte, diese Männer zu töten. Während ich kalt und nass im Dickicht lag, verkrampfte sich mein Körper dermaßen, dass ich mich kaum noch bewegen konnte. Wenn ich überleben wollte, musste ich weg von hier. Ich zog mich vorsichtig zurück, bis ich außerhalb ihrer Hörweite war, und stolperte dann im Dunkeln weiter zu Igors Hütte. Dort fiel ich auf eine der Pritschen und schlief sofort ein. Mein letzter Gedanke in dieser Nacht war, dass ich versuchen würde, die letzten vier Meilen zur Forschungsstation und Bill Leacock morgen zu schaffen, wenn ich mich danach fühlte.

Um vier Uhr morgens stand ich auf und sah nach dem Wetter. Immer noch war vereinzelt das Brüllen des Bären zu hören. Möglich, dass ich mich mit seinem Schicksal bereits abgefunden hatte, er selbst tat es nicht. Allmählich zog sich der Himmel zu, und das Wetter wurde unangenehm. Gegen acht Uhr früh fing es an, in Strömen zu regnen. Meine Entscheidung musste rasch getroffen werden. Wenn es jetzt anfing zu schneien, würde ich es vielleicht nicht mehr schaffen, an den Kambalnojesee zurückzukehren. Falls die Bärenjungen nicht instinktiv begannen, ihre Höhle zu bauen, wäre ich nicht da, um einzugreifen und ihnen zu helfen. Letzten Endes war es einfach wichtiger, zu den Jungen zurückzukehren, als mit Bill zu sprechen. Und eine vernünftige Möglichkeit, beides miteinander zu verbinden, gab es anscheinend nicht.

Einer von Bills Telemetrieposten befand sich auf dem Hügel unweit von Igors Hütte oberhalb der großen Itelmenensiedlung. Ich steckte eine kurze Nachricht in eine Plastikfolie und tackerte sie genau da fest, wo er normalerweise sein Empfangsgerät anbrachte. Sie wies Bill auf eine weitere, ausführlichere Nachricht unter dem Dach von Igors Hütte hin. Wenn er die fand, würde er wissen, dass er den zweiten Hubschrauber abbestellen konnte. Mehr konnte ich nicht tun.

Dann brach ich im Regen auf. Ich wusste, dass ich trotz des Regenmantels Probleme bekommen konnte, weil ich so müde war. Wenn ich aber hier blieb, um mich richtig auszuruhen, verpasste ich möglicherweise die Chance, in unsere Hütte zurückzukehren. Gegen Mittag erreichte ich den rasch dahinströmenden Fluss. Ich fand meinen Erlenstock wieder und watete hinein. Das Wasser war gestiegen und ich noch erschöpfter, deshalb war ich nicht so trittsicher wie am Tag zuvor. Auf halbem Weg rutschte ich aus und versank bis zum Hals im Wasser. Dann wurde ich in einen Strudel hinter einem großen Felsbrocken gewirbelt, an dem ich mich festhalten konnte, bevor das rauschende

Wasser mich mitriss. Als ich ans Ufer kletterte, war mir eiskalt, und ich war völlig erledigt – das ideale Opfer für eine Unterkühlung. Beim Aufstieg zum Pass nahmen die Symptome für diese stille, aber tödliche Gefahr zu: unkontrolliertes Zittern, dann Benommenheit. Gegen halb zwei Uhr mittags erreichte ich die Grenze zwischen offenem Land und Hochgebirge. Es goss immer noch in Strömen, und allmählich dämmerte mir, dass ich eine Rast einlegen sollte, bevor ich weiterging. Dafür sprachen auch der trockene Schlafsack, die Unterwäsche in dem wasserdichten Beutel und die Plastikplane. Ich zog mich um und kroch in den Schlafsack, wobei ich die Plane, so gut es ging, um mich wickelte. Wenig später hatte das Kondenswasser alles durchnässt.

Es klingt vielleicht komisch, aber was mich an diesem Tag rettete, war, dass ich vor kurzem Don Starkells Buch *Paddle to the Arctic* gelesen hatte. Dieser höchst beeindruckende, furchtlose Autor aus Winnipeg hatte eine lebensbedrohliche Situation nach der anderen er- und überlebt. Ich sagte mir, dass mein Missgeschick im Vergleich dazu geradezu lächerlich sei. Nachdem ich es mir eine Weile eingeredet hatte, hellte sich meine Stimmung merklich auf und mir wurde sogar etwas wärmer. Nichtsdestotrotz zog sich der Nachmittag in die Länge, und vor mir lag noch die ganze Nacht.

Gegen Abend wurde es kälter. Der Regen verwandelte sich in dichtes Schneegestöber. Um Mitternacht lag eine mindestens zwanzig Zentimeter dicke Schneeschicht auf der Plane, was gar nicht schlecht war, weil sie mich von der Außenwelt isolierte. Die sinkenden Temperaturen ließen das Kondensat meines Atems gefrieren und sorgten dafür, dass es aufhörte, von der Plane zu tropfen. Als ich schließlich um Viertel nach acht aufstand, um meinen Marsch fortzusetzen, war es außerhalb meines mit Plastik gefütterten Eiszapfens Winter geworden. Dies war ein kritischer Augenblick, denn mir wurde sofort wieder kalt. Ich wusste, dass ich mich schnell bewegen musste, und hoffte, dass die Kraftanstrengung mich wärmen würde. Ich presste eine ganze Tasse Wasser aus dem Fußende meines Schlafsacks, bevor ich ihn wieder in den Rucksack stopfte. Die trockenen Socken, mit denen ich mich hingelegt hatte, waren feucht, so dass es einigermaßen mühevoll war, sie in die gefrorenen Stiefel zu zwängen. Die durchsichtige Plastikplane und die nassen Laufschuhe, mit denen ich den Fluss durchquert hatte, ließ ich zurück. Im Frühjahr würde ich versuchen, mit der Kolb zurückzukehren und sie zu holen.

Wenn man sich durch dreißig Zentimeter Neuschnee einen Weg über einen Pass bahnen muss, wird einem ziemlich warm. Um drei Uhr nachmittags hatte ich meine Hütte erreicht. Mittlerweile ließ das Unwetter nach. Es war der erste November.

Zuerst inspizierte ich die Futternäpfe. Die Sonnenblumenkerne waren nicht angerührt worden. Ich war erleichtert, denn es war mehr als nur ein Hinweis darauf, dass die Jungen genügend Fettreserven hatten, um zu überwintern. In der Hütte machte ich Feuer und wartete, bis der Eintopf auf dem Ofen vor sich hin schmurgelte. Dann breitete ich die feuchten Sachen zum Trocknen aus und wartete, dass mir wieder warm wurde. Ein paar Wodkas beschleunigten diesen Prozess.

Während ich die vergangenen dreißig Stunden und vierzig Meilen, die ich marschiert war, noch einmal Revue passieren ließ, kam es mir vor, als sei es die schlimmste von all meinen Reisen gewesen. Aber es war auch nicht zu leugnen, dass dies teilweise an meinem Alter lag. Zuerst lähmte mich diese Vorstellung angesichts der enormen Hindernisse, die im Verlauf dieses Projekts noch vor uns lagen. Wie sollte ich in dieser rauen Wildnis, in diesem fremden Land, mit diesem alternden Körper jemals schaffen, was ich mir vorgenommen hatte?

Zum Schluss wurde es eine jener einsamen Nächte, in denen man sein ganzes Leben unter die Lupe nimmt. Ich kehrte an verschiedene Stationen meiner bisherigen Lebensreise zurück, insbesondere zu den wunderbaren, mir noch so lebendigen Episoden mit den drei Bärenjungen in diesem Sommer, und ganz allmählich, während mich das Feuer wärmte, erwärmte ich mich auch wieder für dieses Leben. Am Ende war ich mehr als je zuvor oder danach überzeugt, dass ich ein nützliches Leben geführt und genügend erreicht hatte. Tatsächlich fühlte es sich an wie zwei Leben.

Zwar sollte ich mir schon bald wieder Sorgen um die Bärenjungen machen und versuchen, mehr mit unserem Projekt zu erreichen, doch war es eine erlösende Gnadenfrist nach einem Tag und einer Nacht, die auch mit einer Katastrophe hätten enden können.

16

Winterruhe

Jeden Morgen, wenn die Jungen den Hof verließen, gab es ein kleines Ritual. Sie verschwanden in einer Senke und tauchten dann auf einer Anhöhe wieder auf. Dort blieb Chico stehen, während die anderen weitergingen. Sie stellte sich auf die Hinterbeine und wandte sich um, als wollte sie sehen, ob ich nachkäme. Am zweiten November, einem sonnigen Tag, in dessen Verlauf der letzte Schnee des Unwetters rasch dahinschmolz, erfüllte ich meiner Freundin den Wunsch und folgte ihnen.

Unterwegs staunte ich immer wieder darüber, wie groß sie geworden waren. Mittlerweile wog jedes Tier wahrscheinlich über fünfundsiebzig Kilo, und das war eine ganze Menge, wenn man an die fünfzehn Pfund dachte, die sie auf die Waage brachten, als Maureen und ich sie Ende Mai hierher geholt hatten. Als sie eine gute Stelle mit vielen Pinienzapfen erreichten und anfingen zu fressen, beschloss ich, es ebenfalls zu versuchen. Ich suchte nach Zapfen, die im Schatten lagen und schön aufgeweicht waren, und biss auf einer Seite hinein. Im Mund löste ich die Schuppen von den Kernen und spuckte Erstere aus, genau wie ich es bei ihnen beobachtet hatte. Weil mein Mund im Vergleich zum Maul der Bären relativ klein ist, war ich ziemlich langsam. Ich brauchte doppelt so lange wie sie, um einen Zapfen abzuknabbern, und nach fünf war ich satt. Die Bären verdrückten fünf Pinienzapfen in sieben Minuten und konnten stundenlang weitermachen.

Rosie hatte ein luxuriöses Plätzchen in der Tundra aufgetan, und ich fing an, ihr Pinienzapfen hinzuwerfen, einmal, als eine Art Experiment, aber auch, weil ich nett zu ihr sein wollte. Nach einer Weile hatte ich es so gut raus, dass sie genau auf ihrem Bauch landeten. Sie erschien mir wie die Königin des Harems, die sich von ihrem Lieblingssklaven mit Weintrauben füttern lässt und dies ganz offensichtlich genoss. Ich machte ungefähr zwanzig Minuten weiter, bis ich alle Pinienzapfen in meiner Reichweite aufgesammelt hatte. Dann beschloss ich aufzuhören; sollte sie selbst durchs Unterholz kriechen. Als ich mich im Wald hinsetzte, um mich ein wenig auszuruhen, kam Rosie hinter mir her. Sie stellte sich neben mich und versetzte mir einen leichten Hieb, als wollte sie sagen: »Erst fängst du was Gutes an, und dann schlaffst du ab.« Daraufhin beschloss ich, das Pinienzapfensammeln und das Füttern mit der Hand nicht zur Gewohnheit werden zu lassen.

Es ist ein himmelweiter Unterschied, ob man Bären mit der Hand füttert oder ihnen das Futter in einem Napf hinstellt. Wenn man anfing, ihnen mit der Hand etwas zu füttern, an das sie sonst nicht herankamen, konnte es schnell zu einem Unglück kommen. In einer solchen Situation wäre es schwer, einfach damit aufzuhören. Sie würden mehr fordern und unausstehlich, ja, sogar gefährlich werden.

An diesem Tag dachte ich zum wiederholten Male darüber nach, wie die Bären meine Erfahrung als Mensch bereichert hatten. Indem sie mich in ihre Welt aufgenommen hatten, hatten sie mir geholfen, dieses Menschsein zu erweitern. Dadurch, dass sie mich akzeptierten und ich ihrem Beispiel folgte, war ich mehr als nur ein Beobachter des Landes. Ich war zu einem Teil des Ganzen geworden. Es liegt eine großartige Freiheit in der Art, wie Tiere leben, und meine Sinne hatten sich ein wenig in diese Richtung bewegt, dank unserer Bären. Die Feinheiten, die ich mittlerweile erspüren konnte, orientierten sich eher an der Norm für Tiere als an der für Menschen.

Vieles von dem, was die Menschen verloren haben, lässt sich auf ein anhaltendes Bedürfnis nach Sicherheit zurückführen. Wir sind bemüht, alles im Griff zu haben und jede Situation zu unseren Gunsten wenden zu können. Gleichwohl gelingt es uns nicht, jene seltsame, unlogische Angst abschütteln, dass es uns erwischen wird, dass wir der Pechvogel sind, und deshalb versuchen wir, unser Leben noch ein bisschen mehr abzusichern. Das ist genauso absurd, wie ins Spielcasino zu gehen. Biscuit, Rosie und Chico lehrten mich, Unwägbarkeiten richtig einzuschätzen und sie zu akzeptieren. So lernte ich, mit dem Leben zurechtzukommen, wie es ist, statt mich davor zu fürchten, was es Unheilvolles bringen könnte.

Die Bären kamen am nächsten Tag nicht zur Hütte, deshalb ging ich auf die Suche nach ihnen. Sie lagen auf einem Hügel im Norden in der Sonne und schliefen. Es war nicht zu übersehen, dass sie in diesen Tagen immer träger wurden. Sie trödelten, statt wie früher herumzurennen. Sie schliefen viel. Ich entschied, am zwölften November aufzuhören, ihnen zusätzliches Futter hinzustellen, wenn sie bis dahin nicht freiwillig darauf verzichtet hatten. Ich wollte nicht, dass das Futter, das sie von mir bekamen, zu einem Faktor wurde, der ihrem Instinkt, Winterruhe zu halten, zuwiderlief.

Chico und ich spielten eine Weile unser Knuffspiel, und dann brachen wir alle zusammen zu einem gemütlichen Spaziergang auf. Ein Zwischenfall mit Biscuit auf diesem Ausflug zeigte mir einen anderen Aspekt des Verhältnisses, das die Bären zu mir hatten, und zwar ihre Fähigkeit zur Vergebung. Wir folgten einem Pfad über einen steilen Abhang etwa zweieinhalb Meter über dem See. Ich warf einen Blick zurück und sah Rosie auf einem Felsen stehen. Es war ein sehr schöner Anblick. Ich hob die Kamera und versuchte, einen besseren Winkel zu finden, wobei ich versehentlich auf Biscuits Tatze trat. Es muss ihr sehr wehgetan haben, denn sie brummte laut und zuckte zurück. Da ich in diesem Augenblick mit meinem ganzen Gewicht auf ihrer Tatze stand, hatte ich das Gefühl, als würde man mir einen Teppich unter den Füßen wegziehen. Ich geriet aus dem Gleichgewicht und rutschte zusammen mit Biscuit den Abhang hinunter in den See. Zum Glück fiel ich auf die richtige Seite und schaffte es, die Kamera vor dem Wasser zu schützen, selbst als ich bis zur Brust im eiskalten Wasser versank. Ich glaubte, dass Biscuit böse auf mich war, deshalb entschuldigte ich mich als Erstes aufrichtig bei ihr. An ihren Augen konnte ich erkennen, dass sie mir meinen Fehler nachsah. Es gab keinerlei Anzeichen dafür, dass sie mir weniger vertraute, weder in diesem Augenblick noch zu irgendeinem späteren Zeitpunkt.

An diesem Tag blieben die Bären in meiner Nähe, bis die Witterung eines fremden Bären sie in die Flucht jagte und sie ihr Lieblingsversteck auf dem Biscuit Mountain aufsuchten. Ich verfolgte sie mit dem Feldstecher und sah sie immer wieder zwischen den Schneewehen auftauchen und verschwinden. Einmal beobachtete ich, dass ihre Freunde und Quälgeister, die Raben, sich ihnen angeschlossen hatten. Ein Nest voller Raben, die auf dem Biscuit Mountain ausgebrütet und aufgezogen worden waren, hatten eine Beziehung zu den Jungen entwickelt, die auf dem gemeinsamen Gefühl basierte, Herrscher über dieses Reich zu sein. Ideal war es für die Raben, wenn die Bärenjungen sich in einer natürlichen Aufwärtsströmung befanden. Dann segelten die Raben dicht über ihnen und ärgerten sie. Wenn ein Bär nach ihnen schlug oder einen Satz machte, brauchten die Raben nur ihre Flügel auszubreiten und sich von der Strömung außer Reichweite der Gefahr treiben zu lassen. Und wenn die Bären schliefen, landeten die Raben und schlichen sich heran, um sie mit dem Schnabel in die Beine oder ins Hinterteil zu pieksen.

Faszinierend war dabei die relativ gute Laune auf beiden Seiten. Wie bei meinen Neckereien mit Chico handelte es sich im Großen und Ganzen um so etwas wie ein speziesübergreifendes Spiel. Interessanterweise war Chico die liebste Zielscheibe der Raben.

In den nächsten paar Tagen verbrachten die Bären den größten Teil ihrer Zeit auf dem Biscuit Mountain oder in einem natürlichen Becken auf der anderen Seite. Ich gewöhnte mir an, es Chico Basin zu nennen. Jetzt schneite es fast jeden Tag, die Bären aber machten ihre Besuche lieber bei klarem Wetter. An den Tagen, die sie nicht kamen, ging ich bis zu einer Stelle, wo ich ins Chico Basin hinabschauen konnte, und erhaschte trotz der Schneestürme hin und wieder einen Blick auf sie. Wie sie so in dieser kahlen Landschaft herumtollten, wurde mir ganz warm ums Herz, und ich sagte mir, dass sie alles im Griff hatten.

Ich erinnere mich an einen herrlichen Tag, als sie mich besuchen kamen und fast den ganzen Tag damit verbrachten, im Schnee zu liegen und zu dösen. Ich setzte mich neben sie und kraulte Chico hinter den Ohren. Als sie endlich zum Wald zurückwanderten, folgte ich ihnen. Sie pflückten zwar immer noch Pinienzapfen von den Bäumen, doch fiel mir auf, dass sie diese im Ganzen wieder ausspuckten. Ich sammelte einige auf und entdeckte, dass sie vollkommen gefroren waren. Die Samen waren so fest verschlossen, dass es keinen Zweck hatte, sich mit ihnen abzugeben. Ein wirklich hungriger Bär hätte sie aufbrechen können, doch unseren Jungen ging es nicht so schlecht. Sie waren dick und bewegten sich träge, und im Übrigen gab es am Ufer noch jede Menge Lachse für sie.

Am siebten November beobachtete ich einen Bären, der sich seine Höhle grub, es war der Erste. Ich war einer dunklen Spur gefolgt, die er hinterlassen hatte, als er den Schnee von den Kiefern schüttelte. An diesem Tag nahmen die Jungen ihre zusätzliche Körnermahlzeit nicht einmal zur Kenntnis. Sie verbrachten den ganzen Tag mit Schlafen.

Am nächsten Tag, während der über Nacht gefallene Schnee aufgewirbelt wurde und Verwehungen bildete, wanderte ich wieder zum Chico Basin und entdeckte die Jungen hoch oben auf einem erlenbestandenen Hang. Durch die dunklen Schatten und flüchtigen Sonnenschimmer sah ich sie bis zum Gipfel hinaufklettern und über den Kamm verschwinden. In den nächsten paar Tagen kehrte ich mehrmals zum Becken zurück, doch die Jungen waren nicht wiedergekommen. Ich beobachtete einen anderen Bären, über dem ein Riesenseeadler eine riesige S-Kurve flog. Einen Tag später fing der Bär an zu graben. Am selben Nachmittag entdeckte ich zwei weitere Bären, die dabei waren, ihren Bau auszuheben. Und allmählich dämmerte mir, dass ich unsere Jungen für dieses Jahr wohl zum letzten Mal gesehen hatte.

Der See war mittlerweile zugefroren und hatte jenen gefährlichen Zustand erreicht, bei dem die Oberfläche bereits fest wirkt, es aber in Wirklichkeit noch nicht ist. Ein paar Fische waren geblieben, jetzt laichten Forellen am Ufer des Sees, wo zuvor Lachse ihre Eier abgelegt hatten. Ich zählte fünfzig Riesenseeadler und entdeckte auch eine Reihe von Seeadlern und zwei Steinadler. Die Steinadler jagten Schneehühner, die anderen fischten. Als ich zwei junge Bären sah, die sich beim Bau ihrer gemeinsamen Höhle abwechselten, fragte ich mich, was Chico, Biscuit und Rosie wohl machten. Was für eine Stelle hatten sie sich ausgesucht? Wer hatte die meiste Arbeit erledigt? Wie viel Platz hatten sie sich zugestanden?

Die Gewissheit, dass sich die Jungen in die Winterruhe begeben hatten, ging einher mit einem tiefen Gefühl der Einsamkeit. Die Tage waren kurz und windig. Es schneite weiter, manchmal sehr heftig, und der Schnee bildete Verwehungen. Zum Glück war es noch nicht richtig kalt, denn ich hatte fast kein Brennholz mehr. Um mit dem Rest möglichst lange hauszuhalten, verbrachte ich mehr Zeit im Freien und unternahm lange Wanderungen.

Der Winter sorgte für einige unangenehme Veränderungen in meinem Hüttendasein. Der starke Wind, der den Schnee mitbrachte, blies durch die Wände. Der Schnee drang durch winzige Ritzen ein, die ich weder sah noch abdichten konnte. Nach einer schrecklich stürmischen Nacht erwachte ich unter einer zentimeterdicken Schneeschicht. Das Bett und das gesamte Innere der Hütte waren damit bedeckt. Als ich an diesem Tag Feuer machen wollte, entdeckte ich, dass der Schornsteinaufsatz und mehrere Teile des Ofenrohrs abgerissen waren. So musste ich mühsam ein improvisiertes neues Rohr zusammenbauen, bevor ich den Ofen benutzen konnte.

Das Stativ mit dem Fernglas hatte ich in der Mitte der Hütte aufgestellt, so dass ich häufig aus mehreren Fenstern Bären beim Graben ihrer Höhle beobachten konnte. Einmal sah ich einem jungen Männchen zu, das den ganzen Tag an der Fertigstellung seiner Höhle arbeitete. Gerade als er ihr den letzten Schliff gab, kam ein Weibchen mit ein paar Jungen vorbei und jagte ihn in die Flucht. Dann begann sie in einer nahe gelegenen Schneewehe zu graben. Ich vermutete, dass sie sich dort ihren Platz für die Winterruhe ausgesucht hatte, doch am nächsten Morgen brach sie mit ihren Jungen auf, um am See zu fischen. Am Wasser wurden sie von Seeadlern geärgert. Die Bären waren wohlgenährt und nicht allzu hungrig, und so blieben viele Fische für die Vögel übrig.

Als Nächstes kam die Bärenmutter auf die Idee, sich etwa vierzig Meter weit aufs Eis hinauszuwagen. Ich hatte das Fernglas auf sie gerichtet und fürchtete, dass sie ein großes Risiko einging. Und tatsächlich brach sie durch die gefrorene Oberfläche. Jetzt bot das zersprungene Eis an den Rändern ihr keinen Halt mehr, als sie versuchte herauszuklettern. Es blieb ihr nichts anderes übrig, als sich einen Kanal in Richtung Ufer zu brechen, und das erforderte eine beträchtliche Anstrengung. Genauso wie unsere Jungen es getan hätten, liefen ihre Kleinen ihr auf halbem Weg entgegen und wirkten sehr besorgt. Als sie sich ihnen näherte, zertrümmerte sie das Eis, auf dem sie warteten, und die ganze Familie landete im Wasser. Die Jungen schwammen zwischen den umhertreibenden Eisschollen hinter ihrer Mutter her und schafften es schließlich ans Ufer. Vermutlich hat dieser Vorfall allen eine Lektion erteilt, einschließlich mir. Auf dem Rest meiner Wanderungen ging ich nur aufs Eis, wenn ich wusste, dass das Wasser nicht besonders tief war.

Mein täglicher Spaziergang führte mich gewöhnlich einmal um den See. Kurz nachdem unsere Jungen verschwunden waren, entdeckte ich die Spuren eines riesigen männlichen Bären, die geradewegs auf den großen Wald zuführten, wo ich den Bau der Jungen vermutete. Obwohl hoher Schnee lag und es mühsam war hindurchzustapfen, folgte ich den Spuren. Erst als klar war, dass der Bär über den Berg in Richtung Ostküste gezogen war, kehrte ich um.

Wenig später fand ich einen Seeadler, der nicht mehr fliegen konnte. Die vier Hauptfedern eines Flügels waren gebrochen. Solange es windstill war, saß der Vogel am Boden fest, aber selbst zu Fuß war er imstande, Forellen zu fangen. Ich näherte mich ihm bis auf wenige Meter. Er starrte mich mit jenem durchdringenden Blick an, für den Adler bekannt sind. Dann kam eine Brise auf. Sobald er spürte, dass sie stark genug war, um ihn zu tragen, machte er einen Satz in die Luft und segelte davon. Wo heiße Quellen das Seewasser offen hielten, jagten Füchse nach Fischen. Es war lustig, einem Fuchs mit einem drei Pfund schweren Fisch im Maul zu begegnen.

Manche Bären, die es in das Becken verschlug, zogen weiter, doch viele blieben, um hier ihre Winterruhe zu halten. Es war unübersehbar, dass viele Bären zu diesem Zweck herkamen. Manchmal sah ich eine schmutzige Stelle unter den kahlen Erlen, und sie entpuppte sich als Bär, der beinahe mit dem Erdboden verschmolz. In ein paar Stunden hatte er seine Höhle fertig gegraben, dann widmete er noch ein wenig Zeit der Inneneinrichtung. Nachdem er Gras und Blätter zusammengekratzt hatte, verkroch er sich rückwärts in die Höhle und zerrte das Laub für sein Lager hinter sich her.

In der Nähe der Hütte tummelten sich auch große Hasen, die eine gewisse Ähnlichkeit mit den weißschwänzigen Eselhasen in Kanada hatten. Ich beobachtete sie aufmerksam und entdeckte, dass auch sie Pinienkerne fraßen. Das Wetter war grausam: Heftige Stürme, die bis zu hundertvierzig Stundenkilometer erreichten, und dichtes Schneetreiben, das sich in Regen und dann wieder in Schnee verwandelte. Das Dach der Hütte war undicht. Ich fragte mich, ob die Jungen sich auch tief genug eingegraben hatten, um trocken zu bleiben. Das Barometer tanzte auf und ab wie ein Jojo. Das stärkste Erdbeben des Jahres ereignete sich am 18. November. Ihm ging ein Unheil verkündendes Rumpeln voraus, das ich mittlerweile ziemlich oft gehört hatte. Auf meinem Ausflug an diesem Tag fand ich die seltene Fährte eines Wolfes und zwei junge Bären, die vor dem Eingang ihrer Höhle lagen.

Der Hubschrauber sollte am 23. November eintreffen, doch davon konnte ich nicht sicher ausgehen. Die ganze Woche lang folgte ein Schneesturm auf den anderen; man konnte unmöglich fliegen. Die Sichtweite betrug keine zehn Meter. Ich hatte schon lange keinen anständigen Flugtag mehr erlebt.

Schließlich gab ich mich geschlagen und zog los, um mir aus Erlen Brennholz zu machen. Beim ersten Mal sorgten die Waldgötter dafür, dass meine Kettensäge kaputtging. Aber ich hatte noch eine kleine Handsäge. Nachdem die Forstbeauftragte mich zurechtgewiesen hatte, dass ich keine Erlen schlagen dürfte, grub ich beschämt weit von der Hütte entfernt einen Erlenbaum aus. Ich sägte den Stamm knapp über dem Erdboden ab und zerhackte ihn dann in ofengerechte Stücke, die ich in meinen treuen grünen Rucksack packte und nach Hause schleppte. Am nächsten Tag ging ich zu einem anderen Hain und fällte eine neue Erle. Ich schwor mir, einen Ölofen mitzubringen, wenn man uns erlaubte, im Frühjahr wiederzukommen.

Jeden Morgen schaute ich zum Himmel auf und wusste, dass kein Hubschrauber kommen würde. Es wurde immer kälter. Am 29. November musste ich eine zentimeterdicke Eisschicht auf meinem Wassereimer zerhacken, bevor ich etwas trinken konnte. Ich glaubte, ich hätte bereits den letzten Bären beim Ausheben seiner Höhle gesehen, doch an diesem Tag entdeckte ich noch einen, der an der südlichen Seite des Sees vor sich hin grub. Es war der vierzehnte und letzte Bär, den ich in diesem Herbst 1997 bei den Vorbereitungen zum Überwintern beobachtete.

Jetzt, da ich keine Jungen mehr zum Spielen hatte, freundete ich mich mit einem Fuchs an. Es war ein besonders schönes Exemplar mit weichem roten Fell, der für sein Leben gern spielte. Er rannte zehn Meter vor mir her und versteckte sich hinter einer Schneewehe, einem Felsen oder in einer Senke. Doch die meiste Zeit konnte man ihn sehen. Er war wie ein Kind, das glaubt, es sei unsichtbar, wenn es die anderen nicht sehen kann. Ich ging in die Hocke und tat so, als würde ich mich anschleichen. Er ließ mich bis auf anderthalb Meter herankommen und sprang dann davon auf der Suche nach dem nächsten Versteck. Wir hatten denselben Fuchs dieses Spiel Anfang Herbst auch mit Rosie spielen sehen.

Während dieser ganzen stürmischen Zeit beobachtete ich, dass der Himmel, wenn überhaupt, nur gegen Abend aufklarte. Das nutzte mir wenig. Was ich brauchte, war ein klarer Himmel am frühen Morgen, doch der Wetterkreislauf schien genau andersherum eingestellt zu sein.

Meine Lage war nicht kritisch, denn mir blieben noch genügend Vorräte für zwei Wochen. Ich hatte Kekse und konnte mir Nudeln kochen, und wenn mir wirklich mal der Sinn nach Fleisch stand, gab es noch ein paar Dosen mit irgendeinem schrecklichen Fraß aus China. Das schlechteste Essen hebt man sich immer bis zum Schluss auf.

Der letzte Tag im November brach mit klarem Himmel im Südwesten an. Die Sicht war gut, und es ging kein Wind. Ich machte mich gleich an die Arbeit, packte meine Sachen und schleppte alles hinunter zum Hubschrauberlandeplatz, einer flachen Stelle etwa hundert Meter von der Hütte entfernt. Den größten Teil meiner Ausrüstung hatte ich in großen Aluminiumkisten verstaut. Ich schlang ein Seil um den Griff und schleifte sie über den festgefrorenen Schnee. Dann nagelte ich die metallene Schutzverkleidung vor die Fenster – bis auf eines. Das war mein Zugeständnis an die Möglichkeit, dass der Hubschrauber nicht kam. Und tatsächlich tauchte er nicht auf.

Am späten Nachmittag legte ich den Rückwärtsgang ein und schleppte alles wieder in die Hütte zurück. Die Kisten waren solide und schwer, ebenso die Solarakkus. Kurz vor Einbruch der Dämmerung fällte ich eine frische Erle und machte Feuer. Ich war nicht sehr zuversichtlich, dass der Hubschrauber morgen kommen würde, denn im schwindenden Licht schien sich bereits ein neuer Sturm am Himmel zusammenzubrauen.

An diesem Abend machte ich eine Inventur meiner Lebensmittelvorräte. Es gab ein paar Dosen mit Gemüse, etwas Dosenfleisch, jede Menge Pasta, dafür allerdings kaum Zutaten, aus denen man eine Sauce hätte zaubern können, etwas Mehl für Brot (doch wollte ich das wenige Holz, das ich hatte, nicht fürs Backen verschwenden), Zucker, Pulvermilch, Tee und Kaffee – von allem nur noch Reste. Die Vorräte gingen definitiv zur Neige.

Mein Tagebucheintrag für den Morgen des ersten Dezembers lautete: »Was für eine verrückte Nacht!« Ein starker Wind aus Nordost brachte feuchten Schnee und zerrte heftig an der Hütte. Um halb drei erwachte ich in plötzlicher Stille. Ich stand auf und trat nach draußen. Die Temperatur war auf plus zwei Grad Celsius gestiegen. Ich konnte sogar ein paar Sterne funkeln sehen. Der nasse

Schnee lag zentimeterdick auf sämtlichen dem Wind ausgesetzten Oberflächen. Ich grub das Barometer aus einer der Aluminiumkisten, es war um vierundzwanzig Punkte gefallen. Daher kam ich zu dem Schluss, dass ich mich genau im Auge eines Orkans befinden musste, eine Beobachtung, die sich ein paar Stunden später als richtig erwies, als aus der entgegengesetzten Richtung ein neues Unwetter heranzog.

Dieser ungewöhnliche Schneesturm hielt bis zum Morgengrauen an. Von dem Augenblick, als ich nachts auf das Thermometer gesehen hatte, bis zum nächsten Morgen war die Temperatur um zwölf Grad auf minus zehn Grad Celsius gefallen. Im Innern der Hütte war der Wassereimer wieder zugefroren. Als ich begann, Feuer im Ofen zu machen, füllte sich plötzlich der ganze Raum mit Rauch. Vom Erlenholzteer zerfressen war das Ofenrohr, das sich über den Dachfirst erhob, im Wind abgerissen. Der Holzteer ruinierte alles, sogar den Metallofen. Wenn ich Holz nachlegte, musste ich aufpassen, dass ich nicht aus Versehen die ganze Ofenwand herausschlug.

Ich starrte auf den Ofen und das Rohr und malte mir aus, wie ich ohne Feuer zurechtkommen sollte. Es gab kein Material für Reparaturen mehr. Der Schneesturm heulte derart schrecklich, dass ich nicht mal den Versuch unternahm, nach draußen zu gehen und den Schaden in Augenschein zu nehmen. Ich kletterte von innen unter die Dachsparren und inspizierte die Löcher in dem dem Wind ausgesetzten Dach. Ein paar dichtete ich mit Hilfe eines Küchenmessers mit Klopapier ab.

Um die Mittagszeit hatte der Sturm nicht nachgelassen. Ich zog mich warm an und ging nach draußen. Es dauerte mehrere frustrierende Stunden, um den Schornstein notdürftig zu reparieren; anschließend wurde ich mit einem qualmenden Feuer belohnt, in dem ich um ein Haar erstickt wäre. Als ich losging, um Holz zu hacken und Wasser zu holen, reichte mir der Schnee bis zur Hüfte, und das Schneetreiben war so dicht, dass man kaum atmen konnte.

Gegen sechs fühlte ich mich wieder einigermaßen wohl in der Hütte und dachte daran, dass mein planmäßiger Flug nach Kanada vor etwa einer Stunde gestartet war. Wenn in PK niemand Maureen über das Unwetter informiert hatte, würde sie in ein paar Stunden auf meinen Anschlussflug nach Calgary warten. Sie hätte keine Ahnung, dass ich noch gar nicht unterwegs war.

Tatsächlich hatte ihr niemand Bescheid gesagt. Sie fuhr zum Flughafen, um mich abzuholen, und ich tauchte nicht auf. Natürlich machte sie sich Sorgen. Schließlich erwischte sie Katja am Telefon, die ihr von dem Schneesturm erzählte.

Als wüsste das Wetter, dass es jetzt Dezember war, wurde es erheblich kälter.

Nach einer weiteren stürmischen Nacht, in der meine Hütte gerüttelt und geschüttelt wurde, erwachte ich am 2. Dezember und sah, dass alles im Innern mit Schnee bedeckt und der Wassereimer fast bis zum Grund zugefroren war. Mit einem Schraubenzieher kratzte ich ein Loch bis zu der wenigen verbliebenen Flüssigkeit. Die erhitzte ich und kippte sie zurück, um mehr Eis zu schmelzen, bis ich genug für einen Kaffee hatte. Den Schnee fegte ich zu einem Haufen neben der Tür zusammen, doch als ich versuchte, ihn hinauszubefördern, wurde er wieder hineingeweht und mehr obendrein. Der Ofen schmolz einen kleinen Kreis um sich herum.

Der Tag draußen war der Inbegriff an Trostlosigkeit, trotzdem zog ich mich an und ging auf die Suche nach Holz und Wasser. Ich beschloss, den zweiten Solarakku zum Hubschrauberlandeplatz zu schleppen, schließlich wollte ich die Hoffnung nicht ganz aufgeben. Mein Freund, der Fuchs, tauchte auf, um mit mir zu spielen. Er lief vor mir her, presste seinen Körper in den Schnee und vergrub die Schnauze zwischen die Pfoten. Als ich merkte, wie sehr ich mich freute, ihn zu sehen, ging mir auf, wie einsam ich war.

Das Erste, was ich am nächsten Morgen wahrnahm, war das Geräusch des Schnees, der gegen den Schornstein fegte. Ich drehte mich um und schlief weiter. Als ich das nächste Mal wach wurde, strömte die Sonne durchs Fenster, und es war still im Raum. Kein Wind. Ich sprang aus dem Bett und riss die Tür auf: ein herrlicher Tag. Ohne zu frühstücken oder Kaffee zu trinken, fing ich an zu packen und die Ausrüstung durch den weichen Schnee zu schleifen. Ich hörte erst auf, als alles neben dem Landeplatz aufgestapelt war und ich Tür und Fenster der Hütte verbarrikadiert hatte. Es war Mittag.

Gegen Viertel nach eins löste sich der Traum von meiner Rettung allmählich auf. Eine riesige Wolkenwand zog sich über dem Meer zusammen und kam immer näher. Dann hörte ich den Hubschrauber. Als er sich langsam näherte, beglückwünschte ich mich selbst dazu, alles fix und fertig zu haben. Meine Vorbereitung verschaffte uns genau den Vorsprung, den wir brauchten, um dem Unwetter rechtzeitig zu entkommen.

Als die Mi-8 in einem heftigen Schneewirbel auf der Landefläche aufsetzte, hatte der Wind wieder an Stärke gewonnen, und die Sonne verschwand hinter der Wolkenwand. Ich musterte den blauen Streifen im Norden. Da wollten wir hin. Dann öffnete sich die Tür des Hubschraubers, und der Staatsanwalt stieg aus, gefolgt von seinem Dolmetscher. Wieder trugen die beiden Idioten Anzug und Krawatte, diesmal allerdings mit Winterstiefeln. Bei ihnen waren noch ein dritter Mann im Anzug, den ich nicht kannte, und Tatjana. Sie bestätigten, dass Bill meine Nachricht erhalten hatte. Dann marschierten die drei Männer auf die

Hütte zu, als wären sie geradewegs aus Kafkas »Schloss« entsprungen, und nickten mir im Vorbeigehen munter zu. Ich wusste nicht, was dieses merkwürdige Verhalten zu bedeuten hatte, also kümmerte ich mich nicht darum. Ich lud mit Hilfe des Kopiloten mein Zeug an Bord. Im Cockpit saß Viktor. Die schwache Hoffnung, die mir noch blieb, lag nun in den Händen dieses erfahrenen Piloten. Er ließ die Motoren laufen. Es fing an zu schneien; nasse, klebrige Schneeflocken wirbelten um uns herum.

Viktor war nervös, kein Wunder. Die Aussicht, in einer solchen Wetterlage festzusitzen, weil wir nicht schnell genug wegkamen, reichte, um uns beide zur Weißglut zu bringen. Er schrie Tatjana an, sie solle die anderen drei holen. Sie rannte zur Hütte. Ich lief neben ihr her und fragte, was zum Teufel eigentlich los war. Sie sagte, der Staatsanwalt und die anderen suchten nach Beweisen dafür, dass die Bärenjungen die Tundra geschädigt hätten. An der Hütte bot sich uns ein unvorstellbar dämlicher Anblick. Drei Männer im Anzug, die auf den gefrorenen Erdboden einschlugen. Einer von ihnen sah mich und machte eine hackende Bewegung. Er wollte, dass ich eine Axt holte. Mittlerweile tobte ringsum der Schneesturm. Ich packte ihn am Arm und zerrte ihn den Weg zum Hubschrauber zurück. Er wehrte sich nicht, doch kaum hatte ich ihn losgelassen, ging er zurück zur Hütte. Ich musste hier raus. Ich war nahe daran, eine Dummheit zu begehen.

Tatjana und ich kehrten zum Hubschrauber zurück, der mittlerweile von einer hübschen Eisschicht bedeckt war. Ich konnte an nichts anderes denken, als dass wir zu siebt hier festsaßen, ohne Proviant, ohne Holz, und dazu verdammt waren, irgendwelche Szenen aus der Franklin-Expedition wiederholen zu müssen. Schließlich tauchten die grinsenden Holzköpfe aus einer Schneewolke auf. Viktor beschleunigte die Turbinen zu voller Kraft, noch bevor sie an Bord waren, und hob ab, während der Letzte noch auf der Treppe stand und sich am Türrahmen festklammerte.

Die Erde verschwand augenblicklich unter uns. Die Windschutzscheibe war von einer Eisschicht bedeckt. Nach all meiner Fliegerei hier hatte ich jetzt das Gefühl, in einer fremden Maschine sterben zu müssen, nur weil irgendwer anders sich unglaublich dämlich angestellt hatte. Ich stand in der offenen Cockpittür und studierte die Instrumente. Am Kompass erkannte ich, dass wir auf Kurilskoj zuflogen, doch der Höhenmesser zeigte 1800 an. Der Pass zwischen den Tälern war siebenhundert Meter hoch, und die Berge zu beiden Seiten noch erheblich höher. Viktor stieg noch, aber meines Erachtens viel zu langsam. Wir mussten dem Pass bereits sehr nahe sein. Ich war mir der Gefahr so gewiss, dass ich jeden Augenblick erwartete, eine Steinwand durch die Wolken auf uns zukommen zu sehen, und schließlich klopfte ich Viktor sogar auf die Schulter. Er warf mir einen fragenden Blick zu. Ich deutete nach oben. Er stieg tatsächlich noch höher, doch keineswegs steil genug, um meine Befürchtungen zu zerstreuen. Ich ging zurück in den Frachtraum, denn ich wollte nicht zwischen der Ladung und der Trennwand zum Cockpit stehen, wenn wir gegen den Berg prallten.

Das Schwindel erregende Krachen blieb aus. Wir flogen weiter. Ein rundes Fenster nahe am Heck stand offen; ich blickte nach unten. Genau in diesem Augenblick hatten wir den schlimmsten Teil des Sturms hinter uns. Weit unter uns lag der Kurilskojsee. Wir befanden uns mindestens zweitausendsiebenhundert Meter darüber. Erst jetzt verstand ich meinen Fehler. Der Höhenmesser meiner Kolb maß in Fuß, der in der Mi-8 hingegen in Metern. Nach der Landung erzählte ich Viktor, warum ich so nervös geworden war, und wir bogen uns vor Lachen.

Wir flogen mehrere Jagdhütten auf dem Weg nach PK an, und ich war verblüfft über die Unmengen Eis, die wir ansetzten. Jedes Mal mussten wir eine dicke Schicht abkratzen, um überhaupt starten zu können. Während des ganzen Flugs war Viktor nicht imstande, irgendetwas zu sehen. Das einzig Gute an diesem hektischen Flug war die Tatsache, dass ich keinen Gedanken daran verschwendete, den Kambalnojesee und die drei Bärenjungen zurückzulassen. Ich hatte keine Zeit, an unsere Schützlinge zu denken, die hoffentlich tief und fest schliefen in ihrem Winterlager aus Erde und Schnee, irgendwo jenseits des Kamms, der das Chico Basin umgab.

Nach Weihnachten fuhren Maureen und ich nach Vancouver, um Ian Herring zu helfen, seinen Film zu retten. Dass Mike Herd so ungern seine Kamera auf uns gerichtet hatte, erwies sich tatsächlich als Handicap. Ian schoss noch ein paar Aufnahmen von uns, die dann in die letzte Fassung des Films eingeschmuggelt wurden. Zweimal kam er in diesem Winter nach Alberta, um den Hintergrundkommentar aufzunehmen. Der Film wurde von PBS unter dem Titel »Walking With Giants« ausgestrahlt und hatte, genau wie Maureen es vorausgesagt und ich nicht geglaubt hatte, einen enorm positive Wirkung auf unsere Arbeit. Statt die Leute auf uns aufmerksam zu machen und ihnen erklären zu müssen, was wir taten, kamen sie jetzt von selbst auf uns zu.

VIERTER TEIL

(1998)

17

Russisches Roulette

Die Geschichte, die wir nach unserem ersten Sommer mit den Bärenjungen zu erzählen hatten, entfachte ein lebhaftes Interesse für unser Projekt. Mittel für das dritte Jahr aufzutreiben war nicht wie in den ersten beiden Jahren eine nervenaufreibende Angelegenheit, die erst im letzten Moment klappte. Diesmal wollten die Leute das nächste Kapitel aus der Bären-Saga hören und trugen nur allzu gern dazu bei, dass wir sie weiterverfolgen konnten.

Inmitten dieser Versuche, Geld aufzutreiben, fiel mir die russische Ärztin ein, die so darauf gedrängt hatte, dass ich mich nach der Rückkehr nach Kanada noch einmal gründlich untersuchen ließ. Zunächst war auch mein Arzt, Bill Hanlon, der Meinung, dass es mit der Gallenblase zusammenhängen müsse: eine Kolik, die von einer besonders fettreichen Mahlzeit ausgelöst worden war. Doch dann entdeckte er ein erheblich größeres Problem. Unterhalb meiner Nieren hatte sich ein Aneurysma von fünf Zentimetern Durchmesser gebildet. Ich musste unbedingt operiert werden. Falls das Aneurysma platzte, wäre ich innerhalb von wenigen Sekunden tot.

Die gute Nachricht war, dass Bill das Aneurysma gefunden hatte, bevor es geplatzt war, und die Schulmedizin eine Lösung parat hatte. So gesehen hatte ich Glück und hätte einfach nur dankbar sein sollen. Aber es fiel mir schwer, eine strahlende Miene aufzusetzen, wenn ich an die Konsequenzen für unser Projekt dachte. Maureen und ich hatten hinsichtlich der Bärenjungen den ganzen Winter über wie auf glühenden Kohlen gesessen. Unsere Anspannung würde sich erst im Frühjahr lösen, wenn wir die Jungen wieder sahen. Doch jetzt musste ich zur Kenntnis nehmen, dass ich auf Grund des überlasteten Gesundheitssystems von Alberta sechs Monate auf meine Operation warten musste.

Dieser Arztbesuch fand am 20. März 1998 statt. In den nächsten ein, zwei Wochen dachte ich so gut wie an nichts anderes. Die Vorstellung, den ganzen Sommer über in Alberta zu hocken und nicht einmal zu wissen, ob die Jungen den Winter überlebt hatten, war unerträglich. Maureen war wild entschlossen, sich selbst zu überzeugen, wie sie den Winter überstanden hatten; sie drohte sogar damit, allein hinzufliegen. In meiner Verzweiflung war es kein Wunder, dass ich daran festhielt, nach Kamtschatka zurückzukehren, Aneurysma hin, Aneurysma her.

Als ich Bill davon erzählte, sah er mich an, als hätte ich einen Scherz gemacht. Ich versicherte ihm, dass es mein voller Ernst sei, worauf er vorschlug, die Meinung eines Spezialisten einzuholen, um zu wissen, wie waghalsig diese Idee tatsächlich war. Es war eine große Hilfe, einen Arzt zu haben, der Verständnis für jemanden hat, der freiwillig ein Risiko eingehen will. Zu dieser Zeit schmiedete Bill selbst Pläne, den Mount McKinley zu besteigen.

Die Antwort des Spezialisten lautete, dass ich eine etwa zehnprozentige Aussicht hatte, in diesem Sommer zu sterben, wenn ich in Alberta blieb. Wenn ich nach Russland flog, erhöhte sich die Möglichkeit meines Ablebens auf fünfzehn Prozent. Für mich war dieser Unterschied nicht groß genug, unsere Pläne allesamt über den Haufen zu werfen.

Ich muss zugeben, dass ich meinen ärztlichen Beratern nicht die volle Wahrheit sagte. Bill ging davon aus, dass ich nicht so verrückt sein würde, mit meiner Kolb durch die Gegend zu fliegen, und ich wiederum tat nichts, um ihn eines Besseren zu belehren. Aber ich hatte tatsächlich vor zu fliegen. Ich zerbrach mir lange den Kopf, wie ich angesichts meines Zustands vermeiden konnte, gegen das oberste Prinzip zu verstoßen: »Nichts heben!« Ich stellte mir vor, dass ich eine Menge Zen brauchen würde, um die Probleme, wie man Treibstofffässer schleppt oder das Flugzeug am Boden zusammenbaut, zu bewältigen.

Maureen, die sowohl Kamtschatka als auch mich sehr gut kannte, stellte eins klar. Wenn ich mit meinem Aneurysma nach Kamtschatka reiste – stopp – und wenn ich darauf bestand, dort die Kolb zu benutzen – stopp – konnte ich ohne sie fliegen – Ausrufezeichen!

Am Ende beschloss ich, das Risiko einzugehen. Die Chancen, es nicht zu überleben, standen etwa eins zu sechs, was mir sehr passend erschien. Beim russischen Roulette steckt eine Kugel in einem sechsschüssigen Revolver. Die Überlebenschancen sind also genauso groß.

In diesem Winter war ich mehrmals gefragt worden, wie ich unsere Geschichte dokumentierte und ob ich beabsichtigte, ein Buch daraus zu machen. Da ich bereits *Spirit Bear* verfasst hatte, war die Vorstellung, ein Buch über das russische Projekt zu schreiben, gar nicht so abwegig. Als ich darüber nachdachte, beschloss ich, dass eine Reihe von Verbesserungen nötig waren. Statt alles mit der Hand zu schreiben, wollte ich lieber ins zwanzigste Jahrhundert einsteigen, bevor es vorbei war, mir einen Computer kaufen und tippen lernen.

Maureen war auch nicht gerade ein Computerfan. Als ich also Mitte April einen Laptop kaufte, stellte er für beide von uns eine neue Herausforderung dar. Der Crash-Kurs begann, während das Aufbruchsdatum bereits ganz nahe gerückt war.

Am 4. Mai ging ich an Bord der Maschine nach Seattle. Maureen würde in drei Wochen nachkommen. Die Verschiffung unseres Frachtcontainers von Seattle aus lief mittlerweile wie geschmiert, schon am nächsten Tag ging es weiter nach PK. Ironie der Geschichte: Die Maschine war voll mit amerikanischen Jägern, die ebenfalls nach Kamtschatka wollten und ebenfalls von Bären träumten. Doch die Bären, die sie vor sich sahen, befanden sich mitten im Fadenkreuz ihrer Phantasie. Ich belauschte sie bei ihren scheinbar endlosen, unerträglichen Anekdoten über frühere Jagdausflüge und wünschte, ich hätte mein Notebook nicht als Gepäck aufgegeben. Außerdem dachte ich an Timothy Treadwell und was er in dieser Situation wohl getan hätte. Bei seiner Vergangenheit hätte er vermutlich mit irgendwem den Platz getauscht, um den Jägern mit provokativen Fragen und wütenden Argumenten auf die Nerven zu gehen. Ich dagegen schnappte mir eine Kotztüte aus dem Sitzfach und kritzelte den folgenden Mini-Aufsatz auf Vorder- und Rückseite: »Ich habe im *TIME*-Magazine von einer neuen Wunderdroge namens Viagra gelesen, einer Potenzpille für Männer. Und während ich hier in einem Flugzeug voller Jäger sitze, fällt mir ein, dass diese Pille, wenn sie tatsächlich schafft, was sie verspricht, einer Menge Bären das Leben retten könnte. All diese Männer haben das gleiche Ziel: einen Grizzlybären zu töten. Sie alle halten es für den überzeugendsten Beweis ihrer männlichen Potenz. Also her mit dem Viagra. Trichtern wir jedem von ihnen eine volle Flasche ein. Sorgen wir dafür, dass ihr Selbstbewusstsein gestärkt wird, dann brauchen sie keine Bären mehr zu töten auf ihrer erbärmlichen Suche nach Männlichkeit.«

MAUREEN: *Kurz nach Charlies Abreise riefen Barb Gosling und ihr Mann Derek Small bei mir an und fragten mich, was ich von einer Website für unser Bärenprojekt hielte. Barb stammt aus Calgary, und ihr Bruder James ist der Erfinder der Programmiersprache Java und obendrein Vizepräsident von Sun Microsystems. Der Deal war, dass James (mit Hilfe seiner Firma) unsere Website finanzieren und verwalten würde. Außerdem würde er uns mit einem Handy und einer Digitalkamera ausrüsten. Wir hingegen müssten uns verpflichten, mehrmals in der Woche einen Tagebucheintrag aus Kamtschatka zu schicken, der dann auf der Website veröffentlicht würde. Mit Hilfe der Digitalkamera würden wir auch Fotos übermitteln können. Es hörte sich großartig an, deshalb bedankte ich mich und sagte zu, naiv, wie ich war (insofern als ich keine Ahnung hatte, worauf wir uns technologisch einließen). Es war wirklich ein tolles Angebot.*

Innerhalb von ein oder zwei Tagen wurden Kamera und Handy gekauft. Barb brachte mir alles bei, was ich wissen musste, um E-Mail-Nachrichten und Fotos via Satellit zu versenden. Drei Wochen lang beschäftigte ich mich mit nichts anderem, dann saß ich, beladen mit meinen neuen Spielzeugen, im Flugzeug nach Kamtschatka.

Als ich in Petropawlowsk ankam, fuhr ich zur Wohnung unserer Freundin Jennia. Sie unterrichtete Psychologie und ist mit einem Geschäftsmann namens Viktor verheiratet. Wir hatten vereinbart, dass wir bei ihnen wohnen konnten, wenn wir in PK waren. Jennia sparte das bisschen Miete, das wir ihnen pro Tag zahlten, um später damit ihre Doktorarbeit finanzieren zu können.

Kurz nach meiner Ankunft ging ich auf Jennias Balkon, baute den Computer auf, schloss das Handy an und begann meinen ersten Bericht an James mit einem Foto vom Hafenviertel von PK. Der Wind blies heftig, aber ich konnte mich einloggen. Es wackelte ein bisschen um mich herum, doch ich ließ mich nicht beirren. Grischa, Jennias Sohn, rief mir etwas zu, ich verstand es nicht, aber es klang dringend. Als ich schließlich den Computer zuklappte und reinging, hörte ich, dass ich die Nachricht während des schlimmsten Erdbebens abgeschickt hatte, das PK seit Monaten erlebt hatte. Ich war so bei der Sache gewesen, dass ich es gar nicht bemerkt hatte.

Als ich in Petropawlowsk landete, erwartete mich Tatjana Gordienko am Flughafen. Rasch erzählte sie mir den Ausgang des winterlichen Rechtsstreits, der aus der Geschichte mit dem Geländewagen letzten Herbst hervorgegangen war. Zunächst einmal durfte Igor Rewenko nicht mehr als unser russischer Führer tätig sein. Die Leidtragenden des Prozesses waren Valery Golowin und Sergei Alexeew gewesen, doch Igor war keinen Deut besser davongekommen. Golowin hatte seinen Job verloren und war zu 56 Milliarden Rubel (umgerechnet 9,3 Millionen US-Dollar) Strafe verdonnert worden – ein Betrag, der so lächerlich hoch war, dass man ihm genauso gut gar nichts hätte aufbrummen können. Im Großen und Ganzen hatte Golowin es geschafft, den Kopf aus der Schlinge zu ziehen, indem er sich sozusagen für unzurechnungsfähig erklärt hatte.

Sergei Alexeew hatte ebenfalls seine Stellung verloren.

Igor hatte man mehrere Gesetzesverstöße vorgeworfen, doch sein größter Fehler war vermutlich die Tatsache gewesen, allzu eng mit Sergei Alexeew befreundet gewesen zu sein. Igor hatte mir bereits per E-Mail mitgeteilt, dass man seine Firma geschlossen hatte und er nicht mehr für uns arbeiten konnte. Außerdem hatte er mir erzählt, dass er plante, nach Kanada zu emigrieren – was er und seine Familie am Ende auch wirklich taten. Heute leben sie in Vancouver.

Was der Prozess für Maureen und mich und die Zukunft unseres Projekts bedeutete, war noch nicht klar. Eine neue Leitung für das Kronotskij-Reservat war noch nicht eingesetzt worden. Solange die Behörden in Moskau noch über einen endgültigen Ersatz für Sergei Alexeew grübelten, war Wladimir Mosolow zum Interimsleiter ernannt worden. Wladimir war Mitglied des wissenschaftlichen Komitees gewesen, das letztes Jahr über unseren Vorschlag zur Auswilderung der Bärenjungen beraten hatte. Er gehörte zu denjenigen, die sich leidenschaftlich dagegen ausgesprochen hatten. Täusch dich nicht, sagte mir Tatjana, in den Köpfen dieser Leute gibt es immer noch große Vorbehalte gegen das Projekt. Ich sollte mich in wenigen Tagen mit Wladimir Mosolow treffen, und Tatjanas Rat an mich war, »klug zu sein«.

Während ich das dritte Jahr am Kambalnojesee vorbereitet hatte, war mir nie die Möglichkeit in den Sinn gekommen, dass man unser Projekt abschießen könnte, noch ehe wir russischen Boden betreten hatten. Eine Ladung mit siebenhundertfünfzig Kilo Sonnenblumenkernen schipperte noch über den Pazifik. Insgeheim hatten Maureen und ich sogar gehofft, unser Programm auf weitere verwaiste Bärenjungen ausdehnen zu können, falls es welche geben sollte. Trotz all der düsteren Warnungen und Prophezeiungen versuchte ich nicht zu glauben, dass das Ende jetzt wirklich näher gerückt sein sollte. Ich vermisste Igors Gabe, katastrophale Entwicklungen herunterzuspielen und die unwahrscheinlichsten Erfolge vorauszusagen.

Tatjana setzte mich vor Jennias und Viktors Wohnung ab. Ihre Kinder Mischa und Grischa begrüßten mich im Erdgeschoss und schleppten mein schweres Gepäck hinauf in den dritten Stock. Ich hatte niemandem hier von meinen Gesundheitsproblemen erzählt, doch es war, als ahnten sie etwas. Wenn man als Invalide so behandelt wird, könnte ich mich daran gewöhnen. Oben wurde ich von Jennia und ihrer Tochter Dascha wie ein alter Freund der Familie begrüßt. Viktor war auf einer Geschäftsreise in Moskau.

Eine andere Freundin aus PK, Olga Jefimowa, hatte ein paar Zeitungsartikel über den Geländewagen-Prozess kopiert. Ich las sie einerseits belustigt, andererseits wütend. Als ich meine Zeugenaussage vor dem Staatsanwalt machte, hatte ich ihn gebeten, Maureens und meinen Namen aus der Sache herauszuhalten, wenn er die Fakten, die wir ihm lieferten, benutzte. Ich war ernsthaft besorgt, dass unser Leben in Gefahr war, wenn bestimmte Leute erfuhren, dass wir uns mit aller Macht gegen das Treiben der Wilderer einsetzten. Und hier standen unsere Namen in fetten Lettern in der Zeitung, ohne dass ein Ende der fragwürdigen und schlichtweg falschen Anschuldigungen gegen uns in Sicht gewesen wäre.

Als sie den Fall gegen Sergei Alexeew konstruierte, hatte die Staatsanwaltschaft willkürlich sein Engagement für Projekte ausländischer Staatsbürger herausgegriffen. Unsere Gebäude und Elektrozäune wurden als illegal hingestellt, und wer hatte uns erlaubt, die Gesetze zu brechen, wenn nicht Sergei? Dass wir die Bärenjungen aufgenommen hatten, war mit Sicherheit illegal, und auch daran waren Sergei und Igor beteiligt gewesen: Sie hatten uns geholfen, »das Schicksal der Bären selbst in die Hand zu nehmen«.

»Nach Meinung von Experten«, so hieß es in einem Artikel, »schloss die Auswilderung der Bärenjungen einen engen Kontakt zwischen Mensch und Bär nicht aus, und das könnte sich für beide als gefährlich erweisen.« Offensichtlich hatten sich die Jungen erfolgreich in die Winterruhe begeben, fuhr der Artikel fort, »doch niemand weiß, was im Frühjahr passieren kann, wenn die Bärenjungen aufwachen und auf die Suche nach den Menschen gehen, die sie gefüttert und aufgezogen haben.« Michios Tod wurde erwähnt, als würde damit irgendwie die potenzielle Gefahr der Bärenjungen bewiesen. Außerdem wurden wir beschuldigt, den Wald am Kambalnojesee geschädigt zu haben. Der Gesamtwert der von uns verursachten Zerstörung (hauptsächlich Schäden, die die Jungen innerhalb ihres Geheges an der Tundra angerichtet hatten) wurde auf neunundachtzigtausendreihundert Rubel beziffert. Dies entsprach etwa vierzehntausendachthundert Dollar, einer Summe, die nicht zu verachten war. Mit Tatjanas Hilfe gelang es uns, sie letztlich auf dreihundert Dollar zu drücken, die wir dann auch brav bezahlten.

Die Tatsache, dass ich selbst die Behörden auf die Wilderer im Geländewagen aufmerksam gemacht hatte, wurde als »größtes Paradox der ganzen Geschichte« bezeichnet. So als sei ich ein gnadenloser Umweltzerstörer, der ihr, indem er das Debakel von Vityaz gemeldet hatte, entgegen aller Erwartungen einen guten Dienst erwiesen hatte. An anderer Stelle wurde Maureen und mir unterstellt, »Fanatiker« zu sein.

Ich wäre fast in die Luft gegangen, musste mich aber daran erinnern, dass der Bericht teils von den Medien aufgebauscht und teils von den Behörden gesteuert war, die einen ihrer Mitarbeiter festnageln wollten. Wahrscheinlich entsprach er nicht der Auffassung derjenigen, die darüber zu befinden hatten, ob wir die Genehmigung erhielten, unsere Arbeit fortzusetzen. Jedenfalls wollte ich das nicht hoffen.

Zwei Tage später holte Tatjana mich wie verabredet ab und brachte mich zum Büro von Wladimir Mosolow. »Sei klug«, hatte sie mir geraten, und das bedeutete, dass ich mir während der Unterredung auf die Zunge beißen musste, als ich mir lauter falsche oder nicht bewiesene Anschuldigungen anhörte. So wurde beispielsweise lang und breit erörtert, welch gefährlichen Weg wir eingeschlagen hatten und dass unser Projekt mit ziemlicher Sicherheit dazu führen würde, dass wir selbst oder Unbeteiligte verletzt wurden. Man hatte noch nicht darüber entschieden, ob wir weitermachen durften, und gab mir Vitali Nikolaenko (den Experten für das Kronotskij-Reservat, den wir bereits 1994 kennen gelernt hatten) mit auf den Weg nach Kambalnoje, um die Lage einzuschätzen. Vitali und sein Dolmetscher sollten drei Wochen mit den Bärenjungen und mir verbringen; anschließend würde er entscheiden, ob das Projekt gestoppt würde oder nicht.

Es waren eine Menge Kröten, die ich schlucken musste. Bisher waren wir unsere eigenen Führer und Reisebegleiter in der Umgebung des Kambalnojesees gewesen. Wir hatten uns nie wirklich mit der Meinung eines Dritten auseinander setzen müssen. Jetzt sollte ich alles mit einem Wildfremden teilen – meine Hütte, meine Erfahrung, meine Jungen. Natürlich protestierte ich nicht, denn das hätte das sichere Aus für unser Projekt bedeutet. Außerdem versuchte ich, auch im Kopf meine Einwände herunterzuspielen. Es war Ironie der Geschichte, dass der Mann, der über unser Schicksal entscheiden sollte, genauso wenig Wissenschaftler war wie ich, aber so war es. Ich sagte mir, dass Vitali ein sehr erfahrener Bärenforscher war. Wenn ich ihm zuhörte, könnte ich mit hoher Wahrscheinlichkeit etwas lernen. Von dem Augenblick, da ich mich von Mosolow verabschiedete, bis zu dem Zeitpunkt, da wir den Hubschrauber beluden und Richtung Süden starteten, betete ich mir diese positiven Aspekte des Ganzen vor und versuchte mein Bestes, daran auch zu glauben.

Irgendwie war es erstaunlich, wie all das vor sich ging, ohne dass bisher irgendjemand sicher wusste, ob die Bärenjungen überlebt hatten. Ich hatte eine Menge Vertrauen in sie, dennoch wuchs die Spannung von Stunde zu Stunde. Ich konnte es kaum erwarten, endlich dort zu sein, und hätte jeden Fluss der Bürokratie durchwatet, um meinem Ziel, dem Wiedersehen, näher zu kommen.

Am 11. Mai gingen Vitali Nikolaenko, sein Dolmetscher Stas und ich an Bord eines Hubschraubers, der uns zum Kambalnojesee bringen sollte. Der Hubschrauber war hauptsächlich mit Holz beladen, um sicherzustellen, dass wir nicht noch mehr Raubbau an örtlichen Zwergerlen treiben würden. Der größte

Teil meiner Ausrüstung würde in PK zurückbleiben, bis Vitali seine Entscheidung über unser Projekt gefällt hatte.

Während des Fluges staunte ich wie immer über die Schneemassen. Als wir den Kambalnojesee erreichten, lag vor uns nur ein Becken mit verschieden umrissenen Abstufungen von Weiß, und die Hütte war in einer von Schneewehen umgebenen Mulde versunken. Wir landeten, entluden den Hubschrauber und fingen an, die Hütte bewohnbar zu machen.

Eine gute Gelegenheit, um meine Begleiter ein wenig zu beschreiben. Vitali war ein untersetzter Mann um die sechzig. Er hatte ein freundliches Gesicht, Augen, die tatsächlich funkelten, und trug einen gepflegten grau-braun gesprenkelten Bart. Sein Dolmetscher Stas war Kunststudent, nicht besonders kräftig gebaut, aber trotzdem ungemein fit. Er hatte ein Problem mit den Augen, was möglicherweise nur an falsch verordneten Brillengläsern lag. Jedenfalls blinzelte er ständig und rieb entweder seine Brille mit einem Tuch oder seine Augen mit den Fäusten. Er grinste von morgens bis abends und hielt sich für einen Radikalen. Was so viel hieß, dass er für die Rückkehr zum Kommunismus eintrat.

Seit dem Moment, da wir die Hütte betreten, ein Feuer entzündet und Wasser für Tee aufgesetzt hatten, redete Vitali ohne Punkt und Komma. Immer wieder hörte ich das Wort für Bär, *medved*, und ein Wort, das ungefähr dasselbe war wie das englische Wort *program*. Die Tatsache, dass ich nicht mehr als das verstand, bremste ihn keineswegs. Stas übersetzte nicht automatisch, sondern warf mir alle fünf Minuten ein oder zwei erklärende Sätze hin. Ich lernte rasch, dass sie völlig ausreichten, um die Hauptpunkte von Vitalis Monolog zu übermitteln. Einer dieser Zusammenfassungen entnahm ich, dass Vitali sicher war, dass wir die Jungen niemals finden würden, dass sie wahrscheinlich von älteren, aggressiven Männchen aufgefressen worden waren. Oder, falls sie wie durch ein Wunder überlebt hatten, Richtung Ostküste gezogen sein mussten und das Winterlager aufgegeben hatten, weil es hier nichts für sie zu fressen gab.

Solange ich alle Hände voll damit zu tun hatte, auszupacken und die Hütte herzurichten, hatte ich mir kaum Zeit genommen, mich umzusehen. Das holte ich jetzt nach und entdeckte nach kurzer Zeit zwei Bären auf der anderen Seite des Sees. Einer trottete nach Westen, der andere nach Osten. Ich entschuldigte mich und kletterte aus dem Schnee auf das Dach, um eine bessere Sicht zu haben. Ich sah einen Bären auf einer Anhöhe etwa eine halbe Meile entfernt, in Richtung Pass. Als ich das Fernglas schärfer stellte, machte ich zwei Bären aus. In diesem Augenblick stieg eine solche Hoffnung in mir auf, dass mir schwindlig wurde. Als ich wieder normal sehen konnte, erkannte ich drei Bären, einer dunkler als die anderen beiden. Sie bewegten sich ein bisschen, und ich war ganz sicher, dass ich sie wieder erkannt hatte. Es waren Rosie, Biscuit und Chico, etwas heller in der Farbe als vor sechs Monaten, aber unbestreitbar meine Jungen. Sie hatten es geschafft.

Mittlerweile redete Vitali immer noch weiter. Zweifellos seien die Jungen tot, meinte er. Ich machte Stas ein Zeichen und bat ihn, Vitali zu erklären, dass sie lebten und dass ich jetzt losgehen würde, um sie zu begrüßen.

Ich ging zum Forellenbach, oder wenigstens in seine Richtung. Der Bach selbst lag tief unter dem zu seltsamen Mustern geformten Schnee. Die Schneewehen waren fest genug, um meine Stiefel vor dem Einsinken zu bewahren. Fetzen der Nachmittagssonne blitzten durch die Lücken in der Wolkendecke auf; vor meinen Augen erstreckten sich Schatten, die immer wieder von leuchtenden Sprenkeln durchbrochen waren. Die Anhöhe, auf der sich die Jungen befanden, lag zufällig genau in einem dieser Lichtflecken.

Stas holte mich auf seinen Skiern ein. Vitali war zweihundert Meter hinter uns und schrie, ich solle auf ihn warten. Ich blieb tatsächlich stehen und wartete. Den ganzen Weg setzte er seinen Monolog fort, obwohl ich kein Wort verstand. Am Ende stellte sich heraus, dass er meinte, wir sollten nicht weitergehen. Er wollte die Bären ein paar Tage lang beobachten, ohne dass sie uns sahen. Ich konnte diesen Vorschlag nicht einmal ansatzweise ernst nehmen, jetzt, da die Bären zum Greifen nah waren. Offenbar hatte ich immer noch nicht richtig begriffen, dass Vitali jetzt seine Karten auf den Tisch legte und Maureens und meine Arbeit zu seiner eigenen machen wollte.

Ich warf einen Blick auf die Bären. Sie hatten uns gesehen und wandten sich ab, um zu fliehen. Es war so etwas wie ein Reflex, als ich nach ihnen rief.

Ich war völlig durcheinander. Mir war klar, dass ich es mir mit Vitali nicht verderben durfte. Aber ich brannte darauf, zu den Jungen zu gehen. Als ich wieder hinsah, kletterten sie gerade einen steilen Hang jenseits des Kamms empor. Sie hielten inne, setzten sich hin und starrten uns an. An ihrem Verhalten merkte ich, dass sie meine Stimme erkannt hatten. Ich bat Stas, Vitali zu erklären, dass ich hingehen und sie begrüßen müsse. Wenn sie wollten, könnten sie mitkommen. Ich setzte mich in Bewegung, und sofort hagelte ein ganzer Schwall von übel klingenden russischen Beschimpfungen über den Schnee hinweg auf mich ein.

Ich vergaß Vitali, sobald er außerhalb meiner Hörweite war, begann mit den Jungen zu plaudern und stellte ihnen alle möglichen Fragen darüber, was sie gemacht hatten, seit wir uns das letzte Mal gesehen hatten. Sie schienen ziemlich gut in Form zu sein, nicht zu dick, aber auch nicht abgemagert. Aus der Nähe fiel mir die Veränderung ihrer Pelzfarbe noch mehr auf. Biscuit und Rosie, ohnehin eher blond, waren blasser als im Winter, und Chico, die Dunkle, war sogar erheblich heller geworden. Ich nahm an, dass es ein Bleicheffekt von der im Schnee reflektierenden Sonne war. Das bedeutete, dass sie schon vor einer ganzen Weile ihr Winterlager verlassen haben mussten.

Die Bären beobachteten, wie ich auf sie zukam und den Fuß des schneebedeckten Hangs erreichte, den sie hinaufgeklettert waren. Kaum fing ich an, ihn emporzusteigen, richtete Chico sich auf. Dann ließ sie sich wieder auf alle viere fallen und rannte geradewegs auf mich zu. Als nur noch acht Meter zwischen uns lagen, warf sie sich hin und wälzte sich auf den Rücken. Mit dem Kopf voran, hoch erhobenen Beinen und fest auf mich gerichteten Knopfaugen rutschte sie auf mich zu und prallte gegen meine Waden. Ihre Beine ragten in die Luft. Ich legte meine Hände auf das weiche Innere ihrer Vordertatzen.

Als ich aufsah, kamen Rosie und Biscuit halb rutschend, halb rollend auf mich zugestürmt, so schnell sie konnten. Sie entdeckten meine Fährte und fingen an, sich in den Fußspuren zu wälzen, als enthielten sie eine Witterung, die sie aufnehmen wollten. Da ich Gummistiefel trug, konnte ich mir nicht vorstellen, dass sie überhaupt nach etwas rochen, doch alle drei wälzten sich im Schnee und rieben ihre Gesichter in jede Stelle, die ich berührt hatte. Dann setzten sie sich mit mir hin, und wir blickten zusammen ins Tal, hinaus auf das schwarze Ochotskische Meer mit dem schneebedeckten Kegel des kurilischen Vulkans Alaid, der sich zweitausendzweihundert Meter hoch erhob.

Als ich wieder ins Tal blickte, sah ich Vitali auf seinen Skiern wütend Richtung Hütte davonstapfen. Aus der Entfernung schloss ich, dass er losgegangen sein musste, als die Bären und ich einander begrüßt hatten. Was immer es war, das ihn plagte, ich würde es noch früh genug erfahren. Auf keinen Fall würde ich die Bären jetzt gleich wieder verlassen.

Ich wollte wissen, was sie auf der Anhöhe gesucht hatten, deshalb folgte ich ihren Spuren zurück bis nach oben. Sie blieben die ganze Zeit bei mir. Hier oben war es ganz einfach, festzustellen, was sie gemacht und wie sie überlebt hatten. In dieser weißen Welt, der es an sichtbarer Vegetation mangelte, hatten sie die Pinienzapfen auch unter dem Schnee wittern können. Auf den Hügeln war die Schneeschicht am dünnsten; daher gruben sie die Zapfen vom letzten Jahr aus und fraßen die Kerne. Es war eine Menge Arbeit, und ich konnte mir nicht vorstellen, dass dieses Essen viel Energie spendete, aber die Jungen hatten sich davon ernähren können, und das war die Hauptsache.

Schließlich stieg ich wieder zur Hütte ab, um meinen Begleitern Abendessen zu machen. Ich dachte, die Bären würden vielleicht in der Hoffnung auf ein paar Sonnenblumenkerne mitkommen, doch das war ein Trugschluss. Sie buddelten einfach weiter im Schnee.

18

Wie man sich Feinde zu Freunden macht

Ich halte mich für keinen Menschen, der immer alles allein bestimmen möchte. Doch jetzt, als ich es mit jemandem zu tun hatte, der nicht nur die Autorität, sondern auch den Willen hatte, mir das Projekt streitig zu machen, das ich als mein Lebenswerk betrachtete, wurde meine Geduld bis an die Grenzen ihrer Belastbarkeit auf die Probe gestellt. Wenn ich es nicht schaffte, mit Vitali Nikolaenko auszukommen, konnte das durchaus das Ende unseres Projekts bedeuten. Angesichts von Vitalis Überzeugung, dass wir unsere Bären in tickende Zeitbomben verwandelt hatten, als wir sie fütterten und uns mit ihnen anfreundeten, könnte dies sogar heißen, dass die Jungen getötet würden.

Dieses Risiko hatte von Anfang an bestanden, doch jetzt hatte es bedrohliche Dimensionen angenommen.

Ich musste mich auch wieder einmal an die schlichte Tatsache erinnern, dass Maureen und ich hier Gäste und auf das Entgegenkommen der Russen angewiesen waren. Nach allem, was wir bereits hinter uns hatten, um die Jungen überhaupt zu bekommen, und eingedenk der Richtung, in die unser Forschungsprojekt führte, war es nur allzu verständlich, dass die Behörden uns einen Aufseher zuteilen wollten.

Da ich entschlossen war, als Sieger aus der ganzen Sache hervorzugehen, benutzte ich meine zuverlässigste Anfreundetechnik für Tiere, nämlich, Interesse für sie zu entwickeln. Sie wirkt Wunder bei Bären und würde jetzt ihren Härtetest bei meiner eigenen Spezies bestehen müssen.

Ich versuchte, mir Vitalis Lage vorzustellen und mich in ihn hineinzuversetzen. Seit fünfundzwanzig Jahren hatte er das soziale Gefüge der Bären studiert. Abgesehen von einer gewissen traurigen Berühmtheit hatte er kaum Anerkennung dafür erhalten. Und jetzt waren zwei Ausländer mit einer interessanten Bärenstudie in sein Territorium eingedrungen. Instinktiv reagierte er mit dem Bedürfnis, sie zu Fall zu bringen. Oder aber, wenn es einerseits rentabel und andererseits durchführbar war, das ganze Projekt an sich zu reißen und selbst den Ruhm dafür einzustreichen.

Meine Herausforderung bestand darin, ihn davon zu überzeugen, dass es ein gutes Projekt war. Wenn ich ihm klarmachen konnte, dass ich ein fähiger und kooperativer Bärenforscher war, hätten wir vielleicht eine Chance weiterzumachen. Vorausgesetzt, wir konnten davon ausgehen, dass Vitali ein vernünftiger Mensch war, doch im Gegensatz zu Tieren ist eine solche Annahme bei Menschen gelegentlich ein Fehler.

In der Praxis bedeutete dies, dass ich in unserer Hütte stundenlang mit Vitali an einem Tisch sitzen und ihm mit Stas' Hilfe Hunderte von Fragen stellen musste. Vitali liebte es, sich reden zu hören, und fand so gut wie nie ein Ende. Umgekehrt stellte er kaum Fragen. Wenn er es überhaupt einmal tat, war es unweigerlich eine Falle, nur ein Schachzug in diesem lächerlichen, einseitigen Spiel, bei dem es darum ging, mich auf die eine oder andere Art auszutricksen. Trotzdem lernte ich eine Menge. Er hatte ein paar überaus faszinierende Entdeckungen in der Bärengesellschaft gemacht.

Über mehrere Abende hinweg entwarf er einen groben Plan, wie seiner Vorstellung nach »unser« Projekt aussehen sollte. Im Lauf der Jahre hatte er einen Satz von Tabellen entwickelt, in die man Dutzende von verschiedenen Beobachtungen eintragen konnte. Maureen und ich sollten Buch über jeden einzelnen Bären führen, den wir sahen, festhalten, was er fraß, was er tat, wenn er nicht fraß, wie lange er schlief und wo. Ein besonders ausführlicher und detaillierter Bereich der Tabellen widmete sich dem Geschlechtstrieb. Wir sollten jeden Bär zeichnen und ihm einen Buchstabenkode zuordnen, je nachdem, in welcher Verfassung er war (dick, dünn, usw.). Selbst das Muster, nach dem er seinen Winterpelz verlor, wurde festgehalten. Wenn wir zustimmten, würden wir den ganzen Sommer nichts anderes tun, als Vitalis Tabellen zu ergänzen.

Optimistisch, wie ich nun mal bin, bildete ich mir ein, dass Vitali, wenn er erst einmal sah, was ich mit den Bären anstellte und dass es mindestens genauso interessant war wie das, was er sich vorstellte, seine Haltung ändern und mich einfach weitermachen lassen würde.

Was unsere häuslichen Pflichten und Arrangements bei diesem erzwungenen Zusammensein betraf, so erledigte ich das Kochen und die meisten anderen Aufgaben. Vitali kritisierte die nordamerikanischen Techniken, die wir bei der Errichtung der Hütte benutzt hatten, und erklärte sich bereit, die Ritzen, durch die es ständig zog, abzudichten. Stas und er hackten Holz und kümmerten sich um das Feuer. Meine größte Herausforderung war es, den auseinander fallenden Metallofen noch drei Wochen länger in Gang zu halten, ohne die Hütte abzufackeln. Unser neuer Ölofen würde erst mit Maureen eintreffen; dann könnten wir diese klapprige Feuerstelle endlich entsorgen. Meine Lösung für die Zwischenzeit bestand darin, mit einer zusätzlichen Metallplatte den Innenteil des Ofens zu verstärken. Da der Anbau unbeheizt war, schliefen Vitali auf der Dunkelkammerbank und Stas auf einem Feldbett in der Mitte des Raums.

Die ersten Tage unserer gemeinsamen drei Wochen waren bewölkt, kalt und windig. Es war schreckliches Wetter; Vitali wich nicht vom Feuer. Stas und ich machten Ausflüge auf unseren Skiern. Ich nahm ihn mit zum Chico Basin, um zu sehen, ob wir die Jungen fanden. Am Tag nach unserem Wiedersehen entdeckte ich einen großen männlichen Bären, der an einer frischen Spur herumschnüffelte. Er folgte ihr zum Fuß einer Klippe. Sie war größer als diejenige, auf der die Jungen im Herbst Schutz gesucht hatten, doch ich vermutete, dass es ihre neue Zuflucht war.

Ich suchte die Klippe aufmerksam mit dem Fernglas ab und entdeckte trotz Nebels und Schneetreibens, wie die drei auf einem hohen Kamm lagen. Sie beobachteten das große Männchen, schienen sich aber sicher zu fühlen in der Gewissheit, dass es den steilen Hang zu ihrem Lagerplatz nicht erklimmen konnte. Wahrscheinlich hatten sie schon viel Zeit auf diesem Ausguck verbracht, seit sie ihr Winterlager verlassen hatten. Der männliche Bär starrte eine Weile zu ihnen empor, gab dann aber auf und kehrte ins Tal zurück.

Ich schnallte die Skier ab und kletterte allein weiter bis zu der Stelle, die das große Männchen gerade verlassen hatte. Ich ging in seinen Fußstapfen, denn sie bildeten eine feste Spur. Die Klippe war mit Eis bedeckt, was mich am Weiterkommen hinderte. Die Jungen hoben die Köpfe, um mich zu begrüßen, doch abgesehen davon erschienen sie mir fast wie in Trance. Biscuit und Rosie lagen eng aneinander gekuschelt, Chico dagegen saß aufrecht. Ihr Kopf hing herab, die Augen waren beinahe geschlossen. Fast fünfzehn Minuten lang rührten sie sich nicht, länger hielt ich es in einem kleinen Loch in der dem Wind preisgegebenen Schneeschicht nicht aus. Es kam mir vor, als sei das Verhalten der Bären eine Art, Energie zu sparen und die verbliebenen Fettreserven so langsam wie möglich zu verbrauchen.

Am 15. Mai verließ Vitali zum ersten Mal die unmittelbare Umgebung der Hütte. Ich führte Stas und ihn zum Chico Basin. Während wir versuchten, unser Bären-Trio zu finden, entdeckte ich eine Spur, aus der ich nicht schlau wurde. Sie führte in großen Schritten oder Sprüngen geradewegs vom Berg herab. Entsetzt entdeckte ich einen Blutflecken in der letzten Senke, zu der diese merkwürdige Spur führte. Ich vermutete, dass eins der Bärenjungen gefallen war und sich verletzt hatte. Doch gerade, als sich Panik in mir ausbreiten wollte, führte Chico Rosie und Biscuit auf dem Gipfel der Klippe um eine Ecke, so dass alle drei zu sehen waren. Sie waren offensichtlich wohlauf.

Jetzt erwachte selbst Vitalis Interesse. Volle fünf Minuten lang beobachtete er die Landschaft vor uns auf einer Länge von etwa tausend Metern mit seinem Fernglas. Dann begann er, in seinen Kassettenrekorder zu sprechen. Ich bat Stas um eine Übersetzung. Vitalis Interpretation des Vorfalls war, dass ein ausgewachsener Bär ein Junges den Berg hinabgejagt hatte. Vom östlichen Klippenrand aus hatte er mit fünf großen Sprüngen das Jungtier erwischt und es auf der Stelle verschlungen.

Diese Analyse verblüffte mich – wie konnte man all das aus solcher Entfernung wissen! Doch je mehr ich darüber nachdachte, was ich mit eigenen Augen sah, umso sicherer wurde ich, dass er Recht hatte. Ich hatte diese Theorie verworfen, weil ich sie nicht wahrhaben wollte. Ich war beeindruckt und zeigte es Vitali auch. Aber das reichte ihm nicht. Er forderte mich auf, ihn bis zu der bewussten Stelle zu begleiten, als hätte ich seiner Argumentation widersprochen, was gar nicht der Fall war. Als wir dort ankamen, fanden wir, abgesehen von Blut, einen Teil des Kiefers von dem Bärenjungen und ein paar Haarbüschel. Vitali stieß mich geradezu mit der Nase darauf, und Stas sah mit Genugtuung, dass sein Boss diese Runde für sich entschieden hatte.

Bislang hatte ich noch nicht viel Kannibalismus unter Bären beobachtet, wusste aber natürlich aus Büchern und Gesprächen mit anderen Bärenforschern, dass erwachsene Männchen gelegentlich Jungtiere jagen, um zu überleben. Ein großer Teil unserer Arbeit mit den Jungen im ersten Jahr hatte darauf abgezielt, ein solches Schicksal zu verhindern. Das erlegte und verspeiste Jungtier war der Beweis dafür, dass wir das Richtige getan hatten. Dann fiel mir ein, dass das Männchen möglicherweise dasselbe Tier war, das vor zwei Tagen unseren Bärenjungen aufgelauert hatte.

Auf meinem Weg zurück zur Hütte dachte ich über das Futter nach. Es gab noch neun Säcke mit Sonnenblumenkernen, die vom vergangenen Jahr übrig geblieben waren. Ich fragte mich, ob jetzt nicht der richtige Augenblick war, um sie an die Jungen zu verfüttern. Ihre langsamen Bewegungen, der tranceähnliche Zustand waren vielleicht gut, um die Zeit totzuschlagen, bis Nachschub kam, doch schienen sie dem aggressiven Männchen gegenüber deshalb auch verletzlicher zu sein. Energie aus Nährstoffen wie diesen Kernen würde sie wachsamer und kräftiger machen, um der lauernden Gefahr zu begegnen. Allerdings hatte ich das untrügliche Gefühl, dass Vitali absolut dagegen sein würde.

Ich hatte mit eigenen Augen gesehen, dass Bären, die von Menschen gefüttert werden, zu einem großen Problem werden können. Doch jetzt sah ich die Sache etwas anders. Wir hatten mehr als ein Jahr lang bewiesen, dass es von entscheidender Bedeutung ist, *wie man Bären füttert*. Der Einsatz von Futternäpfen spielt eine große Rolle, obwohl wir noch nicht wussten, in welcher Hinsicht. Vertrauen ist ein anderer wichtiger Faktor. Ich hatte das Gefühl, dass der Grundsatz »Nicht-Füttern« eher ein weit verbreitetes Dogma als ein bewährter Vorschlag war, doch ich wollte auch sicherstellen, dass meine Fütter-Strategie auf Fakten beruhte und nicht nur meiner Zuneigung für Bären entsprang oder dem Wunsch, ihnen das Leben zu erleichtern.

Am Ende meiner Überlegungen war ich sicher, dass es nur eine Frage der Zeit war, bis das aggressive Männchen mindestens eins unserer Jungen erwischte. Zuneigung hin, Zuneigung her, ohne die Jungen gab es kein Projekt. Wir konnten unser Ziel nur dann erreichen, wenn wir sie fütterten, ob mit oder ohne Vitalis Erlaubnis.

An diesem Tag beobachtete ich Vitali bei der Arbeit. Er vermaß jede einzelne Spur, beobachtete jeden Bären und sprach unaufhörlich in seinen Kassettenrekorder. Später saß er in der Hütte, hörte die Beobachtungen ab und trug sie in die Tabellen ein. Seine unermüdliche Art und sein offenkundiger Stimmungsumschwung ermutigten mich zu der Frage, was er davon hielte, die Jungen zu füttern. Er lehnte rundweg ab.

Ich ließ mich nicht abschütteln und trug meine These trotzdem vor. Er hörte mir zu und ließ durchblicken, dass er keineswegs so sicher in seiner Haltung war, wie es anfänglich geklungen hatte. Meine Vermutung war, dass er mittlerweile eingesehen hatte, welchen Wert die Jungen besaßen. Zwar würde selbst ihr Tod rein wissenschaftlich einen Nutzen für ihn haben, doch lebend waren sie zweifellos wertvoller, besonders wenn sie sich voll zu erwachsenen Tieren entwickeln konnten. Vielleicht erinnerte irgendetwas ihn an seine eigene Arbeit im Kronotskij-Reservat, wo er sich ebenfalls mit Bären angefreundet hatte, obwohl er ihnen seiner eigenen Aussage zufolge niemals ganz getraut hatte.

Was auch immer sein Motiv gewesen sein mag, jedenfalls gab er letzten Endes nach – natürlich nicht, ohne gewisse Bedingungen an sein Einverständnis zu knüpfen. Ich durfte sie nicht bei der Hütte füttern, was ich am allerliebsten getan hätte, und ich musste das Futter so verstecken, dass sie es finden konnten, ohne mich zu sehen.

Ich ließ mich nur auf die erste Bedingung ein, denn mir war klar, dass die Jungen viel zu klug waren, um sich auf diese Art täuschen zu lassen. Vitalis Plan bedeutete, dass ich ihnen das Futter in meinem Rucksack bringen müsste. Sie würden in null Komma nichts heraus haben, dass es da war, und ich musste mir Gedanken darüber machen, ob sie geduldig bleiben würden, wenn ich es auspackte und in die Futternäpfe füllte. Wir wären draußen auf offenem Gelände, ohne einen Elektrozaun zwischen uns; das war eine ganz neue Situation. Ich würde den Bären erheblich mehr vertrauen müssen, als es je zuvor nötig gewesen war.

Meine Zuversicht und die Bereitschaft, es zu versuchen, gingen zurück auf eine unvergessliche Szene in Grizzly Adams' Buch über das Leben mit Grizzlys. Einer seiner Bären, der fünfjährige Ben, hatte seit langer Zeit nichts mehr zu fressen gehabt, als Adams eine Antilope schoss:

> [Ben] setzte sich vor mich, als ich anfing, die Antilope zu häuten. Der noble Bursche war bereits so gut abgerichtet, dass er nicht im Traum daran dachte, etwas anzurühren, bis ich es ihm gab, doch er hatte eine Art, um Futter zu betteln, wenn er Hunger hatte, die unwiderstehlich war. Ich werde nie vergessen, wie er dasaß und mir beim Zerlegen schmachtend zusah, wie er mein Gesicht musterte und mir meine Strenge zum Vorwurf machte. Sein Anteil bestand im Allgemeinen aus den Eingeweiden der erlegten Beute, die er besonders schätzte. Doch als er jetzt warten musste, bis ich das Tier ausgeweidet hatte, erreichte seine Ungeduld schließlich ein solches Maß, dass er unruhig wurde und noch mehr brummte als sonst. Ich beschloss, ihn in Versuchung zu führen, doch der Bursche blieb dem, was er gelernt hatte, treu und rührte das Fleisch nicht an. Als ich das sah, warf ich ihm seine Portion hin, und er fraß. Er verschlang die Eingeweide und leckte die Magensäfte der Antilope auf, als seien sie süß wie Honig.

Es war nie meine Absicht gewesen, die Bären in irgendeiner Hinsicht »abzurichten«. Ich wollte, dass sie ihrer eigenen wilden Natur folgten. Disziplin aber spielt eine wichtige Rolle im Leben eines jungen Bären. Bärenmütter erwarten von ihren Jungen Gehorsam und schrecken auch nicht vor körperlicher Züchtigung in Form eines kräftigen Klapses zurück, wenn die Kleinen sich danebenbenehmen. Nun lag es an mir, dafür zu sorgen, dass die Jungen sittsam warteten, bis ich den Inhalt des Rucksacks in den Näpfen verteilt hatte. Ich machte mir zwar Sorgen über das Resultat, dachte aber auch daran, dass es ein wertvoller Beitrag für unsere Studie sein könnte, wenn die Jungen diese Innovation akzeptierten, ohne Probleme zu machen.

Es herrschten beinahe Schneesturmbedingungen, als ich am 16. Mai zum ersten Mal loszog, um die Bären zu füttern. Ich füllte die Kerne in drei mit Reißverschlüssen versehene Beutel und startete auf Skiern in Richtung Chico

Mountain. Vitali hatte nichts dagegen, das neue Zuhause der Jungen so zu nennen. Auch nicht, dass wir den Berg südlich der Hütte Rosie Mountain getauft hatten. Da es einen Biscuit Mountain bereits gab, wurde niemand benachteiligt.

Es war ein bisschen umständlich, mit einem Rucksack und drei großen Futternäpfen – ganz zu schweigen von meinem Aneurysma – Ski zu fahren, so dass ich beschloss, die Näpfe von nun an am Fuß der Klippe zurückzulassen. Kurz nach dem Aufbruch hörte ich jemanden rufen. Es war Stas, der hinter mir herkam, um mich zu begleiten. Durch einen glücklichen Zufall stießen wir inmitten des heftigen Schneefalls auf drei Spuren, die meiner Meinung nach mit ziemlicher Sicherheit von den Jungen stammten. Sie führten zum Biscuit Mountain hinauf. An seinem Fuß schnallten wir die Skier ab und fingen an zu klettern. Der Wind blies auf die Bären zu, so dass sie uns längst gewittert haben mussten, als wir sie fast eingeschneit an die Wand eines Gesims geschmiegt fanden. Selbst als sie die Näpfe sahen, reagierten sie kaum. Ich hatte viel Zeit, um drei ebene Stellen zurechtzustampfen und die Kerne zu verteilen. Als sie endlich kamen, war ich überrascht, wie schwer ihnen das Fressen fiel. Sie fraßen ein wenig, erbrachen dann alles wieder und versuchten es erneut. Chico schaffte ihre Portion überhaupt nicht, obwohl sie ziemlich klein war, kleiner als die Mengen, die sie im vergangenen Herbst verdrückt hatten. Ich war überzeugt, dass sie gerade ihre erste anständige Mahlzeit seit sechs Monaten bekamen und wusste, wie wichtig das war. Sie waren noch nicht hager; bestimmt hätten sie auch ohne mein Eingreifen noch sehr viel länger überlebt. Aber ebenso sicher bin ich, dass die mangelnde Energiezufuhr ihre Chancen in dem tödlichen Versteckspiel mit dem Bärenmännchen erheblich verringert hätte.

Nach der zweiten Fütterung am nächsten Tag fingen die Jungen an zu spielen und herumzutollen. An diesem Tag kam Vitali zum ersten Mal mit, um sie kennen zu lernen. Er hatte offensichtlich ein bisschen Angst, doch sie benahmen sich in seiner Anwesenheit tadellos, was ihn rasch beruhigte. Etwa um diese Zeit forderte er mich auf, einen Antrag für mein Projekt zu schreiben. Ich sollte ihn an das Reservat richten, und er würde mir dabei helfen, damit er bewilligt wurde. Ich vermutete, dass er seine Meinung gründlich geändert hatte, und noch am selben Abend setzte ich mich hin und fing damit an. Ich versuchte, mich so klar und harmlos wie möglich auszudrücken. Mittlerweile hatte ich feine Antennen dafür entwickelt, dass alles, was ich war und tun wollte, auf die eine oder andere Art eine Bedrohung für die Wissenschaft darstellte. Mir war klar, dass Vitali mich mit seinen Einwänden wahnsinnig machen würde, trotzdem war ich froh, dass er alles noch einmal kritisch unter die Lupe nehmen wollte.

Ungefähr um diese Zeit wurde das Wetter allmählich besser. Vitali und Stas schwärmten auf ihren Skiern in verschiedene Richtungen aus, um die Gegend zu erkunden. Eines Tages, als sie nach Norden wollten, machte ich mit den Jungen einen Ausflug zur ehemaligen Itelmenensiedlung. Es war erstaunlich, wie unfehlbar sie unter einer dreißig Zentimeter hohen, nassen Schneeschicht das erste sprießende Grün wittern konnten. In dieser Gegend mit ihren kurzen Sommern und dem strengen Klima schießen die Triebe ganz plötzlich. Auch die ersten Pinien tauten jetzt wieder auf, und bevor die Zapfen trocknen konnten, der Wind die Kerne herauslöste und auf dem Boden verteilte, hatten die Bären kurz die Gelegenheit, sich daran satt zu fressen.

Vitalis Interesse an ihnen wurde immer größer. Er hatte sich einen Namen als Bärenfotograf gemacht und seine Arbeiten in zahlreichen internationalen Zeitschriften veröffentlicht. Auch jetzt ließ er sich dermaßen willige Motive nicht entgehen. Trotzdem war mir nicht wohl bei der Vorstellung, ihn mit den Jungen allein zu lassen. Trotz seiner langjährigen Erfahrung hatte ich ihn auch schon weglaufen sehen, wenn sie nur auf uns zukamen, um Hallo zu sagen. Er behauptete, dass Flucht eine gute Art der Verteidigung sei, die ihn schon mehrmals gerettet habe. Bei diesen Worten musste ich mich wirklich zusammenreißen, um nicht laut loszulachen. Denn ich war genauso davon überzeugt, dass Bären einen ausgeprägten Jagdinstinkt haben, der durch den Anblick fliehender Menschen oder Tiere erst recht geweckt wird. Ich wusste nicht, wie ich ihm sagen sollte, dass er vor allen Bären der Welt ausreißen konnte, *nur vor diesen dreien nicht.* Schließlich wollte ich nicht, dass meine Jungen ihn jagten, wie es laut eigener Aussage seine zutraulichen Bären in Kronotskij getan hatten. Mehrmals sei er von hinten niedergeschlagen worden, erzählte er. Für mich hörte sich das eindeutig so an, als hätten die Bären mit ihm spielen wollen. Aber gerade diese Art zu spielen führt letztlich dazu, dass man Bären als aggressiv und gefährlich einstuft.

Eine andere Praxis, die mein Misstrauen erweckte, betraf Bärenspray. Im vergangenen Jahr hatten wir dem Reservat von Kronotskij zehn Dosen geschenkt, damit die Aufseher es ausprobieren konnten. Vitali hatte bereits drei davon verbraucht. Da jede Dose fünf ordentliche Ladungen enthält, war das eine ganze Menge. Maureen und ich hatten ein Problem damit, dass unsere Sprayvorräte verdarben, weil wir nie einen Grund hatten, sie einzusetzen. Ich hatte Vitali gebeten, es bei unseren Jungen nicht zu benutzen, aber ich traute ihm nicht über den Weg. Er war ein schreckhafter Mensch, deshalb musste ich dabei sein, wenn er auch nur in die Nähe der Jungen kam. Ich wäre wahnsinnig geworden, wenn sich ihr Verhalten durch sein Eingreifen zum Negativen verändert hätte.

Als Stas Vitali meinen Antrag übersetzte, erklärte dieser alles, was ich geschrieben hatte, für falsch. Angesichts der Tatsache, dass ich mich wegen meines Aneurysmas nicht aufregen durfte, nahm ich als Erstes eine Tablette gegen hohen Blutdruck, bevor er anfing, seine Einwände zu erläutern. Ich will nicht weiter ausführen, was er zu sagen hatte. Ich fand es verrückt, rachsüchtig und vor allem langweilig – lediglich der Ausdruck maßlosen Konkurrenzdenkens. Obwohl er alle Trümpfe in der Hand hielt, musste er sich mit mir streiten und mich in jedem einzelnen Punkt eines Besseren belehren.

Der 28. Mai war der erste Geburtstag der Bärenjungen am Kambalnojesee. Sie feierten ihn, indem sie den gefährlichen, männlichen Bären völlig austricksten und am Berg abhängten. Ich beobachtete, wie er ihren Spuren bis zum Tageslager folgte. Es war eine steile Klippe, aber eine, die er durchaus hätte bewältigen können. Sie ließen ihn so nahe herankommen, dass ich in Panik geriet. Als er sich dann auf sie stürzen wollte, purzelte er wegen seines enormen Gewichts in den Schnee. Die Kleinen rannten so schnell den Berg hinauf, dass sie ihn im Handumdrehen hinter sich gelassen hatten. Ich konnte es nicht fassen, wie schnell sie diesen Berg hinauf und hinunter liefen. Sie hatten ein unfehlbares Urteilsvermögen, wenn es darum ging, Stellen zu finden, die an Klippen oder Vorsprüngen vorbeiführten oder wo sie hinunterrutschen konnten. Jetzt, da sie zu fressen bekamen, waren sie erheblich selbstsicherer und geschickter geworden.

Meine Sorge, sie könnten aggressiv werden, wenn ich ihnen die Kerne brachte, erwies sich als unbegründet. Nur Biscuit wurde ein wenig ungeduldig. Ich musste ein Machtwort sprechen und ihr sogar ein paar Mal einen Klaps versetzen, bis sie lernte, sich zu beherrschen und zu warten. Schwieriger war, dass ein anderer Jungbär, ein Dreijähriger, sich angewöhnt hatte, mit ihnen umherzustreifen. Auch er benutzte die Klippe als sicheren Schlafplatz, und sie ließen ihn gewähren. Ich musste sehr aufpassen, um diesen neuen Bären vom Fütterungsritual fern zu halten.

Ein paar Tage vor Vitalis geplanter Abreise verlangte er, ich solle die Jungen nicht mehr füttern. Ich wusste, dass er nur sehen wollte, wie sie reagierten, wenn man ihnen das Futter vorenthielt. Ich hasste diese Forderung, denn Pinienzapfen gab es jetzt keine mehr, und die Fülle der neuen grünen Triebe würde noch eine Weile auf sich warten lassen. Hätten die Jungen eine Mutter gehabt, wären sie gar nicht am Kambalnojesee geblieben; sie hätte sie schon längst an die Küste gebracht, wo der Frühling weiter fortgeschritten war. Aber unsere Bären hatten keine Ahnung von der Küste; sie kannten nur Kambalnoje.

Die Sonnenblumenkerne halfen ihnen offensichtlich über diesen weißen Fleck in ihrem Wissen hinweg, deshalb war es eine Schande, ihnen das Futter zu streichen.

Vitali rechnete damit, dass die Bären aggressiv würden, wenn sie nichts mehr zu fressen bekamen. Dann hätte er wenigstens etwas Negatives über sie berichten können, und es lag auf der Hand, dass er genau das wollte. Ich machte mir große Sorgen deswegen, hatte jedoch letzten Endes keine Wahl. Wenn sie nicht aggressiv um Futter bettelten, könnte das die entscheidende Rolle spielen, wenn es darum ging, ob wir weitermachen durften oder man uns rauswerfen würde. Vielleicht hing davon sogar ab, ob wir ein neues Bärenjunges zum Aufziehen bekamen.

Vitali bestimmte den 30. Mai zu dem Tag, an dem wir die Fütterung einstellen sollten. Ich hatte auf gutes Wetter gehofft, das den Druck, der ohnehin da war, nicht noch verschärfte, doch es wurde ein Tag, an dem es von morgens bis abends regnete. Wir saßen in der Hütte und warteten ab, was die Jungen tun würden. Vitalis ununterbrochener Redefluss brachte mich allmählich zur Weißglut. Ich hatte jegliches Interesse an einer Übersetzung verloren. Als der Tag zu Ende ging und endlich Ruhe in der Hütte einkehrte, lag ich im Bett und hörte seine Stimme in meinem Kopf widerhallen. Die Jungen hatten sich nicht blicken lassen.

Auch am nächsten Tag hielten sie sich von der Hütte fern. Wir gingen bis zu einer Stelle, von wo wir mit Ferngläsern ins Chico Basin hineinsehen konnten. Da waren sie und spielten mit ihrem neuen Freund, den Vitali Podroskj getauft hatte. Am Ende landeten sie auf einem Kamm in entgegengesetzter Richtung von unserer Hütte. Wenn diese blöde Feuerprobe ein Wettkampf war, hatten die Jungen und ich ihn jetzt gewonnen. Ich war in Hochstimmung und sehr stolz auf meine Bären. Im Lauf der nächsten Tage, während Vitali noch da war, kamen sie tatsächlich ein paar Mal zur Hütte, allerdings nur zu Besuch. Kein einziges Mal bettelten sie um Futter.

Mittlerweile war Maureen seit ein paar Tagen in Petropawlowsk zugange, und ich fragte mich häufig, wie dort wohl der Stand der Dinge war. Ich stellte mir vor, dass sie die übliche Prozedur über sich ergehen ließ, um unsere Ausrüstung durch den Zoll zu bekommen. Ich stellte mir vor, wie sie sich mit Tatjana traf, um unsere Strategie zu erörtern. Ich fragte mich, welche Fortschritte sie wohl in der Stadt machten, während Vitali mir hier auf die Finger schaute, seine Theorien zum Besten gab und meinen Antrag in der Luft zerfetzte. Sein Plan war, dass ich in ein paar Tagen mit ihm nach PK zurückkehrte, wo wir zusammen mit dem wissenschaftlichen Komitee beraten würden, wie (besser gesagt, ob) wir weitermachen könnten.

Am 5. Juni tauchte endlich der Hubschrauber auf, allerdings mit einer großen Überraschung an Bord. Maureen hatte die Zollformalitäten in Rekordzeit erledigt und war mit Tatjana, genügend Sonnenblumenkernen für die ganze Saison, erstklassigem Sprit für mein Flugzeug, Ölofen, Zinnblechen für das undichte Dach, Unmengen von Lebensmittelvorräten, meinem Computer und zu meiner größten Überraschung mit Handy und Digitalkamera ausgerüstet gleich mitgekommen.

In einer knappen Unterhaltung (der Pilot wollte so schnell wie möglich wieder starten) wurde mir der Plan unterbreitet. Tatjana hatte alles getan, um Wladimir Mosolow weich zu klopfen, der noch immer stellvertretender Leiter des Kronotskij-Reservats (und daher verantwortlich für den Naturpark Südkamtschatka) war. In PK würde Tatjana mir helfen, eine Vereinbarung zur Fortsetzung unseres Projekts auszuarbeiten. Vitali würde nach wie vor involviert sein, also würde ich mich noch einige Zeit am Klang seiner Stimme erfreuen dürfen. Igor Rewenko hatte Tatjana von einem verwaisten Bärenjungen irgendwo im Hinterland erzählt; sie glaubte, es gäbe Aussichten, dass wir es bekommen könnten, um es bei uns auszuwildern.

In diesen kurzen Augenblicken wurde sehr deutlich, dass Vitali Tatjana hasste und dieses Gefühl auf Gegenseitigkeit beruhte. Es ärgerte ihn über alle Maßen, dass Diskussionen stattgefunden und sogar Entscheidungen getroffen worden waren, bevor er seinen Bericht abgeliefert hatte.

Für Maureen und mich war die Begrüßung zugleich ein rascher Abschied. Sie hatte vor, allein am Kambalnojesee zu bleiben, während wir anderen nach PK zurückflogen. In etwa einer Woche würde ich mit dem Flugzeug wiederkommen, hoffentlich mit einem neuen Bärenjungen in meinem treuen grünen Rucksack. Wenn ja, würde ich dafür sorgen, dass es den Kopf aus der Öffnung steckte, um eine Aussicht zu genießen, die nicht allzu viele Bären erleben durften.

19

Überlebensstrategien

Die nächsten neun Tage verbrachte Maureen allein in Kambalnoje, während ich in Petropawlowsk war. Zusammen mit Tatjana hatte ich eine Strategie ausgetüftelt: Wir boten an, Vitalis Feldforschung im Kronotskij-Reservat während der Sommer- und Herbstsaison finanziell zu unterstützen und dafür Geld aus einem Notfonds zu verwenden. Wenn wir ihn uns damit vom Hals halten konnten, war es das Geld wert. Tatjana half mir auch bei der Abwicklung.

Leider wurde mir nicht gestattet, das verwaiste Bärenkind aufzunehmen. Es hatte bis jetzt überlebt, weil ein Zirkus in Chabarowsk es haben wollte. Wir waren nur deshalb als potenzielle Pflegeeltern in Betracht gekommen, weil das Geschäft mit dem Zirkus geplatzt war. Doch dann wurden wir ohne weitere Erklärung abgelehnt. Am Ende landete das Junge bei einer Frau in einem Bergdorf. Dort lebte es ein Jahr, wurde dann als gefährlich eingestuft und getötet.

Mein Aufenthalt in PK fiel zudem in eine Phase, die von verschärften wirtschaftlichen Problemen gezeichnet war. Die russische Regierung konnte ihre Angestellten nicht mehr bezahlen, darunter viele unserer russischen Freunde. Der Strom war häufiger ab- als angestellt. Überall herrschte das Gefühl, dass das Schlimmste noch bevorstand, doch niemand wusste, wie schlimm es werden und wie lange es dauern würde.

Schließlich konnte ich aufbrechen. Am 14. Juni startete ich mit dem Flugzeug in einen neuen Sommer. Auf dem zweiten Sitz lag ein Proviantbeutel, falls ich gezwungen sein sollte, im Schnee zwischen PK und dem Kambalnojesee notzulanden. Ich flog nach Süden. Trotz des heftigen Winds schaffte ich es ohne Zwischenfälle nach Hause, wo Maureen sich inzwischen eingerichtet hatte.

Sie hatte bereits die ersten Mini-Berichte und komprimierten Fotos über Satellit nach San Francisco geschickt. Ich versuchte, den Stoff nachzuholen, und verbrachte die Nächte mit Mavis Beacon, meinem virtuellen Lehrer im Schreibmaschineschreiben.

Der Computer, das Handy und die Digitalkamera waren nicht die einzigen neuen Spielzeuge. Ich hatte eine wundervolle neue elektrische Erfindung mitgebracht, mit deren Hilfe ich mein Flugzeug sichern konnte, wo immer es gerade parkte. Sie wurde von Taschenlampen-Batterien betrieben. Sie besaß einen Dorn, den ich neben dem Flugzeug in die Tundra spießte, und einen Alligatorclip, der sich an einem beliebigen Metallteil des Flugzeugs befestigen ließ. Der Schwimmer diente als Isolierung und verhinderte einen Kurzschluss im System. Mit Hilfe dieses Geräts wurde das Flugzeug unter schwache Spannung gesetzt, die jedem, der es berührte, einen kleinen Stromstoß versetzte.

Das neue Gerät schützte mein treues Ross vor Herumtreibern, Bären und Füchsen, war jedoch keine Lösung für das andere Problem, nämlich festen Boden zu finden, um es sicher zu vertäuen. Ich fand aber eine Stelle mit festem Boden an einem Steilhang oberhalb einer Schneewehe. Sie verbarg sich unter ein paar Pinien und bot Schutz vor der allseits bekannten Gefahr durch den Ostwind.

Der Ölofen bildete den Abschluss unserer neuen Errungenschaften. Nach einem letzten Trip an die Küste, um Brennholz zu besorgen, rangierten wir den völlig ramponierten Holzofen aus und installierten das neue Ölofenmodell. Wir hatten drei Fässer Dieselöl mitgebracht, die für das nächste halbe Jahr ausreichen würden. Damit hatten wir nicht nur eine sicherere und zuverlässigere Wärmequelle, sie sparte auch ungeheuer viel Zeit. Ich brauchte nicht mehr ständig mit dem Flugzeug neues Brennholz heranzuschaffen und konnte meine Flüge auf Zeiten konzentrieren, an denen gutes Wetter herrschte und ich mich keinen größeren Gefahren aussetzen musste.

Alles in allem bot uns die Ausrüstung, die wir 1998 dabeihatten, mehr Sicherheit als die der ersten beiden Jahre – jedenfalls, wenn man das Aneurysma ignorierte, was ich häufig tat. Die meiste Zeit fühlte ich mich gesund, ich musste mich nur immer wieder daran erinnern, dass ich nichts Schweres heben durfte. Gelegentlich kam es vor, dass ich mich ohne jeden Grund ängstigte. Ich brauchte bloß Magenschmerzen zu bekommen, und schon bildete ich mir ein, die Aorta sei geplatzt.

Nachdem wir für dieses Jahr Vitali und das Genehmigungsverfahren abgehakt hatten – wenigstens glaubten wir das –, konnte ich mich zum ersten Mal seit fünf Wochen entspannen. Die Jungen erstaunten uns immer wieder mit ihren Überlebensstrategien und ihrem Einfallsreichtum bei der Nahrungssuche. Oft beobachteten wir, wie alle drei draußen auf dem See um die dunklen Flecken brüchigen Eises herumstrichen. Es dauerte eine Weile, bis wir heraus hatten, dass sie dort Seeforellen fraßen, die im Lauf des Winters verendet und im Eis festgefroren waren. Es war nicht gerade eine Goldgrube, aber sie hatten den See größtenteils für sich, weil das dünne Eis die größeren Bären abschreckte.

In der zweiten Junihälfte, als der Hauptsee und die kleineren Seen auftauten, entdeckte Biscuit eine neue Nahrungsquelle. Wir sahen, wie sie in der Nähe des Ufers sorgfältig Grasstängel ausrupfte. Nach und nach entdeckten wir, dass an diesen Halmen Stränge von Salamandereiern klebten. Entweder benutzte sie die Stängel zum Fischen oder aber sie zupfte die langen, klebrigen Eierstränge mit den Klauen vorsichtig ab. Die anderen beiden Jungen beobachteten sie und taten es ihr schnell nach.

Der vierte Jungbär, Podroskj, war mittlerweile weitergezogen, wahrscheinlich hinunter zur Küste, und unsere Jungen taten sich mit anderen zusammen. Am 23. Juni entdeckte Maureen einen ganzen Trupp, bestehend aus unseren Dreien, sowie zwei frisch entwöhnten Zweijährigen. Die Neuen zogen sich zurück, als wir uns näherten, und wir sahen sie nie wieder mit unseren Jungen zusammen. Bei solch kurzen Begegnungen hatten wir immer den Eindruck, dass unsere Jungen die Zügel in der Hand hielten. Als Waisenkinder hatten sie sich selbst um ihre Ernährung und Sicherheit kümmern müssen und daraus ein Selbstbewusstsein entwickelt, das das von anderen Bären ihres Alters bei weitem übertraf. Ihre Gesichter hatten mehr Ausdruck und Charakter, als hätte das Leben sie bereits gezeichnet, während die von anderen Bären eher nichtssagend waren.

Die zweite Junihälfte war eine idyllische Zeit für Maureen und mich, die wir damit verbrachten, die Jungen zu besuchen und mit ihnen umherzustreifen. Gleichzeitig begann Maureen ihr bislang ambitioniertestes künstlerisches Werk.

MAUREEN: *Ich hatte 1997, im ersten Jahr, als die Jungen bei uns waren, ihre Laute mit dem Kassettenrekorder aufgezeichnet und setzte dies 1998 fort. Da ich sie aus größter Nähe aufnahm, gelang es mir viel besser als anderen Tierforschern, die unterschiedlichen Laute zu verstehen. Ich kenne das knallende Geräusch, das Bären in Notlagen von sich geben und häufig als »Zähneknirschen« interpretiert wurde, was völlig falsch ist, wie ich bald heraus hatte. Das Geräusch entsteht ganz tief im Zwerchfell. Die Zähne sind erst anschließend beteiligt, wenn der Mund sich wieder schließt. Oft wird es als Zeichen von Aggression gedeutet, was es nicht ist. Es ist ein Zeichen für Angst und warnt die anderen. Wenn die übrigen Mitglieder einer Bärenfamilie es hören, ergreifen sie auf der Stelle die Flucht. Eine ähnliche Funktion hat das Schnalzen, das ebenfalls Angst signalisiert. Es ist mir gelungen, dieses Schnalzen zu erlernen, doch das Knallen schaffe ich nicht.*

1998 waren die fünf Themen, die ich mit meinen Zeichnungen verfolgte, klar. Ich beendete Der Bär und die Schönheit seiner Umgebung, *Bilder über Bärenlager und die Aussicht, die man von ihnen hat.* Anthropomorphismus *war eine halb fertige Se-*

rie von Zeichnungen, die aus Hunderten von selbst geschossenen Schwarzweißfotos der Jungen entstanden waren. Ich wollte mich auf die breite Palette ihrer Emotionen konzentrieren, manche auf ihren Gesichtern ablesbar, andere nicht. Außerdem versuchte ich, einen Film zu drehen, In Situ, *aber hier kam ich nicht weiter. Ich hatte schon jede Menge gutes Filmmaterial beisammen, musste jedoch einsehen, dass ich beim besten Willen keine Avantgarde-Filmemacherin war. Die Klang-Installation, die ich geplant hatte, geriet 1998 ebenfalls ins Stocken. Im Jahr zuvor waren die Jungen die meiste Zeit in der Nähe gewesen und daher leicht aufzunehmen. Jetzt aber waren sie so mobil, dass ich rennen musste, um sie zu erwischen, wenn sie irgendwelche Töne von sich gaben. Wenn ich es richtig abpasste, trug mir der Wind ihre Stimmen zu. Das fünfte Projekt war eine Serie von Gemälden mit dem Arbeitstitel* Eine andere Dimension. *Mir war noch nicht klar, was daraus werden sollte, außer, dass es um die Welt der Bären ging, die ich aus solcher Nähe erleben durfte.*

Die Fische waren noch nicht zum See zurückgekehrt, doch wenn wir besonders großen Appetit darauf hatten, flog ich zum Kurilskojsee, um einen Blaurückenlachs zu besorgen. Man fing sie dort, wo sich ihr Weg mit dem Wehr kreuzte. Sie waren jung und silbrig, während die bei uns immer rot und schon weit im Laichstadium waren. Im Gegenzug für den Fisch und all die Unterstützung, die wir von Katja und Alexei erhielten, half ich Katja bei ihrer zoologischen Planktonstudie. Sie wusste von meinem Aneurysma, ergriff aber trotzdem die Gelegenheit beim Schopf und flog mit mir. Wir nahmen uns vor, innerhalb der nächsten vier Jahre an vier Bergseen zoologische Planktonproben zu entnehmen und damit verbundene Untersuchungen anzustellen.

Am 26. Juni hatte unsere Einsamkeit für kurze Zeit ein Ende. Wir waren gerade mit unserem Bärentrio unterwegs, als ein Hubschrauber über dem Kamm auftauchte und Kurs auf die Hütte nahm. Tatjana hatte vor ein paar Tagen eine E-Mail geschickt, um uns mitzuteilen, dass sie vielleicht kommen würde, aber nicht gesagt, warum. Als wir die Hütte erreichten, sahen wir, dass ein Mann bei ihr war: Anatoli Jefemenko, der Leiter des Staatlichen Umweltkomitees.

Wir kochten ihnen Tee. Die Neuigkeiten, die sie mitbrachten, waren ausgezeichnet. Das Staatliche Umwelt-Komitee beabsichtigte, sich den Naturpark Südkamtschatka einzuverleiben. Im Augenblick war das Komitee zuständig für den Umweltschutz in ganz Kamtschatka, unterstand jedoch, was den Tierschutz im Kronotskij-Reservat anging, dessen Leiter. Nun, da Sergei Alexeew gefeuert war und niemand seinen Platz übernommen hatte, trieb das Kronotskij-Reservat sozusagen führerlos auf hoher See. Anatoli sah eine Möglichkeit, die Kontrolle über den Naturpark Südkamtschatka zu übernehmen, eine Insel der Macht, die sich später noch weiter ausdehnen ließe.

Der gesamte Plan klang viel versprechend. Anatolis Komitee (dem Tatjana als Beamtin angehörte) stand unserem Projekt weitaus aufgeschlossener gegenüber als die Bürokraten des Kronotskij-Reservats. Wenn Anatoli sich mit seinem Plan durchsetzen konnte, hätten Vitalis Einmischungen ein Ende, und allein das war eine sehr angenehme Vorstellung.

Anatoli wollte in Kürze nach Moskau fliegen, um seinen Vorschlag zu unterbreiten. Angesichts der Misswirtschaft und Mauschelei, die es im Kronotskij-Reservat gegeben hatte, war er recht optimistisch, was seine Aussichten auf Erfolg anging.

Einer der besten Aspekte dieses neuen Deals war das Versprechen des Komitees, die Wilderei im Naturpark Südkamtschatka einzudämmen, sobald es die Amtsgewalt übernommen hatte. Bereits im Herbst sollten in der Gegend Wildhüter eingesetzt werden. Für Maureen und mich war das die beste Nachricht. Die hier lebenden Bären, darunter auch Rosie, Chico und Biscuit, stünden unter dem Schutz der Staatsmacht, egal, ob wir anwesend waren oder nicht.

Bereits in diesem Sommer war mir aufgefallen, um wie viel nervöser und paranoider die Bären in Kurilskoj in der Gegenwart von Menschen geworden waren, zweifellos eine Folge der dreisten Wilderei, die dort im Gange war. Dies war ein verheerender Rückschritt nach den fast beispielhaften Beziehungen zwischen Mensch und Bär, die wir zu Anfang erlebt hatten. Die Ironie daran war, dass die Bären am Kambalnojesee, die so ängstlich gewesen waren, als wir 1996 zum ersten Mal hierher kamen, jetzt genauso unbekümmert waren wie damals die Bären von Kurilskoj.

Als der Juni in den Juli, den eigentlichen Hochsommer in Kamtschatka, überging, hatten Maureen und ich ein ziemlich gutes Gefühl über den Fortgang unseres Projekts. Am 29. Juni machten wir eine lange Wanderung zum Pass. Die Jungen nahmen unsere Witterung auf und holten uns nach etwa einer Meile ein. Wir beobachteten, wie selbstbewusst sie in Gegenwart anderer Bären waren, als eine Bärenmutter mit zwei Jungen aus der entgegengesetzten Richtung auf uns zukam. Zuerst konnten sie die Bären nur wittern, nicht sehen, trotzdem gingen sie mit erhobener Nase weiter. Knapp vor dem Kamm, der die Bärenmutter verbarg, rannte Chico los, und die anderen folgten ihr. Als Maureen und ich hoch genug waren, um sie zu sehen, jagten sie die Bärenmutter und die beiden Kleinen schnellen Schrittes vor sich her. Sie ließen nicht locker, sondern setzten die Hatz den Berg hinauf und über den Gipfel hinweg fort. So wie der Wind stand, hatte die Bärenmutter uns weder sehen noch wittern können, und es wäre ein Leichtes für unsere drei gewesen, einen sicheren Abstand zwischen sich und die anderen zu legen. Doch das hatten sie nicht getan. Lieber griffen sie an. Ehrlich gesagt, weiß ich bis heute nicht, was an dem Tag in sie gefahren war oder warum ein ausgewachsenes Weibchen vor ihnen geflüchtet war.

Als wir allein weitergingen, wurden wir Zeugen eines ungewöhnlichen Spektakels. Die Paarungszeit war schon seit einer ganzen Weile voll im Gang, doch was wir jetzt sahen, oder besser hörten, bevor wir es sahen, war die Abweisung eines Bewerbers. Direkt über dem Passvorsprung hörten wir wütendes Brüllen. Es kam auf uns zu, und wir traten beiseite, um Platz zu machen. Dann erschien eine alte, ziemlich missmutige Bärin. Sie blickte sich gerade über die Schulter, als ein massiges Männchen hinter ihr erschien. Sie wollte nichts mit ihm zu tun haben und sorgte dafür, dass jeder weit und breit es mitbekam. Das Männchen war klug genug, von ihr abzulassen, und zog in entgegengesetzter Richtung davon.

Am nächsten Tag waren wir erneut mit den Jungen unterwegs, als Rosie uns einen Schrecken einjagte. Plötzlich fing sie an zu stolpern. Zuerst wollte sie sich hinlegen, doch als die anderen einfach weitergingen, rappelte sie sich wieder auf und versuchte weiterzugehen. Dann aber stürzte sie offenbar bewusstlos zu Boden.

Als sie es bemerkten, liefen Chico und Biscuit zurück und warteten neben ihr. Sie rauften eine Weile miteinander und machten dann ein Nickerchen. Nach ungefähr zwanzig Minuten wachte Rosie auf und schien wieder ganz die Alte. Uns fiel nur eine einzige Erklärung ein: Sie musste so erschöpft gewesen sein, dass sie die Kontrolle über ihre Glieder verloren hatte. Es war einer jener Vorfälle, genau wie die Jagd auf die Bärenmutter am Tag zuvor, über die ich mir lieber keine voreiligen Schlüsse erlaubte. Es war besser, zu warten und zu sehen, ob sich durch weitere Ereignisse ein Muster herausbilden ließ, das leichter durchschaubar war.

MAUREEN: *Von Anfang an waren die Jungen immer in der gleichen Reihenfolge gegangen: Chico-Biscuit-Rosie. Da Rosie oft die Neugierigste von allen war und deshalb auch diejenige, die am leichtesten abhanden kommen würde, wenn sie zurückblieb, um irgendetwas zu erforschen, hatte ich den Schluss gezogen, dass sie automatisch immer trödelte. Während Chico die Gruppe anführte, unterstützt von Biscuit, trottete Rosie eben hinterher.*

Im Juli 1998 folgte ich einmal den Bären. Der Wind blies uns hart ins Gesicht, und mir fiel auf, dass Rosie sich immer wieder umsah. Wenn Bären gegen den Wind marschieren, machen sie sich kaum die Mühe, immer wieder aufzusehen. Ihre Nasen sind so gut, dass sie wissen, was auf sie zukommt. Überraschungen kann es nur von hinten geben.

Ich ging dicht hinter Rosie her, als sie sich gerade auf diese Art rückversicherte und mir einen überaus zornigen Blick zuwarf. Instinktiv ging ich nach vorn, reihte mich zwischen Rosie und Biscuit ein und wurde sofort belohnt, als sich beide beruhigten. Sie hatten mich lieber zwischen sich.

Was immer es sonst noch bedeuten mochte, mir wurde klar, dass ich aus schierer Unwissenheit Rosies Rolle falsch verstanden hatte. Sie war keine Nachzüglerin, sondern bildete die Nachhut. Wenn der Wind von vorn kam, war ihre Wachsamkeit der einzige Schutz vor einer Katastrophe. Die Jungen schienen sich alle zu freuen, dass ich das begriffen hatte. Als wir eine kurze Pause einlegten, damit die Bären grasen konnten, zeigte mir Rosie, wie viel ihr das bedeutete. Obwohl sie normalerweise die distanzierteste der drei war, fing sie an, das Riedgras immer näher um meine Füße herum zu fressen. Schließlich hatte sie alle Büschel in einem Halbkreis um jeden meiner Stiefel abgegrast. Charlie behauptete, auf diese Art wolle sie mir zeigen, dass ich ihr vertrauen könne.

Am Ende des Machtkampfes, der sich in diesem Sommer zwischen den beiden Behörden abspielte, erhielten Maureen und ich Ende Juli zwei Exemplare eines wunderschön formulierten und wohl überlegten Dokuments, das Anatoli Jefemenko verfasst und Tatjana übersetzt hatte. Wir wurden in die Forschungsstation am Kurilskojsee gebeten, um es zu unterzeichnen, behielten eine Kopie für uns und schickten die andere mit dem nächsten Hubschrauberflug nach PK. Das Dokument beschrieb unser Projekt sehr präzise und entsprach vollkommen unseren Vorstellungen. Wir gingen davon aus, dass wir mit der Unterschrift die restriktive Vereinbarung, die wir zuvor mit dem Kronotskij-Reservat getroffen hatten, ersetzt und für null und nichtig erklärt hatten. Alles hing natürlich davon ab, dass die Kompetenzen über den Naturpark Südkamtschatka von dem alten Regime auf das Staatliche Umweltkomitee übergingen, aber das war angeblich beschlossene Sache.

20

Im Rampenlicht

In Südkamtschatka ist der Juli ein Monat ungeheuren Wachstums. Während dort, wo die Sonne nicht hinkommt, noch hoher Schnee liegt, erstrahlt die Tundra in Smaragdgrün. Die Vegetation entfaltet sich mit einer Wucht, als wäre es das letzte Mal. Und tatsächlich steht bald schon der nächste Winter bevor.

Für unsere Bärenjungen war der Juli ein frustrierender Monat, weil sie die Lachse, die zum See kamen, um an den heißen Quellen zu laichen, sehen und wittern konnten. Fangen aber durften sie sie erst, wenn sie abgelaicht hatten und verendeten. Es gab anderes zu fressen – Blumen, tote Fliegen, Vogeleier, Salamandereier –, aber nicht genug, um sich eine Speckschicht zuzulegen. Die Bären waren dünn, rastlos, ungeduldig und verloren büschelweise das Winterfell. Der Juli war nicht gerade ihr »Schönheitsmonat«, was uns ein wenig Sorgen machte, denn Reporter und Fotografen waren bereits auf dem Weg, um unsere Bären in der Welt der Zeitschriften und Hochglanzmagazine zu verewigen. Ians Film sollte im Herbst fertig sein, also würden in diesem Jahr tatsächlich viel mehr Leute von ihnen etwas erfahren.

Die Journalisten waren Rick Paddock, Russlandkorrespondent der *Los Angeles Times* mit Sitz in Moskau, und Paul Rauber von der Zeitschrift *Sierra*. Rick sollte Ende Juli eintreffen, Paul mit seiner Frau Marion Anfang August. Rick brachte einen Fotografen mit, Juri Gozirew, dessen Fotos am Ende beide Artikel schmückten. Ihr Interesse war auf unsere neue Website zurückzuführen, die für Aufmerksamkeit gesorgt hatte. Maureen und ich hatten uns angewöhnt, dort regelmäßig Berichte und Fotos zu veröffentlichen. James Gosling hatte uns mitgeteilt, dass die Seite mehrere tausend Mal pro Tag angeklickt wurde.

Da sich vor Ende August noch zwei weitere Besucher angesagt hatten, Mike McIntosh, der aus Ontario stammte und Experte für die Auswilderung von Schwarzbären war, und unsere Freundin Dr. Margaret Horne, sah es nicht nach einem einsamen Sommer für uns aus. Aber es machte auch Spaß, Chico, Biscuit und Rosie Menschen vorzustellen, die Freude an ihnen hatten. Am besten tritt man Vorurteilen entgegen, indem man Beobachter einlädt und sie berichten lässt, wie die Bären tatsächlich sind. Von dieser Art Publicity brauchten wir so viel, wie wir nur bekommen konnten.

Meine erste gesellschaftliche Einladung kam via E-Mail und stammte von Jim Thorsell, einem Kanadier, der in Genf lebte und für die World Conservation Union arbeitete, eine der ältesten internationalen Naturschutzorganisationen. Es handelte sich um eine Konferenz seiner Organisation, der Global Environmental Facility, dem United Nations Development Program und der Weltbank, die in Petropawlowsk stattfand. Die Einladung galt uns beiden, doch Maureen hielt an ihrem Schwur fest, erst dann wieder mit mir zu fliegen, wenn ich operiert worden war.

Die Konferenz tagte im Hotel Petropawlowsk, dem Äußersten, was PK in puncto vornehme Gesellschaft zu bieten hat. Ich hatte keine Ahnung, warum Jim Thorsell mich dabeihaben wollte, und es wurde mir auch nicht klarer, als die Konferenz begann. Es ging um die Verwendung von achtzehn Millionen US-Dollar für Umweltprojekte innerhalb von Kamtschatka. Schon beim allerersten Qualifikationsprinzip war klar, dass Maureen und ich nichts zu erwarten hatten. Ein fester russischer Partner war Voraussetzung für eine Bewerbung, und den hatten wir nicht. Für russische Verhältnisse war es eine Menge Geld. Ich war ziemlich sicher, dass ein Bruchteil dieser Summe bereits riesigen Futterneid ausgelöst hätte. In Kamtschatka gab es so gut wie kein Bargeld mehr. Die meisten Regierungsangestellten hatten seit April kein Gehalt mehr bekommen. Die Behörden, bei denen unsere Freunde wie Tatjana und ihr Mann Wolodja oder auch Katja und Alexei beschäftigt waren, erreichten zwar viel, mussten jedoch mit dem Allernötigsten auskommen. Es würde interessant sein, zu beobachten, was man mit ein paar hunderttausend Dollar alles machen konnte. Hoffentlich würden unsere Freunde unter denjenigen sein, die für ihre Mühen belohnt wurden. Ich persönlich hatte nur einen Freiflug davon.

Maureen: Während Charlie zu dem Treffen mit Jim Thorsell nach Petropawlowsk flog, setzte ich meine Arbeit mit einem Gipsabdruck-Projekt fort. Ein Teil meiner Ausstellung sah vor, dass die Besucher in die Fußstapfen der Bären treten sollten, wenn sie deren Welt betraten. Solange ich in Kamtschatka war, würde ich Gipsabdrücke der Fußspuren anfertigen und sie nach meiner Rückkehr nach Kanada benutzen, um sie in ein beständigeres Material zu überführen. Am Ende entstand daraus ein Pfad mit Spuren der Bären und anderer Tiere, der in die Ausstellung hineinführte.

Das war der Plan, aber zuerst musste ich die Spuren finden. Natürlich ging ich davon aus, dass unsere Jungen jede Menge liefern würden. Die Spuren ihrer Tatzen sollten Teil der größeren Geschichte werden, die ich in der Ausstellung erzählen wollte. Zuerst machte ich mich daran, Schlamm aus dem Sumpf zu sammeln und ihn in einer Länge von einem Meter auf dem Pfad zu verteilen, den die Jungen meistens nahmen, wenn sie zum Lager kamen. Als sie das nächste Mal auftauchten, ging ich hin, um mir die Spuren anzusehen, entdeckte jedoch keine einzige. Als Nächstes lockte ich sie hin, indem ich einen Stock hinter mir herschleifte – ein Spiel, dem sie normalerweise nicht widerstehen konnten. Doch als wir die Schlammstrecke erreichten, spazierten alle drei vorsichtig am Rand des Pfades entlang, als wollten sie unter keinen Umständen mit ihm in Berührung kommen. Schließlich begriff ich. Der Schlamm roch nach mir. Es war »Maureens Schlamm«, und die Jungen waren dazu erzogen worden, niemals etwas anzurühren, das Maureen gehörte. Als ich das verstanden hatte, ging ich selbst durch den Schlamm, und erst dann beschlossen sie, dass es okay war, wenn sie es auch taten.

Die Sammlung der Fußspuren machte gute Fortschritte, bis auf die Tatsache, dass mir noch ein brauchbarer Abdruck für die rechte Vordertatze fehlte. Wenig später entdeckte ich eine herrliche Sumpfebene nicht weit von einem häufig frequentierten Bärenpfad entfernt. Dort sammelte ich nun Tag für Tag die Fährten vieler verschiedener Bären. Am 15. Juli überredete ich die Kleinen, mich dorthin zu begleiten. Zu meinem Entzücken schwärmten sie aus und hinterließen drei perfekt geformte, individuelle Fährten. Nach sechswöchigen Versuchen hatte ich nun endlich für jeden von ihnen einen identifizierbaren Satz von Spuren. Eine Stunde später ging ich noch einmal hin, um die Abdrücke zu überprüfen, und entdeckte die größten Bärenspuren, die ich je gesehen hatte. Das Tier musste hier durchgegangen sein, während ich keine hundert Meter entfernt eine Fuchsfamilie beobachtete, mit der ich mich angefreundet hatte. Ich nahm auch von dieser Fährte einen Abdruck, zusammen mit denen meiner Jungen. Als ich schließlich zur Hütte zurückkam, konnte ich die Abdrücke von Big Daddy messen. Die Pranken waren fünfunddreißig Zentimeter lang und dreiundzwanzig breit. Als Charlie sie sah, machte er mich darauf aufmerksam, dass beide größer waren als mein Kopf.

Rick Paddock und sein Fotograf Juri Gozirew stießen am 21. Juli zu uns, etwa um die gleiche Zeit, als eine Rauchwolke unseren Himmel verdüsterte. Sie trieb von Westen heran. Mit Hilfe meines Kurzwellenradios fand ich heraus, dass sie von mehreren Waldbränden auf dem Festland stammte, auf der anderen Seite des Ochotskischen Meeres. Manche Feuer wüteten in der Nähe von Chabarowsk, andere in der Mandschurei. Wenn sich die Rauchpartikel mit Feuchtigkeit vollsogen, entstand Nebel.

Dieses Wetter brachte nicht nur Komplikationen für den Fotografen mit sich, sondern störte auch unsere Kommunikation mit der Außenwelt. Da unsere Solarzellen kaum Sonne bekamen, hatten wir meistens nicht genügend Strom, um mit dem Computer arbeiten zu können. Auch der Elektrozaun funktionierte nur unregelmäßig, doch die Bären respektierten ihn trotzdem. Seine potenziellen Stromschläge waren mittlerweile ein Bestandteil ihrer Welt am Kambalnojesee; sie hielten sich einfach von ihm fern.

Unsere Jungen zeigten sich für das Team der *LA Times* und nach dem 3. August auch für Paul Rauber von *Sierra* von ihrer Schokoladenseite. Der einzige ungewöhnliche Zwischenfall ereignete sich, als Juri im Gänsemarsch mit den Jungen marschierte, und zwar auf dem Gästeplatz zwischen Biscuit und Rosie. Einmal sah er sich um und entdeckte ein Motiv, das ihm gefiel, deshalb wandte er sich um. Es war eine Aufnahme von Rosie. Juri ging rückwärts, um den Abstand, den er zwischen ihnen brauchte, aufrechtzuerhalten. In diesem Augenblick trafen Chico und Biscuit auf einen fremden Bären. Sie blieben stehen, und Juri, der sorglos weiter rückwärts marschierte, stolperte über Chico. Der fremde Bär suchte daraufhin das Weite, doch die arme Chico trug einen zweifachen Schrecken davon: erst der Anblick des fremden Bären und dann der Zusammenprall mit einem fremden Menschen.

Später, als wir zum Seeufer kamen, merkte ich, dass Chico Juri sehr genau beobachtete. Ich vermutete, dass sie versuchte herauszubekommen, ob das, was passiert war, Zufall oder Absicht gewesen war. Ich bat Juri, mit ihr zu sprechen und sich bei ihr zu entschuldigen. Juri hielt mich für völlig verrückt. Er konnte sich einfach nicht vorstellen, dass man mit einem Bären sprach. Gleichzeitig war ich absolut sicher, dass es wichtig war, und beharrte auf meiner Bitte. Er sollte Chico auf Russisch erklären, dass es ihm Leid tue, aber er musste es auch so meinen. Ich riet ihm, zu sagen, dass es ihm »sehr« Leid tue, und das »sehr« zu betonen. Er versuchte es ein paar Mal, und beim dritten Anlauf klang es tatsächlich einigermaßen aufrichtig. Chico verstand ihn genauso gut wie ich. Sie wandte sich von ihm ab, so dass wir mit der Arbeit weitermachen konnten. Von da an tat Chico so, als sei nichts geschehen, und verhielt sich Juri gegenüber genauso wie bei allen anderen.

Die Besuche liefen sehr gut; beide Teams schienen mit ihrer Ausbeute zufrieden zu sein, als sie wieder abreisten. Ihre Artikel und Juris Fotos erwiesen sich im Lauf der Zeit als äußerst hilfreich für unser Projekt.

Zu Beginn des Monats August bemerkten wir zum ersten Mal, dass die Bären, die an unserer Hütte vorbeikamen, Richtung Westen zogen. In Jahren mit geraden Jahreszahlen gibt es Schwärme von Buckellachsen im Meer, normalerweise im August. Aus der Migration der Bären schlossen wir, dass sie an der Meeresmündung des Flusses angelangt sein mussten. Ich startete die Kolb und flog Richtung Westen. Und tatsächlich wimmelte es auf der ersten Meile oberhalb der Mündung nur so von Buckellachsen. Da ich mir ausrechnete, dass es noch ein paar Wochen dauern würde, bis sie unseren See und letztlich auch den Forellenbach erreichen würden, wo unsere Bären sie fangen konnten, traf ich eine bedeutsame und vielleicht riskante Entscheidung: Ich würde unsere Bären so lange wieder füttern, bis der Nachschub an frischen Lachsen diese Maßnahme überflüssig machte. Aber ich beschloss auch, dass dies unwiderruflich das letzte Mal sein sollte.

Am 4. August flog ich erneut nach PK, um eine Ultraschalluntersuchung machen zu lassen. Ich wollte wissen, ob mein Aneurysma größer geworden war. Die Ärztin, die mich im vergangenen Jahr untersucht hatte, zog einen Experten hinzu, der die Ergebnisse auswerten sollte. Es stellte sich heraus, dass die erweiterte Stelle in meiner Aorta nach wie vor circa fünf Zentimeter groß war. Eine relativ gute Nachricht.

Am nächsten Tag fuhr ich zum Flughafen, um Margaret Horne abzuholen, eine Psychiaterin im Ruhestand, die an einer meiner Touren im Khutzeymateen-Gebiet teilgenommen hatte. Sie war in Begleitung von Mike McIntosh. Mike hatte zurzeit seines Besuchs ein Dutzend Bärenjunge und drei erwachsene Schwarzbären in seiner Auswilderungsstation in Ontario, um die sich während seiner Abwesenheit seine Mutter kümmerte.

Mike, Margaret und ich versuchten, am 7. August in den Süden zu fliegen. Ich saß in meiner Kolb, die beiden hatten einen Hubschrauber gechartert. Obwohl es keine eindeutig riskanten Situationen gab, hatte ich die ganze Zeit ein ungutes Gefühl. Die Wolkendecke hing tief und war von dem immer noch vorhandenen Rauch dunkel gefärbt. Ich überflog die Pässe in einem Abstand von kaum zehn Metern. Außerdem hatte ich heftigen Gegenwind. Ich brauchte vier Stunden, häufig mitten durch schwere Regenfälle, um nach Hause zu kommen. Bis dahin war es Abend geworden, und mein Tank war so gut wie leer. Margaret und Mike waren gezwungen gewesen umzukehren und kamen erst vierundzwanzig Stunden später nach.

Ihr Besuch fiel in eine Zeit, in der wir uns eng mit einer ausgewachsenen Bärin anfreundeten, die wir Brandy nannten. 1996 war Brandy die erste Bärin am

Kambalnojesee gewesen, die beschlossen hatte, uns ihr Vertrauen zu schenken. Sie war diejenige, die unsere Pinienkerne vor der Hütte gefressen und auf dem Pfad geschlafen hatte, den wir jeden Tag nahmen, um Wasser aus dem See zu holen. In diesem Jahr hatte Brandy drei Junge und lebte erneut in der Nachbarschaft unserer Hütte. Maureen taufte ihre Kleinen Gin, Tonic und Rum.

Anfang August beendete die erste Welle von Blaurückenlachsen am See ihre Laichperiode und verendete. Das war die ideale Fischfangzeit für die Bären. Kurz bevor Margaret und Mike kamen, hatten Maureen und ich unsere Jungen zum See geführt, um sie zum Fischen zu ermuntern. Sie mochten es, wenn wir dabei waren. Scheinbar hegten sie noch immer die schwache Hoffnung, dass wir uns in richtige Bärenmütter verwandeln und ihnen die Fische aus dem Wasser holen würden.

Als Brandy uns zu dem Uferstreifen kommen sah, den sie für sich reserviert hatte, hatte sie zunächst versucht, uns höflich abzuwimmeln. Unsere Jungen hatten sich hinter Maureen und mich gesetzt und uns die Verhandlungen überlassen. Wir hatten Brandy gebeten, uns bleiben zu lassen. Sie hatte sich uns bis auf fünfundzwanzig Meter genähert, bevor sie einsah, dass wir uns nicht einschüchtern ließen.

Jetzt, ein paar Tage später, kehrten wir mit Mike und Margaret im Schlepptau an dieselbe Stelle zurück. Diesmal näherten sich die Jungen Brandy auf eigene Faust. Ohne sichtbaren Kommentar ließ sie sie direkt neben sich und ihrer Familie nach Lachsen fischen. Als hätte sie ihre Gegenwart akzeptiert, setzte sie sich hin und sah ihnen zu. Wenn eins unserer Jungen einen Fisch gefangen hatte, kam es zu uns und stolzierte mit seiner Beute im Maul vor uns auf und ab. Dasselbe tat es vor seinen Geschwistern. Mike und Margaret machte es viel Spaß, unsere Kleinen, Brandys Familie und ein anderes junges, dunkelhaariges Männchen, das Mike Walnut taufte, zu beobachten.

Bei einem anderen Ausflug wanderten wir alle zusammen, Menschen und Bären, zur Itelmenen-Bucht. An einem kleinen Strand fischten unsere Jungen neben sieben anderen Bären. Wenn sich ihnen ein fremder Bär näherte, suchten sie Zuflucht bei uns, was sich die anderen nicht getrauten. Dann spähten sie hinter unserem Rücken hervor und drehten den anderen eine lange Nase, was Margaret ungemein amüsierte.

Im Großen und Ganzen hatte ich in diesem Sommer einige Schwierigkeiten, die Reaktionen unserer Kleinen auf fremde Bären zu verstehen. Manchmal suchten sie Schutz bei den Menschen. Andere Male ließen sie sich von fremden Bären dermaßen einschüchtern, dass sie den ganzen Berg hinaufjagten. Es hatte nichts damit zu tun, ob diese Bären einschüchternd aussahen, jedenfalls nicht aus unserer Sicht. Ich musste mich immer wieder daran erinnern, dass wir trotz unserer Kommunikation mit den Jungen höchstens zehn Prozent ihres Lebens, das sie nicht in der Winterruhe verbrachten, mitbekamen. Viele Erfahrungen, die sie machten, konnten wir uns gar nicht vorstellen, deshalb war es kein Wunder, dass es Lücken in unserem Verständnis gab.

Ich hatte mich gefragt, wie Mike sich angesichts seiner Erfahrung mit den viel kleineren Schwarzbären in Gegenwart von Braunbären fühlen würde, doch er wirkte von Anfang an völlig entspannt. Nie wurde er es leid, sie um sich zu haben; nur die Dunkelheit oder der Hunger trieben ihn in die Hütte zurück. Abends fachsimpelten er und ich so lange, bis Maureen drohte, durchzudrehen, wenn wir nicht aufhörten.

Mike und Margaret blieben bis kurz nach meinem Geburtstag am 19. August bei uns. Als die Jungen an diesem Tag den Pfad heraufkamen, gingen Margaret und ich hinaus, um sie zu begrüßen. Der Zaun, der den Kleinen im ersten Jahr Schutz geboten hatte, war längst entfernt worden, doch ihre Hütte stand noch. Ich beschloss, die Absperrung zu lösen und die Tür aufzumachen, um zu sehen, ob sie Lust hätten, sie zu inspizieren. Sofort liefen alle drei hinein und wälzten sich in dem alten Heu, das ihnen als Lager gedient hatte, als sie noch klein gewesen waren. Dann ging auch ich hinein, und Margaret kam nach. Es war ganz gemütlich, so alle zusammen in der kleinen Hütte, und natürlich waren sie jetzt auch viel größer als früher. Ich plauderte mit ihnen und kraulte Chico am Kopf, ganz so wie damals. Dabei geschah etwas Bemerkenswertes. Chico fing an, die glucksenden Laute auszustoßen, die Rosie gemacht hatte, wenn sie an Biscuits Pelz genuckelt hatte. Rosie tat das hin und wieder immer noch, in diesem Moment allerdings nicht. Sie lag mit ihren Geschwistern auf dem Boden, strampelte mit den Beinen und wirkte einfach glücklich. Bald fiel Rosie in Chicos Singsang ein, und dann hörte ich – zum ersten Mal überhaupt – auch von Biscuit dasselbe Geräusch.

Margaret und ich konnten nur noch lachen über das, was da vor sich ging. Es war einer jener ansteckend fröhlichen Augenblicke mit den Bären, die man kaum wiedergeben kann. Zwar bin ich immer vorsichtig, wenn ich Bärengefühle beschreiben soll, doch ich glaube tatsächlich, dass es sich hier um reine Nostalgie gehandelt hat. Chico, Biscuit und Rosie wurden von einer emotionsgeladenen Erinnerung überwältigt, zu der Rosies Schlaflied genau die richtige Begleitung war.

Zwei Tage vor meinem Geburtstag waren ein paar düstere Neuigkeiten über das Kurzwellenradio bis zu uns vorgedrungen. Russland hatte einen schier unfassbaren wirtschaftlichen Kollaps erlebt. Am 17. August war die Währung buchstäblich über Nacht von vorher sechs auf jetzt fünfunddreißig Rubel gegenüber dem Dollar abgewertet worden. Die Abwertung und der anschließende Zusammenbruch waren urplötzlich gekommen, aber die Symptome hatte man schon lange vorher überall sehen können. Obwohl wir sehr wenig über Russland wussten und unsere Kenntnisse der russischen Wirtschaft eher dürftig waren, hatten Maureen und ich das »Brodeln« der hiesigen Finanzmärkte gespürt. Die Preise für diverse Dienstleistungen (gecharterte Hubschrauber beispielsweise) waren geradezu lächerlich angestiegen. Die Leute hatten wie verrückt ausländische Luxusartikel wie Fernseh- oder Videogeräte gekauft und so den falschen Eindruck von Wohlstand vorgetäuscht. Jetzt war es so, als habe sich ein Fallgitter geschlossen und alles sei nur noch Geschichte. Man brauchte keine Wirtschaftsexperten, um sich auszurechnen, dass die Entwertung eine enorme Schrumpfung privater Sparguthaben mit sich brachte. Das soziale Netz für ältere Bürger löste sich in null Komma nichts in Luft auf.

Vor dem Hintergrund dieser Situation schien es unausweichlich, dass die Stromknappheit und das Nichtauszahlen von staatlichen Gehältern, die seit dem Frühjahr gang und gäbe waren, bis in den Winter hinein anhalten würden. Die Not, die den Menschen bevorstand, war beinahe unvorstellbar. Wie sich das alles auf unser Leben und unser Projekt auswirken würde, konnte man nicht voraussagen, aber wir hatten mittlerweile so viele gute russische Freunde gewonnen, dass unsere Sorge nicht mehr nur uns selbst oder unseren Bären galt. Kamtschatka war unsere zweite Heimat – und es befand sich in ernsten Schwierigkeiten.

Am 23. August reisten Mike und Margaret wieder ab. Ein Hubschrauber, der zu den Kurilen flog, sollte sie unterwegs abholen. So hätten sie Gelegenheit, ihrem Abenteuer bei uns noch einen Besuch auf diesen geheimnisvollen Inseln hinzuzufügen, bevor sie nach Hause zurückkehrten. Ich war noch nie auf den Kurilen gewesen und beneidete sie.

Zwar war der Hubschrauber bestellt, doch das Wetter spielte nicht mit; ich hielt den ganzen Plan für mehr als unsicher. Als die Wolken am 23. aufrissen, wartete ich gar nicht erst ab, dass der Hubschrauber auftauchte, sondern flog hinüber zum Kurilskojsee, um herauszubekommen, ob es noch andere Flüge nach PK gab, falls der Flug zu den Kurilen nicht klappte. Auf diese Art verpasste ich Mike und Margarets Aufbruch und die völlig unerwartete und missliebige Ankunft von Vitali Nikolaenko und seinem Dolmetscher Stas.

21

High Noon

MAUREEN: *Charlie war nicht da, als Vitali und Stas aus dem Hubschrauber kletterten. Mit diesem Schock musste ich allein fertig werden, und es war zweifellos ein Schock. In unserer Traumwelt hatten wir geglaubt, Vitali an dem Tag abgeschüttelt zu haben, als wir die neue Vereinbarung mit dem Staatlichen Umweltkomitee unterzeichnet hatten. Der Machtwechsel sei beschlossene Sache, so jedenfalls hatte man uns versichert, und das wiederum bedeutete, dass Vitali aus dem Rennen war. Jetzt stand er vor mir. Fast noch beunruhigender als seine Gegenwart erschienen mir die Berge von Ausrüstung und Proviant, die er zusammen mit Stas aus dem Hubschrauber lud. Sie hatten genügend Vorräte, um den ganzen Winter hier zu verbringen.*

Von der ersten Minute an legte Vitali eine hinterhältige, einschüchternde und triumphierende Haltung an den Tag, die vor dem Hintergrund dessen, was ich zu wissen glaubte, überhaupt keinen Sinn ergab. Wenn Vitali tatsächlich das Recht hatte, sich hier aufzuhalten, bedeutete es, dass irgendetwas schief gelaufen war mit dem Plan des Staatlichen Umweltkomitees. Wenn das aber zutraf und das Projekt immer noch Vitali unterstand, dann würde er unsere Bären töten, dessen war ich mir ganz sicher.

Die Ankunft ärgerte mich aber auch aus anderen, eher praktischen Gründen. Ich arbeitete Tag und Nacht für meine Ausstellung im Herbst und brauchte alle Zeit, die mir noch blieb, und jeden Winkel in meinem Atelier, um den Abgabetermin zu schaffen. Ich hatte weder Zeit noch Platz in meinem Leben für diese Männer. Als Vitali anfing, mir mit Stas' Hilfe Anweisungen zu erteilen, ging ich hinein, holte die neue Vereinbarung und hielt sie ihm unter die Nase. So standen die Dinge, als Charlie aus dem Himmel herabschwebte und unsere neue, missliche Lage begriff.

Als ich aus Kurilskoj zurückkam, konnte ich die Veränderung, die sich mittlerweile vollzogen hatte, kaum fassen. Ich hatte den Kambalnojesee inmitten einer fröhlichen Abschiedsszene verlassen und kehrte auf dem Höhepunkt von *High Noon* zurück. Der Anblick von Vitali und Stas wühlte mich sofort auf. Ich war so erleichtert gewesen, das Papier zu unterschreiben, das ihn mir vom Hals schaffen sollte, dass es eine ziemlich bittere Pille war, ihn wieder zu sehen. Trotzdem versuchte ich höflich und diplomatisch zu sein, auch wenn es mir schwer fiel. Maureen bot an, uns Tee zu machen.

Wir versuchten es mit Höflichkeit, als wir uns zu viert in der Hütte hinsetzten, um Tee zu trinken, doch es wurde schnell deutlich, dass Vitali den entgegengesetzten Kurs eingeschlagen hatte. Scharf, entschieden, ja ausgesprochen unverschämt, schnaubte er verächtlich über den Vertrag, der, wie wir glaubten, mittlerweile unsere Arbeit regelte. Der Plan sei nicht angenommen worden, sagte er. Das Staatliche Umweltkomitee habe den Antrag kurz vor der letzten Unterschrift zurückgezogen, einer Unterschrift, die unverzichtbar war. Was für eine Enttäuschung! Wir hatten alles auf eine Karte gesetzt. Und jetzt stellte sich heraus, dass diese Karte gezinkt gewesen war.

Seine Macht über uns stehe außer Frage, erklärte Vitali, und verhielt sich genauso wie der Tyrann, der er in Wirklichkeit war. Er sei gekommen, um unsere Bären zu sehen und ihr Verhalten zu beurteilen. Als wir ihm erklärten, sie hätten uns gegenüber den ganzen Sommer lang nicht das kleinste Zeichen von Aggression gezeigt, winkte er ab, als sei das eine offensichtliche Lüge.

Während ich so dasaß und seinem unaufhörlichen Wortschwall lauschte, der mich dieses Jahr schon einmal drei Wochen verfolgt hatte, wurde ich wütend. Das alles habe mit Wissenschaft nichts zu tun, behauptete Vitali. Wir hatten von ihm nichts zu erwarten, außer endlose Wiederholungen seiner Standpunkte, grenzenlose Unhöflichkeit und eine Behandlung, als wären wir Untergebene und Sklaven. Wozu das Ganze? Wo war der Hoffnungsschimmer?

Vitali eröffnete uns, dass er sein Gewehr und sein Zelt nehmen und abseits der Hütte kampieren werde. Von dort aus wollte er uns nachspionieren. Maureen erklärte, das könne er nicht machen. Zu den Regeln unseres Projektes gehöre, dass niemand außerhalb des Elektrozauns nächtige, damit etwaiges Fehlverhalten den Umgang der Bären mit Menschen nicht negativ beeinflusse. Jede Veränderung der Richtlinien gefährde unser Projekt als Ganzes. Das sagten wir, und es stimmte, aber unsere Ängste gingen weit darüber hinaus. Es war Vitalis Gewehr, das uns zusetzte. Um das Projekt scheitern zu lassen, brauchte er die Bären nur zu erschießen. Wenn er behauptete, dass sie ihn angegriffen hätten und er sie in Notwehr erschossen hätte oder um andere vor ihnen zu schützen, war unser Projekt beendet. Da ich überzeugt war, dass dieser Mann unberechenbar und neidisch genug war, um zu einem solchen Schritt fähig zu sein, wurde ich von Sekunde zu Sekunde wütender.

Als Maureen ihm erklärte, dass unsere Regeln es niemandem erlaubten, außerhalb des Zauns zu kampieren, nahm er seine Brieftasche heraus und warf sie aufgeschlagen auf den Tisch. Sie zeigte seine Vollmacht vom Kronotskij-Reservat. Diese Geste hätte geradewegs aus einem drittklassigen Hollywoodstreifen stammen können. Voller Arroganz erklärte er auf Russisch, wobei Stas den stolzen Übersetzer gab:

»Ich habe die Befugnis, zu tun und zu machen, was ich will, und Sie haben hier gar nichts zu sagen.«

Ich kann mich nicht erinnern, was mir als Nächstes durch den Kopf schoss. Ich weiß nur, dass ich Vitali an die Kehle ging und ihn auf die Bank hinter dem Tisch drückte. Ich weiß noch, wie er die Augen aufriss, sehe das Staunen, das sich darin spiegelte. Doch Maureen hielt mich zurück. Hätte sie gesagt: »Hör auf, du tust ihm weh!«, hätte ich vielleicht nicht auf sie gehört. Stattdessen sagte sie: »Hör auf, das bringt dich noch um!« Mir war sofort klar, dass sie Recht hatte. Was auch immer Vitali uns, unseren Bären oder unserem Projekt antat – wenn meine Aorta platzte, würde das niemandem helfen außer ihm. Wie grässlich die Zukunft auch aussehen mochte, ich musste leben, wenn ich versuchen wollte, das Schrecklichste abzuwenden. Also ließ ich ihn los.

Das Ergebnis war, dass Vitali und Stas tatsächlich zuerst außerhalb unserer Anlage kampierten, jedenfalls bis zur zweiten Nacht, als ihr Zelt bei einem der schwersten und stürmischsten Regenfälle, die wir am Kambalnojesee je erlebt hatten, vom Wind mitgerissen wurde. Das zu sehen war so, als beobachtete man die Hand Gottes bei ihrer gerechten Arbeit. Und das Gefühl verstärkte sich noch am nächsten Tag, als es klopfte und die beiden wie zwei nasse Ratten auf der vorderen Veranda standen und um Zuflucht im Atelier baten. Manche Leute wären durch eine solche Erfahrung möglicherweise gebändigt worden, Vitali dagegen schien nur noch wilder entschlossen, Beweise gegen uns zu sammeln.

Als der Regen nachließ, zog er los und sammelte Kotproben unserer Bären, um anhand der Sonnenblumenkerne zu beweisen, dass wir sie entgegen seiner Entscheidung und seiner Anordnungen gefüttert hatten. Er musste sich mit alten Scheißhaufen aus dem Hof begnügen, denn Chico, Biscuit und Rosie hatten sich schon seit einer Woche nicht mehr blicken lassen, geradeso, als spürten sie seine Feindseligkeit. Mittlerweile hatte ich an Tatjana gemailt und verlangt, dass ein Hubschrauber Vitali abholen kam, und zwar sofort. Obwohl ich wusste, dass der Pilot vielleicht den Befehl hatte, stattdessen Maureen und mich mitzunehmen, hatten wir beschlossen, die Sache auf die Spitze zu treiben. Mit Diplomatie kam man in diesem Durcheinander nicht weiter. Da die neue Vereinbarung ungültig war, blieb uns nichts anderes übrig als die Flucht nach vorn.

Am 31. August, als Vitalis unerwünschter Besuch schon acht Tage andauerte, tauchten Chico, Biscuit und Rosie schließlich in der Nähe der Hütte auf. Sofort heftete sich Vitali mit dem Notizbuch in der Hand an ihre Fersen. Hätte er sein Gewehr mitgenommen, wäre ich mitgegangen, doch das war nicht der Fall. Ich kletterte auf eine Anhöhe, um sie zu beobachten. Er folgte den Bären, die ihn überhaupt nicht beachteten, bis zum Forellenbach. Dort rauften und spielten sie eine Weile, bevor sie eine erstaunliche Probe ihrer Fischfangkünste gaben, gerade so, als wollten sie ihre Unabhängigkeit unter Beweis stellen. Sie fingen und fraßen Buckellachse, bis sie nicht mehr konnten. Ich hatte Tränen in den Augen, als ich das sah.

Wenig später kam der Hubschrauber. Wladimir Mosolow, der amtierende Leiter des Kronotskij-Reservats, kletterte heraus. Er war Vitalis Boss und der oberste Entscheidungsträger in ganz Kamtschatka, was unser Projekt anging. Man hatte uns über Handy informiert, dass er im Anmarsch war, jedoch nicht gesagt, was er wollte. Es schien immer noch möglich, dass er kam, um uns abzuholen. Doch kaum war er da, wurde klar, dass Wladimir Mosolow nicht viel für Vitali Nikolaenko übrig hatte. Dass wir uns auf die Seite des Staatlichen Umweltkomitees geschlagen und damit Stellung gegen ihn selbst bezogen hatten, schien ihn nicht weiter zu interessieren. Nach russischen Maßstäben war das ziemlich normal. Wir hatten einen strategischen Zug ausprobiert und waren damit gescheitert. So was passierte jeden Tag.

Vitali und ich teilten Wladimir abwechselnd unsere jeweilige Version der Geschehnisse mit, die den ganzen Wirbel ausgelöst hatten. Solange wir sprachen, ließ Wladimir nicht erkennen, für wen er Partei ergreifen würde. Doch als er sich verabschiedete, waren es Vitali und Stas, die mit ihm an Bord gingen.

Weder Maureen noch ich waren naiv genug, um zu glauben, dass wir bei diesem Showdown irgendeinen dauerhaften Sieg errungen hatten. Doch wenn alle Hoffnungen am Boden liegen, ist es schon ein Sieg, wenn man selbst standhaft bleibt. Als der Hubschrauber über dem Kamm verschwand, rannten wir am Seeufer entlang und jubelten vor grenzenloser Erleichterung. Im Moment hatten wir den Feind vor unseren Toren vertrieben, und so ließen wir ein Freudengeschrei erklingen, wie Soldaten einst nach einer gewonnenen Schlacht.

Am Ende beruhigten wir uns, und die Geräusche der Natur traten an Stelle unseres Lärms: die Brise, die das Wasser ans Ufer spülte, der Schrei einer Möwe.

Als Vitali verschwand, neigte sich unser verkürzter Sommer in Kamtschatka bereits seinem Ende zu. In diesem Jahr würden wir nicht bleiben, bis die Bären ihr Winterlager bauten, da ich schon vorher nach Kanada zurück musste, um mich operieren zu lassen.

Mike McIntosh hatte uns anfangs bei der Renovierung des Daches geholfen. In den ersten beiden Septemberwochen brachten Maureen und ich die letzten Blechfolien an. Außerdem arbeitete Maureen unbeschreiblich hart an ihrem vielschichtigen Kunstprojekt. Während sie damit beschäftigt war, unternahm ich Wanderungen mit den vielen Bären, die uns mittlerweile als Teil des normalen Lebens am Kambalnojesee akzeptierten.

Am 1. September beschloss ich, die Fütterung der Bären endgültig einzustellen. Allen Experten zufolge hätte dies bei unseren Bären mit an Sicherheit grenzender Wahrscheinlichkeit zu Aggressionen führen müssen.

Doch nichts dergleichen passierte. Chico, Biscuit und Rosie blieben während der nächsten Tage zu Hause und übernachteten auch bei uns, bis sie sich vergewissert hatten, dass es keine Sonnenblumenkerne mehr gab. Und das war's. Für sie war es ungefähr dasselbe, als sei die Beerenernte zu Ende. Zeit, sich etwas anderes zu suchen. Ihr Verhalten uns gegenüber veränderte sich nicht im Geringsten.

Im Nachhinein habe ich überhaupt keine Skrupel, Chico, Biscuit und Rosie gefüttert zu haben. Dank dieser Entscheidung waren sie viel größer als Bären ihres Alters, die mit ihrer Mutter aufgewachsen waren, eine Tatsache, die ihnen half, wenn es darum ging, vor größeren Bären mit bösen Absichten das Weite zu suchen. Was unser Projekt betraf, so verschaffte uns das Fütterungsprogramm nicht nur die Gelegenheit, lebende Bären studieren zu können, sondern erbrachte auch die äußerst wichtige Erkenntnis, dass man Bären durchaus unter sorgfältig kontrollierten Bedingungen füttern kann, ohne dass sie gefährlich werden. Selbst wenn man alles andere, was wir herausgefunden hatten, beiseite ließ, reichte dieser eine Punkt aus, um ein Umdenken zu rechtfertigen, wie man sich Bären gegenüber verhalten sollte, die unter Nahrungsmangel leiden.

Nach zwei wundervollen letzten Wochen am Kambalnojesee, die wir ganz allein verbrachten, wurde es Zeit, Abschied zu nehmen. Am 14. September kam Alexei Maslows Pilot mit einem Team der Forschungsstation. Alle halfen mit, das Lager abzubrechen – eine Geste, die meinem Gesundheitszustand galt. Die Arbeit wurde rasch und effizient erledigt, und ehe ich mich versah, saßen bereits alle im Hubschrauber, einschließlich Maureen, und ich war allein. Das Wetter war gut; außerdem blieb noch genügend Tageslicht für den Flug in die Stadt. Ich nahm gerade den Elektrozaun auseinander, mit dem ich mein Flugzeug geschützt hatte. Es war meine letzte Aufgabe. Und wer kam genau in diesem Augenblick das Seeufer entlanggeschlendert? Meine Bärchen!

Chico ließ sich zu meinen Füßen auf den Rücken fallen und streckte die

Vordertatze aus. Ich verschränkte meine Finger mit ihren Klauen und presste die Handfläche gegen den Ballen ihrer Tatze. Unser Spezialgruß, wenn man so will. Ich wünschte allen drei Bären einen guten Winter und versprach, zurückzukommen und alles zu tun, was ich konnte, um ihnen zu einem langen und glücklichen Leben zu verhelfen. Wir hatten unsere Schwierigkeiten mit den Behörden, und ich hatte ein Problem mit meiner Gesundheit, doch mein Versprechen war trotzdem in keinster Weise nur so dahingesagt. Ich meinte es ernst; es half mir durch den langen schmerzvollen Winter, der vor mir lag.

Dann brach ich auf.

Das Wetter an diesem Tag war so schön und der Einbruch der Dunkelheit noch so weit weg, dass ich völlige Freiheit hatte und tun konnte, was ich wollte. Ich beschloss, einen Abstecher zu den Ksudach-Seen zu machen, einer Reihe von Gewässern, die sich im Innern eines Vulkankraters verbergen. Lange Zeit war mir die Schönheit dieser Seen wie eine Falle erschienen, wie der verlockende Ruf einer Sirene. Wenn ich mich von ihnen verführen ließ, würde ich mich vielleicht nie wieder losreißen können. Als ich in diesem Jahr diesen Aberglauben überwand, wurde ich mit einem Flugerlebnis und einer Gegend belohnt, die heute zu meinen schönsten Erinnerungen gehören. In einer der Buchten gibt es sogar eine heiße Quelle, die für eine wunderbare Badetemperatur sorgt. Selbst der Sand an ihrem Strand ist warm.

Im Schein des letzten Tageslichts überflog ich die Hochebene des Gorjeli-Vulkans – Tausende Morgen von Tundra, wo sich schwarze Flüsse aus erstarrter Lava über die grasbewachsenen Terrassen ergießen, die den Hang des Kegels bilden. Ich hatte Petropawlowsk jetzt fast erreicht und umflog den Vulkan auf der Ostseite, wo eine Straße zu einem Wärmekraftwerk führte, das dort gerade im Bau war. Überall entlang der Straße erkannte ich im Zwielicht Lager, wo Leute über offenen Feuern ihr Abendessen kochten, während die Kinder zwischen den Felsen aus Vulkangestein spielten. Es gab Pilzsammler, die diese wundervolle Nacht einer neuen Notwendigkeit in ihrem Leben verdankten – dem verzweifelten Versuch, sich vom Land zu holen, was die Stadt ihnen nicht mehr geben konnte.

Ihre Gesichter hoben sich zum Dröhnen meiner Maschine, als ich langsam über sie hinwegflog. Ich war ihnen so nahe, dass ich sie lächeln sah. Es ist ein Bild, dessen goldenes Licht und dessen Fröhlichkeit sich jedes Mal in meinem Bewusstsein entfaltet, wenn ich an Kamtschatka denke. Es ist das Abbild eines Landes, das ich lieben gelernt hatte.

Bevor wir PK verlassen und nach Kanada zurückkehren konnten, eröffnete man uns, dass sämtliche US-Dollar-Konten bei der Bank, einschließlich unserer privaten siebentausend Dollar, die wir für Notfälle festgelegt hatten, eingefroren und unerreichbar waren. Die wirtschaftliche Krise berührte auch unser Leben, als wir hörten, dass wir dieses Geld wahrscheinlich nie wieder sehen würden.

Mittlerweile hatten wir gelernt, uns nicht von jeder kategorischen Erklärung, die wir in Russland zu hören bekamen, einschüchtern zu lassen. Wir fragten in unserem Freundeskreis herum. Olga Jefimowa glaubte, uns helfen zu können. Olga bearbeitete das russische System mit einer Mischung aus dickköpfiger Beharrlichkeit und »Frauenpower«. Nach ein paar Tagen, die sie am Telefon verbracht hatte, führte sie Maureen zum verschlossenen Eingang einer Bank und hämmerte dagegen. Als sich das Tor öffnete, richtete ein Wärter das Gewehr auf sie und empfahl ihnen zu verschwinden. Es gehört zu den unvergleichlichen Charakterzügen der Russen, sich scheinbar unbeeindruckt zu zeigen, wenn sie mit schussbereiten Waffen konfrontiert werden. Olga, die nur mit ihrer Ausstrahlung und einem unverschämt guten Aussehen bewaffnet war, schenkte dem Burschen ein nachsichtiges Lächeln und überschüttete ihn mit einem Schwall von dubiosen Fakten und Drohungen. Unter anderem behauptete sie, dass Maureen und ich überaus hohe Tiere seien. Wer sich mit uns anlegte, würde Ärger bekommen. Ebenso ließ sie nicht den geringsten Zweifel daran, dass auch mit ihr nicht zu spaßen war, es sei denn, man war sich seiner Sache mehr als sicher.

Wenig später waren sie drin und marschierten die Gänge zum Allerheiligsten im Büro des Bankdirektors entlang. Nach einer langen Rede von Olga, die erneut unsere Bedeutung unterstrich, wurde die Angelegenheit geregelt. Wir bekamen unsere siebentausend Dollar zurück und verloren nur die bis dahin angefallenen Zinsen. Und als Olga und Maureen die Bank verließen, fragte der Wärter: »Soll ich Sie zu Ihrer Limousine begleiten?«

Während der restlichen Tage in PK gab es keinen Strom, kein warmes Wasser und keine Heizung. Es fehlte einfach das Geld, um Nachschub an Kohle und Öl zu bezahlen. Das bisschen Heizöl, das noch da war, wurde für den Winter gehortet.

Kurz vor unserer Abreise hörten wir, dass Sergei, der Hubschrauberpilot, der die *LA-Times*-Mannschaft zu uns gebracht hatte, bei einem Unfall schwer verletzt worden war. Seine Maschine war ausgefallen, der Hubschrauber über einem Kartoffelfeld unweit der Flugschule abgestürzt. Drei Bergbaufunktionäre waren dabei umgekommen. Sergei selbst hatte als Einziger überlebt. Jetzt lag er im Krankenhaus von Jelisowo. Wir beschlossen, ihn zu besuchen.

Die Station sah aus, als stamme sie aus einem 50er-Jahre-Comic. Überall Männer mit unförmig eingegipsten Armen, Beinen und Köpfen – und ein Gewirr von Flaschenzügen und Kabeln, die ihre kaputten Gliedmaßen hielten. Das Gegengewicht für Sergeis Streckverband um das gebrochene Bein bildete ein Topf mit mehreren runden Steinen aus dem Fluss – typisch für den Einfallsreichtum der Menschen hier.

Da ich wusste, dass ich bald in einem kanadischen Krankenhaus liegen würde, sah ich die nackten Wände und rostigen Schweißnähte mit anderen Augen. Ich empfand Mitgefühl für das, was sich hier abspielte, und hatte das Gefühl, mich glücklich schätzen zu dürfen, in einem Land zu leben, das noch über erstklassige medizinische Einrichtungen verfügte, mich ernähren und mein Zimmer beheizen konnte.

Am 18. Oktober flogen wir ab.

Zu Hause in Kanada verwandelte sich meine morbide Stimmung in das unbändige Bedürfnis, mit diesem Buch weiterzukommen. Für den Fall, dass ich nicht überlebte, wollte ich unbedingt einen Bericht darüber hinterlassen, was wir herausgefunden hatten. Schon jetzt verfügten wir über einen ganzen Stapel von Hinweisen, die dem widersprachen, was Wissenschaftler und Wildhüter über Braunbären zu wissen glaubten. Mit unseren verwaisten Bärenjungen, unseren Erfahrungen mit anderen Bären in Kamtschatka und dem Elektrozaun-Projekt am Kurilskojsee hatten wir de facto bewiesen, dass Menschen und Braunbären gefahrlos zusammenleben können, solange gewisse Verhaltensregeln von Seiten der Menschen eingehalten werden. Die wichtigste Erkenntnis war, dass wir auf einem guten Weg waren. Wir würden den Nachweis erbringen, dass die Probleme zwischen Menschen und Bären alle von Menschen geschaffen werden. Wären Braunbären wirklich die unberechenbaren, gefährlichen Raubtiere, für die sie die Menschen halten, hätten Maureen und ich keine Woche am Kambalnojesee überlebt, ganz zu schweigen von Jahren. Um all das darzustellen, schrieb ich bis zum Tag meiner Operation, so viel ich nur konnte.

Auch die Lage in Kanada selbst trieb mich an. British Columbia und Teile von Alberta waren 1998 von einer äußerst schweren Trockenheit heimgesucht worden, die den größten Teil der wild wachsenden Beeren vernichtete. Besonders Schwarzbären waren gezwungen, bis in die Täler herabzukommen, wenn sie nicht verhungern wollten, obwohl hier die meisten Menschen leben. Zwar lösten Hinterhöfe und Obstgärten das Nahrungsproblem der Bären, doch für die

Menschen war das alles andere als akzeptabel. Dreizehnhundert Bären wurden von Wildhütern und Anwohnern erschossen. Da sie keine andere Möglichkeit kannten, mit den Tieren umzugehen, schossen sie so lange weiter, bis die Winterruhe dem Gemetzel ein Ende machte.

Als ich kanadischen Tierkundlern in diesem Herbst zu erklären versuchte, dass sich solche Katastrophen verhindern ließen, indem man Futter für die Bären bereitstellte, oder auch nur die Möglichkeit erwähnte, in Zukunft eine Studie über zusätzliche Fütterung durchzuführen, scholl mir nur ein laut widerhallendes NEIN entgegen.

So schrieb ich bis zur letzten Minute weiter. Am 4. November brachte Maureen mich ins Krankenhaus.

Es gibt Leute, die sehr anschaulich über ihre Erfahrungen mit Krankheit und Operationen berichten. Ich kann beides nicht und möchte es auch nicht. Es ist nur insofern Teil dieser Geschichte, als es mich für eine gewisse Zeit daran hinderte, mit unserem Bärenprojekt weiterzumachen. Schlimmer wäre es gewesen, wenn ich nicht überlebt hätte.

Doch ich schaffte es, obwohl ich mich wie ein Wrack fühlte. Einen Monat nach der Operation konnte ich mir immer noch nicht vorstellen, im Frühjahr 1999 wieder nach Kamtschatka zurückzukehren. Während ich mich mühevoll von dem Eingriff erholte, setzte ich mich hin und wieder an den Computer und las die unglaublichsten Geschichten, die per E-Mail aus Russland hereinströmten. Fedor Farberow, ein Bergführer, mit dem wir uns angefreundet hatten, berichtete von seiner Knieoperation. Er hatte sein eigenes Bettzeug, Essen und sogar Medikamente ins Krankenhaus mitbringen müssen. Im Zimmer war es so kalt gewesen, dass sogar die Leitungen eingefroren waren.

Unsere Freunde erzählten, dass sie Holzöfen in ihren Wohnungen aufgestellt hatten. Jetzt lugten überall verrückte rechtwinklige Ofenrohre aus den Hochhäusern von PK. Die Preise für Ölöfen, Gasflaschen oder Kerzen waren in unermessliche Höhen geschnellt. Die improvisierten Heizsysteme und die Unerfahrenheit ihrer Benutzer führten häufig zu Brandkatastrophen. Einmal blieben vier Boote, die den kostbaren Brennstoff von einem vor der Küste ankernden Tanker herüberbringen sollten, im Eis stecken, während Petropawlowsk erfror. Wir schickten Care-Pakete, die wir für jämmerlich unzureichend hielten, doch unsere Freunde waren ungeheuer dankbar für Dinge wie warme Vlies-Hosen, fingerlose Handschuhe zum Tippen oder Vitaminpräparate.

Zweifellos halfen mir die Geschichten über den Mut und das Durchhaltevermögen, mit dem die Menschen von Kamtschatka diese harten Zeiten überstanden, bei meiner Genesung. Immer wenn ich anfing, mich selbst zu bemitleiden, hörte ich von den Leuten in PK, alten und jungen, die zitternd ihren dunklen, kalten Winter ertrugen und trotzdem Schneid und sogar Humor bewiesen. So wurde mir bewusst, welches Glück ich hatte, und ich konnte weitermachen.

FÜNFTER TEIL

(1999)

22

Eine schreckliche Vermutung

Während ich den Winter über mit meiner Operation und der darauf folgenden Genesung kämpfte, machte das Projekt selbst gute Fortschritte. Es war in aller Munde, als Ian Herrings Film im amerikanischen und dann im kanadischen Fernsehen lief. In der *Los Angeles Times* stand die Reportage sogar auf der Titelseite, zusammen mit einem Foto von mir, schlafend, den Kopf auf Chico gebettet. Das Magazin *Sierra* veröffentlichte seinen Beitrag mit Aufsehen erregenden Fotos, auf denen Maureen und ich Dinge mit Bären anstellten, die in den Augen von Rangern und Wissenschaftlern als verrückt und gefährlich galten. All das zog die öffentliche Aufmerksamkeit auf unsere Arbeit. Da in den meisten Presseerklärungen und Artikeln auch unsere Internet-Adresse genannt wurde, schnellte die Zahl der Website-Besucher in die Höhe.

Natürlich war nicht alles nur positiv. Die Bärengurus, die uns nicht erlaubt hatten, unser Projekt in Nordamerika durchzuführen, regten sich jetzt mächtig auf. Ich hatte ihren Rat, das Projekt sein zu lassen, weil dabei sowieso nichts herauskomme, in den Wind geschlagen. Noch schwerer wog, dass ich mich mit der Verlegung des Projekts nach Russland dem Druck entzogen hatte, den sie beispielsweise auf Timothy Treadwell ausüben konnten. Nachdem er im ersten Jahr in Alaska einfach in der Wildnis verschwunden war, hatte sich Timothy später um eine Genehmigung des US Parks Service bemüht, damit alles seine Ordnung hatte. Vor kurzem hatte man ihm erklärt, dass er keine Folgegenehmigung mehr bekommen würde, wenn er auch nur noch ein einziges Mal mit seinen Bären im Fernsehen zu sehen sei.

Aufgrund meiner Verfassung und Maureens Arbeitsbelastung durch Unterrichten und künstlerisches Schaffen waren wir mit unseren Vorbereitungen für das vierte Jahr schrecklich im Verzug. Mehrere Freunde kamen uns zu Hilfe, indem sie die Aufgabe übernahmen, Geldmittel zu sammeln. Im Januar nahm ich meine Arbeit am Buch wieder auf, anfänglich nur versuchsweise. Die Zeit, die ich während der Operation unter Narkose hatte verbringen müssen, hatte eine

Depression ausgelöst, die sich durch meine Freude, am Leben zu sein, nicht gänzlich überwinden ließ.

In Februar fing ich mit dem Fitness-Training an. Nach einer so langen Zeit, in der ich überhaupt nichts getan hatte, war meine Kondition so schlecht wie noch nie. Ich brannte förmlich darauf, mich wieder fit zu machen für die Härten von Kamtschatka. Dabei übertrieb ich es jedoch und landete erneut im Krankenhaus, wo die gesamte Unterleibsnarbe mit Gewebe ausgepolstert werden musste, um sie zu verstärken. Offen gesagt war diese zweite Operation schmerzhafter als die erste.

Als ich aus dem Krankenhaus entlassen wurde, war ich so schwach, dass ich durch die Gegend schlurfte wie ein Greis. Die meiste Zeit verbrachte ich mit Schlafen. Diese Operation zu überstehen war die schwerste körperliche Belastung, die ich je erlebt habe.

Doch irgendwie schaffte ich es, Anfang Mai mit einem voll beladenen Lastwagen von Kanada nach Great Falls, Montana, zu fahren. Dort wurde alles, auch Spritvorräte, auf einen Ferntransporter nach Seattle und von da auf ein Schiff nach Petropawlowsk verladen.

Am 14. Mai ging ich an Bord einer Reeves Aleutian Maschine und flog erneut gen Osten.

So begann das vierte Jahr unseres Projekts in Südkamtschatka. Bislang waren wir jedes Jahr nach Russland gekommen, ohne zu wissen, ob wir die Genehmigung zum Weitermachen bekommen würden. 1999 bildete da keineswegs eine Ausnahme, aber zumindest hatten wir zwei Extrawochen in unseren Reiseplan eingebaut, um notfalls Verhandlungen führen zu können. Das war der Vorsprung, den ich hatte, bevor Maureen nachkommen sollte.

In diesem Frühjahr hatte das Kronotskij-Reservat endlich seinen neuen Leiter bekommen. Es war ein gebildeter Mann namens Valeri Komerow, von Hause aus Jäger, der die meiste Zeit seines Lebens in Kamtschatka gelebt hatte. Wir kannten ihn nicht, doch Tatjana hatte uns per E-Mail gewarnt, uns auf weitere Widerstände und Feindseligkeiten gefasst zu machen. Vitali hatte den Winter über sein Bestes getan, um den Brunnen zu vergiften. Als talentierter Schriftsteller hatte er mehrere Artikel über unsere absurden Ideen, unser irregeleitetes Projekt und die gefährlichen Bären veröffentlicht. Er hielt Vorträge in der Wissenschaftlichen Bibliothek und zeigte Dias von Chico, Rosie und Biscuit mit einem sorgfältig zusammengebastelten Kommentar, der unser Projekt verunglimpfte. Alexei Maslow hatte an einer dieser Veranstaltungen teilgenommen und uns verteidigt. Natürlich war das alles Propaganda, aber wir wussten nicht, wie viel der neue Leiter und der Rest der verantwortlichen Behörden von Kronotskij davon glauben würden.

Dass ich die beiden Operationen überlebt hatte, führte dazu, dass ich den auf uns zukommenden bürokratischen Auseinandersetzungen gelassener entgegensah. Wenn ich beispielsweise an das Treffen mit dem neuen Leiter dachte, hatte ich keine Probleme, ihm gegenüber Großzügigkeit zu empfinden. Ich war glücklich, am Leben zu sein. Außerdem war ich überzeugt, dass unsere Bären sich uns gegenüber nicht verändert haben würden, obwohl sie inzwischen acht Monate älter geworden waren. Im Vergleich zu meiner Sehnsucht, zu ihnen zurückzukehren und unsere Arbeit fortzusetzen, zählte Vitalis Unfug nicht besonders. Alles in allem war ich in ziemlicher Hochstimmung, als der Jet die Maschinen drosselte und zur Landung in Petropawlowsk ansetzte. Es war ein Gefühl, wie nach Hause zu kommen.

Jennia und Tatjana warteten auf mich. Wenig später saß ich mit Tatjana in Jennias und Viktors Wohnung und genoss die Wärme ihres Familienlebens. Sie sprachen nur wenig darüber, wie hart der Winter gewesen war, und wieder sah ich eine Parallele zwischen ihren Problemen und meinen eigenen. Wir alle wollten vorwärts blicken, nicht zurück.

Tatjana hatte eine ganze Reihe von Treffen für mich vorbereitet, die sich über die nächsten Tage verteilen würden. Dabei kam heraus, dass Wladimir Mosolow, der Chef aller Wissenschaftler von Kronotskij, mich für eine Woche an den Kambalnojesee begleiten würde. Er sollte beurteilen, wie sich die Bären entwickelt hatten, insbesondere hinsichtlich ihrer Aggression gegen Menschen. Dann würde er einen Bericht schreiben, auf dessen Basis entschieden werden sollte, ob Maureen und ich weitermachen durften.

Der neue Leiter, Valeri Komerow, war ein hoch gewachsener, hagerer Mann mit markanten Gesichtszügen. Er wirkte immer etwas beunruhigt, konnte aber zwischendurch auch kurz lächeln. Ich war überrascht, wie sehr er für den Naturschutz eintrat. Da er selbst keine wissenschaftliche Ausbildung besaß, hatte er Probleme, mit den Wissenschaftlern des Reservats zusammenzuarbeiten. Willkommen an Bord, dachte ich.

Ich musste mir bei all diesen Treffen eine Menge Dinge anhören, die schwer zu schlucken waren. Die härteste Erkenntnis war vielleicht, dass die Russen das Ganze nur als Experiment zur Auswilderung dreier verwaister Braunbärenjungen ansahen. Wahrscheinlich hielten sie das auch noch für großzügig. Hätten sie unser Projekt als das bezeichnet, was es in Wirklichkeit war, hätten sie sich vielleicht gezwungen gesehen, uns sofort wieder loszuwerden.

Was Aggressionen betrifft, so näherten sich die Jungen, ihrem Alter entsprechend, einem neuen gefährlichen Punkt. Die wenigen Experten auf diesem Gebiet schienen darin übereinzustimmen, dass das Alter, in dem sich Zutrauen in Aggression verwandelt, bei etwa zweieinhalb Jahren liegt. Da sie Anfang 1997 in einem Winterlager zur Welt gekommen waren, hatten Chico, Biscuit und Rosie dieses magische Alter bereits erreicht und würden es weit überschritten haben, wenn wir in diesem Herbst abreisten. Daher waren die Experten überzeugt, dass die Jungen in diesem Sommer gefährlich werden würden. Maureen und ich hingegen waren ebenso sicher, dass sich gar nichts verändern würde, vorausgesetzt, die Menschen behandelten sie weiterhin mit Respekt. Die Bären würden schon zeigen, wer Recht hatte.

Als Maureen eintraf, hätte ich eigentlich bereits längst am Kambalnojesee sein sollen, aber ich war noch keinen Deut weitergekommen. Bisher hatte ich es nur geschafft, unseren Container durch den Zoll zu bugsieren. Maureen kam am 1. Juni, blieb jedoch nicht lange. Tatjana und sie gingen am nächsten Tag an Bord eines Flugzeugs nach Moskau, wo sie Wsewolod Stepanitski treffen sollten, den Leiter sämtlicher russischer Naturschutzgebiete. Er war die höchste Autorität in dem System, das über uns herrschte; ihn zu besuchen war ein riskantes Spiel. Wenn er Nein zu unserem Projekt in Kamtschatka sagte, würde es unwiderruflich das Aus bedeuten. Andererseits könnte ein positives Wort von ihm unseren bürokratischen Sorgen ein schnelles Ende setzen.

Während ich auf eine Wetterbesserung wartete, ging ich in den Zoo und machte mehrere Fotos von einem verwaisten Bärenjungen, das hier sein Dasein fristete. Ich wollte es an unsere Website schicken. Das Bürschchen wurde von einer Wärterin relativ gut behandelt, allerdings ständig gepiesackt, um die Besucher zu unterhalten. Es musste mit jedem Kind herumtollen, das hier auftauchte. Bärenjungen können sich gegenseitig ganz schön auf die Nerven gehen, doch ich machte mir Sorgen, dass dieses Bärenkind nicht genügend Ruhe bekam. Anatoli Shewljagin, der Zoodirektor, war erneut daran interessiert, Maureen und mir das Bärenjunge zu übergeben, und wir wären natürlich sofort einverstanden gewesen. Doch um die drei Jungen, die wir bereits bei uns hatten, nicht zu gefährden, verzichteten wir lieber darauf, noch eins zu kidnappen.

Am 3. Juni bestieg ich zusammen mit Wladimir Mosolow und unserem gemeinsamen Freund, dem Bergführer Fedor Farberow, als Dolmetscher einen Hubschrauber Richtung Süden. Fedia, wie seine Freunde ihn nannten, ging ziemlich wacklig, denn sein Knie war nach der Operation noch nicht ganz verheilt. Als wir über dem schneebedeckten Kambalnoje-Becken zur Landung ansetzten, öffnete ich die Seitentür, um die Landschaft zu betrachten, während der

Pilot Kurs auf die Hütte nahm. Die ersten beiden Bären, die ich 1999 sah, rannten etwa eine Meile von ihr entfernt auf die Hütte zu. Das allein brachte mich auf die Idee, dass es zwei von unseren dreien sein mussten. Dann verlor ich sie während der Landung aus den Augen.

Wenig später, als wir unsere Ausrüstung entluden und die Verbarrikadierungen vor den Fenstern und der Tür entfernten, kamen Chico und Biscuit zur Hütte und legten sich in eine Schneewehe. Ihr Anblick brachte mich ganz durcheinander. Natürlich wäre ich am liebsten hingegangen und hätte sie anständig begrüßt, doch eine von Wladimirs Bedingungen war, dass ich den Bären während dieser ersten Probewoche keine freundschaftlichen Gefühle zeigen durfte. Am meisten machte mir ihre Zahl zu schaffen. Wieso nur zwei Bären statt drei? Wo war Rosie? Ich wartete ungeduldig auf sie. Rosie war wegen ihrer Neugier häufig diejenige, die zurückblieb und verloren ging, doch das hier war etwas anderes. Wenn sie Rosie tatsächlich nur aus den Augen verloren hätten, wären Chico und Biscuit unruhig gewesen. Sie hätten sie gesucht. Aus ihrer Ruhe las ich die schreckliche Wahrheit. Rosie war für immer verschwunden. Mit ziemlicher Sicherheit war sie tot.

Das zu wissen und nicht imstande zu sein, mit Biscuit und Chico Kontakt aufzunehmen, war eine Qual. Aber noch schlimmer war, dass Wladimir uns befahl, in die Hütte zu gehen. Er hielt Wache am Fenster, das Gewehr in der Hand. Ohne Zweifel hätte er geschossen, wenn die Bären der Hütte zu nahe gekommen wären.

Schon in PK hatte er mir erzählt, womit er am Kambalnojesee rechnete. Er entwarf Szenarien, in denen die Bären die Hütte attackierten, entschlossen, sie aufzubrechen, um an das Futter zu gelangen. Tatsächlich gab es nicht einen einzigen Kratzer in der Teerpappe über dem Anbau, wo die übrig gebliebenen Säcke mit Sonnenblumenkernen den ganzen Winter über in den Dachsparren gelagert hatten. Stattdessen sah er zwei Bären vor dem Fenster der Hütte, die eine Grasnarbe umdrehten und an ein paar Wurzeln nagten. Der Schnee, der um die Hütte wirbelte, hatte dort einen kleinen Bereich verschont. Nach einer halben Stunde wanderten die Bären auf den zugefrorenen See hinaus und zogen an seiner Nordseite entlang zur Itelmenen-Bucht. Ich bin überzeugt, dass mein Verhalten und die Distanz, die ich zu ihnen hielt, sie verwirrte. Doch als sie sahen, dass ich, aus welchen Gründen auch immer, nicht erreichbar für sie war, akzeptierten sie diese Tatsache völlig gelassen und gingen ihres Weges.

An diesem Tag folgte ich Wladimir auf einem Gang, bei dem er inspizieren wollte, welches Futter den Bären zur Verfügung stand. Bei jedem Schritt versank ich tief im weichen Frühjahrsschnee. Die beiden Operationen und die lange Genesungszeit hatten mich sehr geschwächt. Ich war überhaupt nicht in Form und bezahlte dafür mit Schmerzen und Erschöpfung. Daher beschloss ich, mir für alle zukünftigen Ausflüge Fedias Skier auszuleihen.

Was das Futter anging, so hatte ich gehofft, dass es noch Pinienkerne vom letzten Jahr gab, doch sie waren längst abgefallen. Die meisten Bären, die wir sahen, zogen über die Berge Richtung Ostküste, wo das Frühjahr früher einsetzte. Unsere Bären hatten nicht gelernt, diesen Weg zu nehmen, und mussten hier am Kambalnojesee ums Überleben kämpfen. Es war das einzige Zuhause, das sie kannten. Sie verließen sich auf ihre letzten Fettreserven, während sie auf die grünen Triebe warteten. Trotzdem erschien mir ihr Energiehaushalt insgesamt viel höher als vor einem Jahr, als sie oft wie benommen gewesen waren.

Als ich an diesem Abend einzuschlafen versuchte, musste ich lange an Rosie denken. Was konnte ihren Tod verursacht haben? Wladimir war überzeugt, dass sie ganz einfach eigene Wege gegangen war; ich aber hatte das Trio zwei Sommer lang zusammen beobachten können, und als ich jetzt sah, dass Chico und Biscuit einander näher waren als je zuvor, war mir klar, dass er Unrecht hatte.

Natürlich war ich traurig, aber ich versuchte auch, mich daran zu erinnern, dass unsere Einmischung in ihr Leben Rosie wahrscheinlich zwei fröhliche Jahre beschert hatte, die sie sonst nicht gehabt hätte. Rosie hatte die Gefahren des Lebens nie so ernst genommen wie ihre beiden Schwestern, und vielleicht war das der Grund für ihren vorzeitigen Tod. Was immer passiert sein mochte, es war eine Lücke entstanden, die durch niemanden gefüllt werden konnte. Sie war etwas ganz Besonderes gewesen.

Ich dachte zurück an die letzte Wanderung, die wir zu fünft unternommen hatten. Im letzten Herbst waren die Jungen für eine ganze Woche verschwunden, und wir waren nicht sicher gewesen, ob sie zurückkommen würden, bevor wir abreisen mussten. Ein paar Tage vor unserer Abreise waren sie aufgetaucht, dick und flauschig mit ihrem neuen Winterpelz. Rosie bot einen imposanten Anblick; sie war fast weiß im schräg einfallenden, herbstlichen Sommerlicht und mittlerweile auch nicht mehr die Kleinste. Sie hatte ihre Schwestern endgültig eingeholt, doch das hatte nichts an ihrer Haltung dem Leben gegenüber verändert. Nach wie vor war sie die Neugierigste und Erfindungsreichste.

Am liebsten führte sie uns zu einem Forellenbach, dessen Ufer mit leuchtend grünem Moos bewachsen waren. Wir liebten diese Stelle, weil sie atemberaubend schön war. Maureen hat immer daran geglaubt, dass auch Bären ein Gefühl für Ästhetik haben. Als wir zu der moosbewachsenen Schlucht kamen, wollten die Bären sich ausruhen, achteten jedoch darauf, den unberührten grünen Teppich nicht zu zerstören. Sie verbrachten zehn Minuten damit, sich sorgfältig drei Lager aus dem erodierten Felsgestein zu scharren, das einen kleinen Teich säumte. Um sie herum gab es nichts als samtiges Moos und spät blühende, wild wachsende Blumen. Dann schliefen sie ein, jedes für sich in seiner frisch geformten Mulde. Als ich diese Lager später noch einmal aufsuchte, sahen sie noch immer aus wie neu. Das eine, das überzählig und leer war, versetzte mir jedes Mal einen kleinen Stich.

Nach dem Nickerchen hatte Rosie erneut die Führung übernommen, was sonst nur selten vorkam. Dieses Mal hatte ihr Ziel nichts mit Schönheit oder Ästhetik zu tun. Vor kurzem hatte sie in einem Erlenhain einen Sumpf entdeckt, der mit kohlschwarzem, zähflüssigem Schlamm gefüllt war. Maureen und ich sahen, wie sie darauf zusteuerte, und verabschiedeten uns im Geiste von ihrem flauschigen, sauberen Pelz. Rosie war entzückt, als ihre Schwestern sich ihrem ausgelassenen Schlammbad anschlossen.

Das waren meine Gedanken, als ich im Frühjahr 1999 am Kambalnojesee eintraf und entdeckte, dass Rosie verschwunden war.

23

Die Jagd

Am zweiten Tag, den ich in diesem Frühjahr am Kambalnojesee verbrachte, borgte ich mir Fedias Skier aus. Es war ein enormer Unterschied und bedeutete eine große Erleichterung für mich. An diesem Tag gewann ich das Grundvertrauen in meine körperlichen Kräfte zurück. Wladimir Mosolow und ich fuhren über den gefrorenen See zur Itelmenen-Bucht, wo ich Chico und Biscuit in luftiger Höhe auf einem kahlen Stück Tundra entdeckte. Ich setzte mich auf einen Felsen, um ihnen zuzuschauen, während Wladimir schwungvoll weiterfuhr, um einen Felsvorsprung bog und rasch außer Sichtweite geriet. Wenig später kam er genauso schnell wieder zurück, weil sich ein großer männlicher Bär auf dem Eis näherte. Das Sehvermögen von Braunbären ist völlig in Ordnung. Sie sehen mindestens ebenso gut wie Menschen, doch wie die Menschen schauen auch sie nicht immer so genau hin. Dieser Bär bemerkte uns erst, als der Wind ihm unsere Witterung zutrug. Daraufhin trollte er sich quer über den See zum südlichen Rand und dort weiter am Ufer entlang. Es war ein breitschultriges Tier mit knochigem Hinterteil, das ich in den nächsten paar Tagen noch sehr gut kennen lernen sollte.

Im Verlauf der nächsten Woche benahmen sich die Jungen, als wüssten sie, dass sie unter Beobachtung standen, als spürten sie ganz genau, welche Ängste und Zweifel Wladimir plagten. Und sie waren ganz offensichtlich entschlossen, ihn eines Besseren zu belehren. In dieser Woche beehrten sie uns nur zweimal mit ihrem Besuch. Es sah so aus, als seien sie ganz zufällig vorbeigekommen. Beide Male blieben sie höchstens eine Viertelstunde und verhielten sich keineswegs so, als seien sie auf Futtersuche – und das, obgleich sie sich seit einem halben Jahr nicht mehr satt gegessen hatten.

Schließlich bekam ich die Gelegenheit, allein mit den Skiern das Tal hinaufzufahren. Ich steuerte eine Stelle an, die von der Hütte aus nicht sichtbar war, aber trotzdem in Sichtweite jenes hochgelegenen Platzes lag, wo die Jungen schliefen. Als ich sie rief, sprangen beide von ihrem Lager auf und kamen zu mir heruntergerutscht. Genau wie im Jahr zuvor rieben sie als Erstes ihre Gesichter in meinen Spuren. Um ihnen eine stärkere Witterung zu bieten, legte ich meine Hände in den Schnee. In ihren Abdrücken rieben sie sich noch aufgeregter. Dann fingen sie an, im Kreis um mich herumzulaufen und über den Schnee hinweg auf mich zuzurollen, wobei sie mir sehr nahe kamen, ohne mich jedoch ein einziges Mal umzustoßen. Chico fing an, neben mir ein Loch zu graben. Sie grub sich praktisch außer Sichtweite, bis nur noch ihre Hinterbeine zu sehen waren. Es war ein ziemlich grandioser Empfang.

Normalerweise wäre ich stundenlang geblieben, wollte aber nicht, dass Wladimir dahinter kam, was ich vorhatte. Anscheinend hatte er Fedia gegenüber angedeutet, dass die Situation hier ganz anders war als das, was er erwartet hatte. Das war eine gute Nachricht. Ich wollte unsere Beziehung nicht gefährden, indem ich ihn zu früh zu sehr bedrängte.

Der männliche Bär, der uns am zweiten Tag auf dem See begegnet war, entpuppte sich als der Kannibale, den wir im Jahr zuvor beobachtet hatten. Zwar hatte ich Überreste von Mahlzeiten eines solchen Bären gesehen, ihn aber noch nie in solch einer konkreten Situation beobachtet. Diese Erfahrung stand mir jetzt bevor. In den beiden vorangegangenen Jahren hatten weibliche Bären (nicht unsere) den Rosie Mountain als Zuflucht benutzt, um ihre Jungen vor den Gefahren im Tal zu beschützen. Zu Anfang des Frühlings scheint es eine Phase zu geben, in der junge Bären besonders leicht Opfer von Männchen werden können, die ihre eigenen Artgenossen fressen. Wenn ein Weibchen seine Jungen durch diese Zeit bringen kann, haben sie gute Aussichten zu überleben.

In diesem Jahr beobachteten wir, wie ein neues Weibchen auf dem Rosie Mountain ein solches Männchen witterte, bevor dieses die Mutter oder ihre drei Jungen entdeckt hatte. Zuerst liefen Mutter und Kinder um den Gipfel des Hügels herum, dann schlitterten sie alle vier die Hälfte eines steilen Abhangs hinunter. Auf einer komplizierten Route führte das Weibchen ihre Jungen über die Klippen und wieder zurück zur Spitze des Bergs. Der Räuber folgte ihrer Witterung, verpasste jedoch während der Rutschpartie den Punkt, an dem sie abgebogen waren, und sauste den ganzen Abhang hinunter. Danach war er zu faul, um ihn noch einmal zu erklimmen.

Am nächsten Tag entdeckte Fedia eins der drei Jungen, als es dieselbe Strecke hinunterschlitterte. Er richtete das Fernglas zum Gipfel und sah die beiden anderen allein. Keine Mutter weit und breit. Da wir wussten, dass eine Mutter ihre Jungen niemals ohne triftigen Grund verlassen würde, vermuteten wir, dass sie auf der anderen Seite des Berges mit dem Männchen kämpfte.

Gerade als das einsame Junge wieder zu seinen Geschwistern hinaufkletterte, tauchte die Mutter plötzlich auf. Die Jungen erschraken sich bei diesem unerwarteten Anblick und flüchteten vor ihr den Berg hinauf. Das Kannibalenmännchen aber hatte sich auf dem Felsrand über ihnen postiert, so dass sie ihm entgegenliefen. Mittlerweile folgte die Mutter ihnen, so schnell sie konnte, und griff das Männchen genau in dem Moment an, als er eins der Kleinen packte. Alle drei stürzten zusammen in den Abgrund. Als sie unten aufschlugen, war das Junge bereits tot und die Mutter mit ziemlicher Sicherheit verletzt, denn sie rührte sich die ganze Zeit, während das Männchen ihr Junges fraß, nicht vom Fleck.

Am selben Nachmittag fing der Räuber auch ihr zweites Junges. Wolken wälzten sich über den Rosie Mountain. Wir sahen, wie das Bärenweibchen aus dem Dunst heraustrat und dann wieder verschwand. Als sich die Wolken verzogen, entdeckten wir das Männchen, das ihr Junges fraß.

Zwei Tage später saßen wir an einem sonnigen Abend auf der Veranda und beobachteten mehrere Bären. Einer von ihnen, ein Männchen, steuerte über das Eis auf die Bucht zu, die sich Chico und Biscuit vorübergehend als Zuflucht ausgesucht hatten. Dort bog er um eine Ecke und verschwand. Als Nächstes sahen wir drei Bären über den See rennen. Durch das Fernglas entdeckte ich, dass es Chico und Biscuit waren, die von einem männlichen Bären verfolgt wurden. Ich war sicher, dass es derselbe war, der die Jungen getötet hatte.

Das Männchen erwählte sich Biscuit zu seiner Beute. Chico schaffte es, abzudrehen und zu entkommen. Mittlerweile stand ich bereits auf Skiern und versuchte, in Richtung der Hetzjagd zu fahren. Ich war schockiert und zu Tode erschrocken darüber, wie nahe der Verfolger Biscuit gekommen war. Mit jedem seiner gewaltigen Sätze berührten die Tatzen des Verfolgers praktisch Biscuits Hinterteil. Die Jagd beschrieb einen großen Bogen auf dem See, und dann entdeckte ich plötzlich Chico, die ihnen nachsetzte. Sie hatte sich zwar in Sicherheit gebracht, dann aber entschieden, quer über den See zu rennen, bis sie wieder Schulter an Schulter mit Biscuit war. Wahrscheinlich glaubte sie, in irgendeiner Form helfen zu können, oder aber ertrug es nicht, ihre Schwester in einer solch verzweifelten Lage zu sehen, ohne einzuschreiten und die Gefahr zumindest zu teilen.

Zusammen rannten Biscuit und Chico jetzt weiter und verschwanden an der Itelmenen-Bucht aus dem Blickfeld. Ich überquerte den See in Rekordzeit und erreichte die Bucht in entsetzlicher Angst vor dem Anblick, der sich mir möglicherweise bieten würde. Doch irgendwie hatten unsere Jungen ihren Vorsprung ausgebaut und verschwanden gerade über den Rand, der zum Chico Basin führte. Da ich wusste, wie gut sie das Terrain dort kannten, beruhigte ich mich ein wenig. Als ich ihre Fährte erreichte, untersuchte ich sie, um zu verstehen, wie die Jagd jenseits meines Blickwinkels verlaufen war. Zuerst waren Chico und Biscuit durch ein schneebedecktes Tal gelaufen, eine Strategie, die zumindest eine von ihnen fast das Leben gekostet hätte. Seit sie diesen Weg das letzte Mal genommen hatten, war eine Mauer von Pinien aus dem Schnee geschmolzen und erhob sich nun vor ihnen. Sie waren gezwungen, wieder bergab zu flüchten, so dass das Männchen mit seinen großen Sätzen Gelegenheit bekam, den Abstand zwischen ihnen zu verringern. Diesmal durchquerten sie das Tal Richtung Norden, was ihnen bergauf erneut einen Vorteil verschaffte, obgleich es bedeutete, dass sie einen Umweg von mehreren Meilen um den Rand des Beckens machen mussten, bevor sie wieder sicheren Boden erreichten. Und noch war die Gefahr nicht vorbei.

Ich fuhr auf meinen Skiern denselben Weg zurück, den ich gekommen war, bis ich ins Chico Basin hineinsehen konnte. Mittlerweile war die Jagd beendet. Das große Männchen hatte aufgegeben, sobald sie die Senke erreicht hatten. Jetzt lag es ganz oben im Schnee. Chico und Biscuit waren bereits wieder unten und tauchten am westlichen Ende auf. Sie rannten auf mich zu und kamen neben mir schlitternd zum Stehen.

Was mich in diesem Augenblick überraschte, war ihre Ruhe. Ich hatte panische Angst erwartet. Sie zeigten kaum Anzeichen von Erschöpfung, obgleich sie bei der Jagd mindestens fünf Meilen zurückgelegt hatten. Das bewies mir, dass sie das mörderische Nachlauf-Spiel an diesem Tag nicht zum ersten Mal erlebt hatten. Offensichtlich war Rosie einmal nicht schnell genug gewesen.

Nach einer kurzen Begrüßung setzten Chico und Biscuit ihren Weg am See entlang fort. Ich begleitete sie. Chico ging voran, ich folgte, und Biscuit kam als Letzte und beobachtete die Gegend hinter uns, für den Fall, dass das Männchen die Jagd erneut aufnahm. Ohne besondere Eile, aber doch in schnurgerader Linie, kehrte Chico jetzt zur Itelmenen-Bucht zurück. Dort angekommen unterzogen die beiden die wilde Jagd, die sie soeben erlebt hatten, einer methodischen Überprüfung. Sie folgten ihrer eigenen Fährte bis zu dem Punkt, an dem sie dem Männchen begegnet waren, wobei sie immer wieder an dessen Spuren schnüffelten. Mir erschien es wie eine gründliche Analyse, die darauf abzielte, so viel wie möglich darüber zu lernen, auf welche Weise der männliche Bär ihnen eine Falle stellen könnte. Vielleicht würden sie dieses Wissen in der Zukunft brauchen. Offensichtlich war es ein wichtiger Teil ihrer Überlebensstrategie. Doch wie es ihnen gelungen war, einem ausgewachsenen Männchen, das sich proteinreich ernährte, zu entkommen, obwohl sie selbst seit mindestens sechs Monaten keine ordentliche Mahlzeit mehr gehabt hatten, ist mir schleierhaft.

Obwohl es mir schwer fiel, riss ich mich schließlich los und fuhr nach Hause.

Am folgenden Tag kehrte der Hubschrauber zurück, um uns zur Stadt zu bringen. Die restlichen Sonnenblumenkerne nahmen wir mit, um sie Wladimirs Anweisungen gemäß in PK zu lagern. Offensichtlich vertraute er mir nicht, aber das spielte keine Rolle, weil ich nicht mehr die Absicht hatte, Chico und Biscuit zu füttern. Wir würden die Kerne nur dann brauchen, wenn wir ein neues Bärenjunges aufzuziehen hätten. In diesem Fall würde ich sie einfach wieder abholen.

Ich war sicher, dass Wladimir die Jagd am Tag zuvor beobachtet hatte, und auch, wie ich zusammen mit den Jungen zur Itelmenen-Bucht zurückgekehrt war, doch brachte er diesen Punkt vor unserer Abreise nicht ein einziges Mal zur Sprache. Maureen und ich hatten vereinbart, mit den russischen Behörden zusammenzuarbeiten und sämtliche Vorschriften zu befolgen, zumindest, solange wir unter Beobachtung standen. Ich hatte bei einigen Gelegenheiten bereits diesen Pakt gebrochen, konnte mir aber beim besten Willen nicht vorstellen, was ich stattdessen hätte machen sollen. Wie hätte ich die Jungen in einer potenziell tödlichen Hetzjagd beobachten und nichts dagegen unternehmen können? Ohne dass der Vorfall weiter erwähnt wurde, gewann ich aus dem, was Wladimir sagte, zwischen den Zeilen den Eindruck, dass er seiner Sache möglicherweise nicht mehr ganz so sicher war wie auf der Hinreise vor einer Woche.

Auf dem Weg nach Norden war ich fest entschlossen, so rasch wie möglich zu den Jungen zurückzukehren, um das Wechselspiel von Gefahr, Flucht und Überleben, das in diesem Frühjahr am Kambalnojesee tobte, zumindest zu beobachten und wenn möglich zu verstehen.

Als ich am 10. Juni nach Petropawlowsk zurückkam, war Maureen bereits aus Moskau eingetroffen. Als Erstes wollte sie wissen, wie es den Jungen ging, und so musste ich sie bereits kurz nach unserem Wiedersehen mit der Nachricht konfrontieren, dass Rosie mit hoher Wahrscheinlichkeit tot war.

Als sie sich so weit gefasst hatte, dass sie wieder sprechen konnte, erzählte sie mir von dem offiziellen Schreiben, das Tatjana und sie Wsewolod Stepanitski abgerungen hatten. Wir waren also noch im Rennen, allerdings nur mit zwei statt drei Bären. Maureen hatte auch bei ihren Bemühungen, eine Ausstellung in Moskau zu organisieren, Fortschritte gemacht. Sie durfte auf die Unterstützung von Anne Leahy zählen, der kanadischen Botschafterin in Russland.

Trotz des Briefs aus Moskau dauerte es noch weitere zwei Wochen, bis die letzten Papiere unterzeichnet waren und wir endlich in den Süden aufbrechen konnten. Während wir warteten, startete ich unsere neue Initiative gegen die Wilderer in Südkamtschatka. Seit dem Debakel mit dem Geländewagen 1997 waren wir entschlossen, irgendeine Form des Schutzes aufzubauen. Im vergangenen Herbst hatte ich mit Bill Leacock über dieses Vorhaben gesprochen. Als wir Russland verließen, waren wir uns darüber einig gewesen, dass wir beide versuchen würden, während des Winters finanzielle Unterstützung für ein Anti-Wilderer-Programm zu finden. Maureen und ich hatten es geschafft, zehntausend US-Dollar zu sammeln, und Bill hatte uns mit zusätzlichen fünfzehntausend Dollar noch übertroffen. Zusammen ergab dies eine Kriegskasse von beachtlicher Größe. Sie sorgte dafür, dass die russischen Behörden uns ernst nahmen.

In einer von unserem Bärenprojekt unabhängigen Vereinbarung erklärte sich Valeri Komerow dazu bereit, das Geld anzunehmen, zu verwalten und einen detaillierten Bericht darüber vorzulegen, wie es verwendet wurde. Die vielen Veränderungen, die das Geld in diesem Sommer bewirkte, erstaunten mich, offen gesagt. Eine Wildhüter-Hütte wurde damit am Kurilskojsee gebaut und die alte Hütte an der Mündung des Kambalnoje-Flusses wieder hergerichtet. Es sicherte die Gehälter der vier Wildhüter, die in diesen Hütten leben und von dort ihre Kontrollgänge machen sollten. Ein Außenbordmotor und Hubschrauberflüge konnten davon bezahlt werden. In meinen Augen war das Geld gut angelegt worden und der vom Kronotskij-Reservat vorgelegte Bericht einwandfrei. Ich hatte die Entwicklungen vom Flugzeug aus im Auge behalten, um mich zu vergewissern, dass alle Punkte auch umgesetzt worden waren.

Trotz unserer langen Wartezeit in PK schien Valeri Komerow tatsächlich alles in seiner Macht Stehende zu tun, um uns zu helfen. Er stellte nur zwei neue Bedingungen: dass wir einen Wildhüter bei uns am Kambalnojesee aufnehmen und den bekannten Biologen Dr. Pazhetnow, der sich mit der Auswilderung von Braunbären befasste, eine Woche auf unsere Kosten einladen sollten, um den wissenschaftlichen Aspekt unserer Arbeit zu beurteilen. Sein Gutachten war von entscheidender Bedeutung, wenn es darum ging, im Zweifelsfall neue Bärenjunge zugeteilt zu bekommen.

Am 24. Juni konnten wir endlich zum Kambalnojesee zurück. Es war der Anbruch einer neuen Ära, und das nicht nur, weil Rosie nicht mehr bei uns war. Nachdem man uns endlich überredet hatte, einen Wildhüter bei uns aufzunehmen, ließ sich keiner blicken – weder am Tag des Aufbruchs noch an irgendeinem anderen Tag. Vielleicht hatte Wladimir Mosolow nach seinen Aufenthalten dort eingesehen, dass wir einfach keinen Platz für einen zusätzlichen Mitbewohner hatten. Vielleicht war es der Brief aus Moskau oder die Anti-Wilderer-Kampagne. Vielleicht hatte Wladimir seine Meinung geändert, nachdem er Bekanntschaft mit den Bärenjungen gemacht hatte. Vielleicht war es eine Mischung aus alledem. Wie auch immer, wir verließen Petropawlowsk mit dem Gefühl, dass wir das Schlimmste überstanden hatten und in Zukunft von weiteren Belästigungen hoffentlich verschont bleiben würden.

Die Nacht vor unserer Abreise verbrachte ich in der Flugschule, um in aller Frühe mit dem Morgentau starten zu können. Jetzt, da ich das Fahrwerk entfernt und gegen den Schwimmer eingetauscht hatte, war der feuchte Tau wichtig für den Start – meistens jedenfalls. In dieser Nacht bildete sich jedoch so gut wie gar kein Tau, so dass meine diesjährige Flugsaison am nächsten Morgen mit einem recht holprigen Start begann.

Ich kam noch vor Maureens Hubschrauber am Kambalnojesee an und lotste sie auf ein großes »X«, das ich in den Schnee getrampelt hatte. Der Schnee war so locker, dass der Pilot nicht landete, sondern den Hubschrauber über dem Boden schweben ließ, während wir unsere Sachen entluden. Dazu gehörten fünf Fässer mit Flugbenzin und eins mit Dieselöl, die wir einfach in den Schnee fallen ließen.

Maureen hatte ein Fernsehteam aus Petropawlowsk dabei, das einen Bericht über den Beginn unseres vierten Jahrs drehen wollte. Es sollte für positive Resonanz sorgen, die wir dringend brauchten. Die Fernsehleute packten beim Abladen der Kisten mit an, so dass ich nach Kurilskoj fliegen konnte, um die Sachen abzuholen, die wir dort den Winter über eingelagert hatten.

Am nächsten Tag gingen wir auf die Suche nach unseren Jungen, stießen aber zuerst auf die Mitglieder des Cocktail-Clans: Brandy mit ihren beiden übrig gebliebenen Jungen Gin und Tonic. Rum war verschwunden, wahrscheinlich war sie demselben aggressiven Männchen zum Opfer gefallen, das in diesem Frühjahr schon zwei Junge getötet hatte und womöglich auch Rosie. Die Cocktail-Familie schien uns wieder zu erkennen und blieb vollkommen ruhig, als wir vorbeigingen.

Dann fanden wir Chico und Biscuit im Riedgras zwischen den Erlen. Als sie uns entdeckten, rannten sie durch eine Schneewehe auf uns zu und spulten ihr volles, ausgelassenes Begrüßungsritual ab. Biscuit schnüffelte und wälzte sich in Maureens Spuren, bevor sie genüsslich in ihnen hin und her rutschte. Chico kam zu mir, legte sich auf den Rücken und streckte mir ihre mächtigen Pranken entgegen. Ich legte meine Handflächen darauf und verschränkte meine Finger mit ihren Klauen. Ich war ganz gerührt, dass sie sich daran erinnerte. Ihre Füße waren so gewachsen, dass sie sich doppelt so groß wie meine Hände anfühlten. Sowohl Maureen als auch mir fiel auf, dass die Bären vorsichtiger mit uns umzugehen schienen, je größer sie wurden, und mittlerweile waren sie riesig. Trotzdem entging mir nicht, wie innerlich zerrissen Maureen von dieser Begrüßung war, die einerseits so fröhlich, andererseits von einer nicht zu übersehenden Abwesenheit gezeichnet war.

MAUREEN: *Ich glaube, niemand kann sich vorstellen, wie traurig ich war, als ich erfuhr, dass Rosie nicht mehr lebte. Ich hatte in ihr immer die Künstlerin des Trios gesehen. Sie war diejenige, die am meisten Liebe und Aufmerksamkeit brauchte. Sie war immer die Erste gewesen, die irgendwo stehen blieb und etwas Interessantes untersuchte. Es war ein schrecklicher Schlag für mich, dass mein Bären-Alter-Ego nicht mehr da war. Ich vermisste nicht nur ihre angenehme Gesellschaft – ich hatte das Gefühl, einen Teil von mir selbst verloren zu haben.*

In den ersten paar Tagen am Kambalnojesee hatten wir den Eindruck, dass die Gefahr durch das Kannibalen-Männchen verschwunden war. Doch eines Tages, als Maureen den großen Bärenpfad auf dem Weg zurück vom Toilettenhäuschen kreuzte, raste Biscuit an ihr vorbei und verschwand in einer Senke südlich unserer Hütte. Noch ehe Maureen herausfinden konnte, was los war, sprang ein riesiger männlicher Bär denselben Pfad entlang. Er kam schlitternd zum Stehen, als Maureen ihm laut schreiend befahl, mit seiner Verfolgung aufzuhören.

Ich war in der Hütte, als Maureen mir zuschrie, dass Biscuit verfolgt wurde. Ich lief nach draußen und kletterte die Leiter zum Dach hinauf. Mittlerweile hatte der Kannibalenbär sowohl Richtung als auch Ziel geändert und Chico aufs Korn genommen. Sie hatte einen gehörigen Vorsprung, deshalb gab er bald auf und verlor sich in der Landschaft. Ich beobachtete, wie unsere Jungen zwei große Bögen schlugen und am Forellenbach wieder zusammentrafen. Auch diesmal hatte ich den Eindruck, als hätten sie das Manöver schon häufig praktiziert und nach so vielen Verfolgungsjagden perfektioniert. Hatte Biscuit ihren Verfolger absichtlich an der Hütte vorbeigelockt in der Hoffnung, dass wir einschreiten würden?

Kurz darauf fand das Drama um den Killerbären ein Ende. Wir sahen das Männchen noch hin und wieder, doch es schien wieder zum Vegetarier geworden zu sein, zumindest, bis die Lachse den Fluss heraufkamen. Ich fand es interessant, dass ein so unübersehbar gefährlicher Bär in uns keine potenzielle Beute sah. Trotzdem sorgte die bleibende Erinnerung an die nervenaufreibenden Attacken auf unsere Jungen dafür, dass wir in diesem Sommer wachsamer waren als sonst.

Maureen fand ein wenig Trost, als der Fuchs wieder auftauchte, mit dem sie sich im vergangenen Sommer angefreundet hatte, obwohl er den Verlust von Rosie natürlich nicht aufwiegen konnte. Es war ein Männchen, das sie Squint getauft hatte. Er wälzte sich vor Maureen im Schnee und genoss die Aufmerksamkeit, die sie ihm schenkte, wenn sie ihn mit hoher Piepsstimme ansprach. Er verführte Chico und Biscuit ein paar Mal zu halbherzigen Nachlaufspielen, muss sich aber wohl gefragt haben, wo bloß der lustigste Bär von allen abgeblieben war.

Nachdem die Gefahr durch das aggressive Männchen gebannt war, konnte ich wieder unbekümmerter losziehen und die Gegend erforschen. Einer meiner unerfüllten Fliegerträume war ein Trip zum Kap Lopatka, der südlichsten Spitze der Halbinsel Kamtschatka. Sie lag nur fünfundzwanzig Meilen entfernt, trotzdem war mein erster Versuch, sie zu erreichen, fehlgeschlagen. Der Leuchtturm war aus Sicherheitsgründen Sperrgebiet und damit für mich tabu, doch in Wirklichkeit hatte ich es vor allem wegen des Wetters nicht erneut versucht. Die südliche Spitze ist eine der windigsten Gegenden der Welt. Bei meinem ersten Versuch 1998 hatte ein heftiger Sturm mich zur Umkehr gezwungen, obwohl sich beim Start am Kambalnojesee kein Lüftchen geregt hatte.

Für den zweiten Versuch wählte ich einen Tag, an dem es extrem heiß war. Am 20. Juli stieg die Temperatur in der Kabine auf siebenundzwanzig Grad Celsius und übertraf damit den bisherigen Rekord von dreiundzwanzig Grad. Bei einer derartigen Hitze herrscht im Allgemeinen Windstille, so dass ich den Versuch wagte.

Während ich südwärts flog, blieb es windstill, dennoch näherte ich mich den letzten zwanzig Meilen mit großer Vorsicht. Als ich die baumlose Tundra schon weit hinter mir hatte, traf mich plötzlich eine seitliche Bö, die so rasch zu einem heftigen Sturm wurde, dass eine sichere Landung nicht mehr möglich war. Ich befand mich knapp vor der Spitze der Halbinsel und musste das Flugzeug mit einem großen Vorhaltewinkel gegen den Wind fliegen, so dass ich kaum vorwärts kam. Der Wind war zwar stark, aber laminar, weich und berechenbar. Zwischen diversen Schiffswracks, die beide Ufer an der Spitze säumten, wasserte ich auf einem kleinen See knapp eine Meile vom Leuchtturm entfernt.

Nachdem ich das Flugzeug im korrekten Winkel zum Wind vertäut hatte, machte ich mich zum Leuchtturm auf und fragte mich den ganzen windzerzausten Weg über, wie man mich dort wohl empfangen würde. In Südkamtschatka hört man Geschichten von Leuten, die der unaufhörliche Wind zum Wahnsinn treibt, besonders im Winter, wenn die Einwohner nicht mal einen Spaziergang wagen können, aus Angst, weggeblasen zu werden. Der Leuchtturmwärter kam zur Tür und begrüßte mich freundlich, jedenfalls konnte ich kein gefährliches Glitzern in seinen Augen erkennen. Er lud mich zum Tee ein, und dann versuchten wir, uns mit Hilfe der zwei Dutzend Wörter unseres gemeinsamen Wortschatzes zu unterhalten. Alles in allem sah ich etwa sechs Leute im Leuchtturm, zwei davon weiblichen Geschlechts, und bis auf den Wärter wirkten alle ziemlich frostig, ohne dass ich verstand, warum.

Unser Gespräch wurde unterbrochen, weil der Wärter einen Wetterbericht abschicken musste. Ich folgte ihm in einen unglaublich altmodisch ausgestatteten Raum. Sein Barometer war eine 900 mm hohe, mit Quecksilber gefüllte Säule, die oben verschlossen war. Das untere, offene Ende steckte in einem ebenfalls mit Quecksilber gefüllten Gefäß. Die Höhe des Quecksilbers im Vakuum zeigte den genauen Stand des Luftdrucks an. Als Nächstes betraten wir den Funkraum, wo er telegrafierte und dabei ein großartiges Beispiel für die vergessene Kunst des Morsens lieferte. Er war unglaublich schnell.

Die Wände des Gebäudes hatten eine Dicke von ein Meter zwanzig, auch das ein Zeugnis für den starken Wind. Im Verlauf der Unterhaltung erzählte mir der Wärter, dass der örtliche Windrekord bei zweihundertzehn Kilometern pro Stunde lag. Außerdem erwähnte er beiläufig, dass sie im vergangenen Winter während einer besonders schlimmen Wetterlage eins ihrer Pferde hatten essen müssen.

Beim Start vom See aus flog ich über zwei Bären hinweg, wahrscheinlich dreijährige Jungtiere, die in den Dünen hinter dem Strand spielten. Sie waren dick und erinnerten ein bisschen an Biscuit und Chico. Ich fragte mich, ob sich unsere Bären später auch von Seeottern ernähren würden. Anders als in Nordamerika, wo Seeottern ihr ganzes Leben im Wasser verbringen, kommen sie in dieser Gegend an den Strand, wo sie dann von Bären gejagt werden. Als ich die Küste entlangflog, sah ich ein paar fette Exemplare über den Strand hoppeln.

Die Bären selbst sind in dieser kargen Gegend völlig schutzlos, daher gehen sie ein hohes Risiko ein, wenn sie hier jagen. Doch selbst an solch ungeschützten Orten verstehen sie, sich zu tarnen. Als ich bei meinem ersten Abstecher hierher an der Küste entlanggeflogen war, hatte ich vor mir einen Bären am Strand gesehen. Ich flog eine Kurve und verlor ihn aus den Augen. Als ich zu meinem Ausgangspunkt zurückkam, schien er verschwunden zu sein. Ich gab die Suche nicht auf und fand ihn schließlich: Er kauerte im aufgewühlten Wasser. Eine erstaunlich effektive Tarnung.

Als ich jetzt das Kap Lopatka hinter mir ließ, fiel mir eine Geschichte ein, die ich von Igor Rewenko gehört hatte. Er hatte die hiesigen, Ottern fressenden Bären studiert, während er als Biologe im Reservat arbeitete. Einmal hatte er gesehen, wie ein Bär genau vor der Spitze der Halbinsel ins Wasser trottete und anfing zu schwimmen. Igor beobachtete durchs Fernglas, dass er immer weiter hinausschwamm, bis er nicht mehr zu sehen war. Er hatte Schiffskapitäne davon berichten gehört, dass sie Bären zwischen Lopatka und der nächstgelegenen Kurileninsel, dreizehn Meilen entfernt, hatten schwimmen sehen. Nachdem ich das Kap erreicht und die gewaltige Gegenströmung gesehen hatte, konnte ich mir nicht erklären, wie sich ein Bär für einen solchen Ausflug entscheiden und ihn überleben sollte, doch die Braunbärpopulation auf den Kurilen spricht für sich. Bären sind häufig zu Leistungen imstande, die Menschen sich kaum vorstellen können.

24

Rosies letzte Spur

Der Juli brachte gutes Wetter. Etwa die Hälfte der Tage war es windstill (mein Lieblingswetter), so dass ich fliegen konnte, und es hatte keine größeren Stürme gegeben. Prompt griff die Natur ein, um dieses Ungleichgewicht zu korrigieren.

Am 22. Juli kam ein Unwetter auf. Maureen und ich erlebten volle achtundvierzig Stunden dichten Nebel und kräftigen Regen. Wir waren in der Hütte eingeschlossen und kämpften mit klaustrophobischen Anwandlungen. Als wir den Versuch machten, einen kleinen Spaziergang zu unternehmen, brachte uns dies erneut ein Problem mit dem Kamin ein. Ich hatte die Tür nicht richtig verriegelt, und als dann Wind und Regen nach Norden drehten, war die Tür aufgeflogen. Der daraus entstehende Zug hatte den Rauch durchs Abzugsrohr gedrückt – diesmal in einen Öl-, statt einen Holzofen. Der Gestank und die pyrotechnischen Folgen waren völlig anders als das, was wir kannten. Schon von weitem hörten wir lautes Dröhnen. Wir rannten zurück und sahen Flammen aus dem Ofen schlagen. Rauch quoll aus dem Abzugsrohr in den Raum, und die Luft stank bereits nach Dieselöl. Maureen kroch auf allen vieren hinein, um den Absperrhahn zuzudrehen. Anschließend mussten wir trotz des zunehmenden Winds und Regens die Tür weit offen lassen und uns in ihrer unmittelbaren Nähe aufhalten, um nicht zu ersticken. Unsere Bettwäsche stank nach Dieselqualm, bis endlich die Sonne wieder schien und wir sie waschen konnten.

Als der Himmel aufklarte, hätte man meinen können, das schöne Wetter käme zurück, nur das Barometer sank beharrlich weiter. Wir richteten uns auf das Schlimmste ein. Wenig später begann ein unglaublicher Sturm. Die Windgeschwindigkeit lag bei hundertsechzig Kilometer die Stunde, in Böen weit darüber.

MAUREEN: *Die Hütte schwankte hin und her. Die äußere Blechverkleidung löste sich und schepperte. Der neue isolierte Linoleumboden wölbte sich nach oben, wenn der Wind von unten blies. Mein Kajak, das ich gerade für den Sommer repariert hatte, wurde davongetragen und gegen den Elektrozaun geschleudert. Charlie musste mehrmals in der Nacht aufstehen und das Flugzeug sichern.*

Von Zeit zu Zeit ließ der Sturm nach; dann zogen wir los, um nachzusehen, wie es der Cocktail-Familie ging. Ich versuchte herauszufinden, wo Brandys Revier lag und inwieweit es sich mit dem von Chico und Biscuit überlappte. Etwa die Hälfte dieses Territoriums wurde auch von Chico und Biscuit benutzt. Meistens gingen unsere Jungen innerhalb des gemeinsamen Gebiets Brandy aus dem Weg, doch gelegentlich wurden sie zu sorglos oder zu vorwitzig, so dass die Bärin sie verjagen musste.

Auf der ganzen Welt werden Bärenmütter mit ihren Jungen als die gefährlichsten Bären überhaupt eingestuft. Das kommt natürlich vor. Bärinnen sind in der Regel sehr gute Mütter und zögern nicht, ihr Leben zu riskieren, um ihre Jungen zu schützen. Ich wollte allerdings herausfinden, ob dieses Verhalten wirklich so extrem und automatisch ist, wie man normalerweise annimmt. Brandy war ein Weibchen mit Jungen, das einen Glaubenssprung vollzogen hatte, was Maureen und mich betraf. Sie hatte beschlossen, uns zu vertrauen. Als wir sie im Sommer 1999 beobachteten, nahm dieses Vertrauen bisher ungeahnte Formen an.

Bei einem Besuch der Cocktail-Familie, als eins ihrer Jungen so um mich herumgelaufen war, dass ich plötzlich zwischen ihm und seiner Mutter stand, fiel es mir zum ersten Mal auf, dass Brandy in Bezug auf Maureen und mich eine Grenze überschritten hatte. Es war genau die Situation, die man unbedingt vermeiden sollte. Ein beinahe sicherer Auslöser für eine Bärenattacke. Doch Brandy zuckte nicht mal mit der Wimper. Sie war völlig ruhig.

Dann zeigte sie, dass sie unsere Gesellschaft auf ihren Wanderungen schätzte, genauso wie Chico, Rosie und Biscuit es getan hatten. Wenn wir zurückblieben, warteten sie auf uns. Wir begleiteten Brandy und ihre Familie in diesem Sommer ziemlich oft. Am Ende fädelte ich mich in ihre Schlange ein und übernahm die Position gleich hinter Brandy und vor ihren Jungen. Offensichtlich schien ihr dieses Arrangement zu gefallen. Sie förderte es, indem sie darauf achtete, dass ich nie zurückblieb.

Doch der eigentliche Durchbruch kam, als Brandy begann, uns als Babysitter einzuspannen. Von einem solchen Verhalten hatte ich in den vielen Geschichten und Legenden über Bären noch nie gehört oder gelesen. Im Allgemeinen hassen Bärenmütter es, ihre Jungen allein zu lassen, egal aus welchem Grund, und tun es nur, wenn sie bedroht werden. Eines Tages aber ließ Brandy ihre Jungen bei Maureen und mir zurück, während sie selbst auf Futtersuche ging und sich fast eine Meile weit von uns entfernte. Dies war wirkliches Vertrauen; wir fühlten uns sehr geschmeichelt, dass sie uns dessen für würdig befand.

Einen weiteren Beweis für ihr Vertrauen lieferte die Bärin an der Itelmenen-Bucht, als sie ihre Jungen bis auf dreißig Meter an uns heranführte. Als die Kleinen anfingen zu quengeln, wie immer, wenn sie trinken wollen, kam sie sogar noch näher. Von hier hatte man einen herrlichen Blick über die Bucht. Sie setzte sich hin und stillte die Jungen. Sie waren genau neben uns, und das glucksende Geräusch, das sie beim Trinken machten, weckte glückliche Erinnerungen an das Lied, das Rosie immer gesummt hatte, wenn sie an Biscuits Fell nuckelte.

Doch möchte ich auch auf den enormen Unterschied hinweisen, der zwischen dem Vertrauen unserer Jungen in uns und dem liegt, das Brandy uns in diesem Sommer entgegenbrachte. Man könnte behaupten, dass Chico, Biscuit und Rosie uns vertrauten, weil wir sie aufgezogen hatten, obgleich es für mich ziemlich klar ist, dass es mehr damit zu tun hatte, wie wir das getan hatten. Brandy hingegen hatte uns freiwillig ausgesucht, was die drei Bärenjungen gar nicht hatten tun können. Sie hatte alle Freiheit der Welt, und doch hatte sie sich gerade dann mit zwei menschlichen Wesen angefreundet, als sie einen Wurf junger Bären aufzog. Es war allein ihre Idee, jedenfalls ganz sicher kein Instinkt. Es sah aus wie eine rasche und genau berechnete Verhaltensumstellung, die sie aufgrund ihrer Intelligenz vollzogen hatte. Es war schlicht und einfach die Entscheidung, eine Situation zu nutzen, die normalerweise nicht zum Alltag wilder Bären gehört.

In Brandys Verhalten entdeckte ich viele Ähnlichkeiten mit der Art, wie die Bärin vom Mouse Creek im Khutzeymateen-Gebiet auf mich reagiert hatte. Weder die eine noch die andere hatte mir von Anfang an vertraut, doch am Ende hatten sich beide dafür entschieden, sich mit mir anzufreunden. Es ist ziemlich bemerkenswert, wie schnell so etwas gehen kann, wenn ein Bär erst verstanden hat, dass man sich ihm auf eine berechenbare und höfliche Weise nähert.

Eines Tages stand ich wegen eines Website-Artikels unter Druck, mit dem ich in Verzug war. Es war bereits Abend, als ich den Bericht abgeschlossen hatte. Da ein Sturm aufzog, beschloss ich, loszuziehen und ein paar Digitalaufnahmen von den Jungen zu machen, wie sie Pinienzapfen fraßen. Ich ging zu der Stelle, wo ich sie tagsüber gesehen hatte, und fand sie, als es gerade dunkel wurde. Chico stand zwischen ein paar Pinien auf einem kleinen Hügel. Ich machte als Erstes eine Blitzlichtaufnahme aus gebührendem Abstand von ihr. Da sie nicht den Eindruck erweckte, als würde sie sich darüber ärgern, ging ich näher heran und schoss noch ein paar Aufnahmen. Schließlich war ich genau vor ihr und spähte durch den dunklen Sucher. Ich wollte eine letzte Nahaufnahme machen, die zeigte, wie sie den Pinienzapfen auf dem Handrücken balancierte. Plötzlich flog mir die Kamera aus der Hand. Ihre Bewegung war so schnell, dass ich sie nicht mal hatte kommen sehen. Ihre Klauen hatten geschickt nach dem Umhängegurt gegriffen, der nicht um meinem Hals lag, sondern unter der Kamera baumelte. Ich sah, wie die Kamera in hohem Bogen ins Unterholz flog, wo sie jedoch weich landete. Als ich den Blick wieder Chico zuwandte, hatte sie bereits einen neuen Pinienzapfen gepflückt und nahm ihn ruhig auseinander, als sei überhaupt nichts gewesen. Ich entschuldigte mich bei ihr, brachte meine Kamera in Sicherheit und schlich wie ein begossener Pudel zurück zur Hütte.

Brandy verpasste mir im gleichen Herbst eine ähnliche Lektion. Sie hatte besondere Routine beim Fischen am Ostufer, das steil zum See abfiel. Wenn sie sah, dass die Lachse sich ins flache Wasser wagten, sprang sie den Abhang hinunter und versuchte, einen zu fangen. Sie machte das sehr geschickt. Ihre Jungen blieben dicht bei ihr und warteten auf ihren Anteil der Beute.

Eines Tages saß ich auf einem großen Felsen, den mehrere andere Bären häufig zum Fischen benutzten, Brandy jedoch nicht. Er lag ein paar Schritte vom Ufer entfernt im Wasser, etwa zwanzig Meter von einem von Brandys Beobachtungsposten entfernt. Ich sah, wie sie dort hinaufkletterte, und streckte mich auf dem Felsen aus, um nicht allzu sehr aufzufallen und die Fische nicht zu vertreiben, die sie zu fangen versuchte. Ich hatte vor, sie bei ihrem Sprung den Abhang hinab und ins aufspritzende Wasser zu fotografieren, wenn sie vor meinem Felsen einen Fisch fing.

Sie verlagerte das Gewicht von einem Bein auf das andere, während sie das Wasser zu beiden Seiten meines Felsens beobachtete. Schließlich kam sie wohl zu dem Schluss, dass ich die Lachse davon abhielt, die Stelle aufzusuchen, an der sie sie haben wollte. Sie hörte auf, nach ihnen Ausschau zu halten, und sah mich an. Ich hätte den Wink sofort verstehen sollen, hatte aber nur meine großartigen Fotos im Sinn und rührte mich nicht vom Fleck. Sie ließ mir noch ein paar Sekunden Zeit, um ihr Problem zu verstehen, und kam dann entschlossen ihren Pfad herab. Etwa hundert Meter von mir entfernt machte sie einen kurzen Satz auf mich zu und blieb dann am Rand des Wassers stehen.

Mittlerweile hatte ich die Botschaft verstanden und kletterte von meinem Felsen, wobei ich mich laut entschuldigte. »Hab's kapiert, Brandy! Ich verschwinde.« Sie beugte sich über das Wasser, als ich einen Bogen um sie schlug, um zum Ufer zurückzukommen, und beobachtete mich aufmerksam, bis es klar war, dass ich wirklich ging. Ich entdeckte keinerlei Bösartigkeit in ihrem Verhalten, nur Strenge.

Das waren zwei Lektionen, die mir zeigten, dass es vom Standpunkt eines Bären aus durchaus Fehler im vertrauensvollen Umgang zwischen Mensch und Tier geben kann. Doch wenn der Mensch lernt, nicht aggressiv zu werden, nachdem er einen Fehler gemacht hat, kann es bei einer harmonischen Beziehung bleiben.

Im nunmehr vierten Jahr erstreckte sich unser Projekt über ein weit größeres Terrain als das Tal, in dem wir lebten, und umfasste mehr Facetten als das bloße Aufziehen von Jungtieren und die Beobachtung der hier ansässigen Bären. Ich zog häufig los, um die Aktivitäten der Bären am Kurilskojsee, am Kambalnoje-Fluss und unten an beiden Küsten zu verfolgen. Die Anti-Wilderer-Kampagne war in Gang gesetzt und hatte offenbar Erfolg. Während meiner zahlreichen Flüge im Juli hatte ich keine Wilderer bemerkt, die es auf Bären oder Lachskaviar im Naturschutzgebiet von Südkamtschatka abgesehen hatten.

Dann gab es noch das Projekt mit dem Elektrozaun. Maureen und ich versuchten immer wieder neue Wege zu finden, um die Überwachung an der Grenze zwischen Mensch und Bär dem Strom zu überlassen. Der Elektrozaun um die Lachsforschungsstation am Kurilskojsee stand jetzt seit drei Jahren und war ein phantastischer Erfolg. Die Station und das angrenzende Dorf sind das beste Beispiel der Welt dafür, wie Menschen und Bären in unmittelbarer Nachbarschaft ohne Konflikte miteinander auskommen können. Ein Modell, das durchaus nachahmenswert ist. Die Arbeiter in der Forschungsstation und ihre Familien waren froh, dass die Bären nicht mehr ihre Straßen und Wege benutzten, und sie selbst nicht länger Gefahr liefen, nachts über ein schlafendes Tier zu stolpern. Die Bären respektierten den Elektrozaun und versuchten nicht, ihn zu überwinden. Das Ergebnis war, dass auch sie selbst sich sicherer fühlen konnten.

Bevor der Zaun stand, war das Wehr ein Anlass für Konflikte gewesen, weil die Bären es in regelmäßigen Abständen versehentlich beschädigten, wenn sie dort Fische fingen. Seitdem ist auch dieses Problem aus dem Weg geräumt. Dennoch ist das Zaunprojekt der Forschungsstation von Kurilskoj nicht gänzlich ein Erfolg, denn die Angestellten der Forschungsstation und ihre Familien halten Hunde. Diese fühlen sich innerhalb des Elektrozauns zu sicher und werden frech und unausstehlich. Wenn die Bären in der Umgebung des Wehrs fischen, beziehen die Hunde im Schutz des Zauns Stellung und machen sich mit wütendem Gebell bemerkbar. Diese Unruhe bedeutet eine empfindliche Störung einer ansonsten friedlichen Szene.

Wenn die Arbeiter den eingezäunten Bereich verlassen, nehmen sie ihre Hunde mit, und auch das sorgt für eine Spannung, die sonst nicht existieren würde. Ich bin zwar überzeugt, dass die Situation verbessert werden könnte, wenn man die Hunde abschaffte, muss jedoch respektieren, dass sie für diese Leute dasselbe sind wie das Bärenspray für uns. So wie wir uns damit im Territorium der Bären schützen, fühlen sich die Russen in Gegenwart ihrer Hunde sicherer.

In den Vereinigten Staaten und in Kanada werden von Fachleuten heutzutage Karelische Bärenhunde eingesetzt, um den Bären beizubringen, dass sie sich von Campingplätzen und anderen Orten, an denen sie nicht erwünscht sind, fern halten. Wenn man Grizzlybären überhaupt belästigen muss, ist das vielleicht eine gute Taktik, weil sie dann die Schuld dafür weniger den Menschen geben, obwohl diese die eigentlichen Drahtzieher sind.

Im August probierten wir ein neues Elektrozaun-Projekt aus, um im Hinterland zelten zu können. Wir stellten in unmittelbarer Nähe eines größeren Bären-Pfads am Südufer des Kambalnojesees ein Zelt auf, und zwar an einer Stelle, die wir von der Hütte aus beobachten konnten. Um den Bären einen zusätzlichen Anreiz zu bieten, bauten wir eine Holzkiste, legten ein paar tote Fische hinein und stellten sie neben das Zelt. (Die Kiste sollte verhindern, dass Vögel die Fische stibitzten.) Schließlich stellten wir einen Elektrozaun, der mit Hilfe eines Solarakkus betrieben wird, um diesen simulierten Campingplatz auf. Es handelte sich um das Gallagher-Modell aus Neuseeland, das für Schafe und Ziegen entwickelt worden war. Es wird von sechs Gittervorspannungsbatterien gespeist, die bis zu drei Monate laufen, vorausgesetzt, sie entladen sich nicht durch den Kontakt mit der Vegetation.

Den ganzen August über setzten wir den nach Fisch stinkenden Zeltplatz unter Strom, und nicht einer der vielen Bären, die diesen häufig frequentierten Bärenpfad passierten, versuchte, den Zaun zu überwinden, um das Zelt näher unter die Lupe zu nehmen. Dieses Forschungsergebnis kann sich als nützlich erweisen, wenn man eine praktische Möglichkeit sucht, das Miteinander von Bären und Menschen, die sich gern im Freien aufhalten, zu erleichtern.

Selbst unser Toilettenhäuschen war Gegenstand eines Experiments mit dem Elektrozaun. Drei Jahre lang hatten wir es nur mit einem einzelnen Draht etwa fünfundzwanzig Zentimeter über dem Erdboden gesichert. Kein einziger Bär hat sich je über diese lächerliche Barriere gewagt.

Es gab bereits zahlreiche Entwicklungen, die Camper vor Bären im Hinterland schützen sollen. Ein viel versprechender Ansatz ist die Erfindung bärensicherer Lebensmittelbehälter in Kalifornien. Vermutlich könnte man auch den Anzug aus Latex und Titan dazu zählen, den Troy James Hurtubise in einem Film mit dem Titel *Grizzly Project* präsentierte. Nachdem er auf den Anzug geschossen, sich von Baseballschläger schwingenden Rockern hatte attackieren lassen und von einer Klippe gesprungen war, fuhr er nach Banff und schwatzte den Rangern die Genehmigung ab, vor laufenden Kameras einen Bären zum Kampf herauszufordern. Natürlich kam es gar nicht erst zu einem Kampf, und ich bin sicher, dass den Bären die komische Seite dieser Geschichte bewusster war als den Menschen.

Was wir uns als Endprodukt vorstellten, war weniger spektakulär: einen tragbaren Elektrozaun für Camper. Diverse Gegenden in Nordamerika, die von Bären ebenso geschätzt werden wie von Menschen, ließen sich mit Hilfe eines solchen Zauns erheblich sicherer machen.

Wenn Nationalparks in den Vereinigten Staaten und Kanada eine solche Idee phantasievoll weiterentwickelten, wäre den Bären sehr geholfen. Es könnte einige nächtliche Aufregung verhindern, beispielsweise wenn ein Bär auf die Idee kommt, ein Zeltlager im Hochgebirge zu untersuchen. Es würde die Tiere auch davon abhalten, in Pkws oder Vorratslager einzubrechen, ein Abenteuer, das meistens mit dem Tod der Tiere endet.

Wir hoffen, dass das Kurilskoj-Experiment aufgrund seines Erfolgs zu einem Modell für andere Siedlungen in Bären-Revieren werden wird, am besten überall auf der Welt. In British Columbia und Alberta erreichte die Zahl der Todesopfer unter Bären (also Tiere, die von Rangern und anderen getötet wurden) im Dürrejahr 1998 mit zweitausend Tieren einen Höchststand. Dies ist in meinen Augen völlig unannehmbar, wenn wir uns für zivilisiert halten wollen – insbesondere, da es eine praktikable Alternative gibt.

Ende August wurde ich unvermittelt wieder daran erinnert, was mit Bären passieren kann, die noch keine Erfahrung mit unseren elektrischen Anlagen gemacht hatten. Da ich davon ausging, dass sämtliche in der Gegend lebenden Bären schon lange über unsere Zäune Bescheid wussten, hatte ich ihre regelmäßige Wartung ein wenig vernachlässigt.

Ob der Elektrozaun, der in unmittelbarer Nähe der Hütte aufgestellt war, wirklich Strom führte, erkannte man an der statischen Aufladung in der Hütte, die nur dann zu spüren war, wenn er funktionierte. Die elektrischen Impulse im Zaun verpassten uns regelmäßig Stromschläge, wenn wir am Computer arbeiteten. Noch verrückter, wir konnten eine Leuchtstoffröhre in die Hand nehmen und sehen, wie das Licht leicht pulsierte. Eine der Kirmesattraktionen meiner

Kindheit bestand darin, dass eine Frau namens »Zorianna, die Hochspannungskönigin« zum Erstaunen der vorbeikommenden Landeier, darunter auch meine Wenigkeit, diesen Leuchtstoffröhrentrick vorführte. In unserem Fall bestand die Erklärung teilweise vielleicht darin, dass die Hütte mit Blech verkleidet war. Ob die weiter entfernten Zäune (um die Toilette und das Flugzeug) funktionierten, war allerdings nicht so einfach festzustellen.

Das wurde mir klar, als eine fremde Bärin unser Lager besuchte. Sie wanderte an der Hütte vorbei und verschwand, ohne den Zaun zu testen. Zwar ist ein solches Verhalten typisch für ein Tier, das bereits Erfahrungen mit Zäunen gemacht hat, doch mein Instinkt riet mir, dieser Bärin zu folgen, als sie in Richtung See und damit in die Umgebung meines Flugzeugs wanderte. Ich hielt mich außerhalb ihrer Sichtweite und beobachtete, wie sie erst den Zaun um das Flugzeug herum beschnüffelte und dann ganz ruhig darüber stieg. Das Boot lag ebenfalls innerhalb des Zauns. Die Bärin fing an, sich kräftig an ihm zu scheuern. Dann biss sie hinein. Das Boot ist ziemlich widerstandsfähig, also ließ ich sie gewähren. Doch als sie genug von ihm hatte und auf das Heck des Flugzeugs zusteuerte, sprang ich aus meinem Versteck und schrie los, bis sie sich davontrollte.

Es versteht sich von selbst, dass ich beim nächsten Start eine böse Überraschung erlebt hätte, wenn ich meinem Instinkt, der Bärin zu folgen, nicht nachgegeben hätte. Das Problem mit dem Elektrozaun? Vier Jahre ohne Zwischenfälle hatten mich sorglos gemacht. Ich hatte vergessen, die Drähte wieder anzuschließen, nachdem ich am Tag zuvor einen Ausflug mit dem Flugzeug gemacht hatte.

Maureens Aufenthalt im Sommer 1999 endete besonders früh, weil in diesem Winter eine große Ausstellung ihrer Werke in Kanada stattfinden sollte. Wir hatten verabredet, dass sie nach Hause fliegen und ich zwei Wochen länger bleiben sollte, weil wir noch den Besuch von Dr. Walentin Pazhetnow, dem Auswilderungsexperten, erwarteten. Er sollte unser Projekt aus wissenschaftlicher Sicht beurteilen, und das Ergebnis würde den Ausschlag dafür geben, ob wir je wieder neue Jungen aufnehmen dürften. Eigentlich hatte der Besuch schon längst stattfinden sollen, doch Dr. Pazhetnow war derart beschäftigt, dass er seine Reise immer wieder hatte verschieben müssen.

Im Lauf des Sommers war Tatjana wegen irgendwelcher Falkenangelegenheiten in Moskau gewesen und hatte dann nicht nur ihret- sondern auch unseretwegen einen Umweg von vierhundert Meilen gemacht, um Dr. Pazhetnow in seinem Auswilderungszentrum aufzusuchen. Auf diese Weise war der Termin für seinen Besuch am Kambalnojesee vereinbart worden. Es sollte meine große Chance sein, ihm unsere Arbeit zu erklären und ihm Chico, Biscuit und die anderen Bären zu zeigen, die gelernt hatten, uns zu vertrauen.

Wladimir Mosolow kam Ende August zu Besuch, vier Tage vor Maureens Abreise. Sie wollten sich die Hubschrauberkosten für den Rückflug teilen. Er würde im September selbst in Moskau sein und wollte sich zuvor noch davon überzeugen, wie es uns in diesem Sommer ergangen war. Seine Fragen lauteten: Hatten die Jungen, die mittlerweile fast drei Jahre alt waren, sich uns gegenüber aggressiv verhalten, wie es nach kollektiver Auffassung der Fall sein musste? Und waren sie, was das Futter anging, von uns unabhängig?

Ich hatte gehofft, dass Wladimirs Besuch in eine Zeit fallen würde, in der es ausreichend Futter gab, tatsächlich aber traf genau das Gegenteil zu. Da es ein ungerades Jahr war, gab es keine Buckellachse im Forellenbach. Die Lachse im See laichten zwar, doch würde es noch ein oder zwei Wochen dauern, bevor sie anfingen abzusterben, und Chico und Biscuit sich den Bauch für den Winter voll schlagen konnten. Wenn es eine Zeit gab, in der Futter Mangelware war, dann jetzt. Wladimir würde ihren Einfallsreichtum, ihre Unabhängigkeit und Aggressivität testen, wenn sie ausgezehrt und frustriert waren – und obendrein verlotterter aussahen als je zuvor.

Möglich, dass Wladimir eine Menge Ansichten über Bären mit Vitali Nikolaenko teilte, doch zumindest hatte er schon einmal bewiesen, dass er gewillt war, sich selbst ein Urteil von der hiesigen Situation zu bilden. Ich zählte darauf, dass er es auch wieder tun würde. Gleichzeitig zählte ich darauf, dass Chico und Biscuit gute Manieren an den Tag legten, selbst unter widrigen Umständen.

Wladimir schien zu glauben, dass die Jungen nur beschränkt überlebensfähig waren. Deshalb wollte er unter anderem sehen, ob Chico und Biscuit Fische fangen konnten. Am ersten Abend seines Besuchs gingen wir am Seeufer entlang, bis wir einen Berghang über dem See erreichten, an dem wir die Bären gesehen hatten. Vermutlich brütete ich gerade über der Tatsache, dass die wirklich guten Fischszenen erst dann zu sehen wären, wenn Wladimir schon wieder abgereist war. In diesem Augenblick sprang Chico jedoch den Abhang hinunter, stürzte sich in den See und jagte einen großen Lachs durchs flache Gewässer. Es war kein Exemplar, das ohnehin bald sterben würde, sondern ein Tier voller Saft und Kraft. Chico, die sich wunderbar sportlich und geschickt anstellte, machte ihm den Garaus. Was für ein glücklicher Zufall! Ich hatte sie seit einer Ewigkeit keinen Lachs mehr fangen sehen, und plötzlich gelang ihr das genau vor Wladimir Mosolows Nase.

Der andere Teil von Wladimirs Mission bestand darin, die Aggressivität der Bären zu beurteilen, insbesondere ihr Verhalten gegenüber Fremden. Noch am selben Abend kamen Chico und Biscuit am Strand auf uns zu, nachdem sie gemeinsam den großen Lachs verputzt hatten. Wenn ich »uns« sage, meine ich Wladimir, seinen neuen Dolmetscher Juri und mich. Wir befanden uns an einer Stelle, wo der Strand ziemlich schmal und von einem leicht erhöhten Stück Tundra gesäumt ist, genau richtig zum Hinsetzen. Ich forderte Wladimir und Juri auf, dort Platz zu nehmen, und setzte mich zwischen sie.

Die Bären kamen auf uns zu, Chico voran. Sie hielt sich dicht am Rand des Wassers, warf mir im Vorbeigehen einen knappen Blick zu und beachtete die anderen überhaupt nicht. Biscuit trottete etwa zwanzig Meter hinterher, dem Tundrastreifen viel näher als dem Wasser. Wenn sie diese Linie beibehielt, würde sie direkt an uns vorbeikommen.

Biscuit dachte nicht daran, ihre Richtung zu ändern. Als sie nur noch dreißig Zentimeter von Wladimir entfernt war, blieb sie plötzlich stehen. Ihre Vordertatze war nur wenige Zentimeter von seinem Fuß entfernt. Ein Geräusch vom See hatte sie innehalten lassen, das Plätschern eines Lachses. Sie blickte aufs Wasser hinaus, weg von den beiden fremden Menschen, die sie beinahe berührte, und ging dann, ohne sie eines Blickes zu würdigen, weiter.

Wladimirs Augen waren so groß wie Untertassen. Ich musste wirklich lachen, als er sich zu mir umwandte und das englische Wort *Indifferent!* rief. Es stimmte: Sie scherte sich nicht weiter um uns. Wir lachten alle. Eins muss ich den beiden wirklich lassen, sie waren meiner Anweisung bis ins kleinste Detail gefolgt und hatten sich nicht vom Fleck gerührt.

Dabei hatte ich selbst insgeheim die Luft angehalten. Ich betete darum, dass Chico sich nicht gerade diesen Augenblick für einen ihrer verrückten Einfälle aussuchte. Es hätte mir gerade noch gefehlt, dass sie auf mich zugelaufen kam, sich vor meinen Füßen auf den Rücken warf und meine Beine umklammerte oder ähnliche Dummheiten anstellte. Zweifellos hätten die beiden Russen links und rechts von mir das Weite gesucht. Als sie würdevoll an uns vorbeigezogen war, stieß ich einen langen erleichterten Seufzer aus.

Am nächsten Tag wollte Wladimir sich einen Überblick aus der Luft verschaffen. Ein Flug war etwas, das ich selbst nur selten vorschlug, teilweise aus Haftungsgründen. Doch wenn jemand darum bat und das Wetter mitspielte, machte es mir Spaß. Wenig später hatte Wladimir sein Notizbuch in der Hand und machte einen Strich für jedes Tier, das wir sahen. Da ich wusste, dass er sich mittlerweile auch viel mit Schafen beschäftigte, steuerte ich auf einen Platz zu, an dem ich vor kurzem eine Gruppe Widder gesehen hatte. Sie waren wieder da, und wir zählten acht auf einer Klippe hoch über der tosenden Brandung.

Nach etwa einer Stunde landeten wir wieder an der Hütte. Wladimir zählte seine Bleistiftstriche: siebenundachtzig Bären waren darunter. Als er mit Juri sprach, konnte ich am Klang seiner Stimme erkennen, dass er beeindruckt war. Wir hatten den Ausflug mitten am Tag gemacht; es war klar, dass die Zahl noch bedeutend höher gewesen wäre, wenn wir gegen Abend aufgebrochen wären. An dem Tag, als die anderen nach PK zurückflogen, machte ich am Abend erneut einen Ausflug mit dem Flugzeug, der etwa gleich lang dauerte, und zählte hunderteinunddreißig Bären.

Am Tag bevor Maureen den Kambalnojesee verließ, machte sie eine Entdeckung, die einerseits traurig, andererseits aber auch wichtig war. So konnte sie wenigstens mit weniger Zweifeln über Rosies Ableben, ihrer Künstlerin, nach Hause zurückkehren.

MAUREEN: *Ich hatte eine Wanderung gemacht, um mich von den Bären zu verabschieden. Eine der Stellen, an denen ich sie suchte, hatten wir das ganze Jahr nicht besucht: eine Böschung neben einem kleinen See, weniger als eine Meile nördlich der Hütte. Dort hatten wir in den vergangenen Jahren viele schöne Stunden mit den drei Jungen verbracht, und dort fand ich jetzt einen Haufen Überreste mit einer Menge Bärenfell und ein paar Knochen. Aus irgendeinem Grund, vielleicht weil Chico und Biscuit diese Stelle den ganzen Sommer über gemieden hatten, dachte ich sofort, dass es Rosie war. Ich ging zur Hütte zurück und erzählte es Charlie. Er und die anderen kamen mit, und wir untersuchten die Gegend. Der Schädel war weg, und obwohl wir sämtlichen Kot in der Umgebung absuchten, konnten wir keine Zähne finden. Doch die Farbe des Fells und die Größe der Knochen deuteten darauf hin, dass es sich um Rosie handelte.*

Ich wusste, dass Grizzlys ihre Beute häufig unter allem Möglichen verstecken, was sie in der Nähe finden. In diesem Fall hatte der Räuber einen Haufen Beerensträucher aus einem Umkreis von etwa sieben Metern zusammengescharrt. Damit ließ sich der Zeitpunkt ihres Todes näher bestimmen. Im Frühjahr wäre es nicht möglich gewesen, weil die Gegend dann unter einer dicken Schneeschicht begraben liegt. Es musste in der Zeit zwischen unserer Abreise im September und Ende Oktober gewesen sein, bevor es angefangen hatte zu schneien.

Als ich in der Gewissheit, dass es Rosie war, einzelne Haarproben einsammelte, überwältigten mich entsetzliche Trauer und auch Grauen bei der Vorstellung, wie sie in diesen Hinterhalt geraten war. Vielleicht hatte sie hinter Chico und Biscuit zu lange getrödelt, um einen Vogel zu bewundern oder neugierig mit irgendwas zu spielen, worauf sie gestoßen war. Wie die anderen beiden habe ich seitdem den Schauplatz ihres Todes gemieden.

Natürlich bestanden wissenschaftliche Zweifel hinsichtlich der Identität des Bären, doch wir waren beide überzeugt, dass es Rosie war, hauptsächlich, weil unsere Kleinen diese Stelle im vergangenen Jahr immer sehr geliebt hatten. Trotzdem sammelte auch ich ein paar Stücke Fell ein und schwor, Blut- oder Haarproben auch von den übrigen Jungen zu nehmen, damit wir zu Hause in Kanada eine DNA-Analyse durchführen lassen konnten.

Mit diesem Wissen flog Maureen zusammen mit Wladimir im Hubschrauber nach Petropawlowsk zurück.

Da ich nun für die nächsten zwei Wochen allein sein würde, bereitete ich alles für den Winter vor und beobachtete die aufreibenden, frühherbstlichen Rituale der Bären. Im August hatte es schon beinahe Frost gegeben; mit dem kälteren Wetter erwachten neue Instinkte. Chico und Biscuit konzentrierten sich nun voll darauf, sich das Fettpolster zuzulegen, das sie nicht nur im Winter, sondern vor allem im viel riskanteren Frühling am Kambalnojesee zum Überleben brauchen würden. Lachse, Pinienkerne und Beeren bildeten die Nahrung, die wirklich zählte, und Lachse kamen in diesem Jahr zwar in Scharen, dafür aber umso später.

Schon im Sommer war uns aufgefallen, dass die beiden Jungen nicht mehr so unzertrennlich waren wie früher. Gelegentlich hatten wir beobachtet, dass sie einen Tag lang getrennte Wege einschlugen und in verschiedenen Gegenden auf Futtersuche gingen. Als ich sie jetzt beobachtete, verstand ich plötzlich, dass Bären ihrem Wesen nach Einzelgänger sind. Die wichtigsten Erkenntnisse sind oft diejenigen, die auf der Hand liegen, allerdings gewinnt man sie meistens im Nachhinein. So gern Chico und Biscuit auch zusammen waren, jetzt, als Erwachsene sahen sie keinen Sinn mehr darin, immer das Gleiche am gleichen Ort zu fressen. Wenn sie zusammen waren, mussten sie sich das Futter teilen, das ein einzelner Bär sonst für sich allein hätte. Teilten sie sich aber auf, konnten sie ein doppelt so großes Terrain abdecken und sich allein satt fressen. Es war einfach vernünftiger. Wenn es irgendwo etwas im Übermaß gab, wie Pinienzapfen oder Lachse, konnten sie jederzeit gemeinsam dorthin zurückkehren.

Diese gelegentlichen Trennungen bildeten den ersten Schritt zur Unabhängigkeit von der eigentlichen Familie, ein wichtiger Augenblick bei ihrer Entwicklung zu erwachsenen Bären.

Als ich in den letzten paar Tagen auf Dr. Pazhetnow wartete, versuchte ich, ihnen die Proben abzunehmen, die einen DNA-Vergleich zwischen dem toten Bär, Chico und Biscuit ermöglichen würden. Chico hatte es gern, wenn ich ihr die Moskitos von Augen und Nase strich; auf diese Weise fing ich problemlos mehrere Moskitos, die sich mit ihrem Blut voll gesogen hatten. Mein wissenschaftlich ausgebildeter Bruder aber schlug in einer E-Mail vor, an einem Pfad, den sie häufig frequentierten, einen Scheuerpfahl aufzustellen, damit Chicos DNA nicht mit der der Moskitos verwechselt werden konnte.

Ich nagelte eine aufgeraute Stahlplatte an einen Pfosten, den die Bären anfänglich ignorierten. Um sie anzulocken, brachte ich zwei Köder an. Ich besprühte die Platte mit Pfefferspray und bestrich sie mit gebrauchtem Öl aus meinem Flugzeug. Bald scheuerten sie sich wie verrückt an dem Pfosten, und ich hatte sämtliche Proben beisammen. (Pfefferspray schreckt Bären nur ab, wenn man sie aus nächster Nähe damit besprüht, wenn es also Nase und Augen reizt. Ansonsten mögen sie das Zeug. Man sollte sich davor hüten, es etwa als Präventivmaßnahme um seinen Zeltplatz zu verteilen, wie manche Leute es getan haben!)

Als Letztes versuchte ich, mir ein Bild davon zu machen, wie effektiv unsere neue Anti-Wilderer-Initiative im Naturschutzgebiet von Südkamtschatka war. An mehreren Tagen flog ich im letzten Licht der Abenddämmerung zu diversen Orten, etwa dem Kurilskojsee, an denen Wilderer am ehesten zu vermuten waren, und hielt Ausschau nach dem Rauch von Lagerfeuern, der sich aus den Bäumen kräuseln müsste. Unten am Boden wäre es dann schon dunkel, und das Wetter war kalt genug, um ein Feuer zu rechtfertigen. Bei Tageslicht untersuchte ich sechzehn Flüsse nach den verräterischen Stapeln von gefangenen toten Lachsen und landete an den verschiedensten Stellen, um den Sandstrand nach Spuren von Menschen abzusuchen, fand jedoch nichts.

Die neuen Wildhüter, die aus dem Anti-Wilderer-Fonds bezahlt wurden, waren im Reservat an der Arbeit. Zwar hieß es, sie seien schlecht ausgerüstet und schlecht ausgebildet, aber eine abschreckende Wirkung müssen sie trotzdem gehabt haben. Ich habe entdeckt, dass man nicht viel braucht, um die einheimischen Wilderer von ihrem Treiben abzuhalten. In diesem Fall verließen sie lieber das Reservat, als sich mit den neuen Aufsehern anzulegen. Zweifellos hatten wir die Wilderei nicht ganz stoppen können, doch eine Menge erreicht bei dem Versuch, der langjährigen Praxis des Wilderns in dieser Gegend Einhalt zu gebieten. Das machte mich sehr froh. Chico, Biscuit und alle anderen Bären waren jetzt erheblich sicherer.

Am Ende kam Dr. Pazhetnow doch nicht zum Kambalnojesee. Er hat Chico und Biscuit nie gesehen. Kurz vor seinem geplanten Besuch im September verletzte er sich am Auge, worauf sein Arzt ihm von der langen Reise von Moskau nach Kamtschatka abriet. Wsewolod Stepanitski, der Leiter aller Naturschutzgebiete, sollte an seiner Stelle kommen, sagte jedoch wegen schlechten Wetters ab. Er schlug vor, dass ich mich in PK mit ihm traf, doch das Wetter erwies sich als Hindernis in beiden Richtungen. Ich schaffte es ebenso wenig, zu ihm zu kommen, wie er zu mir.

Das Traurige daran war, dass Dr. Pazhetnow anschließend ein Gutachten über unser Projekt erstellte, ohne uns kennen gelernt oder Chico und Biscuit je gesehen zu haben. Das Gutachten ging erst an seinen Chef, Wsewolod Stepanitski in Moskau, und landete schließlich wieder bei Wladimir Mosolow in PK. Es war eine schrecklich enttäuschende Wiederholung der immer gleichen dogmatischen Argumente. Hier einige Auszüge:

> Braunbären und Menschen sind seit jeher natürliche Feinde. Der Bär ist ein großes, starkes Raubtier. Er war und ist eine Gefahr für den Menschen. Bären meiden aus wohl begründeter Angst den Menschen. Diese geht auf die Jagd zurück (andere Möglichkeiten gibt es noch nicht). Tiere, die keine Angst haben, sterben zuerst. Verletzte Tiere, die überleben, haben besonders große Angst vor Menschen und vor allem, was nach Mensch riecht. Angst ist bei Bären genetisch bedingt. Es ist sehr wahrscheinlich (und wurde häufig bewiesen), dass Bären, die im Alter von zweieinhalb und ganz besonders über vier Jahren keine Angst vor Menschen haben, diesen gefährlich werden. Wir dürfen nicht vergessen, dass das Leben eines Bären in der Wildnis vom ständigen Überlebenskampf geprägt ist. Wenn man ihnen zusätzliches Futter anbietet, gewöhnen sie sich schnell an eine bequeme Lebensweise, und dann fällt es ihnen schwer, sie wieder aufzugeben. Es gibt viele Beispiele dafür, aber man braucht sich nur das alte »Bär-versus-Mensch«-Problem im amerikanischen Yellowstone Park anzusehen. Es besteht seit mehr als hundert Jahren, ohne dass sich etwas geändert hätte.

Dass Maureen und ich nie etwas anderes als Respekt, Zuneigung und gelegentlich sogar Schutz von Chico, Biscuit und Rosie bekommen hatten, passte einfach nicht ins Bild. Das Ergebnis des Gutachtens lief darauf hinaus, und daran bestand kein Zweifel, dass wir keine neuen verwaisten Jungen bekommen würden. Weder jetzt noch später, so stand zu vermuten. Pazhetnow schien sogar andeuten zu wollen, dass wir die Grenzen dessen, was man uns hätte genehmigen dürfen, ohnehin bereits überschritten hatten und mit den Bären, die wir jetzt hatten, eine anhaltende gefährliche Situation für uns selbst und andere Besucher der Gegend geschaffen hatten.

Am späten Nachmittag des 17. September kam der Hubschrauber, um den Rest unserer Ausrüstung abzuholen. Bis wir alles verladen und der Pilot wieder

Kurs auf PK genommen hatte, war es nach fünf. Ich musste mich beeilen und selbst aufbrechen. Noch eine Nacht zu bleiben kam nicht in Frage, denn die Wetterlage war unsicher und sollte sich weiter verschlechtern.

Das Timing der Jungen war wieder einmal perfekt. Als es Zeit war aufzubrechen, suchten Chico und Biscuit ganz zufällig in der Nähe nach Pinienzapfen. Wir verabschiedeten uns kurz, aber herzlich – wie immer war es ein wehmütiger Augenblick für mich.

Als ich in den Abendhimmel startete, näherte sich der Wind schon der Grenze dessen, was ich bewältigen konnte. Ich flog unter niedrigen Wolken im Zickzack über Gebirgskämme und durch Schluchten und versuchte, den Windschatten der Gipfel zu meiden, wo die Luftströmung unberechenbar war. Unterwegs erhaschte ich Blicke auf viele schöne Plätze und musste gegen das Verlangen ankämpfen, zu landen und noch eine Weile zu bleiben. Es war der alljährliche Widerstand, in die Arme der Zivilisation zurückzukehren. Das einsame Leben am Kambalnojesee ist einfach wunderbar, und es fällt mir jedes Mal schwer, es zu verlassen.

Während wir den Sommer 1999 in Kamtschatka verbrachten, kam es im Hinblick auf den Umgang mit Schwarzbären in Nordamerika zu einer bedeutsamen Entwicklung. In vielen Gegenden von Kanada und den Vereinigten Staaten wurde ein neues Konzept für den Umgang mit Schwarzbären eingeführt, das nicht mehr deren Tötung vorsah. Dieses Konzept basierte auf einer von Steven Searles aus Mammoth Lakes, Kalifornien, entwickelten Methode. Hier eine Beschreibung aus einer Zeitung in Vancouver:

> Diese bahnbrechende Methode bietet Rangern eine viel versprechende Alternative zum Einschläfern der Tiere.
>
> Steven Searles, auch bekannt als »Mammoth Bear Man«, setzt eine Vielzahl von nicht-tödlichen Mitteln zusammen mit der aggressiven Pose eines Alphatiers ein, um Schwarzbären die klare Botschaft zu vermitteln, wer der Boss ist. Mit seinem Arsenal von Gummigeschossen, Feuerwerkskörpern und Pfefferspray bringt er Plagegeistern unter den Schwarzbären bei, sich von Menschen und unnatürlichen Futterquellen fern zu halten.
>
> Searles' Methode impliziert eine neue Haltung. Er nutzt seine Überlegenheit, aber auch eine Körpersprache und eine Stimme, die denen der Bären angepasst sind, um ihnen Respekt einzuflößen und ihre angeborene Angst vor Menschen wach zu halten. Bislang bestand die häufigste Methode zur Kontrolle von lästigen Bären darin, das Tier einzuschläfern.

Der Leser dieses Buches kann sich meine gemischten Gefühle angesichts dieser Meldung vorstellen. Zuallererst möchte ich hervorheben, wie sehr es mich freute, dass Naturschutzbeauftragte in British Columbia und im Westen der Vereinigten Staaten eine andere Methode gefunden hatten, mit den Spannungen zwischen Bären und Menschen umzugehen. Alle Menschen, die etwas für wilde Tiere, insbesondere Bären übrig haben, mussten für diese längst überfällige Veränderung dankbar sein. Doch in meinen Augen war es zwar ein Schritt in die richtige Richtung, aber noch lange keine völlig befriedigende Lösung.

Mehr kann ich zu Searles' Technik nicht sagen. Zwar ist sie Gott sei Dank eine wirkliche Alternative zum Einschläfern des Tiers, basiert jedoch nach wie vor auf Dominanz mittels Angst. Dominanz wiederum ist alles andere als eine neue Idee, jedenfalls nicht für männliche Vertreter der Spezies Mensch. Deshalb machte mir die Veränderung zwar einerseits Mut, entlockte mir andererseits aber nun auch nicht gerade Freudenschreie.

Der Zeitungsartikel sprach davon, »Bären Respekt einzuflößen«. Das Klischee, dass man jemandem Respekt einflößen muss, war in meinen Augen schon immer Schwachsinn, ganz egal, ob man es auf Menschen oder Tiere anwendet. Kann man wirklich jemandem Respekt »einflößen« oder geht es nicht in Wirklichkeit nur darum, jemandem Angst zu machen? In meinem Wörterbuch wird Angst definiert als »Gefühlszustand oder -affekt, der einer unbestimmten Lebensbedrohung oder Beklemmung entspricht«. Respekt dagegen ist die »Achtung, die man einem anderen entgegenbringt«. Ich bezweifle, dass irgendwer die Achtung eines Bären gewinnen kann, indem er ihm eine Ladung Pfefferspray ins Gesicht oder ein Gummigeschoss ins Hinterteil verpasst.

Respekt von Seiten der Bären sollte das Ziel sein, doch unsere Arbeit deutet darauf hin, dass man dafür bereit sein muss, sich den Respekt eines Bären zu verdienen. Hat man die Achtung und das Vertrauen eines Bären erst einmal gewonnen, wird man sie so schnell auch nicht wieder verlieren.

Im Übrigen wurde diese nicht-tödliche Methode auf Schwarzbären beschränkt, weil man davon ausging, dass sie leichter zu beherrschen sind als Grizzlys. Es liegt auf der Hand, dass Maureen und ich nicht aus vollem Herzen einer Lösung zustimmen konnten, die im Umgang mit Braunbären weiterhin Waffengewalt vorsah.

Wenn die für Bären verantwortlichen Experten bereit sind, über dieses System hinauszuschauen und den nächsten Schritt in Angriff zu nehmen, werde ich hoffentlich in der Lage sein, mit ihnen zusammenzuarbeiten. Für mich würde der nächste Schritt darin bestehen, dass die Menschen in Gegenwart von

Bären so ruhig sind, dass sie zu ihren Schülern werden können statt zu ihren Möchtegern-Meistern. Maureen und ich haben bewiesen, dass dies nicht nur ein Hirngespinst ist. Es geht schlicht und einfach um die Frage, wie hoch man seine Messlatte ansetzen will.

Und schließlich: Der Vergleich der DNA-Proben des toten Bären mit denen von Chico und Biscuit bewies verwandtschaftliche Beziehungen. Wir hatten Rosie definitiv gefunden.

SECHSTER TEIL

(2000)

25

Eine großartige Entdeckung

Fast von Beginn unseres Kamtschatka-Bärenprojekts an hatten Maureen und ich uns auch Gedanken darüber gemacht, wie es eines Tages enden sollte. Als die Jungen noch so klein wie Dachse waren und ich sie mit einer Hand am Kragen packen konnte, sprachen wir davon, so lange weiterzumachen, bis sie selbst Bärenmütter und Maureen und ich Großeltern geworden waren. Es fing als Witz an, entwickelte sich jedoch zu einem ernsthaften Ziel und blieb es – Jahr für Jahr. Da jedoch derartig freudige Ereignisse erst zu erwarten waren, wenn Chico und Biscuit fünf bis sechs Jahre alt waren, hatten wir noch einen Großteil des Projekts vor uns, als wir das vierte Jahr abschlossen und uns auf das fünfte vorbereiteten.

Wir hatten das Gefühl, dass die Dinge allmählich reiften und Früchte trugen. Unser eigentliches Ziel, das über und jenseits von allem stand, was in unserem Leben oder in dem von Chico und Biscuit passieren konnte, bestand darin, eine wirklich positive Veränderung in der Haltung gegenüber Bären und dem Umgang mit ihnen herbeizuführen. Metaphorisch gesprochen hatten wir einen Stein ins Rollen gebracht, der erheblich größer war als wir selbst. Nachdem wir ihn vier Jahre lang angeschoben hatten, veränderte sich plötzlich etwas. Nicht so, dass der Stein jetzt von allein den Berg hinabrollte, aber es fühlte sich zumindest so an, als gäbe er ein wenig nach. Das ewige Schieben erschien ein bisschen weniger absurd.

Das Gefühl, dass wir unseren eigentlichen Zielen näher kamen, half uns auch zu akzeptieren, dass es Dinge gab, an denen wir einfach nichts ändern konnten. Um die Jahrtausendwende erhielten wir eine E-Mail von Wladimir Mosolow mit der Nachricht, sein Komitee habe es wieder einmal abgelehnt, uns weitere Jungen für den Kambalnojesee zu überlassen. In Anbetracht von Dr. Pazhetnows negativem Gutachten vom Herbst, das er geschrieben hatte, ohne uns je gesehen zu haben, war das keine große Überraschung, trotzdem sorgte es für eine tief greifende Veränderung. Wir hatten so oft erfolglos versucht, mehr

Bärenjunge zu bekommen, dass uns eine Ablehnung mehr oder weniger nicht unbedingt davon hätte abhalten müssen, es weiter zu versuchen – und doch passierte genau das. Irgendwie akzeptierten wir beide, dass diese Entscheidung endgültig war. Wir würden es nicht weiter versuchen, sondern beobachten, wie Chico und Biscuit eigene Junge zur Welt brachten, und die Anti-Wilderer-Initiative für das Naturschutzgebiet von Südkamtschatka zu einem erstklassig funktionierenden System ausbauen. Das würde uns genügend Befriedigung verschaffen.

Zu Anfang des fünften Jahres setzte Maureen dem eindrucksvollen Werk, das sie der Inspiration durch die Bären von Kamtschatka verdankte, die Krone auf, indem sie einen beachtlichen Teil der Arbeiten, die sie seit Beginn des Projekts geschaffen hatte, ausstellte. Unmittelbar nach ihrer Rückkehr aus Russland im Herbst 1999 hatte sie mit einer Skulptur begonnen, die aus in Zement gegossenen Bärenspuren bestand, dem so genannten »Bärenpfad«, über den die Besucher die Ausstellung betreten sollten.

Die Ausstellung selbst hatte den Titel *Durch Bärenaugen gesehen* und eröffnete Albertas neue Art Gallery of Calgary. Sie war ein riesiger Erfolg. Und das war erst der Anfang eines außergewöhnlichen Jahres für Maureen. Einzelne Komponenten sollten als Wanderausstellung ins slowenische Ljubljana, dann zum Camac Centre des Arts in Marnay unweit von Paris und im Herbst weiter zum Zentrum Zeitgenössischer Kunst in Moskau reisen. Jahrelang hatte ich gesehen, wie Maureen sich leidenschaftlich für ihre Kunst einsetzte. Jetzt sollte die ganze Welt Anteil an etwas haben, das ich lange nur privat hatte genießen dürfen. Es bestand kein Zweifel, dass sich diese Ausstellungen enorm positiv auf unser Projekt auswirken würden.

Das Interesse an der Ausstellung in Calgary war enorm. Es gab auch einigen Wirbel, weil manche Leute im Kunstbetrieb der Ansicht waren, Maureen habe ihre Kunst zu sehr auf ihr Publikum abgestimmt. Doch wir hatten keine Zeit, uns allzu viele Gedanken darüber zu machen oder uns im Ruhm zu sonnen, denn schon mussten wir packen und mit den für die Wanderausstellung bestimmten Exponaten nach Slowenien fliegen. Während der Ausstellung in Ljubljana sollte ich vier Diavorträge in der Region halten. Dann würde Maureen nach Frankreich weiterreisen, ich nach Kanada zurückkehren, und irgendwie würden wir im Mai und Juni wieder nach Kamtschatka aufbrechen.

Die Reise, die Maureen und ich im Frühjahr 2000 nach Slowenien machten, hat mit der eigentlichen Geschichte dieses Buchs nichts zu tun, ist aber trotzdem aus mehreren Gründen erwähnenswert. Slowenien liegt zwischen Ungarn und der Adria, und unsere Ankunft in Ljubljana platzte mitten in eine Kontroverse über Braunbären.

Die örtlichen Bauern hatten Probleme mit Bären gehabt, vor kurzem war einer von ihnen sogar von einem Grizzly schwer verletzt worden. Diese Situation hatte einen Sturm der Entrüstung entfacht, die in der Forderung gipfelte, zweihundert der im Land noch ansässigen drei- bis fünfhundert Bären zu töten. Andererseits rühmt sich Slowenien einer Artenvielfalt in Fauna und Flora, die in ganz Europa nur von Albanien übertroffen wird, und die Befürworter des Artenschutzes kämpften darum, dass Bären ein Teil davon blieben. In dieser gespannten Atmosphäre musste unsere Ankunft nicht ganz so zufällig erscheinen, wie sie in Wirklichkeit war.

Während Maureen sich auf die Eröffnung vorbereitete, besorgte ich mir Informationen über die Bärenattacke. Es war das typische Szenario. Der Bauer war mit seinem Hund im Wald unterwegs gewesen und auf eine Bärin mit ihren Jungen gestoßen. Der Hund rannte voraus und bellte die Bärin an. Daraufhin jagte sie hinter ihm her, er ergriff die Flucht und versteckte sich hinter dem Bauern. Die Bärin hatte den Bauern attackiert und so schwer verletzt, dass er zehn Tage im Krankenhaus verbringen musste.

All das hatte ich im Hinterkopf, als die Diavorträge begannen. Eine Gruppe, vor der wir sprachen, bestand aus Bauern. Ihr Interesse wurde geweckt, als ich erwähnte, dass ich in Alberta achtzehn Jahre lang als Rancher tätig gewesen war, in einem Gebiet, wo Bären lebten. Ich zeigte ihnen ein Video, das ein befreundeter Rancher in der Umgebung des Nationalparks Waterton Lakes gemacht hatte. Darin sieht man unter anderem, wie eine Bärin und ihr einjähriges Junges eine Kuh fressen, die eines natürlichen Todes gestorben war. Weniger als einen Meter davon entfernt grasen andere Kühe zusammen mit ihren Kälbern. Die slowenischen Bauern betrachteten das alles interessiert, allerdings war mir klar, dass sie dem, was sie da sahen, nicht wirklich trauten.

Ein anderes Publikum bestand hauptsächlich aus Jägern. Auch diesmal gelang es mir, ihre Aufmerksamkeit zu wecken, indem ich erklärte, dass ich selbst aus einer Familie von Jägern stammte. Ich fand heraus, dass die Gesetzgebung die Jäger zwang, ihre Jagd auf Bären von einem Hochstand aus und mit Luder zu machen. Wieder einmal war ich sehr enttäuscht über Leute, die aus dem Töten einen Sport machen. Sollte ein Jäger es nicht als Ehrensache ansehen, sich zumindest ein kleines bisschen ins Zeug legen zu müssen? Ist der Vorteil, über ein hochwertiges Gewehr zu verfügen, nicht genug?

Einer der Männer, der ein großes Jagdrevier unter sich hatte, führte uns zu einem solchen Hochstand. Wir sahen Bärenspuren, doch die Bären selbst waren wegen der Jagd scheu und bewegten sich nur nachts. Unser Jäger fütterte die Tiere, weil das warme Wetter und der Mangel an Schnee sie an ihrer Winterruhe gehindert hatten. Ich fragte ihn eingehend danach aus, ob die Bären als Folge des Fütterns aggressiv geworden waren. Er verneinte. Er behauptete sogar, es hätte sie davon abgehalten, in die umliegenden bevölkerten Gegenden vorzudringen und den Bauern ihre Früchte wegzufressen. Nicht-Jäger erklärten mir, diese Praxis werde angewendet, um die Bewegungen der Bären zu kontrollieren und um den Abschuss für die Jäger zu erleichtern. Ich sah darin einen weiteren Beweis dafür, dass das Füttern von Bären, wenn es richtig gemacht wird, Konflikte zwischen Bär und Mensch eher verhindern als verursachen kann.

Einer unserer Dia-Vorträge gipfelte in einer siebzigminütigen Fernsehdebatte mit einem örtlichen Experten für Tier- und Pflanzenwelt und einem Universitätsprofessor. Nachdem wir einen Ausschnitt aus Ian Herrings Film gesehen hatten, bezeichnete der Tierexperte unser Kamtschatka-Projekt als »Märchen«. Dafür griff Maureen ihn heftig an. Anschließend achtete er besser auf seine Wortwahl.

Ich konnte einfach nicht verstehen, warum diese Leute so ungläubig waren, wenn sie damit konfrontiert wurden, was wir sagten und was sie auf unseren Dias und in den Videos sahen. Man hatte den Eindruck, dass die Slowenen Bären für unberechenbare Killer hielten, obwohl sie seit Urzeiten mit ihnen zusammen lebten. Gleichzeitig war es hochinteressant für uns zu sehen, wie gut die Bären sich dort dem Leben in dicht besiedelten Gebieten angepasst hatten. Ich entdeckte Spuren eines Bärenpfades, der eine Schnellstraße kreuzte, nicht weit von mehreren Dörfern entfernt. Die Leute erzählten uns, dass die Bären daran gewöhnt waren, sich unauffällig einen Weg zwischen diesen Siedlungen zu bahnen, um in die Berge auf der anderen Seite ihres Tals zu gelangen. Das machten sie seit Hunderten von Jahren so. Im Übrigen hat Slowenien erhebliche Anstrengungen unternommen, um es den Bären zu ermöglichen, Schnellstraßen zu überqueren, indem man Über- und Unterführungen für sie gebaut hat.

Wenn sich die Meinungsunterschiede zwischen den Slowenen und uns überbrücken ließen, könnten wir eine Menge voneinander lernen. Das Beste war, dass sie bereit waren, zuzuhören und auch von sich zu erzählen. Außerdem hatte ihr Land keine Mühen und Kosten gescheut, um uns einzufliegen. Mehr konnten wir wirklich nicht verlangen. (Das Happy End unseres slowenischen Abenteuers war, dass die zweihundert bedrohten Bären gerettet wurden, als ein den Bären wohlgesonnenerer Minister ins Amt kam.)

MAUREEN: *Als handelte es sich um die Fortsetzung der Kontroverse, die in Slowenien stattgefunden hatte, wurde meine Ausstellung im französischen Marnay genau zu dem Zeitpunkt eröffnet, als zwischen Umweltschützern und Schaf- und Viehzüchtern in den Pyrenäen ein ähnlicher Streit zum Thema Bären ausbrach. Die Bauern wollten durchsetzen, dass die wenigen noch lebenden Braunbären umgesiedelt wurden, während die Umweltschützer für ihren Verbleib plädierten und die Bauern aufforderten, in Frieden mit ihnen zu leben, so wie ihre Vorfahren es auch getan hatten. In Frankreich wurde ich häufig gefragt, wie Bauern und Grizzlys je dasselbe Land bewohnen könnten. Es war sehr hilfreich, dass ich meine Kindheit auf einer Ranch im Herzen von British Columbia hervorkramen konnte, wo Bären, Vieh und Viehzüchter seit langer Zeit zusammenlebten.*

Nach einigermaßen hektischen Vorbereitungen in Kanada brach ich im Mai nach Russland auf. Maureen blieb zu Hause, um den Auftrag für eine große Skulptur – einen weiteren Bärenpfad – zu beenden, und hoffte, Ende Juni nachkommen zu können.

Als ich in Petropawlowsk eintraf, um die fünfte Saison zu beginnen, lag die Stadt unter einer dicken Schneeschicht begraben; weitere Schneestürme waren angekündigt. Natürlich brannte ich darauf, in den Süden zu kommen, um Chico und Biscuit wieder zu sehen. Der Schock über Rosies Tod saß tief, ebenso die Erinnerung daran, wie Biscuit nur wenige Zentimeter vor den Klauen des Kannibalenmännchens um ihr Leben gerannt war. Chico und Biscuit waren jetzt vermutlich fünfzig Kilogramm schwerer, sicher auch erheblich stärker und schneller, aber ich wusste, dass die Energie, die sie nötig haben würden, falls auch in diesem Frühjahr ein Kannibale sein Unwesen im Tal trieb, von den Nahrungsbedingungen abhängig war. Zur Abwechslung hielt mich diesmal nicht die Bürokratie, sondern das Wetter davon ab, so rasch es ging in den Süden weiterzufliegen. Aufgrund eines ausgedehnten Schneesturms kam ich erst am 2. Juni am Kambalnojesee an.

Mit dem Hubschrauberflug nach Süden setzte das nun alljährliche, einwöchige Vorspiel für unsere Projektsaison ein. Die Behörden wollten Chicos und Biscuits Verhalten studieren, um sich zu vergewissern, dass unsere Bären nicht gefährlich geworden waren. Diesmal waren außer mir Tatjana und ein neuer Wildhüter namens Igor Kuleschow mit von der Partie.

Die Lebensgeschichte des jungen Wildhüters bietet einen gewissen Einblick in das russische Wildhütersystem. Igor war erst kurz zuvor aus Moskau gekommen, wo er als Busfahrer und Leibwächter eines Geschäftsmannes gearbeitet hatte. Er hatte sich ein Hinflugticket für die siebentausend Meilen nach Kamtschatka auf eigene Kosten gekauft, ohne einen Job in Aussicht zu haben. Doch dann hatte er Glück gehabt und war als Wildhüter im Kronotskij-Reservat eingestellt worden. Als ihm klar wurde, dass sein Job ihn tief in die Wildnis führen würde, bat er den Leiter um eine notdürftige Ausrüstung: eine Axt, ein Messer, einen Rucksack. Sie war abgelehnt worden. Dann hatte er um einen Vorschuss auf seine vierhundertfünfzig Rubel Monatsgehalt (umgerechnet etwa sechzehn amerikanische Dollar) gebeten, damit er sich einen Teil davon selbst kaufen konnte, und auch das war abgelehnt worden. Während er auf den Hubschrauber wartete, der ihn in den Süden bringen sollte, ging ihm das Geld aus, und er musste die letzten paar Nächte bei Regen und Schnee auf der Straße schlafen.

Igor hatte noch nie im Leben einen Bären gesehen. Er hatte keinerlei formale Ausbildung als Wildhüter. Aber er träumte davon, ein autarkes Leben in der Wildnis zu führen. Im Anschluss an unsere gemeinsame Woche am Kambalnojesee würde man ihn in einer Wildhüterstation am Kurilskojsee absetzen, wo er den Sommer verbringen sollte.

Der Hubschrauber, den ich gechartert hatte, war klein. Nachdem ich die Hütte im letzten Herbst ausgeräumt hatte, mussten wir jetzt genügend Ausrüstung und Proviant mitnehmen, um eine Woche durchstehen zu können. Es wurde eng, und der Pilot hatte einige Mühe, die Maschine zu starten. Auf dem Weg in den Süden dachte ich hauptsächlich an Chico und Biscuit, aber ich hatte auch eine größere Vision vor Augen. Würde sich das Bild, das man in bestimmten Gegenden der Welt hatte, in denen es noch Grizzlys gab, endlich ändern, wenn die Jungen überlebt hatten und uns gegenüber so gutmütig waren wie immer? Würde die Tatsache, dass sie Menschen gegenüber nicht aggressiv waren, obwohl sie im ersten und zweiten Jahr ihres Lebens gefüttert worden waren, die Sichtweise beeinflussen, nach der das Füttern von Bären grundsätzlich Gefahren mit sich brachte? Eine Geschichte, die ich zu Hause gehört hatte, handelte von achtzehn Grizzlys, die in British Columbia erschossen worden waren, nachdem sie halb verhungert in die nächstgelegene Stadt eingedrungen waren. In diesem Jahr waren die Lachse an ihrem Fluss ausgeblieben. Wären sie vielleicht noch am Leben, wenn man sie mit Mais oder Sonnenblumenkernen gefüttert hätte?

Kaum war der Hubschrauber am Kambalnojesee gelandet, sah ich, dass jemand in die Hütte eingebrochen war. Ein paar Fensterläden waren abgerissen, und die Tür zum Atelier/Anbau stand offen. Ich glaubte mich zu erinnern, dass man einen Wildhüter den Winter über in einer Hütte an der Mündung des Flusses postiert hatte, und mein erster Gedanke, oder vielmehr meine erste Hoffnung war, dass er irgendwann in diesem Winter mit seinen Skiern den Kambalnoje hinaufgefahren und eine Weile hier Unterschlupf gefunden hatte.

Doch als ich das Chaos in der Hütte und darum herum sah, glaubte ich das nicht mehr. Überall waren unsere Sachen verstreut, nicht von Bären, sondern von Menschen, das stand fest. Das Linoleum war von einer Axt getroffen worden, als der Eindringling Holz gehackt und falsch gezielt hatte. Alles war vollkommen verdreckt, zwei Kanister Flugbenzin, die wir in Maureens Dunkelkammer versteckt hatten, geplündert. Mit Sicherheit hätte ein Wildhüter mehr Respekt gehabt.

Doch wenn es kein Wildhüter gewesen war, wer dann? Die Möglichkeit, die mir am meisten zu schaffen machte, waren Wilderer mit Schneefahrzeugen. Genau darauf aber schien der Zustand der Hütte hinzudeuten und auch die Tatsache, dass kaum Bären in der Gegend waren. Wir hatten mit dem Fernglas nur ein einziges Tier auf einem weit entfernten Kamm entdeckt.

In dieser Nacht fand ich kaum Schlaf. Der Wind peitschte gegen die Hütte. Noch wusste ich nicht, wie es Chico und Biscuit ergangen war. Immer wieder stellte ich mir vor, wie sie ihr Winterlager verließen, ohne sich der dunklen Seite der Menschheit bewusst zu sein. Jedermann fürchtet sich vor der Gefahr, die furchtlose Bären für Menschen darstellen, ich dagegen wusste verdammt gut, dass es eigentlich die Bären waren, die in Gefahr waren.

Doch ich hatte auch Hinweise gefunden, die Anlass zur Hoffnung gaben. Außerhalb der Hütte gab es auf einem Stück Tundra, wo der Schnee bereits weggeschmolzen war, Anzeichen von frischen Grabungen. Offensichtlich war hier ein Bär auf der Suche nach Wurzeln gewesen. Unweit des Bärengeheges gab es Spuren im Schlamm. Letztes Jahr hatte ich dieselben Spuren an fast denselben Stellen gesehen. Angesichts der Tatsache, dass der Schnee auf diesem Stück Tundra erst in der letzten Woche geschmolzen war und die Beschädigungen der Hütte auf jeden Fall älter erschienen, redete ich mir ein, dass die Jungen wahrscheinlich noch lebten und vielleicht gar nicht weit entfernt waren. Ich klammerte mich an diesen Strohhalm und schlief endlich ein.

Am Morgen hatte der Wind nachgelassen, und die Sonne schien. Zu dritt brachen wir nach dem Frühstück über den See Richtung Itelmenen-Bucht auf. Dort gibt es einen sonnigen Hang über der Bucht, wo der Schnee sehr früh schmilzt und das Gras üppig sprießt. Da ich wusste, wie viel Zeit die Jungen letztes Jahr in dieser Gegend verbracht hatten, wählte ich sie als unser erstes Ziel aus. Wir gingen über den gefrorenen See, der völlig leer gefegt war, und hielten sorgfältig Ausschau nach den dunklen Stellen mit brüchigem Eis. Gleichzeitig suchte ich das Ufer nach Bärenkadavern ab.

Als ich um die Ecke der Itelmenen-Bucht bog, sah ich, wie etwa vierhundert Meter vor uns ein Rabe landete und an etwas pickte, das aussah wie Knochen.

Ich richtete das Fernglas höher und glaubte, im dichten Unterholz der Erlen eine Bewegung zu sehen. Als ich genauer hinsah, machte ich die Umrisse eines Bären aus. Dann entdeckte ich einen zweiten. Es dauerte ein Weile, bis die beiden sich so weit voranbewegt hatten, dass ich mehr erkennen konnte. Als sie auf offener Fläche standen, entdeckte ich, dass beide sehr helles Fell hatten, einer sogar noch mehr als der andere. Ich war sicher, dass es Chico und Biscuit waren.

Als sie uns bemerkten, ergriffen sie die Flucht. Wir standen nahe beieinander und müssen ausgesehen haben wie ein sehr großes Tier. Ich legte die Hände um den Mund und rief, so laut ich konnte: »Hallo, Bärchen!«, so wie Maureen und ich es immer gemacht hatten, als sie tatsächlich noch klein waren. Sie blieben stehen; Chico setzte sich hin. Ich rief sie erneut, und jetzt kamen sie den Hang herunter. Ich ging weiter auf sie zu, während Tatjana und Igor zurückblieben. Als Igor klar wurde, dass zwei Grizzlys auf ihn zurannten und schlitterten, war er vermutlich ein bisschen überfordert, denn er hatte noch nie zuvor ein solches Tier gesehen. Tatjana hingegen hatte unsere Bären zwar kennen gelernt, aber nur als ganz junge Tiere.

Die Bären und ich trafen da aufeinander, wo der Rabe gepickt hatte. Ich sah einen Bärenschädel, ein paar weitere Knochen und Fellstücke. Für mich sah es aus wie die Überreste eines gewilderten Bären. Es war ein seltsamer Ort für die Freude, die mich packte, als ich Chico und Biscuit so wundervoll lebendig vor mir sah. Sie waren tatsächlich gewachsen; Chico kam mir sogar richtig dick vor. Biscuit war dünner, wirkte aber keineswegs unterernährt. Chico kam direkt zu mir. Ich strich mit der Hand über ihren Rücken. Sie legte sich neben dem Bärenschädel auf den Boden. Biscuit schnüffelte an meinen Spuren und wälzte sich dann in den Fellresten, die im Schnee lagen.

Ich machte Tatjana und Igor Zeichen nachzukommen, was sie zögernd taten. Die Bären sahen sich die fremden Menschen kurz an, und dann war alles in Ordnung. Wieder einmal überraschte es mich, wie schnell Menschen an der Reaktion eines Bären erkennen können, ob alles okay ist.

Chico kaute jetzt an dem Schädel, der aussah, als sei er am selben Tag aus dem Schnee gegraben worden. Er war noch teilweise von Fleisch bedeckt; sie muss ihn als großen Glücksfall angesehen haben. Während sie sich mit ihm beschäftigte, beschloss ich, ihn auf Einschusslöcher zu untersuchen. Ich glaubte, dass sie mir das erlauben würde, obwohl Grizzlys Fremden gegenüber sehr gefährlich werden können, wenn sie einmal Anspruch auf ein totes Tier erhoben haben. Als ich das erste Mal nach dem Schädel griff, schlug mir Chico sachte die Hand weg. Dann legte sie sich auf den Schädel und presste ihn in den

Schnee. Erst beim vierten Versuch ließ sie mich gewähren. Ich untersuchte ihn und gab ihn zurück. 261 Tage waren vergangen, seit ich sie zuletzt gesehen hatte, aber das Vertrauen zwischen uns hielt stand. Der Schädel wies keine Einschusslöcher auf.

Wir alle, auch die Bären, gingen schließlich am Seeufer entlang zurück zur Hütte. Dort setzten wir uns auf die Veranda und beobachteten, wie die beiden Tiere ihre Runde fortsetzten und zur Itelmenen-Bucht zurückkehrten. Je mehr ich den Schädel und die Überreste untersuchte, umso weniger sicher war ich, dass er gewildert worden war. Es war der Schädel eines alten Weibchens, das möglicherweise gestorben war, weil es kein Winterlager gebaut hatte. Sehr alte oder verletzte Bären, die nicht genügend Fett angesetzt haben, um den Winter zu überstehen, bauen gelegentlich keine Höhlen mehr, sondern wandern so lange umher, bis Kälte und Schnee sie überwältigen und sie sterben. Dass es so wenige andere Bären gab, lag möglicherweise daran, dass sie bereits zur Ostküste aufgebrochen waren. All das brachte mich schließlich zu der Überzeugung, dass die Hütte von Wildhütern besetzt worden war, sehr chaotischen Wildhütern.

Chico und Biscuit hatten eine weitere enorme Schwelle überschritten und ihren Test bestanden. Es schien, als seien sämtliche Bärenexperten überzeugt gewesen, dass unsere Jungen sich letztlich gegen uns wenden würden, obgleich sie unterschiedliche Zeiten dafür festgesetzt hatten. Zum Zeitpunkt dieser friedlichen Wiedervereinigung waren die meisten ihrer »Haltbarkeitsdaten« bereits überschritten. Wir waren in einen Bereich gekommen, wo selbst die hartnäckigsten Zweifler zugeben mussten, dass das, was hier passierte, über ihr Vorstellungsvermögen hinausging.

Da die Jungen in dieser Woche nicht für irgendwelche Dramen sorgten, erledigte ich das selbst. Einmal gingen Tatjana, Igor und ich zusammen mit Chico und Biscuit auf einem sonnigen Hang über dem See spazieren. Die Bären grasten in dem jungen Grün auf einem steilen Felsvorsprung. Da ich ein paar Fotos aus einer solch luftigen Position von ihnen schießen wollte, folgte ich ihnen. Ich hielt mich an einem Felsen über mir fest, versuchte, mit dem Fuß ein Stück Gras zu erreichen, und rutschte ab. Dabei verlor ich das Gleichgewicht und hing einen Moment lang sozusagen in der Luft, bevor ich abstürzte.

Zwei Meter tiefer landete ich auf einem weiteren Felsvorsprung. Er fiel ziemlich steil ab, wie ein Skihang. Ich prallte ab und stürzte weiter. Auf diese Weise absolvierte ich drei Felsvorsprünge, bis der letzte mich kopfüber auf einen beinahe senkrechten Schneehang schleuderte, der im See mündete. Erst beim dritten Salto fand ich endlich Halt und kam zum Stehen.

Bei diesem Manöver hingen das Fernglas und die Digitalkamera um meinen Hals. Eine 35-mm-Kamera hatte ich in der Hand. Während des Sturzes kopfüber nach unten wurden Fernglas und Digitalkamera in Richtung See geschleudert. Das wasserfeste Fernglas landete in einem anderthalb Meter breiten Spalt im Schnee. Die Digitalkamera, die alles andere als wasserfest war, flog in den See.

Als ich sie auf der Wasseroberfläche treiben sah, lief ich das letzte Stück hinunter und versuchte sie zu erwischen. Doch mittlerweile war sie einen halben Meter tief im Wasser versunken und völlig nass. Immerhin hatte ich es geschafft, während des dreißig Meter tiefen Sturzes die 35-mm-Kamera in der Hand zu behalten.

Als ich nach oben sah, entdeckte ich drei Augenpaare, die mich neugierig musterten: Tatjana, Igor und Biscuit. Biscuit spähte über den Rand des Felsvorsprungs, von dem ich abgestürzt war, und betrachtete mich aufmerksam. Chico war weiter den Berg hinaufgeklettert und hatte die ganze Aufregung verpasst.

Wie durcheinander ich war, zeigt sich daran, wie lange ich brauchte, um zu merken, dass meine Brille weg war. Ohne sie war ich allerdings nicht imstande, sie zu suchen. Es dauerte zwanzig Minuten, bis Igor sie endlich entdeckte.

Zurück in der Hütte ließ ich die Digitalkamera auslaufen und bastelte mir dann eine Vorrichtung, um sie über den Ölofen zu hängen und langsam trocknen zu lassen. Es half allerdings nicht. Bei nächster Gelegenheit rief ich Maureen an und bat sie, eine neue mitzubringen.

Dazu kam mein körperlicher Zustand. Ich hatte mir mit ziemlicher Sicherheit eine Rippe verletzt, die allerdings nicht besonders schmerzte. Ich vermutete, dass sie nur angeknackst war. Zwei Tage später wollte ich den Ofen anzünden und musste plötzlich niesen. Ein unerwarteter, starker Schmerz durchfuhr mich. Die angeknackste Rippe muss mit dem Zwerchfell verbunden gewesen sein, und das Niesen reichte, um sie schließlich ganz zu brechen.

Die nächsten Tage hütete ich das Bett und fühlte mich hundeelend. In einer Nachricht für die Website schrieb ich: »Bitte, macht euch keine Sorgen. Die Rippe wird bestimmt nicht brechen und die Lunge durchlöchern oder Ähnliches.« Die größte Angst hatte ich vor einem Schluckauf. Nach zwei Tagen aber merkte ich, dass es wieder aufwärts ging, und am Ende des zweiten Tages konnte ich zur großen Erleichterung von Igor und Tatjana auch wieder aufstehen.

Mittlerweile war das Wetter schlecht und der Hubschrauber bereits zwei Tage überfällig. Als der Nebel sich vorübergehend lichtete, nutzten wir die Gelegenheit zu einem Spaziergang um den See. Ein paar Meilen später kam uns hinter einer Biegung eine große Bärin mit zwei Jungen entgegen. Sie zogen über den zugefrorenen See und rannten nicht davon, als sie uns entdeckten, sondern blieben mit erhobener Nase stehen und nahmen unsere Witterung auf, bevor sie weiter auf uns zu trotteten.

Tatjana war nicht daran gewöhnt, sich einer solchen Situation ohne Waffe zu stellen; ihr gefiel die Sache gar nicht. Ich riet ihr, ruhig zu bleiben, denn ich wusste, dass es Brandy, Gin und Tonic waren. Brandy kam direkt auf uns zu, daher ging ich ihr entgegen, um sie zu begrüßen. Die Jungen waren jetzt zwei Jahre alt. Sie waren neugierig und anfangs auch ein bisschen scheu, schienen sich aber in unserer Gegenwart wohl zu fühlen.

Ich redete während der Begrüßung die ganze Zeit über auf Brandy ein, deshalb hatten Chico und Biscuit wahrscheinlich meine Stimme gehört. Sie kamen über den Hügel, um zu sehen, was los war. Prompt beschloss Brandy, sie davonzujagen, und ließ ihre Jungen solange bei uns Menschen zurück. Es war fast dieselbe Szene wie so viele im letzten Sommer. Tatjana aber war überzeugt, dass wir jetzt erst recht in der Patsche steckten, weil wir zwischen der Mutter und ihren Jungen standen, und ich musste reden wie ein Wasserfall, um sie zu beruhigen. Nachdem Brandy Chico und Biscuit verjagt hatte, kam sie, halb springend, halb rutschend, über die Schneeverwehungen wieder zu uns zurück und zeigte nicht das leiseste Anzeichen von Sorge darüber, wer sich in der Zwischenzeit um ihre Jungen gekümmert hatte.

26

Grenzenloses Vertrauen

Am 24. Juni traf Maureen in PK ein, wo ich sie abholte. Sie war erschöpft, aber auch sehr glücklich, wieder in Kamtschatka zu sein. Sie hatte sogar eine neue Digitalkamera mitgebracht und obendrein sämtliche Exponate ihrer Wanderausstellung, die im September in Moskau eröffnet werden sollte. Drei Tage später, am 27. Juni, flog ich mit dem Flugzeug nach Süden, und Maureen folgte im Hubschrauber.

Die Bären waren nicht da, als wir am Kambalnojesee ankamen, und das Wetter verschlechterte sich rapide. Wir hatten ein paar Männer angeheuert, die uns helfen sollten, die zwei Tonnen Ausrüstung und Proviant in die Hütte zu schleppen. Doch der Boden war zu sumpfig, so dass die Fracht in aller Eile ausgeladen werden musste, während der Pilot die Maschine dicht über dem Boden hielt. Anschließend flog er mit der ganzen Mannschaft sofort wieder ab und überließ es Maureen und mir, alles in die Hütte zu tragen.

Bevor wir uns versahen, steckten wir mitten in einem grässlichen Unwetter, das fünf Tage anhielt. Während wir es aussaßen, kam uns die Frustration erheblich größer als sonst vor. Maureen hatte die Jungen noch nicht gesehen, und ich konnte nicht fliegen. In PK hatte ich von zwei Walen gehört, die an der südwestlichen Küste von Kamtschatka angeschwemmt worden waren, einer südlich von Osernowskij und der andere eine Meile südlich der Mündung des Kambalnoje. Bei Letzterem, dem Näheren also, sollte es sich um einen Blauwal handeln. Ich weiß, ein gestrandeter Wal ist nicht unbedingt das, was die meisten Leute gern sehen würden, aber ich hatte noch nie einen Blauwal gesehen, weder tot noch lebendig. Ein Blauwal ist zwischen zweiundzwanzig und achtundzwanzig Meter lang und wiegt um die hundertzehn Tonnen, ein richtig großer kann bis zu hundertfünfzig Tonnen schwer sein. Ich wollte sehen, wie die Bären reagierten, wenn praktisch über Nacht eine solch fette Beute vor ihrer Nase auftauchte. Es war nur zehn Meilen entfernt, doch das Wetter hinderte mich, es mit eigenen Augen zu sehen.

MAUREEN: *Schließlich riss der Himmel auf, so dass wir den ersten Ausflug ins Chico Basin machen konnten. Am Abend zuvor hatten wir Chico und Biscuit auf einer saftigen Wiese im oberen Teil des Beckens grasen sehen. Ich kam über einen kleinen Hügel, und plötzlich standen alle beide vor mir. Als ich unseren mittlerweile absurden Gruß »Hallo, Bärchen!« rief, hoben beide den Kopf und beobachteten interessiert, wie wir näher kamen. Ich setzte meinen Rucksack ab, worauf Biscuit ihn beschnüffelte. Dann hob sie das Gesicht und forderte mich auf, mit meiner Nase die ihre zu berühren. Das ist die intime Begrüßung der Bären untereinander. Ihr Gesicht war jetzt riesig. Ich hielt meins etwa dreißig Zentimeter von ihrem entfernt; so starrten wir uns eine Weile in die Augen. Diese sanften, schönen Augen. Sie wirkte rundum glücklich. Für mich fühlte es sich an, als gehörten beide Bären zur Familie. Ich war entzückt, sie wieder um mich zu haben.*

In diesem Sommer herrschte das schlechteste Wetter, das wir hier je gehabt hatten. Nicht einmal während des allerersten Jahres war es so regnerisch gewesen. Ich will nicht behaupten, dass uns schlechtes Wetter im Lauf der Zeit nichts mehr ausmachte, doch wir lernten, es nicht so wichtig zu nehmen. Häufig gingen wir trotz Regen einfach los, es sei denn, der Nebel war so dicht, dass wir befürchten mussten, urplötzlich aus dem Dunst aufzutauchen und die Bären zu erschrecken.

Als das erste Unwetter am 3. Juli nachließ, sprang ich in die Kolb und flog an die Küste. Ich fand den riesigen Blauwal, doch er lag an einer gefährlichen Stelle, wo ich nicht landen konnte. Einige Bären waren auch da, die ich eine Weile aus der Luft beobachtete. Dann drehte ich schneller, als ich eigentlich wollte, wieder ab, aus Furcht, sie zu verscheuchen.

Das Wetter blieb trübe. Das nächste Mal flog ich am 5. Juli hin und zählte zwölf Bären, die sich vom Kadaver des Wals ernährten. Auch dieses Mal konnte ich nicht landen.

Danach wurde das Wetter noch miserabler. Erst am 13. Juli gelang es mir wiederzukommen. Inzwischen hatte der Sturm den Kadaver des Blauwals in Einzelteile zerlegt. Ich flog weiter zu dem zweiten Tier in der Nähe von Osernowskij, das sich als Finnwal entpuppte, etwa zwanzig Meter lang. Der Kadaver hatte sich zwischen ein paar Felsen am Fuß der Klippen verfangen, wo die Wellen ihm seit Wochen zugesetzt hatten; auch er war auseinander gerissen. Bären entdeckte ich hier nicht, wahrscheinlich, weil inzwischen die Lachse die Flüsse und Bäche erreicht hatten. In dieser Gegend gab es zudem Wilderer.

Auf dem Ausflug am 5. Juli konnte ich zwar nicht in der Nähe des Blauwals, dafür aber oberhalb der Kambalnoje-Mündung landen und besuchte die Hütte, die mit finanzieller Unterstützung aus dem Anti-Wilderer-Fonds zur Station eines Wildhüters umgebaut worden war. Zwei Männer lebten dort, die ziemlich rau wirkten, aber sehr nett waren. Nikolai, der Vater, und Sascha, sein Sohn, luden mich zum Tee ein. Obwohl wir uns nicht besonders gut unterhalten konnten, verstand ich, dass sie den ganzen Winter dort verbracht hatten. Als ich fragte, ob sie auch am Kambalnojesee gewesen waren, erzählte Sascha bereitwillig, dass er um den 4. April herum mit einem Schneefahrzeug dort gewesen und eine Weile geblieben war. Als ich mich verabschiedete, reichte Sascha mir ein kleines Teesieb, das ich als unser eigenes wieder erkannte. Um seine Ehrlichkeit unter Beweis zu stellen, erklärte er, ich solle es meiner Frau zurückgeben.

Zu Hause hatte Maureen inzwischen mit ihrem Kajak den See erforscht und viele neue Entwicklungen an unserem Ufer ausgemacht. Die größte Neuigkeit war, dass Brandy Gin und Tonic entwöhnt und sich mit einem großen Bären eingelassen hatte. Um ihre Jungen zu entwöhnen, verjagte sie sie, allerdings nicht allzu weit. Anschließend blieb sie in der Nähe, um sich zu vergewissern, dass alles in Ordnung war. Gin und Tonic entfernten sich während der gesamten Paarungszeit nicht allzu weit in der Hoffnung, zurückkommen zu können, wenn sie vorbei war.

Trotz Paarung und Entwöhnung schaffte Brandy es, ihr Revier vor unseren Jungen – hauptsächlich Chico – zu verteidigen. Eines Tages beobachteten wir, wie Chico sie auf einer ungewöhnlich langen Hetzjagd den Berg hinauf und hinunter lockte. Am selben Abend grasten Brandy, Chico und Biscuit offensichtlich friedlich vereint im selben Tal.

Ein paar Tage später beobachteten Maureen und ich, wie Chico und Biscuit in einem kleinen Tal nicht weit von Gin und Tonic entfernt grasten. Plötzlich pirschte sich Brandy gegen die Windrichtung und weder für Chico noch Biscuit sichtbar durch die Erlen heran. Wir wussten nicht, inwieweit diese Revierstreitigkeiten ausarten konnten, und wurden nervös. Schließlich hatte sie sich ihnen unentdeckt auf zehn Meter genähert. Sie hätte sich mit Leichtigkeit auf eine von beiden stürzen können, trat jedoch nur aus dem Unterholz heraus und starrte sie an. Sie wartete, bis sie ihre Gegenwart bemerkten und die Flucht ergriffen. Erst dann jagte sie ihnen hinterher und verfolgte sie ins Erlengebüsch.

Wenig später sahen wir sie in der Nähe des Seeufers. Brandy war Biscuit dicht auf den Fersen. Es gefiel uns nicht, was passieren könnte, wenn Biscuit das Rennen verlor. Dann tauchte Chico auf einer Klippe über Gin und Tonic auf. Die drei blieben stehen und beobachteten das Ganze. Als Biscuit die Klippen erreichte, hatte sie einen guten Vorsprung. Chico und sie hatten diese Klippen gern als Zuflucht benutzt, als sie noch klein waren, aber jetzt waren sie nicht mehr so geschickt wie Jungtiere. Trotzdem kletterte sie unbeholfen bis auf die Spitze des steilsten Hangs. Brandy aber stieg den Hang noch höher hinauf und näherte sich von oben. In diesem Moment machte Biscuit einen Schritt auf Brandy zu, streckte sich und brüllte der älteren Bärin ins Gesicht. Ihre Köpfe waren nur Zentimeter voneinander entfernt, beide hatten ihre Mäuler weit aufgerissen.

Wir machten uns Sorgen, weil sie obendrein auf glattem Boden standen. Falls einer von beiden ausrutschte, konnten sie leicht siebzig Meter in die Tiefe stürzen. Doch dann machte Brandy kehrt und trollte sich gemächlich davon. Biscuit suchte sicheren Halt, fraß ein paar Büschel Gras und schlief ein. Da, wo Chico alles beobachtet hatte, hielt auch sie ein Nickerchen. Kurz vor Einbruch der Dunkelheit sahen wir Biscuit nach Süden in Richtung Itelmenen-Bucht ziehen. Ihre Schwester blieb zurück.

An diesem Abend fragten wir uns, ob Biscuit vielleicht verletzt war, und gingen früh am nächsten Morgen los, um nach ihr zu suchen. Chico sah uns kommen und begleitete uns. Maureen übernahm die Führung, als wir uns der Itelmenen-Bucht näherten, und rief nach Biscuit. Schließlich tauchte sie aus einer Erlengruppe oberhalb von uns auf. Alles war in Ordnung.

Chico und Biscuit gingen aufeinander zu, rieben die Köpfe aneinander und berührten sich mit den Nasen. Chico wälzte sich in Biscuits Witterung im Schnee. Die Jungen machten genau das Gleiche wie bei uns, wenn wir uns nach einer Trennung wieder sahen, und natürlich war es vollkommen logisch. Wir hatten es nur noch nie gesehen. Solange die beiden unzertrennlich gewesen waren, war es einfach nicht vorgekommen. Jetzt, da sie selbständiger waren, war es etwas anderes. Maureen entdeckte eine Veränderung in Biscuits Gesicht – der kindliche Ausdruck war verschwunden und von mehr Selbstbewusstsein ersetzt worden.

Meine Deutung der Kabbeleien zwischen Brandy und den beiden Jungen war, dass Brandy diesen Teil des Tals für sich beanspruchte, besonders während des Futternotstands zu Anfang des Frühlings. Wenn es wieder mehr Futter gab, während der Lachs- und Pinienkernzeit etwa, war sie ohne Zweifel toleranter.

Die zweite Veränderung, die Maureen und mir in diesem Sommer auffiel, war die Abwesenheit der Füchse. Das war besonders traurig für Maureen, die viel Zeit damit verbracht hatte, sich mit den drei Fuchsfamilien und mit Einzelgängern wie Squint anzufreunden. Doch jetzt waren sie wie vom Erdboden verschluckt, und keiner von uns konnte sich einen Reim darauf machen.

In diesem regnerischen Juli baute ich eine Windmühle. Das stürmische Wetter sorgte immer wieder für Stromausfälle und behinderte damit den Kontakt zur Außenwelt. An Wind aber herrschte im Gegensatz zur Sonne kein Mangel. Die

Windmühle war ein schlagartiger und anhaltender Erfolg. Von nun an fehlte es uns nie wieder an Strom.

Als sich das Wetter gegen Ende des Monats allmählich besserte, war ich viel mit dem Flugzeug unterwegs. Ich sammelte ein paar Planktonproben für Katja. Dabei fiel mir auf, dass es viel mehr Blaurückenlachse gab als sonst. Ich machte einen Abstecher den Fluss hinunter, wo sich die Buckellachse an der Mündung des Kambalnoje geradezu drängten. Chico und Biscuit würden ein Festmahl haben. Noch etwas, das ich von oben beobachtete, waren zwei Bärinnen mit jeweils vier Jungen.

In Kurilskoj besuchte ich die beiden Wildhüter in der neuen Hütte. Dort erfuhr ich dann zu meiner großen Überraschung, dass die beiden Männer, die ich an der Mündung des Kambalnoje getroffen hatte, Nikolai und Sascha, überhaupt keine Wildhüter waren, sondern Trapper, denen man erlaubt hatte, die Hütte den Winter über zu benutzen. Da sich das Reservat trotz unserer finanziellen Unterstützung nicht leisten konnte, einen ausgebildeten Wildhüter während des Winters dort zu stationieren, waren die beiden Trapper theoretisch besser als nichts. Im Gegenzug dafür, dass sie die Hütte und ihre Einrichtung beschützten, erhielten sie die Genehmigung, Fuchsfallen aufzustellen.

Sascha hatte keinen Hehl daraus gemacht, dass er unsere Hütte und die des Wildhüters benutzt hatte. Wahrscheinlich wäre es ihm im Traum nicht eingefallen, dass wir uns darüber aufregen könnten, dass er den Füchsen dort Fallen stellte, da wir uns für Bären interessierten. Außerdem sah er wahrscheinlich nicht ein, warum wir unsere Nase in seine Händel mit den Behörden stecken sollten. Es war eine absurde Situation. Selbst wenn ich der Logik folgen konnte, erklärte es nicht, warum die Trapper bis zum Sommer geblieben waren. Bill, Maureen und ich hatten die Gelder für die Renovierung der Hütte aufgebracht, damit sie von Wildhütern benutzt werden konnte, nicht von Trappern.

Der Wirbel, den ich daraufhin in Kurilskoj veranstaltete, war nichts im Vergleich zu Maureens Wutanfall, als ich erzählte, was mit ihren Füchsen geschehen war. Sie war nahe dran, die ganze Strecke zu Fuß zu marschieren und sich die Trapper selbst vorzuknöpfen. Sie hatte diese Füchse geliebt und mochte sich nicht vorstellen, was mit ihnen passiert war.

Mir gefiel es auch nicht, aber ich wusste, dass es eigentlich nicht Nikolais und Saschas Fehler war. Sie taten nur, was man ihnen gestattet hatte. Es war eine jener zahlreichen frustrierenden Erfahrungen, die man in Russland macht, und wie üblich war Geld oder besser gesagt der Mangel an Geld die eigentliche Ursache dafür. Ich schwor, mich noch vor meiner Abreise in diesem Jahr mit den Verantwortlichen zusammenzusetzen und irgendeinen Handel auszubaldowern, damit echte Wildhüter den ganzen Winter über in den Hütten stationiert werden konnten. Irgendwie würden wir das Geld dafür schon zusammenbringen.

Anfang August flog ich noch einmal zu dem Blauwal. Mittlerweile hatten Wind und Wetter, Raben und Bären ihn bis auf die Knochen freigelegt. Diesmal konnte ich landen und schritt das riesige Skelett in voller Länge ab. Allein der Schädel maß fünf Meter. Einen Wirbel nahm ich mit; später stellte sich heraus, dass er fünfundzwanzig Kilo wog. Die Wirbelfortsätze waren so breit, dass ich auf dem Rückflug eine Seite hinter meinen Rücken klemmen musste, während die andere die Passagiertür offen hielt. Ich wollte ihn unbedingt Maureen, Chico und Biscuit zeigen.

Dieses Mitbringsel erwies sich als großer Erfolg bei den Bären. Sie untersuchten es ausgiebig. Wegen des Gestanks lagerte ich es auf dem Dach des Toilettenhäuschens, das von einem Elektrozaun geschützt war. Wenn sich die Bären in der Umgebung des Lagers aufhielten, warf vor allem Chico ihm sehnsüchtige Blicke zu. Was für ein herrlich stinkendes Festmahl!

Da Chico und Biscuit nun ihrem vierten Geburtstag entgegensahen und beide mindestens zweihundert Kilo auf die Waage brachten, hatte alles, was wir mit ihnen anstellten, eine größere wissenschaftliche Bedeutung als früher. Die Zweifler hatten vorausgesagt, dass die Bären aggressiv würden, sobald sie ein Jahr alt waren. Andere glaubten, dies würde erst passieren, wenn sie zwei oder drei wurden. Mittlerweile hatten die Bären all diese Prophezeiungen übertroffen, und das Vertrauen zwischen ihnen und uns war ungebrochen. Da wir die Zone des angeblich Unmöglichen nun erreicht hatten, fand ich, wir sollten dieses Vertrauen vertiefen und so oft wie möglich testen. Zwar gab es auch mit Biscuit keine Probleme, trotzdem suchte ich mir Chico für die meisten Experimente aus. Sie war diejenige, die in unserer Freundschaft immer einen Schritt weiter hatte gehen wollen, als ich ihr bisher erlaubt hatte.

Eins der Experimente fand am 4. August statt. Ich war mit den Eimern zum Forellenbach gegangen, um Wasser zu holen. Dort ließ ich sie stehen und machte einen kleinen Spaziergang am Fluss entlang. Als ich an die Stelle kam, wo er anfängt, sich träge durch eine Wiese zu schlängeln, bevor er in den See abfällt, sah ich Chico flussaufwärts in der Schlucht, wo sie auf einem grasbewachsenen Vorsprung lag und die Tatzen über den Rand baumeln ließ. Von Biscuit entdeckte ich keine Spur. Sie hatten sich für den Tag getrennt, um verschiedene Regionen des Ufers abzufischen. Chico blieb, wo sie war, und beobachtete mich aufmerksam.

Ich wusste, worauf sie wartete. Sie wollte, dass ich nach Lachsen Ausschau hielt, die sich gelegentlich vom See aus in den Fluss verirren. Bislang hatte es in dieser Saison noch nicht viel Fisch für Chico gegeben, und sie hatte beschlossen, ihre Kräfte zu sparen – bis ich ihr signalisierte, dass ich etwas gefunden hatte, für das es sich lohnte herunterzukommen. Ich sah mich um und entdeckte einen großen, gefleckten männlichen Lachs, etwa fünf Kilo schwer. Der Bursche war schon halb tot, befand sich im Augenblick in tiefem Gewässer, wo Chico Schwierigkeiten hätte, ihn zu fangen, strebte aber augenscheinlich seichtere Gefilde an. Chico befand sich etwa zweihundert Meter entfernt, auf ihrem Ausguck, und starrte mich unverwandt an.

Als der Lachs eine Stelle erreicht hatte, wo das Wasser nur noch dreißig Zentimeter tief war, hob ich eine Hand. Chico sprang auf, rannte den Abhang herunter und kam durch das flache Tal geschossen wie ein Eilzug, geradewegs auf mich zu. Jeder, der es zufällig beobachtete, hätte geglaubt, dass mein letztes Stündlein geschlagen hatte. Chico hatte die Ohren aufgestellt und das Maul halb geöffnet. Ihr Anblick war beeindruckend. Als sie auf etwa sechs, sieben Meter heran war, starrte ich wie gebannt auf den Lachs, damit sie wusste, wo sie suchen musste. Sie kam schlitternd neben mir zum Stehen, und ich zeigte ihr den Fisch. Zum Glück hatte er einen weißen Fleck auf dem Rücken, da, wo die Haut bereits abstarb.

Sobald Chico ihn entdeckt hatte, sprang sie ins Wasser. In drei Sätzen hatte sie ihn geschnappt und sich mit dem Bauch auf ihn gelegt. Doch er muss ihr trotzdem irgendwie entwischt sein, und jetzt, bei all dem aufgewirbelten Schlamm hatte sie ihn aus den Augen verloren. Von der Höhe des Damms aus entdeckte ich ihn flussabwärts schwimmen. Ich lief ihm auf der Böschung nach. Als ich ihn eingeholt hatte, zeigte ich wieder auf ihn. Chico kam in der Mitte des Flusses hinter uns her gesprungen, bis auch sie ihn sah, machte dann erneut einen großen Satz und erwischte ihn.

Anschließend brachte sie ihre Beute zu mir, und ich lobte sie. Es ist schwer zu beschreiben, was für einen Blick sie mir daraufhin zuwarf. Mittlerweile glaube ich, dass er eine Art Anerkennung für etwas war, das ich tat. Sie war stolz auf unser Teamwork; ich natürlich auch.

Später fand ich noch einen toten Lachs am Ufer. Ich rief sie, und wieder kam sie wie üblich in großen Sprüngen direkt auf mich zu. Diesmal hob ich den toten Lachs auf und wartete auf sie. Als sie sah, dass er tot war und ich ihn in der Hand hielt, bremste sie ab, trottete auf mich zu und nahm ihn mir vorsichtig aus der Hand.

Bei all diesen Dingen hatte ich mit der Zeit eine Methode entwickelt, wie man mit den Bären umzugehen hatte. Bären verstehen keinen Spaß, wenn sie im Frühjahr und Sommer auf Futtersuche gehen. Noch ernster wird es, wenn sich der Sommer in die Länge zieht und sie wissen, dass sie sich Fettreserven für den Winter anfressen müssen. Sie dulden nicht, dass man ihnen bei der Futtersuche in die Quere kommt. Andererseits nahmen sie unsere Hilfe aus demselben Grund gern an, wenn sie ihnen tatsächlich diente. Jedes Mal verstärkte es das Vertrauen zwischen uns.

Ich möchte betonen, dass ich damit nicht etwas für Chico tat, das sie dringend brauchte. Sie hätte diese Fische auch allein gefunden; sie hätte auch ohne mein Eingreifen überlebt. Chico verließ sich nur auf mich, wenn ich ihr zeigte, dass ich mich mit ihr verbünden und bei der Futtersuche helfen wollte. Ansonsten forderte sie nichts.

Nicht lange nach dieser Begebenheit entdeckten Maureen und ich, dass große Schwärme von Buckellachsen und Blaurückenlachsen den Kambalnoje bevölkerten. Unmengen tummelten sich kurz vor dem See. Da Chico und Biscuit noch immer am Seeufer patrouillierten, nach toten Blaurückenlachsen Ausschau hielten und nie weiter als bis zu der Stelle gingen, wo sich der Fluss in den See ergießt, beschlossen wir, herauszufinden, ob wir sie dorthin locken konnten. Ich rief nach Chico, und Biscuit beschloss mitzukommen.

Als ihnen klar wurde, zu welcher Goldgrube wir sie geführt hatten, gerieten sie außer Rand und Band. Chico zitterte förmlich vor Erregung. Dies waren keine ausgelaichten Schwächlinge, wie die Bären sie vom See und vom Forellenbach kannten, sondern ein Schwarm großer, starker Blaurückenlachse, die unbedingt vorankommen wollten. Der Grund des Flusses war felsig und rau, ohne Sandflächen zwischen den Steinen. Mit anderen Worten, es war zwar schwierig, hier zu fischen, aber dafür entschädigte die Menge. Ein herrlicher Zirkus mit aufspritzenden Wasserfontänen und springenden Lachsen lag vor ihnen. Einmal war Chico so aufgeregt, dass sie vom Wasser aus auf einen kleinen Felsen sprang, wo ich stand. Ich frage mich heute noch, warum sie das tat. Es gab nicht genügend Platz für uns beide, deshalb schlang sie eine Tatze komplett um meine Beine und drückte sie. Ein Stoß, und ich wäre zwischen die Steinbrocken gestürzt. Normalerweise versuche ich, in solchen Situationen ruhig zu bleiben, doch hier musste ich ein Machtwort sprechen. Daraufhin löste sie vorsichtig ihre Tatze von mir und ließ sich wieder ins Wasser plumpsen. Ich bin ziemlich sicher, dass sie mir zeigen wollte, wie dankbar sie für diese wundervollen Fischgründe war.

In vier Jahren hatten wir unsere Bären in diesem Teil des Flusses nur ein einziges Mal gesehen. Brandy hatten wir nie hier beobachtet. Das ist ein Zeichen dafür, wie starr Bären ihr Revier definieren. Interessant ist, dass Chico den Platz, nachdem sie ihn einmal gefunden hatte, nicht wieder verließ – vielleicht, weil sie ihn ihrem Einzugsbereich hinzugefügt hatte. Doch nach dem ersten Tag hinter dem See kehrte Biscuit an den Forellenbach zurück, wo sie und Brandy sich bald den Bauch mit Buckellachsen voll schlugen, ohne dass man ihnen geringste Zeichen von gegenseitiger Feindseligkeit angemerkt hätte.

Die Tatsache, dass Chico den neuen Fischgrund nicht mehr verließ, führte zu unserem nächsten gemeinsamen Abenteuer. Ich begann gerade mich zu fragen, ob ich ihr wirklich einen Gefallen getan hatte. Der Hauptschwarm der Lachse hatte mittlerweile den See erreicht, und Chicos Tatzen waren schrecklich mitgenommen von der Berührung mit den rauen Felsen am und unter Wasser. Brandy und Biscuit hatten es am Forellenbach viel leichter, daher beschloss ich, Chico dorthin zurückzubringen.

Ich habe eine bestimmte Art, Chico zu rufen, wenn ich wirklich will, dass sie hört. Als ich sie an ihrem Fischplatz fand, benutzte ich diesen Ruf und machte ihr Zeichen, mir zu folgen. Es brauchte drei Versuche, bis sie verstand, dass ich es ernst meinte, und mitkam. Wir hatten etwa zwei Meilen vor uns, aber es war erheblich kürzer, den Fluss zu verlassen und quer über die Tundra zu marschieren. Einmal musste ich auf allen vieren durch ein Dickicht von verschlungenen und ineinander verknäulten Erlen kriechen, und Chico war direkt hinter mir, ihre großen Reißzähne nur wenige Zentimeter von meinem Hintern entfernt. Da ich Chicos Verspieltheit kannte, entschied ich, ihr den Vortritt zu lassen. Ich rollte mich auf die Seite und bat sie, die Führung zu übernehmen. Sie stieg über meine Beine und brach dann durchs Gestrüpp bis zu einer Lichtung, die vor uns lag. Dort wartete sie, bis ich mich aus all dem Gewirr befreit hatte. Anschließend setzten wir unseren Weg durch die Tundra fort.

Chico wurde immer unruhiger. Sie vertraute darauf, dass etwas wirklich Gutes auf sie wartete, wenn ich sie schon so weit weg führte. Sie konnte die Spannung kaum ertragen und rannte mehrmals allein aufs Seeufer oder einen Bach zu. Jedes Mal rief ich sie zurück, und wir gingen weiter. Schließlich kamen wir zum Forellenbach, in dem es von Buckellachsen nur so wimmelte. Chico konnte sie sehen, doch das Wasser war tief, und ich forderte sie auf, weiter mit mir flussaufwärts zu kommen. Wir setzten unseren Weg fort, bis wir zu einem flachen Abschnitt kamen, in dem sich die laichenden Fische tummelten. Chico richtete die Ohren auf, und wieder sah sie mich mit diesem wundervollen Ausdruck an, der besagte: »Was bist du für ein Freund!« Dann sprang sie hinein und begann ihr Festmahl. Ehe ich weiterging, sah ich sie innerhalb weniger Minuten sechs Lachse verschlingen.

Chico den Unterschied zwischen ernsthafter Futtersuche und Spiel klar zu machen, sorgte für ein paar angespannte Situationen. Wenn das Wetter mehrere Tage hintereinander ruhig und klar war, was nur wenige Male der Fall war, erwärmte sich der kleine See nördlich der Hütte so weit, dass man darin schwimmen konnte. Maureen und ich nutzten solche Gelegenheiten, um ein Bad zu nehmen. Es war unvermeidlich, dass Chico und Biscuit eines Tages mitkommen würden, um zu sehen, was wir da trieben. Als es schließlich so weit war, saß Maureen gerade am Ufer, und ich schwamm im See. Ich rief Chico zu mir. Im Nachhinein bin ich mir ziemlich sicher, dass sie glaubte, ich hätte einen Fisch für sie entdeckt. Mit wenigen großen Sätzen sprang sie ins tiefe Wasser und schwamm direkt auf mich zu. Ich muss gestehen, dass meine Nacktheit mir das Gefühl vermittelte, sehr verletzbar zu sein, besonders, als sie nur noch wenige Meter von mir entfernt ihr Gesicht unter Wasser tauchte. Sie suchte nach dem toten Fisch, den sie auf dem Grund des Sees unter mir vermutete. Alles, was sie sah, waren meine weißen Füße beim Wassertreten, und vielleicht hat sie einen Augenblick geglaubt, dass sie die Fische waren, deretwegen ich sie gerufen hatte. Zum Glück verbesserte sich ihre Sehfähigkeit, als sie sich auf sie stürzte, und sie erkannte meine Füße als das, was sie waren. Sie beruhigte sich, und am Ende schwammen wir zusammen ans andere Ufer. Etwas später in diesem Jahr hatte ich einmal das Glück, mit beiden Jungen gleichzeitig baden zu können.

Dieses Vertrauen beschränkte sich nicht auf unsere Beziehung zu Chico und Biscuit. Es bestand ebenso zu anderen Bären, insbesondere zu Brandy, aber auch zu ihren Jungen, Gin und Tonic, die uns selbst nach ihrer Entwöhnung als Freunde betrachteten. Das Männchen, das wir Walnut nannten und schon 1998 während des Besuchs von Mike McIntosh und Margaret Horne kennen gelernt hatten, vertraute uns ebenfalls, obgleich es die Gegend nur einmal im Jahr, im August, aufsuchte. Da unsere Beziehung zu diesen anderen Bären nicht so intensiv war wie die zu Chico und Biscuit, zeigten sie ihr Vertrauen aus etwas größerer Distanz. Letztendlich konnten wir uns aber in derselben Gegend aufhalten, ohne uns gegenseitig zu stören. Größeres Vertrauen war meinem Gefühl nach zwischen Menschen und Bären nicht erreichbar.

Ende August, als die Buckellachse noch immer in dem kleinen Fluss oberhalb der Hütte laichten, fischte Brandy einmal zwischen den großen Felsen der Schlucht. Ich wanderte den Fluss hinauf und steuerte auf einen kleinen Wasserfall zu, ohne zu merken, dass Brandy sich genau an der Stelle zwischen die Felsbrocken gezwängt hatte. Sie stand unter dem Wasserfall, so dass nur ein kleiner Teil ihres Hinterteils zu sehen war. Ich bemerkte sie nicht und war daher nur wenige Meter entfernt, als sie sich plötzlich rückwärts bewegte. Wir waren beide gleichermaßen überrascht. Die Angst, die plötzlich in mich gefahren war, verschwand sofort, als ich Brandy erkannte. Ich hatte das Gefühl, dass auch sie einen Adrenalinstoß erhalten hatte. Dann holte sie tief Luft und fischte weiter.

Dass dies kein pauschales Vertrauen war, das allen Menschen gleichermaßen entgegengebracht wurde, ging mir auf, als ich nach Kurilskoj flog, um Bill zu einem Besuch abzuholen. Maureen und ich nahmen ihn mit auf einen Spaziergang, der uns zu Brandy führte. Sie fischte und ließ uns nicht mehr als fünfzehn Meter an sich heran. Wenn wir versuchten, näher zu kommen, verließ sie den Bach. Offensichtlich vertraute sie dem Fremden nicht. Bill war nur einen Tag da, deshalb konnten wir keine Experimente durchführen, um zu sehen, wie lange es dauern würde, bis sie Vertrauen zu ihm aufbaute.

MAUREEN: *Mitte August gingen Biscuit und ich einmal am Fluss entlang. Biscuit ging auf der anderen Seite des Flusses. Ich bemerkte vor ihr, dass Brandy aus der Schlucht vor uns aufgetaucht war und uns auf Biscuits Seite entgegenkam. Biscuit war so mit dem Fischen beschäftigt, dass sie Brandy erst sah, als sie nur noch zwanzig Meter von ihr entfernt war. Biscuit warf mir einen Blick zu, drehte sich um und ging davon. Ich glaubte, Brandy würde ihr nachjagen, doch ich hatte mich getäuscht. Eine Weile verlor ich Biscuit im hohen Gras aus den Augen und wandte mich Brandy zu, die im Wasser fischte und dabei weiterging, bis wir uns auf gleicher Höhe gegenüberstanden. Erst in diesem Augenblick merkte ich, dass Biscuit wieder an meiner Seite aufgetaucht war. Sie blickte von Brandy zu mir und von mir zu Brandy. Dann stieß sie jenes Schnaufen aus, mit dem ein Bär einen anderen Bären vor einer Gefahr warnt. Ich sprach eine Weile mit Brandy, und Biscuit entfernte sich ein wenig in Richtung Tundra, allerdings nicht weit. Sie wirkte besorgt, sah weiterhin von mir zu Brandy und wieder zurück und schnaufte.*

Ich kann nicht mit Gewissheit sagen, ob sie mich aufforderte, ihr zu folgen, um Brandy aus dem Weg zu gehen, aber ich bin mir doch ziemlich sicher, dass dies ihre Absicht war. Ich glaube, sie konnte nicht verstehen, dass Charlie und ich ein Vertrauensverhältnis zu dieser Bärin hatten, die ihre Konkurrentin war. Als ich schließlich vom Fluss wegging und Brandy stehen ließ, ging Biscuit parallel zu mir in der Tundra mit. Erst nachdem sie sich vergewissert hatte, dass ich in Sicherheit war, verschwand sie in der Tundra und machte ein Nickerchen.

Der 25. August entpuppte sich erneut als wichtiger Tag für unser Projekt, obgleich wir es damals noch nicht wussten. Wir merkten nur, dass Chico verschwunden war und Biscuit nervös nach ihr suchte; das war alles. Mittlerweile waren die Bären ziemlich unabhängig voneinander und verbrachten den Tag oft getrennt, um jede für sich zu fischen. Doch an diesem Tag wirkte Biscuit besorgt.

Ein paar Tage später war Chico noch immer nicht zurück. Biscuit suchte sie immer noch und hob immer wieder die Nase, um zu wittern. Anscheinend konnte sie sich nicht erklären, wo ihre Schwester abgeblieben war. Wir hatten gesehen, dass die Bären bereits nach Osten abwanderten und über die Berge vermutlich Richtung Meer zogen. Diese Migrationen vollzogen sich jedes Jahr, doch bisher waren unsere Bären noch nie versucht gewesen, sich ihnen anzuschließen. Jetzt aber schien es ganz so, als hätte irgendetwas, das in der Luft lag, Chico weggelockt. Während der Tag unserer Abreise immer näher rückte, dämmerte es uns allmählich, dass wir sie dieses Jahr möglicherweise nicht wieder sehen würden.

27

Das Schutzgebiet

Ich hatte beschlossen, Maureen im September nach Moskau zu begleiten. Bis zu unserer Abreise konzentrierte ich mich ganz auf das Anti-Wilderer-Programm. Dass Chico unsere reichen Jagdgründe verlassen hatte, um einem höheren Ruf zu folgen, war ein deutliches Zeichen. Die Zeit, in der ich an Ort und Stelle und von Tag zu Tag entscheiden musste, was ich für unsere Jungen tun konnte, war vorbei. Um ihnen und auch den übrigen Bären in Südkamtschatka jetzt zu helfen, musste ich das System gegen die Wilderei auf feste Beine stellen. Vielleicht ließe sich dann die finanzielle Unterstützung auf das ganze Kronotskij-Reservat ausdehnen.

Zu diesem Zweck hatten wir dieses Jahr mehr Geld in das Anti-Wilderer-Programm gesteckt, ganz abgesehen davon, was wir für den Aufenthalt im Reservat bezahlten (etwa sechzig US-Dollar am Tag). Das Gebührensystem für die Nutzung des Reservats war unter der neuen Leitung überarbeitet worden, so dass nun alle den gleichen Betrag entrichteten. Das war ganz in meinem Sinne. Keine Bevorzugung mehr. Ein transparentes System war weniger korruptionsanfällig.

Neben der finanziellen Unterstützung blieb mir nicht viel anderes übrig, als meine Überwachungsflüge fortzusetzen. Da ich als Einziger die Gegend regelmäßig überflog, war ich am besten in der Lage, Wilderer zu entdecken. Vorausgesetzt, ich konnte starten.

Ich hatte Maureen seit langem in den Ohren gelegen, mich im Flugzeug zu fotografieren. Um wirklich aufregende Aufnahmen zu bekommen, in Augenhöhe sozusagen, musste sie ziemlich weit oben sein, und das war ein Problem, denn Maureen ist nicht gerade ein Fan großer Höhen. Am 26. August, einen Tag nach Chicos Aufbruch, lockte ich sie endlich weit genug den Berg hinauf und flog aus verschiedenen Blickwinkeln an ihr und der Kamera vorbei.

Schließlich war ich zufrieden. Ich wasserte auf einem kleinen See neben der Klippe, auf der sie gestanden hatte, und sie kletterte zu mir herab. Plötzlich bekamen wir Besuch: Ein Hubschrauber dröhnte vorbei, auf dem Weg ins Tal, wo er zu landen schien. Ich sprang in mein Flugzeug und flog den Fluss hinauf, um zu sehen, was da los war.

Als ich den Hubschrauber entdeckte, war er unweit eines anderen Sees gelandet, und die zweiköpfige Mannschaft hatte einen Werkzeugkasten neben sich stehen. Da ein anderer Pilot zusah, brannte ich darauf, eine besonders eindrucksvolle Landung hinzulegen. Wegen der Windverhältnisse musste ich einen steilen Sturzflug an einem Hang riskieren. Mein erster Fehler war, den Sinkflug mit nur halb statt ganz ausgefahrenen Klappen zu beginnen, was viel vernünftiger gewesen wäre, denn der Trick besteht darin, die Geschwindigkeit nur knapp über der Abrissgeschwindigkeit zu halten. Am sinnvollsten wäre es gewesen, auf einem größeren See zu wassern und die Viertelmeile zu Fuß zurückzugehen, aber wo wären da Glanz und Gloria geblieben?

Als das Flugzeug auf dem Wasser aufsetzte, sprang es wieder hoch, statt unten zu bleiben. Ich flog im Leerlauf, in der Hoffnung, genügend Geschwindigkeit zu verlieren und wieder aufs Wasser aufzusetzen, doch da war schon kein Platz mehr vor mir. Viel zu spät gab ich erneut Vollgas, doch jetzt hing ich im überzogenen Flugzustand in der Luft und kam auch nicht mehr höher. Jedes andere Flugzeug wäre in dieser Situation abgekippt, die lammfromme Kolb hingegen flog einfach auf gleicher Höhe weiter. Das Ufer des Sees war von Felsen gesäumt. Über ihnen erhob sich Erlengestrüpp. Ich wusste sofort, dass ich genau auf die Bäume zusteuerte. Ich ließ das Vollgas stehen, hielt den Steuerknüppel voll gezogen und schlug mit der geringstmöglichen Geschwindigkeit in den Wald ein.

Das Flugzeug kam in anderthalb Metern Höhe zum Stehen. Ich war völlig eingeschlossen von Erlendickicht und Gestrüpp, so dass ich nicht mal aus meiner Cockpittür sehen, geschweige denn aussteigen konnte. Vermutlich bedankte ich mich in diesem Moment beim lieben Gott, dass ich nicht tot oder verletzt war, aber Freudensprünge machte ich nicht gerade. Es sah ganz so aus, als sei das Flugzeug schrottreif.

In diesem Moment teilte sich das dichte Gestrüpp vor dem Türfenster, und das Gesicht eines Piloten, der schon häufig Ausrüstung für Maureen und mich geflogen hatte, spähte herein. Er wirkte ziemlich erschrocken. Vermutlich hatte er mich für tot gehalten. Ich machte ihm Zeichen, die Äste beiseite zu ziehen, und bekam die Tür gerade so weit auf, dass ich mich hinauszwängen konnte.

Ich machte mich auf das Schlimmste gefasst, als ich die linke Tragfläche musterte. Ich konnte es kaum glauben, aber wenn meine Augen mich nicht täuschten, waren beide Tragflächen unversehrt. Ich fuhr mit den Händen über die Verstrebungen, und auch sie waren heil. Die einzigen Beschädigungen, die ich erkennen konnte, waren ein paar Risse in der Verkleidung und ein abgerissener Stützschwimmer am Flügel. Da ich die regelmäßig verliere, war es keine große Sache.

Ich nahm das Funkgerät heraus und rief Maureen an. Ich erzählte ihr, dass ich abgestürzt, aber unverletzt geblieben und das Flugzeug scheinbar ebenfalls unbeschädigt war.

Dann bat ich den Hubschrauberpiloten und seinen Assistenten, mir zu helfen, das Flugzeug aus dem Gestrüpp zu befreien. In zehn Minuten hatten wir die Tragflächen abgenommen und flach auf den Boden gelegt. Das Heck musste aus einer Senke gehoben werden. Wir benutzten eine Schaufel als Axt, um das Spornrad freizulegen. Höhen- und Seitenruder klappte ich gegen die Steuerfläche.

Als Nächstes kam ich auf die Idee, den Motor zu starten. Vielleicht könnten wir die Propellerkraft nutzen, um das Flugzeug in Bewegung zu setzen. Zuerst brachen wir alle Äste ab, die den Propeller treffen könnten. Dann startete ich, und wir lenkten den propellergetriebenen Rumpf aus dem Gebüsch heraus zum See. Von da ging es weiter durch die Felsen und einen steilen Hang hinauf in die Tundra, bis in die Nähe der Stelle, wo der Hubschrauber gelandet war.

Schließlich begannen wir, das Flugzeug wieder zusammenzusetzen. Es dauerte etwa eine Stunde, bis wir fertig waren. Ich überklebte die größten Risse mit Klebeband. Die beschädigte kegelförmige Fiberglasnase klebte ich so zurecht, dass sie die Seitenruderpedale nicht mehr behindern konnte.

Ich versuchte, meinen Pilotenfreund und seinen Assistenten zum Abendessen einzuladen, doch sie hatten den Auftrag, ein paar Wildhüter an der Küste abzuholen. Sie waren nur gelandet, um das Öl abkühlen zu lassen, was mittlerweile der Fall war. Während einer der Männer neben mir herlief, um die schwimmerlose Tragfläche im Gleichgewicht zu halten, hob ich ab und war bald zu Hause.

Der Hubschrauber überflog unser Lager, als ich gerade dabei war, das Flugzeug zu vertäuen. Mir war klar, dass diese Geschichte innerhalb weniger Tage die Runde im Fliegerclub machen würde.

Ich hatte unglaubliches Glück gehabt. Ich war zwar mit Vollgas geflogen, aber im überzogenen Flugzustand war die Kolb nicht gestiegen und hatte auch nicht beschleunigt, sondern war nur langsam weiter geradeaus geflogen. Der Schwimmer war zuerst eingeschlagen und zwar genau in die Gabelung einer robusten Erle. Dort war er stecken geblieben, nachdem die Erle den Einschlag, zum Boden federnd, aufgefangen hatte. Nichts war passiert.

Das Einzige, was wirklich schweren Schaden genommen hatte, war die Fiberglasnase. Mit ein paar Tuben Kompaktkleber reparierte ich sie. Auch die Plexiglasverkleidung an der Cockpittür war böse zerkratzt, aber ich hatte noch zwei fabrikneue Ersatzverkleidungen. Als ich die Nase wiederhergestellt, abgeschmirgelt und gestrichen hatte, sah das Flugzeug besser aus als je zuvor.

Was mir zuerst wie das Ende meiner Fliegerei in Kamtschatka erschienen war, erwies sich nur als anderthalbtägige Unterbrechung. Bald war ich wieder unterwegs. Ein Ausflug Richtung Westen führte zum nächsten Abenteuer. Zwischen der Mündung des Kambalnoje und Kap Lopatka, wo sich die Tundra ohne einen einzigen Baum weit und breit erstreckt, entdeckte ich zwei Kaviarwilderer, die sich vermutlich wünschten, im Erdboden versinken zu können. Sie waren in einem alten russischen Wagen mit Allradantrieb die Piste entlanggekommen, die sich von Osernowskij bis zum Leuchtturm von Lopatka schlängelt.

Ich flog eine kleine Schleife nach Süden und erkannte ohne Schwierigkeiten an ihren Spuren, dass sie vom Leuchtturm stammten. Die Leute dort waren nicht besonders freundlich gewesen, als ich sie besucht hatte. Inzwischen wusste ich den Grund. Sie hatten Angst, dass meine Anwesenheit ihre alte Gewohnheit, sich ein Zubrot mit dem illegalen Verkauf von Lachskaviar, Bärengalle und Seeotterfellen zu verdienen, durchkreuzen könnte. Und jetzt war ich schon wieder da. Nachdem ich mich vergewissert hatte, dass sie kein Gewehr auf mich gerichtet hielten, versuchte ich, mit meiner Digitalkamera festzuhalten, wie sie zwischen Haufen toter Lachse hockten. Dummerweise hatte ich den falschen Chip in der Kamera.

Ich kehrte nach Hause zurück und tankte das Flugzeug auf. Nach einer Diskussion mit Maureen über die richtige Taktik flog ich nach Kurilskoj, um den Wildhüter zu holen, der dort stationiert war. Es wurde bereits spät, aber ich fand Mischa draußen auf dem See, wo er mit Bill in einem Boot saß. Sie hatten ein CNN-Filmteam bei sich, das eine Reportage über Naturschutzgebiete drehte. Das Team wollte mich zum Thema Wilderei interviewen, doch ich erklärte ihnen, dass ich gerade alle Hände voll damit zu tun hätte, diesen Leuten das Handwerk zu legen.

Es würde bald dunkel werden, das machte ich Mischa, dem jungen Wildhüter, jetzt klar. Ich wollte ihn mitnehmen, damit wir zurückfliegen und die Missetäter zur Rede stellen konnten. Doch er druckste herum und fragte mich schließlich, ob ich irgendwelche Spuren gesehen hätte.

»Verdammt noch mal, Mischa! Ich habe einiges mehr gesehen als bloß Spuren!«

Es war kein glücklicher Tag für Mischa. Ein ganzer Schwall von Herausforderungen, die ihm Angst einflößten, brach auf einen Schlag über ihn herein, und dazu gehörte nicht zuletzt, in mein Flugzeug zu steigen. Als er wusste, dass er die Sache so lange hinausgezögert hatte, dass wir die Wilderer vor dem Dunkelwerden nicht mehr erwischen konnten, erklärte er sich bereit mitzukommen, allerdings nur bis zur Hütte an der Mündung des Kambalnoje.

Es gab übrigens einen Hubschrauberdienst in der Wildhüterstation von Kurilskoj, dem ich von Rechts wegen die ganze Sache hätte überlassen müssen. Doch das beste Angebot des Piloten lautete, Mischa morgen früh in der Hütte abzuholen und ihn hinzufliegen, um die Wilderer festzunehmen. Natürlich war jedem von uns klar, dass sie bis dahin über alle Berge wären. Erst um halb elf Uhr abends flogen Mischa und ich über die östliche Erhebung des Kambalnoje-Vulkans und das Flachland zur Wildhüter-Station.

Dieser Flug war unglaublich schön. Nebelfetzen stiegen von allen Seen in die kühle Nacht auf, so dass es aussah, als brodelten sie vor Hitze. Die Sonne war untergegangen, doch der Himmel glühte im letzten feurigen Licht. Die Bären stoben nach rechts und links auseinander, als ich mitten zwischen ihnen wasserte.

Ich musste nach Hause, deshalb drängte ich Mischa mitsamt seinem großen Gewehr hinaus und reichte ihm seinen mit einem Funkgerät beladenen Rucksack. Er wirkte etwas verloren, aber ich konnte nicht bleiben, um ihm gut zuzureden. Ich bin sicher, dass es der Anblick so vieler Bären war, der ihn beunruhigte, vielleicht aber auch die Vorstellung, tatsächlich einem Wilderer zu begegnen. Dabei bestand nicht viel Aussicht, hier überhaupt jemandem über den Weg zu laufen, es sei denn, den beiden Trappern, aber das wusste er nicht. Vermutlich konnte ich nicht allzu viel Unterstützung von ihm erwarten, wenn es darum ging, die Einhaltung der Gesetze durchzusetzen, jedenfalls nicht, solange er so grün hinter den Ohren war und nur fünfundzwanzig US-Dollar im Monat verdiente. Ich war schon stolz, dass er überhaupt mitgekommen war.

Am nächsten Morgen flog ich aus großer Höhe über den Ort des Verbrechens hinweg. Der Bach war zu klein zum Wassern, doch die Tundra daneben schien feucht genug zu sein. Nachdem ich mich vergewissert hatte, dass die Wilderer weg waren, landete ich neben ihrem Durcheinander von abgeschlachteten Lachsen, nur um sicher zu sein, dass ich dieses Manöver mit Mischa an Bord wiederholen konnte. Anschließend flog ich zu seiner Hütte und holte ihn ab.

Ich zeigte ihm den Haufen von entlaichten Lachsen auf der Böschung neben dem Bach und die Wagenspuren, die nach Süden führten. Wir folgten ihnen bis an eine Stelle, wo sie sich im Nebel verloren, etwa drei Meilen vom Leuchtturm entfernt. Er war sehr zufrieden, all diese Beweise sehen und fotografieren zu können, ohne auch nur einem einzigen leibhaftigen Wilderer zu begegnen.

Ich wusste, dass ich nun genügend Wirbel gemacht hatte und jeder davon erfahren würde. Dazu gehörte auch die Tatsache, dass die Leute im Leuchtturm für diese Wilderei verantwortlich waren. Jetzt würden sie etwas zu hören bekommen und sich daran erinnern, dass dies ein Reservat war und die alten Regeln durch neue ersetzt worden waren.

Für mich hatte die ganze Übung nur dazu gedient, jedermann wissen zu lassen, dass es jemanden gab, der alles beobachtete. Die Flüsse wimmelten in diesem Jahr von Lachsen. Die von den Wilderern gestohlene Menge war nicht bedenklich. Außerdem war mir durchaus klar, wie arm hier alle waren. In Wirklichkeit wollte ich nur, dass sie ihre Kaviargeschäfte woandershin verlegten und die Grenzen des Reservats respektierten. Die Tatsache, dass es um Fische ging statt um Bären, machte die Sache nicht rechtmäßiger. Ich wusste, wenn man ihnen jetzt erlaubte, Lachse zu wildern, würde die Wahrscheinlichkeit steigen, dass sie später auch Bärenfallen aufstellten.

Bevor ich Kamtschatka in diesem September verließ, beschäftigte ich mich noch einmal mit den Trappern in der Hütte am Kambalnoje. Zwar mochte ich sie als Menschen, doch die Hütte war nicht für sie wieder instand gesetzt worden. Im Lauf mehrerer Treffen mit dem Leiter des Reservats Südkamtschatka vereinbarten wir, dass die Trapper verschwinden sollten und Wildhüter den Winter über sowohl in den Hütten in Kurilskoj als auch an der Küste postiert würden, vielleicht sogar einer am Kap Lopatka, wo der Leuchtturm stand. Die Mittel dafür sollten aus unserem Anti-Wilderer-Fonds kommen. Wir führten auch erste Gespräche über den zukünftigen Plan, die Bezahlung der Wildhüter auf hundertfünfzig US-Dollar zu erhöhen, ein hochanständiges Gehalt nach russischen Maßstäben, jedenfalls genug, um den Job respektabel zu machen und die Wildhüter dafür zu entschädigen, dass sie sich mit den Wilderern anlegten. Der Leiter hörte mir aufmerksam zu. Ich war sicher, dass sich das, was letzten Winter passiert war, als die Füchse am Kambalnojesee für die Abschreckung der Wilderer mit dem Leben hatten bezahlen müssen, nicht wiederholen würde.

Drei Tage vor unserem geplanten Flug nach Moskau saßen Maureen und ich immer noch am Kambalnojesee fest, und das Wetter war schrecklich. Am Abend des 5. Septembers schickte Tatjana eine E-Mail, um anzukündigen, dass sie am nächsten Tag um die Mittagszeit mit einem Hubschrauber eintreffen werde. Der

6. September sah nicht viel besser aus, doch gegen fünf Uhr nachmittags hörten wir tatsächlich den Hubschrauber kommen. Er tauchte in einer winzigen Lücke im Nebel auf und landete. Alle an Bord wollten so schnell wie möglich weiter, daher hatten wir eine Menge Hilfe beim Einladen. Die Sonne war gerade noch sichtbar, als es Zeit zum Aufbrechen wurde und der Hubschrauber in Richtung Westen abhob. Maureens Reise hatte begonnen.

Ich hingegen saß in der Kolb und suchte mein berühmtes Loch, um zu starten. Das Flugzeug tauchte ins Licht, und ich steuerte Richtung Norden.

Wir mussten den Kambalnojesee verlassen, ohne Chico wieder gesehen zu haben. Tagelang hatten wir uns auf jeden Bären gestürzt, der ihre Farbe hatte, doch nie war sie es gewesen. Es blieb uns nichts anderes übrig, als zu akzeptieren, dass sie eigene Wege ging und so schnell nicht wieder zurückkommen würde. Zwar hatten Biscuit und sie noch letztes Jahr zusammen überwintert, doch das war mit ziemlicher Sicherheit das letzte Mal gewesen. Niemand konnte voraussagen, ob und wann Chico zurückkehren würde. Bis dahin übertrugen wir die Verantwortung für unser Gebiet an Brandy und Biscuit. Ein paar Tage vor dem Aufbruch hatte Maureen nicht weit von unserer Hütte entfernt einen jungen Fuchs entdeckt, ein Zeichen, das uns hoffnungsfroh stimmte.

Am späten Abend schaute ich in der Flugschule vorbei. Als mehrere Burschen aus dem Gebäude kamen und anfingen, die Maschine zu untersuchen, wusste ich, dass sie von dem Absturz gehört hatten und nach Unfallspuren suchten. Ich war ziemlich stolz angesichts ihrer Verblüffung. Sie fanden – nichts.

28

Was wir von Chico, Biscuit und Rosie lernten

Je näher die Ausstellung in Moskau rückte, umso klarer wurde mir, dass sie der vorläufige Höhepunkt unseres Projekts sein würde. Am Ende des Sommers 2000 war die erste Phase unserer Bärenstudie abgeschlossen: Kindheit und Jugend von Chico, Biscuit und Rosie, aber auch die Freundschaft mit anderen Bären am Kambalnojesee wie Brandy, Gin und Tonic. Wir hatten Vertrauen aufgebaut und mit all diesen Bären zusammengelebt, aber wir waren noch einen Schritt darüber hinausgegangen und hatten ein besonders inniges Verhältnis zu Chico, Biscuit und bis zu ihrem Tod auch zu Rosie entwickelt.

Mit der nächsten Saison würde das sechste Jahr, Phase zwei und damit auch das Erwachsenenalter für Chico und Biscuit beginnen. Nun, da sie nicht mehr das unzertrennliche Paar der ersten vier Jahre waren, würden sie ihr weiteres Leben unabhängig voneinander führen. Als Weibchen bereiteten sie sich darauf vor, schwanger zu werden und selbst Junge zu bekommen. In Phase zwei würden wir diese Entwicklungen beobachten.

Wie angemessen war es daher, dass Maureens künstlerische Umsetzung von Phase eins jetzt im uralten Zentrum der russischen Kunst, in Moskau, präsentiert wurde.

MAUREEN: *Die Moskauer Ausstellung sollte am 13. September eröffnet werden. Mein größtes Problem, das ich als Künstlerin vielleicht nie abschütteln werde, war die übliche Sorge, ob die neuesten Arbeiten, die aus diesem Sommer stammten, überhaupt etwas taugten. Als Charlie meine Nervosität bemerkte und hörte, wie ich alles als Mist bezeichnete, ereiferte er sich darüber, dass die Arbeiten gerade deshalb sehr gut wären. Aber nachdem ich mit so vielen Bären gelebt und mich wohl damit gefühlt hatte, war ich in der Lage, noch eine andere Angst zu überwinden: die vor meinen Künstlerkollegen. Meine Ausstellung zielte darauf ab, akademische Höhen zu meiden, aber auch eine Überheblichkeit anzuprangern und für mich auszuschließen, die mich schon immer geärgert hatte. Meine Ausstellung sollte dem Publikum einfach Lust auf Kunst machen – das war mir wichtig.*

Meine Entscheidung, Maureen zu begleiten, hatte mit dem schlichten Wunsch zu tun, sie im Augenblick ihres Triumphs zu erleben – und natürlich an ihm teilzuhaben. Doch war uns beiden auch klar, dass es eine große Chance wäre, um das, was wir erreicht hatten, publik zu machen. Am Ende des fünften Jahres hatten wir eine Menge von dem bewiesen, was wir uns vorgenommen hatten, und jetzt war die Zeit gekommen, die Nachricht davon zu verbreiten.

Meine Vorbereitung bestand darin, eine Liste der Mythen über Grizzlybären aufzustellen, die ihnen am meisten schaden, und Punkt für Punkt nachzuweisen, dass unsere Experimente mit Chico, Biscuit, Rosie und den anderen Bären am Kambalnojesee sie ad absurdum führten. Außerdem hielt ich fest, wie sich Menschen in der Umgebung von Bären am besten verhalten.

Erster Mythos: Bären sind von Natur aus gefährlich.

Nach allen bisherigen Vorstellungen darüber, was Bären gefährlich macht, hätten Chico, Biscuit und Rosie ein Alptraum sein müssen. Doch als wir sie so behandelten, wie es unseren Vorstellungen entsprach, hatten wir es mit drei Bären zu tun gehabt, die nie eine Gefahr für irgendjemanden gewesen waren. Als Chico mich zum letzten Mal verletzt hatte, wog sie zehn Kilo und hatte keine Ahnung von ihrer eigenen Kraft. Je größer und kräftiger die Bären wurden, umso vorsichtiger wurden sie auch, als wüssten sie irgendwie, dass wir zerbrechlich waren und relativ gesehen noch zerbrechlicher wurden, je mehr sie heranwuchsen.

Zweiter Mythos: Der Braunbär ist nur dann ungefährlich, wenn man ihn auf Abstand hält.

Nicht nur unsere drei Jungtiere, sondern alle Bären, die rings um den Kambalnojesee lebten, hatten sich daran gewöhnt, dass wir dort fünf Jahre lang Sommer für Sommer verbrachten. Sie hatten uns nicht ein einziges Haar gekrümmt oder es auch nur versucht. Auch das vorbildliche Verhalten der Bären in der Forschungsstation nach Errichtung des Elektrozauns sprach für sich.

Dritter Mythos: Ein Bär, der keine Angst vor Menschen hat, ist gefährlich.

Ich habe immer genau das Gegenteil geglaubt. Wenn man einem Bären Angst vor Menschen einflößt, macht man ihn zugleich gefährlich. Als wir an den Kambalnojesee kamen, hatten die Bären Angst vor uns. Sie liefen weg, wenn sie uns sahen. Und ich hatte das Gefühl, dass wir deswegen ganz besonders vorsichtig sein mussten. Mit der Zeit verloren die Bären diese Angst vor uns, und im Großen und Ganzen führte das dazu, dass wir alle ruhiger waren. In den letzten drei Jahren hatten wir uns immer mehr darauf verlassen, uns gefahrlos im Kambalnoje-Becken bewegen zu können, und zwar gerade weil die meisten Bären keine Angst mehr vor uns hatten. Dafür spricht auch das Beispiel der Itelmenen. Vor der Erfindung des Gewehrs hatten Bären kaum Grund, sich vor Menschen zu fürchten, und vieles deutet darauf hin, dass die Itelmenen zu ihrer Zeit ein unproblematisches Leben inmitten so vieler Bären führten.

Vierter Mythos: Die Jagd auf Bären ist notwendig, um die Angst vor dem Menschen aufrechtzuerhalten.

Die Bären am Kambalnojesee werden heute nicht mehr gejagt oder gewildert, und ihre Population zeigt keinerlei Hinweis darauf, dass es »notwendig« wäre. Trotzdem ist und bleibt dies der beliebteste Vorwand dafür, die Jagd auf Bären weltweit fortzusetzen.

Fünfter Mythos: Bären sind unberechenbar.

Unsere Sicherheit in Gegenwart von Chico, Biscuit und Rosie basierte immer auf der extremen Berechenbarkeit unserer Jungen. Um ihr Vertrauen zu erlangen, mussten wir sie nur respektvoll behandeln und genauso berechenbar sein wie sie. Und auch bei den anderen Bären am Kambalnojesee galt: Wechselseitige Berechenbarkeit bildete die Grundlage für das Vertrauen, das sie uns in zunehmendem Maße schenkten. Brandy kam sogar zu dem Schluss, dass wir berechenbar und vertrauenswürdig genug waren, um auf ihre Kleinen aufzupassen.

Sechster Mythos: Wenn man Braunbären einmal füttert, ist es nicht möglich, sie wieder auszuwildern, ohne dass sie gefährlich für Menschen werden.

Das Beispiel von Chico, Biscuit und Rosie spricht für sich selbst. Sie wurden in den ersten beiden Jahren gefüttert, damit sie imstande waren, ohne ihre Mutter zu überleben. Sie wurden keineswegs gefährlich. Wir sind davon überzeugt, dass es eine richtige und eine falsche Art gibt, Bären zu füttern (beispielsweise ist es sicherlich vernünftiger, sie aus Näpfen als aus der Hand fressen zu lassen). In Notzeiten für Futter zu sorgen, in einer sorgfältig abgewogenen Art und Weise, kann das Leben eines Bären retten, ohne später Probleme zu verursachen. Bären sind daran gewöhnt, sich nur sporadisch ernähren zu können, die Vorstellung, einmal gefüttert zu werden und dann wieder nicht, ist also etwas, auf das ihr natürliches Leben sie ohnehin vorbereitet hat. Auf der anderen Seite hat auch der häufig vorgebrachte Einwand von Bärenexperten, »Bären füttern heißt Bären töten«, seine Richtigkeit. Denn wenn man sie unüberlegt füttert oder ihnen erlaubt, sich über die Mülltonnen herzumachen, treiben sie sich nur noch in der Nähe von Menschen herum, und es ist äußerst schwierig, wieder für den notwendigen Abstand zu sorgen, wenn es einmal so weit gekommen ist. Es liegt hauptsächlich am mangelnden Respekt, dass einige Bären so fordernd und andere wiederum so gefährlich werden.

Siebter Mythos: Grizzlys brauchen völlige Wildnis, um zu überleben, weil sämtliche Eingriffe von Seiten der Menschen problematisch für sie sind und unweigerlich zu Konflikten führen.

Die Tatsache, dass wir imstande waren, fünf Sommer hintereinander eine Hütte inmitten einer der dicht besiedeltsten Bärengegenden überhaupt zu bewohnen, weckt Zweifel an diesem Glauben. Am Kurilskojsee schafft es eine ganze Gemeinde, dank der Elektrozäune problemlos in einer dicht von Bären besiedelten Gegend zu leben. In beiden Fällen fand ich keine Hinweise darauf, dass die Bären sich nicht gern in der Nähe von Menschen aufhielten, solange diese respektierten, dass alles, was Bären tun, wichtig für sie ist. Natürlich lässt sich diese Situation auf jeden anderen Ort der Welt übertragen.

Ein weiterer Beweis ist die Bärin von Mouse Creek, die jetzt schon über zehn Jahre alt ist und nach wie vor die Gesellschaft der Menschen schätzt. Jeff und Sue Turner filmten im Sommer 1999 im Khutzeymateen-Gebiet. Jeff schilderte mir sein Treffen mit ihr folgendermaßen:

> Die Bärin von Mouse Creek und ihr Junges lieferten uns erstaunliches Material [für die BBC-Produktion »Grizzly Face to Face«]. Ich hatte Gelegenheit, ganz in ihrer Nähe zu arbeiten, meistens wenn keine Touristen da waren, und ich hatte das Gefühl, dass sie etwas von dir in mir wieder erkannte. Ich glaube nicht, dass sie Gelegenheit hatte, seit deiner Abreise wirklich mit irgendjemandem dort zu kommunizieren. Langsam, während ich sie immer besser kennen lernte und wusste, dass sie mich in ihrer Nähe akzeptierte, begann ich zu verstehen, was für ein außergewöhnliches Tier sie ist. Sie war sehr neugierig und kam immer bis auf wenige Meter an mich heran, wenn ich auftauchte. Sie ließ mich aus sechs Metern Entfernung filmen, wie sie sich mit ihrem Jungen raufte, und kam dann verspielt und neugierig zu mir. Ganz sacht streckte sie die Tatze aus und berührte das Mikrophon, das ich in der Hand hielt. Dann beschnupperte sie mit der Nase den Schaumgummischutz, nahm das ganze Ende vorsichtig ins Maul und hielt es ein paar Sekunden fest. Schließlich wandte sie sich ab, stürzte sich wieder auf das Kleine und setzte die Balgerei mit ihm fort.

Mit unseren Verhaltensempfehlungen wollten wir nicht etwa erreichen, dass andere Menschen denselben Grad an Intimität anstreben, den wir mit unseren Bären hatten. Wir gingen nur deshalb so weit, weil wir uns der Ergebnisse absolut sicher sein wollten. Kein Mensch müsste oder sollte Bären so nahe sein, wie wir es sein wollten.

Hier einige ganz schlichte Verhaltensregeln, wie man mit Bären umgehen sollte:

- Benutzen Sie Elektrozäune, um Bären von menschlichen Behausungen, Toiletten, Mülltonnen und anderem fern zu halten, was Bären fressen oder beschädigen könnten.
- Gehen Sie stets davon aus, dass das, was Bären tun, wichtig für sie ist, und vermeiden Sie alles, was sie dabei stören könnte, insbesondere dann, wenn sie sich im Spätsommer und Herbst Fettreserven zulegen müssen.
- Bei überraschenden Begegnungen mit Bären bleiben Sie ruhig und sprechen Sie mit ihnen.
- Stecken Sie in Gegenden, die von Bären besiedelt sind, Pfefferspray ein, das jedoch nur im Notfall und aus nächster Nähe benutzt werden darf.
- Ein bisschen schwieriger zu erlernen, aber sehr lohnend für alle, die wilde Tiere lieben, ist es, ein Gefühl für die Intelligenz, den Instinkt, die Verletzbarkeit und das Erinnerungsvermögen von Bären zu entwickeln. Wenn Sie in Gegenden reisen wollen, die von Bären besiedelt sind, sollten Sie sich diese Mühe machen.
- Wenn Sie in einer Gegend leben, die auch von Bären besiedelt ist (das kann ein Dorf oder die Ausläufer einer großen Stadt sein), werden Bären hin und wieder bei Ihnen vorbeischauen. Gehen Sie nicht davon aus, dass dies automatisch eine gefährliche Situation ist. Lassen Sie den Bären in Ruhe und sorgen Sie dafür, dass Sie und Ihre Nachbarn alles, was für Bären besonders attraktiv ist, so verstauen, dass sie nicht drankommen.

Die Aufregung um die Ausstellung begann, noch bevor wir in Moskau eingetroffen waren. Wir landeten am Abend des 6. September in PK und konnten aufgrund der anhaltenden wirtschaftlichen Schwierigkeiten dort nicht mal das heiße Bad nehmen, von dem wir zwei Monate lang geträumt hatten. Am 9. September wurde der zweihundertsechzigste Geburtstag der Stadt gefeiert, und als wir am Morgen dieses besonderen Tages von einem örtlichen Fernsehsender zu einem Interview eingeladen wurden, wussten wir die Ehre zu schätzen.

Am selben Abend packte Maureen ihre Objekte und Bilder ein, und am nächsten Morgen gingen wir mit Tatjana an Bord einer Aeroflot-Maschine, die uns in neun Stunden nach Moskau brachte.

Am Tag der Eröffnung gaben Maureen und ich ein Fernsehinterview um drei Uhr nachmittags, eine Pressekonferenz um vier, und die offizielle Eröffnung begann um halb sieben. Es war ein unglaubliches Ereignis. Mein einziger Beitrag entstand im Lauf einer Unterhaltung, die ich mit einem russischen Professor führte, Fachmann für die Beziehungen zwischen Kanada und Russland. Eine seiner Äußerungen brachte mich auf eine Idee. Der Bär ist das Symbol Russlands. Die symbolische Verbindung zu diesem Land kann also gut oder schlecht sein, je nachdem, wie man in der Welt Bären beurteilt. Während des Kalten Krieges galt der russische Bär als aggressiv und unberechenbar, eine Gefahr, die von einem Augenblick zum anderen ausbrechen kann. Es war also ganz einfach für den Rest der Welt, diese Vorstellung von Bären auf Russland zu übertragen, denn sie war weit verbreitet.

Zwei Minuten nach der Unterhaltung mit dem Professor musste ich ein Interview geben und entwickelte darin die Vorstellung, dass die von unserem Projekt und Maureens Kunst unterstützte neue Vision eines Bären darauf hinauslief, dass es ein vernünftiges, intelligentes, berechenbares und einfühlsames Tier ist, mit dem man friedlich zusammenleben kann, solange man ihm mit Respekt begegnet. Diese Argumentation fand großen Anklang. Die Medien stürzten sich darauf, und bald gehörte sie zum festen Bestandteil aller Berichte und Rezensionen über unser Projekt.

MAUREEN: *Die Eröffnung war ein großer Erfolg. Erst in diesem Moment erzählte mir jemand, dass ich die erste kanadische Künstlerin war, die je eine Einzelausstellung in Moskau gehabt hatte.*

Vielleicht stimmt es, dass die Kunst den Boden für Veränderungen anders bereitet als jede andere Form von Aktivismus. In Moskau und Sankt Petersburg hatten wir das Gefühl gehabt, dass die Leute wirklich zuhörten und sich von dem, was wir sagten, überzeugen lassen wollten. Sie »tendierten« dazu, könnte man vielleicht sagen. Charlie hatte genau wie ich das Gefühl, dass wir eine Mauer des Widerstands durchbrochen hatten, gegen die wir seit Jahren vergeblich angerannt waren. Wir konnten nur hoffen, dass diejenigen, die – überall auf der Welt – für das Schicksal der Bären verantwortlich waren, auf uns hören und in Zukunft weniger Zeit damit verbringen würden, Gründe zu finden, warum sie uns nicht glauben sollten.

29

Geheime Ängste

Nach einem neunstündigen Aeroflot-Flug von Moskau traf ich am Mittag des 23. September, einem Samstag, in Petropawlowsk ein. Der Anschlussflug nach Kanada ging erst am Montag. Während meiner zweiwöchigen Abwesenheit von Kamtschatka war es Herbst geworden. Das Laub der Steinbirken schimmerte golden, die Luft war frisch. Ich stand, benommen vom Jetlag, auf dem Rollfeld, doch das windstille Wetter und den klaren Himmel nahm ich trotz meiner Müdigkeit wahr. Das war Flugwetter.

Ich sprang in einen Bus und fuhr raus nach Nikolajewka, um zu sehen, ob die Kolb schon für den Winter eingemottet war. Nein, war sie nicht. Ich fragte einige meiner alten Fliegerkumpel, ob irgendjemand wüsste, wo ich einen Tank und zwei Kanister anständigen russischen Sprit auftreiben könnte. Wolodja sagte, er hätte jemanden aufgetan, der den besten Sprit verkaufte, den er seit fünf Jahren benutzt hätte. Ich drückte ihm meine beiden Kanister und ein paar Rubel in die Hand, und er versprach, dass sie am nächsten Morgen bereitstehen würden.

Ich verbrachte die Nacht in Jennias Apartment. Sie selbst war noch in Moskau und trug ihre Dissertation vor, doch am nächsten Morgen machte mir ihr Sohn Mischa im Morgengrauen Frühstück. Ich schulterte meinen Rucksack mit der Überlebensausrüstung und stieg wieder in den Bus. Bis zur Flugschule waren es dreißig Meilen. Der Boden war noch hart gefroren, als ich ankam, genau das, was ich brauchte, um zu starten. Dann manövrierte ich das Flugzeug in eine Position, in der die aufgehende Sonne das Eis von den Tragflächen schmelzen konnte.

Um Viertel vor zehn war ich so weit und warf per Hand den Propeller des Flugzeugs an. Die ganze zweite Sommerhälfte über hatte ich noch eine alte, angeschlagene Batterie gehegt und gepflegt. Doch am Tag zuvor hatte mir der Bordcomputer angezeigt, dass sie mittlerweile ihren Geist aufgegeben hatte. Nun startete ich das Flugzeug, indem ich den Propeller per Hand anwarf. Schaffte ich es jetzt, wenn der Motor völlig kalt war, würde ich es wahrscheinlich auch den ganzen Tag über hinkriegen.

Zwar hätte ich mir um ein Haar an einem Metallklebeband die Fingerkuppen abgeschnitten, doch der Motor sprang tatsächlich beim dritten Mal an. Ich schnorrte mir ein paar Pflaster zusammen und war um zehn in der Luft. Keine Wolke war zu sehen. Es war mir klar, dass ich ein Risiko einging, weil mein Rückflug nach Kanada schon am nächsten Tag ging. Doch die Sehnsucht zu fliegen, zum Abschluss des Jahres noch ein letztes Mal nach Süden zu starten, war stärker als meine Vernunft.

Ob ich dieses Wagnis eingegangen wäre, wenn Chico vor zwei Wochen, als wir uns verabschiedeten, da gewesen wäre, ist eine gute Frage. Ich fühlte mich ungefähr so wie ein Vater – oder in der Bärensprache – wie eine Mutter. Mein Bärenkind, das nun fast erwachsen war, hatte sein Zuhause verlassen. Ich sorgte mich um seine Sicherheit. Ich sehnte mich nach seiner Nähe. Chico und ich waren so gut befreundet, wie es ein Mensch und ein wildes Tier nur sein können. Ich wollte sie unbedingt noch einmal sehen und mich angesichts des bevorstehenden Winters vergewissern, dass alles in Ordnung war.

So flog ich über die vertraute Landschaft, die Täler, die Kämme und Berge – eine lebendige Landkarte, die ich problemlos lesen konnte. Die Tundra leuchtete in den schönsten Farben, golden und scharlachrot von Bärentrauben. Als es Zeit wurde, Sprit nachzufüllen, befand ich mich unweit des Vulkans Ksudach, so ging ich über dem Krater herunter und landete in einer thermalbeheizten Bucht des Kratersees. Ich zog Schuhe und Strümpfe aus und stand im heißen Wasser, während ich den Sprit vom Kanister in den Tank umfüllte und davon träumte, ein heißes Bad zu nehmen oder im warmen Sand zu schlafen, ohne einen Schlafsack zu brauchen. Für all das war jetzt keine Zeit. Die Kolb startete ohne Probleme; wenig später überflog ich den letzten Pass vor dem Kambalnoje-Becken.

Beim Landeanflug sah ich, dass es Unmengen von Pinienzapfen gab, die vor reifen Kernen förmlich platzten. Überall, wo es Wälder von windgebeugten Pinien gab, entdeckte ich Bären. Und überall und nirgends glaubte ich in meiner wehmütigen Stimmung Chico zu sehen, dick vom vielen Lachs, mit einem buschigen neuen Winterpelz. Einmal landete ich sogar auf einem kleinen spiegelglatten See, weil ich ganz sicher war, sie gefunden zu haben. Doch als ich näher kam, merkte ich, dass ich mich getäuscht hatte.

Bei dieser Landung musste ich mit einem Problem fertig werden. Ich brauchte einen Strand, auf den ich das Flugzeug schleppen konnte, damit es festen Halt hatte, wenn ich den Propeller anwarf. Auf dem Wasser würde es sich vorwärts bewegen, sobald sich der Propeller drehte, und ich wäre noch draußen. Das Problem war, dass es hier keinen Strand gab, nur einen dichten Saum von überhängendem Erlengestrüpp.

Meine Lösung bestand darin, ein Seil um den Rahmen zu schlingen und es zwischen zwei Felsbrocken zu befestigen. Es würde das Flugzeug lange genug halten, um mir Gelegenheit zu geben, schnell hineinzuspringen. Wenn ich dann Vollgas gab, würde die Schubkraft das Seil losreißen. Und so flatterte es hinter mir in der Luft, als ich die letzte Meile bis nach Hause flog.

Am Boden studierte ich die Bären, die ich mit bloßem Auge oder Fernglas sehen konnte. Die meisten saßen im Unterholz der Pinien und fraßen die Zapfen leer. Keine Biscuit. Keine Chico. Ich hatte die Hütte derart sicher vor potenziellen Wilderern verrammelt, dass es mich eine halbe Stunde kostete, um hineinzukommen und einen Kanister Sprit zu holen, den ich dort gelagert hatte.

Dann machte ich einen langen Spaziergang zu allen Plätzen, an denen ich Chico und Biscuit bei ihrem Pinienfestmahl vermutete. Immer wieder rief ich ihre Namen und benutzte dabei die für sie reservierte, vertraute Stimme. Ich sah viele Bären, doch Chico und Biscuit waren nicht darunter.

Ich hatte mir vorgenommen, spätestens um halb fünf zu starten. Die Tage wurden kürzer; ich konnte nicht viel länger bleiben, ohne zu riskieren, dass es in Petropawlowsk schon dunkel war. Es war nicht zu glauben, wie schnell die Zeit bis zum Aufbruch verflog. Schließlich bereitete ich unweit der Hütte die Kolb auf den Start vor, als über der Klippe an der Bärenschädelbucht Biscuit auftauchte.

Ich ging hin und traute meinen Augen nicht, so groß und dick war sie geworden. In zweieinhalb Wochen hatte sie mindestens fünfzig Kilo zugenommen. Offenbar hatte sie geschlafen, denn sie brachte kaum die Augen auf. Sie befand sich jetzt in jenem letzten, trägen Bärenstadium, bevor sie ihre Höhlen graben und es sich für die lange Winterruhe gemütlich machen. Sie sah wundervoll aus in ihrem langen, blonden Pelz.

Zusammen liefen wir eine Weile am Bach entlang. Immer noch hoffte ich, dass Chico plötzlich irgendwo auftauchen würde, so wie Biscuit es getan hatte. Doch dann wurde es fünf, und ich hatte wirklich keine Zeit mehr. Ich glaube, ich wusste, dass Chico dort nicht aufzutreiben war, aber es war einfach unmöglich, die Hoffnung aufzugeben, dass mich nur noch ein paar Schritte von ihr trennten. So verabschiedete ich mich zum zweiten Mal in diesem Winter von Biscuit.

Es war ein trauriger Rückflug nach Petropawlowsk, wenn auch tröstlicher nach Biscuits Abschiedsbesuch. Die rotgoldene Landschaft entfaltete sich nun in umgekehrter Reihenfolge vor mir. Immer noch fragte ich mich, bis es fast schmerzte, wo Chico sein mochte. Wie war die Reise in ein neues Land für sie verlaufen? War sie stark und entschieden genug, um sich allein durchzuschlagen, oder musste sie sich auf ihre Schnelligkeit und List verlassen, um aus dem Revier älterer und größerer Bären zu fliehen? Würde sie zum Kambalnojesee zurückkehren, um hier zu überwintern, und würde sie uns wie jedes Jahr erwarten, wenn wir im Frühling wiederkamen?

Es erschien mir durchaus wahrscheinlich, dass sie zurückkehren würde und die lebenslang gesammelten Kenntnisse sämtlicher Klippen, Felsvorsprünge und flacher Bäche ein Vorteil war, auf den sie nicht so einfach verzichten würde. Ich bildete mir ein, dass sie ihre Jungen da empfangen und zur Welt bringen wollte, wo sie sich am besten auskannte. Aber ich wusste, dass sie rasch auch die Vorteile anderer Orte erkennen würde, die für ihre Kleinen unter Umständen sicherer waren.

Dass ich nichts davon mit allerletzter Sicherheit wusste, war nicht nur frustrierend, sondern andererseits ganz wunderbar. Meine Ungewissheit bedeutete nicht, dass Chico plötzlich unberechenbar wurde, nur, dass ich die subtile Logik von Landschaft und Instinkt noch nicht verstand, die sie und Biscuit als ausgewachsene Bären beherrschen würden.

In diesem Gedanken offenbart sich das Wichtigste, was wir hier am Kambalnojesee gelernt hatten. Dank der stets aufmerksamen, geduldigen Hilfe von Chico, Biscuit und Rosie hatten Maureen und ich bewiesen, dass die Probleme zwischen Menschen und Bären nichts mit der Natur der Bären zu tun haben. Wenn wir uns entschließen, bessere Nachbarn zu sein, kann man darauf zählen, dass wilde Bären sich konform zum uralten Kodex ihrer wilden Kultur verhalten.

Was unser Projekt in Kamtschatka betraf, so waren Maureen und ich zuversichtlich, das sechste Jahr mit der üblichen Mischung aus Aufregung, Spannung und Erwartung zu beginnen. Die Russen würden uns wahrscheinlich auch weiterhin mit ihrer Bürokratie piesacken und gleichzeitig auf eine Art und Weise Verbündete bleiben, wie wir es von den nordamerikanischen Behörden nicht erwarten konnten. Wir verdankten den Russen eine Menge. Ohne ihre wissbegierige Geduld und Bereitschaft wären wir unseren drei Jungen nie begegnet, ganz zu schweigen von der Ehre, sie großziehen und auswildern zu dürfen.

Wenn ich am Ende unseres Projekts überhaupt Zweifel hegte, so hatten sie mit der Sorge zu tun, dass ich unseren Bären unrecht getan haben könnte, so wie Menschen Bären immer unrecht getan haben: indem sie ihnen nicht so weit vertrauten, wie sie es hätten tun können. Chico war oft zu mir gekommen, wenn ich ein neues Spiel mit ihr spielen sollte, um unsere Freundschaft zu vertiefen, und ihre Augen hatten dabei in ausgelassener, ansteckender Freude gestrahlt. Ich hatte sie immer weggeschoben und war aufgestanden, um ihr zu zeigen, dass es Grenzen gab bei dem, was ich tun würde. Dann hatte sie mich ganz enttäuscht angesehen. Hätte sie sprechen können, hätte sie vermutlich gesagt: »Wann habe ich dich je verletzt?«

Und es ist wahr – das hat sie nie getan.

Maureen wird behaupten, dass sie mich in Gegenwart eines Bären nie ängstlich gesehen hat, aber die uralte Furcht vor Bären ist auch in mir. Und deshalb habe ich noch einiges zu tun.

Danksagung

Wir begannen dieses hochkomplizierte Projekt mit vielen Ideen und wenig Geld. Um es zu ermöglichen, sammelten wir Spenden und verließen uns auf zahlreiche Konzerne, die an unsere Arbeit glaubten. Ohne ihre finanzielle Unterstützung und Ermutigung wäre das Projekt undurchführbar gewesen. Wir danken folgenden Organisationen: Schad Foundation, Clayoquot Island Reserve, Fanwood Foundation West, Raincoast Conservation Foundation, Craighead Environmental Research Institute, The Great Bear Foundation, Trail of the Great Bear Society, Counter Assault, Development Matters Inc., Parallax Film Productions Inc., Sun Microsystems Ltd. in Kanada und den Vereinigten Staaten, Mogens F. Smed Fund von der Calgary Foundation, Smed International Ltd., Peter Bush Foundation, Alberta Foundation for the Arts, Canada Council, Daymen Photo Marketing Ltd., Lowe pro U.S.A. Inc., Big Rock Brewery Ltd., Ralph Heddin Associates Ltd., Dr. J. V. Horsely Professional Corporation, Morton H. Wynne Insurance Agency Ltd., Canada Trust Mortgage Company, Conex Management Ltd., WSG Benefit Consultants Ltd., Masters Gallery Ltd., The Lynchpin Foundation, Microsoft Corporation, S. M. Blair Family Foundation, Trimac Corporation, Kodak Canada Inc., dem Zoo von Calgary und einer Stiftung, die anonym bleiben möchte.

Neben diesen Organisationen gab es auch viele Einzelpersonen, die uns großzügig unterstützt haben. Wir danken Robert und Birgit Bateman, Carol A. Bowker, Tom Ellison und Jenny Broom, Peter McCombs und Debbie Conrad, Roland Dixon, James Gosling, Rod und Lois Greene, Lynne und Rick Grafton, Faith Hall, Mike und Maureen Heffring, N. J. Hewitt, Dr. Margaret Horne, Gayadel Heimbecker, Pat und Rosemarie Keough, Joan A. Martin, Russ McKinnon, Anne, Peter und Tim Raabe, Signa Reid, Uwe Mummenhoff, John und Barbara Poole, Nicki und Mogens Smed, Ellen Smith, Neil Smith, Doug Williams, Bert Van Bekkum, Gerry Zyphers und etwa dreihundertfünfzig weiteren Personen, die bei Benefizauktionen Artikel beisteuerten oder kauften.

Die Unterstützung unserer Freunde hatte viele Gesichter. Sieben Jahre lang durften wir uns auf Dutzende von Menschen in aller Welt verlassen. Angefangen bei denen, die sich um unsere Wohnung und Maureens Tiere kümmerten, wenn wir unterwegs waren, bis hin zu Organisatoren von Diskussionsgruppen mit Viehzüchtern in Osteuropa, die Probleme mit Bären hatten, weil sie ihre Schafe töteten. Unser Dank gilt Pamela Banting, Nancy Barrios, Walter Bovich, Esther und Michael Brenner, Lance Craighead, Al Crane, Creative Travel Adventures/Ried Morrison, DLS Imaging/Jo Cookson, Wendy Dudley, Rick und Bev Durvin, Ernest Enns und Lynne Woodworth, Pat und Joe Erickson, Bristol Foster, Lynne Grafton, Hal Grainer, Frank Hall, Dr. Bill Hanlon, Nancy Hauser, LeeAnne Havens, Ian Herring, Jeanne Kaufman, Pat Klinck, Helen Kovaks, Bill und Tip Leacock, Matevz Lenarcic, Nik Lopoukhine, Anne Lukey, Michael Mazel, Ian und Karen McAllister, Debbie und Tim McDonald, Tom und Elaine McFadden, Mike McIntosh, Kathleen McNally, Linda und Ed McNally, Jeannie Minchin, Pat und Baiba Morrow, Doug Murray, Sybil Palmer, Peter und Nan Poole, Matt Read, Ursula und Rick Reynolds, Andy Russell, Gordon Russell, John Russell, Selena Ronnquist, Dawn Saunders-Dahl, Clint Scherger, Myrna Shapter, Larry und Christine Smith, Ewa Sniatycka, Reno Sommerhalder, Hopie und Bob Stevens, Tom Sullivan, David Suzuki, Dave Taylor, Jan Theunisz und Rob Walker.

Freunde in Russland, die uns willkommen hießen und beim Erreichen unserer Ziele unterstützten, sind Fedia Farberow, Elena Gaisina, Allison Grant, Tatjana und Wladimir Gordienko, Alexei Maslow und Ekaterina Lepskaja, Valeri Komerow, Viktor Komerow, Anatoli Kowolenkow, Martha Madsen, Wladimir Mosolow, Jennia Ptichkina und ihre Familie, Igor und Irina Rewenko, Irina Viter, Olga Jefimowa und meine hervorragenden Pilotenkumpel – Eugeni, Genna, Viktor, Wladimir und Peter.

Wir danken der Kanadischen Botschaft in Moskau, der ehemaligen kanadischen Botschafterin Anne Leahy und dem heutigen kanadischen Botschafter Rodney Irwin für die Unterstützung bei der Präsentation unserer Arbeit in Moskau.

Das wichtigste Ergebnis unserer Arbeit in Kamtschatka war die Möglichkeit, anderen davon zu erzählen: Maureen mit ihrer Kunst, ich mit meinem Buch und wir beide zusammen mit unseren Fotos. Von Anfang an sah ich in einem Buch die beste Möglichkeit, das zu erreichen, was ich persönlich mir vorgenommen hatte. Ich bin mehreren Menschen zu Dank verpflichtet, die bei der Entstehung behilflich waren. Mein Bruder Dick brachte mich auf den richtigen Weg, Valerie Haig-Brown war von Anfang an meine Beraterin. Ohne die praktischen Ratschläge sowie die redaktionelle Hilfe von Fred Stenson wäre das Buch niemals so leserlich geworden. Es war in jeder Hinsicht wunderbar, mit Fred zu arbeiten. Viele Herausforderungen galt es zu bewältigen, so mussten etwa einzelne Kapitel von unserer Hütte am Kambalnojesee über einen ziemlich klapprigen Satelliten in sein Büro in Calgary verschickt werden. Fred und mich verbindet aber auch noch etwas anderes: Wir stammen beide aus dem Weiler Twin Butte in Alberta (Einwohnerzahl: 6). Meine Agentin Anne McDermid stellte mich Anne Collins vor, der Verlegerin von Random House Canada. Sie und Pam Robertson verstanden, was ich vorhatte, noch bevor sie das Manuskript gesehen hatten. Wir danken Nigel Lang für die Zeit, die er aufgewendet hat, um circa zehntausend Dias zu sichten und unseren Datenbestand zu organisieren.

Die andere Verbindung, über die wir den Kontakt zur Welt aufrechterhielten, ist unsere Website *(www.cloudline.org)*. Unser Dank gilt auch Paula Oswald, die als unser Webmaster tätig ist, nachdem James Gosling die Website aufgebaut und drei Jahre lang souverän verwaltet hat. Wir danken Barb Gosling und Derek Small für ihre Freundschaft und dass sie nicht lockerließen, bis wir lernten, mit Computern umzugehen.

Matto Barfuss

Auf der Suche nach dem Paradies

Mein Leben mit Geparden

304 Seiten mit 32-seitigem Farbbildteil
ISBN 3-442-31009-1

Bei einer seiner ausgedehnten Afrikareisen verliert der Künstler und Fotograf Matto Barfuss sein Herz an eine wild lebende Gepardenfamilie, und es gelingt ihm auf unglaubliche Weise, das Vertrauen der Mutter und ihrer Jungen zu gewinnen. Doch seine ganz besondere Zuneigung gilt Dione, einem der kleinen Gepardenmädchen. Jahre später macht er sich auf die Suche nach ihr – und ein Traum wird wahr, als er sie wirklich wieder findet. In seinem Buch spannt Matto Barfuss den Bogen vom afrikabegeisterten Heranwachsenden zum prominenten Aktivisten für den Artenschutz – und er erzählt, wie es ihm in einer spektakulären Auswilderungsaktion gelang, für die zwei gefangenen Geparden Zeus und Kleopatra ein neues Paradies in der Freiheit zu finden.

Goldmann

Alexandra Fuller

Unter afrikanischer Sonne

Meine Kindheit in Simbabwe

317 Seiten
ISBN 3-442-30973-5

Alexandra Fuller ist zwei Jahre alt, als ihre Eltern zu Beginn der Siebzigerjahre beschließen, ihrer englischen Heimat den Rücken zu kehren und nach Rhodesien – in das heutige Simbabwe – auszuwandern. Es ist ein hartes Leben voller Entbehrungen, das die Fullers erwartet, doch allen Widrigkeiten zum Trotz empfindet Alexandra schon früh eine fast schmerzhaft intensive Verbundenheit zu diesem faszinierenden Land voller exotischer Schönheit: Der Duft von schwarzem Tee und jungem Gras, das Rascheln der Tabakblätter im Wind, die flirrende Hitze und der Staub auf der Haut erfüllen sie mit einem Gefühl von Geborgenheit und Glück. Und selbst wenn sie schon früh lernen muss, was Bürgerkrieg und Flucht bedeuten, so ist Alexandra doch zutiefst verwurzelt mit dem Schwarzen Kontinent, der ihr zur über alles geliebten, zur einzigen Heimat wird.